KB235470

# 마리포사

앉은 나비

신여리 장편소설

VI

앉은 나비

# 마리포사

신여리 장편소설

VI

D&C BOOKS

N
갈카마
갈리아우 산맥
로크란드
어퀸
북부
뮈아드
로엠
서부
발도
라르크
일라린
공국
에스란드
독립도시
베르트/라인
남부
타리가
항구도시
아티
이스자키
올다
뉴가트
켈레티
올다
시친
쥬비상트해
윙거해안도시
윙거 운하
바인스트 숲
델 오스작
라곳에시스
바인
다난
서부
이가
산맥
영지
성체, 요새
소수민족 거주지역
소수민족 거주
살리가르

The world of Mariposa
미지의 세계
반차 산맥
가니아산
동부
가라스
파시스
기욘
갈라부아 연합
다락
규젠
반달
톨프
웡거
볼드 평야
올조르
안프 절벽
테넌
공업지구
소수민족 지역
뷔셴
이샤스 대평원
그란두르
이른
동부
모르가나
대 장원
로죄강
키사 강
모헨
고산
제도 시모어
앙레디움

# 남부 신화

　세상이 있음에 필멸자들은 아침의 세계에, 불멸자들은 밤의 세계에 머물렀다. 그것은 지상에 어둠과 빛이 창조된 이래로 불변한 절대 진리였다.

　그러던 어느 날이었다. 불멸의 신神 일레르가 아침의 세계로 걸어 나왔다. 밤의 여신 노체의 수많은 남자들 중 가장 사랑받는 신이었던 일레르는 기다란 회색 털로 온몸이 뒤덮인 털북숭이었다.

　최초의 인간이 된 그에게 아침의 신 마르티나가 말했다.

　—밤으로 돌아가지 않으면 필멸하리라.

　신 일레르는 기꺼이 불멸을 포기했다.

　혹자는 그를 최초인이라, 혹자는 그를 타락한 신이라 일컬었다.

　최초의 일레르가 떠나매 통탄한 이가 있었으니, 바로 사랑하는 이를 잃은 밤의 여신 노체였다. 달이 사라지고 짙디짙은 밤의 장막이 드리워졌다. 일레르가 거니는 아침의 세계는 감히 밤은 관여할 수 없는 곳이었으므로 어느 날, 밤의 여신 노체가 아침의 신 마르티나에게 청원했다.

　'그대 시간의 반을 내게 준다면 내 시간의 반을 그대에게 주겠다.'

　여신 노체를 갸륵하게 여긴 신 마르티나는 승낙하였다. 그리하여 밤과 아침은 두 마리의 뱀이 꼬리를 문 것처럼 맞닿았다. 그러자 대지가 생기고 바다가 고이고 산이 솟아나고 그 틈으로 강이 흐르기 시작했다. 비로소 세계가 하나 된 것이다.

　아침과 밤의 가호를 받은 반신半神 일레르는 자연히 세계의 첫 번째 왕이 되었다. 신들의 가호 아래 풍요로운 대지는 모두 일레르의 발치에 있었다.

　시간이 흐른 어느 날, 평화로운 첫 번째 왕의 치세를 질시한 '적들'이 나타났다. 먼 북녘의 땅으로부터 차가운 한풍을 타고 나타난 세 남매가 그들이었다.

　모든 것을 불태우는 여인, 온몸에 독이 차 있는 노인, 날카로운 쇠붙이를 두른 소년. 그들은 거칠고 야만하였다. 일레르는 그들로부터 풍요로운 땅을 수호하는 데에 일신을 바쳤다. 일레르의 가호 아래 백성들은 다시 평화를 되찾았다.

　그러나 불멸을 잃은 신에게 비극은 곧 찾아왔으니, 그와 함께 태초 이래 가장 위대했던 여신의 사랑도 끝을 맞이했다. 일레르의 수명이 다한 것이다.

　어느 새벽의 여명 아래 고꾸라진 일레르를 슬퍼하며 여신 노체는 밤으로 되돌아갔다. 그 자리에 은하수가 생겼다.

　두 신을 동정한 아침의 마르티나는 일레르를 여드레간 장사 지내
주었다. 그리고 아흐레가 되던 날 밤, 그 자리에서 한 마리의 사자
가 일어섰다. 새까만 갈기를 가진 검은 사자는 턱을 크게 벌리며 포
효하였다.
　첫 번째 포효는 저 멀리 극북에 이르렀다.
　두 번째 포효는 신들의 세계를 뒤흔들었다.
　그리고 세 번째 포효와 함께 사자는 밤을 향해 달려갔다. 영원한
어둠의 품 안으로.

　─남부의 창조 신화 「아침과 밤과 사자」 중 발췌.

6부

# 앉은 나비
## (Mariposa Sentada)

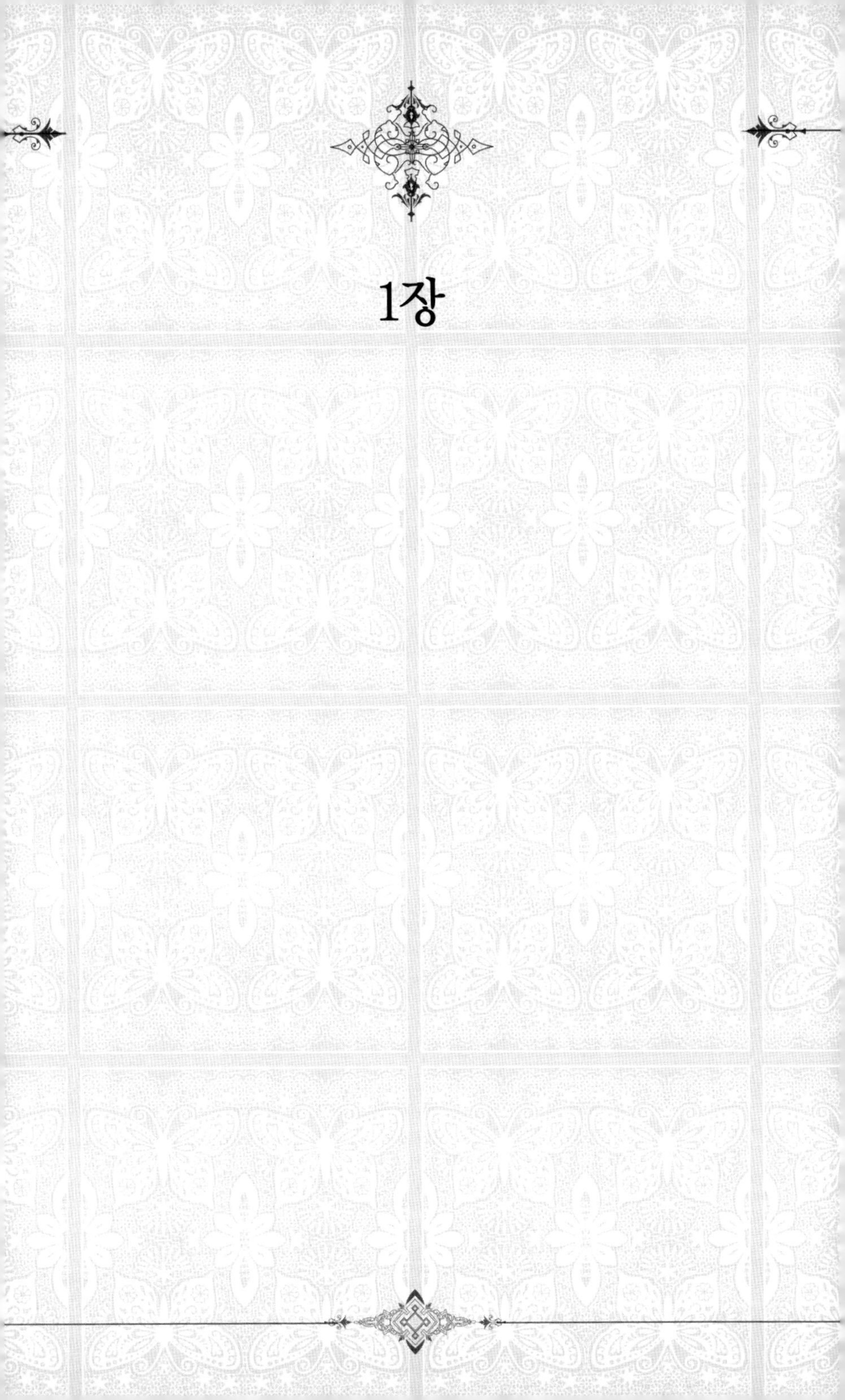

# 1장

# 1장

보름간 이어진 강행에 군대의 걸음은 점점 느려졌다. 땀내와 상처의 고름 냄새와 퀴퀴한 말 오물 냄새가 그들을 뒤따르고 있었다.

모두가 도주자의 꼴과도 같아서 늘 일정 수준 이상의 긴장된 분위기가 유지되었다.

도망치는 이들도 속출했다. 도망치지 않고 남아 버티는 이들은 군을 이탈한 자들이 지휘부 기사들의 손에 의해 얼마나 처참히 처형당하는지를 보고 경각심을 얻은 자들이다.

벌써 마리포사들 사이에서는 소집령에 응하지 않았던 다른 전우들이 제국 변경의 군사들에게 무참히 도륙당했다는 소문이 병질처럼 퍼지고 있었다. 무턱대고 도망쳤다가 제국군에 사로잡혔다가는 그대로 살해당할 터였다.

왜 이렇게 되었을까. 발로이드가 남부 태자를 시해했다는 데에 의문을 품는 이는 없었다. 그는 황제를 죽였다 해도 믿길 사람이었으니까.

다만, 세상이 너무 빠르게 변했다.

그런 마리포사들 사이에서 르옌과 자칼린은 묵묵히 주는 것을 먹고 마시고 덮으며 조용히 지냈다. 대화조차 끊긴 지 오래였다.

자칼린이 기억하기로 르옌과의 마지막 대화는 이틀쯤 전이었다. 이어진 강행에 열이 끓어 이대로 죽으면 어쩌나 싶었던 르옌이 기적적으로 호전되기 시작한 후다.

—테른도크 란펠은 어떤 사람이냐?

묻기도, 답하기에도 편안한 질문은 아니었다.

머릿속에 떠오르는 테른도크에 관한 정보들은 많았지만 자칼린으로서는 입이 열 개라도 할 말이 없었다. 침묵이 끝내 신음으로 바뀌자 르옌도 더는 묻지 않았다. 생각해 보면 르옌과의 대화를 강제로 끝낸 것은 자칼린 자신이었다.

주위는 여전히 어수선하다. 말이 죽었다. 누군가의 고열이 심하다. 식량이 모자랄지도 모른다. 온통 부정적인 이야기들이 넘쳐 난다.

자칼린은 제가 타고 있는 말의 목덜미를 걱정스레 내려다보았다. 비에 젖어 엉킨 갈기에서는 젖은 개 냄새가 나고 목뼈가 드러날 만큼 야위었다. 무게를 줄이기 위해 입고 있는 갑옷을 벗을까 생각해 보았지만 마리포사들을 한 번 훑어보고는 마음을 고쳐먹었다.

몇 걸음 앞서 걷던 에일라와 르옌이 두런두런 이야기를 나누는 것이 들렸다. 자칼린의 하나 남은 귀가 저절로 쫑긋해졌다.

"이제 산맥의 입구이니 닷새에서 엿새면 도착할 겁니다. 서부에도 현재 이천여 남짓의 주둔군이 있습니다. 마리포사가의 군대는 그 수가 꽤 많기는 합니다만, 이만큼의 군사들이 일시에 라곳에시스에 모인 적은 거의 없어서 약간의 파문이 일지도 모릅니다. 그래도 자잘한 영지들은 개의하지 않아도 됩니다. 그곳에서 가장 위험한 자들을 손꼽으라면 다난과 바인과 살리가르 정도입니다."

자칼린은 낯설기만 한 왕국들의 이름에 새삼스럽게 미지의 세계로 향하는 것 같은 기분을 느꼈다. 에일라가 이어 말했다.

"자세한 것은 제가 아니라 라곳에시스에 있는 관리인이 더 잘 알고 있습니다마는……."

"그 관리인이라는 자는?"

"본토 출신은 아니지만 발로이드 님의 인정을 받아 백작 저의 살림을 도맡는 사람입니다. 중요한 인물입니다."

대화는 에일라가 말하고 르옌이 맞장구만 치는 정도로 진행되었다.

"일단은 제국군이 산맥을 넘어오는 것은 쉽지 않을 터이나 넘어온다 해도 호락호락 당하지는 않을 겁니다."

"그래."

"또한 외지로 파병을 가 있던 이들이 각지의 소식을 가지고 되돌아오고 있으니 라곳에시스에서 재정비를 마치고 나면 서부에서 어떻게 해야 할지에 대한 노선을……."

에일라의 말을 귀담아 경청하는 르옌의 모습에 자칼린의 속은 바짝 타들어 갔다.

'진짜로 끝까지 이놈들이랑 같이 있으려는 건 아니겠지……?'

당장 기침 한 번만 해도 북부인인 제게 우수수 꽂히는 시선들이 넘쳐 나는 상황이다. 저들을 따돌리고 도망치는 것은 무리였다. 그러나 본디 중요한 건 의지가 아닌가. 르옌은 떠날 생각이 없어 보였다.

자칼린이 사방을 주욱 돌아보았다. 시야를 가린 산맥의 거대한 절벽과 바위들은 꼭 올조르 아래를 지나던 그 시절을 떠올리게 했다. 이 앞으로 쭉 가면 라곳에시스가 나올 것이고, 이 뒤에는 긴장으로 날이 서 있는 마리포사의 군대가 뱀처럼 늘어져 있다. 앞으로도 뒤로도 가고 싶지가 않으니, 진퇴양난이란 이럴 때 쓰는 말인가 싶었다.

해가 완전히 저문 후 적당히 자리를 잡은 군사들은 분주하게 쉴 곳을 마련했다.

촘촘히 피운 불가에 예닐곱 명씩 옹송그려 지친 몸을 녹이는 풍경이 여상했다. 간간이 농담을 주고받는 이들도 있었지만 대체로 우중충한 분위기였다. 조금 전까지 르엔과 나란히 걷고 있던 에일라는 어느새 골짜기 끄트머리에 가 있었다. 그녀는 가장 바쁘고 부지런했다.

덩치가 크고 헌칠한 마리포사의 지휘 기사 중 한 명인 테네스 경이 에일라의 부재를 틈타 르엔과 자칼린이 앉은 모닥불을 끼고 마주 앉았다.

테네스 경의 눈이 찬찬히 르엔을 살폈다. 깡말라 초췌하기만 한 적갈색 머리칼과 붉은기가 여상한 눈동자를 지닌 여자는 창백하여 하얬다. 그 옆의 수염이 지저분하게 자란 갈색 머리칼의 연두색 눈동자의 기사도 마찬가지였다.

'흠.'

지금도 그런 생각을 하곤 한다. 체사가의 젊은 기사가 혈혈단신 그들을 찾아 왔을 때 그냥 죽였어야 하는 건 아닐까. 상황이 바뀌지는 않았을 테지만 고민 하나는 덜지 않았겠나. 발로이드에게 가장 충성스러웠던 에일라가 예상 밖의 결정을 내린 후로 군사들 내의 분위기는 뒤숭숭했다.

저 여자를 구출한다는 결정.

저 여자에게 어떤 가치가 있나. 아직까지는 보이지 않았다. 조금 남달리 침착하다는 것을 제외하면 북부인, 주군의 그녀, 어쩌면 언젠가 마리포사 백작 부인이라 불리었을지 모를 여자, 그 정도 인상이 전부였다.

테네스 경이 툭 뱉어 물었다.

"비겁한 수라도 쓴 거냐?"

르옌도 자칼린도 대답하지 않았다.

뭐, 예상이야 했다. 오는 내내 쥐 죽은 듯 조용했던 두 북부인이 아닌가. 뜯어보는 것도 지루해질 무렵에야 르옌이 입술을 열었다.

"……페이작을 모르는 소리를 하는군."

뜸을 들인 데에 비해 별것 없는 대꾸였다. 누가 그분의 속을 안다고? 비웃으려다 말았다.

발로이드는 일평생 속모를 사람이었다. 장담컨대 세상 어느 누구도 그를 이해하지 못할 것이다. 마리포사 가문의 기사들과 발로이드 사이에 이해라는 것이 존재한다면, 그건 발로이드가 온전히 그들을 포용하는 일방적인 이해뿐이었다.

발로이드는 버림받은 자들, 배신당한 자들의 심정을 잘 아는 이었다. 그럼에도 불구하고 마리포사들에게 전우를 믿는 법을 알려 준 자였다. 세상은 발로이드를 흉폭한 자라 비난할지언정 마리포사들은 모두 그를 존경했다.

그런 발로이드가 바란 것은 누구도 본 적 없고 누구도 믿지 않았던 한 여자뿐이었다. 에일라는 그게 이 여자라고 했다. 북부인, 하필이면 그가 그토록 미워했던 북부인이었다. 복잡한 심경을 삭이기 위해 풀잎을 질겅거리며 턱을 괴는데, 여자가 느닷없는 물음을 되돌렸다.

"페이작은 너희와 지내면서 행복했나?"

테네스 경은 말문이 막히고 말았다. 허점을 찔렸다기보다도 저런 질문을 받아 본 적이 없었으므로 당연한 반응이었다.

“……행복? 그런 낯간지러운 이야기를 나눠 본 적이 없어 모르겠는데.”

테네스 경이 다시 물었다.

“주군의 마지막은 어떠했나?”

“명예로운 끝이었다.”

한마디씩 오갈수록 꼭 그만큼 허옇게 질리는 자칼린과 비견해 르엔은 단조롭게 대꾸했다.

‘흠.’

르엔이라는 여자에게는 특유의 어조와 분위기가 있었다. 그 탓일까. 기묘하게 가라앉은 분위기 속에서 테네스 경은 이상한 기분을 느껴야 했다.

얼마 떨어지지 않은 곳에서 불을 쪼이며 그들의 대화를 엿듣던 룩서르 경이 말했다. 테네스 경, 단장이 오고 있습니다. 테네스 경은 무시했다.

“우리 단장이 당신을 보호하고 있기는 하지만, 그 사실 하나만 믿고 뻗대기는 좀 그렇지 않나? 불편해야 할 텐데?”

“내가 너라면 지금 그런 조악한 겁박으로 나를 도발하지 않을 거다. 요즘 기분이 아주 좋지 않으니까.”

“어쩔 건데?”

이 여자 진심이네? 직감적으로 와 닿았다. 뒷말이 더 가관이었다.

“네 낯짝을 이 위에 짓뭉개 주고 비웃을 깜냥은 된다.”

르엔의 눈동자가 흘긴 것은 활활 타는 모닥불이었다. 어느새 사방이 고요했다.

걷잡을 수 없이 불쾌해진 테네스 경이 막 검을 뽑아 들려는 찰나였다. 저 시건방진 북부인들에게 누가 더 위인지는 알려 줘야 한다 생각했다. 그런데 살기를 느낀 자칼린이 움찔 엉덩이를 떼기도 전에, 테네스 경의 등 뒤로부터 긴 그림자가 드리워졌다.

"테네스 경."

느리게 고개를 돌려 뒤를 올려다본 테네스 경의 반쯤 뽑혀 나온 검이 멈추었다. 귀신같이 다가온 에일라가 바로 그의 뒷목에 검 자루를 대고 서 있었다.

"뽑으면 내 검도 뽑힐 거다."

일촉즉발의 상황을 지켜보던 기사들이 슬슬 눈을 돌리며 몸을 돌려 앉았다. 테네스 경이 투덜거리며 반쯤 뽑힌 검을 다시 밀어 넣었다.

사태가 진정이 되자 에일라는 르옌과 자칼린을 데리고 자리를 이동했다. 테네스 경은 무뚝뚝하게 그런 에일라를 바라만 보았다.

에일라의 저러한 태도는 참으로 이해할 수 없는 것이었다. 에일라가 지금 최고 지휘권자가 되었으니 따르기야 한다마는, 그녀야말로 발로이드의 죽음에 가장 분개할 충성스러운 여자가 아니었나.

'하여간 계집들 속은 모르겠다니까.'

테네스 경은 무리에서 조금 떨어진 골짜기 꼭대기로 올라갔다.

밤하늘은 우중충한 보랏빛이었다. 울퉁불퉁한 바위 옆에 앉았다. 마비된 듯 뻑뻑한 눈을 비볐다. 추위가 밀려왔다. 하지만 추운 것은 머리를 식히는 데에 도움이 된다.

룩서르 경이 뒤따라와 그의 곁에 앉았다.

"아까 정말 일 나는 줄 알았습니다."

테네스 경이 짓씹듯 중얼거렸다.

"죽였어야 했는데."

"그랬으면 단장이 가만뒀겠습니까?"

"도망치면 되지. 이 판국에 뭐가 아쉬워서."

룩서르 경이 설핏 웃으며 중얼거렸다.

"그런 말 마십시오. 이럴 때일수록 우리가 정신을 차려야지 않겠습니까. 동부와 남부 지역에 가 있던 녀석들 중에 제국군에게 죽은 녀석들의 수를 헤아릴 수가 없다는 얘기 들었잖습니까."

이미 마리포사라는 이유만으로 살해당한 이들이 수두룩했다. 테네스 경 역시 프셰에서 도망쳐 올 당시, 함께 파병을 가 있던 전우를 많이 잃었다. 그중에는 테네스 경이 삼 년이라는 긴 시간 동안 공들여 가르쳐 온 기사도 있었다.

다시 떠올리니 소태라도 씹은 듯이 혀가 아렸다.

"어쩌다가 이 꼴이 됐지."

"그러게 말입니다."

마리포사들과 마찬가지로 테네스 경도 그런 착각을 하곤 했다. 발로이드가 곧 돌아오지는 않을까. 그래서 그들을 구해 주지 않을까.

아마도 그의 시신을 보지 못했기 때문일 것이다. 아니, 시신을 봤더라도 크게 다른 느낌일 것 같지는 않았다. 발로이드는 누군가에 의해 피살되었다는 한마디로 종지부를 짓기에는 지나치게 위대한 남자였다.

테네스 경이 잠깐 끊어졌던 대화를 이었다.

"우리 주군이 한탕 크게 할 인간인 건 알았지만, 어쩌자고……."

룩서르 경은 피곤하다는 표정을 지었다.

당장의 상황에 북부인들을 중요하다 여기는 이는 별로 없었다. 특히나 사정을 모르는 이들은 에일라가 북부에서 구해 온 여자가 발로이드가 오매불망 기다리던 그 여자라는 사실밖에 일지 못했다. 지휘부 기사들은 진상을 알고도 내색을 못 하니 속만 새까맣게 타들어 가는 게 실상이다.

"라곳에시스로 한 해만의 귀환이지요, 테네스 경은."

"한 해하고 석 달."

테네스 경은 지난 수년간 남부 프셰와 라곳에시스를 오며 가며 지냈다.

평화로운 호수의 땅으로 돌아갈 적이면 테네스 경의 뻐딱한 속도 즐거움으로 가득 차고는 했다. 마음의 고향이란 실제의 고향보다 좋은 것이고, 살아서 고향에 돌아갈 수 있다는 사실은 그 자체로 좋은 것이었다. 하지만…….

"이게 죽으러 가는 건지, 살러 가는 건지 모르겠네."

"죽으러 가는 거죠."

공기의 밀도가 조금 더 갑갑해졌다. 룩서르 경이 덧붙였다.

"위스번스 님이 죽이려 드시지 않겠습니까?"

"……아아."

위스번스는 발로이드의 부재 시 라곳에시스를 총괄하는 영민한 독재자였다. 한 치 앞도 내다볼 수 없는 지금, 막연한 기대를 품고 버틸 수 있는 것도 그라는 존재가 있기 때문이다. 무작정 검만 휘두를 줄 아는 기사들과 달리 똑똑한 위스번스라면 무언가 묘수가 있지 않을까 하고.

테네스 경은 다시 한 번 두 북부인을 떠올리고 조롱조로 말했다.

"……어차피 위스번스 님이 북부 연놈들을 받아 줄 리가 없으니 단장도 헛고생이겠지."

테네스 경의 갈색 눈동자가 골짜기 아래를 내려다보았다. 우울한 모닥불이 뱀 비늘처럼 빛났다. 늘어진 군사들의 얼굴은 시체처럼 보였다.

예정보다 조금 늦은 이레 후 그들은 라곳에시스의 성곽에 도착했다.

일행들을 마중 나온 것은 반듯하고 말끔한 차림의 기사들이었다. 강행으로 형편없는 꼴을 한 군대와 대조적으로 먼지 한 점 묻지 않은 푸른 나비의 멘테를 두른 기사들은 고결해 보일 정도였다. 성벽 앞에 선 기사들이 꼼꼼히 신분을 확인하는 데만 반나절이 걸렸다. 르옌과 자칼린의 신분은 에일라의 단독 보증으로 용인되었다.

땅거미가 드리워질 무렵, 라곳에시스의 성벽의 거대한 문이 열렸다.

승리의 고동 소리나 환영의 박수 소리는 없었다. 그저 기수가 높이 올려 치켜든 깃발 흔들리는 소리만 날 뿐이었다.

펄럭 펄럭 그리고 또 펄럭.


라곳에시스의 성벽을 넘어 얼마간 달리면 나오는 마리포사 백작저는 거대한 방형方形, 네모반듯한 모양의 저택이었다. 저택 한가운데에 커다란 호수가 갇혀 있는 모양새로 남부 양식의 건물 같지 않은 독특한 조감을 지녔다 유명했다.

가파른 적색 판자가 덧대인 지붕 위엔 딱딱하게 언 눈이 쌓여 반짝거렸다. 어느 시절에는 깨끗했을 저택 바깥 면의 회반죽 벽은 담쟁이넝쿨이 꽃처럼 피어나 기묘한 무늬를 그리고 있었다.


평소라면 엄숙하고 고요했을 홀이 오늘은 그저 북새통이었디.

홀에는 기둥과 회색의 대리석이 일정한 간격을 두고 깔려 있었고, 그 위로 남색 카페트가 거대한 융단처럼 펼쳐져 있었다. 늘 백작 저

내의 하인들에 의해 공들여 청결함을 유지해 온 곳이었다. 하지만 오늘 진흙투성이 군화들은 양심의 가책도 없이 온 대리석과 카펫을 짓밟고 다녔다.

홀에 모인 수십 명의 지휘 기사들의 관심은 서로 대치 상태인 두 사람에게 집중되어 있었다. 총관리장인 위스번스와 현 군대의 최고 지휘권을 인정받은 에일라였다.

위스번스는 오만상을 쓰면서 에일라를 노려보고 있었는데, 호피를 연상케 하는 얼룩무늬 코트를 걸치고 있어 분위기가 더 사나워 보였다.

에일라는 위스번스를 비롯해 미리 라곳에시스에서 대기 중이던 지휘 기사들에게 지난 전쟁에서 있었던 일들을 설명하는 중이었다. 파발을 통해 짧게 알렸던 이야기에 조금 더 살이 덧붙은 정도다. 그러나 알고 있던 이야기임에도 분위기는 점점 더 팽팽히 당겨졌다.

결국 발로이드의 죽음과 '그 여자'가 거론되었을 때 고함이 쩌렁쩌렁 터졌다.

"어디 그런 말도 안 되는 소리를 백작 저 문턱까지 끌고 들어와, 끌고 들어오기는!"

위스번스와 에일라를 주시하던 기사들의 숨소리가 한층 잠잠해졌다. 조금 놀란 표정을 하는 이도 있었다.

그도 그럴 것이 위스번스는 앙레디움인이었다. 앙레디움인은 매사 차분하며 점잖은 이들이라는 속설이 있다. 지난 십수 년간 위스번스가 실제로 그 사실을 온몸으로 증명하기도 했다.

귀까지 새빨갛게 달아오른 위스번스가 목에 핏대를 세우고 고함쳤다.

"누가 네게 그런 권리를 주었나!"

"누가 당신에게 거부할 권리를 주었습니까."

"북부 기사 하나를 믿어 군사들을 데리고 우르르 라르크 주둔지로 검조차 뽑지 않고 쳐들어갔다고? 정신이 나갔으면 혼자 곱게 나가 죽었어야지! 누구의 목숨까지 버리려 해?"

"이미 지난 일입니다. 그리고 나는 지금 당신에게 평가를 받겠다 말한 것이 아닙니다. 언사가 지나치시니 주의해 주십시오. 나는 당신의 부하가 아닙니다, 위스번스 님."

"주군을 사지에 내팽개치고 살아 돌아와서, 대신 그 여자를 주군 삼겠다 지껄이고도 내 입에서 고운 말이 터지길 바라! 주군을 보전하는 것이 네 임무였다, 에일라 시니스! 그 상황에서 멋대로 군을 움직여 사태를 이 지경으로 만들고, 계집 하나를 끌어내려고 기사들을 위험에 처하게 해……! 발로이드 님의 죽음에 책임이 있다 스스로 인정한다는 계집을!"

연달아 북을 세게 내려치는 것 같은 고함이 지휘 기사들의 온몸을 두드렸다. 모두가 긴장이 역력한 얼굴이었다.

군사 실권은 발로이드가 죽은 후로 곧장 에일라에게 넘어갔지만, 이곳 라굿에시스는 오래전부터 위스번스의 손에 관리되고 있었다.

이러한 상황에서 위스번스와 에일라가 완전히 척이라도 진다면 그야말로 아비규환이 되어 버릴 터였다.

에일라가 짧은 침묵 끝에 목울대가 짓이겨진 것 같은 소리를 냈다.

"르옌 데투아가, 그분이 우리의 주군을 죽음에 이르게 했습니다. 그것만으로 부족합니까?"

일반적인 상식으로 판단하자면 되레 살해로서 보복해야 할 일이었다. 하지만 마리포사들은 승패의 원칙을 맹신해 왔다. 이긴 자가 강한 것이고, 살아남는 자에게만이 권리가 있다. 그것은 발로이드의 입버릇이기도 했다.

발로이드는 신적인 존재였음에도 여자에게 목숨을 잃었으니 사실 단순하게 결론을 내리자면 여자는 발로이드보다 더 뛰어난 존재라 할 수도 있다. 발로이드는 죽음으로 강자로서의 권리를 박탈당했고, 여자는 살아남음으로써 강자로 대우받을 권리를 얻었다.

물론, 진정으로 그리 믿는 자는 없었다. 여자를 한 번이라도 봤다면 다른 가능성을 의심했을 것이다. 북부의 붉은 늑대가 죽였다 했더라도 믿지 않았을 터인데 비쩍 곯아 마른 어린 계집이라니.

위스번스가 으르렁거리며 물었다.

"……네 눈으로 보았나?"

"보지 못했습니다."

"그런데도?"

"믿습니다."

서로를 노려보는 눈빛 속에 팽팽한 고집이 어려 있었다.

"받아들일 수 없다."

"당신의 동의를 요하는 것이 우선이지만, 비상시국에 당신의 명령에 따를 이유도 없습니다. 애초에 당신의 의견이 우리의 의견을 대변할 수는 없으니."

"정 그리 고집을 부리겠다면 내가 라곳에시스를 떠나야겠군."

두 사람의 의견 합치를 기다리던 기사들이 크게 술렁거렸다. 보다 못한 테네스 경이 나섰다.

"아니, 위스번스 님. 진정 좀 하시지. 내쫓으려면 그 북부인들을 쫓아 버려야지, 위스번스 님까지 이러면 진짜 우리 미칩니다?"

"됐네. 비키시게, 테네스 경."

위스번스가 막 테네스 경을 무시하고 뒤돌아 떠나려던 찰나였다.

"주군께서 바라셨습니다."

에일라의 말에 기가 막힌 사람처럼 걸음을 멈춘 위스번스가 뒤돌아섰다.

"……저 계집이 주군이 그리 기다렸던 그 여자라는 이유 하나로?"

"주군의 바람입니다."

"주군께서 원혼이라도 되어 네게 그리 말했나? 저 계집을 당신 대신 삼으라?"

"주군께서는 스스로 죽으리라 하셨습니다."

충격에 가까운 침묵이 홀을 내리쳤다. 그들을 둘러싸고 서 있던 기사들은 물론이거니와, 위스번스도 이해하지 못해 눈만 끔뻑였다. 에일라가 한 말은 그만큼이나 끔찍한 모욕이었다.

위스번스가 으르렁거리며 성큼성큼 다가가 에일라의 멱을 잡아당겼다.

"미친 게 아닌가. 감히 그따위 말로 주군을 모욕해!"

"……제 귀로 직접 들었습니다. 저 여자와 또다른 북부 기사가 포로로 잡혀 왔을 때, 태자 라인하르는 그 포로들을 공개 처형하리라 했습니다. 소식을 아뢰니 이성을 잃은 주군께서 이르시기를, 여자를 죽게 두라 말하시며 그 후에 당신께서도 죽어 버리리라 하셨습니다. 실로 그런 일이 일어날까 두려워 그 밤, 황태자의 감시하에 자국 주둔지에 억류되어 있던 라르크의 두 기사를 풀어 준 것이 나와 데른 경과 벌트 경입니다."

비로소 일전 마리포사가 모르가나 주둔지 내에서 의혹을 사 에일라가 수감뇌었던 일의 내막을 알게 된 기사들이 입을 벌렸다. 에일라는 꿋꿋하게 말했다.

"주군의 분노는 분노가 아니었고, 주군의 냉정은 냉정이 아니었습니다.”

‘차라리 저 여자가 전쟁터에서 죽는다면 납득하실 것이다.’

당시 에일라는 그리 위안할 수밖에 없었다. 발로이드는 전쟁터에서의 사활은 늘 그날의 운명과 맞닿아 있다 믿던 자였으니 차라리 그편이 나으리라.

여자가 레이리스를 죽이지 않고 돌려보냈다는 것을 알았을 때는 조금은 제 선택이 옳았다는 생각에 기뻐했던 것도 같다. 비록 레이리스는 수치스럽고 모진 꼴을 당하였지만, 살아남았으면 되었다. 에일라도 결국은 삶을 중시하는 남부인이었다.

여자를 풀어 준 대가가 마리포사를 벼랑으로 내몰고 발로이드의 죽음으로 귀결되어 되돌아올 것이라고는 꿈에도 상상하지 못했다. 이성을 잃은 발로이드가 황태자의 머리를 두 쪽 냈을 때 알았다.

그 여자가 죽었어야 했다고. 그때 죽었어야 했다고.

그 탓일까. 이후 레이리스의 얼굴을 제대로 볼 수가 없었다. 후회만 짙어졌다. 살아 돌아온 아이의 잘못은 아니었다. 그러면 누구에게 잘못이 있을까.

사람들은 무언가를 얻으면 잃는 것도 있다고들 말한다. 하지만 에일라가 잃은 발로이드와 다시 얻은 레이리스의 가치는 동등하지 않았다. 때문에 발로이드가 이룩하려 했던 것을 뒤따르는 것은 에일라의 유일한 목표였다.

“……비록 이번엔 그 누구도 언질받지 못하였으나, 주군은 늘 살길을 열어 두시었고 우리에게 말하지 않으셨습니까. 세상에서 가장 위대한 이가 있다면 바로 ‘그분’이라고. 그리고 그 여자는 우리를 이 상황에서 구해 주는 것으로 스스로를 증명하겠다고 했습니다.”

“북부인이 저 살고자 되는 대로 지껄인 말을 믿는단 말인가?”

“믿지 못함이 당연하지만 이렇듯 경계할 이유도 없습니다. 적어도 그들은 우리에게 어떤 위해를 가할 무력이 없다는 것이 첫 번째 이유이며, 우리는 지금 한 사람의 머리도 아쉬우니 부러 죽일 이유가 없다는 것이 두 번째이며, 모르가나와 대적했던 라르크의 기사로서 싸웠던 여자가 모르가나의 간자가 될 리도 없음이 세 번째이며, 라르크가 저 계집을 죽이려 하여 도망쳤으니 라르크의 간자가 될 리 없음이 네 번째 이유입니다.”

위스번스의 표정이 시시각각 일그러지는 것이 에일라의 자신감을 갉아먹었다. 하지만 에일라는 포기하지 않았다. 사실 스스로가 왜 이러는지도 알지 못했다.

“……조금쯤의 기회는 있을지도 모릅니다. 우리 모두가 살 수는 없겠지만 우리 중 하나라도 살 수 있다면 나는 무엇이든 할 각오가 되어 있습니다. 나는 발로이드 님이 바라 마지않았던 것이 저 여자를 아군에 편입시키는 일이었다는 것을 전제로, 북부인이라도 따를 수 있습니다.”

마리포사에 오래 몸담아 온 이들은 형제와 다를 바 없었다. 그런 만큼 서로를 잘 알고 있다.

개개인의 역량이 뛰어나 일당백이라 해도 부끄럽지 않지만, 대개 몸을 쓰는 이들이 그렇듯이 정치적으로 움직인다거나 하는 일은 할 줄 몰랐다. 그들은 명령을 받고 수행하는 것만이 길이라 믿어 온 이들이었다.

발로이드가 건재했던 시기에는 그것이 절대 복종의 이점이었으나, 그가 부재한 지금은 최악의 단점이 될 가능성이 농후했다. 발로이드는 간혹 그런 마리포사들의 충성스러움에 우려를 내색하기도 했는데, 위스번스는 지금 그러한 사태가 벌어졌음을 인정하지 않을 수 없었다.

고개를 돌린 에일라가 조금 더 소리를 높여 말했다.

"나는 저 여자를 믿는 것이 아니라, 주군을 믿어 저 여자를 택했다."

위스번스가 간신히 목소리를 끌어냈다.

"……말로는 수십 번도 믿음 살 수 있다, 에일라."

"주군의 타계를 헛되게 말라."

에일라의 음성이 탁한 회의장의 공기 속을 울려 퍼졌다. 그것은
기사들 하나하나의 귓전으로 스며들었다.

"나는 여전히, 나의 주군에 대한 굳건한 믿음으로 이 목숨 다하는 그
날까지 그분을 믿고 따를 거다. 나는 너희도 모두 그러리라 믿는다."

위스번스의 표정이 일그러졌다.

❖◈❖

마리포사 지휘부의 논쟁이 지지부진하게 이어지는 동안 르옌과
자칼린은 북관의 거대한 저택의 회랑을 둘러보고 있었다.

진흙투성이의 코트가 묵직하게 그녀의 발끝에 걸렸다. 걸음은 느
리고 조용했다. 그녀는 푸른 갑옷의 보초병들이 장식 갑옷처럼 일정
한 간격을 두고 선 벽과 나란히 걸었다.

낡은 세월을 품은 공기가 적적했다.

때 묻은 흰 벽, 회랑 한편에 걸려 있는 장식 무기들, 고풍스러운
횃불 걸이 위로 몽롱하게 타는 귤빛 불길, 그 모든 것에서 페이작을
읽었다. 북부를 읽고 뮈아드로를 읽었다.

가슴에 묻었던 고향을 읽었다.

단조로운 세로선이 그려진 기둥을 한 번 손끝으로 훑고, 벽을 따

라 길게 이어진 솔잎 문양의 타일 장식을 눈으로 좇았다. 지어진 지 이백여 년쯤 되었다는 이 저택은 북부의 것과 남부의 것을 이질적으로 틀어 비빈 것 같은 분위기였다.

북부의 것처럼 좁은 창과 남부의 것과 같은 넓은 창이 하나의 벽에 박혀 있다. 회랑의 가장 안쪽 단상 위에는 그녀가 잃어버렸던 노르테 홀의 왕좌를 닮은 커다란 은빛 의자가 놓여 있었다. 놀라울 정도의 차가움을 지니고.

차가운 공기에 짓눌린 회랑 안에서 그의 목소리가 떠도는 듯했다.

—너는 나를 죽이고 갔어야 했다.

페이작을 떠나보냈던 날의 기억이 끝없이 방문해 굳게 닫힌 가슴을 두드렸다.

지금 그녀가 느끼는 고독, 두려움, 분노는 제 스스로 이 세상에서 믿을 수 있는 유일한 한 사람을 떠나보낸 대가였다. 당연히 제 몫이라 입 밖으로 낸 적도 없는 슬픔이었다.

자칼린의 혼잣말이 그녀의 뒤축을 따랐다.

“여기 꽤 낯익은 느낌인데…… 소름 끼치게.”

낯익은 느낌. 저만의 기시감이 아니었던 모양이다. 뮈아드로의 왕좌를 닮은 의자를 바라보던 르옌이 자칼린을 돌아보았다. 자칼린은 조금 전까지 르옌이 바라보고 있던 의자로 시선을 던지고 있었다.

“저건 노르테 홀의 폐하께서 앉으시는 의자랑 닮았다, 어째? 아, 넌 모르려나. 아니, 알려나. 나 뭐라는 거야, 지금.”

불현듯 과거의 족적이 자작자작 소리를 내며 그녀에게 걸어왔다.

첫 번째 어린 시절, 그녀에게는 몹시 각별한 우정을 나누었던 친구가 있었다. 오촌뻘 되는 예이건 공작 가문의 딸 이비였다.

이비는 냉혈한들을 다루는 데에 재능이 있었던 것이 분명했다. 교활한 한센까지도 이비를 진심으로 연모하였던 것을 보면.

하지만 이비는 그녀의 동복동생이자 차기 왕으로 여겨졌던 리아작의 정혼자였다. 단순한 정략이 아니라 진심으로 사랑하는 연인이었다. 그 사실은 스완에게도 한센에게도 비극이었다.

—리아작이 내게 엠바르도산의 말을 선물해 줬어. 나중에 혼인식 때 타고 들어올 말 말이야.

스완은 제 동생들 중 누가 왕이 되더라도 좁은 땅 안에 갇혀 살다 죽을 것을 확신했다. 그들이 왕이 되는 것을 용납하지 않을 것이었다. 하지만 이비는 그녀에게 중요한 사람이었다.

—리아작이 네게 다정해서 참 다행이네, 이비.

—스완도 내게 다정한걸.

뺨을 붉히며 웃는 것은 그 자체로 망울진 꽃이었다.

스완은 겉으로는 리아작과 이비의 관계를 지지하였으나, 물밑으로 예이건과 리아작을 갈라놓기 위해 몇 차례나 그들의 파혼을 종용하려 했다. 리아작을 꾀어내라 문란한 계집에게 명을 내리기도 했고, 은사였던 예이건 공작에게 뜬소문을 흘려 이간질을 시도하기도 했다. 그러나 연인들의 사랑이란 몹시 귀찮고 짜증스러운 것이었다. 잠깐 사이가 틀어졌다가도 금세 다시 들러붙으니 도저히 재간이 없었다.

결국 스완은 끔찍한 계획을 세웠다.

당대에는 지데라카라는 난폭한 동방의 기마 민족들이 살고 있었다. 스완은 막내 여동생이었던 대너투르로부터 그들 사이에 횡행한다는 약탈혼에 대한 이야기를 전해 들었다.

—그것들은 머리로 생각을 않고 무작정 잡아간다던데? 그래서 지데라카의 여자들은 정당방위로 신부 약탈꾼들을 막으려고 늘 머리맡에 칼을 두고 잔다더라, 언니. 웃기지 않아?

지데라카의 남자들은 오래전 북부에서 금지된 약탈혼을 공공연히 자행하고 있었다. 원하는 여자가 있다면 멋대로 납치해 제 것 삼는 일이었다.

스완은 생각했다. 지데라카인들은 강하다. 라르크는 몹시 작은 나라였고 그들 밖의 세상에 관여할 수 있을 만큼 강성하지 못하다.

스완은 나름의 관심을 기울여 지데라카의 사내 중 하나를 골라다 이비의 약탈을 주선하고 대금과 함께 시일을 알렸다. 예이건 공작 가문의 사저를 침략하는 행위는 위험천만한 것이었지만 긴 머리의 지데라카인들은 기꺼이 수락했다.

왕자의 약혼녀, 공작의 딸, 아름다운 젊은 아가씨, 이 모든 것이 그들에게는 매력적이었을 것이다.

그리고 눈이 녹아 가던 봄밤, 이비는 비명을 지르며 끌려갔다. 울음소리, 쇠붙이의 앙앙거림, 절규…… 그런 것들이 이물처럼 귓가로 뒤엉켰다. 횃불 빛으로 점멸하는 소란한 공저의 입구에서 수십 필의 말을 탄 동부 기마 민족의 사내들이 달려 나오는 것을 스완은 멀찍이서 지켜만 보았다.

어느 날 갑자기 뮈아드로 한복판에 나타나 예이건 공작의 딸을 납치해 간 지데라카인들 무리에 대해서는 누구도 알지 못했다. 하룻밤 만에 사랑하는 연인을 잃은 리아작은 미쳐 가고 스완은 위로했다. 모든 것은 그녀가 바란 대로였다.

스완은 이기지도 못할 술을 마시고 찾아와 이비와의 추억을 곱씹는 리아작을 웃으며 맞이했다. 하루가 지나고 이틀이 지나고 열흘, 보름, 달이 지났다. 짐차 이비는 잊혀 갔다.

그러나 스완조차 인정할 만큼 질기디질긴 놈이 하나 있었으니, 그것이 한센이었다.

한센은 포기하지 않고 끝내 동부 회색 사원의 발원지인 가니아 산 근방의 산골짜기에 근거지를 두고 살던 지데라카 무리를 찾아냈다.

무엇을 보고 들었는지는 모를 일이다. 되돌아온 한센은 밑도 끝도 없이 악담을 퍼부었다.

─인두겁을 쓴 괴물 같은 왕녀, 신의조차 없는 인간⋯⋯!

이튿날, 한센이 제 앞에 다시 웃으며 나타나 개처럼 용서를 구하고 선처를 빌지 않았다면, 글쎄, 지금 눈앞의 자칼린도 없었을 터다.

그녀가 용서하자 한센은 되레 물었다.

─왜 저를 용서하십니까?

당시 제가 무슨 생각을 했었는지는 기억이 나지 않는다. 그러나 한 가지 확실한 것은 불쾌하지는 않았다는 것이다. 리아작마저 그리 사랑했다던 이비를 잊어 가는 것이 허망하던 때였다.

이비, 네가 그리 사랑한다는 내 동생은 이미 너를 잊었는데 차라리 진즉 네가 리아작을 포기했더라면 얼마나 좋았을까. 그런 생각을 했던 것도 같고, 가련한 이비를 잊지 않고 분노하는 이가 한 명쯤은 있어야 하지 않을까 하고 생각했던 것도 같다.

이비의 피랍 사건 이후 예이건과 사이가 벌어진 리아작은 몰락하였다. 직후 스완은 그간 홀로 쥐고 있던 공가의 몇 가지 폐단을 빌미로 삼아 예이건가를 무너뜨렸다. 그녀의 어릴 적 은사였던 예이건 공작 파텐은 떠나기 전 마지막으로 알현실의 그녀에게 물었다.

─세상에는 세 가지 왕좌가 있다 하였습니다. 철의 왕좌, 독의 왕좌, 재의 왕좌⋯⋯ 당신은 무엇을 택하시렵니까?

그녀는 답하지 않았다.

스완에게 필요한 것은 철도, 독도, 재도 아니었다. 필요한 것은 힘이었고 풍요였으며 평안이었다.

길게 구불치는 붉은 머리칼을 늘어뜨린 채로 더없이 귀한 코트를 걸친 여왕은 초라하게 돌아가는 은사의 발소리가 사라지길 기다렸다.

그리고 몇 달 후, 이비가 스스로 목숨을 끊었다는 소문이 들렸다.

한센도 그녀도 슬퍼했다. 그러나 한센은 그녀를 떠나지 않았다.

—한센, 네가 나를 따르는 건 이비 때문이 아니었나?

—저는 이기는 편에 붙어 있을 따름입니다, 왕녀님.

외려 그것이 더 위험천만한 것이라는 것을 알았지만 스완은 그저 지켜보았다.

—누님, 저걸 저대로 둬도 되겠나?

한센을 싫어하지 않았던 페이작마저 염려했더라. 하지만 그냥 두었다.

그 결과는 뱀 같은 진녹색의 눈의 사내가 가한 배반이었다.

"난 뭐? 왜 그렇게 봐?"

자칼린의 눈은 한센과 달리 맑고 순하였다. 상념에서 깨어난 르옌은 무겁게 마른 입술을 뗐다.

"자칼린, 너는 왜 나를 도왔나?"

"뭐? 이제 와서 그런 걸 물어?"

황당하단 듯 그녀를 바라보던 자칼린이 뒤통수를 벅벅 긁으며 한숨을 섞어 투덜거렸다.

"몰라. 그냥 그게 맞잖아. 생각하기도 전에 몸이 튀어 나간 걸 낸들 어째? 날 이렇게 낳아 주신 부모님의 죄지."

비록 그녀는 체사를 불신하였으나, 자칼린은 그녀가 믿는 유일한 체사가 될 것이었다. 그것이 얼마나 큰 영광인지 자칼린은 결코 알지 못할 것이다.

끼이이이. 문이 열리는 소리가 났다. 자칼린이 고개를 돌렸다. 르옌은 자칼린의 어깨 너머로 그들을 향해 걸어오는 이들을 발견했다. 에일라의 옆에 있는 얼룩무늬 코트를 입고 서늘한 범의 눈매를 한 사내가 누구인지 짐작하는 건 어렵지 않았다.

"당신입니까."

르옌은 마리포사 가문의 기사들 중 거의 대부분이 그녀를 이미 알고 있었다는 양 말하는 데에 놀라지 않았다.

"너로구나."

얼마 떨어지지 않은 곳에 선 위스번스는 창백하고 깡마른 여자를 눈동자만 움직여 내려다보았다. 머리끝부터 발끝까지 뜯어보듯 샅샅이 훑었다.

자칼린이 경비견이라도 되는 양 르옌의 옆에 버티고 섰다. 힐끔 자칼린을 흘긴 위스번스가 내키지 않는 기색을 드러내며 입술을 뗐다.

"라곳에시스의 총관리인 위스번스 놀던입니다. 이야기는 들었습니다."

"나도 그대의 이야기는 들었다."

"당신이 행한 일들도."

나이 든 사내의 눈 위에 스친 가시 돋친 슬픔을 외면하고 르옌은 담담히 답했다.

"너희를 위로하기 위해 마음에 없는 용서를 구하지는 않을 터다. 페이작이 너희에게 나에 대해 무어라 일렀나?"

"많은 것을 일러 주시지는 않았지만 이야기는 여러 차례 들었습니다."

이미 위스번스는 에일라를 꺾기를 포기한 후였다. 지휘부만 믿고 버티고 있을 군사들이 가여워 매정히 떠나지도 못했다. 체념의 눈을 한 위스번스가 이어 말했다.

"……우린 마리포사를 위해 살고 죽는 이들입니다. 당신과 자질구레한 신경전으로 시간 낭비 하고 싶지 않습니다. 왜 당신이 우리와 함께하겠다는 겁니까?"

그러게나 말이다. 그리 답하고 훌훌 떠난다면 바랐던 대로 어딘가에 은거하여 살 수 있을 것이다. 하지만 이미 마음 굳힌 후였다. 그녀는 한순간도 마음먹은 것을 포기한 적이 없었다.

"그러기를 선택했다."

"당신은 그리 고개를 빳빳이 쳐들고 말할 자격이 없습니다. 시니스 경이 애써 함구령을 내린 듯하지만 당신이 발로이드 님에게 어찌했는지에 대한 이야기가 알려진다면 당신은."

고조되는 적개심에 자칼린이 무의식적으로 르옌을 끌어당기려 했다. 그러나 르옌은 굳게 선 채로 위스번스를 바라보기만 할 뿐이었다. 더 격렬히 대꾸하려던 위스번스는 곧 마음을 바꾸어 말했다.

"지금이라도 그냥 떠난다면 쫓아 죽이진 않겠습니다."

"내 진의가 얄팍하다 믿는다면 애석하지만, 선택이란 늘 숙고하여 내린 결론인 만큼 쉬이 바뀌지 않는 법이다."

"궤변은 제게 통하지 않습니다. 저는 궤변꾼들이 넘쳐 나는 곳에서 태어난 사람입니다."

"나는 죽음을 두려워하지 않는 북부의 피를 타고났다."

위스번스가 이마를 짚고 웃었다. 웃음소리는 괴상하게 메아리쳤다. 핏기 없는 얼굴을 한 르옌의 입가에도 미소가 피어났다. 웃음을 그친 위스번스가 에일라의 처연히 기운 옆얼굴을 응시했다.

에일라는 제가 택한 것이 얼마나 말도 안 되는 일인지 알기는 하는가.

가엾지 않은 이가 없다. 일생 이 눈앞의 여자 하나만 바라다 그리 죽은 제 주군도, 주군 하나만 믿고 살다 망망대해 같은 세파 속에 미아가 되어 버린 마리포사들도.

"……만일 우리가 당신을 받아들이면 당신은 우리의 군량을 먹고 우리의 울타리 안에서 우리의 보호를 받게 될 것입니다. 당신은 무얼 대가로 하실 겁니까."

"페이작이 너희에게 주지 못한 것."

"그게 무엇입니까."

감히 네가 뭐라고, 감히 네깟 것이 무얼 안다고. 온 힘을 다해 조롱하듯 되물었다. 그러나 되돌아온 답은 듣는 이들의 가슴을 마구잡이로 찍어 뭉개는 도끼였다.

"먼저 떠나지 않는 것이다."

자칼린은 멍하니 르옌의 옆얼굴을 바라보았다.

눈물이 왈칵 솟구치려는 눈에 힘을 준 위스번스의 입술이 처연히 다물렸다. 시신조차 보지 못한 발로이드가 사무쳐 발을 구르며 울고 싶었다. 조금만 긴장을 늦추면 이 치미는 분노와 울분을 가누지 못하고 고꾸라질 것만 같았다.

"어찌하겠나?"

에일라는 금방이라도 울 것 같은 눈으로 재주도 좋게 무표정히 고개를 조아렸다. 위스번스는 막막하기만 했다.

"견뎌 낼 자신이 있습니까."

"나는 이곳에 있다."

오연한 대답이었다. 라곳에시스의 총관리인으로 군림해 온 자신조차 이만치 커다란 세파를 견뎌 낼 수 있을지에 대해서는 확신치 못하는데도.

표정 하나 변하지 않고 담담히 확신하는 여자를 마주하는 그의 속이 자포자기와 울분으로 엉망진창이 되었다. 저 곁의 체사는 북부 명문 귀족 중 하나라 하였으니, 어쩌면 도움이 될는지 모른다. 그리 스스로 합리화할 수밖에.

위스번스는 르옌의 눈을 직시하며 씹어뱉었다.

"……우리에게 선택지가 있습니까."

우울하게 뭉개진 발음으로.

# 2장

## 2장


오랫동안 백작 저를 책임져 왔다는 말이 무색치 않게 위스번스의 일 처리는 빠르고 확실했다. 두 북부인의 소식을 듣고 술렁이던 이들도 위스번스의 묵인이 이어지자 잡음 내기를 그쳤다. 의문을 갖거나 적대감을 가지는 이들도 더러 있었지만 초반만큼은 아니었다.

위스번스는 르옌의 거처를 대대로 마리포사 가문의 주인들이 사용했다는 북관으로 옮겨 주었는데, 그것이 큰 여파를 준 듯도 했다.

발로이드의 방을 대신 사용하는 여자. 그 사실 하나만으로도 르옌의 가치는 크게 올라갔다. 속으로야 무슨 생각을 하는지는 모를 일이지만 적어도 겉보기에 북부인의 문제는 차순위였다. 후일 알았지만 당시 군사들 내에서 자칼린과 르옌을 두고 커다란 문제가 생기면, 에일라와 위스번스의 선에서 정리를 했다고도 했다.

긴박한 흐름 속에서 많은 것들이 빠르게 지나갔다.

며칠간 쉬며 몸을 푼 르옌은 마리포사 가문의 배너급 기사들 수십 명과 짧은 대면식을 가졌다. 하루에 두 번씩 백작 저의 군의관을 통해 몸 상태를 호전하는 데 힘쓰기도 했다. 하루가 다르게 르옌의 건강은 나아져 갔다. 자칼린은 많은 게 마뜩찮았지만 그래도 조금씩 적응해 나갔다.

르옌과 자칼린이 라곳에시스에 도착한 지 아흐레째 되던 날, 두 사람이 처음으로 마리포사들의 회의에 합류했다. 북부인들의 등장에 회의장의 초반 분위기는 조금 껄끄러웠으나, 지휘부 기사들은 곧 당면한 과제에 집중했다. 주된 논제로 거론되는 것들은 군사들의 불안과 서부 영지들의 동향 그리고 물자의 충당 방법 등이었다.

제국의 변경과 이가 산맥 동쪽에서 마리포사 소속의 군인들 혹은 그들과 긴밀한 연을 지니고 있던 상인들이 무고하게 투옥되거나 학살당했다는 이야기도 도마에 올랐다. 반대로 행동력 빠르게 움직여 도망친 마리포사들이 박살을 내고 온 곳이 여럿이라는 얘기도 나왔다.

'나 원……'

자칼린은 그쯤 되니 어느 쪽을 비난해야 할지도 모르겠다고 생각했다. 무차별적으로 재판조차 없이 민간인까지 끌어다 죽이는 제국군이나, 황태자 시해라는 커다란 죄목을 지은 집단에 속해 있으면서도 몸 사리기는커녕 더 크게 못된 짓을 하고 도망쳐 나온 마리포사들이나…….

어쨌든 중구난방이던 논제들은 두 가지로 차츰 축소되었다.

첫 번째, 마리포사의 거점인 서부의 방비.

장기적으로 서부에서 가장 위협적인 이들은 셋이다. 서부 해안의 최대 항만을 지닌 독립국 '꼬리 셋 물고기 바인'과 바인과 접경해 있는 '반달 활의 다난' 그리고 서부 남단에 위치해 있는 '태양과 진주의 살리가르'였다.

꼬리가 셋 달린 물고기 문양을 왕가의 상징으로 삼고 있는 바인은 한때 서부에 커다란 영향력을 끼쳤던 유서 깊은 소왕국으로, 제국에도 꺾이지 않는 스스로의 긍지를 높이 산다 하였다.

그리고 반달 활의 문양을 상징 삼은 다난은 바인과 국경이 바로 맞닿은 제국령 중 하나로서, 바인과의 대치 상태를 근거로 황실로부터 오천여 명 이상의 군사 주둔을 허락받은 몇 없는 땅 중 하나였다.

마지막으로 태양과 조개 문양을 상징 삼은 살리가르는 한때 모르가나의 괴뢰정부에서 시작된 소수민족들의 왕국이라 하였는데 이제는 거의 독립적인 성향을 띠고 있었다. 그러나 공식적으로는 여전히 모르가나의 영향권 내에 있는 왕국이라 하였다.

바인과 다난과 살리가르, 셋 중 하나만 움직여도 마리포사들의 생존 가능성은 반 이하로 떨어질 터였다.

두 번째, 침략 전쟁을 속행해야 했다.

앞으로도 제국군에 쫓겨 도망친 마리포사 소속의 군사들은 계속해서 라곳에시스로 모여들 것이고, 수많은 입을 감당해야 한다. 라곳에시스는 자갈과 바위로 된 딱딱한 토질 위에 세워진 곳이라 자급자족할 장원이 절대적으로 부족했다. 침략 전쟁은 필수 불가결한 것이었다.

다행히 모르가나의 자그마한 영지들은 제대로 된 무력을 갖춘 곳이 드물었다. 오래도록 침략받은 적 없는 안일한 자들의 말로는 마리포사들의 손에 쥐여졌다.

하지만 마리포사의 지휘 기사들은 향후의 계획에 대한 합의점의 도출에 난항을 겪었다. 무조건 다 때려잡아야 한다 말하는 자들, 농성전이 벌어질지 모르니 낡은 라곳에시스의 성벽부터 바로 세워야 한다는 자들, 제대로 된 의견을 낼 줄 아는 이는 한 사람도 없었다.

그나마 위스번스만이 무작정 서부를 압박해서는 안 된다는 현명한 뜻을 내비치며 그들을 중재할 따름이었다.

"앞으로 벨루비르하인 2세가 어찌 나올지는 모르겠지만, 우리에게 요한 것은 그보다 먼 미래를 생각하는 것이야."

어떻게 해야 할는지. 기사들은 침울해졌다.

'꼬리 셋 달린 물고기의 바인, 반달 활의 다난, 태양과 진주의 살리가르라…….'

바인과 다난, 살리가르. 그들의 이름을 하나씩 뇌리에 새기며 침묵하던 르옌이 말했다.

"우리가 그들 중 하나를 취한다면?"

낯선 외지인이 자연스레 입에 담는 '우리'란 어쩐지 이불감을 불러일으키는 것이었다. 그러나 지휘 기사들이 불편한 내색을 하기도 전에 위스번스가 말했다.

"가능할 리 없습니다. 그러나 그중 하나를 취해야 한다면 바인이 옳습니다. 다난과 바인은 오랫동안 적대하는 상태이고, 살리가르는 이곳과 거리가 멀기 때문에 당장 눈앞의 문제는 되지 못합니다."

르옌은 냉담한 위스번스의 대꾸에도 그다지 개의치 않는 듯한 기색으로 턱끝을 매만질 따름이었다. 자칼린은 조마조마한 표정으로 르옌을 응시했다. 지휘 기사들의 눈빛이 여간 따가운 게 아니라, 솔직한 심정으로는 그냥 이 자리를 피하고 싶었다.

르옌이 탁자를 툭툭 때리며 담백하게 말했다.

"너희가 말한 서부의 시태는 숙지했다. 서부 영지들 중 가장 가까운 영지부터 침탈하는 것은 이미 결정된 사안이지만, 위스번스의 말대로 더 먼 그림을 그려야겠지. 소수민족들의 나라라는 살리가르는 지금이야 어찌 되었건 간에 괴뢰정부를 인정한 전례가 있으므로 제국의 영향력에서 벗어날 수 없을 테지. 다난이라는 곳은 제국령이니 위험부담이 크다. 하지만 바인은 독립된 왕국인 동시에 모르가나로부터 규제받지 않는 스스로의 긍지를 높이 산다 하지 않았나?”

“그것이 어째서 그들이 우릴 돕는 결과가 됩니까? 그리고 그들을 움직이게 하려면 시간이 귀한 이 상황에서 얼마만큼의 노력을 더 해야 할지 모를 일이고, 또 그들이 우리를 도울 이유도…….”

“움직이게 해야지.”

“위험부담을 안고서라도 말입니까?”

위스번스는 짐작 가는 것이 있는 듯이 고개를 비스듬 기울이며 생각에 빠진 표정을 지었다. 그러나 다른 지휘 기사들은 여전히 이해하지 못한 낯짝인지라, 르옌은 번거롭게 설명을 시작했다.

“바인을 이쪽으로 끌어들일 수 있다면 언젠가 제국의 군대가 산맥을 넘어 서토에 이를 때 가장 이상적인 국면을 조장할 수 있을 거다. 첫째로 서부의 영주들을 막아 줄 방파제가 될 것이고, 둘째로 모르가나와 바인을 낀 우리의 대립각이 서게 되면 모르가나의 일차적 명분은 힘을 잃는다.”

“그 말은?”

“왕국과 제국의 전쟁이 되면, 저들도 달리 움직일 수밖에 없게 된다는 말이야.”

지휘 기사들은 얼떨떨한 표정으로 르옌을 바라보았다. 그나마 제대로 이해한 기사들은 ‘어라?’ 하는 신음을 흘렸을 뿐이다.

르옌은 뒤늦게야 머리를 굴리기 시작하는 지휘 기사들을 뒤로한 채 위스번스를 응시했다. 한참을 알 수 없는 표정으로 르옌의 시선을 받아 내던 위스번스가 눈을 내렸다.

그리고 그날 저녁, 공식 결론이 내려졌다.

투쟁의 첫발은 인근 영지 제이로의 점령, 그리고 다난과 접경해 있는 서쪽 해안 소왕국 바인과의 접선이었다.

패전 군사들이 라곳에시스로 귀환하기 전부터 여러 가지 가능성을 고려한 계획을 고안해 둔 위스번스의 노고가 지대했다. 덕분에 그들은 지휘부 회의가 끝난 이튿날 즉시 출발할 수 있었다. 시간이 귀한 때였다.

첫 번째 침략전인 제이로를 향해 떠나는 군사들을 뒤로한 르옌은 위스번스와 룩서르 경을 대동하고 바인행에 올랐다. 오백여 기의 기사들과 함께였다.

하지만 자칼린은 라곳에시스에 남아 있었다. 위스번스가 아직 자칼린과 르옌을 믿지 못하고 있었으므로 거의 강제적인 감금이었다. 자칼린은 몹시 분해 했으나 르옌은 위스번스의 조심성이 나쁘지 않다고 생각했다.

"바인은 서부 최대의 항구도시인 돌체와 수도인 림, 그 외에 큰 영지가 두엇 더 있고, 나머지 자잘한 영지들로 이루어져 있습니다. 성벽을 넘어가면 바로 첫 번째 도시가 나오는데 그곳이 바인의 수도인 림입니다. 우리는 림으로 들어갈 겁니다. 바인에 분포되어 있는 총 군사 수는 어림 추산해서 일만이 조금 넘는다 알려져 있습니다. 그러나 실제로 전시운용 될 수 있는 군사들은 도시 수비대와 치안대, 왕성 수비대를 제하면 훨씬 적겠지요."

위스번스는 '바인인들은 한때 서부에 대단한 위상을 떨쳤다는 자궁심 때문인지 얼마 전까지도 호시탐탐 영토 확장을 노리기도 했었습니다.' 하고 덧붙였다.

르옌은 바인이라는 왕국의 존재를 기억하고 있었다.

스완의 시절, 남부에 있던 나라 중 하나였다. 당시 끈질기게 세를 불리던 모르가나에 의해 명맥이 끊어질 뻔했다가 다시 서쪽에서 재기한 자들이다.

새삼스러운 격세지감을 느꼈다. 생소하기도 했다. 이름만 들었던 그 왕국으로 제가 지금 향한다는 것이.

"지난 회의 때도 말했지만 바인은 다난과의 분쟁이 잦은 편입니다. 일전 다난이 수세에 몰렸을 때 우리 마리포사들이 다난을 도와 바인을 물리친 적이 있습니다. 그 때문에 타즈멘카야 왕가는 우리에게 악감정이 있을 수도 있습니다. 물론 지금 바인은 섭정인 길도프 로메라 펄라비에 의해 좌우되고 있다 알려져 있지만."

"그 길도프라는 자는?"

"소년왕이라 불리는 요수아 로르지아 타즈멘카야의 외조부가 되는 사람입니다만 온건하다 말하기도, 강경하다 말하기도 어려운 자입니다."

'……섭정이라.'

르옌은 혀끝에 진득이 달라붙는 섭정이라는 두 글자를 따라 중얼거렸다. 오랜만에 듣는 단어에 쓴 물이 넘어올 것 같은 기분이 들었다. 앞만 보고 걷던 위스번스는 그런 르옌을 알아차리지 못하고 이어 설명했다.

"현 섭정이 정권을 위임받은 후로는 다난과의 실질적인 전쟁보다는 신경전이 더 대단해졌습니다. 십이 년 전 바인의 선대 왕이 죽은 이유가 다난과의 전투에서 입은 상처 탓이라는 것이 정설이라."

“아아.”

“왕비는 소년왕을 낳고 죽었고, 소년왕이 세 살이었을 무렵에 선왕이 죽어 섭정 체제가 성립되었으니 대충 지금 왕은 열다섯 정도가 되었을 겁니다. 어린 왕에 대해 알려진 바는 크게 없고, 알려진 것은 금발의 황갈색 눈동자를 지닌 인상착의와 연례행사처럼 모습을 드러낸다는 것 그리고 연 놀이를 왕왕 즐긴다는 것 정도입니다.”

모르가나와 맞붙은 거의 모든 남부의 땅이 제국에 취하는 입장을 고려할 때, 심지어 라르크조차도 지난 전쟁 직전까지도 저자세를 취했던 것을 생각할 때, 이들 왕국의 존재는 분명히 서부의 기적과도 같았다.

“시친과도 가깝고 규모가 워낙 작아 황실에서도 신경 쓰지 않는 것이 아니겠느냐고 하셨습니다.”

“누가?”

“발로이드 님이 일전에.”

조금 어색한 기류가 흘렀다. 가만 생각하던 르옌이 물었다.

“그렇다면 이제 곧 소년왕에게 정권 이양이 시작될 시기가 아닌가?”

“소년왕은 곧 성년이 될 것입니다만 아직까지 바인의 정권 교체에 관한 이야기는 전해 듣지 못했습니다.”

“모른다는 거군.”

르옌의 악의 없는 한마디에 위스번스는 마치 자존심에 상처라도 입은 것처럼 번복했다.

“확실하게, 바인은 지금 정권 교체의 시기를 겪고 있지는 않습니다.”

르옌은 엷게 웃었다. 사내들은 나이가 먹어도 애라더니 치기를 부리는 게 꼭 그 짝이었기 때문이다. 룩서르 경도 귀까지 벌게진 위스번스가 우스웠던지 작게 킥킥거리다 눈총을 받고 고개를 돌렸다.

그리 여러 이야기를 나누며 쉬지 않고 달린 여정은 아흐레 즈음에야 종착지에 닿았다. 해수의 짠 내음이 공기에 배기 시작했다.

거대한 쥐색 성벽 위에서 바인의 한 군사가 그들을 향해 소리쳤다.

"마리포사! 용무가 무엇인가!"

푸른 나비 기를 든 기수를 앞세운 기사들이 성벽 앞에 사열하기 시작하자 크게 술렁이는 기색이 만연했다. 룩서르 경이 앞으로 나서 소리쳤다.

"우리는 바인의 폐하를 배알하고 싶어 왔소이다!"


르옌은 성문 통과의 승인이 떨어지길 기다리는 동안 황량한 성벽을 올려다보며 퍽 예스러운 생각에 잠겼다.

군사들과 함께하는 삶은 한때 그녀의 모든 삶이었다. 그러나 그때처럼 편안한 기분은 아니었다. 이들이 바로 얼마 전까지 적이었던 마리포사들이기 때문은 아닐 것이다. 기갈과 닮은 공허함이 스며들었다.

문득 그가 맴돌았다.

―이제는 네가 돌려받을 차례가 아닌가.

헛된 꿈을 꾸었기 때문인가 보다. 그녀는 무심코 동쪽 어귀를 돌아보았다.

먼 동녘, 그녀가 지나쳐 온 드높은 산맥이 낮은 능선처럼 드리워져 있었다.


✦—✦


그들은 주홍빛 놀에 그림자가 길게 늘어질 무렵 림의 왕성에 도착했다. 림의 규모나 바인의 건축, 문화 따위를 감상할 시간도 없었다.

르옌과 위스번스는 국왕인 요수아를 배알하지 못한 대신, 섭정 길도프의 저녁 식사에 초대받았다. 긴 식탁에 놓인 음식들을 사이에 두고 르옌과 위스번스는 길도프의 대각에 마주 앉았다.

"마리포사들이 예까지 찾아올 줄은 몰랐군."

섭정 길도프는 환갑에 조금 미치지 못하는 듯했다. 로토르인 특유의 작은 체구였고, 바다 갈매기처럼 굽은 눈썹이 독특한 느낌을 주었다.

식탁 위에는 이미 십여 가지가 넘는 요리들이 준비되어 있었는데 그중 반 이상이 생선이었다. 심지어 스프도 생선 꼬리가 삐져나와 있었다. 르옌은 새삼 미간을 좁혔다. 비린내는 그다지 익숙하지 않았다.

위스번스가 먼저 차분히 그들의 방문 목적과 르옌에 대해 섭정 길도프에게 설명했다. 섭정 길도프는 위스번스의 설명이 끝난 후 기익기익 스푼으로 그릇을 긁어 저으며 말했다.

"……그래서 서부를 정벌하겠다고? 그대들은 세상 떠들썩하게 하는 데에 취미가 있나 보군. 마리포사들의 서침西侵은 이쪽에게도 위협처럼 들리는데."

바짝 긴장해 있던 위스번스가 고개를 조아려 부연했다.

"바인은 우리의 목표가 아닙니다."

"다난만이 목표라……?"

"다난뿐만이 아닙니다. 서부의 제국령 모두가 목표입니다. 이미 첫 번째 점령전이 시작되었을 터입니다. 바인이 지금보다 조금 더 확실히 다난의 발만 잡아 주신다면 우리는 앞으로 서침에서 얻은 전리품들의 일부를 바인과 합리적으로 나눌 용의가 있습니다."

"글쎄…… 모르가나를 두렵다 말하는 건 아니지만, 굳이 제국의 황제를 거스를 이유도 없지 싶어 말이야.”

위스번스는 눈에 띄게 경직되었다. 섭정 길도프가 그를 알아차리고 흐흐 기묘한 웃음소리를 흘렸다.

위스번스의 긴장된 태도는 어쩌면 당연한 것이다. 아무리 서부 근방의 흐름을 잘 꿰고 있고, 똑똑하게 사고할 수 있는 자라 할지라도 이런 자리를 겪어 본 적은 드물 것이다. 몇 마디 거들어 줄 수는 있을 터이나 르옌은 그러는 대신 길도프에게로 관심을 돌렸다.

위스번스는 그도 모르게 애원하듯 말했다.

“섭정 각하, 아시다시피 마리포사들은 보통 기병마저도 여타 가문의 훈련받은 고관 기사 못지않은 강함으로 유명합니다.”

“그보다 유명한 게 있지 않던가? 변절이라거나 배신이라거나.”

짧은 정적이 그들 사이에 주저앉았다가 도망쳤다.

“마리포사 백작, 그 대책 없이 난폭하다 유명한 녀석은 일전에 한 번 본 바 있었지. 그때는 다난의 그 외눈깔 놈이랑 같이 우리를 노려보고 있었는데 살다 보니 별일이야.”

“……지난 일에 관하여는 피차 개인적인 감정은 아니었을 거라 믿습니다.”

“언젠가 젊고 가벼운 혈기로 뭉친 그놈으로 인해 그대들이 고역을 겪게 될 줄 알았네. 뭐, 배신자들에게도 늘 이유는 있는 법이고, 아국의 일도 아닌데 간섭할 여지도 없겠지. 제국의 위명을 땅에 처박고도 모자라 서부를 정벌할 계획을 세웠다는 건 대단한 패기이니 그것만큼은 인정하지.”

“…….”

“그보다, 라르크가 남부 황실에 대들어 개전할 때까지만 해도 대체 어찌하려는가 싶었는데…… 북부와 내통하고 있었던 건가?”

길도프의 눈은 르옌에게 닿아 있었다. 얼굴을 붉힌 위스번스가 강경히 반박했다.

"아닙니다."

"아, 우리도 귀가 있어 듣기야 다 들었다네. 전 마리포사 백이 죽은 거야 브류나크에 미치지 못해 그랬다손 쳐도, 황태자를 대신 죽여 주다니 북부 좋을 일만 한 게 아닌가. 게다가 무책임한 주인이 북부의 브류나크에게 죽었다고? 올조르가 무너졌다는 얘기를 들었을 때부터 그랬지만 북부의 붉은 늑대가 꽤 운이 좋은 인사였던 모양이야. 아니면 북부인이 그리도 대단했던 건가."

"……."

"북부의 계집까지 내 성에 이리 당당히 들어와 감히 나를 마주 보고 있는 걸 보면."

적대적인 태도를 감출 생각이 없는 섭정 길도프를 힘없이 응시하던 위스번스는 끝내 말문을 닫았다.

탁. 포도주로 입술을 적시던 르옌이 잔을 내려놓은 것은 딱 그때였다. 자연히 시선이 그녀에게로 향했다. 탁자 아래로 핏줄이 퍼렇게 불거진 위스번스의 손등을 덮어 누르며 르옌이 처음으로 입술을 뗐다.

"술이 생각보다 괜찮은 듯한데 한 잔 더 청해도 되겠습니까?"

위스번스가 무슨 소릴 하냐는 듯 르옌을 돌아보았다. 허연 눈썹을 슬쩍 들어 올린 길도프가 다섯 손가락 모두 반지가 끼워진 손을 한 번 저었다. 그러자 잘 훈련받은 시녀들이 포도주 병을 들고 다가와 르옌의 잔을 새로 채웠다.

르옌은 섭정 길도프에게 관심도 주지 않고 술잔만 내려다보며 중얼거렸다.

"북부에서는 이런 술을 마시는 것이 쉽지 않아서."

"북부는 흰 술이 유명하다지."

"미주米酒는 나쁘지 않지만 마유주馬乳酒는 북부의 것보다는 시친의 것을 제일로 치지요."

"시친의 마유주? 마셔 본 적이 있나?"

"지난 전쟁에 시친인들과 함께하기는 했습니다마는, 제대로 입술 축여 본 적은 없습니다. 귀동냥으로 주워들은 것을 아는 척 한 번 해 보려 하였습니다."

길도프가 짧게 웃음을 터뜨렸다.

"평민이라 들었는데, 맞나?"

"반은."

"반은 평민이고 반은 아니란 말인가?"

르옌이 붉은 포도주에 젖어 더욱 붉어진 입술을 당겨 올렸다.

"원래 여자는 비밀 한두 가지씩은 가지고 있다 하지 않습니까?"

위스번스는 당황스러운 눈으로 르옌을 바라만 볼 뿐이었다. 길도프와 르옌의 대화는 쭉 이어졌다.

"북부인들의 그 거센 발음, 여자가 쓰면 상스러울 줄 알았는데 의외로 듣는 맛이 있네."

"사람 나름이지요. 저야말로 남부 남자들의 무른 어투가 영 거북스러웠는데 각하께서는 말하시는 화풍이 몹시 고상하십니다."

길도프는 르옌이 살집이 없을 뿐이지 의외로 예쁜 얼굴을 하고 있다는 것을 깨닫고 은근한 눈빛을 했다.

"하지만…… 그런 말도 있지. 아첨하는 계집의 말은 딱 세 명만 믿어라. 어머니와 부인과 딸의."

"그런 말도 있지요. 적의 적은 아군이라고."

"말대답을 하는 계집은 꼭 속에 무언가를 품고 있던데."

"속에 품고 있는 게 많은 계집이 숨기는 것 없이 고스란히 내보여 주니 참으로 다행이 아닙니까."

"여자에게는 비밀이 한두 가지쯤은 있어야 한다더니?"

"섭정께서 저를 상대할 만한 여자로 보아는 주시는지?"

결국 섭정 길도프는 웃고 말았다.

나이 어린 계집의 저런 태도가 길도프에게는 퍽 귀여운 재롱처럼 느껴진 것이다. 그는 조금 편안히 어조를 풀었다.

"그래서…… 북부와 마리포사들이 내통한 게 아니라면 왜 마리포사들과 함께 있지?"

르옌는 산을 살짝 들어 올리며 길도프를 향해 말했다.

"각하께서 오랫동안 섭정의 지위에서 바인을 지키신 것과 같은 이유겠지요."

"……."

"마리포사들을 위해서입니다."

"마리포사들을 위해?"

르옌의 입술에서 한층 더 나붓해진 음성이 흘러나왔다.

"바인의 영광된 시절을 기억하십니까?"

"……."

"남대륙의 한 축으로 우뚝 섰던 시절이 있었다지요. 시친의 유목민들에게 많은 침략을 받으면서도 꿋꿋했던 바인의 긍지를 기억하는 이들이 북부에도 많습니다. 한때는 산맥 서쪽, 이편의 거의 대부분을 호령했던 왕국이 바로 바인이라 들었는데, 아닙니까?"

길도프가 파묻듯 의자에 등을 기대며 턱을 당겼다.

"물론 지나간 영광만 그리는 짓은 어리석은 일입니다. 하지만 기회가 왔을 때 그것을 잡지 못하는 것은 더욱 아둔하지요. 당신들의 영광을 앗아 간 제국에 보복을 하라는 것이 아닙니다. 보복감을 불태우기에는 이미 너무나도 오랜 시간이 지난 후이니……. 다만, 함께 앞으로 나아가자는 뜻입니다. 일전 제국령과의 전투에서 당신들이 왕을 잃었다는 사실을 기억하고, 바인의 영광스러운 복권을 위하여."

"다난의 외눈박이에게 잃은 것이 많지만, 사위 때문에 그들을 증오하는 건 아니네."

"생각해 보면 일개 영주가 유서 깊은 왕국에 대적하려 하는 것을 내버려 두는 것부터가 어불성설이 아닙니까? 다난의 무력이 서부 영지들 중 독보적이기는 하다지만, 글쎄요. 그들의 명예가 왕국에 비할 수 있을지……. 그리고 그들은 앞으로 더욱 거대해질 수 있습니다. 언젠가 다난이 독자적으로 움직이는 대신 다른 서부 영지들과 합심하여 바인을 침공하려 할지도 모르는 일이고……. 그때가 되면 바인은, 물론 섭정 각하쯤 되는 분께서 그런 대비를 하지 않고 계실 거라 생각지는 않습니다마는, 전쟁이란 규모가 커지면 늘 양측 모두가 쇠약해지는 법입니다."

"흠."

"바인에도 나쁜 제안은 아닐 겁니다. 머잖은 미래, 우리와 함께 다난을 무너뜨린다면 살리가르를 제외하고 누구도 당신들을 대적할 수 없게 될 겁니다. 서부 유일의 왕국이 될 수도 있습니다. 당신들이 감당해야 할 위험은 그리 크지도 않습니다. 전쟁은 우리가 합니다. 우리가 서부를 정리할 때까지만, 다난과의 국경에 군사들을 군집시키길 바라는 것뿐입니다. 그럴 일은 없겠지만 만일 우리가 패배한다면 발 빼시면 됩니다."

입에 발린 소리라고 할지라도 그럴듯하게 들리기는 했다. 빤히 르옌을 바라보던 길도프가 되물었다.

"정말 모르가나를 상대로 버틸 수 있다 생각하나?"

"이쪽은 살기 위해 무엇이든 할 각오가 되어 있는 이들입니다."

천박하군. 길도프가 조롱했다. 식탁보의 끝자락만 바라보고 있던 위스번스의 주먹에 힘이 들어갔다.

"그리 오랜 시간 공들여 사자를 섬겨 중앙 귀족 가문들 사이에 아등바등 끼어 올라갔다기에 나름 대단타 생각하고 있었는데, 이리 한 순간 몰락이라……."

"저는 끝이 새로운 시작이라 배웠습니다만."

"남부 유일 태자의 슬픈 비극에 조의를 표하는 이들이 바인에도 여럿이라는 건 알아 두게."

"권위를 갑옷처럼 두르고 전쟁터에 뛰쳐나온 그 얼간이의 죽음이 당신에게 그리도 애통한 것이란 말입니까?"

섭정 길도프가 쯧, 혀를 차는 소리를 냈다.

"그들 황실이 겪어야 할 비극에 공감할 뿐이네. 아국 바인은 권위에 굴하지 않는 명예로운 기사들의 나라다. 그대들이 명예롭다면 아국은 목숨을 걸고라도 그대들을 도왔을 테지만, 그대들의 불명예와 오만함이 명백하니 애석할 따름이다."

잠깐 간격을 두고 르옌이 답했다.

"명예란 타고나는 것이 아니라 지키고 싸우며 만들어진다 여기는지라. 제 손으로 아무것도 해낸 것이 없는 라인하르가 얼마나 명예로운 자인지는 잘 모르겠군요."

"말장난도 적당히 하라."

"장난은 아까 끝났습니다. 그 정도는 분별하셔야지."

서늘한 일갈에 식탁 위로 고요가 찾아들었다.

섭정 길도프는 오랫동안 섭정 정치를 이끌어 온 노련한 남자였다. 그러나 그도 이리 당돌한 계집을 본 기억이 전무했던지라 슬슬 반감이 피어오르기 시작할 때였다.

르옌이 시기적절하게 대화를 전환하며 더 흥미로운 화두를 던졌다.

"각하께서는 북부에 가 본 적 있으십니까?"

"없네."

"뮈아드로에 알레타르 달테라는 사원이 하나 있습니다. 메마른 곳입니다. 회색 열주들이 늘어져 있는데 그래서 회색 사원이라고 불리기도 하지요. 지난 왕들의 석상과 석비들이 그들의 재와 함께 납골되어 있는 그곳은 사원이라기보다는 왕실 묘당이라는 이름이 더 어울리는 게 사실입니다. 하지만 무엇보다 그곳의 가치는…… 당신께서도 들어 본 적 있으십니까?"

길도프가 입술을 핥으며 답했다.

"왕가의 무덤이라던가. 아니, 왕관의 무덤."

그것은 북부가 자신들의 선인을 대하는 방식에 있어 가장 야만하다 일컬어지는 것이다.

"무어라 불리든 의미는 다르지 않습니다. 온갖 북부 신화가 새겨진 벽화 앞을 장식한 진짜 왕들의 무덤이야말로 북부인들의 정신의 표상입니다."

존귀하게 대하여도 모자랄 왕들의 유품을 쓰레기 산처럼 대중없이 쌓아 두었다는 그곳은 남부인들은 상상도 하지 못할 곳인 것이 사실이다. 그런 주제에 모든 왕들이 돌아가는 곳이라는 거창한 의미를 부여하고 있다 하였다.

길도프는 르옌이 마치 눈에 그려진 선명한 그림에 대해 말하듯 알레타르 달테를 묘사하는 게 자못 신기했다.

“가 본 적이 있나?”

르옌은 대답 대신 엷게 미소만 지어 보일 따름이었다. 위스번스는 조금 놀란 표정으로 르옌을 바라보았다.

“계속 말해 봐라.”

“라인하르는 그 스스로가 남부에서 태어난 것을 감사해야 할 것입니다. 만일 그가 북부의 왕손이었다면, 장담컨대 그는 추모가 아닌 조롱을 당하였을 터이니까요. 그런 명예 없는 자를 시해하였다는 이유로 마리포사들의 삶이 부정당할 이유는 없습니다. 그리고 나는 우리가 서부를 정벌할 수 있을 것임을 당신에게 증명해 보이지요.”

길도프는 껑충 짧아 어깨에 겨우 닿는 르옌의 머리칼에 시선을 한 번 주었다. 묘하게 눈길이 가는 계집이로다. 살인 기사들과 함께 나타났을 때부터 평범한 계집이 아닐 거라 생각은 하였다만, 분명히 범인은 아니었다.


‘폐하와 상의를 해 보아야겠군.’ 마무리는 그렇게 끝났다. 교묘한 발뺌이라는 것은 피차 알았다.

배정된 방으로 돌아와 문을 잠그고 선 위스번스의 가슴이 크게 오르내렸다. 손이 주체할 수 없이 떨렸다. 일국의 섭정을 배알하는 자리였으니 긴장은 당연했다. 상황이 이렇지 않았다면 평민인 그는 일생 발끝도 쳐다보지 못했을 자였다.

하지만 르옌은 나이가 스물 초반이라는 것이 믿기지 않을 만큼 담담히 모든 말을 다 해냈다. 그녀가 묘한 방식으로 대화를 주도해 주지 않았다면, 위스번스는 그저 애걸하듯 간구하다 끝내 자존심에 상처만 입고 되돌아갔을 터였다. 자존심이 상하기 이전에 속이 꽉 막힌 듯 갑갑했다.

'알레타르 달테.'

지난 자리에서 르옌이 서두로 꺼낸 북부의 유물에 대하여는 위스번스도 들어 본 적 있었다. 대개 마리포사들이 알고 있는 북부에 관한 지식은 거의 대부분이 발로이드로부터 기인한 것이므로, 그 역시 발로이드에게 들었다.

북부에 한 번도 가 본 적 없을 발로이드도 꼭 르옌처럼 마치 직접 본 듯 묘사하곤 했다.

추억이 그의 명치를 짓눌렀다. 숨을 깊이 내쉰 위스번스가 마른세수를 했다.


많은 이들이 알고 있듯이 위스번스는 앙레디움인이었다. 그는 십 대 중반 무렵까지 연설을 하며 전국을 주유하는 아버지를 따라 유랑을 하고 살았다.

그의 아버지는 모르가나의 폭압에 항거하여 일어서야 한다 말했던 계몽주의자였다. 물론, 가진 것 없이 혀만 지닌 이들은 으레 무력에 꺾이기 마련이고 그의 아버지 부디스 놀던은 결국 제도로 끌려가 죽었다. 앙레디움의 왕 이오닌이 자유 연설의 수호자라는 이름을 달고도 그의 아비를 속절없이 제국 황실에 빼앗긴 것이다.

위스번스가 마리포사들을 처음 만난 건 아버지가 죽은 제도에서였다. 궤변꾼이었던 아비와 크게 살가운 관계가 아니었더라도 아비였다. 모르가나의 황제가 증오스럽고, 제 백성 지키지 못한 그의 왕이 증오스러울 때였다.

죽은 아비의 시신을 수습하고 맥없이 늘어져 있던 그를 우연히 발견한 마리포사 가문의 어떤 기사가 권했다. 부디스 놀던이라는 이름이 제도에서도 퍽 유명했던지, 그에게 관심이 많아 보였다.

길게 고민하지도 않았다. 모든 것을 창과 칼로 말한다는 그들의 기개에 이끌린 위스번스는 함께 가겠다고 말했다.

그러나 라곳에시스까지 따라와서도 삶이 편하지는 않았다. 몸이 이미 굳어 멀쩡한 기사가 되기는 무리였다. 가장 기본적인 것만 숙지한 채라, 스물이 넘어서도 열댓 살짜리에게 흠씬 얻어맞곤 했다. 마리포사들은 약한 자를 전우로 인정치 않으므로, 위스번스는 쫓겨나지 않기 위해 심부름꾼을 자처하며 전투 외적인 것에서 발품을 팔았다.

그는 한 번 들은 이야기는 잊지 않았고 최대한 많은 정보를 기억하려 애썼다. 위스번스의 노력이 빛을 본 건 스물너덧쯤 되었을 때였다.

―쭉 지켜보니 네 머리가 꽤 비상하고 철저하더군. 행정 업무를 배워 봐라. 머리를 쓰는 놈도 필요하니까.

―라곳에시스를 위해 살고 죽겠습니다.

―라곳에시스가 아니라 이곳에서 사는 전우들을 위해서 뛰어.

나이 어린 도련님의 명령은 그의 삶에 활기를 불어넣어 주었다. 체질도 아닌 검술과 기마술을 배우는 것보다 훨씬 행복했다. 발로이드의 안목에 보답하기 위해 죽기 살기로 배웠다. 실력은 일취월장했고 스스로가 자랑스러웠다.

그날이 아직도 기억이 난다.

여상한 햇볕이 내리쪼이던 어느 오후, 지휘 교관들도 포기한 둔치인 자신을 바라보며 느른히 턱을 괴고 웃던 청년의 얼굴. 왜 가망도 없는 둔치에게 귀한 시간을 낭비하느냐, 누군가 대놓고 우스갯소리로 물었다.

발로이드의 대답은 일생 그의 가슴에 박힐 말이었다. 그래서 지금은 더욱더 큰 배반감과 상실감으로 돌아온 말이었다.

―기본은 해서 스스로를 지킬 줄은 알아야 내 마음이 놓이지 않겠나. 너도 네 전우를 사랑해야지. 그리 비웃을 시간이 있으면 검이나 더 휘둘러라.

잃어버린 이에 대한 기억이 아프다.

위스번스는 기도하듯 두 손을 모아 얼굴을 문질렀다. 한참을 견디자 노기가 가라앉았다. 연설이나 언변이 앙레디움의 연설꾼들처럼 유창하지는 않지만 그래도 그는 앙레디움인. 분노를 다스리는 건 어렵지 않은 일이었다.

❖ ❖

그들은 바인에서만 사흘을 흘려보냈다. 왕과 논의를 하겠다 했던 섭정 길도프는 감감무소식이었다. 림의 왕성의 외곽에서 기사들과 진을 치고 기다리던 룩서르 경이 우려의 기색을 비쳤다.

"어찌해야 합니까?"

속절없이 끌려가는 형세를 피하기 위해서는 노파심을 드러내선 안 되었다. 그러나 르옌 역시 지금의 인내가 시간 낭비로 끝날 가능성을 점치지 않을 수 없었다. 위스번스가 섭정이 아닌 국왕에게 직접 알현을 요청하는 것을 내버려 둔 것도 그 때문이다.

하지만 바인의 왕으로부터 되돌아온 것은 '공사가 다망하여 친접할 수 없다.'는 짤막한 전언이 전부였다.

그 말도 안 되는 거절은 섭정의 의중에만 관심이 있었던 르옌으로 하여금 소년왕이라는 존재를 되새기게 하는 계기가 되었다.

'섭정이라……'

르옌은 이미 섭정 체제가 가져올 수 있는 최악의 상황을 겪어 본 사람이었다.

이백여 년 전, 그녀가 전쟁에 빠져 있을 때 믿었던 부군이자 스승인 벨바롯트는 그녀의 뒷목을 칼날로 내리쳤다. 벨바롯트의 긍지를 높이 사고, 그의 선택을 이해했지만 어찌 되었건 배반이라는 결말은 바뀌지 않는 법이다.

어찌 보면 제 생각이 짧았던 탓이다. 권력을 다룰 수 있는 자에게 권력이 주어지고, 직접 그 권력을 쥐어야 할 자가 그것을 소홀히 한다면 능히 있을 수 있는 일이다. 그것을 간과한 건 전쟁에 미쳐 있던 자신이었다.

단 한 번 이야기를 나누어 보았을 뿐이지만, 길도프는 정으로 움직이는 자는 아니었다. 사람의 행동과 눈빛에 배인 것은 그 어떤 말로도 포장할 수 없다.

권력 앞에서 혈연이란 외려 거치적거리는 것으로 전락할 수 있다. 손주라는 것이 중요할까? 르옌이 스완이었던 시절, 그녀는 제 배로 낳은 두 자식도 사랑하지 않았다. 얼굴조차 알아보지 못한 그것들을 자식이라 칭하기도 사실 모호하다고 생각한다.

그리고 지난 며칠 동안 르옌이 자연스럽게 알게 된 것들은 그녀의 짐작에 힘을 실어 주었다. 바인의 시녀들에게 왕에 대해 흘리듯 물으면 시녀들은 어린 왕의 천진난만함과 순수함 따위를 지껄였다. 반면 섭정 길도프에 대해 물으면 아주 공손하게 경외하는 태도를 보이며 말을 아꼈다.

곧 성년이 될 왕을 두고도 정권 이양의 낌새가 보이지 않는 상황 속에서 수변인늘의 시선이 저러하다면 필경 억측은 아니었다. 섭정 길도프는 사실 소년왕에게 상의할 필요도 없이 그 스스로 모든 결정을 내릴 수 있는 바인의 절대 권력자일 것이다.

그렇다면 이건 기 싸움을 하려는 것인가. 아니면 거절을 위한 포석인가. 거절이 될 가능성이 농후하다.

그러나 멀리 보아도 가까이 보아도 바인은 그들의 편이거나 아니면 중립이어야 했다. 바인과 다난의 평화는 가장 커다란 군사력을 지닌 제국령 다난의 칼날이 마리포사들에게 향하게 하는 양분이 될 것이다.

서부에 황실의 손이 잘 닿지 않았다는 사실에 근거해 차라리 방향을 돌려 다난을 건드려 볼까 하였으나, 이러니저러니 해도 다난은 제국령이다. 지난 태자 시해에 있어 어떠한 태도를 보일지 장담할 수 없다. 모르가나의 영토인 이상, 어느 정도의 충성심은 존재할 테니까. 제국령이라는 자부심이라거나. 어느 쪽이든 마리포사들에겐 좋지 않다.

르옌은 창밖의 연갈색 꼬리를 흔드는 연에 의미 없는 시선을 보냈다. 지난 아침에도 저리 떠 있었던 것 같다. 그리고 나흘째 접어든 이른 아침, 창밖에는 여전히 연이 있었다. 어제와는 다른, 꼬리가 짧고 화려하게 장식된 연이었다.

창가로 걸어간 르옌이 손을 내밀었다. 늦겨울과 초봄 사이의 바람이 칼처럼 찼다. 연은 그 바람을 타고 더 높이 떠올랐다. 창밖을 내다보던 르옌은 차림을 반듯하게 갖추어 밖으로 나섰다. 그리고 연을 따라 걸었다.

길도프는 르옌을 어떤 의미로든 호의적으로 보았지만 도무지 답을 줄 생각이 없는 듯했다. 다시 생각하면 거절이 당연한 것도 같다.

다난이라는 제국령을 적대한다는 일이 모르가나라는 제국을 적대하는 것은 아니다.

위스번스는 더 머물 이유가 없다 결론지었다.

"룩서르 경, 오늘 저녁 출발할 준비를 하게."

"답이 왔습니까?"

위스번스가 고개를 저었다. 룩서르 경은 우울한 얼굴로 돌아나갔다.

위스번스는 르옌의 방으로 향했다. 돌아갈 준비를 하라 말하기 위해서였다.

고민이 많았다. 어찌해야 할까. 최악의 상황이기에 올해를 넘기면 기적일 것이라는 생각을 하기는 했지만 매일매일이 힘에 부쳤다. 지금이라도 도망쳐 평생 마리포사들과 관련이 있다는 것을 숨기고 사는 것이 더 나은 일일지도 모른다. 절로 입술 끝이 처질 즈음 르옌의 방문 앞에 이르렀다.

그런데 문득 위스번스는 이미 방 안에 누군가가 방문해 있다는 사실을 알아차렸다. 노크를 하려던 손을 멈추고 살그머니 문고리를 돌렸다. 웬 소년의 커다란 목소리가 들렸다.

"정말? 정말이야?"

'누구지?'

열린 문틈으로 르옌의 목소리도 새어 나왔다.

"정말입니다. 그리고 예전에는 연이 전시에 이용되었다는 것을 아십니까?"

"전쟁 말하는 거지?"

"예. 나라마다 조금씩 다른 풍토와 관습을 가지고 있지만 보통 붉은 연은 공격이 임박할 것이라는 뜻에서 띄워지지요. 꼬리의 개수대로 기사단의 수를 의미할 때도 있었습니다."

“어어? 어어어! 하지만 몰래 가서 때려잡아야 하는 거 아냐?”

“전쟁의 방식이야 사령관의 재량에 따라 많이 갈립니다마는, 정중하고 정정당당하게 싸워야 후환이 없다는 걸 아는 이들은 미리 회동하여 약속된 날짜에서 약속된 곳에서 싸우기도 합니다.”

“우와아, 그리고?”

“검은 연은 요직 인사의 죽음을 알려 아군에게 퇴각의 신호를 보내는 것으로 사용되기도 했습니다. 물론 전시뿐만 아니라 국상 같은 비극적인 일이 벌어진 것을 빠르게 알리기 위해서도 왕왕 사용되었지요. 하얀 연은 항복 혹은 휴전을 요청하는 데에 사용되기도 했습니다. 연인들 사이에서는 그 의미가 달랐는데, 비밀리에 만나는 연인들은 연을 띄워 올려 자신의 위치를 알려 주기도 했다고 합니다.”

“그런 적 있어? 북부에서는 그렇게 연을 날려?”

위스번스가 문을 밀고 조심히 안을 들여다보았다.

가장 먼저 보인 것은 르옌도, 르옌과 이야기를 나누는 상대도 아니었다. 시종처럼 허름한 행색을 한 소년이었다. 동시에 위스번스를 발견한 갈색 더벅머리의 시종 소년이 거드름을 피우며 콧대를 올려 물었다.

“흠, 에헴, 누구십니까?”

위스번스는 바로 답하는 대신 르옌에게로 시선을 주었다. 르옌은 소파에 앉아 있었는데, 그 건너편에는 눈썹 위까지 앞머리가 길게 자란 금발 머리의 황갈색 눈 소년이 자리하고 있었다.

시종 소년이 조금 더 힘주어 물었다.

“누구냐 물었습니다!”

위스번스가 하고 싶은 말이었다. 대체 저건 누구인가?

르옌이 설명했다.

"인사부터 올려라. 폐하시다."

'폐하?'

위스번스가 단숨에 이해하고 입술을 벌렸다. 바인의 왕, 요수아!

상황이 어찌 된 건지 생각할 겨를도 없었다. 금발에 황갈색 눈동자를 지닌 인상착의며, 알려진 나이보다는 조금 작아 보였지만 체격도 비슷했다. 입고 있는 옷부터가 몹시 고급스럽고 화려했다. 처음부터 지금까지 그에게 누구냐고만 묻는 의기양양한 시종의 표정까지 더하면 확신하지 않을 수가 없는 일이었다.

위스번스가 황급히 고개를 조아렸다.

"폐하, 저는 마리포사 가문의 총괄 관리인인 위스번스……."

"르옌, 르옌, 너도 연 날리는 거 좋아해?"

위스번스의 소개말은 무참히 무시당했다. 요수아는 르옌에게 집중하느라 여념이 없었다.

르옌은 빙그레 웃으며 요수아의 머리칼을 부드럽게 어루만졌다. 시종 소년이 귀까지 벌게져 팔짝팔짝 뛰었다. 폐하의 정수리에 그렇게 손을 대다니……! 무엄하다! 까랑까랑 울리는 시종 소년의 목소리에 요수아가 볼에 바람을 크게 집어넣곤 투덜거렸다.

"탈리아, 이 잔소리쟁이. 대체 왜 그렇게 잔소리만 하는 거야, 응?"

"폐하! 폐하의 몸에 함부로 손을 댄……."

요수아는 르옌의 소파 옆자리로 옮겨가 무릎베개를 하기까지 했는데, 그 대목에서는 위스번스가 말을 잃은 것처럼 탈리아도 말을 잃었다.

"음, 편하다! 불편해, 르옌?"

"아니요, 괜찮습니다."

요수아는 르옌에게 몹시 호의적이었다. 일찍이 양친을 모두 잃은 그에게 르옌의 다정함은 어미의 태내에서 평화롭던, 기억도 나지 않는 시절의 향수를 느끼게 했던 탓이다.

이마를 쓸어 주는 르옌의 손목을 따라 커다란 황갈색 눈동자를 움직이던 요수아가 물었다. 시선은 르옌의 손목에 감겨 있는 낡은 천에 있었다.

"다쳤어?"

"아니요."

"팔찌 같은 거야? 가난해서 그래? 마리포사들은 가난한가? 너흰 세금도 내지 않는다던데."

시종 탈리아는 십 초에도 발을 한 열 번은 더 구르고 있었다. 아이, 아아, 폐하아아, 체통을 지키셔야, 아아, 폐하아아.

"나 봐도 돼?"

르옌은 손목에 내리 감아 두었던 붉은 늑대가 수놓인 멘테를 풀어내었다. 요수아는 펼쳐진 천 위의 늑대를 발견하고 깜짝 놀란 사람 같은 소리를 냈다.

"이거 늑대네! 멋지다!"

르옌이 웃음으로 답을 무마했다. 얼빠진 채 서 있던 위스번스가 정신을 차렸다.

'……브류나크?'

위스번스도 저 천의 전면은 처음 봤다. 손목 보호대처럼 손목을 감고 있던 낡은 천을 의식한 적은 여러 번이지만, 그게 브류나크의 멘테일 줄은 몰랐다.

얼마간 르옌을 응시하던 위스번스가 좁은 보폭의 걸음으로 다가가 섰다.

"저, 그보다 폐하께서 왜 이곳에……."

"르옌이 나를 찾아왔더라고. 난 너희 마리포사들이 내 성에 있었는지도 몰랐단 말이야. 제대로 만나 보고 싶었는데 지금 알현실은 할아버지가 쓰고 계시고, 나는 편하게 누워 있고 싶고…….”

제 배알의 요청은 그리 무시당했는데 르옌이 어떻게 요수아를 만났단 말인가?

"아니, 어떻게?”

르옌이 답했다.

"폐하의 연 놀이 실력이 수준급이셨습니다. 어찌 이끌리지 않을 수가 있겠습니까.”

"띄워 주기는!”

르옌의 칭찬에 요수아가 배시시 웃었다.

‘아.’

소년왕 요수아에게 연 놀이 취미가 있다 말해 주었던 것이 본인이었던지라 위스번스는 금세 이해했다. 그러다 불현듯 가시처럼 돋친 의문을 물었다.

"……한데 모르셨다니?”

위스번스에게 눈길을 준 르옌이 고개를 작게 저었다.

이로써 길도프가 그들을 골탕 먹이려 한다는 것이 낱낱이 드러난 셈이다. 저녁까지 기다릴 필요도 없이 일찍 떠나는 것이 나았다.

"그나저나 폐하, 제게 긴 시간을 할애해 주시니 그저 기쁘지만 다망하신 폐하께서 정무를 돌보셔야 할 시간까지 빼앗는 건 아닌가 걱정도 됩니다.”

"아냐, 신경 쓰지 마. 일은 전부 나 대신 할아버지가 하니까.”

"폐하께서는 아무것도 하지 않으신다는 말입니까?”

르옌이 눈을 둥글게 뜨고 되묻자 요수아의 얼굴이 조금 붉어졌다.

뉘앙스가 묘하게 힐난하는 것처럼 들린 것은 요수아뿐만이 아니었으리라. 탈리아의 미간이 홱 좁아졌다.

"어, 응."

"하지만 폐하께서 이제 곧 정권을 이양받으셔야 하는 것으로 아는데……."

"치이…… 르옌 너도 탈리아랑 똑같은 소리를 하네."

요수아는 턱을 괴며 뚱한 눈으로 시종 탈리아를 흘겼다. 빳빳하게 쪼그라들어 입술만 삐죽이고 있던 탈리아가 요수아와 눈이 마주치자 눈을 데굴데굴 굴렸다.

"폐하께서는 정말 아무것도 하지 않으시는 건 아니겠지요?"

"왜?"

"아무것도 하지 않는 왕을 기억하는 백성이 없을 테니 우려가 되어 드리는 말입니다. 섭정 각하께서 충성스럽고 현명한 분이라는 것은 첫눈에 알아보았지만…… 결국 왕은 폐하가 아니십니까."

"하지만 다들 내가 왕인 거 아는데, 뭘."

발끈한 요수아가 짐짓 근엄하게 낯빛을 바꾸더니 턱을 치켜들었다.

"르옌, 뭔가 오해를 한 모양인데 나는 사람을 부리는 왕이야. 왕이 하는 일은 그거라고."

르옌은 요수아의 천진함을 가만 지켜보다가 고개를 갸웃하며 물었다.

"하면, 폐하의 명이 바인에서 가장 선행되어야 할 명령이라는 게지요?"

"당연하지."

"섭정 각하도 폐하의 명을 따르는 거지요?"

"물론! 할아버지는 내 신하니까."

"하면 누구를 부릴지 폐하께서 선택하실 수도 있다는 말이군요."

"당연한 걸 왜 물어?"

르옌이 빙그레 웃으며 평이한 어조로 권했다. 사안에 비하여 정말로 사소한 것 말하는 투였다.

"하면 폐하, 저를 부려 보시겠습니까? 저 잔망스러운 잔소리꾼 시종 하나 부리는 것보다는 훨씬 더 재미있을 겁니다."

르옌의 '잔망스러운 잔소리꾼 시종'이라는 폄훼에 볼에 바람을 넣으며 눈을 찡그렸던 시종 탈리아의 표정이 삽시간에 굳어졌다. 요수아는 그저 휘둥그레 뜬 눈으로 되묻기 바빴다.

"너를?"

"엄밀히 말하면 마리포사들을. 저희의 요청은 다난과의 관계에 대한 것이며 공식적으로 동맹이 선포되지는 않을 겁니다. 대가로 폐하께서는 저와 마리포사들의 무한한 충성을 얻으실 수 있으실 것입니다. 폐하께서 왕 노릇 하는 데에 필요한 군사를 기꺼이 지원해 드리고 싶습니다. 분명 폐하의 정권 환수에는 저희가 필요하실 겁니다."

시종 탈리아의 안색이 굳어졌다.

탈리아는 요수아보다 한 살 더 많은 시종으로 충성스럽고 영민한 이였다. 뿐만 아니라 서해안 최대 규모의 항만을 지닌 것으로 유명한 돌체의 영주, 맥베인의 둘째 아들이기도 했다.

맥베인은 선왕에게 가장 충성스러웠던 신하들 중 하나였는데, 요수아가 세 살이 되던 해 선왕이 죽고 섭정이 대리 정치를 시작할 무렵 네 살인 탈리아를 수도 림으로 보냈다. 오로지 요수아를 위해서였다.

올해로 열여섯의 성인이 된 탈리아는 제게 주어진 임무가 막중하다는 것을 잘 이해할 만큼 조숙했고, 지금 오가는 화제의 위험성을 감지할 만큼 똑똑했다.

'……저 여자, 지금 뭐 하려는 거야?'

여자가 지적한 요수아의 정권 환수 문제는 작년부터 슬슬 오르내리던 화제 중 하나다. 아직까지도 요수아를 지지하는 몇 없는 귀족들의 가장 큰 걱정거리이기도 했다. 지난 두 해 동안 산맥 저편에서 벌어진 남북 전쟁에 그들이 관심이 없었던 것은, 멀기도 했지만 나라 안의 분위기가 그러했던 탓이었다.

성년이 되는 내년까지 제대로 왕권을 돌려받지 못하면 요수아의 미래는 불투명하다. 섭정 길도프가 림의 북쪽 영지 웬더에 살고 있는 아들-요수아의 외삼촌-에게 왕학을 가르치고 있다는 소문까지 돌고 있으니까.

사태의 심각성을 아는 탈리아가 이런 문제를 조언하면 요수아는 늘 잔소리쟁이라며 투덜거리기만 해서 속이 상했다.

요수아는 바인 왕가에 현존하는 유일한 적통으로서 절대적으로 보존되어야 할 왕이었다. 그리고 무엇보다도 탈리아는 요수아를 사랑했다. 철이 있고 없고와는 관계없는 무조건적인 애정이었다.

요수아는 퉁명스레 대꾸했다.

"하지만 너희들은 착한 사람이 아니라던데."

"제가 악하게 보이십니까?"

"그건 아니지만……. 할아버지는 뭐래? 르옌 너랑 노는 건 좋지만 할아버지가 싫어하실 거야."

탈리아는 울적하게 고개를 숙였다.

요수아가 마리포사들을 돕길 바라는 건 아니었다. 하지만 요수아가 길도프를 한 점 의심 없이 신뢰한다는 사실이 그를 우울하게 만들었다.

르옌은 요수아의 미적지근한 반응에 약간의 간격을 두더니 화두를 돌렸다.

"그러시다면야……. 한데 폐하, 옛이야기를 듣는 건 좋아하시나요?"

"응, 재미있는 거라면야. 전쟁! 전쟁 얘기를 더 해 줘도 좋은데!"

"전쟁이라면 많이 알지요. 하면, 라르칼리아의 마지막 여왕과 그 섭정에 관한 이야기에 대해 들어 보신 적 있으십니까?"

탁자 옆에 선 위스번스는 가만 르옌의 이야기를 반추했다. 이야기가 떨쳐지지 않는 것은 섭정 벨바롯트의 모반으로 무너진 라르칼리아 왕조의 마지막 생존자가 마리포사의 시조라 알려져 있기 때문이었다.

르옌은 늘 발로이드를 페이작이라 부르곤 했는데, 이야기 도중 페이작 돌레한 라르칼리아도 마찬가지로 '페이작'이라 일컫는 것은 굉장히…… 몹시 위스번스의 기분을 이상하게 했다. 간혹 페이작도 고시대 왕국의 이야기를 스스로의 이야기인 것처럼 풀어낼 때가 있지 않았나.

정말로 희한한 이들이다. 그런 생각이 들지 않을 수가 없었다.

"언제까지 그리 서 있을 건가?"

르옌의 의아쩍은 물음에 위스번스가 퍼뜩 정신을 차리고 그녀를 바라보았다.

"……지어낸 겁니까?"

"내가 한 이야기가 그리 허황된 것처럼 들렸나?"

위스번스는 고개를 흔들었다. 신경 쓰이는 것들을 죄 잡고 늘어지자면 끝이 없을 것이다.

"그보다는…… 아닙니다."

위스번스는 당면한 문제를 상기했다. 그는 요수아보다도 탈리아라는 시종이 더 신경이 쓰였다. 시종은 분명 요수아보다 훨씬 바인의 상황을 잘 알고 있는 것이 분명했다. 라르칼리아의 섭정 이야기가 거론되자마자 그토록 어두운 얼굴을 하는 걸 보면.

"이간질을 했다 여겨질 수 있습니다. 그 시종은 특히나……."

시종은 어쩌면 르옌의 의도를 이해했을는지 모른다. 아니, 의도라기보다는 경고였다. 섭정 체제를 유지하고 있는 나라에 들어와 그 왕에게 섭정이 왕권 전복을 한 이야기 따위를 떠들다니 경솔했다.

"시종이라는 그 아이, 왕을 사랑하여 한시도 눈을 떼지 못하던걸. 설사 섭정의 귀에 들어가도 이미 거절의 의사를 명백히 하고 있는 그자가 우리에게 무얼 더 어찌하겠나. 어쨌건…… 우리가 그들을 공격할 의사가 없음을 알았으니, 이 방문에도 반 정도는 의미를 부여해도 되겠지."

르옌도 괜한 마음을 쓴 것을 알았다. 그러나 잘된다면 좋을 것이고, 안 되더라도 제 마음이 조금 풀리니 그로도 좋지 않은가.

섭정 길도프는 호전적이지 않은 자다. 나이 든 자들이 으레 그렇듯 부러 위험을 감수하고 싶지 않아 하니 특별히 마리포사들에게 패가 더 있는 게 아니라면 그를 돌릴 수는 없을 것이다. 다행스러운 것은 호전적이지 못한 만큼 섣불리 마리포사들을 공격하지도 않을 것이라는 사실 하나뿐이다.

아직 이쪽이 어디까지 해낼지 몰라 결정을 유보한 것이라면, 서부 정벌을 성공적으로 진행하는 모습을 보이는 수밖에 없다. 말로는 거지도 왕궁을 살 수 있는 법이니.

"아니, 그게 문제가 아닙니다. 우리는 지금 당장의 적을 더 만들어서는 안 됩니다. 북부인인 당신에게는 지금 상황이 별것 아닐지 모르나……."

르옌이 그의 말허리를 자르며 물었다.

"고향이 어디라 하였지?"

"……태어난 곳은 앙레디움이지만 라곳에시스가 저의 고향입니다."

"너 역시 먼 곳에서 왔구나. 내가 나고 자란 북부의 작은 마을도 서부에서는 꽤 멀지."

"저를 당신과 같은 선상에 두지 마십시오. 당신을 받아들인 건 순전히 에일라와 반목하는 것보다 그게 더 낫다 판단했기 때문입니다."

악의 어린 비난에도 르옌은 괘념치 않는 것처럼 바라보기만 할 따름이었다. 얼마 후, 짙어진 침묵을 깨고 마지못한 물음이 돌아왔다.

"하면, 위스번스 놀던…… 너는 내가 어쩌기를 바라나?"

위스번스는 저 여자가 자신을 놀리는가 하는 생각에 순간 기분 상한 내색을 감추지 못하고 쏘아붙였다.

"제가 바란 것을 소리 내면 그리되는 것입니까?"

"그리되지 않겠지."

"당신에게 무얼 바라는지 어찌 알고?"

"내가 페이작을 죽인 것을 후회하여 너희에게 용서를 구하기를 바라고 있지 않나?"

르옌은 위스번스에게 한 걸음 다가와 섰다.

"하지만 위스번스, 나는 그러지 않을 거다."

단단한 말이었다.

"……후회할 만치 얕은 각오로 해한 것이라면, 그 보잘것없는 각오에 스스로를 투신한 페이작이 더 비참해지지 않겠나."

“…….”

“나는 한때 페이작을 나의 반신이라 믿었던 적도 있었다. 믿기지 않을 테지. 이 여자가 무슨 소리를 하나 하겠지. 그런 눈빛은 이미 익숙해. 하지만 그래도 사실인걸.”

불가능하게 들리는 말이지만, 발로이드 역시 한 번도 만나 본 적 없는 저 여자의 신하를 자처해 왔다.

위스번스는 말을 잃었다. 이어지는 르옌의 목소리가 저만큼이나 아프게 들려서.

“……너희가 얼마나 괴로워하는지, 내 잣대를 들이밀어 더하고 덜하고를 논할 수는 없겠지만 나는 가장 아프다. 평생 그러할 것이다. 후회하지 않기에 원망을 쏟아붓고 살 수도 없을 터이고, 나라는 작은 그릇 안에 전부 담고 죽을 때까지 살 테니까.”

스완이든 르옌이든 이제 자신이 누구인지도 상관없어진 순간이다. 제 손으로 페이작을 보낸 지금, 그녀는 진정 혼자였다. 단 한 사람, 그녀를 그녀로 보아 주었던 사내가 있었으나 지금은 닿을 수도 없게 되었다.

르옌은 지금 마리포사들이 느낄 그 두려움과 공허함을 공감했다. 저들이 얼마나 슬플지도 알았다.

“위스번스 놀던, 너 역시 두렵겠지. 홀로 남은 이 세상이 나도 두렵다. 그러니 빈말로 두려워할 것 없다며 너를 위로하지는 않을 것이다. 고될 것이다. 분명 그렇겠지.”

“…….”

“……그렇지만 두렵다고 해서 포기할 수 있겠나?”

가시밭길이라도 외길이라면 걸어야지. 중얼거리는 르옌의 말이 귀에 박혔다.

—내 누이가 말하기를, 가시밭길이라도 외길뿐이라면 걸을 수밖에 없다 했지.

발로이드의 입버릇. 위스번스는 괜히 울컥하여 정신을 가눌 수 없을 것만 같은 두려움에 눈을 질끈 감았다.

"두려움이 네 발을 헐게 할지라도 걸음을 멈추지 마라. 나를 믿는 것이 네 마음을 항시 불안하게 하여 너의 세상을 가시밭길로 만들지라도 너는 걸어야 한다. 나를 위해서가 아니라 너희를 위해서."

위스번스는 끝내 늘어지는 눈꺼풀을 닫았다. 르옌은 그의 뺨을 감싸 손끝으로 물기를 문질러 닦았다.

"……울지 마라. 끝나기 전의 눈물은 아무 의미가 없으니까."

이 말마디조차도 우연일 것이다. 위스번스는 그리 생각하려 애썼다. 그럴수록 스스로가 아집 덩어리처럼 느껴졌다. 르옌의 손을 밀어내며 고개를 비껴 돌린 위스번스는 가까스로 단호히 말했다.

"저녁까지만 기다리고 출발할 겁니다. 더 이상 시간 낭비 할 수는 없습니다."

"그리해라."

분위기를 반전한 르옌이 산뜻한 어조로 대꾸하며 풀어 놓았던 붉은 늑대 자수가 놓인 멘테를 반듯하게 접었다. 다시 손목이나 어딘가에 묶을 거라 생각했는데 그녀는 짐 안에 넣었다. 위스번스는 더 바라보지 못하고 단숨에 몸을 돌려 방 밖으로 나갔다.

문 앞에는 룩서르 경이 조금 황망한 얼굴로 서 있었다. 위스번스는 황급히 눈물에 젖은 얼굴을 팔뚝으로 훔쳐 내고 표정을 지웠다.

"무얼 하고 서 있나?"

"에, 어, 저녁의 출발 마무리가 다 되었다고…… 말씀을 드리려고……."

"고생했다."

위스번스는 복도 저편으로 멀어졌다.

룩서르 경은 눈을 데굴데굴 굴리며 입술을 뻐끔거렸다. 세상에, 저 깐깐한 위스번스를 울리다니!

북대륙을 지배하는 패자가 된 하얀 늑대의 시조와 몰락한 왕조의 마지막 여왕의 이야기. 이는 바인에서는 「나무와 늑대」라는 제목으로도 알려져 있는 오래전의 고사였다.

북부는 라르칼리아 시대부터 내려온 것들을 배척하는 풍토가 만연해 있는 탓에, 라르칼리아에 관한 사료나 유물 같은 것들에 대한 전승은 남부에 따로 남아 발전한 것들이 많았다.

궁을 비운 왕을 대신해 모든 일을 다 도맡아 하였던 섭정이 결국 왕을 배반하여 왕위를 찬탈하고 그 불명예스러운 행동 위에 새로운 왕조를 이룩하였다는 실화.

요수아는 잠깐 불편한 표정을 짓더니 금세 털어 버렸지만, 탈리아는 르옌이라는 여자가 아주 악질적이라고 생각했다. 어떤 의도로 말했는지 빤하지 않은가! 물론 요수아가 아닌 탈리아의 생각을 바꾸는 데에만 성공했으니, 헛수고를 한 것이긴 했지만.

"에이, 탈리. 그럴 리가 없잖아. 그 여왕은 왕궁을 비우고 돌아다녀서 그런 거지."

"하, 하지만 중간에 왔다 갔다 하긴 했을 거 아니에요?"

"됐어, 재미없어. 이제 다른 거 하자."

요수아는 침실 바닥에 대중없이 흩어져 있는 연들을 하나둘씩 제 품으로 끌어당기기 시작했다.

"전쟁 놀이 할까? 붉은 연은 공격이라고 했고 꼬리에 따라 의미가 달라진다 했으니, 우리도 꼬리를 여러 개 달아 볼까? 그러면 더 잘 날까? 하얀 연은……."

탈리아는 우울하게 눈을 내리깔았다.

르옌이라는 여자가 한 말이 도통 뇌리를 떠나지 않았다. 요수아가 권력을 환수받기 위해서는 귀족들의 지지가 필요하다는 것이 진실이었다. 그러나 바인의 가장 큰 무력 세력은 이미 섭정 길도프가 장악하고 있는 수도 림과 그 밖의 자잘한 영지들에 밀집되어 있다.

요수아의 가장 큰 세력이라 할 수 있는 돌체도 고작 이천여 남짓의 군사밖에 지니지 못했는데, 그나마도 삼분지 일이 해안 경비대로 빠져서 도시 수비대를 충당할 때는 번번이 림이나 웬더 같은 다른 곳에 용병을 요청하곤 했다.

만에 하나, 아주 만에 하나 요수아가 정권을 돌려받는 데에 무력 충돌이 있을 거라면 마리포사들은 아주 좋은 패였다. 대놓고 도와주지 않아도 된다 하니 문제 될 것도 전혀 없어 보이고.

그의 아버지라면 무어라고 했을까. 탈리아는 한참의 고민 끝에 넌짓 요수아를 떠보았다.

"마리포사들의 요구가 그렇게 나쁜 것도 아닌 것 같은데, 도와줘도 상관은 없을 것 같지 않아요?"

"다난이랑 싸워서 뭐 해?"

"어, 어차피 모르가나는 우리의 적 아닌가요? 대놓고 도와주는 것도 아니니 손해 볼 것도 없고……. 그리고 정말로 이제 폐하께서 정권을 돌려받으실 때가 되었어요. 폐하께서는 이제 다른 귀족들도 만나셔야 하고 다시 공부도 시작하셔야 하고……."

"할아버지가 이미 하고 있는 일들이잖아?"

"하지만 폐하께서는 왕이시고 와, 왕은 원래 그런 거잖아요. 저는 폐하께서 저를 돌봐 주시는 것처럼 다, 다른 백성들을 돌봐 주시는 걸 꼭 보고 싶어요."

요수아가 맨 카펫 위에 쪼그리고 앉아 물끄러미 탈리아를 올려다보았다. 탈리아가 재빠르게 무릎을 꿇고 눈높이를 낮춘 후 남부 사막의 여우 같은 눈빛을 해 보였다. 탈리아를 빤히 바라보던 요수아가 뾰루퉁 안색을 뒤집어 뺨을 쭉 늘여 당겼다.

"너언 지이인짜 날 귀찮게 한다니까, 탈리. 날 괴롭히려는 거지? 그렇지이이."

"그에 아이라……."

"그에 아이라아아아."

요수아가 우스꽝스러운 표정으로 따라 했다.

"너으해어……."

"너으엥어."

고무줄처럼 쭉쭉 늘어나는 탈리아의 뺨을 조물거리던 요수아가 침대 위로 뛰어 올라갔다. 폴짝폴짝 뛰는 요수아를 망연히 올려다보는 탈리아의 얼굴에 우울한 빛이 어렸다.

"굳이 싸울 필요 없잖아. 지금도 좋은걸. 아니, 지금이 더 좋은데."

"하지만…… 전대 국왕 전하의 보복은 아들인 폐하의 몫이라고 생각해요. 아무리 폐하께서는 기억도 안 나신다고는 하지만 그래도. 마리포사들이 다난을 대신 때려 부숴 준다면 우리로서는 정말 좋은 일일 거예요."

바인은 한때 서부를 호령했던 나라였다. 작은 소왕국이라 일컬어지는 것 이상으로 유구한 역사의 왕국. 긍지가 드높았다.

북부인들처럼 수백 년 전의 일을 빌미로 설욕할 만큼 호전적인 건 아니지만, 탈리아는 만일 요수아의 치세에 바인이 옛 시절의 광명을 되찾는다면 자랑스러움에 죽어 버려도 좋다 생각했다.

팔짝거리기를 멈춘 요수아가 침대 위에 서서 탈리아를 내려다보며 물었다.

"너는 정말 내가 그러기를 바라는 거야?"

"……제가 그러기를 바라는 것보다 폐하가 그러기를 바라셔야 한다고 생각해요. 이제 폐하도 내년이면 성년이시고 스스로 결정하실 수 있는걸요. 그러셔야 하고요."

요수아는 뚱하게 생각했다.

'나는 너랑만 놀면 평생 이대로 살아도 좋은데.'

그러나 입 밖으로 냈다가는 탈리아가 또 잔소리를 할 것이다. 탈리아가 저렇게까지 말하니 마음이 조금 불편해지기는 했다.

"넌 진짜 잔소리쟁이야."

같이 놀지 않고 다른 일을 하라고 하는 탈리아가 미운 마음도 들었다.

'바보, 바보 탈리…….'

요수아는 먼지가 일 정도로 세게 침대 위에 몸을 던졌다. 그리고 천장을 올려다보며 입술을 우물거렸다. 사실 요수아도 탈리아가 무얼 걱정하는지 모를 만큼 어리지는 않았다.

외조부인 섭정 길도프가 권력을 돌려주고 싶어 하지 않는다는 것도 알고는 있었다. 하지만 그게 뭐 어떻다는 말인가. 그는 지금 당장이 가장 행복한데. 탈리아만 있으면 외롭지 않은데.

어차피 자신이 가만히 있으면 정무는 길도프가 다 알아서 돌볼 것이고, 바인은 평화로울 것이다.

요수아는 저를 무릎 위에 앉히고 어머니에 대한 이야기를 해 주며 울던 할아버지를 떠올렸다.

"아아, 귀찮아. 정말 귀찮아, 탈리."

한참 입술을 우물대던 요수아는 결국 짜증스럽게 일어섰다.


그날 늦은 저녁, 마리포사들이 바인을 떠날 것을 알린 지 얼마 지나지 않아 한 기사가 반질반질한 양피지 한 장을 들고 마리포사들을 찾아왔다. 마리포사들이 출발을 위한 막바지 정리를 하고 있을 무렵이었다.

"받으십시오. 무사 귀환을 축복하겠습니다."

양피지 하나를 건넨 기사는 설명 없이 되돌아갔다.

지면은 비어 있어 어떤 글귀도 쓰여 있지 않았다. 하지만 단 하나, 바인의 왕실 문양인 꼬리가 셋 달린 물고기의 문양이 의미심장하게 찍혀 있었다.

"이건⋯⋯."

양피지를 쥔 위스번스는 어안이 벙벙한 얼굴로 르옌을 돌아보았다.

르옌은 성 꼭대기에서 휘날리는 깃발의 문양과 양피지의 문양이 명백히 일치한다는 사실을 확인한 후 묘한 표정으로 성 어딘가를 돌아보았다. 기대치 않은 비밀 동맹이 성사되었음이다.

위스번스는 라곳에시스로 귀환하는 내내 과연 진짜 왕과 가짜 왕, 누구의 의사였을지 끝없이 고민했다. 그러나 아직은 알 수 없을 일이었다.

이틀 후, 바인의 항구도시 돌체.

돌체는 바인의 수도인 림에서 이틀 정도 떨어진 거리에 위치한 항구도시였다. 서부 최대의 항만을 보유한 돌체는 상업적으로 부유했지만 그 부의 대부분이 해안 경비로 빠져나간다는 단점이 있었다. 바로 시친의 남도인 델 오스작과 영해가 맞닿아 있기 때문이었다. 실제로 돌체를 지키는 군사는 대략 일천오백여 정도인데 그중 삼분지 일 가까이가 해안 경비대 소속이었다.

부우우— 어느 유명한 상단의 상선이 입항하며 고동 소리가 울렸다.

늦은 눈이 내리는 날이었다. 아마도 올해의 마지막 눈일 것이다. 솜처럼 떨어지는 눈발 사이를 헤치며 갈매기가 어두운 물결을 박차고 날아올랐다. 항구에서 얼마 떨어지지 않은 해변에서는 눈만큼이나 새하얀 파도 거품이 부글부글 달려왔다가 사아아 하는 소리와 함께 되돌아갔다.

매 한 마리가 희부연 하늘을 비상하며 돌체의 성벽을 향해 날아왔다. 내륙으로 이어진 돌체의 성문 앞에 선 장신의 남자가 찬 바람을 뚫고 날아온 매의 다리를 사납게 잡아챘다. 부리와 발톱 끝이 갈린 매였다. 우악스런 손길에 퍼드덕 퍼드덕, 날갯짓 소리가 요란했다.

대개 이 사내의 역할은 돌체를 지키는 일이라 알려져 있는데, 도시 수비대의 대장이 따로 있으니 수비대를 통한 수호는 아니다. 사내의 일은 그보다는 조금 더 세분화되고 특화되어 있다.

이를 테면 눈에 띄지 않아야 할 일들을 한다거나 시체들을 뒤지고 다닌다거나 하는 것들. 그러니 전서구를 함부로 열어 보는 것은 엄밀히 말해 그의 임무에는 속하지 않는 것이었다. 하지만 오늘 이 전서구를 보게 된 것은, 이것이 다른 영주나 귀족들에게서 온 것이 아닌 탈리아에게서 온 것이기 때문이었다.

사내가 돌체의 영주의 가장 신뢰받는 측근이라는 것을 알고 있던 성벽 수비대원은 별말 없이 그의 기색을 살피며 물었다.

"마를로 님, 림에서 온 겁니까?"

사내의 이름은 마를로다.

한참을 무뚝뚝한 눈으로 작은 서간에 적힌 글귀를 읽어 내린 마를로는 다소 난폭하게 두꺼운 코트를 고쳐 입은 후, 얼굴로 들이치는 눈을 노려보며 걸어 나갔다. 언제나와 같은 침묵이었다.


돌체의 영주, 맥베인은 마흔이 조금 넘은 거구의 사내였다.

짧게 깎은 머리칼은 새치가 절반이었다. 그의 풍채는 오랜 시간 고기잡이로 생업을 이어가는 어부의 것과도 비슷해서 돌체의 영지민들은 친근히 어부 영주라고 부르기도 했다.

실제로 맥베인은 직접 해안 바위에서 낚싯대를 드리우거나 배를 타고 그물을 치며 고기를 잡기도 했으므로 어울리지 않는 수식은 아니다.

바다는 바다 신의 것이며, 바인의 백성들은 그를 빌린다. 그리 믿어진다고는 하지만 실상 대부분의 바인인들은 바인의 바다는 돌체의 것이라 생각했다. 그만큼 돌체의 항구가 잘 구비되어 있기 때문이다.

하지만 장점만 있을 수는 없는 법, 신경 쓰이는 일도 많았다. 해안 경비대로 차출되는 이들 때문에 정작 도시 수비대는 늘 군사 부족에 시달렸다. 바다와 뭍 양방에서 실종 사건이 빈번한 것은 물론이거니와 어선 난파 사건도 잦았다. 간간이 해적들이 출몰하기라도 하면 아주 난감하다.

그뿐인가? 최근에는 다른 문제까지 있다.

직선 항로 기준 초속함으로 이레 남짓 만에 닿을 수 있을 델 오스작의 해군 함대와 그 제독은 분명한 골칫거리였다. 바로 몇 년 전까지만 해도 시친인들은 바다를 건너는 데에 큰 관심이 없었는데, 카헤이아 뷔르게트가 남도 델 오스작의 제독이 된 이후 상황이 조금씩 바뀌고 있었다.

돌체의 영주 맥베인은 눈에 띄게 이상 이동을 보이는 시친의 해군이 그리 거슬릴 수가 없었다. 델 오스작의 배가 수십 척 남하해 내려갔다는 것을 보고받은 이후부터였다.

두어 달쯤 되었나? 카헤이아가 라르크에 편승했다는 것은 이미 알 만한 이들은 다 아는 사실인데 무엇을 노려 그런 대규모의 함대를 남해로 내려 보내나?

저들이 다시 우회하여 바인을 기습하는 건 아닐지, 아니면 그저 어업을 위해 더 먼 바다를 찾아 내려간 것인지에 대한 갑론을박으로 지난달 돌체의 해안 경비대는 큰 신경을 소모해야 했다.

영주 맥베인은 오늘도 해안 경비대 대장과 시친에 관한 논의로 바빴다. 여닫는 문이 없는 회의장 안으로 들어가 습관처럼 그늘진 곳을 찾아 선 마를로는 영주 맥베인이 그를 아는 체하기를 기다렸다.

"여제독이 북부와 무얼 나누었는지는 모르겠지만 이번에 전쟁에서 크게 한 몫을 챙길 것이라던데."

"하지만 남쪽으로 오겠습니까?"

"지금 대의 남도 델 오스작 제독의 생각이야 짐작조차 불가하다. 그리고 만에 하나 북부냐 남부냐 하면 당연히 남부를 더 탐내지 않겠나? 뉴가트의 제독과 이스자키 올다의 제독은 어차피 대륙과 거리가 멀어 회의적이라고는 하지만 역대 델 오스작의 제독 중 가장 호전적이라 알려진 게 지금 그 계집이니."

시친은 지난 남북 전쟁에서 라르크 군에 합류했고, 남북 전쟁은 라르크의 승리로 끝났다. 행동력과 군사 규모로 보아 분명 상황을 유동적으로 만들 수 있는 자들이다.

"이제 카헤이아 뵈르게트의 콧대가 하늘을 찌를 거다. 직접적인 공격을 가해 온 적은 없지만 이미 그들은 내륙의 전쟁에 끼어들었던 놈들이고, 그들 사이에서 대륙 진출을 하자는 이야기는 으레 나왔던 이야기이니……."

"자슬로 엔버들은 이미 일망타진되었다 들었는데요."

해안 경비대 대장 로수의 말에 영주 맥베인은 한동안 잊고 있던 이름을 떠올렸다.

자슬로 엔버. 시친 내의 불온 분자라 알려져 있던 반동 단체다. 한때 시친 내부에서 그들에 대한 핍박이 대단했다던데 그래서인지 그들에 대한 악소문이 들리지 않은 지 오래다.

일단 삼 제독 중 한 명인 델 오스작의 제독 카헤이아 뵈르게트가 앞장서서 대륙 진출을 시작했으니 당연한 일인지도 모른다.

"카헤이아 뵈르게트의 형제가 자슬로 엔버였지."

"사형당했다 들었습니다. 산테라 뵈르게트가 앞장서서."

전대 델 오스작의 제독, 산테라 뵈르게트 슬하의 세 자녀는 모두가 하나같이 유명하다.

장남은 현재 켈레티 올다의 태수 라카라를 대신해 거의 모든 행정권을 장악했다. 장녀인 카헤이아 뵈르게트는 산테라 뵈르게트가 누군가로 인해 독을 마시고 몸져누워 있을 때, 여론 몰이를 통해 제 아비를 종신직인 제독의 자리에서 끌어내리고 제독 위를 꿰찼다. 확인된 바는 없으나 당시에는 산테라 뵈르게트가 마신 독이 투헤인과 카헤이아의 짓이라는 뜬소문도 왕왕 떠돌았더라.

그리고 마지막으로 오래전에 죽은 산테라 뵈르게트의 차남, 게헨 파트라논은 대륙 진출 따위를 추구한다는 협잡한 단체와 어울리다 육친인 산테라 뵈르게트에 의해 목이 떨어졌다.

단연 가장 복잡한 일가가 바로 저들이었다. 그만큼 행동을 예측하기 어렵다.

"로수, 척후선을 더 늘릴 여력이 되나?"

"그건 경비대에서 여력이 되지 않습니다. 하지만 이제 슬슬 북쪽으로 해류가 돌기 시작할 봄철이니 경비함 순환 속도는 지금보다 한 배 반 정도 빠르게 돌릴 수 있습니다. 그렇지만 그러려면 또 경비대원이……."

"어쩔 수 없겠군. 림에 증병 요청을 하고……. 언제 왔나, 마를로?"

말을 멈춘 영주 맥베인이 마를로를 돌아보았다.

해안 경비대장 로수은 마를로의 소름 끼치는 눈빛을 마주하고는 슬그머니 눈을 돌렸다. 마를로가 구체적으로 영주 맥베인을 위해 어떤 임무를 하는지는 모르지만 소문은 무성하다. 몰래 사람을 죽인다거나 고문한다거나, 그런 잔인한 소문.

영주 맥베인이 턱짓했다. 해안 경비대장 로수는 펼쳐 놓았던 지도를 덮어 말아 정리한 후 자리를 떴다.

마를로가 성큼성큼 다가와 영주 맥베인에게 자잘한 주름으로 구겨진 서간 한 통을 내밀었다. 조금 엉망인 필체였지만 알아보기는 충분했다.

"작은 도련님이 보내셨습니다."

서간을 성의 없는 눈길로 읽어 내리던 영주 맥베인은 눈을 살며시 치켜뜨며 중얼거렸다.

"마리포사?"

탈리아의 설명은 정말로 뜻밖의 것이었다.

마리포사들이 바인의 도움을 구하기 위해 림에 방문했다고? 그러나 맥베인이 가장 놀란 것은 마리포사 때문이 아니라 섭정 길도프의 태도였다. 남부의 유일 태자를 시해했다는 소문이 자자한 마리포사를 성벽 안으로 들이다니. 남부 태자가 죽었다는 이야기는 바인의 귀족들의 속을 시원하게 해 주는 무언가가 있었던지라 그에 대해서는 전혀 유감이 없었지만, 제국의 적대를 사는 건 위험한 일이다.

'……마리포사라니.'

제법 시간이 지난 일이지만 맥베인은 바인이 다난을 완전 점령하기 직전까지 몰아붙였던 전투에서 발로이드라는 이름의 젊은 마리포사를 대질한 적이 있었다.

젊다고 말하기도 뭣한 어린 청년이었다. 불세출의 천재라더니 과연 그러했다. 결과적으로 마리포사의 난입에 바인은 다난을 점령하지 못하였다. 그럼에도 불구하고 맥베인이 그자를 호의적으로 기억하는 것은 다른 이유 때문이 아니었다.

발로이드는 윗물과 아랫물이 없는 놈이었다. 제게 목줄을 달아 놓은 벨루비르하인 2세를 '황제 녀석'이라고 대강 능쳐 부르는 것을 듣고 외려 제 얼이 빠졌더라. 그래서 태자를 시해했다는 이야기를 듣고도 크게 놀라지는 않았다. 그저 대범한 놈이 대범한 짓을 했군, 그 정도의 감상뿐.

그러므로 지금 그가 흥미로워하는 것은 마리포사 자체가 아니라 마리포사와 관련된 또 다른 정보였다.

'아니, 근데 북부인……?'

탈리아가 부랴부랴 제게 서간을 보낸 이유도 거기 있었다.

북부인이 요수아와 탈리아의 면전에서 패망한 왕조의 마지막 여왕과 섭정의 이야기를 들으란 듯 지껄였다니. 요수아를 위해 목숨이라도 바칠 기세로 충성스러운 탈리아가 불안에 떠는 것도 당연했다.

그러나 마리포사가 틀렸다고는 할 수 없을 것이다.

영주 맥베인은 명백히 요수아만이 정당한 왕이라 믿는 사람이었지만, 이미 닥친 왕조의 비극 앞에서 그가 할 수 있는 것은 없었다.

선왕이 죽자마자 기다렸다는 듯이 자리를 차지한 섭정 길도프가 거들먹거리는 게 그리도 고까울 수가 없어 견제에도 많은 노력을 했다. 돌체와 림이 충돌할 뻔한 일촉즉발의 사태도 두어 차례 있었다. 그러나 아무리 제가 분골쇄신하면 무얼 하나? 요수아는 정작 권력에 대한 그 어떤 욕심도 없는데.

길도프가 다음 권력자로 제 막내아들을 지명하여 웬더에서 왕학을 수학하게 한다는 소문에도 요수아는 눈 하나 꿈쩍하지 않는 천진한 강심장이었다.

섭정 길도프의 장기 집권 속에서 요수아의 팔다리가 되어 주던 귀족이나 기사들은 무수한 이유로 도려내졌다. 돌체의 영향력도 이제는 예전만 못하다.

맥베인은 점잖게 중얼거렸다.

"……이제는 그 살인자들마저 우리를 조롱하는군."

섭정 길도프는 이용할 수 있다면 무엇이든 이용할 작자다. 이번엔 마리포사를 어찌 이용해 먹으려는가. 요수아를 생각하니 또 한참 마음이 무겁다.

마를로가 물었다.

"답은 어찌할까요?"

"둬라. 아직은 아니다."

맥베인은 서간을 구겨 둥근 화로에 내던졌다. 당장은 요수아가 섭정 길도프의 허수아비 노릇을 자처하니 손쓸 도리가 없었다.

조금의 가능성이라도, 조금의 맹아라도 싹튼다면. 매일을 그리 간

절히 기도한다. 맥베인은 요수아에게 조금의 가능성이라도 보인다면 무슨 일이라도 감당할 각오가 되어 있었다.

요수아는 유구한 바인의 역사를 일궈 온 타즈멘카야 왕조의 마지막 왕손이다. 요수아의 패배는 바인의 멸망과도 같다. 아국의 멸망, 그것은 결코 있어선 안 될 일이다.

# 3장

# 3장

　그늘을 빗긴 호수 변의 잔디에 연둣빛이 번졌다. 살랑살랑. 호수 위를 미끄러지는 낮은 물안개 너머로 꽃씨들이 봄눈처럼 흩날렸다.

　라곳에시스에도 봄이 찾아온 것이다.

　레이리스는 침략전에 참가하지 못하고 라곳에시스를 지키고 있었다. 명목상으로는 라곳에시스에 남아 있는 북부의 기사 자칼린의 감시 때문이었다. 하지만 에일라의 뜻은 비단 그것만은 아니었을 것이다.

　―그게 내가 네게 직접 하달하는 마지막 임무다.

　산맥을 넘어오는 동안 에일라는 레이리스를 없는 사람 취급했다. 늘 레이리스가 시중을 들었던 갑옷 관리도 다른 기사에게 넘어갔다. 에일라의 군마를 돌보고 살피는 일도 다른 기사에게. 기사들이 레이리스를 잘 따라 주기는 하지만 에일라의 그런 노골적인 외면을 하나둘씩 알아차리고 있다.

　라르크의 주둔지에 끌려갔다 돌아온 이후로 레이리스를 괄시하는 이들은 에일라의 그런 태도가 옳다 생각한다.

레이리스가 기밀을 넘기고 풀려났다 믿는 이도 있었다. 때때로 실망이라는 것은 미움보다도 더 회복하기 어려운 감정이다.

—나는 너를 그렇게 가르친 적이 없다.

라곳에시스에 남으라는 명령을 거부하고 돕게 해 달라 사정하자 에일라는 냉정히 비수를 던졌다.

고개를 든 레이리스의 회색 눈동자에 북관 복도를 거니는 북부의 기사가 눈에 들었다. 레이리스는 자칼린을 볼 때면 기묘한 열패감을 느껴야 했다. 그녀는 살고 싶은 욕심만으로 혀까지 자르고 제도에서 도망쳤다. 한데 저자는 제 발로 사지로 들어오지 않았나.

마리포사 가문의 지휘 기사들은 북부인을 달갑게 여기지는 않았지만, 그 이상으로 자칼린 엔도 체사의 용기는 인정했다. 그렇게 훈련받아 왔기 때문이다. 차별 없이 보이는 그대로 생각하라고, 결과가 모든 것을 말해 준다고. 자칼린 엔도 체사는 스스로의 목숨이 위험할 것을 알면서도 르옌이라는 여자 하나를 구하기 위해 사지에 발 디디는 것을 결과로 보여 주었다.

어쩌면 발로이드의 말이 맞는지도 모른다는 그런 생각을 했다.

—북부는 가장 위대한 사람을 낳은 땅이지.

그가 가장 존경하는 사람을 낳은 땅이라 하였다.

—북부의 기사들은 용맹하고 죽음을 두려워하지 않아. 너희 역시 죽음을 두려워하지 않아야 비로소 그들과 동등해질 것이다.

생각해 보면 북부의 기사들에게는 마리포사들과 같은 규제 강령이 없다. 가르치지 않아도 그들의 영혼에 새겨져 있기 때문인지도 모른다. 레이리스는 소리 내어 말하고 싶었다.

나도 죽음을 두려워하지 않는다고. 그러나 거짓 뱉을 혀조차 없으므로 울음 같은 숨만 뱉어 낼 뿐이다. 등허리 어딘가가 욱신거렸다. 오래전 새긴 문신이 통증을 호소하는 듯했다.

더듬더듬 팔을 뻗어 등어귀를 어루만지던 레이리스가 허리를 구부렸다.

전부 다 잃었다. 주인이 죽었고, 어머니 같은 존재는 멀어지고 있으며, 전우라는 이름의 울타리는 부서질 것이다.

무릎이 저릴 때까지 앉아 있던 그녀는 호숫가를 거니는 또 다른 병사들의 인기척을 깨닫고 걸치고 있던 지저분한 수건으로 얼굴의 물기를 닦아 냈다.


자칼린은 대책 없음과 제멋대로인 행동으로 어느 만치 인간이 밑바닥을 찍을 수 있는지 보여 주는 일종의 지표였다. 본인은 그리 생각지 않지만, 분명 북부에서는 지금 그를 그렇게 평가하고 있을 것이다.

어쨌든 스스로의 적응력과 순발력과 위기 대처 능력을 꽤 신뢰하는 사람으로서, 그는 어느 정도 정신을 차리고 또 다른 적응을 위해 나선 참이다.

처음에야 마리포사들이 혹여라 손바닥 뒤집듯 마음을 바꾸지 않을까 싶은 생각에 매일 검을 손에 쥐고 살았지만, 분위기를 좀 겪어 보니 그들은 두 북부인에 관해서는 그렇게 커다란 신경을 쓰지 않고 있었다.

다행스러운 일이기는 한데, 그만큼 마리포사들의 상황이 열악하다는 반증이라 난감하기만 하다. 괜스레 잘려 나간 상처가 덜 아문 귓가를 매만지던 자칼린이 문득 고개를 돌렸다.

머잖은 호숫가에 무릎을 꿇은 채로 앉아 있는 낯익은 여자의 얼굴이 보였다. 얼마 전부터 눈에 밟히기 시작한 여자다. 레이리스의 시선이 늘 에일라를 향해 있다는 걸 알아차린 후부터였다. 산맥을 넘어오는 내내 에일라의 등만 바라보는 레이리스에게서 누군가가 생각이 나는 건 기우일 것이다.

군사들의 이야기를 엿들어 보니, 지금 레이리스는 꽤 좋지 않은 입장에 처해 있었다. 라르크 주둔지에서 살아 돌아온 마리포사. 적에게 몸이라도 던져서 살아 돌아왔을지 모른다는 그런 이야기들. 자칼린은 레이리스가 어떤 일을 당했는지 사실 가장 잘 아는 사람 중 하나지만, 옹호해 줄 수는 없어 침묵했었다. 다른 이유보다도 제 코가 석자였으니까.

'흐음…….'

산맥 동쪽에서는 아직도 한창 종전 협정이 이어지고 있을 터다. 마음이 무거워졌다. 저지른 일을 후회하는 건 그의 습성이다. 그가 범인과 다르다는 평가를 받는 것은 그리 저지르고 후회하고 또 저지른다는 데에 있지만.

여태까지 그렇게 살아왔는데 어쩌겠나? 이렇게 낳아 준 부모님 잘못이지.

자칼린은 멈추었던 걸음을 다시 내디뎠다. 당장에 여러 가지 문제가 있기는 하지만 가장 걱정되는 건 르옌이었다. 위스번스라는 녀석과 함께 바인으로 홀랑 날아 버린 계집애.

마음 편히 라르크 주둔지에 있을 때보다 강행을 하며 산맥을 넘어오는 과정에서 건강이 회복되었다는 것은 정말 기가 막힐 정도로 웃긴 일이다.

'그나저나 이 지지배는 언제 와…….'

사람이 목숨 걸고 구해 줬더니 빚을 갚았다는 둥의 헛소리만 하는

데, 억울하기는 하다. 언제였더라. 그들 저택의 식솔 중 한 명으로 아버지 루가크를 따라다니던 레록이 호언장담을 했더라.

—그러다 언제 한 번 큰 코 다칠 겁니다, 작은 도련님!

'지금 꼴 좋다고 하고 있겠지.'

레록은 체사의 차남에게 떨어지지 않을 저주를 하고도 집사장이 되어 호의호식하고 있을 것이다.

폐하께서는 엄청 화내시겠지. 화내는 정도가 아니라, 아예 저를 죽이려 들지도 모를 일이다. 아니, 체사의 이름을 가진 기사가 도망쳐 버렸으니 십중팔구 그러리라.

'……뭐, 어떻게든 되겠지.'

그럼에도 여전히 마음 한구석으로는 저 때문에 가문에 불똥이 튀지 않기를 바란다. 이제 와 이리 생각한다면 위선자라 하겠지만 사실인 걸 어쩌나.

더 머리가 복잡해지기 전에 자칼린은 생각을 그쳤다. 어제 즈음 에일라와 함께 출전한 병사들 중 하나가 돌아와 승전보를 알렸다. 다들 당연하단 듯한 태도였는데, 오늘내일 중으로 그들도 귀환할 것이다. 그리고 르옌이 돌아오면…….

그다음에는 어찌 되려나.

하지만 고민할 필요도 없었다는 걸 깨닫게 된 것은 얼마 지나지 않아서였다. 평화는 짧았다.

바인으로 떠났던 르옌과 위스번스 일행이 무사 귀환했다. 삼천여 군을 이끌고 인근의 소장원 제이로를 약탈해 온 에일라 무리가 되돌

아온 지 엿새 즈음 되던 날이었다.

위스번스와 르옌은 오는 길 그들을 마중 온 기사로부터 승전보를 들었다. 그러나 백작 저의 입구에 이르렀을 때, 저택의 분위기는 그들이 기대했던 것과는 판이하게 달랐다. 댕댕댕 울리는 귀환의 종소리만 요란했지, 마중 나온 이들은 뒷정리를 도울 병사 수십이 전부였다.

"어서 오십시오."

턱 언저리에 지난번에는 없던 열상을 달고 나타난 에일라가 그들을 맞이했다. 르옌은 말에서 내리며 갸웃했다. 에일라의 거무죽죽한 낯빛도 그렇거니와 저택 내에서는 필요치 않은 완전 무장이 눈에 띈 탓이다.

"소식은 들었다. 수고했다."

"아닙니다."

에일라가 까딱 고개를 끄덕였다.

르옌은 문득 제게 향한 따가운 시선에 고개를 돌려 주위를 살폈다. 에일라의 뒤에 서 있는 이들도 하나같이 어두운 눈빛이다. 귀환 군사들의 뒷마무리 지시를 내리기 위해 후위에 서 있던 위스번스와 룩서르도 기묘한 위화감을 깨닫고 다가왔다.

"이보게, 에일라. 저택 안에서 전투라도 벌어졌나?"

"들어가 이야기하지요."

르옌은 문득 자칼린이 보이지 않는다는 것을 깨달았다. 떠나기 직전까지도 제 걱정에 난장을 피운 녀석이, 귀환 소식을 듣고도 나 몰라라 늘어져 있는 것은 아닐 터다. 어쩐지 불길했다.

"벌써 종전의 소식이 닿은 건가? 자칼린은?"

에일라가 고개를 저었다. 정체 모를 분위기가 자욱하게 번져 나갔다.

어쩐지 초조해 보이는 에일라의 제안에 따라 그들은 즉각 북관에 들었다.

북관은 동서남북의 건물이 이어진 저택 중 가장 경비가 삼엄하고, 군사들의 자율적인 출입이 금해진 곳이었다. 거의 항상 위스번스가 상주했던 북관의 집무실 안에는 어디에 있나 싶었던 자칼린이 이미 엉덩이를 붙이고 앉아 있었다. 추레한 낯색이 에일라와 마찬가지였다.

자칼린은 르옌과 눈이 마주치자 활짝 반색했다가 금세 시무룩한 표정으로 어깨를 늘어뜨렸다. '여기서 뭘 하고 있어?' 묻자 감금당했다는 어처구니없는 답이 돌아왔다. '무슨 사고를 일으켰나?' 하자 자칼린이 펄펄 끓는 화로 위에라도 올라앉은 양 껑충 날뛰었다.

"야, 뭔 일만 터지면 전부 내 탓인 줄 알아……!"

"체사 경의 잘못은 아닙니다."

르옌이 설명을 요하는 눈빛을 보내자 비로소 에일라가 입술을 뗐다.

"송구합니다. 다른 것이 아니라 테네스 경이 취중에 실언을……."

에일라의 설명이 이어지는 동안 자칼린은 시종일관 심각한 얼굴로 머리를 감싸고 있었고, 르옌은 자칼린이 앉은 맞은편 책상에 걸터 서 말없이 미간만 조프렸다. 위스번스는 책상 앞 의자에 앉아 벌써 한숨을 두 번이나 쉬었다. 문 바로 안쪽에 서 있던 룩서르 경도 당황해 숨을 죽이고 있었다.

에일라의 입술이 다물리고 침묵이 십 초 남짓 이어진 후, 르옌이 비로소 반응했다.

"그래서 지금 분위기가 이런 건가?"

자칼린이 허옇게 뜬 얼굴로 중얼거렸다.

"너 어째 반응이 태평하다?"

"그러면 너처럼 내가 머리라도 쥐어뜯어야 하나."

그건 아니지만, 으윽, 너는 지금 분위기가 어떤지 모르니 그렇게 여유로울 수가 있는 거지! 자칼린은 지난 엿새간 북관 밖으로 한 발자국도 나가지 못했다. 한 발자국만 나가도 적의에 숨통이 턱턱 막혔던 탓이다.

"테네스 경이라……."

르옌도 상황이 심각하다는 건 어슴푸레 짐작했다. 머릿속은 외려 차가워졌다. 하지만 한동안 괜찮았던 속이 다시 메스꺼운 걸 보면 조금의 동요도 하지 않을 수는 없었던 모양이다.

'그 녀석…….'

르옌은 훌쩍 커다란 키의 사나운 성미를 품고 있던 기사의 얼굴과 이름을 일치시켜 보았다.

에일라의 설명에 의하면 지금 백작 저의 분위기가 살벌한 건 군사들 사이에서 떠도는 소문 때문이라고 했다. 자신이 발로이드의 죽음과 관련되어 있다는 낭설이 전염병처럼 번지고 있다고. 계급 가리지 않고 의혹을 떠들어 대는 와중에 당사자인 르옌이 돌아온 것이다. 이미 몇 차례나 자칼린을 잡아다 확실히 물어야 한다는 강경한 녀석들도 있었다고 했는데, 에일라가 저택에서조차 편히 있지 못하고 중무장을 한 이유가 그들이었다.

테네스 경이 술김에 취해 이리저리 떠들었다는 것이 내막이다. 대체 어떤 의도로, 어떤 경로로 그런 이야기를 떠든 것인지 궁금하지는 않았다. 테네스 경은 그녀를 마음에 들지 않아 하는 것이 노골적인 녀석이었으므로 굳이 그러한 사정의 경위를 파헤쳐 봐야 소용없을 일이었다. 더 반감만 살 것이다.

르옌보다 더 매섭게 일침한 건 위스번스였다.

"우리는 지금 쉬지 않고 움직여도 모자랄 판인데, 잠깐 눈 돌렸더니 또 문제를 터뜨렸어? 얼마나 모자라면 입단속도 제대로 못하고!”

“저 스스로를 처벌하겠습니다.”

“쓸모없는 소리들로 책임 전가하는 짓은 그만둬라. 어차피 함구령만으로 그 입들이 전부 지켜질 거라는 기대는 않았다.”

르옌이 다소 신경질적으로 그들의 말을 끊었다. 관대함을 위해서라기보다는 진심으로 그들의 논쟁이 신경을 거슬렀기 때문이다. 에일라가 우중충하게 조아렸다.

“아닙니다. 분명한 제 불찰입니다.”

에일라는 분명 괜찮은 군인이다. 그러나 르옌은 사태 해결을 위해 동분서주하는 게 아니라 저를 벌 달라 하는 꼴을 ‘네 충성심이 갸륵하다.’ 하고 치하할 만한 성정이 아니었다.

“그딴 쓸모없는 말만 지껄일 거라면 입 닫아라. 그래서 상황은?”

“지난 닷새 동안 의무 반환을 선언한 기사가 사십여 명, 그들의 선동에 흔들린 군사들도 백여 명에 이릅니다.”

“곧 더 늘어나겠군.”

소문 자체는 큰 문제가 아니다. 소문이란 근거가 없기 때문에 무서운 한편, 쉽게 흩어지는 것이다. 이미 브류나크의 소행으로 널리 알려져 있는 발로이드의 죽음에 관하여는 르옌 스스로도 진실을 증명할 수 없는 일이었다.

하지만 이번 낭설의 문제는 단결을 박살 내는 파급력에 있었다. 충성스러운 자들이 많은 만큼, 발로이드의 생사여탈에 관여했다는 북부인에 대한 반감은 커질 수밖에 없다. 위스번스가 세 번째로 한숨을 내쉬며 불만이 엉긴 손짓으로 지저분하게 수염이 난 턱을 매만졌다. 어쩌면 지휘부에 배반감을 느낄 수도 있는 일이다.

만일 이대로 군대가 와해된다면 차라리 일찍이 포기하고 도망쳐 제국의 눈을 피해 숨어 살 방도를 찾는 것이 최선이 될 터다. 그러나 산맥 동쪽에서는 마리포사라 하면 닥치는 대로 잡아 죽이고 있다고 하니, 평생 불안에 떨며 살게 될 것이다.

위스번스가 무거운 입술을 뗐다.

"그들은 어찌했나?"

"유보했습니다. 명단은 이미 작성해 올려 둔 상태입니다."

"테네스 경, 녀석은?"

"근신령을 내려 두었습니다."

허연 얼굴로 듣던 자칼린이 신경질적인 투로 끼어들었다.

"상관 명령을 어기고 가벼운 조동아리 나불거려서 지금 일을 이 지경으로 키워 놓은 녀석인데 단순히 근신령으로 끝이 난단 말입니까?"

자칼린의 투정을 남 일처럼 받은 것은 르옌이었다.

"네가 그리 말하니 재미있네."

"야, 지금 재미있다는 말이 나오냐고. 그리고 나는 그래도 나름, 나름 말 가리거든?"

르옌은 '네가?' 하는 눈빛으로 자칼린을 빤히 바라보아 그의 입을 막았다.

위스번스가 말했다.

"저는 이번 문제에는 아무것도 하지 않겠습니다."

조금 전까지 심각한 얼굴을 하고 있던 자가 순식간에 손바닥 뒤집듯 낯빛을 바꾸는 태도에 자칼린은 크게 배신이라도 당한 사람처럼 그를 노려보았다.

"지금이 잇속 챙길 때입니까?"

"북부의 체사가 할 말은 아닌 것 같은데."

여상하게 냉정한 태도가 어쩌면 저렇게 재수가 없는지!

한편 문 앞을 지키고 있던 룩서르 경은 잔뜩 우울한 얼굴로 에일라의 눈치만 살피고 있었다.

룩서르 경은 지난 전쟁에서 죽은 키에스의 후임으로 비교적 온건한 축에 속했다. 때문에 그동안 키에스가 해 오던 군사간 조율이 그의 가장 큰 임무라고 생각하고 있었다. 하지만 당장 그들을 좌초하게 한 암초가 너무 거대해 말 한마디 꺼낼 수 없었다.

위스번스가 최후의 통첩을 날렸다.

"그리고 에일라, 나는 근시일 내에 군 내부 잡음이 가라앉지 않으면 정말 떠나겠네."

에일라가 충격이라도 받은 사람처럼 위스번스를 돌아보았다.

"위스번스 님."

"에일라, 군사를 제대로 다룰 수 없는 자를 믿고 내 목숨 맡길 생각 없네."

와! 미친. 뭐 이렇게 이기적인 새끼가 다 있어? 자칼린은 거의 튀어나올 듯이 눈을 부라리며 위스번스를 노려보았다.

위스번스는 마지막으로 르옌에게 턱을 까딱여 인사한 뒤 집무실을 나섰다. 여독을 풀 때였다. 룩서르 경이 몸을 돌려 길을 내주었다.

끼익. 문이 열렸다 닫혔다.


이제까지 도망치지 않은 마리포사 군인들은 발로이드에 대한 충성심과 어디로 도망쳐도 말살당할 것이라는 주입된 사실과 돌아갈 곳이 없다는 현실에 얽매인 자들이었다. 어쩌면 셋 다일 수도 있다.

하지만 한 번 잡음이 울리기 시작하자 그건 커다란 메아리가 되었다. 군사들은 나흘이 넘도록 아무런 해명도 없는 지휘부와 두 북부인들의 침묵을 불만스럽게 떠들었다. 반면 지휘부는 손도 쓸 수 없을 만큼 흐트러지기 시작하는 군사들을 두고 좌절했다.

마리포사가의 구성원들은 제국을 적대하는 것 자체에는 크게 거부감을 느끼지 못했다. 그들에게 모르가나를 향한 애국심이란 천리 밖의 허상 같은 것이기 때문이다.

아니, 그들에게 있어 제국은 라곳에시스고, 황제는 이제까지 발로이드였는지도 모른다.

십여 년을 제집처럼 치우고 닦고 정리하며 살아온 백작 저의 이러한 공기가 낯설었다. 아니, 발로이드가 죽은 후 낯설지 않은 것이 없었다. 처한 입장도 기사들 사이의 분란도…… 발로이드가 있을 적에는 상상도 할 수 없는 일이었다.

지금 위스번스에게 올라오는 군사 명부 제적 요구서는 생존 문제라기보다 군사들이 지휘부를 불신하기 시작하였기 때문이라 판단하는 것이 더 그럴듯했다.

위스번스가 긴 한숨을 내쉬었다.

이대로 가다가는 마리포사들은 몇 달도 버티지 못하고 스스로 와해될 것이다. 당장 그들이 생존을 위해 해야 할 것은 명확했다. 바인의 호의와 신뢰를 얻는 것이었다.

바인은 서부 유일의 절대 독립 국가로 그 긍지가 대단하다. 단순히 서부의 제국령들을 견제하기 위해 바인을 필요로 하는 것이 아니다. 바인을 끌어들이면 황제의 토벌군은 단순히 토벌군이 아니게 된다. 제국은 바인과 마리포사를 대적해야 하는 또 다른 국가 간 분쟁 국면을 맞을 것이다. 지난 남북 전쟁의 패전에 큰 상처를 입은 모르가나인들이 반기지 않을.

그건 위스번스조차 바로 떠올리지 못한 계산이었다. 아니, 어쩌면 떠올리지 못하는 것이 당연하다. 살아남기 위해 싸우는 것밖에 생각지 못하는 이들에게, 언뜻 더 사태가 확장되는 것처럼 보이는 왕국과 제국 간의 전쟁이란 두려운 것이었기 때문이다.

비단 그 때문만이 아니라도 위스번스는 지난 바인행에서 르옌에게 의외의 가치가 있음을 인정했다. 평민 출신이 대부분인 마리포사들은 여러모로 귀족 사회나 왕정의 섭리에 미숙하였다. 어떤 식으로 말해야 적당한지, 어떤 식으로 생각해야 하는지도 잘 알지 못했다. 앙레디움인인 위스번스 역시도 마찬가지다. 그런데 르옌은 꽤 잘 해낸 것처럼 보였다.

결과적으로 바인의 동의도 얻었고.

위스번스는 문득 착잡한 기억을 상기했다.

오래전, 발로이드가 아직 '이세르스'라는 이름을 가졌을 적의 이야기다.

―굳이 페이작이라는 이름으로 반감을 살 필요는 없지 않겠습니까?

―그게 내 이름이다. 누님이 세상에 귀를 열고 있다면, 필경 그녀라면 내 이름을 듣고 찾아올 거다. 내가 전 대륙을 다 뒤지는 것보다 그게 빠를 테니까.

이해하지 못했다. 어차피 발로이드에게는 친구랄 것이 없으므로 친근히 그의 바꾼 이름을 불러 줄 이도 없다. 마리포사들에게는 주군이었고, 귀족들은 그를 마리포사 백작 후계 혹은 마리포사 백이라 불렀다. 누군가는 사령관이라고 부르고, 누군가는 발로이드 님이라고도 했다. 페이작이라 이름을 바꾸는 것은 그렇게나 쓸모없어 보였다.

'북부인이라……'

르옌이라는 여자는 마치 발로이드와 약속이라도 한 듯이 그를 페이작이라 부르는 유일한 사람이었다. 위스번스는 저도 모르는 새 발로이드가 맹목적으로 추구해 온 어떤 환상에 세뇌된 것인지도 모른다고 생각했다. 괜히 그 여자에게 마음이 쓰이는 것을 보면.

그러나 그러한 것들만으로 르옌이라는 북부인이 마리포사들에게 걸맞은 자격을 갖추는 건 아니었다. 외려 그건 르옌이 가진 단점이다. 발로이드의 측근들의 인정밖에 받을 수 없고, 그마저도 공공연히 설명할 도리가 없기에 이상해 보일 수밖에 없을 터다.

'모자라, 모자라다…….'

가진 것이라고는 혀와 몸뚱이뿐인 비쩍 마른 여자다.

이 이상 무엇을 할 수 있겠나? 마리포사들 중에는 르옌이라는 이름의 여자를 한 손으로도 목 졸라 죽일 수 있는 이들이 대다수다. 장담컨대 르옌은 에일라와 몇 합 대지도 못할 것이다.

얼마간 산더미처럼 늘어진 군사들의 이름을 세어 읽던 위스번스는 큰마음 먹고 사령부 회의가 있을 회의실로 향했다.

어두운 암굴처럼 긴 복도였다. 만일 라곳에시스를 떠나게 되면, 어디로 가야 할까. 고향으로 돌아가고 싶지는 않았다. 그렇다면 어디로 가야 하나. 그런 생각을 했다.

창틀 안으로 쏟아지는 햇빛이 유달리 쌀쌀한 봄이었다. 쿠당탕탕! 커다란 소음과 함께 덩치 큰 기사가 벽에 부딪쳤다. 회의실 안의 기사들은 못 본 체 외면하며 숨만 죽였다. 드디어 터졌구나 싶어서 지금 상황이 놀랍지는 않았다.

"다시 지껄여 봐라."

"하, 나…… 진짜. 예고 좀 하고 칩시다, 단장?"

테네스 경의 성미는 이미 유명했다. 발로이드가 있을 때도 저러했기 때문이다. 발로이드가 그를 유달리 귀엽게 본 것이 아니었다면 애초에 죽어 나자빠졌을 언사의 소유자였다.

테네스 경은 본디 오십여 명 정도의 검 잡이들이 뭉쳐 노략질을 하던 도적 떼 무리의 간부였다. 그랬던 그가 마음 고쳐먹고 얌전히 마리포사들과 어울리게 된 것은 뭐, 흔하다면 흔한 이야기다.

가장 안정되어야 할 중부 장원 지대에 도적질이 횡행하니 중부의 영주들은 황실에 토벌대를 요청했고, 황실은 마리포사에 그 일을 맡겼다. 마리포사는 소규모의 군사들을 이끌고 도적들을 토벌했다. 테네스 경이 속해 있던 백여 명의 도적 패 무리는 오십 명 남짓 되는 마리포사들에게 한 시간도 걸리지 않아 박살이 났다.

당시 발로이드에게 덤벼들었던 테네스 경은 끈질기게 살아남았는데, 발로이드가 먼저 검을 거두고 제 등에 매고 있던 푸른 나비의 멘테를 던져 준 것은 유명한 이야기다.

테네스 경은 주군의 관대함에도 감사할 줄 모르고 라곳에시스에 명적을 올린 후에도 발로이드에게 수십 차례 대들었다. 어찌나 간이 큰지 깐죽거리는 거야 일상이었다. 산맥 너머에서 군사들을 모을 때는 상관인 에일라의 뺨까지 쳤다던가.

체면 사나워진 테네스 경의 눈빛에 불길이 일었다. 금세 달려들어 드잡이질이라도 할 기세다. 보다 못한 한 기사가 만류하는 시늉을 했다.

"거, 이쪽으로 오십시오, 테네스 경. 눈 좀 깔고."

"아니, 내가 실수한 건 인정합니다만 틀린 말 했습니까? 지금 이 판국에 우리가 뭐가 아쉬워서 그 부지깽이 같은 북부 계집이랑 체사 놈을……."

테네스 경을 말리는 기사를 뿌리친 에일라가 테네스 경의 멱을 그대로 쥐어 밀쳤다.

어지간한 힘이 아니면 불가능한 일이지만 에일라는 남자도 능가하는 여자였다. 실제로 일전에 에일라에게 머리를 한 대 얻어맞은 적의 고개가 거의 삼백 도가량 돌아간 걸 목격한 이도 있었다. 테네스 경에게 같은 일이 일어나지 않길 바랄 뿐이었다.

“그 이상 지껄인다면 상관 모독으로 간주하겠다.”

“그 상관이 단장이면 벌을 받겠는데, 그 상관이 북부인이면 나만 처벌해선 안 될 겁니다. 지금 숙소에서 떠들고 있는 녀석들도 전부 잡아 올까? 아니지, 여기 있는 놈들부터 회부해야지.”

테네스 경을 노려보는 데에 온 집중을 다하고 있던 에일라의 고개가 서서히 다른 기사들에게로 향했다. 기사들은 하나같이 착잡한 눈빛이었다.

룩서르 경이 조금 화난 투로 나섰다.

“지금 분위기 흐리고 계신 건 테네스 경입니다. 프셰에서는 당신이 단독 지휘관이었겠지만 라곳에시스에서는 단장의 말이 법입니다. 이 이상 군사 기강을 무너뜨린다면 그 다음엔 저와 결투를 하셔야 할 겁니다.”

“지랄은…….”

평소라면 코웃음도 안 쳤을 협박이었지만 테네스 경 역시 지금 사태에 약간의, 아주 약간의 책임은 느끼고 있다. 군사 기강이 엉망이 되는 건 그 역시도 바라지 않았기 때문이다. 하지만 술이 웬수라 넘기기에는 후회는 하지 않는다는 점에서 어폐가 있다.

북부인들에 대한 호오 때문이 아니다.

발로이드는 아무리 노력했더라도 그 결과가 비참하면 냉정히 힐난하는 사람이었고, 그들은 발로이드를 삶의 지표와 같은 기사로 우러르며 살았다.

하지만 지난 전쟁의 결과 발로이드는 죽었다. 스스로를 지키지 못한 것은 물론이거니와 마리포사의 전 군대까지 위험에 빠뜨리고 죽었다. 그리고 '그 여자'는 살았다. 그 사실을 믿지 못하겠다며 증오하니 복수하니 지껄이기에는 이미 닳고 닳은 자들이었다.

하지만 테네스는 여전히 불편했다. 아무리 그래도 전 라르크의 기사들을 지휘부 회의에 동석시키거나 하는 일은 어불성설이 아닌가. 제 말은 에일라에게 씨알도 안 먹힐 테니 위스번스가 그들을 내쫓기를 바랐는데 그마저 홀랑 넘어가 될 대로 되란 식이니 속이 터져, 안 터져.

결론은 저 혼자 미쳤거나 에일라와 위스번스가 미쳤다는 말이다. 물론, 테네스 경은 몹시 자기중심적이기 때문에 자신이 미쳤다는 가정은 받아들이지 않았다.

"다들 미쳐 돌았어. 아주, 거참."

에일라의 눈에 형형한 불길이 번뜩였다. 뒷일은 아마 폭력이 될 것이었다. 그런데 문이 열리며 분위기가 순식간에 냉각되었다.

"다들 예 모여 있었군."

조마조마하게 테네스 경과 에일라를 주시하던 기사들이 발딱 일어나 그를 향해 목례했다.

"위스번스 님."

위스번스는 흉흉한 분위기가 감도는 테네스 경과 에일라를 보고도 별 반응 없이 회의실에 한구석에 놓인 탁자 옆에 자리 잡았다.

"다음 출병은 어찌할 계획인지에 대해 도무지 기다려도 말이 없어 찾아와 보았는데, 바빠 보이는군그래."

두 번째 출정 준비는 애초에 중단된 지 오래였다. 테네스 경이 뒷목을 매만지며 씹어뱉었다.

"……오신 김에 위스번스 님도 좀 거드십쇼. 애초에 정체조차 모를 여자를 믿고 어떻게 목숨을 겁니까? 안 그렇습니까."

"그렇지."

"위스번스 님, 군사 문제라고 말한 건 당신입니다. 사견은 삼가십시오."

노기가 가라앉지 않은 에일라의 청록빛 눈동자가 위스번스에게로 시선을 옮겨 갔다. 위스번스는 기사들의 분위기를 눈으로 스윽 훑어 살핀 후 대꾸했다.

"누가 모르나? 하지만 데투아 경이 아무것도 않고 있다는 건 사실 아닌가. 군사 문제에 관여할 생각은 없지만 상황이 어찌 돌아가고 있는지 보고는 받아야지. 예정대로였다면 내일 바로 출정이 진행이 되었어야 하는데 아직 소집령도 하달이 되지 않았다더군. 우리가 먹고 마시는 게 다른 중부 장원들처럼 땅을 파면 나오는 줄 아나? 물자만 축내는 가축 꼴이 되어 입만 그리 나불댈 건가?"

위스번스까지 가세하자 상황을 지켜보던 다른 기사들도 하나둘 첨언하기 시작했다.

"예, 단장. 애초에 이런 일이 없었으면 더 좋았겠지만 이미 벌어진 일이고. 일단 지금 상황에서는 테네스 경에게 동의합니다. 이미 사기가 밑바닥을 쳤잖습니까."

"애초에 북부인들은 언제든지 발 빼고 도망칠 수도 있고……."

에일라가 힘없이 손가락을 말아 주먹 쥐었다. 한 기사가 위스번스에게 물었다.

"대체 왜 그 여자는 아무 말도 않는 겁니까?"

위스번스는 대답 대신 에일라를 바라보았다. 에일라는 성난 걸음으로 회의실을 박차고 나갔다. 쾅. 회의실은 다시 우울한 정적에 잠겼다.

라곳에시스가 비든이라는 이름을 가진 지명이었을 때, 호숫가에 가장 먼저 세워진 건물이 북관이라 했다. 그 후로 동관과 서관과 남관을 증축하여 완성된, 호수를 에워싼 거대한 건축이 바로 지금 마리포사 백작 저라 통칭되는 곳이다.

페이작 돌레한 라르칼리아가 지어 올렸기 때문인지, 분위기가 몹시 엄숙하고 북부의 것 같은 흔적이 여럿 있다. 냉기를 피하게 해 준다는 미신이 있는 솔방울 무늬가 새겨진 기둥 같은 것들.

그 때문일까. 음침했다. 화려한 장식들이 도처에 널려 있는데도 스산하다는 느낌을 주는 것도 재주라면 재주다.

자칼린은 착잡한 표정으로 계단을 올랐다. 저벅저벅. 각 층마다 서 있는 경비병들의 눈이 제게 향할 때마다 소름이 돋았다. 경비를 위해 서 있는 자들에게서 두려움을 느낀다는 건 분명 잘못된 일이다.

산맥을 넘어올 때도 소요 없이 잠잠하여 마리포사들의 군율에 새삼 감탄했던 것이 떠올랐다. 상황을 바꾸어 생각해 라르크 군 내부에 마리포사의 기사들이 남는다 했다면 지휘부 회의에서 애초에 잘라 냈을 것이기 때문이다. 그러나 에일라의 선택 하나로 군사들은 침묵했고 지휘부는 묵묵히 따랐다. 그래서 조금씩 마음을 놓아 가고 있었는데…….

'하기야 사람 사는 데가 다 똑같나.'

결국 호랑이 굴로 자진 투신한 셈이다.

마지막 계단 위에 올라선 자칼린은 복도 끝의 커다란 떡갈나무 문을 바라보았다.

발로이드의 침실. 그곳에는 지금 르옌이 있다. 문틈으로 새어 나오는 불빛이 인적 없는 복도 한켠에 얕게 깔렸다. 문은 저항 없이 열렸다. 자칼린은 느릿느릿 주홍 불빛 속으로 걸어 들어갔다.

끼이익.

르옌은 그늘이 드리워진 북향의 창가에 잠겨 있었다. 예전처럼은 아니지만 살도 좀 붙어 이제는 사람 꼴을 찾아가고 있다. 혈색도 처음과 비교하면 기적적으로 좋다. 하지만 그러면 뭐하나.

자칼린은 터덜터덜 그녀가 앉은 창틀의 반대편에 기대어 앉았다. 연두색 눈동자는 침실 안의 어두침침한 풍경으로 향했다. 발로이드의 침실은 처음 자칼린이 보았을 때와 비교해 무엇 하나 바뀌지 않았다.

너른 창에 걸린 짙은 회색의 커튼, 검은 시트가 반듯하게 깔린 침대, 단조로운 고동색 테이블과 딱딱한 의자 두 개. 손님용 방에도 흔히 존재하는 책장이라거나 액자, 화병 같은 것들은 하나도 보이지 않았다. 침대 옆에는 협탁이 아닌 낡고 빈 무기 걸이가 서 있을 뿐이었다. 구태여 찾고 찾아 다른 것이라고는 무기 걸이에 예의 푸른 단검이 하나 걸렸다는 것뿐.

자칼린은 알은 체도 않는 그녀의 옆얼굴을 바라보며 물었다.

"안 자고 뭐 하냐."

"꿈을 꿔서."

"무슨 꿈?"

"처음으로 내가 저것와 닮은 상징을 나 삼았을 때의 꿈."

르옌이 창 너머의 뾰족한 울타리를 가리켰다. 창살처럼 돋아난 첨단의 끝에는 푸른 나비 문양이 수놓인 깃발이 축 늘어져 있었다.

"자칼린, 너는 운명이라는 게 있다고 생각하나?"

"아마. 있다고 생각하는 게 더 편하겠지. 운명론자들처럼 게으름 부리고 싶어서는 아니고. 근데 갑자기 왜 안 어울리는 소리냐?"

르옌은 운명이라는 형상 없는 어휘가 사람의 모든 행동에 당위성을 부여하는 것이 말도 안 된다 믿어 왔다. 르옌의 세상, 스완의 세상에 존재하는 것은 선택과 책임뿐이었다. 스스로가 선택했다면 그 책임도 제 몫이어야 한다.

그런데 불현듯 생각이 났다. 처음으로 운명이라는 것이 존재하는 걸까 하였을 때가.

올조르의 목전에 이르렀을 때 운명이라 생각했다. 그렇다면 지금 이리된 것도 운명은 아닌지.

또, 벨바롯트가 다른 선택을 했더라면 지금과 얼마나 다른 삶이 펼쳐졌을까. 라르크의 멸망일 수도, 아닐 수도 있다. 푸른 나비들에 둘러싸인 지금의 그녀는 왕왕 지나간 것들을 생각하곤 했다.

"바인에는 오래도록 정권을 잡은 섭정이 있더라."

"……."

"소년왕이라는 아이가 아주 멍청하고 다루기 쉬운 녀석이었다."

걱정의 뉘앙스가 스며 있다는 걸 알아차린 자칼린이 기가 차 웃었다.

"무슨 또 쓸데없는 소리야. 지금 우리가 남의 나라 걱정할 때야? 포기해. 솔직히 네가 있건 없건 이놈들은 끝장이라고. 무슨 수로 제국군을 이겨."

"시간이 충분하고 바인이 우리에게 전적으로 힘을 실어 주면 불가능한 것도 아니……."

"야야. 그만해라, 좀."

자칼린이 답답하단 듯 르옌의 얼굴을 잡아 돌렸다. 날이 바뜩 선

의문이 입 밖으로 튀어 나갔다.

"네가 한 일, 후회해?"

"……."

"그래서 이래?"

"그런 거 아니야."

"그럼 뭔데? 지금 너 하나의 목숨만 달린 게 아니라 이 말이야. 내 목숨도, 그리고 지금 네가 네 오기로 붙들고 있는 저 마리포사들의 목숨도 다 지금 네가 어찌하느냐에 달렸단 말이야. 대책 없이 버텨 볼 생각이란 말은 제발 하지 마. 대책이 있으면 좀 말이라도 하고."

르옌이 제 뺨을 쥔 자칼린의 손을 끌어 내리며 미소 비슷한 것을 띠었다.

"자칼린, 너희는 나를 전쟁에 미쳐 있는 여자라 일컬었지만…… 실제로 나는 전쟁을 즐기지는 않았다. 내가 가장 잘 해낸 것이고 내가 가장 두려워하지 않는 것이었더라도……."

"……."

"나는 죽음이 두렵지 않아. 이건 우리가 으레 하는, 북부인은 죽음을 두려워하지 않는다는 그런 수사적인 의미에서가 아니라, 진실로. 이미 한 번 죽음이 무엇인지 겪어 보았기 때문이다."

"……."

"내가 언제 죽을까? 모르지. 당장 내일일지도. 무엇 때문에 죽을까? 그것도 모를 일이야. 나는 그래서 생각해. 누구에게 어떻게 죽어야 가장 이상적인지를. 삶은 내가 바라지 않아 태어났더라도 죽음만큼은 내가 바라는 곳에서 맞이할 거야. 페이작도 마찬가지였을 것이다. 그가 바랐던 죽음을 주었다. 후회치 않는다."

"그래서 이렇게 질질 끌다 마리포사들한테 골로 가면 그게 네가 바란 이상적인 끝이라는 거냐?”

“페이작은 브류나크보다는 나를 증오하며 죽었다.”

이건 또 뭔 소리야? 자칼린의 한쪽 눈썹이 쭉 올라갔다.

“그놈은 너한테 그냥 미쳐 있었다고. 어떻게든 널 데려가서…….”

“한때 내 반 몸뚱이라고 믿어질 만큼 충실하던 녀석이 나를 증오하며 죽었다. 그 마지막 말이 증오였으니, 내 마지막 그의 기억도 증오일 테지.”

자칼린은 말문이 막히고 말았다. 르옌은 그를 무시한 채 생각에 잠겼다.

페이작을 죽이기 전, 그가 그녀에게 했던 말마디는 구구절절 늘어놓는 원망보다도 더욱 무거운 것이었다. 증오한다 말했다. 말에는 힘이 있다. 때로 말의 힘은 칼이 가진 것보다 크다. 페이작은 말로써 그가 지닌 가장 커다란 짐을 그녀에게 옮기고 떠났다.

그래서 마리포사들이 처음 저를 구하겠다 나타났을 때, 그들과 함께하면 페이작이 제게 넘긴 무게가 조금 덜어질 것이라고 생각한 것도 같다.

아니, 그렇다.

저로 인해 마리포사들은 수장을 잃었고, 라르칼리아들의 싸움 속에서 그녀들의 생애가 송두리째 핏빛의 소용돌이에 휩싸였으니 그것이야말로 제가 책임질 마지막 것이라 생각했다. 저들이 원하고 원치 않고는 사실, 언제나처럼 상관없었다.

“……야, 죽기 전에 지껄인 건 죄다 개, 개소리라더라. 아마……?”

순식간에 선인들의 유언들을 개소리로 만들어 버린 자칼린이 입술을 오므렸다. 짧게 웃은 르옌이 뭉친 숨을 탁 뱉어 내는 것처럼 탄회를 중얼거렸다.

“나는 저들이 나를 사랑했으면 좋겠다.”

“미친…… 정신이 나가도…….”

“어쩌겠나.”

“잘나셨어. 아주 잘나셨어. 장렬하게 마리포사들과 함께 전사! 그 별 이유도 없고 알아주는 사람도 없을 짓을 하면서 죽을 때까지 버티겠단 말이지?”

“너라면 어찌했겠나?”

“도망치자는 말을 수백 번은 더 한 거 같은데, 귀가 막혔냐?”

“칼란독이라면 어찌했을까?”

별안간의 물음에 자칼린의 입술이 삐끔하더니 투정을 연이어 뱉었다.

“애초에 파사드 형님은 스스로를 이런 위기에 몰아넣지 않으시지.”

“그렇겠지.”

“그리고 이런 상황이 되었다면 일단 물러나서 나중의 적절한 시기를 노리겠지. 쓸모없는 것, 불필요한 건 깨끗하게 도려내시고. 너랑 달리 현명하게 행동하셨겠지.”

“너는 정말 칼란독을 좋아하네.”

자연스럽게 칼란독이라 부르는 데에 자칼린은 조금 묘한 느낌을 받았다.

“당연히……. 윈포드 경도 인정한 기사 중의 기사인걸.”

“윈포드?”

“카스트로 벤더 윈포드. 이름 못 들어 봤나? 유명한 기사인데 퇴역하셨어. 선왕 폐하이신 파이투스 2세께서 가장 아끼셨던 기사. 나 어릴 때 뮈아드로에서 종종 뵈었는데 파사드 형님과 내 친형님의 스승 되어 주신 분이지.”

자칼린의 음성에 조금의 활기가 돌았다. 듣기 나쁘지 않아 르옌은 예의상 몇 마디 더 물었다.

"그 두 사람이 함께 수학했나?"

"그건 아니고 처음에 내 아버지의 부탁을 받고 내 형님을 가르치러 오셨다가 파사드 형님까지 거두신 거야. 내 형님은 실력도 재주도 나쁘지 않은데 검 잡는 걸 별로 안 좋아했거든. 펜이 더 취향이라나 뭐라나……. 근데 파사드 형님은 날림으로 서품을 수여받지 않고 차근차근 종기사 생활부터 하고 싶어 하셨어. 뭐, 너도 알다시피 브류나크라는 이름이 좀 대단하냐. 아무도 파사드 형님을 종기사로 부리고 싶어 하지 않았지. 그때 윈포드 경이 나서서 둘 다 거둬 보마 해 주셨던 거고. 괴팍한데 재밌는 분이야."

왠지 파사드답다 생각이 드는 한편, 참 한결같이 우직하지 싶어 한숨이 뭉쳤다.

르옌은 파사드의 어린 시절을 한 번 상상해 보려 했다.

까만 머리와 까만 눈은 여전하겠지. 얼굴은 조금 더 둥글둥글했을 것이고 피부도 훨씬 보얬을 것이다. 키도 작고 입술도 앙증맞았겠지. 그러나 상상을 완성하고 나니 그건 아예 파사드가 아니었다. 결국 작게 웃고 말았다.

모처럼의 고향 이야기에 자칼린은 신이 나 떠들기 시작했다.

"난 어릴 적이라 잘 기억은 안 나지만 윈포드 경은 정말 가차 없는 분이라서 다들 파사드 형님이 자존심이 상해 한 달도 못 채우고 윈포드 경을 내칠 거라 생각했대. 그런데 파사드 형님은 그분 아래에서 두 해나 버텼어. 그리고 파사드 형님이 정식으로 폐하로부터 서품과 웬터발트 후작의 작위를 받게 되었다고 행정부에서 통고했을 때, 윈포드 경은 퇴역을 선언하셨어. 마지막으로 치렀던 전투가 에스란드 봉기였나…… 자세히는 모르겠네."

"훌륭한 기사였겠네, 그 윈포드라는 자."

"당연히…… 아니 아니, 이게 아니지. 휘말렸네. 야, 이게 중요한 게 아니잖아 지금."

자칼린이 핵핵 고개를 저으며 표정을 가다듬었다. 르옌은 곧 멀찍이 문 너머에서부터 다가오는 인기척을 감지했다. 자칼린도 발소리를 깨닫고 고개를 돌렸다.

"누구 오기로 했나?"

묻는 자칼린의 이마에 가볍게 입 맞춘 르옌이 그의 어깨를 살짝 떠밀었다.

"자칼린, 먼저 나가 봐라. 이야기는 나중에 마저 하자."

"아니, 아직 말 안 끝났는데, 야."

자칼린은 얼떨떨한 표정으로 버티고 섰다. 르옌이 힘없이 웃으며 위로했다.

"걱정하지 마라. 잘될 테니까."

"어, 뭔데? 대책이 있는 거야? 지금 저 녀석들을 설득할 묘안이 있……."

"답이 필요한 물음은 아니지 않나. 목숨을 걸고 있다는 걸 증명하는 건 언제나 목숨을 걸어 보이는 수밖에 없는걸."

자칼린의 입술이 벌어진 채 굳어졌다.

'아니, 누가 그딴 단순 무식한 대답이 듣고 싶어 이러나!'

조금 풀렸던 심기가 확 틀어지는 순간이었다. 굳게 닫힌 문을 두드리는 소리가 났다.

"에일라 시니스입니다. 부르셨다 들었습니다."

자칼린이 한쪽 눈썹을 슬쩍 추켜올렸다. 이 시간에 에일라를 불러? 설명을 요하는 눈빛을 해 보였지만 르옌은 여상하게 어깨를 으쓱할 뿐이었다.

자칼린은 조금의 틈도 주지 않는 르옌을 야속하단 듯 바라보았다. 조금 더 자신을 믿어도 좋을 텐데 르옌은 늘 비슷한 거리를 두고 홀로 서 있다. 불신감 때문이 아니라는 건 알고 있다. 원래 그런 여자다. 그리 남다르기 때문에 이제까지 버틸 수 있었을 터다.

하지만 그건 르옌의 치명적인 결점이다. 그녀의 가장 커다란 문제는 단순히 이기적인 이타주의라는 괴상한 사상이 아니었다.

왜 늘 치열하게 살아야 하나? 왜 삶에 항상 목적이 있어야 하나? 왜 빚을 반드시 되갚아야 하나? 세상에는 많은 일이 벌어지고 여러 사건에는 여러 사람이 연루되어 있기 마련이다. 그중 어떤 일에 자신이 포함이 되어 있더라도 그 책임을 자신이 짊어져야 하는 것은 아니다.

르옌은 지난 남북 전쟁도 발로이드와 제 탓이라 믿지만 자칼린은 그리 생각하지 않았다. 전쟁을 일으킨 것은 결국 남부의 황제와 북부의 왕. 두 사람의 결정이었다. 발로이드가 옆에서 무슨 협잡질을 했든, 마리포사와 브류나크가 어떻게 얽혔든 간에.

'……알 게 뭐냐. 납치라도 하면 지가 배겨?'

르옌에게는 미안하지만 남 생각 안 하기로 유명한 것은 자신이 한 수 위였다. 이 남부 놈들에게, 혹은 남부 놈들을 위해 개죽음당하려고 조국까지 등지고 온 것이 아니었다.

'……옘병.'

그런데 왜 이리 마음이 불편한지.

밤은 이슥한데 오늘도 어김없이 잠은 오지 않을 것 같다.

기름등잔과 촛불 빛도 밤의 어둠을 전부 몰아내지는 못했다. 르옌의 발끝은 커튼의 그림자에 잠겨 있었다. 에일라는 한참을 말없이 르옌의 발끝을 내려다보았다. 생각할 시간이 필요하다며 몇 날 며칠을 은둔하던 르옌의 부름에 바삐 방문한 차였다.

발로이드의 흔적이 밴 공간에 서 있으니 갈비뼈 안쪽 어딘가가 뻑뻑했다.

"늦은 시간인데 번거롭게 했다."

"아닙니다."

"앉아서 이야기하겠나?"

"서 있겠습니다."

에일라는 다시 거절했다.

르옌은 본론을 꺼내기 전에 조금 뜸을 들였다. 분위기를 조장하려 한다거나 부러 에일라를 애태우기 위함은 아니었다. 문득 에일라의 뺨에 난 움푹 패인 흉터가 먼저 눈에 들었기 때문이다. 상처가 노곤해 보인다.

"그 뺨의 흉터는 어쩌다 그리되었나?"

"……."

"페이작과 이런 잡담도 않았나?"

에일라가 마지못해 입술을 열었다.

"선대 마리포사 백께서 주신 영광의 상처입니다."

"왜?"

"……주제넘은 요청을 드렸었기 때문입니다."

“무슨 요청?”

“엘폰느 경을 데리고 오고 싶다고 했습니다.”

“선대라면 이생의 페이작의 육친일 터인데…….”

에일라의 표정이 더 어두워지는 것을 알아차린 르옌은 더 묻지 않았다.

“무슨 일로 부르신 겁니까?”

에일라의 냉담한 반문에 르옌은 책상맡에 기대어 앉으며 말했다.

“너는 페이작이 남부 태자를 살해한 직후 너희를 등지고 나를 따라왔을 때, 즉시 군을 물렸었지. 내가 듣기로는 그러했는데 맞나?”

에일라의 주먹에 힘이 들어갔다. 르옌은 그를 알고도 모른 체 무덤덤한 태도로 중얼거렸다.

“지휘자로서의 선택이었지. 당연한 일이고, 잘한 일이다.”

“칭찬 들을 일은 아니라 생각합니다.”

“페이작도 그리 말했을 테니, 그가 한 말이라 생각해.”

에일라는 대체 르옌이 왜 지금 지난 일을 들추어 그녀를 끔찍한 사유 속에 빠뜨리려 하는지 이해할 수가 없었다. 그때 지휘관으로서 했던 선택은 영원토록 그녀를 괴롭힐 것이다. 제 주인을 지키지 않고 등졌다는 건 칭찬은커녕 비난받아 마땅할 일이었기 때문이다.

마리포사들의 지휘부가 독재 성향을 띠고 있지 않았더라면, 그리고 에일라가 그동안 발로이드에게 보였던 헌신이 아니었다면 그녀역시 심판대에 올랐을 것이다.

“그리고 나를 데리고 온 것은 신하로서의 선택이었지. 네 목숨을 걸고 왔으니.”

“무슨 일로 저를 부르신 겁니까?”

앵무새처럼 반복하는 에일라에게서 시선을 뗀 르옌이 무기 걸이에 걸린 푸른 단검을 바라보았다.

"아주 예전의 이야기야. 페이작과 나는 우리의 명예가 가장 드높은 곳에 있을 것이라 믿어 의심치 않으며 서로의 등을 보듬었지. 나는 그를 지키겠다 하였고, 그는 나를 위해 복종하리라 하였다. 아마 너는 지금 내가 무슨 말을 하는지 모를 거다. 사실 페이작이 아니라면 누구도 이해하지 못할 말이기도 해. 하지만 시작은 어떤 생각이었던지 간에, 결국 그와 나는 다른 길을 걷는 사람이었다. 때문에 그를 계승한 너희와 나는 다른 길을 걷는 사람임이 분명하다. 내가 너희와 함께한다 선택한 것조차 내 이기심이겠지. 너희에게 나는 페이작을 등진 어떤 북부 여자에 불과할 테니까."

"……."

"물론 너희가 옳다 말하는 건 아니야. 너희는 지금 눈앞의 별 시답잖은 문제를 두고 목숨 아낄 시간을 내버리고 있으니까. 페이작도 그리 생각했을 거다."

페이작도, 페이작도.

마치 발로이드를 아주 잘 안다는 듯 말하는 투가 에일라의 귀에 거슬렸다.

"몹시 잘 아는 것처럼 말하십니다."

"잘 알지."

르옌은 아주 효율적으로 에일라의 투지를 꺾는 법을 알기라도 하는 양 속을 헤집었다. 어쩌면 그녀는 에일라가 알지 못하는 발로이드의 다른 모습을 알지도 모른다. 그러나 그게 르옌이 발로이드를 전부 안다는 말은 아니었다.

에일라가 딱딱한 목소리로 말했다.

"……아르도니스."

르옌이 고개를 갸웃했다.

"아르도니스?"

아르도니스. 오래전, 그녀가 스완으로서 살 적 라르크와 긴밀한 관계를 가졌던 왕국이다.

"멸망한 왕국 중 하나지. 그 이름은 갑자기 왜 담나?"

"주군이 이야기하신 적이 있습니다."

"아르도니스를?"

"그분의 혼인에 대해."

르옌의 입가에 엷은 미소가 떠올랐다. 흐뭇하다거나 기분이 좋아서가 아니라 반사적인 것이었다.

페이작과 혼인하였던 아르도니스 왕국의 왕녀의 이름은 헤드리였다. 귀여운 암고양이 같은 생김의 계집이라 기억한다. 사근사근 웃는 낯 너머로 꽤나 잔망스러운 성질머리가 도사리고 있어 스완은 헤드리를 마음에 들어 하지 않았다.

당시 아르도니스 왕국이 라르크에 취했던 오만한 태도도 그 편견에 한몫 얹었을 것이다.

남부로 내려가기 위한 계획에 막 박차가 가해질 무렵이었다. 서쪽 어귀에 붙은 아르도니스 왕국과의 전쟁으로 시간 낭비 하고 싶지 않아 무던한 고민의 밤을 보냈다. 결국 숙고 끝에 남침을 유보하고 서쪽으로 군사들의 머리를 돌리리라, 그리 마음먹었을 때였다.

─그녀는 헤드리라는 이름을 가진 아름다운 여자다. 정말로 깜짝 놀랐지. 내게 그 왕녀를 줘, 누님. 그녀를 사랑하게 된 것 같으니.

페이작이 어떤 특정한 대상으로 사랑이라는 말을 입에 담는 것을 본 기억이 없었던지라, 못내 놀라고 서운하였던 걸로 기억한다.

─그 계집과 얼굴 맞댄 지 며칠이라고 사랑을 논하느냐?

―누님, 내가 그녀와 혼인하게 되면 누님의 고민거리도 덜어지지 않겠나?

―내키지 않는데.

―누님, 나만을 위한 게 아니라 누님을 위한 것이기도 하니까. 물론 내가 그녀를 부인으로 삼는다 해서 누님에게 헌신하는 기사로서의 의무를 소홀히 하지는 않을 거다.

내키지는 않았지만 페이작이 그리 답지 않게 떼를 쓰기에 그러라 하였다. 페이작은 늘 먼저 무언가를 요구하는 법이 없던 녀석이었으니. 하지만 결국 그 두 사람도 행복한 끝을 맞이한 것은 아니지 싶었다.

페이작이 홀로 남은 후, 헤드리 그 괘씸한 계집이 제 부군을 제대로 보살피지 못하였던 것이 분명하니…….

르옌은 새삼스런 기억을 더듬으며 에일라의 뒷말을 기다렸다. 무언가 말하고 싶어 하는 기색이 역력한 얼굴로 입술을 몇 번 벌렸다 다문 에일라는 조용한 침묵을 택했다.

어쩔 수 없이 르옌이 이야기를 이어 나갔다.

"페이작이 사랑했던 여자에 대해 네게 이야기를 해 주더냐?"

"당신은 그분에 대해 아무것도 모릅니다."

"내가 모르는 것을 말해 봐라. 남부에서 살아온 과정에 대하여는 내가 모르는 것이 당연하지만 페이작 그 자체에 관하여는 모른다 말하는 것이라면, 무슨 근거로?"

에일라는 억울함마저 느껴졌다. 어느 쾌청하던 가을, 뇌까리던 발로이드의 목소리가 머릿속에 맴돌았다. 비통하고 원통하다.

―그녀의 귀가 더러워질 테니까. 누님에게는 내 부인이 나와 그녀를 두고 했던 수많은 이야기들 중 하나도 해 줄 수는 없었지. 하지 않을 거다.

모두가 꿈이며 망상이 아니냐 할지라도 르옌과 발로이드에게는 진실일 터였다. 그래서 말하고 싶었다. 그리 아는 체 말라고. 당신은 하나도 모르지 않느냐고. 모르기 때문에 그를 냉정히 등져 버릴 수 있었던 것이 아니겠냐고.

그러나 가슴속 가득 찬 이야기들은 삼켜졌다.

"아닙니다. 그보다, 어째서 부른 건지 말해 주십시오. 최근의 분란 때문이라면 최대한 수습하고 있습니다. 그러니……."

"네 선에서 해결되지 않을 거다. 무리할 필요 없어. 광대놀음이니."

마치 포기를 종용하는 것처럼 들렸다. 에일라의 미간이 서서히 좁아졌다.

"지금 그런 쓸데없는 얘기를 하려고 저를 부르신 겁니까?"

"네가 지금 당장 집중해야 하는 일은 나를 어린아이 돌보듯 감싸는 게 아니잖나. 페이작 하나를 너를 바라보고 있는 군사보다 중하다 여기지 마라."

"……감히 말하는데, 그만 떠드십시오."

에일라의 살의 어린 경고에도 르옌은 무덤덤했다.

"그런 사람은 페이작 하나로도 충분하다. 너희의 패인이 무엇이었는지 가장 가까이에서 본 너는 알 것이다. 너는 스스로 페이작을 뒤따르는 기사가 되지 마라. 네가 나 하나에 목을 매 스스로의 이성을 마비시킨다면 결국 너도 떨어진다. 지금 이 땅에서 너희의 등만 바라보고 있는 이들도 함께 산산조각 나겠지."

"염두에만 두지요."

르옌은 짧게 고개를 저었다. 에일라는 이 주둔지 내에서 유일하게 그녀를 주군이라 부르는 지휘자였지만, 자신은 결코 이 여기사를 갖지 못할 것이었다. 페이작의 뒤를 따를까 저어되는 것은 그 맹목성이 닮았기 때문이다.

조금은 씁쓸한 기분이 들어 르옌은 이야기를 정리하기로 마음먹었다.

"내가 너를 부른 것은 슬슬 해결을 해야지 싶어서다. 너는 내가 나서서 부정하는 것만이 길이라 간언했다. 네 뜻대로 그리한다면 후에는 어찌 될 듯한가?"

펼쳐지는 본론에 에일라의 살기가 순식간에 사그라졌다.

"소문은 어차피 흩어질 테니 그 후에는 지휘부에서 더 이상 왈가왈부하지 못하게 철저히 단속하겠습니다."

"……그래, 내가 부정하고 소문이 흩어져 군사들의 의심을 불식시켰다 치자. 하지만 너희 차하급 사령관에 순하는 지휘부 기사들은 진상을 알고 있지. 뒤늦게 합류한 자들이 아니라 처음부터 함께했던 지휘부 기사라면 거의 다 알고 있다 봐도 무방하겠지, 맞나?"

"맞습니다."

"너는 저 살겠다 거짓말을 하는 상관을 따를 건가? 너희는 그리 멍청한가?"

에일라의 입술이 굳게 다물렸다. 르옌이 말하는 것이야말로 진실이었다.

"거짓은, 그 거짓이 멀리 보아 득이 될 때에야 효용이 있는 거다. 이걸 인정하는 데서부터 시작해야지. 지금 내가 선 곳은 밑바닥도 천장도 없는 수렁이다. 진상을 알고 있는 지휘 기사들이 한 명이라도 있다면 믿음을 잃는 것은 자연한 수순이다. 불가피하지. 하지만 모두를 얻어야 하나를 얻는 것이 군대이다."

르옌의 말은 화가 날 정도로 사실과 한 점 그른 것이 없었다. 에일라의 낯 위로 바람에 흔들리는 커튼의 그림자가 기괴하게 넘실거렸다. 어두운 그늘은 눈, 코, 입을 무너뜨릴 것처럼 보였다.

르옌은 떨어지지 않는 입술을 열었다. 자칼린의 얼굴이 조금 슬프게 어른거렸다. 이런 상황이 되어 버린 제 처지도 새삼 우스웠다.

그래도 견뎌 내야지 않겠나.

"……그러니 에일라 시니스, 부탁을 하나 하마."

이튿날 오전, 대규모 군집령이 떨어졌을 때 자칼린은 꼴사납게 널브러져 자고 있었다.

이유야 있다. 밤이 새도록 라곳에시스를 떠나면 어디로 가장 먼저 가야 할지, 아직까지 북부에서 그들을 감당해 줄 만한 자가 있는지 따위를 하나하나 따져 보느라 해가 뜬 후에야 잠이 든 탓이다.

후보로는 셋 정도를 추려 보았다.

일라린 공국. 그곳은 라르크의 28대 왕이었던 이골리트 2세의 쌍둥이 남동생이 하사받은 독립된 공작령에서 시작되었으나, 백여 년이 지난 지금은 완전히 다른 나라로 분리된 작은 왕국이다.

지금 그곳의 왕인 예멘은 북부인에 호의적인 노인이었다. 한때 예멘의 사촌 여동생이었던 툴레가의 딸이 바로 두 세대 전의 공가 브류나크의 안주인이었기 때문이다.

바예투스 나로사 브류나크의 죽음 이후 일라린 공국과 브류나크의 관계는 조금 멀어졌지만, 그래도 가능성은 있지 않을까. 그러나 라르크 왕실과의 관계 때문에 오히려 좋지 않은 반응을 보일 수도 있지 싶어 섣불리 결정할 수가 없었다.

그리고 두 번째는 체사가의 산하 가문 중 하나인 동부의 베스탄트가의 땅이었다. 동부 전란 이후 거의 교류가 끊겼지만, 베스탄트가의 땅에는 버려진 체사의 별장 같은 곳이 두어 채 있었다. 만에 하나의 가능성 때문에 차선이다.

마지막 세 번째가 갈라부아 연합의 주축 중에도 가장 커다란 세력을 호가하고 있는 윙거의 발타르. 발타르는 성격이 좋고 즐거운 사람이다. 하지만 카라제시와 몹시 각별한 친분을 지녔다는 것이 큰 걸림돌이 될 것이다.

'아…… 피곤해 죽겠네.'

눈을 뜨자마자 습관처럼 창밖부터 확인한 자칼린은 심상찮은 동태의 군사들을 발견하고 얼어붙었다.

'뭐야?'

잠이 번쩍 깼다. 자칼린은 그대로 뛰쳐나가려다가 멈칫하고 대충 갑옷에 몸을 구겨 넣었다. 종기사 하나 없이 혼자 전부 해내는 게 익숙해졌다는 사실이 조금 슬펐다.

방에서 나온 그가 가장 먼저 한 일은 르옌을 찾아가는 것이었다. 그러나 르옌은 대체 아침나절부터 어디에 있는 건지 보이지 않았다. 르옌의 거취를 알고 있을 만한 이를 찾아가 물으려 했지만 아무도 믿을 수가 없어 자칼린은 직접 북관의 건물을 죄 뒤져 헤맸다.

헛수고였다. 얼굴이 퍼렇게 질려 돌아다니던 그는 레이리스를 마주쳤다. 더 불안하게 어째서인지 레이리스도 경갑 무장 차림이었다.

자칼린은 겨우 한마디 물었다.

"혹시 르옌 어디에 있는지 알아?"

레이리스는 따라오란 듯 턱짓할 뿐이었다.


대규모의 소집령이 있었다 한다. 자칼린은 비무장의 군사들이 가득 찬 서관의 거대 연병장에 섰다. 바깥 공기가 오랜만이니 뭐니 감상을 늘어놓을 때가 아니었다.

연병장의 한편에는 단상이 하나 덩그러니 놓여 있었다. 그 앞에는 일찌감치 소집령에 불려온 수천 명의 사내들이 행과 열을 맞추어 서 있다. 개미 떼 같다. 단상을 둘러싸고 일정한 간격으로 서 있는 기사들을 제외하면 전부 비무장 상태였다.

저들이 지금 비무장이라고는 하지만 무기가 없다는 말은 아니다. 제게 향하는 적의 그 자체가 자칼린에게는 생으로 달려드는 칼날이나 진배없었다.

레이리스는 한 걸음 떼는데도 움찔거리는 자칼린을 한 번 흘깃 보더니 드물게 웃었다. 십중팔구 비웃음이다. 남자의 자존심이고 체면이고 차릴 때인가. 자칼린이 의식적으로 레이리스에게 바짝 붙어 섰다.

"뭐 하는 거냐? 르옌은 어디에 있고? 나는 왜 데리고 나온 건데? 처박혀 있으라더니. 시니스 경은 어디 있어?"

"……."

"대체 왜 모인 거야? 출정은 아닌 거 같은데?"

레이리스의 긴 침묵에 불퉁해진 자칼린이 끝끝내 성미를 내비쳤다.

"이러려고 벙어리를 나한테 붙여 놨고만. 너희 대장이 철두철미하기가 아주 교활한 게…… 악!"

레이리스의 손이 뒤통수로 날아들었다. 무방비 상태로 당한 자칼린의 고개가 앞으로 푹 꺾이며 신음이 샜다. 아, 진짜! 막 성을 내려고 홱 고개를 돌리던 자칼린은 레이리스와 눈이 마주치고는 그만두기로 마음을 고쳐먹었다. 밉보여서 좋을 게 하등 없었다.

봄볕이 따가웠다. 아니면 살의가 따가운 건지도.

얼마 후 군사들의 대오 형성이 마무리되었다. 단상을 마주 본 형태였다.

단상에서 얼마 떨어지지 않은 구석 자리에 선 자칼린의 눈이 비로소 단상으로 집중되었다. 반대 방향, 단상의 대각에는 위스번스와 테네스 경이 나란히 서 있었다. 자동 반사로 눈에 힘이 들어갔다.

자칼린은 저 두 놈이 비등하게 싫었다. 위스번스라는 놈이 발을 뺀 것도 화가 나고, 테네스 경은 말할 것도 없다. 아니, 테네스 경이 조금 더 싫은 것 같다. 아직도 저놈만 보면 이가 갈린다.

'별, 별일…… 없겠지.'

여차하면 무기로 삼을 수 있는 게 있을까 고민하며 눈알을 재게 굴리는 동안 느리게 떠오른 태양은 정수리 위에 멈추었다. 대체 이게 무슨 짓인가 하고 있는데, 별안간 공기의 흐름이 바뀌었다. 무거운 군화 소리가 제식에 맞춘 듯 딱딱 떨어진 박자로 울려 퍼졌다.

곧 연병장 입구에 나타난 것은 푸른 갑옷의 기사들을 뒤세운 르옌이었다. 무장을 갖춘 에일라와 함께였다. 르옌은 목부터 발끝까지 덮는 기다란 검은 코트를 걸친 채 맨발이었는데, 대충 얇은 외투를 걸친 군사들과 무장 병사들 사이에서 유난히 이질적으로 보였다.

반색하며 달려가려던 자칼린은 두 걸음도 떼지 못하고 걸음을 멈추고 뒷걸음질했다. 촉이라는 게 있다. 그리고 짜증 나게도 제 촉은 틀리는 법이 없다.

'저거…… 무슨 생각이야?'

자칼린은 르옌이 마리포사들 앞에 나선다는 사실 자체에 회의적인 입장이었다.

이제 와서 발로이드의 죽음과 그녀 사이에는 아무런 관계가 없다 주장한다 해도, 한 번 박살 난 단결이 원래대로 돌아올 리도 없을 뿐더러 호의를 살 수는 없을 것이다. 예감이 아니라 확신이다.

굳이 설명하지 않아도 될 만큼 지금 이 연병장은 자칼린과 그녀를 향한 반감으로 가득했다. 초조하게 손톱을 입술에 비비는 사이 르옌은 홀로 단상 위에 올라섰다. 분위기가 험악해진 것은 당연지사였다.

웅성거림이 잦아졌다. 북부인, 주군, 배신자 따위의 말들이 어수선하게 떠다녔다. 하지만 르옌은 표정 없이 서서 수를 헤아리기 어려울 만큼 많은 군사들을 응망할 따름이었다. 그들의 웅성거림, 냉혹한 눈빛을 모를 리가 없을 터인데도.

르옌의 침묵이 길어질수록 어수선함은 곱절이 되었다. 흐트러지는 대열과 함께 분위기는 더욱 삭막해졌다. 이럴 때를 대비해 무장한 채 서 있던 기사들이 나섰지만 통제에는 여전히 애를 먹고 있었다.

얼마간 조용히 서 있던 르옌이 짧은 검을 한 자루 떨어뜨렸다. 퉁…… 바닥이 빈 단상이 울었다. 어수선하게 서 있던 군사들의 눈이 그녀의 발치로 향했다.

'……저거 신은 어디다 팔아먹고 맨발이야?'

코트 아래로 드러난 발목과 흉터투성이 발을 바라보던 자칼린은 뒤이어 르옌이 떨어뜨린 것이 무엇인지 알아차렸다. 자칼린뿐만 아니라 가까이 서 있던 지휘부 기사들은 모두 알고 있는 물건이었다. 발로이드가 항시 호신용처럼 지니고 다니던 물건. 레이리스는 제 혀를 잘라 낸 검으로 더 잘 기억하는, 예의 푸른 검집을 지닌 단검이다.

테네스 경이 얼마 떨어지지 않은 곳에 서 있는 위스번스에게 물었다.

"뭐하려고 저런답니까?"

"나도 모르네."

위스번스는 냉랭히 대꾸했다. 그 역시 갑작스러운 에일라의 군사 소집 명령을 듣고 나왔을 따름이었다. 어쩌면 르옌이 공개 처형될 수도 있겠구나 하는 쓸쓸한 짐작을 하나 품고.

이제 와 그리한다 해도 군 내부에 한 번 생긴 불복종의 틈을 당장 예전처럼 단단히 메울 수는 없겠지만, 눈앞에 놓인 장애물들을 하나하나 넘어가다 보면 그래도 않는 것보다 나으리라.

아쉬운 마음은 조금 있었다. 르옌이라는 여자에 대해 더 알아갈 기회가 없다는 사실이.

군사들도 두리번거리며 서로를 돌아보았다가 여자를 보았다가 바닥에 떨어진 검을 보았다가 했다. 후열의 사내들 중 몇은 까치발을 들고 확인했다. 적대감과 뒤섞인 호기심으로 단합된 표정이었다.

그 어수선함이 정점에 이르렀을 때 르옌이 목을 잠근 얇은 코트의 끈을 당겨 쥐었다. 그녀의 작은 손은 끈 매듭을 푸는 데 그치지 않고 찬찬히 내려와 목과 가슴 사이의 단추를, 가슴 부근을 여미고 있던 단추를, 그리고 허리를 묶고 있던 끈까지 당겨 냈다. 르옌이 손을 떨어뜨리자 기다렸다는 듯이 코트가 늘어져 벌어졌다.

자칼린의 입도 꼭 그만큼 벌어졌다.

'……엉?'

가장 먼저 보인 것은 살빛이었다.

산만하게 움직이던 시선, 불의, 그 모든 것이 한순간 불식되고 자욱한 침묵이 찾아왔다.

처음에는 살구색의 옷이라도 입고 있나 했다.

'에……?'

르옌의 몸을 누르고 있던 코트가 바닥에 떨어진 순간, 자칼린은 턱이 빠져라 입을 벌렸다.

검은 코트를 털어 낸 그녀는 실오라기 하나 걸치지 않은 나신이었다. 뾰족하리만치 야윈 몸이었다. 하지만 어깨는 반듯했고 목줄기는 꼿꼿했다. 조금의 부끄러움도 없는 이처럼 움츠러들지 않은 젖가슴과 적당히 근육이 잡힌 가는 허리, 걸리는 것 없는 곡선을 그리며 떨어지는 엉덩이와 허벅지…… 그리고 수많은 흉한 상처들이 보였다.

처음엔 제 눈을 의심하느라, 그다음으로는 당황하여 말문이 막혔다. 예고도 없이 펼쳐진 광경에 얼굴 어딘가가 마비된 기분이었다.

연병장은 태초의 평화처럼 고요했다. 퍼뜩 주위를 둘러보니 대부분이 그와 다르지 않은 얼굴이었다. 르옌이 처음으로 입술을 뗐다.

"내 몸뚱이가 무언가를 숨기고 있을 거라 믿는 이들이 많다 들었다. 궁금하다면 봐라. 이것이 내가 가진 전부다."

르옌은 정말 어떻게 해야 제게 모든 관심이 집중되는지 잘 아는 사람 같았다. 양팔을 들어 올린 르옌의 발이 느리게 한 바퀴 돌았다.

모두의 시간은 늘어져 있는데, 그녀 혼자 살아 움직이는 것만 같다. 군사들의 눈은 마치 착한 어린아이처럼 르옌의 명령을 따랐다. 흉터로 얼룩덜룩한 팔, 다리, 등, 복부, 어디 한구석 성한 곳이 없는 몸.

자칼린은 조금 슬픈 기분이었다. 처음 그녀를 만났을 때, 그녀는 저런 흉 하나 없이 깨끗한 몸이었다. 오랜 걸음에 익숙지 않았던 하얀 발이 피투성이가 되어 라르크의 주둔지에 이르렀던 시절엔 그랬다.

고작 반년 조금 넘게, 한 해도 되지 않는 시간의 흔적이 저토록 끔찍하다.

르옌이 바로 섰을 때, 군사들은 홀린 듯이 오직 그녀가 뱉을 다음 말에만 온 신경을 집중했다.

"북부의 정신을 뿌리로 둔 마리포사를 자랑스러워하는 너희가 나를 북부인이라 배제하고 싶다면 그리해라. 페이작을 따르며 귀천과 출신을 개의치 않는 전우애와 사랑을 겪어 본 적이 없다 당당히 말할 수 있다면 그리해라."

'저 여자 지금 뭐하는 짓이야?'

팔짱을 낀 테네스 경의 고까운 눈빛이 르옌의 옆얼굴에 닿았다. 테네스 경이 서 있는 곳은 공교롭게도 단상에 가까운 곳이어서 장애물 없이 르옌이 잘 보였다. 목소리도 그만큼 잘 들렸다.

여자라면 사족을 못 쓰는 테네스 경도 르옌의 맨몸에는 어떤 음욕도 일지 않았다. 음심이 생기기도 전에 다른 의문이 더 먼저 든 탓이다. 얼마나 몸을 함부로 했으면 저 꼴이 되나. 등의 기다란 흉터들은 분명 채찍 자국이었다.

르옌의 고개가 비스듬 대각으로 돌았다. 테네스 경과 시선이 얽혔다. 어쩐지 붉은기가 유독 도드라지는 듯한 눈동자였다. 한 점 흔들림 없이 제게 향한 시선에 테네스 경은 불현듯 고개를 돌리고 싶은 충동을 느꼈다.

르옌은 테네스 경에게서 눈을 떼지 않고 말했다.

"너희가 바란 진실을 들려 주마. 페이작의 끝을 맺어 그의 마지막을 전송한 것이 나다."

넋을 놓고 섰던 자칼린이 크게 놀라 펄쩍 발을 뛰었다. 저들의 의혹을 확신으로 쐐기 박은 것과 다름이 없었다. 저게 죽여 달라는 말과 뭐가 다르단 말인가!

'진짜 저거 미쳤나!'

저는 어떻게든 상황을 타파해 보겠다 도주 계획을 짜느라 날밤을 지새웠는데, 나서서 진탕 망치고 있었다.

하지만 군사들이 술렁거리기도 전, 르옌의 목소리는 이어졌다.

"그리고 마지막 석별의 날, 나는 그의 짐을 옮겨 짊어질 것을 약조했다."

고해라도 하는 듯 차분한 투로.

"내가 페이작을 사랑했음을 증명할 길은 없을 것이다. 그러나 페이작이 나를 섬겼음을 부정할 이 또한 없을 것이다.”

“……”

“나를 의심하고 그를 의심하여, 나의 진의를 불신하고 페이작의 유지를 하찮게 취급하려면 그리해라. 그러나 내가 페이작의 것을 잇겠다 결의한 이상, 너희가 등에 맨 푸른 나비는 일말의 거짓 없는 나의 뜻과 같다. 따르지 못하겠다면 깃발을 두고 떠나라. 멘테를 풀어라. 배너를 내리고 페넌을 내동댕이쳐라. 벌하지 않을 것이다. 싸울 의지가 없는 자는 물러나라. 그런 나약한 군사는 필요 없다.”

그 말에 가장 당혹한 건 위스번스였다. 가뜩이나 도망을 치는 것이 낫지 않겠느냐 하는 이들이 속출하는 마당이었다.

아예 군사들을 와해시키려는 것이 아니고서야, 미쳤는가! 르옌은 선을 넘은 것이다. 혹 이 사태에 대해 에일라는 미리 통고받은 것이 있는가 하여 바라보았지만 에일라 역시 당혹한 표정으로 서 있기는 매한가지였다.

‘대체 지금……!’

위스번스가 한 걸음 나서려는 순간이었다. 발이 멈추었다.

“그래, 도망친다면 드넓은 제국의 땅 어딘가에 의탁해 살 수 있을 것이다. 너의 전우를 탄압하고 박해하고 멸시하는 이들의 품이라 할지라도 네 안전만큼의 가치는 있을 것이다. 지금 네 옆에 선 너의 전우를 죽이기 위해 날을 벼를 자들의 품 안으로 달려가는 것, 네 전우의 목숨을 대가로 네 목숨을 살리는 것, 너희의 선택이다.”

위스번스가 문득 주위를 둘러보았다. 모든 사람들이 한 사람의 입술만 바라보는 집중된 세계. 익숙하다. 무엇이 익숙한가 고민하니 금세 윤곽이 잡혔다.

‘……기질이.’

어린 시절 위스번스는 저러한 자들 사이에서 살아왔다. 그들은 매일 연단에서 연설을 하고, 돌아가면서 언쟁을 하는 것을 자랑 삼는 자들이다. 말로써 사람을 흔들고, 말로써 모든 것을 드러내는 사람들의 땅이 바로 앙레디움이었다.

르옌의 입술이 열리는 간격, 느렸다가 높아지는 어조, 눈동자의 움직임, 힘이 들어가는 음절과 힘이 빠지는 음절…….

연설이란 단순히 내용의 진실함으로 청중을 사로잡는 것이 아니었다. 연단에서 연설가라 불리울 수 있는 사람은 표정과 몸짓과 어조와 음색 그리고 호흡까지 완벽하게 조절할 수 있는 사람뿐이다. 한데 르옌은 놀라울 정도로 능숙해 보였다.

위스번스는 달변가는 결국 믿지 못할 자들이란 걸 잘 알았다. 혀는 날붙이 앞에서 무너지기 일쑤이고, 혀만 놀려 대는 자들은 대개 실제로는 무엇도 하지 않는 자들이기 때문이다.

그런데.

"충의와 사랑을 끝까지 지켜 낸 대신 제 목숨을 지키지 못할 자도 있을 것이다. 그 또한 너희가 선택한 삶이다. 그러나 기억해라. 단결은 너희의 가장 큰 무기다. 그 무기를 녹슬게 하는 의심에 미혹당해 네 손으로 지킬 수 있는 것을 포기하고 희망을 포기하는 패배자, 아집과 충정을 분별치 못해 사지로 되돌아가 죽은 영예로운 이들은 너희가 처음이 아닐 것이다."

르옌이 허리를 숙여 처음 떨어뜨렸던 푸른 단검을 집어 들었다.

"명예로운 죽음이란 불굴의 투쟁 끝에야 얻을 수 있는 것이다. 그러니 나는 싸울 것이다. 나와 함께 페이작의 유지를 지키고, 너희를 경멸하여 너희의 삶의 가치를 부정할 제국과 맞서 싸우자. 만일 너희가 페이작을 대변한다는 착각에 빠져 너희 스스로를 위험하게 하는 분란을 그치지 못하겠다면 그 또한 너희의 선택이니, 이 이상 내가 너희에게 보일 수 있는 진의는 없다."

르옌은 들고 있던 단검을 내던졌다. 단검은 단상 아래로 떨어졌다. 정확히는 그때까지도 오기 섞인 반감으로 삐딱하게 그녀를 올려다보고 있던 테네스 경의 발치였다.

텅그렁.

테네스 경은 눈동자만 내려 나동그라진 발로이드의 검을 내려다보았다. 르옌의 냉연한 시선이 테네스 경의 콧등으로 떨어졌다.

"내 결심은 변함이 없을 터이니, 지금 이 자리에서 그 검으로 나를 끝내라. 그리한다면 내가 깨끗이 물러나겠다."

군사들을 비롯해 지휘부 기사들의 눈까지도 일순간 테네스 경에게 쏠렸다.

웬만한 일엔 눈 하나 깜빡 않았지만 지금의 발언만큼은 테네스 경도 당황을 금치 못했다.

'뭐?'

엉거주춤 허리를 숙여 검을 주워 든 테네스 경이 가까스로 당혹을 지우고 르옌을 올려다보았다.

"……진짜 죽고 싶은 거요? 내가 못 할 것 같습니까?"

"받아들이겠다. 내가 이 자리에서 죽거든 북부의 체사는 그대로 돌려보낼 것이라 시니스 경과도 합의를 마쳤다. 자칼린 엔도 체사는 내가 죽더라도 무사히 라곳에시스를 빠져나가게 될 것이다. 군사권 최고 지휘자의 약속이다."

테네스 경은 멍청하게 입술을 벌렸다.

에일라는 아무 말도 않고 있었다. 다시 고개를 돌려 자칼린을 돌아보았다. 자칼린은 레이리스의 옆에 서 있었는데, 눈알이 빠질 것

같은 표정인 걸 보아 하니 저놈도 뒤통수를 맞은 게 분명했다. 미쳤
네. 저 여자 진짜 미쳤네.

테네스 경의 짐작처럼 자칼린은 아예 저 말을 반도 이해하지 못하고
있었다. 특히나 르옌의 마지막 말이 끝난 순간 사고가 멈춰 버렸다.

'뭐라고?'

강제로 머릿속의 이어진 기억을 찢어 낸 것 같았다. 지난밤에 르
옌이 무어라고 했더라.

—목숨을 걸고 있다는 걸 증명하는 건 언제나 목숨을 걸어 보이는
수밖에 없는걸.

독보적인 미친년이라는 건 예전부터 알고 있었다. 알고 있었는
데…… 매번 그 기록을 갱신할 필요는 없지 않나! 지금처럼 제정신
이 아닌 것처럼 보인 적이…… 아니, 많긴 했다.

이해할 수 없는 것이 당연한 여자. 르옌은 어느새 그런 사람이 되
었다.

생각해 보면 이상한 것도 아니었다. 십 년도 걸리지 않아 대통합을
이룬, 세간에서 괴물이라 부르는 마지막 라르칼리아. '아마 그 시절의
르옌은 저렇게 태어나 저렇게 살다 그렇게 죽었는가 보다.' 하고…….

자칼린은 문득 르옌에게서 말 팔이의 딸 이상의 무언가를 보고 있
는 저를 깨닫고 소스라쳤다.

'……진짜 저게!'

뒤늦은 분노가 치밀었다.

당장이라도 르옌의 머리채를 쥐고 끌어내려도 모자랄 판이었다.

도박꾼인 체사 백, 그의 아버지는 스스로가 도박을 즐기면서도 늘
두 아들에게 가르쳤다. 도박에는 필경 즐거움 이상의 대가가 따른
다. 도박을 즐기는 자들이 쉬이 잊어버리곤 하는 것이다.

르옌도 잊은 게 분명하다. 이 도박의 대가는 제 목숨이었다. 자칼린이 뛰쳐나가려는 것을 레이리스가 붙잡아 세웠다.

"놔! 안…….."

군사들의 시선이 얼굴이 새빨개진 또 다른 북부인에게 향했지만 처음과 같은 적대감은 아니었다. 씩씩거리는 자칼린을 꽉 당기고 버티는 레이리스가 눈을 부라리며 경고했다.

레이리스와 대화를 해 본 기억이 드물다. 말하지 않아도 서로 이해할 만큼 깊숙이 아는 사이도 아니었다. 하지만 그 순간 자칼린은 본능적으로 레이리스의 침묵의 경고를 이해했다.

넘어서지 못하면, 어차피 죽는다.

자칼린은 벌건 얼굴로 후들거리는 두 다리에 힘을 주고 섰다. 르옌은 난동을 멈춘 자칼린에게 시선을 한 번 준 후 다시 테네스 경에게로 시선을 옮겼다.

테네스 경은 그때까지도 뚱한 얼굴로 제 손에 들린 단검을 뽑았다가 밀어 넣었다가만 반복하고 있었다. 저 여자가 이런 식으로 나올 줄 누가 알았겠나. 어찌 믿냐 그리 지랄을 했더니, 이 지랄로 받아치는 여자가 어디 있어? 의식하지 못한 사이 그의 손 안에 땀이 흥건히 배었다.

이 검을 제게 준 이유도 있을 것이다. 네가 일으킨 분란의 끝을 네가 보라는 뜻이다. 검은 제 손에 있는데 왜 경고처럼 느껴지는지 영문을 모르겠다.

에일라의 시선이 따갑다. 위스번스는 완전히 얼이 빠져 르옌만 바라보고 있었다.

'진짜, 장난하냐.'

솔직한 심정으로는 발로이드에게 개박살이 났을 때만큼이나 자존심이 구겨졌다. 그런데도 손가락 하나 꿈쩍할 수가 없었다. 얼마간 말없이 선 테네스 경을 노려보던 르옌이 서늘히 노여운 목소리로 말했다.

"그럴 용기가 없다면."

"……."

"일분일초가 귀한 너희의 시간과 나의 시간을 이따위 증명하는 짓거리로 낭비하게 만들지 마라. 너희의 명예를 가장 높이 사 주는 내게 너희를 걸어라!"

르옌이 늘어선 군사들을 향해 고개를 돌렸다.

쓸어 내고 몰아치는 해일 같은 목소리가 장내를 울렸다.

"모르가나와 라르크의 전쟁은 끝났지만 우리의 전쟁은 끝나지 않았다! 나는 나의 마지막 기사였던 페이작과 뜻을 함께했던 너희를 수렁에서 구하기 위해 이미 나를 전부 내보였다. 영주는 왕의 신하이나, 영주의 군대는 왕의 군대가 아니다. 페이작이 나의 기사였다한들, 그의 군대였던 너희가 나의 군대가 아님을 잘 알고 있다. 때문에 너희에게 나를 위해 목숨 걸라 하지 않을 것이다. 너희는 전우를 위해 목숨 걸어라! 저들의 협정이 끝나면 우리는 언제 우리를 급습할지 모를 제국의 군대를 경계하며 살얼음을 딛고 걸어야 할 터다. 오만하기 짝이 없는 모르가나의 황실 토벌군이 산맥을 넘어와 우리 하나하나의 목을 베어 내려 할 것이다. 수치스럽게 살아남거나, 명예롭게 살아남거나. 선택은 우리의 몫이다. 그리고 나는 명예롭게 살아남기를 선택할 것이다! 명예를 쫓는 것이 두려우냐? 너희 스스로의 정신을 지키는 것이 두려우냐!"

가슴을 철퇴로 내리치는 것 같은 고함. 미온의 열기가 점차 상승했다.

르옌의 목소리가 불러일으키는 무언가는 단언컨대 불확실한 미래에 의한 두려움은 아니었다.

"내 드높은 명예를 걸고 약조한다. 나는 너희와 함께 살거나, 너희와 함께 죽을 것이다. 내 앞에 선 너희는 목숨을 걸 자신이 있나!"

목숨을 걸 자신이 있나.

메아리가 울려 퍼졌다.

누가 움직일 수 있을까. 누가 한 마디라도 할 수 있을까. 꺾여 버린 적의와 함께 찾아온 침묵은 당연하게까지 느껴졌다.

한참의 여운이 흩어진 무렵, 저벅저벅 맨땅을 지르밟는 소리가 울리기 시작했다.

"……가관입니다. 이 마당에 혀를 놀려 보시겠다니."

단상 바로 앞까지 걸어와 선 위스번스는 고개를 젖혀 르옌을 올려다보았다. 정오의 태양을 등진 짧은 붉은 머리칼이 약한 바람이 흔들거렸다.

남부에서 머리칼이 짧은 여자들은 으레 몸을 파는 여자들이라는 인식이 있다. 가난해서 머리칼을 잘라다 팔고, 그로도 모자라 몸을 파는 여자들로 인해 생긴 편견이었다. 르옌 역시 마찬가지였다. 가진 것이 없는 저 여자는 그들에게 연설을 팔았다. 그녀가 창녀라면 말로써 스스로를 그들에게 팔아넘긴 위대한 창녀였다.

르옌이 대꾸했다.

"앞으로도 나와 함께한다면 더 가관인 것들을 보게 될 텐데."

위스번스의 입가에 헛웃음이 설핏 스쳤다.

목 안쪽이 떨리는 것을 겨우 갈앉힌 위스번스가 잠긴 목소리로 말했다.

"……선동가로 살아도 부귀영화를 누리셨겠습니다."

“칭찬으로 들으마.”

앙레디움인을 말로 감동시키기는 무척 어려운 일이니 칭찬이지요. 농담을 덧붙이자 르옌의 입매가 살짝 당겨졌다. 고개를 기울인 위스번스의 턱이 살짝 떨렸다. 당장의 분위기에 휩쓸린 착각일지라도 한 가지 확신하게 된 것만으로도 충분했다.

형편없는 이에게 발로이드를 잃은 것이 아니라 다행이다. 그 하나뿐이었다.

“……걸어 보겠습니다. 함께 살거나, 함께 죽거나.”

“나의 삶 혹은 너희의 삶으로 보답하겠다.”

태풍이 지나간 자리에 남은 폐허처럼 참담한 격랑에 잠겨 있던 군사들이 하나둘씩 깨어났다.

‘……뭔 상황이야.’

얼이 빠져 있던 테네스 경은 훌쩍 낮아진 군사들을 돌아보았다. 어쩌지 못하고 선 이들이 태반이었으나 분명 처음과 같은 위태로운 공기와는 확연히 밀도부터가 달랐다.

유령에라도 홀린 듯했다. 다시 고개를 돌려 르옌을 보았다. 르옌이 웃음기 하나 없는 눈으로 테네스 경을 굽어 내렸다. 눈꺼풀 한 번 깜빡이지 않는 품새가 한 방 크게 먹은 것을 인정하지 않을 수 없었다.

단상 앞으로 걸어가 한참을 르옌을 올려다보던 테네스 경이 단검을 거꾸로 돌려 손잡이를 내밀었다. 여자의 손이 단검을 감싸 쥐는 순간.

쿵. 누군가 발을 구르는 소리가 났다.

쿵 쿵. 누군가 박자에 맞추어 바닥을 내리쳤다.

하나였던 소리가 둘이 되고, 셋이 되고, 넷이 되고, 수백이 되었다. 헤아릴 수 없었다. 박자를 맞춘 발 구르기가 바닥을 때렸다. 소리 없는 함성처럼.

르옌에게 검을 건네고 그대로 돌아가는 테네스 경을 바라보던 자칼린은 그대로 주저앉았다.

'망할 년, 망할 년, 진짜 망할 년, 못돼 처먹은 년……. 미리 예고라도 하지, 저 망할 년. 저 미친년, 저 죽일 년…….'

쥐어뜯을 기세로 머리칼을 비비는 손이 떨렸다. 힘없는 웃음이 섞였다. 가슴 안쪽으로 경련이 일었다.

목숨을 걸 자신이 있냐고? 그리 묻는데 남자가 자존심이 있지, 자신 없다고 말하겠나. 생각해 보면 별것도 아닌 말이다. 어쩔 수 없이 싸워야 하니 그냥 싸우자는 말인데 왜 이렇게 눈물이 날 것 같은지 모르겠다.

하지만 정말 한 번쯤은 할 수 있는 데까지 해 봐도 좋겠다. 그럼으로써 부딪치고 닳아 넘어지며 굴러가는 것이 세상 아니겠나. 이놈들을 위해 싸우기는 싫지만, 르옌과 자신을 위해서라면 괜찮지 않을까.

자칼린은 한 번도 만나 본 적 없는 전 왕조의 마지막 여왕의 모습을 상상해 보았다.

스완 세칼리드 라르칼리아. 이백여 년 전의 그녀와 지금의 르옌이 같다면 여왕을 끌어내린 브류나크는 사실 옳지 않았던 걸지도 모른다고, 불경하게도 그런 생각이 잠깐 스쳤다.

문득 가까이서 느껴지는 시선에 고개를 든 자칼린은 그를 내려다보고 있는 레이리스와 눈이 마주쳤다. 너도 나와 같은 것을 느꼈느냐고 그리 묻고 싶었으나 하지 않았다. 회색 눈이 아름다운 여자의 붉어진 눈시울에는, 그 어떤 질문도 필요가 없었으므로.


그로부터 엿새 후, 마리포사의 기사단 사천여 명이 동시 출병한

두 번째 서부 침략전이 시작되었다.

라곳에시스와 반나절의 거리에 위치해 있던 와이트는 하늘을 찌를 듯한 함성과 함께 들이친 마리포사 기사단의 말발굽에 삽시간에 짓밟혔다. 그들의 함성이 이웃 영지까지 닿을 지경이라 하여, 마리포사들의 악명은 더욱더 높아졌다.

그리고 그날은 황태자 시해자인 발로이드 페이작 마리포사의 뒤를 이어, 붉은 머리칼의 여기사가 처음으로 서부 혼란의 역사에 첫 등장으로 기록된 날이었다.

# 4장

# 4장

도트발 잔트 부세 다섯 번째 달, 공식 종전이 선포되었다.

대라르크전에서 남부 유일 태자를 잃은 것은 대륙사의 큰 사건 중 하나다. 모르가나의 89대 왕이자 14대 황제인 벨루비르하인 2세의 치세에서였다. 승리와 독재의 역사가 끝이 났다. 그리 말하는 자들로 떠들썩하였다. 그러나 정작 역사적인 오명을 뒤집어쓰게 된 벨루비르하인 2세는 추호의 흔들림도 없었다.

벨루비르하인 2세는 벨루비르하인 1세와 황후 에우리아의 세 아들 중 장남으로, 선천적으로 등이 굽은 채 태어났다. 남부인들은 장애에 대해—순전히 북부에 비하여— 관대하였지만 황자의 장애라는 건 어쩔 수 없이 회자되는 것이었다.

그러한 연유로 벨루비르하인 2세에 대한 평가에는 늘 '하지만'이 뒤따랐다. '똑똑하고 영민하십니다. 하지만……'이라거나 '냉철하고 심지가 굳으십니다. 하지만……' 같은. 몸 건강한 다른 동생들과도 심심찮게 비교되기도 했다.

하지만 벨루비르하인 2세는 황자들 중 독보적으로 냉혈한 정신과 궁지를 지닌 자로서, 모든 편견을 이겨 내고 이십 대의 젊은 나이에 남대륙의 황제로 우뚝 섰다.

모르가나의 역사에서는 독재라는 것은 빼놓을 수 없다. 벨루비르하인 2세 역시 역대 황제들의 관습을 답습하여 독재권을 발휘했다. 첫째는 그의 장애와 유년 시절을 괄시했던 귀족들을 숙청하는 일이었다.

당시 각별한 관계였던 조르디아 공작의 후계자가 그의 가장 큰 버팀목이었다. 현재는 조르디아 공작으로 불리는 벤피어스다. 조르디아가로 말할 것 같으면, 벨루비르하인 1세의 막내 동생이었던 황사 카를이 분가하여 이룩한 가문이다.

숙청의 결과 벨루비르하인 2세는 황궁 출입이 자유롭게 허가되었던 열네 개 유력 가문의 절반 가까이에 이르는 여섯 가문을 도려내고, 일부의 작위를 환수하였다. 그리고 새로운 가문을 그 자리에 앉히고 조르디아가에는 막대한 힘을 실어 주었다. 그것이 삼십 년 즈음 전의 일이다.

예로부터 모르가나는 방대한 영토를 효율적으로 관리하기 위해 사병 양성과 봉작에 엄격한 기준을 두었다. 귀족들의 사병 양성을 막는 것은 흔한 일이었다.

황실은 북부 왕정과 달리 직접 국가 간의 분쟁, 귀족의 항쟁을 비롯한 무력 행위가 필요한 거의 대부분의 집단행동을 규제하였다. 그를 빌미로 제도 상비군인 근위대와 동부와 중부를 아우르는 검은 사자 군을 비대하게 키워 유지해 왔다.

그러나 군사 유지에는 막대한 자금이 들었고, 또 그들만으로는 거대한 남대륙의 모든 분쟁을 저지할 수 없었다. 벨루비르하인 2세가 자국 내의 이질적인 가문, 마리포사가를 눈여기게 된 계기다.

그러나 마리포사들은 공식적으로 귀족들 사이에서 배척받는 들개 떼 같은 자들이었다. 용병처럼 스스로의 검을 팔고 창을 팔아 삶과 지위를 유지하는 그들을 고운 눈으로 보는 남부 귀족은 몇 없었다.

다만 벨루비르하인 2세는 그들의 무력이 유용하다는 사실에만 착안해, 중앙 14개 가문이었던 귀족회에 마리포사가의 이름을 올렸다. 수많은 귀족들의 반대가 있었으나 황제의 독재권 앞에서는 무용지물이었다. 전대 마리포사 백작은 꽤나 정치적인 인물이었으므로 다루기가 쉬웠고, 황실에 노골적으로 충성스러웠다. 제국은 문제없는 평화의 시대에 이르렀다.

지루한 평화 속 벨루비르하인 2세는 차츰 향락과 사치에 빠졌다. 그의 가장 유명한 버릇은 산 사람으로 두는 체스였다. 벨루비르하인 2세가 아끼는 황궁 정원에는 미로처럼 꾸며진 파르테르가 있었다. 그는 그 한복판에 대형 체스판을 조성하여 사람이 사람을 죽이는 것을 지켜보곤 했다.

조르디아 공작을 비롯한 신하들이 우려를 표하기 시작한 것은 그 무렵부터였다.


그리고 시간이 흘러 황후와의 슬하에 열 손가락으로 헤아려야 할 만큼 많은 자식을 둔 벨루비르하인 2세는 다산으로 인해 쇠약해진 황후의 죽음과 함께 무언가를 깨달았다.

저 역시 늙어 갈 것이고, 끝내 죽으리라. 사자왕 일레르가 불멸을 포기하고 필멸자가 된 것처럼 죽음이란 피할 수 없으리라.

사후에 대한 최초의 사유였다. 물론, 누아단의 교리라 불리는 미신 따위를 믿는 북부의 테메르인들과는 달랐다. 벨루비르하인 2세는 말도 안 되는 사후의 낙원이 아니라, 제가 죽은 후에도 도랑 치며 흘러갈 세계를 그렸다.

대개 죽음이라는 주제에 직면한 역대의 황제들은 불로불사를 탐하여 사특한 술법 따위를 찾아 헤매거나, 혹은 자신이 죽은 후의 무덤을 거대하게 지어 올리는 데에 몰두했다.

하지만 벨루비르하인 2세는 역대의 어떤 황제도 거머쥐지 못한 불로불사를 본인 대에 찾아내리라는 멍청한 바람에 귀중한 시간을 낭비하지 않았다.

그런 것이 어디 있나? 확신할 수 있었다. 왜냐하면 불로불사인 황제가 있었다면 지금 그는 황제가 되지 못했을 터이니까.

또 그는 사후 누구도 들지 못할 거대한 무덤을 꾸미는 것에도 관심이 없었다. 무덤이란 잊히기 때문이다. 그는 가장 이상적인 치세에 대한 번뇌를 시작했다.

그리고 수년 후, 벨루비르하인 2세는 '황손 추방'을 단행했다. 무난하여 모난 구석 없이 신체 건강하던 라인하르를 유일 태자로 봉하고 그 밖의 모든 아들들에게 계승권 포기 각서를 쓰게 하였다. 뿐만 아니라 아무런 지원 없이 제도 시모어에서 멀찍이 떨어진 곳으로 뿔뿔이 내쳤다.

그 당시 가장 어렸던 8황자는 여섯 살이었으며 열넷이었던 2황녀는 제 나이의 두 배 반은 되는 절름발이 스코자 공작에게 보내졌다.

많은 이들이 벨루비르하인 2세의 비정한 결단을 현명하다거나 지나치다고 평가했다. 그럼에도 나서서 항명하지는 아니하였다. 독단은 남부 황실의 자존심이었기 때문이다.

싫은 말을 꺼낸 것은 단 두 사람, 조르디아 공작이 있었으며.

—형님, 후일을 생각하면 아무 지원 없이 그리 황자 저하들을 내버리듯 하는 것은 옳지 않습니다. 그래도 형님의 핏줄입니다. 부디 통촉하시어…….

당시의 황실의 서기관장이었던 에리히 팔레만이 예외였다.

—옳지 않습니다. 과도하면 못하느니만 못한 것입니다. 이것은 역사가 증명한 일입니다. 성군이라 일컬어지던 자들의 선례를 찾아 살펴보면 가신들의 말에 귀 기울이지 않은 자가 없고, 폭군이라 일컫는 자들을 찾으면 귀가 닫히지 않은 자가 없습니다. 폐하, 이것은 황손들을 걱정하는 간언이 아닙니다. 폐하를 걱정하는 충신의 조언이라 들어 주십시오. 이리 무자비하게 구신다면 모두 폐하를 두려워만 할 것입니다. 그들의 두려움은 결국 폐하를 고독하게 만들 겁니다. 고독은 사람을 가리지 않고 찾아오고, 도달하면 가장 잔인하게 인간을 물어 죽입니다.

그러나 아꼈던 두 사람의 진심 어린 충언도 황제의 냉정한 마음을 돌리지는 못하였다.

조르디아 공작의 우려와 에리히 팔레의 저주를 비웃듯 벨루비르하인 2세의 치세는 그 후에도 지루할 정도로 평화로웠다.

황후가 죽은 후 새로운 황후를 들이지 않은 벨루비르하인 2세는 밤 시간이면 거의 항상 술과 여자에 취해 있었는데 천한 여자, 귀한 여자 가릴 것 없었다. 황제가 아닌 사람의 가치에 다름이 없듯이 계집의 가치 역시 다 똑같았기 때문이다.

벨루비르하인 2세가 스스로 인정한 일생 가장 큰 실수 또한 그 시기에 저질러졌다.

충직했던 사촌 동생인 조르디아 공작의 안사람, 조르디아 공작 부인인 그웨인을 강제로 정부 삼은 것이다. 황명이라면 모든 것이 가능하다는 사실에 취해 혈기와 오만이 지나치던 시절이었다.

그 사건이 벌어진 지 얼마 지나지 않아, 그늘진 얼굴을 한 조르디아 공작이 찾아와 단교를 선언했다.

―젊을 적 당신은 지금보다는 더 나은 사람이었습니다. 나는 지금 당신의 사촌 동생으로서 말씀드리는 겁니다. 형님의 제멋대로인 결정들, 지금 형님은 그 어떤 것도 후회치 않으시겠지요. 그러나 나는 세상의 정의를 믿습니다. 언젠가 형님의 불합리한 강압과 독재가 형님을 후회케 할 것입니다.

그렇게 벨루비르하인 2세는 일찍이 제가 가졌던 친동생들보다도 더 각별히 여겼던 형제를 잃었다. 하지만 '아쉬운 일이다.' 그런 감상이 전부였다.

그로부터 수년이 더 지났다. 계절이 옷을 갈아입는 문턱에 이르러 벨루비르하인 2세는 고뿔에 걸려 이틀을 앓았다. 약에 취한 혼곤 속에서 벨루비르하인 2세는 한 마리의 검은 사자가 되어 있었다. 그는-검은 사자는- 생전 본 적 없는 어느 거대한 황궁 앞에서 포효하였다. 그건 계시였다.

자리를 털고 일어난 벨루비르하인 2세는 이틀에 걸쳐 화공들을 죄불러 모아 꿈속에서 제가 본 황궁을 그리게 하였다. 그리고 황궁 뒤편의 거대한 숲을 전부 벌목하라 명했다. 영원토록 그의 이름으로 전해 내려갈 거대한 궁전을 증축하기 위함이었다.

하늘이 보이지 않을 정도로 드높게 탑을 쌓아 올리고, 여인의 허리처럼 매끄러운 성의 빗면은 금으로 덮을 것이며, 기둥들은 모두 은과 보석으로, 성의 정원에는 에스란드의 별돌을 잘게 깔아 펼칠 것이었다.

궁내부는 갑작스러운 황제의 명령에 크게 놀라 허둥거렸다.

—폐하, 향후 십 년의 예산을 재조정한다 하여도 그 정도의 규모는…….

십 년 안에 끝날지조차 모를 대규모의 공사였다. 언젠가부터 황제의 독재를 경계해야 한다 소리를 내기 시작한 조르디아 공작이 어김없이 반대했다.

—불가합니다. 수확량이 일정치 않습니다. 규모를 반 이하로 축소하거나, 지금 제도의 유지에 드는 매년의 예산을 이 할 이상 긴축하고 상비군인 검은 사자 군과 근위대를 장기적으로 축소하지 않는다면 타산이 맞지 않습니다.

흉년과 풍년이 번갈아 이르던 시기였다.

현실적인 어려움을 설토하며 차라리 저를 죽이라, 죽이라 소리치는 이들이 벨루비르하인 2세를 분노케 했다. 발로이드가 그를 찾아온 것은 그 무렵이었다.

선명한 붉은 머리칼과 그늘진 푸른 눈동자가 인상 깊은 청년. 불세출의 천재라 불리운다는 그는 젊은 나이에 작위를 계승하였는데, 몇 해 전 스스로의 이름을 페이작이라 개명하겠다 하여 제도를 한참 떠들썩하게 했던 녀석이기도 했다.

—계획하신 규모의 황궁 증축은 분명히 위대한 업적이 될 겁니다. 발라르제프 1세가 모르가나 역사의 귀인이라면, 세상에서 가장 아름다운 황궁을 지어 올릴 당신의 이름은 전 대륙의 유산이 될 테니.

저를 부추기는 것을 알고도 달게 들었다.

벨루비르하인 2세는 그의 날카로움을 싫어하지 않았다. 묘한 사내다. 발로이드는 어쩐지 비현실적인 분위기를 지닌 자였다. 새파란 눈동자를 보고 있자면 어쩐지 압도되는 듯한 기분이 들기도 했다.

―가진 자들은 언제나 스스로의 것을 내밀히 감춰 두는 법입니다. 그들의 고방庫房<sup>†</sup>은 늘 말한 것보다 더 많은 것들로 가득 차 있습니다. 모두들 충실한 황실의 종복이니, 황명이 있다면 당신의 위명을 위하여 인접국과 소수민족과 각계 귀족들이 기꺼이 내어놓지 않을 리가.

―그래, 마리포사 백. 분명 타당한 말이다.

벨루비르하인 2세는 궁내부의 반대를 타파하기 위해 아국 민초의 고혈을 뜯어내는 것을 지양하고 외부로 눈을 돌렸다.

부족한 인력은 소수민족들을 잡아 오거나 신분이 불명확한 용병들을 마구잡이로 잡아들였다. 그리고 범대륙적으로 라르크와 앙레디움, 다락, 살리가르, 일라린 공국 등의 각국에 조공을 증량하였다.

처음에는 순조로웠다. 라르크가 반발하기 전까지.

이백여 년 만에 북부와 전쟁이 벌어졌다.

로반티스 후작을 선봉으로 세워 시작했던 전쟁이 지리멸렬하게 길어지기 시작했다. 남부 수성의 상징인 올조르가 무너졌다는 소식이 들렸다. 철옹의 요새, 올조르! 이백여 년 전 궐기했던 북대륙의 패자인 라르칼리아 왕조의 마지막 여왕조차 넘지 못했던 곳이었다.

올조르 요새를 대대로 지켜 온 요새의 군장이 죽었다. 기사로 참전했던 이름난 귀족 가문의 아들의 부고가 줄줄이 이어졌다. 궁내부에 난장이 벌어졌다. 모두가 이성을 잃은 시기였다.

마리포사 가문의 발로이드가 다시 찾아왔다.

―나를 검은 사자 군의 방패로 쓰십시오. 세상의 모든 늑대들을 씹어 죽이고, 그 가죽을 찢어발기고, 브류나크의 목을 꺾어 죽이기

---

고방<sup>†</sup>　세간이나 그 밖의 여러 가지 물건을 넣어 두는 곳.

전에는 돌아오지 않을 테니. 북부의 브류나크는 내게 지은 죗값을 돌려받게 될 것입니다.

어딘지 기시감이 드는 말이었다. 그러나 황망한 상태에 빠져 있던 이들은 누구도 발로이드의 말 속에 숨어 있던 어폐를 읽어 내지 못했다.

다만 그 내용에 노호한 조르디아 공작이 또다시 반대하여 나섰다.

—폐하, 북부와 자존심 싸움을 하는 데 요한 비용으로 토목 공사의 한 해 예산을 더 충당할 수 있습니다. 올조르가 무너진 것은 분명 당황스러운 일입니다마는 이 이상의 전쟁은 불필요합니다. 이제는 이겨도 져도 제국에는 득 될 것이 없습니다. 이미 적들은 아국의 영내에 이르렀습니다. 승전하건 패전하건 전후 처리는 우리의 몫이 될 것입니다. 또한 수십 개의 요새와 성채를 지닌 우리가 올조르가 무너졌다는 사실 하나로 보복전을 감행한다는 것은 우스운 일입니다. 전쟁이란 본디 보복으로 이루어져서는 안 됩니다. 그들을 타일러 영내에서 내보내고 올조르가 무너진 곳에 보다 견고한 성을 쌓아 올려 또 다른 북부 민족인 다락을 막는 방법을 찾는 것이 옳습니다. 이미 아국의 수많은 민족들과 아국과 교류하는 각국의 사신들은 그들이 상납한 조공들이 고스란히 대라르크전의 보조 군비로 흘러간다는 것을 알고 반감을 지니고 있으니 그들 또한 돌보셔야 합니다.

발로이드는 지지 않고 받았다.

—이미 북부는 공공연히 이 전쟁을 설욕전이라 떠들어 대는 와중이 아닙니까.

—제국과 한낱 라르크가 지닌 규범의 무게가 같다 말하나?

—그리 괄시하는 라르크에 패배하였는데 부끄러워하셔야지. 평화주의를 외치는 것도 좋습니다마는 생각해 보셔야 할 겁니다. 외국

의 군대가 영내로 들어와 죽인 것이 백성들의 살붙이고 귀족들의 아들입니다. 그들을 고스란히 되돌려 보낸다면 누가 황실이 그들을 보호해 줄 것을 믿겠습니까? 그리고 한 번 남부 영내로 침입하는 데에 성공한 라르크인들이 더 큰 군세를 몰고 내려오지 않을 것이라 어찌 확신합니까. 북부인들은 쉬이 포기하는 자들이 아닙니다.

공방은 치열했다. 조르디아 공작은 평화주의자였으므로 저의가 의심스럽지는 않았지만, 발로이드의 속내는 무엇일까. 그런 생각을 하며 턱을 괸 벨루비르하인 2세는 판이하게 다른 태도를 취하는 두 사람을 지켜보았다.

―국익 관계에 가장 중한 것이 실리임을 늘 칼질할 곳을 쫓아다니는 마리포사 그대가 알 턱이 있나. 폐하, 저치의 말은 무시하십시오. 북부 늑대와 남부 사자는 이미 서로 다른 영역을 지니고 있으므로 싸울 이유가 없습니다. 그리고 설사 이 전쟁이 어쩔 수 없이 진행되어야 한다 해도 마리포사를 앞세우는 것은 안 될 말입니다. 전쟁은 본디 일어나선 안 될 것이지만 만일 피할 수 없다면 명예롭게 승리하는 것이 가장 지향해야 할 바가 아닙니까? 마리포사가 사령관이 된다는 건 제국의 망신이며 앞서 애국으로 출정한 다른 제국 귀족들에 대한 모독입니다, 폐하……!

―……그리 실리를 따지면서 저 필요할 때는 명분 놀음이라……. 전쟁터에서는 명예도 명분도 없습니다. 내가 죽거나, 적이 죽거나. 승리하여 명예를 얻거나, 패배하여 비참해지거나. 그뿐입니다. 차라리 그리 떠들 시간에 조르디아 공작 각하께서 염두에 두신 사령관 후보들을 죄 내 앞으로 끌고 와 보십시오.

사령관을 자청하는 자가 자신감이 충만한 것은 좋지만, 그렇다고 해서 전쟁터가 새파란 애송이의 놀이터가 될 수는 없는 법이다.

벨루비르하인 2세는 곰곰이 고민했다.

한때는 마리포사의 무력을 효율적으로 이용하기 위해 큰 호의를 베풀기도 했다. 그러나 선대가 죽고 새로이 승작한 발로이드는 먹이를 준다고 주인을 알아보는 류의 종이 아니었다. 이를 테면 들개나 야생마 같은 자였다.

저들 가문이 지닌 사병만 일만이 훌쩍 넘었다. 발로이드 대에 이르러 그만치 커졌다. 제 지원이 있기는 했지만 저자의 호전성도 한몫하였을 것이다. 아무래도 마리포사들의 세력도 한 번 정리가 될 필요가 있었다.

벨루비르하인 2세는 조르디아 공작을 외면하고 발로이드를 향해 명령을 내렸다. 또 다른 독재였다.

―마리포사 백, 결과를 가져와야 할 것이다.

적발 벽안의 청년은 열패감으로 일그러지는 조르디아 공작의 표정에도 만족한 기색 하나 없이 단숨에 몸을 돌려 나갔다.


황궁은 언제나 고즈넉하다.

참새의 발소리만큼이나 조심스레 복도를 오가는 시녀들, 죽은 시체처럼 선 경비병들, 그들 사이에서 유일하게 살아 돌아다니는 것은 언제나 황제에게 아첨하는 자들이었다. 느긋한 발이 디디는 길을 따라, 그의 권위에 굴종하는 이들의 이마가 땅에 닿는다.

왕좌의 권위, 황실이라는 이름, 제국이라는 명칭이 황제를 완성하는 주춧돌이 된다. 그에 혈통이라는 천혜의 무기가 있다면 그야말로 강력한 권력이 완성되는 것이다.

그러나 벨루비르하인 2세는 일찍이 굽은 등을 손가락질당하며 세상이 보이는 것에 현혹되기 쉽다는 것을 배웠다. 그는 무료한 황제

이되 우둔한 황제는 아니었다.

　제도와 얼마 떨어지지 않은 곳에 존재하는 대국 앙레디움이 그들을 경계하고 있음을 알았고, 반항적인 중부 장원 지대의 영주들이나 제국으로부터 토지를 차관한 소수민족들의 불만도 매해의 풍년과 흉년에 따라 커졌다 작아졌다 한다는 것을 알았다. 황실의 위명 아래 엎드린 자들이 언제나 등 뒤에서는 음험한 이야기들을 조잘거린다는 것도.

　그것들을 무시하는 이유는 황궁의 높은 곳에서 세간의 일들을 전해 들으면 모든 것이 사소하게 느껴지기 때문이다. 또 그는 승리와 독재의 역사를 지닌 모르가나를 그대로 물려받아 후대에 계승할 황제 중 한 명이었다. 패배라는 것은 고려의 선택지에도 없었다.

　전쟁에 관한 것도 마찬가지다.

　제도 시모어는 발로이드의 출정, 승리, 내분에 대해 떠들었다. 발로이드를 두고 갑론을박을 펼치는 제도 귀족들의 담합들이 넘쳐 났다. 얼마 지나지 않아 그마저도 듣기에 지루하게 느껴져 흘려 넘겼다.

　시종인 란니르는 벨루비르하인 2세가 느끼는 그 무덤덤함은 아마도 수많은 사건들이 차갑고 뚜렷한 활자로 요약되어 올라오기 때문일 거라고 넌짓 조언했다. 전쟁마저 죽은 활자로밖에 넘어오지 못한다는 건 그를 더욱 지루하게 했다.

　그런데 어느 하루, 발로이드의 소식을 들은 유일한 적자가 드물게 스스로의 의사를 표했다. 늘 자신을 선택해 준 아비이자 황제인 그에 대한 공경심으로 고개만 조아리던 녀석이었다.

　─제가 가 보겠습니다.

　귀족들의 칭송을 받는 뚜렷한 계급의식이 있는 녀석이다. 발로이드를 한 번 휘어잡아 보겠다는 말에 냉소가 번졌다. 시도는 나쁘지 않을 것이다. 만일 라인하르가 어떤 형태로든 발로이드와 같은 자를 압제할 기량이 된다면, 그것은 황제 자신의 기쁨일 것이었다.

귀히 기른 유일 태자를 처음으로 제도 밖으로 내보내기로 결심하는 데에는 그리 긴 시간이 걸리지 않았다. 한 번쯤은, 어쩌면 제게는 세상의 규칙이 통용되지 않으리라 믿었는지도 모른다.

그리고 그 '한 번쯤'이, 벨루비르하인 2세의 모든 것을 배반했다.

새까만 하늘에 벼락이 번뜩번뜩 내리쳤다.

대기가 부드드 떨려 절로 솜털이 곤두서는 저녁이었다.

황실 근위대의 호송을 받아 거의 끌려오듯 달려온 사내가 빗줄기를 가르고 그의 앞에 널브러지듯 엎드렸다. 물기에 젖어 쩍쩍 갈라진 머리칼과 지독하게 자란 턱수염, 고약한 오물 냄새가 나는 흉측한 꼴을 한 방문자는 나이제르 루자 가넷이라는 이름의 기사였다. 나이 마흔이 넘어 어찌 저리 초라하게 흐느낄 수 있는 걸까 싶을 만큼 나이제르는 태생적으로 몸에 익은 복배를 하며 아뢨다.

그건 벨루비르하인 2세가 단 한 순간도 겪어 본 적 없는 패배의 경종이었다.

―마리포사가…… 발로이드 그자가…… 태자 저하를…….

나이 든 기사는 황제의 면전에 엎드려 라인하르의 부고를 꾸역꾸역 지저귀었다. 벨루비르하인 2세는 무표정하게 한참을 그 자리에 서 있었다.

빗줄기 소리에 많은 소리가 씻겨 떠내려갔다.

새로운 해를 쫓아 파발마가 뛰어 들어오고 전서구가 날아 들어왔다. 새로운 봉화가 오르고 꺼졌다.

닷새간 이어지던 교전에서 우세를 보였던 모르가나의 군대가 닷새째 되던 날 밤, 라르크 군에 의해 반수 이상 학살당하였다. 도망쳐 탈영한 군사들도 수백은 거뜬히 넘었다.

—마리포사 소속의 군대가 전장을 동시 이탈하였습니다.

벨루비르하인 2세는 노여움도 없이 제게 날아드는 잇단 비보를 귓속에 새겼다. 자신은 승리의 역사를 이어 나갈 의무가 있는 황제였다. 그는 일생 제게 닥칠 리가 없다 여겼던 패전 앞에 덩그러니 섰다.

당장 라르크 군을 밀어낼 또 다른 군을 징집해야 한다 소리를 치는 이, 내 자식이 마리포사에게 죽었다 책임을 돌리는 이, 재빠르게 북부의 승리를 점치고 물밑 작업을 시작하는 이……. 재전이냐, 종전이냐. 수많은 탁상공론이 침묵하는 황제의 알현실을 튀어 다녔다. 조르디아 공작이 왕좌가 놓인 단상 위로 성큼성큼 올라오기 전까지.

—종전. 종전이라 하였습니다, 폐하.

벨루비르하인 2세는 반쯤 늘어진 눈꺼풀을 들어 노여움에 찬 사촌 동생을 바라보았다.

—대체 얼마나 더 멍청한 짓을 하셔야겠습니까. 처음 황궁 증축 따위를 한다 하셨을 때 반대하였습니다. 올조르가 무너졌을 때 멈추자 하였습니다. 마리포사를 보내지 말라 그리 간청했습니다. 우리가 지금 당장 신경 써야 하는 것은 제도에 가까운 앙레디움과 다락, 마리포사뿐입니다. 또 그 변덕으로 결정하시겠습니까. 마지막으로, 진

정 마지막으로 아우로서 간언합니다. 지금 종전하지 않으면 다음은 온 대륙이 비웃을 패전일 겁니다.

핏줄이 올올이 선 흰자위가 축축했다. 벨루비르하인 2세는 마른 제 눈가를 매만졌다.

조르디아 공작은 곧 황제를 공개적인 자리에서 모독하였다 하여 알현실 밖으로 끌려 나갔다. 계단 아래로 두 다리를 우스꽝스레 뻗고 어깻죽지가 들려 질질.

나이 든 형제의 얼굴이 조금씩 멀어져 가는 것을 바라보던 벨루비르하인 2세는 알현실의 문이 닫힌 후 답했다.

―종전하라.

조르디아 공작의 간언이 가슴을 움직였다는 그런 신파적인 이유 때문은 아니었다.

다음 일을 준비해야 할 때였다. 라인하르가 죽었고, 다락의 낌새가 좋지 않고, 앙레디움은 기회만 있다 하면 세 치 혀를 놀려 속을 썩이는 자식들이었다. 게다가 마리포사.

나이제르 루자 가넷이라는 자의 묘사 능력이 끔찍했던 탓일까.

―바, 바, 발로이드, 드, 가, 태, 태, 태자 저, 저하의 머, 머, 머리를, 두 쪽, 을, 그…….

세상에서 가장 재미있는 이야기처럼 느껴졌다. 자국의 사령관에게 머리가 두 쪽이 나 죽은 제국의 황태자라. 벨루비르하인 2세는 라인하르에게 노여웠다. 그따위로 썩은 준치같이 널브러지라 애지중지 기른 것이 아니었다.

벨루비르하인 2세는 란니르에게 말했다.

―나이제르 루자 가넷, 그 기사를 황실 근위대로 승급시켜라.

아마 그는 패전 이후 유일하게 승급한 기사였을 것이다.

이내 종전 협정의 사절이 제도를 떠났다.

사절단원으로는 외무부 업무를 총괄하며 앙레디움과 라르크인들에 대한 다양한 문화 지식을 쌓고 있던 카를 에노르 하워 행정관, 조르디아 공작의 강경한 주장으로 합류하게 된 조르디아 공작 부인 그웨인이 있었다.

라르크와 모르가나 사이의 조율자로는 그란두르전에서 벌어진 사달의 소식에 가장 빠르게 대처해 움직인 미가르 올지스 세르반테스 백작과 그의 조카 오르도스 벤우드 길라리를 선정했다.


종전 협정이 시작된 지 얼마 지나지 않아 '그것'의 시신이 무덤처럼 적막한 황궁으로 되돌아왔다.

가까스로 썩어 문드러진 꼴을 면하여 퍼렇게 얼어붙은 시신이었다. 염을 마친 사제들이 물러난 묘당에 그것이 누워 있었다.

그것은 죽은 것이다. 죽은 것은 아무 의미가 없다.

벨루비르하인 2세의 탁한 갈색 눈동자가 머리칼 하나 남기지 않고 깎아 낸 그것을 바라보았다. 코까지 반듯하게 갈라진 모양새. 핏물이 빠진 물컹한 피부 안으로 울퉁불퉁하게 갈라진 두개골이 보였다.

벨루비르하인 2세는 사람 죽는 것을 즐겨 보곤 하였다. 황궁 내에서 그가 영위할 수 있는 가장 난폭한 취미였다. 그러나 그것의 죽음에서는 불쾌한 냄새가 났다. 콧잔등이 찡그려지는 부패의 냄새. 벨루비르하인 2세는 뒤돌아서며 제 몸뚱이가 모래로 가득 차 있는 것 같다고 생각했다. 발끝 혹은 뒷꿈치 어딘가에 구멍이 나서 제 안을 채운 모래가 사아아 쓸려 내려가는 듯한 기분.

그는 생각했다.

다행스럽게도 그에게는 자식이 더 있다. 한 번 내버렸던 것들의 이름을 차근차근 떠올리는 데에는 그 어떤 사사로운 감정도 들지 않았다.


　그러나 한 번 엉킨 일들은 쉬이 풀리지 않았다.

　지난 십수 년, 몰라보게 비대해진 마리포사들의 영향력에 의존했던 변경의 각지가 일시에 체계를 잃고 무너져 내렸다. 올조르가 무너진 후로 호시탐탐 남진의 낌새를 보이던 다락 민족이 장발 거인 바니시를 앞세워 분쟁을 일으키기 시작했다는 소식이 들렸다.

　승전의 공로를 노리고 출전해 덜컥 주검으로 돌아온 자식 혹은 친인척의 빈자리를 채우지 못한 귀족들은 혼비백산해 뛰어다녔다.

　최종 결의된 종전 협정안이 제도 시모어에 닿기 몇 일 전, 제도 시모어의 남부에 위치한 키사 항구가 원인 모를 폭발에 휘말려 폐허가 되었다.

　서부 끝자락의 왕국 살리가르의 왕손이 그 희생자가 되었다는 이야기는 아주 절묘한 촌극이었다. 소식을 듣는 순간, 벨루비르하인 2세는 간특하던 켈레티 올다의 어린 맹수를 떠올렸다.

　─저는 승산 없는 일로 움직이는 걸 그다지 좋아하지 않습니다.

　투헤인 뵈르게트, 앓아누운 시친의 태수가 키운 그 호랑이 새끼의 짓이었다. 몹시 노여웠으나 섣불리 논할 문제가 아니었다. 명백한 증거를 찾기가 쉽지 않았던 데다 아무리 제국이라 할지라도 군도국인 시친과의 전쟁은 쉬운 일이 아니기 때문이다. 시친에 닿으려면 서부로 향해야 하고, 마리포사가를 더 먼저 무너뜨려야 했다.

　'간사한 바닷놈.'

　들불보다 빠르게 퍼진 그것의 부고를 듣고 돌아온 황자와 황녀들이 십수 년 만에 시모어의 문턱을 넘었다. 화려하게 귀환한 황자와 황녀의 행진이 이어졌다. 귀족들은 가장 나이 많은 녀석부터 차례차례 내리 관계를 이룩하기 시작했다.

처참히 종전을 외치며 끌려 나갔던 날 이후로 단 한 순간도 황궁에 발들이지 않던 조르디아 공작도 다시 움직이기 시작했다. 반反독재정치를 주장하는 자들이 늘어났다.

그리고 전역 각지에 흩뿌려져 있던 마리포사의 군대가 결집하기 시작했다는 소문이 들렸다.

누군가가 말했다.

—폐하, 더 이상 황궁 증축을 계속 진행할 수 없습니다.

벨루비르하인 2세는 태풍의 눈 속에 앉아 시체의 귀로 경청했다. 이상의 고지에서 무언가 고꾸라지는 소리가 들렸다.

파삭.

어쩌면 그의 제국이 거꾸러지는 소리였는지도.

도트발 잔트 호드 세 번째 달, 남북 전쟁이 끝난 지 십 개월.

이가 산맥의 서쪽에는 새로운 봄기운이 피어올랐다.

지난해 동안 마리포사는 서부의 다섯 개의 영지를 함락시켰다. 제이로, 와이트, 도스, 도베리아, 그리고 얼마 전에는 라곳에시스와 바인 사이의 작지 않은 영지인 볼린까지. 아직까지도 황실 토벌군은 소식조차 없었다.

그뿐인가? 마리포사들에게 장기적으로 또 다른 위협이 될 수 있다 여겨졌던 서부의 또 다른 거대 세력인 살리가르는 느닷없이 시친과의 전쟁을 주장하기 시작했다. 살리가르의 왕손들이 겪은 '키사 항구 폭발 사고'의 비극은 마리포사들에게는 천운이라고밖에 말할 수 없었다.

황실의 토벌대를 기다리며 성문을 걸어 잠그고 마리포사를 비방하던 자들도 하나둘씩 백기를 들기 시작했다. 일부의 서부 영주들은 그들을 방치한 채 산맥 동쪽의 상황에만 급급한 모르가나 황실을 규탄하기까지 했다.

물론, 자잘한 영주들 중에는 여전히 기를 쓰고 바인과 다난과 살리가르의 성문을 비비며 기어 들어가 마리포사들의 서침을 저지하는 데에 힘을 보태 달라 애를 쓰고 있는 이들도 있었다. 그러나 그 정도의 위험은 외려 군사들의 긴장에 도움이 되었다.

상황이 이쯤 되니 바인의 태도 또한 마리포사들에게 꽤 호의적으로 바뀌었다. 바인은 마리포사들과의 비밀 동맹을 준수하여 착실히 다난을 견제하는 역할을 해 주었다.

모든 것이 순조로웠다. 하지만 뭣보다도 마리포사 내의 가장 큰 변화를 둘 꼽자면 그들 군대가 안정권에 들어섰다는 것과 북부인에 대한 편견이 많이 희석되었다는 것이다.

마리포사 가문의 승승장구 속에서 자칼린의 삶만 다사다난했다.

그는 르옌과 함께 검을 들고 나선 지 얼마 지나지 않아 마리포사들의 잔인함에 한 번 치를 떨었고, 늘 눈엣가시 같던 테네스 경과 몸싸움을 벌이기도 했으며, 명령을 어기고 이탈했다는 이유로 에일라에게 다른 기사들이 얻어맞듯 흠씬 두드려 맞기도 했다.

익숙지 않은 남부의 잎담배를 씹다 입술이 퉁퉁 부어 오리처럼 된 적도 있다. 술에 진탕 취해 이름도 모르는 마리포사 가문의 기사와 부둥켜안고 고성방가를 한 적도 있고, 한밤중에 호숫가에 나왔다가 자객으로 오인받아 물에 빠지기도 했다. 한여름에 있던 일이라 망정이지, 겨울이었더라면 아주 끔찍했을 것이다.

반면 르엔은 참으로 매사의 대처가 냉정하고 능란하였다. 조금의 실수도 없이 마리포사들 사이에서 잘도 지낸다. 자칼린은 저는 곧 죽어도 르엔처럼 살지 못할 것을 때때로 실감해서 묘한 탈력감을 느끼기도 했다.

뭐, 그래도 특유의 적응력과 긍정의 힘으로 대부분의 사건 사고와도 아슬아슬하게 타협하며 지내는 나날이다.

아! 그나마 심신이 위로가 되는 것은 이제는 더 이상 남부 잎담배에 거부반응이 일지 않아 자연스럽게 질겅댈 수 있다는 것 정도일까.

북부에서는 불을 붙여 피우는 연초를 피웠는데, 라르크의 연초에는 환각 효과가 있는 것들이 대부분이라 으레 은밀한 곳에서 몰래 피우는 것이 대부분이었다. 그런데 남부의 잎담배는 불이 없어도 피울 수 있고, 정신 줄이 풀리는 그런 기묘한 느낌도 없어 아주 용이했다.

전투가 끝나면 기사들이 죄 염소처럼 질겅대는 것이 신기해 한 번만 저도 해 보겠다 손을 내밀었던 게 중독이 되어 버렸다.

지금도 자칼린은 잎담배를 입술에 문 채 경쾌한 걸음걸이로 백작저의 복도를 가로지르고 있었다. 그런데 어쩐지 기류부터가 평소와는 판이하게 달랐다.

'뭐 이렇게 조용해?'

오늘 위스번스를 비롯한 지휘부 기사들은 마리포사가의 군사들에게 하루의 휴식을 주겠다 하였다. 동절기 바쁠 때도 늘 훈련을 해 왔으므로 적당한 시기에 주어지는 휴식은 필수 불가결한 것이다. 봄기운이 풍기기 시작하니 시기도 딱 적절했다.

자칼린이 기억하기로 그 때문에 오늘 훈련이 없는 거의 대부분의 군사들은 북쪽 바인스트 숲 입구 근처에서 나름의 휴일을 만끽하거나 숙소에서 쉴 것이라 들었다. 다른 군사들은 그렇다 치고, 보통 이쯤 돌아다니면 얼굴 알 만한 지휘 기사들 두엇은 스치거나 하는 게 보통인데 오늘따라 코빼기도 안 뵌다.

'다 거기 가 있나?'

차라리 르옌을 찾아가 볼까. 생각했다가, 지금 르옌이 무얼 하고 있는지를 상기하곤 포기했다. 그런 꼴은 안 보는 게 더 나았다.

'……오늘이 엿새째던가? 아마?'

새봄의 연두처럼 투명한 눈동자에 약간의 거북스러운 빛이 떠올랐다가 이내 가셨다.

'자업자득이지, 뭐.'

라곳에시스의 남관 지하에는 넓은 감옥이 있었다. 한때는 과하게 난폭하거나 거칠어 라곳에시스 내에서 문제를 일으킨 기사들을 수용하였던 곳이라 했는데 지금은 한 곳만 제외하고는 텅 비어 있었다.

갇혀 있던 어두운 공기가 횃불에 휙 밀려났다가 다시 그림자를 드리웠다. 걸음 소리가 들렸다. 경박하지 않은 느긋한 박자였다. 이어 횃불을 하나 든 여자의 그림자가 사내의 발치로 드리워졌다.

여자는 철창 밖에 멈춰 섰다. 고문관이 끌어다 주는 의자에 앉는 품새는 나비의 것처럼 우아했다. 아마도 이들이 마리포사이기 때문일지도 모른다.

흠씬 두드려 맞은 넝마의 꼴을 면치 못하고 쇠사슬에 양팔이 묶여 매달린 사내는 고통에 적응하려 애썼다. 눈꺼풀은 이미 잘려 나가 깜빡일 수조차 없었다.

초점이 두세 개로 흐려 헛것까지 보였다. 은하수가 보이던 벌판

위, 고향의 대장간이 눈앞에 어른거리고 일찍이 흙이 된 아버지의 투박한 손이 눈앞에서 흔들렸다. 꿈을 꾸는 기분이었다.

적갈색의 머리칼을 낮게 내려 묶은 여자가 느릿하게 낡은 의자 등받이에 등을 기댔다. 무의식적으로 그녀를 따라 등을 펴려던 사내는 고통에 찬 비명을 잇새로 흘렸다. 그으으, 해괴한 짐승 소리가 났다.

그 사내에게 마리포사들의 머리 꼭대기에 앉은 북부인을 살해하라는 지령이 내려온 것은 한 달쯤 전이었다.

라곳에시스는 외부인들에게는 무법 지대에 가까워서, 목숨 버릴 각오가 있는 자들에게만 내려지는 임무다. 대신 노모를 잘 돌봐 주마 하는 말에 주저하던 마음을 그치고 죽음을 각오하여 라곳에시스의 성벽을 숨어들어 왔다.

마리포사 가문은 여기사들이 간혹 눈에 띈다고 하였는데, 그가 암살해야 할 여자는 북부인이었으므로 생김새만으로도 충분히 구별할 자신이 있었다.

낮에는 마리포사 백작 저 근처를 배회하고, 밤에는 북쪽의 바인스트 숲에 들어 도둑잠을 자는 생활을 반복하며 틈을 살폈다. 그리고 여드레 전, 일을 실행하기로 하였다.

여자는 북관에 있었고 북관은 과연 가장 경비가 삼엄한 곳이다. 사내는 북관 내의 야간 경비대가 교대하는 틈을 타 북관 안에 들어가 경비원을 죽인 후 바인스트 숲 저편에 내버리는 것을 첫 번째로 하였다. 그리고 경비병의 갑옷을 입고 투구까지 매어 쓴 후 북관으로 침투했다. 그것만으로도 마리포사들은 그를 의심하지 않았다.

늘 기사들에 둘러싸여 이런저런 지시를 하거나 농담을 주고받으며 그를 스쳐 지나는 붉은 머리칼의 여자를 볼 때마다 가슴이 울컥거렸다.

간혹 여자가 가만히 멈춰 서 그를 바라볼 때면 식은땀이 흐르고 정신이 아득해져 숨조차 쉴 수 없었다. 여자는 무심히 그를 바라보다가, 시선이 맞으면 희미하게 웃으며 뒤돌아 떠나곤 했다. 그리 이틀 동안 경비병 행세를 하며 여자가 머무는 침실의 위치까지 알아낸 사내는 결행했다.

한새벽, 여자의 가슴에 쑤셔 박을 검을 한 손으로 매만지며 끼이익 문을 열었다.

달이 유달리 밝은 날이었다. 활짝 열린 창 안으로 아직 차가운 초봄의 바람이 들이쳤다. 여자는 그 앞에 나른하게 앉아 있었다. 달을 보는 것인지, 그저 빛이 있는 곳이 그뿐이라 그곳에 앉은 것인지는 모른다.

—테른도크 란펠이 보냈나?

사내는 뒤도 돌아보지 않고 중얼거리는 여자의 음성에 소스라치게 놀랐다.

—벨루비르하인 2세라면 공개적으로 행동하고 싶어 할 테니…….

—…….

—아니면 서부 쪽 누군가의 사주를 받았나?

답이 돌아오건 말건 상관없다는 투였다.

—어쩐지 처음 보는 얼굴이더라니……. 고작 이틀 버텼으면 인내가 짧구나.

사내는 날카롭게 벼른 휘어진 칼을 뽑아들었다. 그러나 여자는 마치 숨겨 둔 무언가라도 있는 양 자객을 앞에 두고 고개를 돌려 침대 너머를 바라보았다. 그 태연함에 멈칫한 것이 패인이었다.

여자는 책상에 놓인 작은 종을 딸랑딸랑 흔들었고, 북관의 종소리에 근방에서 대기 중이던 기사들이 전부 몰려들었다. 뒤늦게 사내는 칼을 휘둘러 보았으나 여자는 그 칼이 닿기도 전에 사내의 손목을 완전히 뒤로 꺾어 버렸다.

사내가 더 곤란해진 것은 자결을 위해 물고 있던 어금니 독초를 한 번 씹기도 전에 여자가 대뜸 턱을 뜯어 벌려 토하게 했기 때문이다. 자객들의 습성에 대해 잘 알고 있지 않고서야 불가능한 일이었다.

—너희도 여전하구나. 그런 정신은 높이 사지만.

그 말을 끝으로 머리를 얻어맞아 정신을 잃었다.

다시 눈을 떴을 때는 이 감옥이었다. 얼마나 시간이 지났는지도 몰랐다. 하지만 사내는 저 계집에게 사로잡힌 지난 며칠이 그의 인생 가장 끔찍한 날이라 장담할 수 있었다.

사내를 사로잡고도 여자는 아무것도 묻지 않았다. 그저 매일, 매일, 매일을 찾아와 저렇게 의자 하나를 끌어다 앉은 채 한참을 제가 고통받는 걸 구경하다 돌아가는 것이다. 저 또한 수작이리라. 오기가 생겨서 온 힘을 다해 말할까 보냐 짓씹어 뱉은 적도 있었다. 여자는 우아한 아가씨처럼 고개를 돌려 웃기만 하였다.

그의 손톱을 꺾고, 손가락 마디마디의 살가죽을 벗겨 내고, 그 위에 짠물을 붓고, 눈꺼풀을 잘라 내고, 코를 베어 낸 고문관 역시 마찬가지였다. 혼절이라도 하거나 정말 숨이 넘어갈 듯하다 싶으면 고문을 멈추고 극진히 치료하는 꼴이 대체 이게 무슨 짓인가 싶었다.

귓속으로 끝없는 이명이 울렸다. 수마와 같은 혼곤함이 몰려왔다.

고문관은 교대했는지 바뀌었으나 여자는 여전히 같은 자리에 앉아 있었다. 수 시간 제가 이 꼴로 실신해 있던 것을 가만 미소 띤 채 바라보고 있었단 뜻이다. 그는 제 발치에 떨어진 죄 뽑힌 손톱과 발톱을 넋을 잃고 바라보았다. 고문관이 그의 머리 위에 짠물을 부었다. 괴물의 흐느낌 같은 비명이 울렸다. 관음이라도 하듯 느긋이 의자의 팔걸이에 팔을 걸치고 앉은 여자는 요지부동이었다.

—아무리, 해도, 절대, 말…… 안…….

저를 바라보는 여자의 눈동자가 그토록 경악스러울 수가 없었다. 손톱과 발톱이 다 빠진 사지가 바들바들 떨렸다. 숨을 헐떡일 때마다 비린내 섞인 피 기침을 토해 내는 그를 물끄러미 바라보던 르옌이 고개를 저었다.

—죽이지는 마라.

—예.

차라리 죽여. 죽여, 죽이라고. 할 수만 있다면 저 여자를 그대로 갈기갈기 찢어 죽였을 것이다.

죽일 거다. 북부인, 죽일 거다. 뇌까렸다. 사내의 반만 남은 손가락이 펄펄 끓는 기름에 담가졌다. 몸부림치는 소리, 비명 소리, 신음 소리, 울음소리…… 대체 내게 뭘 바라느냐 물었다. 여자는 웃기만 했다.

사내는 계속 생각했다. 바라는 게 없을 리가 없다. 여자는 분명 그가 누구인지 알고 싶어 할 것이다. 그를 사주한 자를 알고 싶어 할 것이다. 어떻게 숨어들어 왔는지? 뭐가 목적이었는지? 누가 시킨 일인지? 나는 누구인지? 내 아버지는 누구인지? 내 노모는……. 무릎에 힘이 풀려 무너질 것 같았지만 그랬다간 팔이 빠질 것이다. 아니, 이미 감각이 없는 걸 보면 애초에 빠져 있는지도 몰랐다.

사내는 죽고 싶었다. 차라리 저 여자가 제게 무언가를 요구하기를 바랐다. 이유 없이 모진 고문을 당하는 것보다는 심문을 견뎌 낸다는 만족감을 얻고 싶었다.

눈앞이 어질어질하여 저도 모르게 힉힉대는 숨소리를 냈다. 저 여자가 제게 입을 열라 얼굴을 일그러뜨리고 윽박을 치는 모습을 상상했다. 그러면 피 섞인 침을 뱉어 주며 비웃을 수 있을 것 같았다. 하지만 여자는 조금의 기대감도 충족시켜 주지 않았다.

날이 저물면 돌아갔다가 이튿날 아침이 되면 다시 찾아와 같은 자리에 앉아 그를 바라볼 뿐이다.

그렇게 하루.

죽여 줘.

하루.

차라리 죽여 줘.

다시 하루.

제발 그냥 나를 죽여.

그리고 또 하루…….

탈출구 없는 막막한 괴로움이 발끝부터 그를 집어삼켰다. 끝끝내 사내는 울부짖었다.

제발, 무슨 말이라도 해. 제발 무슨 말이라도. 제발요.

빈 복도를 정처 없이 걷던 자칼린은 남관에 이르러 복도 끝에 서 있는 익숙한 인영을 발견했다. 처음 자칼린과 르옌이 라곳에시스에 이르렀을 때 격리되었던 그 회랑이 있는 곳이었다.

아무도 없는 복도의 벽에 기대어 서 있는 것은 긴 머리칼을 하나로 높이 올려 묶고 고양이처럼 날카로운 눈매를 내리깐 채 허공을 내려다보는 레이리스였다.

'쟤 저기서 뭐하지?'

회랑은 지난 한 해 동안 거의 사용된 적이 없는 걸로 기억했다.

자칼린이 부러 크게 발소리를 내 인기척을 울렸다. 레이리스의 회색 눈동자가 잠깐 그에게로 향했다가 슬그머니 내려졌다. 레이리스는 근래에 많이 주눅이 들어 있었는데, 그 사정을 대강 들은 자칼린은 조금은 그녀가 딱하다고 생각했다.

"뭐 해? 벌트 경이 여기 있나?"

레이리스는 군사 재배치를 받아 최근 벌트 경의 직속 부관이 되었다.

벌트 경은 서부 끝자락에 위치한 비나르 출신의 기사였다. 어쩌다 보니 라곳에시스 내의 마을에 사는 한 여자와 눈이 맞아 아예 이주해 온 것이라 했다. 그의 부모는 여전히 비나르에 살고 있는데 연을 끊은 지가 벌써 이십 년이라던가.

자칼린은 슬프게도 아주 그에게 커다란 동질감을 느꼈다. 지금 제 팔자와 그의 팔자가 크게 다르지 않은 탓이다.

또, 지난 가을과 겨울을 거치며 자칼린에게 벌트 경은 꽤 좋은 사람으로 인식이 되었다. 벌트 경이 그에게 가장 후하게 잎담배를 나눠 주기 때문이라고는 하지 않겠다.

벌트 경의 이름이 나오자 레이리스는 눈에 띄게 어두운 표정을 지었다.

이해는 한다. 에일라가 레이리스를 가차 없이 팽했다는 이야기는 군사들 사이에서 작년 초에 한창 떠들썩했던 화제다. 레이리스는 기수단에서 이적하여 벌트 경 직속 기사 중 한 명이 되어 에일라가 통솔하는 주 기사단의 임무에서 완전히 배제되었다.

제대로 수화를 할 줄 아는 이도 에일라와 위스번스 정도가 전부이니 답답할 만도 했다. 레이리스가 조금 뜸을 들이다가 손을 움직였다. '그렇다'는 의미의 수화다.

자칼린은 이제 아주 간단한 레이리스의 수화는 이해할 수 있었다. 그렇다, 아니다, 싫다 정도. 이해한다기도 뭐한, 눈치로 때려 맞추는 수준에 가깝지만. 자칼린이 고개를 젖혀 거대한 회랑의 문을 올려다보며 물었다.

"뭐 하는데?"

한참이나 레이리스의 대답을 기다리던 자칼린은 곧 쓸데없는 질문이었다는 걸 상기하고 문을 열었다. 레이리스가 말리려 손을 뻗기도 전이었다.

끼이익.

아무도 없을 거라 생각했던 회랑 안은 의외로 복작했다.

타는 냄새가 났다. 순간 쏠린 오십여 쌍에 가까운 눈동자에 자칼린이 움찔했다. 어디 갔나 했던 지휘부 기사들이 전부 이곳에 있었다. 레이리스가 주춤 뒤따라 들어오려다가 곧 물러나 문을 닫았다.

자칼린은 회랑 안으로 성큼성큼 걸어 들어갔다.

회랑의 풍경은 마지막에 봤을 때와 별반 다를 것이 없었다. 경건해 보이는 기둥들이 서 있고, 벽 한쪽에는 큰 창과 작은 창이 나 있고, 솔잎 문양이 조탁된 액자 장식물이 화려하게 걸려 있는 정도. 횃불을 여럿 켰는데도 여전히 어두침침한 분위기를 벗어나지 못한 채다.

엄숙한 분위기 공기 속으로 자칼린의 발소리가 딱딱 메아리쳤다.

"다들 여기서 뭐 합니까?"

가까이 다가가 보니 반듯하게 무장을 갖춘 지휘 기사들이 각각 멘테와 배너 혹은 페넌을 직급에 맞게 두르고 있었다. 그들은 모두 커다란 화로 세 개와 그 앞에 설치한 제단을 바라보고 서 있었는데 영문을 알 수가 없었다.

제단의 저편에는 한눈에도 노르테 홀의 왕좌처럼 보여 심히 거슬리는 그 의자가 놓여 있었다. 당연히 앉은 사람은 없었다.

뒤편에 가만 서 있던 테네스 경이 자칼린을 발견하고 홱 콧잔등을 찌푸렸다가 목소리를 가다듬었다. 테네스 경의 경망스러운 성격을 생각하면 드문 일이다.

"나가라, 인마."

"왜 내가 댁 명령을 들어야 합니까? 에서 뭐 하는데요?"

"나가라고 좀."

강제로라도 끌어낼 기세였다. 다른 지휘 기사들은 눈만 마주치면 아옹다옹거리는 테네스 경과 자칼린을 이제는 꽤 익숙하다는 듯 바라보았다. 자칼린은 문득 제단 위에 놓인 피로 물든 배너와 페넌, 멘테, 무기 등에 시선을 주며 입술을 다물었다.

"아."

가장 앞 열에 서 있던 에일라가 설명했다.

"우리 나름의 추모를 위한 자리다. 물러가라."

"추모인데 레이리스는 왜 밖에 저러고 서 있습니까? 망이 꼭 필요한 건가? 이거 무슨 비밀 집회도 아니고."

뭐 대단한 말을 한 것도 아닌데 분위기가 영 이상했다. 그리고 얼마간 자칼린을 바라보던 기사들이 에일라에게로 시선을 돌렸다. 그들의 예기치 않은 관심을 한 몸에 받게 된 에일라는 조금 불편한 표정으로 미간을 좁히더니 냉소적으로 대꾸했다.

"그녀는 여기 들어올 자격이 없다."

"왜?"

자칼린의 물음은 즉각적이었다. 에일라는 그대로 입술을 굳게 다물고 고개를 돌렸다. 기세가 기묘하여 더 캐묻는 대신 에일라를 따라 눈을 옮긴 자칼린은 제단 한가운데에 놓인 커다란 갑옷을 발견하고 목 안으로 신음했다.

반질반질 윤이 나는 잘 닦인 검은 갑옷이었다. 생각나는 사람이 있었다.

'……발로이드의 여분의 갑옷이라도 두고 추모식을 하는 건가?'

분위기가 생각 이상으로 심각해 더 이상의 농담은 하지 않았다. 자칼린은 빈 귓바퀴를 한참을 매만지다 말했다.

"……뭐 일단, 저도 같이 조의를 표하고 싶은데."

"네가?"

"거, 테네스 경, 언성 좀 낮추시게."

레이리스의 새 상관이 된 벌트 경이 금방이라도 성을 낼 것 같은 눈빛으로 테네스 경을 쏘아보았다. 평소라면 빈정빈정 세상의 모든 빈정을 다 끌어 모아 빈정거렸을 테네스 경도 이번만큼은 더 크게 소리 내지 못했다.

가만 서서 불탄 화로 안에서 하나둘씩 페넌과 배너가 타는 것을 응시하는 자칼린을 향해 룩서르 경이 말했다.

"개인적인 사견이지만 적당히 예의만 지켜 준다면 괜찮을 것도 같습니다."

"주군이 북부인을 얼마나 싫어했는지 모르나?"

"주군은 우리가 이렇게 추모하는 것도 싫어하실걸."

"아오, 하여간 다들 군기가 빠져서는."

곳곳에서 한숨을 내쉬는 소리, 되돌아 나가는 소리 등이 울렸다. 제가 무슨 큰 잘못이라도 한 것 같은 기분이 들어 떨떠름해지려는데 에일라가 선뜻 그에게 다가와 말려 뭉친 솔가지를 내밀었다.

엉거주춤 받아 든 자칼린은 그것을 제단 위에 올렸다. 발로이드를 추모한다는 생각보다는 지난 한 해 동안 죽은 이들을 추모한다는 심정으로.

자칼린이 솔가지를 내려놓은 후, 다른 기사들도 차례차례 순번을 따라 움직였다. 타들어 가는 화로를 바라보며 숙연한 표정을 하는 지휘 기사들은 정말로 의외였다.

얼마 지나지 않아 제단 위에 놓였던 솔가지들을 전부 태우는 의식이 이어졌다. 향이 타는 것 같은 냄새가 났다.

자칼린이 그도 모르게 중얼거렸다.

"의외네."

언제 다가온 건지, 그의 옆에 선 테네스 경이 다소 삐딱한 태도로 물었다.

"뭐가 의외야?"

너희는 누가 죽어도 신경도 안 쓸 줄 알았거든. 그런 솔직한 대답이 목구멍까지 차올랐다가 삼켜졌다.

사실 그도 그럴 것이, 자칼린이 처음 이들에게 가장 기함했던 것은 사람을 사람으로 보지 않는 비정함과 무자비함이었다. 두 번째로는 전우를 사랑한다는 강령을 새기고 산다는 사실에 비하여 죽음에 무디다는 것이다.

자칼린의 침묵을 어찌 해석한 것인지 테네스 경이 탁 풀어 놓듯 말했다.

"확실히 주군은 이런 걸 싫어하셨지. 흠, 매해 매일 또 누군가가 죽을 텐데 그걸 일일이 다 조의하고 있으면 어느 세월에 싸우고 이기느냐고."

"맞는 말이기는 한데…… 몰래 할 필요는 없지 않습니까? 다른 군사들은 오늘 논다던데요."

"굳이 죽은 자들을 떠올리게 할 필요 없잖아. 죽은 놈은 그냥 죽은 놈일 뿐인데."

초탈하기까지 한 투에 자칼린은 새삼스럽게 이상한 기분에 잠겼다. 이들의 강령도 그렇고 의식도 그렇고…….

"……불에 태우는 건?"

"건물 내에서는 별 도리가 없잖나?"

그래도 남부인들이라면 땅에 묻는 것이 일반적이라 들었다. 이렇게 말하면 조금 그렇지만, 자칼린은 북부의 소산식을 보는 듯한 기분이었다.

불은 숭고한 것이다. 일생을 춥고 굶주린 채 살아 버틴 북부의 선인들이 정의 내린 관념이다. 지금은 예전처럼 절대적으로까지 받아들여지는 건 아니지만 그래도 본래의 의미가 존재한다.

극단적인 북부인들은 토장을 당하면 시신과 유골이 그 자리에 존재하는 한, 영원토록 차가운 세계에 감금당하는 것이라 믿는다. 그래서 상황이 여의치 못할 때, 산 채로 제 몸을 불사르는 북부인들도 아주 간혹 있었다. 자칼린은 문득 자신이 이 남부에서 죽게 되면 어떻게 될까 하는, 그런 바라지 않는 상상을 해 보았다.

'진짜 싫은데.'

더 열심히 살아야겠다.

얼마 지나지 않아 에일라를 비롯해 나가지 않고 남아 있던 기사들이 제단을 향해 부복했다. 마지막 제례처럼 조용한 동작이었다. 갑옷 비늘과 이음새 부딪치는 소리만 어린아이의 비명처럼 짧게 울릴 따름이었다.

자칼린은 장애물 하나 없이 트인 시야 저편의 빈 의자를 바라보았다.

라곳에시스의 북쪽에는 바인스트 숲이라 불리는 울창한 숲이 하

나 있다.

오래전 바인이 서부를 호령했던 시절에는 이 숲이 바인의 것이라 하였다. 지금은 겨울철 마리포사들의 장작을 제공하고 군 무기 제조에 필요한 자원을 제공하는 정도로 이용되는 곳에 불과하지만.

울적함을 떨쳐 낸 자칼린은 숲의 입구로 향했다.

그는 그곳에서 의외라면 의외의 인물을 발견했다. 바로 위스번스였다. 생각해 보니 추모 의식이 있던 회랑에서 안 보이는 사람이 하나 있다 싶었는데 그게 위스번스였다.

위스번스는 군사들 사이에 앉아 기사들의 마상 시합을 지켜보고 있었다. 훈련이 아니라더니 몇몇 이들이 양피지와 펜을 들고 서서 무언가를 하나하나 기록하는 것이 꼭 시험이라도 보는 것 같았다.

"위스번스 님은 추모식에 안 갔습니까?"

자칼린이 건성으로 묻자 위스번스는 펜을 놀리다 말고 고개를 돌렸다.

"갑자기 왜 친한 체합니까?"

"친한 체는 무슨, 그냥 좀 물은 겁니다. 지휘부는 다 거기에 있던데."

위스번스는 끝까지 답하지 않았고, 자칼린도 괜히 더 말 늘이지 않았다.

얼마 지나지 않아 추모식을 끝낸 지휘부 기사들도 어슬렁어슬렁 북쪽 숲 입구로 모습을 드러내기 시작했다.

의외로 르옌과 에일라가 나란히 걸어오고 있었다. 어떻게 만난 건지는 모르겠지만, 알 게 뭔가 하며 자칼린은 반색하여 그들을 바라보았다.

"여어."

'이제 끝났나?'

지난 엿새간 르옌은 참 하는 일도 없이 바빴다. 정말 말 그대로 하는 일 없이.

몇몇 이들이 르옌에게 인사를 올렸다. 데투아 경, 오셨습니까? 르옌은 제게 알은 체를 하는 이들에게 간단히 맞인사를 해 주며 위스번스를 향해 걸어왔다.

곧 에일라는 르옌과 갈라져 북쪽 숲에 모여 있는 군사들을 점검하는 일로 돌아갔다. 그리고 벌트 경의 뒤를 따라오다 멈춰 선 레이리스의 눈빛이 자칼린과 선을 겹쳤다.

잠시간 레이리스를 응시하던 자칼린이 기지개를 켜며 지척까지 다가온 르옌을 향해 툭 물었다.

"죽었냐?"

"편하게 해 주었지."

"불었어?"

마상 시합에 한창 열을 올리는 군사들을 뒤로한 위스번스도 펜을 내리고 르옌을 돌아보았다.

"……어찌 되었습니까? 이번에는."

라곳에시스에 자객이 든 건 이번이 처음이 아니었다.

이전부터 포로들 사이에 숨어 들어온 자들도 여럿 되었다. 외부에서 한밤중에 라곳에시스의 성벽을 기어 올라오려던 것을 잡아챈 것도 두 차례쯤 된다. 처음에는 북부일까, 황제가 보낸 것일까 여러모로 궁금했지만 이로써 확실해졌다.

르옌이 담담히 말했다.

"팔스."

서부의 영지다. 마리포사들과 각개의 서부 영주들의 무력은 정면 승부가 불가능하니 어쩌면 당연한 선택이다.

팔스는 로게로라는 영주의 땅이었다. 라곳에시스에서 남동쪽으로 사나흘 정도의 거리에 위치해 있다. 크게 넓거나 무력이 대단한 건 아니지만 서부에서 그나마 명예롭다 쳐 주는 자로 알려져 있었다.

그가 움직이기 시작했다는 것은 팔스의 영주와 긴밀한 다른 영주들이 움직이기 시작했다는 것과도 같다.

지금 마리포사들이 대비해야 할 커다란 것은 서부의 별것 아닌 영주들과 신경전을 벌이는 것이 아니라, 언젠가 산맥 너머에서부터 넘어올 황실의 토벌군을 막을 방책이었다.

위스번스가 퉁명스럽게 말했다.

"팔스 말입니까?"

"그래. 조만간 영주들 사이에 회동이 있을 거라더군."

"회동? 어떤 영주들입니까? 무엇을 목적으로."

"팔스와 긴밀한 자들은 네가 더 잘 알 거라 생각했는데."

위스번스는 곰곰이 생각에 잠긴 표정을 지었다. 자칼린이 끼어들었다.

"하지만 자객이라면 버림 패라는 건데, 그런 밑바닥 놈들이 뭘 안다고?"

허점이라도 찾아냈다는 양 의기양양했다. 그러나 르옌은 대수롭잖게 어깨를 으쓱하며 답했다. '감이야.' 자칼린이 기운 빠진다는 듯한 표정으로 입맛을 다셨다.

위스번스가 물었다.

"어디에서?"

"누이라."

누이라는 또 다른 서부 영지. 라곳에시스에서 엿새 정도의 거리에 있었다. 도시의 규모가 크고 그만큼 방비가 잘 되어 있는 곳이라던가.

'슬슬 다난 인근의 중부 영지도 움직이는군.'

위스번스는 참 골치 아픈 일이다 하는 생각으로 콧잔등을 찡그렸다. 그러다 르옌과 눈을 마주쳤다. 무슨 생각인지 모를 눈빛이다. 르옌은 덧붙였다.

"그리고 그자가 경비대원의 시신을 이쪽 숲 어딘가에 버린 것 같다. 수색대를 편성하라고 시니스 경에게 일러 두겠다."

놀라기라도 한 것처럼 위스번스가 약간 허둥대는 투로 말하며 고개를 저었다.

"아니, 괜찮습니다. 제가 하지요. 굳이 에일라에게는……."

"군사 문제가 아닌가? 어차피 시니스 경도 알아야 할 텐데."

위스번스는 잠깐 말문이 막힌 사람처럼 어두운 표정으로 고개를 끄덕였다. 그렇지요. 시니스 경에게도 어차피 보고가 들어갈 테니. 르옌은 괴이쩍은 태도를 보이는 위스번스를 조금 의문스럽게 바라보다가 뒤돌았다.

✦◆✦

하늘이 진한 주홍빛으로 물들 무렵부터 호수의 연회는 시작되었다. 호수 변을 일렁이는 모닥불과 커다랗게 타는 조형물들이 사방을 해 저물녘처럼 밝혔다.

속이 빈 쇠뿔에 술을 채워 들고 있는 놈들, 나무로 만든 술잔에 술을 채운 놈들, 잎담배를 두고 내기를 하는 놈들, 이미 잔뜩 취해서 떠드느라 바쁜 놈들, 각양각색의 놈들이 다 있다.

가장 가까운 모닥불 근처에서는 꽤 웃긴 장면이 연출되고 있었다.

잔뜩 취해 벌건 얼굴을 한 거구의 사내가 깡마르고 길쭉한 평복 차림의 기사의 양팔을 붙잡고 거의 애걸을 하고 있었다.

"내가 그때 보로 경을 구해 주지 않았습니까? 분명히 나한테 사랑한다고 잎담배 보름분을 준다고……."

"이게 막 날조하네?"

"날조라니! 와, 이렇게 시치미 떼실 겁니까? 어쩌면 나한테 이럽니까, 보로 경. 단장에게 다 이를……."

아마 취해서 내일이면 기억도 못할 모양새다.

"그만들 싸우고 잔이나 돌리십쇼."

"체사도 한 잔?"

"뭐, 사양 않고."

대충 거의 저런 식으로 평의 차림을 한 사내들이 직급에 관계없이 뒤섞여 긴장을 풀고 떠들고 있었다. 자칼린도 오며 가며 그에게 술잔을 내미는 이들과 잔을 맞부딪치며 짧게 친분을 나누었다.

그때 어디선가 '오오, 정말입니까?' 하는 합창 소리가 났다. 저편을 돌아보니 르옌이 허우대 큰 사내들 사이에 솟아 앉아 고담들을 늘어놓고 있었다.

"그래, 왕궁의 궁중 비화에 대해 말하자면 끝이 없지. 페이작 돌레한, 마리포사의 시조였던 그에 대한 이야기도 많이 알아. 성질이 날카롭고 예리하던 자라더군. 나이 대여섯쯤에 라르칼리아의 서자임이 밝혀져 왕궁으로 들어왔고, 그 후로 눈에 띄는 발전을 보여 끝내는 여왕이 유일하게 사랑한 기사가 되었지."

"오."

"아주 대단한 자였다고 한다. 너희의 주인인 페이작처럼. 충성심이 깊기가 한이 없고 여왕을 위해서라면 무엇이든 했지. 라르칼리아의 여왕은 많이 성미가 못된 여자였는데 가진 것의 중함을 모르고 그 부하들을 늘 혹사시켰지. 그래도 단 한 마디 불평 없이 따랐다고 한다. 마치 너희처럼.”

조곤조곤한 음성에 기사들은 거의 빨려 들어갈 기세였다. 따개비처럼 들러붙어 르옌을 채근하는 꼴이 웃겼다.

마리포사 가문의 시조라 알려진 변절자, 한때는 라르크의 제일 기사라 불리웠던 페이작 돌레한 라르칼리아의 이야기이니 흥미롭기도 할 것이다. 저러한 풍경은 르옌이 신뢰를 쌓는 방식 중 하나로, 효과가 아주 좋아 보였다.

“아아, 그 이야기를 해 주마. 뢴사라는 나라를 아는 사람이 있나?”

“모릅니다. 그런 나라도 있습니까?”

“있었지.”

뢴사는 고대 북부 왕국 중 하나로 자칼린도 이름만 겨우 아는 정도였다.

‘뢴사.’

자칼린의 하나 남은 귀가 어쩔 수 없이 쫑긋해졌다.

“한때 뢴사의 왕자가 북부의 여왕을 끈질기게 따라다녔다. 왕녀가 여왕이 되고 혼인을 한 후에도 집요한 사냥꾼처럼 호시탐탐 여왕의 환심을 사려 들었지.”

“여왕이 예뻤습니까?”

“아무렴.”

르옌은 단 일각의 주저도 없이 산뜻하게 긍정했다.

‘웩.’

스스로를 추켜올리는 꼴이었다. 유일하게 내막을 아는 자칼린으로서는 눈꼴시기만 했다.

“어떻게 압니까? 초상화나 그런 거 본 적 있습니까?”

"네가 아까 전 네 옆의 녀석이 먹으려고 불에 올려놓았던 밤 알맹이를 훔쳐 주머니에 넣은 것을 알고 있는 것과 같은 이치지."

말이 끝나기 무섭게 르옌에게 허점을 찌르는 질문을 던졌던 사내의 얼굴이 확 빨개졌다. 그 옆에 앉아 있던 팔뚝이 통나무처럼 우락부락한 사내가 뒤통수를 후려 갈겼다. 그럴 줄 알았어! 어디 갔나 했다. 내놔, 인마! 왁자한 웃음소리가 터졌다.

누군가 아이처럼 채근했다. 그래서 어떻게 됐습니까?

"추운 겨울이었어. 라르크와 뢴사 사이에 결국 전쟁이 났다. 가장 추울 시기에 라르크 군은 뢴사의 수도를 포위했다. 수백 개의 횃불들이 뢴사의 수도인 코라의 해자를 에워쌌지. 수도의 가장자리를 따라 흐르는 강은 약하게 얼어 있었다. 도개교가 내려오지 않는다면 공성전 자체가 어려운 상황이었다 한다. 코라의 성벽 위에서는 뢴사의 궁수들이 언제든지 라르크 군이 좁은 강을 건너 사정거리에 들어오면 저격할 준비를 마친 후였고."

"겨울 전투는 진짜 좆같다니까요. 한여름에도 죽을 맛이긴 하지만."

여기저기서 옳다 옳다 떠드는 소리가 났다. 르옌이 엷게 웃으며 수긍했다.

"맞아, 한겨울의 전투만큼 고된 것이 없지. 그때 당시의 라르크 군도 마찬가지였다. 전쟁이 길어지면 겨울을 넘기지 못하고 얼어 죽을지도 모를 상황이었어. 아무런 소득 없이 회군하여 돌아가야 하는가를 두고 고민하기 시작할 무렵, 별안간 페이작 돌레한 라르칼리아가 나섰다. 다리를 내려 주마 하고."

"도개교 말입니까? 무슨 수로?"

"그가 장궁 하나를 쥐고 언 강에 얼음을 깨부수며 뛰어 들어갔다."

'미친놈이네.'

습관처럼 중얼거리던 자칼린이 문득 퍽 눈살을 찡그렸다. 저 말을 한 치의 의심도 없이 믿고 있다는 사실이 새삼 울적하다.

"도개교를 장궁으로?"

"예전에는 지금처럼 성의 방어가 단단치 못했거든. 도개교의 매듭과 도르레의 용법도 조악하였어. 뢴사는 특히나 군사적으로 특출 나지 못해 형편없는 축에 속했지. 해자가 깊지 않았다면 얼마 버티지도 못했을 곳이었다. 물론, 그들의 시설이 형편없더라도 화살과 창은 우리의 것과 같았다. 뒤늦게 소식을 들은 여왕은 차게 언 강물의 한복판까지 이른 페이작을 보았다. 그리고 소리쳤지. 궁수의 사정거리 안으로 뛰어 들어가 죽고 싶은 거냐. 당장 돌아와라."

자칼린이 코웃음치며 턱을 괬다.

'남의 말 안 듣는 것도 저놈이나 르옌이나 똑같았네.'

르옌과 발로이드는 그런 면에서 닮은 구석이 있다. 일단 일을 치고서 뒤에 수습하는 느낌이라고 해야 하나. 수습 하나는 확실하게 하는 것 같지만.

"페이작의 주위로 수십 발의 불화살이 내리박혔다. 장관도 그런 장관이 없다 기억…… 기록되어 있다. 상상해 봐라. 그가 타고 있던 말이 놀라 펄쩍 뛰었을 때 그를 지켜보던 이들이 얼마나 기겁을 했을지 알겠나? 그만큼 심장이 오그라지던 순간도 없었지. 그러나 페이작은 끝내 그 어둠 속에서 화살을 쏘고 쏘고 쏘아 도개교 한쪽을 지탱하던 두꺼운 줄을 그대로 끊어 냈다. 지켜보던 라르크의 다른 군사들이 크게 감명을 받아 다른 궁기병들을 앞세워 반대편의 물속으로 뛰어 들어갔지. 그리고 화살을 쏘아 반대편의 두꺼운 밧줄을 끊어뜨렸다. 북부의 기사들도 너희와 마찬가지로 죽음을 두려워하지 않았으니까. 도개교가 파괴될 위기에 처하자 뢴사의 군대는 선택해야 했다. 결국 그들은 성문 안으로 라르크 군이 진입하는 것을 막기 위해 밖으로 나왔고, 라르크 군이 승리했지."

"왕자는 어떻게 되었습니까?"

"주제를 잊고 탐욕스럽게 북부의 여왕을 탐낸 자에게 가장 어울리는 말로를 맞았지."

가장 어울리는 말로가 무엇일까. 다들 이래저래 생각해 보는 표정이었다.

르옌은 계속 말했다.

"하지만 그대로 모두가 쾌재를 부른 것만은 아니었다. 여왕은 전쟁이 끝난 후 크게 앓는 페이작을 붙잡고 불같이 화를 냈어. 너와 뢴사를 바꾸느니 내가 뢴사의 창녀가 되었으리라. 나보다 먼저 죽을 생각이었다면 크게 엄벌하리라고. 그랬더니 무어라 했는지 아느냐?"

"뭐라 했는데요?"

"제 목숨 다한다 해도 누아드가를 찢어 죽이고 돌아오겠다."

조금 숙연한 공기가 맴돌았다. 르옌은 잠깐 기다렸다가 다시 설명을 이었다.

"누아드가는 북부인들이 죽음을 맞이하면 우리가 첫 번째로 만나게 되는 신이지. 너희 중 후생의 존재를 믿는 자가 있나?"

마리포사 가문의 군사들은 르옌의 이야기를 흥미진진하게 듣다가 말고 서로를 돌아보았다. 한 병사가 되물었다.

"그런 건 믿지 않습니다. 그런데 어떻게 그렇게 자세히 알……."

"여어."

누군가로부터 던져지려던 본질적인 의문을 가로막은 것은 테네스 경이었다.

"무슨 얘기들을 하기에 얘들이 이렇게 애새끼처럼 꼬리를 흔들고 있습니까?"

정수리 위로 드리워지는 거대한 그림자에 고개를 젖힌 르옌이 테네스 경을 올려다보았다. 테네스 경은 자객에 의해 사망한 경비대원이 숲에 버려져 있다는 말에 수색대에 자원해 떠났던 무리 중 한 명이었다.

아직까지 다른 군사들에게는 자객의 실토에 관한 것이나 그밖의 여러 가지에 대해서는 비밀로 하고 있었다. 르옌은 모른 체 대꾸했다.

"너희의 뿌리에 대해 이야기해 주고 있었다."

"우리의 뿌리?"

"북부의 역사와 페이작에 관해서. 너도 함께 듣겠나?"

"이야기, 그런 지겨운 거 말고 다른 걸 주면 좋겠는데."

자칼린이 불쾌한 표정을 지어 보였다. 테네스 경은 최근 부쩍 르옌에게 추파를 던지고 있었다. 르옌이 무시하건 말건 상관없이.

르옌은 테네스 경이 무슨 흑심을 품고 저를 훑는지 알면서도 조금도 신경 쓰지 않는 기색이었다. 아니 어쩌면 좀 즐기는 것 같기도 하다. 저거 봐라.

"오늘 밤에?"

"뭐, 그러면 사양 않지요."

"하지만 밤은 기니까, 조급할 필요도 없지."

"재미없게 나오시네, 또."

자칼린이 슬슬 일어나 한마디 하려던 차였다. 그들의 지척에서 가만 듣고 있던 한 기사가 뼈다귀를 씹으며 불쑥 물었다. 르옌의 고담을 가장 유의 깊게 듣고 있던 자였다.

"그런데 데투아 경은, 후생이 존재한다는 걸 믿습니까?"

엉거주춤 일어나던 자칼린의 움직임이 멈췄다.

찰나, 아주 예민한 사람만이 알아차릴 수 있을 만큼의 기색이 스쳤다. 르옌은 언제나 그랬듯이 유연하게 대꾸했다.

"우리 모두가 이 난관을 이겨 낸다면, 그거야말로 후생이라 할 수 있지 않겠나? 너는 그런 후생이 온다면 어떨 것 같은데?"

"아, 그래. 나중에 진짜 다 때려 부숴서 우리가 이기면 저는 대장간을 차릴 겁니다. 다음 생은 대장간 주인이다."

"나는 무두장이 딸 니니……."

"너 아직도 그 계집애 포기 못했냐?"

"걔만큼 예쁜 애가 어디 있다고?"

"그냥 데려가서 한 번 해 버려. 그러면 마음도 싹 식지 않겠냐?"

"니니는 그런 싸구려 계집이 아니거든?"

"꼴값한다."

"나는 그냥 어디 농사나 지으며 살고 싶은데."

순식간에 분위기가 왁자해졌다. 그들의 희망을 귀담으며 르옌은 어느새 대화에서 물러났다.

"가자, 테네스 경."

르옌이 조용히 테네스 경의 옷자락을 잡고 몸을 일으켰다. 군사들이 저들끼리 다른 이야기들에 빠져 있을 때를 틈탄 조용한 퇴장이었다.

'저거 저거, 설마, 저거……!'

남녀 간의 일에 관여할 자격은 없지만 테네스 경이라면 학을 떼는 자칼린이었던지라, 자리에서 벌떡 일어났다.

"어? 어디 가나!"

얼마 떨어지지 않은 곳에서 멈춰 선 르옌과 테네스 경은 심각한 표정으로 북쪽의 바인스트 숲이 있는 방향을 돌아보고 있었다. 엉거주춤 멈추었던 자칼린이 다시 한 발 내딛으려는 찰나였다.

르옌이 손을 밀어내는 시늉을 하며 만류의 기색을 드러냈다.

'뭐지?'

평소라면 그런 것쯤이야 간단히 무시했겠지만 르옌이고 테네스 경이고 표정이 싸늘하여 한기가 예까지 닿을 지경이었다. 조금 전까지 군사들 사이에서 조곤조곤 미소 띤 얼굴로 떠들던 여자는 어딜 갔나.

자칼린은 뚱한 눈으로 테네스 경과 함께 호수 저편으로 사라지는 르옌을 바라보다가 다시 털썩 자리에 앉아 불을 쬐었다.

'칫, 따돌리냐.'

자칼린이 무릎을 세우고 턱을 괴며 느릿하게 눈동자를 내리깔았다. 긴 속눈썹 아래로 그림자가 드리워졌다. 그러다 문득 제 뒷덜미에 닿는 시선을 느끼고 힐끔 뒤돌았다. 꽤 먼 거리의 모닥불가에 앉아 있던 레이리스와 눈이 마주쳤다. 희한한 일이었다. 그녀는 어디에 있든 그의 눈에 띄었다.

레이리스가 슬그머니 시선을 돌렸다. 자칼린은 뚱하게 그런 그녀를 끝까지 바라보았다.

테네스 경은 로토르인 치고는 키가 많이 크고 강골이 단단하여 르옌이 머리를 젖혀야 그의 얼굴을 볼 수 있을 정도였다. 얼굴이나 목덜미에 흉이 많아 험상궂은 인상을 주기는 하지만, 뜯어보면 꽤 썩 인물도 나쁘지 않은 사나.

"지금 단장은 숲 입구에서 대기 중입니다."

르옌은 테네스 경의 표정이 몹시 심각한 것이 우스웠다. 테네스 경은 겉보기에는 자칼린 이상으로 대책 없어 보이는 자인데, 간간이 저렇게 진지하였다.

하루 종일 수색대와 함께 뛰어다녔다더니, 그 탓인지 그의 낯에는 깊고 짙은 피로가 어려 있었다. 사정을 모르는 군사들은 오늘 밤이 새도록 숙소에서 혹은 저 호수 변에서 티 없는 자유를 만끽할 것이었다.

사정을 아는 이들만이 마음이 무겁다. 등 뒤로 울리던 떠들썩한 소리가 서서히 멀어졌다. 봄 벌레 우는 소리가 엥엥 울렸다.

바인스트 숲 입구까지는 제법 거리가 되었다. 르옌이 침묵을 깨고 불쑥 물었다.

"서른일곱, 여덟?"

"잘 모릅니다. 나이는 안 세서. 대강 그 정도."

테네스 경은 뜬금없는 물음에도 무던히 대꾸하며 걸음을 보챘다.

"너 같은 녀석은 알고 보면 속이 깊어 의외야."

"거, 이제 와 저한테 반한 겁니까?"

"마음에도 없는 농담으로 실없이 시간을 보내는 걸 보면 겁도 많고."

어이가 없다는 양 어깨를 떨며 웃던 테네스 경의 걸음이 우뚝 멈춰 섰다.

"누가 더 겁이 없는데."

르옌은 테네스 경을 스치고 지나 성큼성큼 앞질렀다. 슬쩍 비틀린 입매를 당긴 테네스 경이 뒤따라 걷기 시작했다.

"진짜 성질 건드리는 데 뭐 있다니까."

"너야말로 괜히 자칼린 성미를 돋우려고 부러 깔짝거리지 마라."

속내를 간파당하기라도 한 기분에 테네스 경이 낮게 웃었다.

"얄미운 걸 어쩌라고요."

"왜?"

테네스 경은 어느새 르옌의 걸음을 따라잡고 나란히 걸었다.

"필요가 없지 않습니까?"

"무슨 필요?"

"여기 있을 필요. 북부에는 한 번도 가 본 적이 없지만, 체사라는 이름은 엄청나다고 들었는데요. 그리고 듣자 하니 이곳에 남아 있는데도 북부 가문에서는 저 녀석에 대해 아무런 조치도 취하지 않았다지요."

"그들 나름의 이유가 있겠지."

"보호가 그만큼 대단하다는 걸로 받아들였는데, 아니라 생각합니까?"

르옌도 체사 가문에서 자칼린을 제적하지 않는 것과 라르크 왕실에서 공식적으로 자칼린 엔도 체사의 말살 명령을 내리지 않은 것은 의외였다.

이백 년 전 페이작은 공식적으로 모르가나의 황실이 윤허한 망명자였으니 벨바롯트도 어찌할 도리가 없었을 테지만 지금 자칼린은 그런 입장이 아니니까.

다만, 체사 가문은 이제까지 중립이라 하였다. 그런데 지난해부터 체사가 브류나크에 완전히 기운 형세를 보인다 하니 내막이 전혀 짐작이 가지 않는 것도 아니었다.

"하여 저 녀석이 도망칠 구석을 두고 여기 내려와 있는 것 같아서 마음에 안 든다?"

빈정거리려는 의도는 아니었다. 하지만 테네스 경은 퍽 자존심이 상한 사람처럼 입술을 찡그리더니 성큼성큼 앞서 그녀의 앞을 가로막고 섰다.

"그 녀석을 옹호하려고 삐딱하게 받아들여도 상관은 없지 말입니다. 원래 난 튕기는 여자 쓰러뜨리는 것도 좋아하니까.”

“허풍은.”

“증명하라면 못할 것도 없는데요.”

그러라 한다면 당장이라도 달려들기라도 할 태세였다. 그러나 르옌은 조금의 우려도 않았다.

“내가 계집의 몸뚱이이니 궁금이야 하겠지. 기회가 된다면 ‘한 번쯤은’, 그런 생각을 하게 될 수도 있지. 하지만 그러려면 대가를 치러야 할 거다.”

“대가?”

“내게서 무언가를 가져가려 할 때, 네가 무언가를 내놔야 하는 건 당연한 일 아닌가?”

“착각하나 본데, 미인계는 한때인데 말입니다.”

“그 한때 이룰 수 있는 게 무궁무진하게 많지.”

르옌은 나른히 대꾸하며 미소 지었다.

작금, 북부 여자들은 얌전하고 순종적이어야 한다는 분위기가 팽배해 있으나 고 라르칼리아 왕조의 시절, 여자들의 권리는 그리 낮지 않았다.

신분만 맞는다면 여자들이 먼저 청혼을 하는 것도 흠이 아니었고, 여자들이 정계 진출의 꿈을 꾼다 해도 이상하게 보지 않았다.

그럼에도 불구하고 왕위나 가문을 잇는 것만큼은 명백한 전통이 있었다. 왕위는 늘 장자에게, 작위 계승 역시 장남에게, 혹은 차남에게. 기실 여왕이라는 말조차도 역사책에서나 신화처럼 적혀 존재하는 것이었다.

그녀는 태어난 나라가 작고 나약한 것도 괜찮았다. 사생아들을 괄시하지 않는 북부 특성상, 밝혀지지 않은 사생아 형제까지 하면 두

손 두 발로도 헤아릴 수 없을 터였으나 그것도 괜찮았다.

그녀의 불만은 늘 하나였다. 여러모로 모자란 몸뚱이.

다른 동생들은 대여섯 살부터 검을 쥐기를 허락받았으나 스완은 겨우 조르고 졸라 일고여덟 살에야 검을 쥘 수 있었다. 여자는 검을 쥐어서는 안 된다는 것보다도 계집의 몸이 사내아이의 몸보다 느리게 완성된다는 것이 이유였다. 왕학을 배우는 과정도 그러했다. 다른 동생들은 여덟이 되자마자 스승을 얻었으나 왕녀는 부왕에게 두 해를 졸라서야 첫 선생을 얻었다.

그날은 아직도 기억이 난다. 열둘…… 아니, 셋쯤이었나? 이른 새벽에 눈을 뜬 어린 왕녀는 다리 안쪽이 괴이하게 젖어 있다는 걸 깨달았다.

초경이었다. 붉은 피가 침의의 치맛자락까지 아롱아롱 물들어 있었다.

―혈흔이 보인다는 것은 아이를 낳을 준비가 되었다는 뜻이랍니다.

침대에 앉은 어린 계집아이는 퍼런 눈으로 스스로 피 흘리는 꼴을 바라보았다. 어미와 보모와 시녀들이 어릴 적부터 그녀에게 가르쳐 온 것들을 떠올렸다. 아침이 될 때까지 그리 주저앉아 있었다.

조막만한 머릿속이 어찌나 요란벅적했던지. 짜증을 이루 말할 수가 없었다. 드디어 왕녀가 팔려 나갈 준비가 되었다 외칠 자들이 수두룩할 것이 자명했기 때문이다.

스완이 그대로 시녀를 불러 알렸다면 그 달 왕실에서는 그녀를 위한 연회를 열고, 관례에 따라 많은 귀족들이 보는 앞에서 피 묻은 천을 불태웠을 것이다. 하지만 왕녀는 그러지 않았다. 날이 새도록 눈을 부라리며 피 묻은 천을 노려보다가, 이불을 찢은 천을 다리 안쪽에 덧대고 침상에 불을 질렀다. 잠결에 촛불을 쓰러뜨렸다는 말을 사람들은 쉬이 믿었다.

그런 식으로 그녀는 첫 달의 초경을 초조함 속에서 은밀히 흘려보냈다.

서늘한 바람이 뺨을 스쳤다. 테네스 경은 계속 말했다.

"그리고."

퍼뜩 옛 기억에서 벗어난 르옌이 경청했다.

"체사, 저 녀석이 짜증나는 건 뒷배경이 대단해서가 아닙니다. 부럽지 않다고 하면 거짓말이겠지만 이미 그렇게 태어나서 이때까지 살았습니다. 나한테 없는 거 가졌다고 유치하게 괴롭히고 그러지 않습니다. 무시하면 무시했지."

"그럼?"

"그걸 두고 여기에 와 있으니까."

테네스 경의 목소리에는 약간의 호의가 배어 있었다. 르옌이 가늘게 눈가를 당겨 웃자 테네스 경이 콧방귀 뀌듯 흥 하며 고개를 돌렸다.

"가서 인정해 주지 그러나. 너희 둘이 조금만 덜 아옹다옹한다면 나는 참 좋을 텐데. 지금도 티격태격거리는 게 재롱처럼 귀여워 보이기는 한다마는."

"내 목에 칼이 들어와도 그런 일은 없을 겁니다. 그리고 나한테 대 줄 것도 아니면서 눈웃음치지 마십쇼……. 착각합니다. 아, 저기들 보이네."

어느새 그들은 숲 언저리에 줄지어 선 기사들이 육안으로 보일 만큼 가까운 곳에 이르렀다. 말을 타고 있는 수색대원들은 검은 망토를 덮은 채였는데, 그들의 얼굴 대부분은 흙먼지투성이거나 상처가 나 있거나 하였다.

테네스 경은 다른 기사가 준비해 온 말에 오르며 말했다.

"그러면 저는 주변 감시 위치로 돌아가겠습니다."

르옌은 테네스 경과 갈라진 후, 대기하고 있던 에일라의 안내를 받아 바인스트 숲으로 향했다.

숲으로 들어서며 에일라는 아까 전 테네스 경으로부터 전해 들은 '북부인 시체가 발견됐습니다.'보다 조금 더 소상한 정보를 전달해 주었다.

"지난번 암살자가 죽여 은폐한 경비대원의 시체를 찾는 과정 중에 숲 길가에서 얼마 떨어지지 않은 곳에서 북부인으로 추정되는 자들의 시체가 발견되었다 합니다."

"경비대의 시신은?"

"찾았습니다. 내일 중으로 알리고 경비 대대에 일러 마땅한 장례를 치르라 할 겁니다."

"그 시신들을 직접 봤나?"

"저도 보고만 들었습니다. 시신은 총 세 구입니다"

길잡이 기사 한 명을 앞세운 르옌과 에일라의 뒤로 열 명의 무장 기사들이 뒤따랐다. 횃불들이 나무에 혹시라도 옮겨 붙지 않도록 극도의 조심을 가하는 기사들의 걸음은 당연히 느렸다. 낮에도 그리 밝지 않은 숲이라더니, 밤은 그야말로 새카맣기만 했다.

얼마간 안으로 들어간 그들은 작은 나무에 고삐를 매어 두고 길 밖으로 벗어났다. 길도 없는 숲을 헤치며 얼마간 걸으니, 시야가 조금 트이며 마른 나무가 성기게 박힌 공터 같은 장소가 나타났다.

그 공터 한복판에 군사 한 명이 초조한 얼굴로 서 있었다. 군사의 바로 앞에는 언 낙엽이 둥근 무덤처럼 쌓여 있었다. 이미 파헤쳐졌다 급히 덮은 듯한 흔적이 있었다.

"오셨습니까?"

르옌은 고개만 까딱 답하며 그곳으로 다가갔다.

"보여라."

에일라의 명령에 군사가 다시 낙엽을 바스락바스락 걷어 냈다.

하늘을 향해 누운 허연 코가 드러났다. 새파랗게 얼어 죽어 있는 시체였다. 중간부터는 뭉근한 냄새가 풍기기 시작했다. 군사는 꿋꿋이 낙엽들을 완전히 다 걷어 냈다.

"총 세 구입니다. 한 구는 죽은 지 두 달 이상 된 것 같아 아예 알아볼 수 없고, 두 구는 한 달 이내에 죽은 것 같습니다. 가지고 있던 무기나 이 증명 패로 보아 남부 가문은 아닌 것 같습니다."

군사는 르옌의 눈치를 살폈다. 그도 그럴 것이 단단하게 벼른 무기의 면에 새겨진 작은 홈들, 코트를 매어 묶은 방식이나 입고 있는 옷 안감의 재질과 꿰맴 형태 같은 것도 북부의 것이 자명했다. 그리고 생김새까지. 더 묻지 않아도 테메르인이었다.

북부인이라는 말이다.

'……북부인이 왜.'

바인스트 숲 바로 위에는 랑스 강이 있어서, 이북의 채집꾼이나 어민들이 간혹 이 숲까지 흘러 들어오기도 한다는 얘기를 들은 적은 있었다. 하지만 시신으로 발견된 저 세 사람은 분명 일개 농민이나 어부가 아니었다.

르옌은 그나마 덜 부패한 시체의 곁에 다가가 쪼그렸다. 손을 대 턱을 젖히자 시체의 턱이며 목깃에서 쩍쩍 소름 끼치는 소리가 났다. 그럼에도 요지부동 얼어붙은 옷을 들추는 르옌의 손길은 차분했다.

얼굴 곳곳에 난 상처라거나, 손바닥 안쪽 살이 전부 굳은살이다. 하지만 피부는 그렇게 타지 않아 하얀 편이다. 르옌이 물었다.

"처음에 시신이 어찌 되어 있었나?"

군사가 아리송한 얼굴로 답했다.

"보시는 대로 낙엽에 덮인 채 얼어 있었습니다. 길을 잃어 죽은 것은 아닌 듯합니다. 들짐승에 피습당해 죽었다면 이렇게 모여 있지 않았을 테니까요. 북부인들이 자기들끼리 이곳에 왔다가 무슨 싸움이라도 붙어 서로를 살해하고 떠난 걸까요? 하지만 시신 세 구 중 한 구는 죽은 지 훨씬 오래되었습니다."

라곳에시스는 마리포사의 영역이었다. 그러니 마리포사의 소행이라 생각하는 것이 당연하다. 그러나 지금 같은 시기에 북부인들이 마리포사 백작 저에서 얼마 떨어지지 않은 숲에서 발견되었는데 보고가 올라오지 않을 리가 없었다.

'북부인이라⋯⋯.'

르옌은 생각에 빠졌다.

일전 한 차례 파사드로부터 서신이 하나 도착하기는 했지만 그게 전부였다. 당시 르옌은 답장하지 않았으니 회신이 되돌아올 일도 없었다. 부러 은밀히 숨어들어 그들에게 도달하려 했던 걸 보면 자객일 수도 있었다.

문득 르옌의 눈이 시신들의 허리에 걸려 있는 가죽 통에 닿았다. 허리를 숙여 자세히 말 오줌통 오른쪽 하단의, 얼핏 보면 홈 같은 별 의미 없어 보이는 음각을 들여다보던 그녀가 서늘히 눈빛을 가라앉혔다.

"북부 귀족의 종자들이로군. 라르크 동부 출신들이다."

"어떻게."

"갈라부아의 직인이다. 갈라부아 내의 공산품 장인들이 찍는 그들만의 날인 같은 거야. 못 믿겠다면 확인해 봐라."

에일라의 표정이 심각해졌다.

르옌이 다시 물었다.

"이자들에게서 무기가 발견되었나?"

"암살자일 거라 생각하십니까?"

"가능성은 있지."

르옌은 일어섰다. 갈라부아에서 왔다면 아마 십중팔구일 것이라 생각했지만, 새삼스레 갈라부아 측에서 왜 저를 죽이려 들까 하였다.

'테른도크 란펠인가?'

입안이 썼다. 군권 통합에 귀족들의 숙청에, 시친의 뒤통수를 치는 중에 남부까지 신경을 쓸 여력이 있다니, 테른도크 란펠도 어지간히 여유로운가 보다.

르옌은 새삼스럽게 고향을 상기했다. 시단과 제스와 세닐라는 어찌 지내려나. 이제 와 제가 우려한다 해서 달라지는 것 하나 없으리란 건 알지만…….

에일라가 말했다.

"만일 암살을 위한 거라면……."

"자칼린에게는 당장 말할 필요는 없을 것 같다. 또 시끄럽게 굴 테니까. 그보다 일단 이자들의 시신을 옮겨 가 태워라. 번거롭겠지만 부탁하마."

에일라는 내키지 않는 표정으로 시체들을 흘긴 후 기사들에게 턱짓했다. 기사들은 뻣뻣하게 굳은 시신들을 그대로 들쳐 메고 먼저 자리를 떴다.

르옌은 무언가 깊이 생각에 잠긴 표정으로 침묵하다가 가볍게 미소 지으며 뒤돌았다. 가자. 마지막까지 그녀의 곁을 지키던 에일라의 표정은 점점 더 어두워졌다.

모두가 잠든 새벽이었다.

위스번스는 동관에 위치한 그의 방에 가만 앉아 마무리되지 못한 보고서의 정리를 다하고 있었다. 떠들썩한 녀석들이 다 잠들고 나니 백작 저 역시 평소와 다를 바 없이 고요해졌다. 창문을 때리던 요란한 웃음소리라거나 일렁거리던 창 너머의 불빛마저 다 꺼져 있었다.

성난 발걸음 소리가 들리기 시작했다. 위스번스는 펜을 내려놓고 보고서들을 한 켠으로 치웠다. 허리를 반듯하게 펴고 앉은 지 얼마 지나지 않아 쾅쾅쾅 사납게 문을 주먹으로 치는 소리가 들렸다.

문은 대답을 기다리지도 않고 열렸다.

"벌트 경, 너는 여기서 대기하라."

문 밖에서 노호한 에일라의 목소리가 들렸다.

"에일라, 조용히 좀 다녀라."

쾅, 귀청이 떨어지도록 세게 문이 닫히는 소리가 났다. 위스번스는 혀를 차며 일어서 등잔에 불을 하나 더 붙였다.

'하여간……'

위스번스는 마리포사들의 기강이 불만스러울 때가 있는데, 바로 이럴 때이다. 군사들은 상관의 비밀을 지킬 줄 몰랐다. 엄밀히 말해 위스번스는 상관이라는 느낌보다 라곳에시스의 행정 고문과도 같은 입장이니 조금 적절치 않은 말이기는 하다.

위스번스가 물었다.

"왜 그리 급히 달려왔나?"

끝을 올린 의문문이었으나 실상 표정이며 어조는 그다지 궁금하지 않은 투였다.

"벌트 경에게 전부 들었습니다. 발뺌하지 마십시오."

마리포사들의 영토 내에서 벌어진 살인 사건이었다. 에일라는 발견된 북부인들의 시신의 위치가 괴이하다는 의심을 떨칠 수 없었다.

으레 숲을 찾아드는 자들이라면 드나들지 않을 길 밖이라는 것도 그러하고, 핏자국이 많지 않았던 것이 다른 곳에서 살해당한 뒤 유기되었다는 느낌이 강했던 것이다. 만일 누군가 유기했다면 마리포사들 중 하나일 수밖에 없는데 그랬다면 반드시 보고가 들어왔어야 할 일이었다. 도대체 어디서 군사 보고의 허점이 생긴 건지 알 수가 없었다.

그런데 슬슬 눈치를 보던 벌트 경이 회의가 끝난 직후 에일라에게 찾아와 이실직고하였다.

—저…… 그게, 명령을 받았습니다. 단장.

북부인들을 살해한 건 위스번스였다.

어떻게 보면 당연한 일이다. 라곳에시스 내의 사건 대부분은 위스번스의 눈을 피하지 못했다. 에일라는 대체 위스번스가 어떻게 저런 일들을 해내는 건지 신기하다 여긴 적도 있었다.

위스번스는 태연히 물었다.

"데투아 경도 아나?"

"무슨 생각이었습니까?"

"데투아 경에게 말했나?"

"……아직 말씀드리지 않았습니다. 왜 보고가 없었습니까?"

"우리가 북부인을 죽이는 게 문제가 되는 일은 아니지 않나? 큰일도 아니고. 깜빡 잊었어."

위스번스는 해명의 의지조차 없어 보였다.

"수색대가 편성되기 전에 당신은 분명 내게 미리 설명할 수 있었을 텐데요. 왜 숨겼는지 답하십시오."

"숨긴 적 없네. 잊었다 말하지 않았나?"

"두 차례 전부 말입니까?"

그에 관하여는 위스번스도 마땅히 할 수 있는 말이 없었다.

지난 한 해, 라르크에서 사람이 내려온 건 총 세 차례였다.

첫 번째는 르옌과 자칼린이 알고 있다시피 브류나크로 짐작되는 자에게서 내려온 것이다. 그때에는 르옌과 자칼린과 에일라 모두가 라곳에시스에 있었으므로 먼저 검열하지 못하였다.

나머지 두 번째와 세 번째는 모두 그들이 서부 침략으로 라곳에시스를 비웠을 때 도달했다. 그래서 스스로의 재량으로 해결했다.

'브류나크.'

위스번스는 그 이름이 몹시 거슬렸다. 발로이드가 간사한 배반자의 후손이라 비난한 것도 이유 중 하나겠지만…… 순전히 그런 이유만은 아니었다.

위스번스는 라곳에시스의 군사들을 보호할 의무가 있었다. 에일라가 군대 자체를 통솔할 의무가 있는 것과는 조금 다른 의미다.

지난 한 해 마리포사들은 조금씩 안정을 찾아갔다. 그 중심에는 어쩔 수 없이 르옌이 있다. 에일라가 그녀를 따랐고, 위스번스가 그녀를 인정했으며, 그녀 스스로도 완벽하게 마리포사들을 위하는 데에 주저 없는 모습을 보였기 때문이다.

그리고 무엇보다도 르옌이 보이는 사고방식, 그것은 때때로 놀라울 정도로 발로이드와 닮아 있었다. 북부 귀족 출신이라 알려진 자칼린과 판이한 태도였다.

자칼린 엔도 체사는 여러모로 아직까지 문제시된다. 그 탓인지 진골 북부인이라 불리는 자칼린과 비교되는 면이 더 부각되어, 마리포사의 군사들은 외려 르옌을 더 친근하게 느끼기도 했다.

시간이 흐를수록 위스번스는 그러한 현상이 좋은 것일지, 나쁜 것일지 확신할 수 없어 방황했다. 르옌은 거의 완벽에 가깝게 마리포사들 사이에 적응해 있는 듯했지만 결국 마리포사는 아니니까.

그가 최초의 이질감을 느꼈던 것은 지난 가을이었다.

바인스트 숲의 일부를 베어 방책과 공성 병기를 만드느라 군사들이 모두 여념이 없을 시기였다. 르옌은 라곳에시스의 호숫가에 앉아 가만 하늘을 올려다보고 있었다. 무엇이 새롭다고 그리 보고 계십니까? 그리 묻자 르옌이 답했다. 새로울 것이 없어 눈길이 가는 일도 있지. 그녀의 눈은 북녘에 있었다.

발로이드도 간혹 북부를 바라보며 뇌까리곤 했다. 좋은 땅이라고. 지난 기억을 상기한 위스번스가 물었다. 좋은 땅입니까? 르옌이 답했다. 모국을 좋고 나쁨으로 판가름할 수는 없지만 자랑스러운 땅이지. 당신을 죽이려 했던 자의 나라가 아닙니까? 르옌은 조금 난해한 말을 하며 떠났다.

—왕이 죄를 지었다 하여 백성이 그 대가를 치를 필요도 없고, 왕이 죄를 사하였다 하여 백성이 그 죄인을 용서할 필요도 없는 일이니.

르옌은 속내를 짐작하기가 몹시 어려운 여자다. 그녀가 여전히 북부에 미련이 있다는 것만이 어렴풋한 확신으로 닿을 뿐이다.

그것만으로도 불편할진대, 위스번스는 르옌이 귀히 여기는 물건 중 하나가 브류나크의 것이라는 것도 신경이 쓰였다. 낡아 빠진 붉은 늑대의 멘테. 르옌은 여전히 버리지 않고 보관 중이라 하였다.

위스번스가 잉크 얼룩이 깊이 밴 손목을 만지작거리며 말했다.

"이리되었으니 묻겠네만, 붉은 늑대는 데투아 경과 어떤 관계인가? 물어 본 적 있나?"

"……."

"북부에 지금 그 난리가 났다는데도 이리 꾸준히 관여를 하려는 것이 괴이쩍지 않나. 주종 관계는 아닌 듯하고……. 붉은 늑대는 전형적인 군사 귀족이라지. 두 사람의 계급 차를 생각하면 허물없는 친구라 말하는 것은 몹시 가당찮은 소리고……. 데투아 경이 붉은 늑대에게 부탁해 발로이드 님의 시신을 소산했다지 않았나? 북부 귀족이 할리가 없는 짓까지 데투아 경의 부탁 때문에 했다는 게……."

"지금 무슨 말을 하고 싶으신 겁니까?"

에일라가 사납게 대꾸했다. 위스번스는 대수롭잖은 투로, 그러나 의혹이 명백한 눈빛으로 답했다.

"……뭐, 답할 생각이 없다면 되었다. 하지만 이번 일이 새어 나가면 여러 가지가 불편해지겠지. 너만 묻어 넘기면 될 일이다, 에일라."

"당신이 우리를 속이기 시작한다면 앞으로 어떻게 당신을 믿겠습니까?"

"이제 와 내가 앞으로 그러지 진실해진다 한들 그조차 믿어지겠나?"

"……."

"나도 데투아 경을 호의적으로 보는 사람이다. 그러나 사람은 도망칠 구석이 생기면 저절로 약해지는 법이지. 내 믿음의 방식은 너희와 달라. 앙레디움인들은 늘 패 하나쯤은 남겨 두는 법이니까."

"……당신의 출신을 핑계 삼는 것으로 무마하려는 태도는 이제 신물이 납니다."

위스번스가 갈라진 웃음소리를 내며 에일라를 똑바로 바라보았다.

"태생이 불안이 많은 걸 어쩌겠나?"

"……."

"발로이드 님이 계실 적에는 그분의 선택을 맹신할 수 있었지만 우리 중 누구도 그분만큼 완벽하지 못했다. 아니, 그분조차 완벽하지 못했지. 나는 여전히 네 선택에 의문한다. 네가 그때 군사를 돌리지 않았더라면 우리는 지금 이렇게 되지도 않았으리라고."

울음 같은 바람 소리가 창을 두드렸다.

"그래서 의구한다. 이제라도 모르가나에 무릎을 꿇고 사죄를 요청해야 하는 건 아닌지, 저 북부인들을 받아들인 것이 실수인 건 아닌지, 이리 바둥거려도 결국 한 사람도 남김없이 몰살당할 때가 오면 그때의 후회를 감당이나 할 수 있을지. 내가 두려워 도망치지 않을지조차 사실 나는 확신치 못하겠다. 이제 와 도망친다 해도 일생이 불행일 테니 그저 버틴다마는."

이미 산맥 동쪽에서는 서부 출신이라는 이유만으로, 서부 억양을 쓴다는 이유만으로, 마리포사와 한때라도 관계가 있었다는 이유만으로 수많은 사람들이 재판조차 없이 처형당하고 있다 하였다.

그뿐인가. 당장 그들과 가까운 서부의 영주들 역시 믿을 수 없다. 황실의 방치하에 그들은 굴욕적으로 마리포사들을 방관하고 있지만 기회가 생긴다면 놓치지 않을 것이다. 버티고 버텨 한 해를 넘기고 새봄을 맞이했는데 위스번스는 조금도 안심할 수 없었다.

얼마 지나지 않아 쾅 하고 문이 닫혔다. 에일라의 노여운 발소리가 그를 등지고 멀어졌다.

위스번스가 무거운 걸음을 옮겨 창 바로 아래 놓인 낡은 서랍 앞에 섰다. 위스번스는 에일라가 말하지 못할 것을 잘 알고 있었으므로 그 점은 걱정하지 않았다. 하지만…….

드르륵. 서랍 열리는 소리가 유난히 크게 울렸다. 위스번스는 가만히 서랍 깊숙이에 넣어 두었던 반지를 꺼내어 들었다. 좁쌀처럼 작은 붉은 보석이 세공된 늑대의 반지였다. 계집의 손가락에는 맞지 않을 만치 커다란 크기였다. 무게도 묵직하였다. 그는 반지를 든 채 한참을 서 있었다.

이 반지의 의미가 무엇인지는 보낸 자만이 알 것이다. 그저 영롱하게 빛나는 이채가 눈을 아프게 했다. 그는 다시 반지를 서랍에 넣었다. 모두가 조금씩 희망을 가지기 시작한 지금에도 위스번스는 여전히 두려웠다.

드르륵. 서랍을 닫았다.

보름 후, 연둣빛 평야 위로 진한 노을이 드리워졌다.

서부 영주들의 회동일이었다. 평화를 가장하던 누이라가 아비규환으로 변하는 데에는 나흘도 걸리지 않았다. 여타 영지 점령전 때는 구비하지 않았던 공성 추와 투석기까지 끌고 갔으니, 도시는 그야말로 지상의 모든 참극을 모아 전시한 모양이 되었다.

피 칠갑을 한 푸른 갑옷을 입은 기사들이 갈색 망토를 휘날리며 병사들을 쫓아 달리는 꼴은 한 걸음 한 걸음이 살인자의 것과 같았다. 단말의 비명이나마 낼 수 있다면 용한 것이다. 눈 마주치는 순간 베여 죽는 이들이 넘쳐 났으므로.

마리포사의 기사들은 영주성의 입구에서 각각이 다른 문양의 멘테를 두른 기사들을 바라보았다. 대강 눈에 보이는 것들만 서너 종류는 되는 듯했다.

푸른 나비의 멘테를 등에 맨 마리포사들을 보며 '전쟁이 난다! 악마가 왔다!' 하며 누군가 고래고래 소리쳤다.

전투는 끝이 없으나, 비명은 금세 끝이 났다.

그리고 느즈막한 오후. 푸른 갑옷을 입은 마리포사 기사단원들은 누이라의 영주와 다른 영주들이 회동하고 있는 성문을 부수고 들어갔다.

백, 이백, 삼백, 사백…….

노을을 등진 푸른 물결이었다.


그날, 마리포사들은 누이라 인근의 네 영주들이 은밀히 모인 회동지를 급습하여 참살하였다. 악명은 그 자체로 공포가 되었다.

공포는 전의를 꺾기 마련이다. 태자 시해의 죄를 짓고도 승자의 핏길을 내달리는 마리포사들을 막아야 한다 믿었던 영주들도 전의를 잃었다.

설상가상 얼마 지나지 않아, 산맥 동쪽에서 서부 출신의 사람들이 무차별 학살을 당했다는 낭설까지 번지기 시작했다. 그것은 마리포사들에 대한 반감보다도 황실에 대한 반감을 키우기에 확실한 것이었다.

누군가 말했다.

벨루비르하인 2세는 서부를 버렸다고.


❖


종전 후 열 달도 채우기 전, 모르가나의 황실이 서부를 버렸다는 의식이 전염병처럼 번져 나갔다. 그 믿음을 입증하듯이 산맥 동쪽에 살던 서부인들에 대한 박해는 날로 거세어졌다. 산맥 동쪽에서 '마리포사' 혹은 '서부 출신'이라는 사실은 사형수의 서명과 다를 바 없었다.

마리포사와 관계가 있다는 이유로 사람들이 살해당하는 사건이 비일비재했다. 평소 싫어하던 사람을 때려죽인 후 물증을 날조하여 '마라포사의 관계자'라는 한마디만 하면 살인범도 풀려났다. 무고함이 뒤늦게 밝혀진 이들을 헤아릴 수가 없었다.

시간이 흐를수록 상황은 심각해져 마리포사뿐만 아니라 서부 사람들을 전부 배척하는 풍토까지 조장되었다. 영주들은 서부인들에게 조금이라도 동정을 보이는 자는 간첩 혐의를 씌워 투옥했다. 검을 잡은 자들 중 서부 출신의 기사들은 맞아 죽기도 했다. 상황을 막지 못한 황실에 대한 비난이 쏟아지기 시작했다.

모르가나의 귀족 사회도 실정은 잔인했다. 피바람은 끝날 줄 몰랐다. 황실의 비극과 서부의 혼란을 틈타 이권 다툼을 하기 시작하는 자들이 셀 수가 없었다.

설상가상 다락 민족은 톨프 이남의 테넌 공업 지대까지 남진했다. 반제국주의를 외치는 앙레디움인들에 대한 박해까지 더해지자 제도와 동부, 중부의 외세 갈등은 더욱 심화되었다.

앙레디움과의 전쟁이 있을지도 모른다는 낭설이 흐르고, 동부의 북쪽 지대에 살던 영지민들이 영주의 허락 없이 야반도주를 하는 일이 비일비재해졌다. 그런 자들은 발견되는 즉시 다시 강제로 영지로 돌려보내졌으므로 백성들의 반감도 점점 더 커져만 갔다.

설상가상 얼마 전에는 네 번째 황자인 빌페스가 앙레디움으로 넘어갔다는 이야기까지 들려왔다. 라인하르의 죽음 이후 비어 버린 황태자의 자리를 두고 제 살길만 도모하는 황자들의 이야기는 제도의 여상해진 흥밋거리였다.

여섯 번째 황자인 도르기스가 의문의 자살―어쩌면 타살―을 했다 알려진 작년 여름 무렵부터 고조되기 시작한 황실 암투는 분명히 황실만의 문제가 아니었다.

황자들에 줄을 대기 바쁘던 귀족들이 하루가 멀다 하고 구설수에 휘말리고, 심하게는 지저분한 일을 폭로당해 명예를 훼손당하거나 제국 법을 어긴 대가로 몰락하거나 하는 일이 빈번해졌다.

누군가는 한 번쯤 있어야 할 숙청이라 말했지만 그 숙청의 대상이 누가 될지 모르는 상황이란 결국 귀족들을 극단적으로 만들기 충분했다.

그리고 그 사이에서 아무것도 하지 않는 황실. 고작 한 해가 지났을 뿐인데 제국 내에서는 이제 공공연히 황실의 무능을 떠드는 이들까지 생겨났다.


어제와 같은 햇살이 껍데기만 남은 황궁으로 긴 그림자를 드리웠다. 벨루비르하인 2세의 갈색 눈동자는 구렁이처럼 창 안으로 기어 들어온 늦겨울의 햇살에 머물렀다.

"빌페스 저하 쪽의 일은 마무리되었다 합니다."

대답 없는 벨루비르하인 2세를 응망하던 란니르가 공손히 물러갔다. 벨루비르하인 2세는 눈길조차 주지 않은 채로 침전의 벽에 걸린 검은 사자 석상을 올려다보았다. 정성 들여 조탁된 짙게 까만 사자의 탁한 눈은 허공 어딘가를 바라보고 있었다.

곧 벨루비르하인 2세의 표정이 서서히 찡그려졌다. 황제를 배신한 황손을 생각하면 그다지도 불쾌하였다.

제도 내의 제 입지가 불안함을 일찍이 알아차린 4황자 빌페스는 반제국주의를 주장하기 시작한 앙레디움의 왕 이오닌에게 빌붙었다.

이오닌은 이번뿐만 아니라 꽤 오래전부터 반제국주의를 떠들던 자들과 친분을 지녔던 이었다. 아직도 그 「부디스와 이오닌」이라는 이름의 그림이 앙레디움 왕궁에 걸려 있다던가.

때문에 앙레디움에는 언젠가 한 번쯤 본보기를 보일 생각이었다. 다만, 그것이 빌페스로 인해 촉발되었다는 것이 노여울 뿐이었다.

시국의 경중조차 이해치 못하고 제 권리만 주장하다 속국에 기대는 꼴이라니. 황손들은 타의 모범이 되어야 한다는 사실을 잊은 황손이므로 죽음이 가당했다.

그러나 정작 잘 마무리되었다는 이야기를 들은 후로도 썩 좋은 기분은 아니었다.

가만히 햇빛을 딛고 선 벨루비르하인 2세는 지난 한 해 벌어진 일들을 되짚어 보았다.

라인하르가 죽고, 종전을 하였다.

남대륙 교전 금지령을 내린 상황을 틈탄 다락 민족의 침략이 있었다. 장발 거인 바니시가 피의 보복을 선언했다.

'북부인들……'

그동안 숨죽인 채 굽은 날을 벼려 온 다락인들은 작은 민족이었다.

북부인들 중에서도 가장 사납고 난폭했다는 지데라카의 후예를 자칭하는 그들은 남녀노소 할 것 없이 군인이었다. 그들의 백성이 일만이라면, 그들의 군대도 일만이라는 말이다. 다락을 막으라 올려 보낸 군대는 가는 족족 몰살당하거나 반파되어 패전했다.

테넌 공업 지구 일대가 점거당하기에 이르자, 이제는 누구도 나서서 막고 싶어 하는 이가 없었다.

'북부인들.'

벨루비르하인 2세는 제도 시모어의 지빠귀 청사에 새로이 확장된 라르크 외교 청사에 내려온 외교 대사인 나크타라는 사내를 떠올렸다.

북부인들과 가까이 지낸 기억이 드물어 지금 바로 생각나는 건 그자뿐이었다. 호쾌한 듯, 제 비위를 맞추는 듯하지만 북부에 대한 자긍심으로 똘똘 뭉친 자다.

높이 걸린 사자 상이 걸린 벽으로 다가간 벨루비르하인 2세가 고개를 젖혔다.

검은 사자 신 일레르의 신화에는 이런 이야기가 있다.


그리고 시간이 흐른 어느 날, 평화로운 첫 번째 왕의 치세를 질시한 '적들'이 나타났다. 저 먼 북녘의 죽은 땅으로부터 차가운 한풍을 타고 나타난 세 남매가 그들이었다.

모든 것을 불태우는 여인, 온몸에 독이 차 있는 노인, 날카로운 쇠붙이를 두른 소년이 그들이었다. 그들은 거칠고 야만하였다. 일레르는 그들로부터 풍요로운 땅을 수호하는 데에 일신을 바쳤다. 일레르의 가호 아래 백성들은 다시 평화를 되찾았다.


일레르의 나라에 나타난 세 남매는 북부의 왕좌들을 차지한 자들을 뜻한다고 전해 내려온다. 그런 고시대부터의 이야기로 하여금 생각해 보면 남부의 적은 늘 북부였다. 남부인들의 핏줄 속에 새겨진 것이다. 그런데 남부의 어리석은 우인들은 당장 제 득실에 눈이 멀었다.

북부와의 관계가 호전되기 시작하면서, 라르크에 줄을 대려는 이들이 생기기 시작한 것도 그러하다. 특히나 조르디아 공작가는 최근 그들이 지지하겠다 알린 8황자 일리아를 앞세워, 공공연히 북부의 고관들에게 손을 벌리는 일까지 자행하고 있었다.

지난 패전의 상처가 미처 아물기도 전이다.

'붉은 늑대의 아들이라.'

벨루비르하인 2세는 그늘진 눈매를 손끝으로 두드렸다.

붉은 늑대의 아들이 지난 전쟁에서 제국의 군대 반 이상을 학살해 죽였다는 것을 모르는 자가 없다. 북부에서는 붉은 늑대의 아들인 파사드 칼란독 브류나크를 전쟁 영웅이라고 칭하고 있다던가. 그 위세를 등에 업고 테른도크 란펠 브류나크가 감행하는 것은 나라의 근간을 뒤흔드는 일이다.

어찌 보면 북부의 왕 테른도크는 기회를 놓치지 않는 자라 평할 수도 있겠으나, 벨루비르하인 2세로서는 가소로울 뿐이다.

그리고 또 어떤 일이 있었나?

제도에서 난 난리로 말하자면 시모어로 돌아온 추방당했던 황손들을 빼놓을 수가 없다.

서열과 관계없이 황손들은, 모두 동등하게 황위 포기 각서를 썼다는 이유만으로도 윗물과 아랫물 없이 분탕질을 치기 시작했다.

그 과정에서 하나는 느닷없이 시신으로 발견되어 온갖 구설수를 만들었다. 살해당했다는 낭설도 암암리에 떠돈다. 그 후로 그나마 눈치가 빠른 두 녀석은 이리 치이고 저리 치이다가 끝내 시모어 밖으로 도망쳤다. 그리고 또 하나는 앙레디움 따위에 빌붙어 황궁의 기밀을 팔아넘기다 얼마 전 피살당했다.

다 어디 잡아먹히기라도 한 건지 이제 셋 남았는데.

—바이아르 저하의 병세가 짙어지십니다.

이제는 남은 셋 중 하나마저 정체 모를 병질을 앓아 죽어 가고 있었다.

—소수민족들이 사용하는 독인 걸로 보입니다만, 확실치가 않습니다.

벨루비르하인 2세가 다음 제위의 내정자로 2황자인 바이아르를 염두에 두기 시작할 무렵부터 시작된 병질이었다. 잘 알려지지 않은 독이라 추측만 난무하였다. 유명하지 않으니 해독의 과정조차도 쉽지 않았다.

겉으로 드러난 병증에 가장 알맞은 것이 스코자 공작령인 페시번 남쪽의 만다 족의 것이 아니냐는 보고가 그들이 알아 낸 전부였다.

—시디아 황녀 저하의 식솔 중 하나가 얼마 전 만다 족의 땅을 방문했다는 이야기를 들었습니다만…….

2황녀인 시디아는 벨루비르하인 2세의 아픈 손가락이었다. 가장 귀엽다 하였던 아이였다. 저보다 어미를 닮은 계집의 성정이 그 짝이 될 줄은 몰랐던 것이 문제다.

귀애하는 것과 끼고 사는 것은 다르므로 벨루비르하인 2세는 시디아가 첫 피를 흘린다는 이야기를 들은 직후, 남부 소수민족들과 접경해 있는 페시번령 스코자 가문의 아들과 강제로 혼인을 시켰다.

절름발이가 싫다 그리 매달리는 것을 매몰차게 떼어 내 보냈다. 그 후로 시디아가 황실을 저주했다는 이야기는 유명하다. 가장 각별한 형제였던 라인하르를 가장 미워하여 듣는 귀를 의식하지 않은 폭언도 일삼았다 하였다.

라인하르가 죽은 후, 절름발이 스코자 공작과 함께 제도로 돌아온 시디아는 크게 슬픈 체하더니 끝내 조르디아가와 손잡았다. 그것은 그녀의 남편인 스코자 공작 알디모스 토멘을 불러들여 확인한 것이다.

조르디아가는 현재 반독재를 주장하는 남부 귀족 불온 분자들의 중심축이 되는 가문이다. 이제 막 이십 초반이 된 막내 황자인 일리아를 지지하는.

도대체 조르디아가 무얼 믿고 경험도 뒷배도 제대로 없는 막내 황손을 조력하는가 하여 알아보았다. 란니르는 다양한 이야기를 물어 왔다.

8황자 일리아가 굉장히 온건한 성정이라는 것, 근래에 황실의 명령을 무시하고 시친과의 전쟁을 감행하겠다 선포한 살리가르의 왕과 긴밀한 관계라는 것이다. 실제로는 살리가르의 왕녀 중 한 명과 연인 관계라 하였는데, 벨루비르하인 2세는 그저 코웃음이 날 따름이었다.

왕녀라 해 봐야 소수민족의 핏줄이므로 검은 사자 신의 후예인 모르가나 황손들의 가치에 댈 바 없다. 얼마나 머리가 어리면 '살리가르의 왕녀' 따위를.

벨루비르하인 2세의 판단으로 일리아는 아주 비합리적이고 감정적인 녀석이었다. 대놓고 자신은 라인하르와 달리 어떤 전쟁이라도 이겨 보이겠다 용병이며 귀족들을 끌어모으는 3황자 가우스에게도 마찬가지의 감상이 들지만…….

벨루비르하인 2세는 얼마 전 재회한 조르디아 공작의 말을 상기했다.

─폐하와 달리 8황자 저하는 신의와 정을 아는 분입니다. 함부로 결정하시기보다 신중히 결정하시고, 일찍이 폐하께서 내버리신 덕분에 백성들의 삶도 잘 알고 계십니다.

─황제란 늘 황제라는 이름으로 하나다.

─폐하께서 제게 하신 말입니다. 제국이라는 이름은 허상의 가치이며 그것에 가치를 부여하는 것이 바로 사람이라고.

─그래서 너는 북부에 가치를 부여하고 있느냐?

자연히 계승권의 끝자락에 있을 수밖에 없는 막내 황자를 영웅시하기 위해 북부인들과 얼마나 내통을 하였는지. 사실 벨루비르하인 2세는 지난 남북 전쟁의 종전 협정에 조르디아가의 일원을 포함시킨 것을 조금 후회했다.

─이제 그 가치를 살펴보는 것일 뿐입니다.

지난 종전 협정에서 조르디아 공작 부인인 그웨인이 브류나크 가문의 그 사내와 어떻게 연을 자아낸 것인지는 모르겠지만, 그들은 꾸준히 내통하고 있었다.

얼마 전에는 한동안 제도 밖 어딘가로 떠났다던 일리아가 되돌아와 아뢰기도 하였다.

라르크의 갈라부아라는 곳에서 다락이 공공의 적이 될 수 있을 것을 인정했으므로, 라르크는 그에 따른 조처를 취할 것이라는 말이었다.

모르가나 황실의 외무부조차 알지 못한 일을 저 녀석이 어찌 알았을까는 중요치 않았다. 일리아가 북부의 땅에 방문했다 돌아왔다는 것을 벨루비르하인 2세는 이미 알고 있었다.

'그들에게 무엇을 주기로 했느냐?' 물었다. 일리아는 스스로가 내통했다는 것조차 숨길 생각이 없었는지 '아무것도 주지 않습니다.' 하고 답했다.

벨루비르하인 2세는 조소했다. 아무것도 주지 않을 리가 없었다. 아무 이유 없이 라르크가 저와 같은 북부의 민족을 압박할 이유가 없다. 그러나 더 묻지는 않았다.

대신 테른도크 란펠 브류나크에게 남부 제위 계승에 관여치 말라는 뜻을 전하고 남부 귀족들과의 불법 거래는 삼가길 바란다 유감을 드러냈다.

테른도크 란펠 브류나크는 즉각적인 부정으로 답을 되돌렸을 뿐이다. '아국의 행정부는 다락에 관련한 것을 중요 의제로 상안한 적이 없다'라니. 누가 믿을까. 지금 북부의 두 브류나크들이 벌이고 있는 거대한 개혁을 생각하면 모를 수가 없었다.

북부조차 결국 조르디아가와 한통속이라는 말이다.

날로 노골적으로 덤비는 조르디아가를 걱정한 란니르가 권하였다.

—폐하, 공개적인 감찰을 시작해 조르디아 가문의 자금과 상황을 살펴본다면 필경 덜미가…….

하지만 벨루비르하인 2세는 그리하지 않았다.

분개해야 마땅하고, 괘씸함에 피가 거꾸로 솟아야 마땅한 일인데 어째서인지……. 빌페스가 앙레디움의 이오닌과 내통하여 지빠귀 청사 내의 기밀을 팔아 치우고 있다는 이야기에는 웃음이 나기까지 했다.

벨루비르하인 2세는 그저 의문이 들었을 따름이다. 제국의 위명과 황제의 명망이 얼마나 더 추락할 수 있을지.

느릿하게 창가로 걸어간 벨루비르하인 2세는 사다리꼴로 드리워진 햇빛을 디뎠다. 발끝이 따스했다. 목과 가슴 사이 어딘가를 낡은 손끝으로 문질렀다.

―고독은 사람을 가리지 않고 찾아오고, 도달하면 가장 잔인하게 인간을 물어 죽입니다.

온 세상의 에리히들이 그를 비웃고만 있는 듯하다.

제국의 위명이라는 허상 가치가 점차 깎여 내려가고, 결국에는 뼈만 남는다. 이건 그 과정이었다. 결코 패배해 본 적 없었던 승리의 역사만 익숙했던 이들이었으므로, 단 한 번의 패배는 어마어마한 여풍을 몰고 왔다.

벨루비르하인 2세는 한순간 입장이 뒤바뀌는 이들을 흔히 보아 왔다.

황제의 말 몇 마디로 궁내부의 서열은 심심찮게 뒤집혔다. 풀 내음으로 향긋하던 숲이 한순간 불타거나, 늘 풍년이었던 땅이 몇 년간 이어진 가뭄에 못 쓰는 땅처럼 메말라 버리는 것을 보아 왔다.

그 섭리 안에서 사람은 흔들리고 부서지고 파괴당한다. 승자와 패자로 모든 것이 반 갈리는 것, 그것이 규칙이다.

그런 의미에서 북부의 왕 테른도크는 흔들리는 승자의 길을 걷고 있었고, 벨루비르하인 2세는 패자의 그림자에 잠겨 있었다.

북부에서 떼거지로 죽어 사라진 고약한 인사들의 부재는 늑대들의 존재감을 고취시키는 반면, 남부에서 떼거지로 죽어 사라지는 교활한 인사들의 부재는 사자의 갈기들을 흉측하게 깎아 던졌다.

무언가로부터 시작된 결과일 터였다. 이 세계가 여신 노체와 마르티나의 손끝에서 갈라진 것처럼, 이 모든 사태에도 시초가 되는 무언가가 있을 것이었다.

유달리 기묘한 심상으로 젖어 드는 하루였다.

정오는 오후가, 오후는 저녁이, 저녁은 밤이 되었다.

벨루비르하인 2세의 주름진 눈매 안으로 무기력한 달빛이 어렸다. 소리 없이 일어선 벨루비르하인 2세는 삼각형의 뱀 무늬가 조탁된 촛대를 들고 구부정하게 문을 열었다.

온종일 침전 안에만 틀어박혀 있던 황제가 침의 차림 그대로 모습을 드러내자 경비대원은 조금 놀란 표정을 했다가 즉각 고개를 조아렸다.

따라오지 마라. 그리 명령한 벨루비르하인 2세는 맨발로 걸었다. 발바닥에 스며드는 찬기에 비로소 정신이 맑아지고 해야 할 것이 명확해 보였다.

공허 따윈 한순간도 스미지 못할 일종의 확신이 그의 눈에 암흑처럼 도사렸다.

"폐하?"

복도 끝에서 걸어오던 시종 란니르가 벨루비르하인 2세의 맨발을 황망히 바라보다 달려왔다. 그러나 벨루비르하인 2세는 그를 지나쳐 더 먼 곳을 향해 걸었다.

황궁 밖으로 나가 하늘을 나침반 삼아 걷고 걸었다. 따라오는 이들을 물리는 것은 쉬웠다. 따라오지 마라. 한마디면 모든 것이 그를 뒤따르기를 멈춘다. 그렇기 때문에 황제인 것이다.

한밤의 눈이 내린다. 이 봄의 마지막 눈이리라. 예감했다.

'벌써 한 해가 되었다.'

벨루비르하인 2세는 불현듯의 성찰에 힘없이 멈추었다.

칼바람과 함께 달려든 고독이 그를 물어뜯었다. 위정과 교집하지 않는 순수한 진실 한끝이 그의 발등을 내리찍었다. 얼얼하고 타는 듯하다. 어느새 벨루비르하인 2세는 얕게 깔린 눈밭을 디디고 선 그의 보얗고 부드럽고 늙은 발을 내려다보았다.

'벌써 한 해가 되었나?'

'그것'의 국장을 치르고 마리포사들을 토벌하려 하였다.

다락을 정리하고 마리포사들을 토벌하려 하였다.

제도 내의 황손들의 분탕질을 틈타 뭉치는 소수민족들을 치우고 마리포사들을 토벌하려 하였다.

앙레디움의 그 말도 안 되는 반제국주의의 연단을 불사르고 마리포사들을 토벌하려 하였다.

그러다보니 벌써 한 해였다. 마리포사들은 여전히 살아 있었다.

벨루비르하인 2세는 뜨거운 자신감을 안고 떠나가 차가운 비극으로 되돌아온 '그것'의 모습을 떠올려 보았다. 라르크의 붉은 늑대가 돌려준 남부의 태자는 그다지도 흉측하여 잊을 수 없는 몰골을 하고 있었는데도 기억이 나지 않았다.

'그것'은 자식이라기보다 그의 이상을 위한 도구였다. 죽음마저도 못 미더워 노여움도 슬픔도 느끼지 못할 만큼 어이없는 끝을 맞이한 쓸모없는 그것. 그저 못난 녀석이었다.

내가 왜 '그것'을 택하였나?

마음에 쏙 들어 남겨 둔 것도 아니었다. 귀족들이 따를 만한 성정이었으며, 제게 충성스러웠고, 적당하게 오만하고 몸도 건강하였다.

그런 이유였다.

벨루비르하인 2세는 다시 걸었다.

긴 거리를.

고독이 걸음걸음 그의 족적을 따라왔다.

근위대와 함께 따라온 란니르의 비명 같은 외침이 들렸다.

"폐하…… 잠시만, 폐하!"

벨루비르하인 2세가 걸음을 멈춘 것은 란니르의 목소리 때문이 아니라 꺼진 촛불 하나 때문이었다.

벨루비르하인 2세는 물끄러미 어두운 저편을 응시했다. 한때는 숲이었으나, 황궁 개축 공사가 시작되며 전부 베여 나간 터라 담벼락 위로는 시꺼먼 하늘밖에 보이지 않았다.

이토록 어두운 설야. 벨루비르하인 2세의 발바닥은 찬 눈밭 위로 단단한 자국을 남겼다.

"폐하!"

홀린 듯 내딛는 자그마한 황제의 걸음은 골조만 앙상한 폐허에 이르러서야 멈추었다. 듬성듬성 타오르는 횃불 빛 속에서 다 깎여 나가 뼈대만 남은 것처럼 앙상하게 솟구친 흉물이 서 있었다. 당장이라도 무너질 것 같은 괴물의 형세였다.

공사가 중단된 지도 어언 반년, 싸락싸락 내린 보푸라기 같은 눈들이 얕게 쌓여 희게 빛을 발했다.

그는 비로소 전쟁의 처음에 도착했다.

처음이자 종착이었다.

근방에 놓인 횃불을 집어 든 벨루비르하인 2세가 흉악한 골조들을 향해 걸어갔다. 낮게 쌓다 만 벽 안으로 들어가 횃불을 들어 올렸다. 그가 올려다보았다. 흉악한 하늘은 감히 황제를 굽어 내리고 있었다. 쌓이다 만 돌들이 그를 곁눈질로 흘겼다.

벨루비르하인 2세는 폐물들 사이에 서서 많은 것을 생각했다. 제 면전에서 대답 없이 돌아가던 그 벽안 괴물의 뒷모습이 떠올랐다. 언 시체로 되돌아온 제 자식의 마지막이 떠올랐다.

‘자식……’

무심코 스친 생각.

제 안에 그만치의 감정이 잔존해 있었던가 의문스러울 만치 거대하게 묵은 울화가 목구멍을 비집고 올라왔다. 뜨거운 무언가가 격랑처럼 밀려와 정제된 돼지기름처럼 멀겋게 굳은 속을 뒤흔들었다. 내장을 불 지르는 듯했다.

벨루비르하인 2세는 그의 삶처럼 누렇게 닳아 버린 이를 드러내며 웃었다. 일찍이 제위를 이을 다른 황자를 선택하지 않은 것이 제도를 조각냈다. 제 황궁 가까운 곳에서 일어나는 분란을 우선하는 것이 당연했고, 그는 그리했다.

그러나 깨달았다.

자신의 이상은 이미 라인하르와 함께 종말하였다.

라인하르는 유일이었다.

단 하나의 작은 것조차 뺏겨 본 적 없는 사내에게서, 마리포사는 전부를 가져갔다. 제국의 황제는 이토록 처참히 빼앗겨 조롱당한 적이 없다.

‘발로이드.’

라인하르가 죽은 이후 단 한 순간도 입에 담아 본 적 없는 이름이 터져 나왔다. 한 해를 버텨 냈던 이성은 그대로 파편이 되어 흩어졌다.

“발로이드으으!”

검게 죽은 하늘로 울려 퍼졌다.

　그는 공사장 한 켠에 놓인 짚단을 번들거리는 통에 담긴 기름에 적셨다. 그리고 마구잡이로 사방팔방 내던졌다. 그로도 모자라 기름에 절은 짚을 들고 눈이 닿지 못한 마른 내부로 걸어 들어갔다.

　"폐하!"

　하얀 침의를 입고 설야의 폐허 속에서 휘청이는 등이 굽은 노인의 모습은 마치 흔들리는 허수아비처럼 보였다. 그가 들고 있던 횃불에서 불티가 휘날렸다. 벨루비르하인 2세가 부딪칠 때마다 골조 위에 굳어 있던 흰 눈이 우박처럼 떨어졌다. 어쩔 줄 모르고 멀찍이서 그를 바라보던 이들이 급기야 잡아 말리기 위해 달려왔다. 황망하여 어쩌지 못한 자들의 몸짓이 황제의 주위를 맴돌았다.

　벨루비르하인 2세는 쌓이다 만 흙벽돌을 짓밟고 올라섰다. 그 아래에는 기름에 젖은 짚단을 내팽개치듯 떨어뜨린 채였다. 모든 소리로부터 귀를 닫았다. 횃불을 들고 서 있던 벨루비르하인 2세의 손이 느리게, 아주 느리게 펼쳐졌다.

　적어도 란니르의 회색 눈동자에는 그리 보였다.


　멀찍이 걷던 황궁 내의 일꾼들은 하던 일을 멈추고 환히 밝아진 저편을 바라보았다.

　'무슨 일이지?'

　세상이 밝았다. 아직 여명이 뜰 시간은 아니었다.

　벨루비르하인 2세가 보인 기행은 착실한 시종이었던 란니르에 의하여 함구령이 내려져 숨겨졌다. 그러나 거의 삼 년간, 매일같이 부

역꾼들이 드나들며 숲을 베고 토질을 골라 새 부지를 만들고, 울타리를 세우고, 골조를 쌓아 올렸던 건물이 삼분의 일 가까이 불탔다는 소문까지는 막지 못했다.

황궁을 둘러싼 공기는 탄내가 진동했고, 여름을 앞둔 바람에 한 번 재채기라도 하면 새카맣게 탄 잿가루가 바람에 실려 왔다. 아무리 황궁 시녀들이 쓸고 닦아도 소용없었다.

황궁 내부에서 벌어진 방화 사건이었던 데다가 벨루비르하인 2세가 심혈을 기울여 진행하던 증축 작업이었다.

많은 궁내부 가신들은 침묵으로 벨루비르하인 2세의 노호를 기다렸다. 그러나 몇 날 며칠이 지나도록 벨루비르하인 2세는 어떠한 조처도 없이 칩거하고 있었다.

그의 침전은 전에 없이 사나운 기세의 근위대원들이 지키고 서 있었고, 지난 전쟁 이후 새로이 부임한 근위대장 역시 닷새가 넘도록 침전 안과 밖을 오가며 경비를 섰다.

'무슨 일이 생겼다.'

황궁의가 뻔질나게 드나드는 것을 발견하고 은연중 황궁의를 매수하려 나선 이도 있었다.

오늘 오전, 앙레디움의 이오닌으로부터 빌페스의 암살 사건에 대한 전말이 담긴 서간과 앙레디움의 공식적인 사과문을 가지고 돌아온 3황자 가우스 역시 그 소식을 들었다.

조르디아 공작이라는 뼈대 깊은 가문을 등에 업은 일리아가 마지막까지 포기하지 않고 버티는 데에 잔뜩 성이 났던 가우스는 호보好報를 쥔 채 그의 배알을 방해하는 황궁 근위대원들을 노려보다 되돌아와야 했다. 조르디아 공작과 함께 방문했던 8황자 일리아 역시 마찬가지였다.

벨루비르하인 2세의 칩거가 길어지자, 황궁 내의 모든 업무가 마비되었다.

황제의 침전에서 비명을 들었다는 이도, 황궁의들이 매일 퇴궁조차 못하고 황제를 돌본다는 이야기도 떠돌았다. 고조되는 긴장감 속에서 3황자 가우스와 8황자 일리아 사이의 분위기가 더 험해진 것은 당연한 수순이었다. 소식을 들은 귀족들이 일제히 궁 근처로 몰려들었다.

조르디아 공작은 예상치 못한 벨루비르하인 2세의 병환에 솔직히 몹시 곤혹했다. 그건 최대한 평화적으로 견뎌 보자 합의했던 8황자 일리아도 마찬가지였다.

"가우스 형님은 에블룸 출신이니 측근 중 용병들을 고용할 상인들이 많습니다. 게다가 둘째 형님이셨던 바이아르 형님이 요양을 위해 제도 밖으로 나간 후, 바이아르 형님을 따르던 자들이 가우스 형님에게 많이 옮겨 갔습니다. 지금 폐하께서 서거라도 하신다면……."

황제의 붕어.

만일 이 상황에 황위 자체가 비어 버리는 사달이 벌어진다면 제도가 두 쪽 날 것이다. 아니, 그러지 않더라도 이미 셋째 형인 가우스의 성정과 그에 따른 움직임을 생각하면 내전을 피하기에 힘들어 보였다.

그런데 방화 사건이 있은 지 보름이 지나서였다. 황제 궁의 시종인 란니르로부터 호출 서간이 날아들었다.

감히 황손들을 오라 가라 할 수 있는 자는, 황궁 내 몇 없을 것이나 불만스럽게도 란니르는 그 몇 없는 자 중 한 명이었다. 란니르는 중앙 14개 가문 중 하나라 일컬어지는 제일리아르 후작 가문의 아들임에도, 오랫동안 벨루비르하인 2세만을 섬겨 온 충신이었기 때문이다.

란니르의 호출에 모두가 긴장하기 시작했다.

해조차 뜨지 않은 이른 새벽이었다.

벨루비르하인 2세는 알현실의 가장 높은 왕좌에 앉아 있었다.

평소와 다를 바 없는 근엄한 침묵이었다. 혹시나 하는 우려로 급히 채비하여 온 가우스와 일리아 그리고 조르디아 공작은 그들의 오래된 황제를 올려다보았다. 무언가 휑하다 하였더니만, 늘 울타리처럼 황제를 에워싸고 있던 시종들도 근위 기사도 없었다.

그들을 불러 세운 벨루비르하인 2세는 고개를 조아리는 이들을 내려다보기만 할 뿐이었다.

어느덧 여명이 떠오를 시간이 되었다. 가장 바지런한 첫 햇살이 천장의 색유리를 투과했다. 새어 드는 음울한 새벽빛이 알현실을 사선으로 가로질렀다.

가우스가 문득 놀란 신음을 삼켰다. 벨루비르하인 2세의 오른팔과 얼굴에 흉하게 남은 화상을 비로소 발견한 것이었다. 가우스의 반응에 덩달아 일리아와 조르디아 공작 역시 고개를 들었다가, 크게 충격 받은 표정을 지었다.

벨루비르하인 2세의 수포로 뒤덮인 입술 끝이 의미 없이 가늘어졌다.

'거스러미.'

저 거스러미들 중 하나가 그의 제국을 이어 나갈 것이었다. 자조가 지나쳐 기침이 되었다.

긴 기침 소리가 이어질수록 알현실은 더욱 밝아졌다. 기침을 갈앉힌 벨루비르하인 2세가 양팔을 정면을 향해 들어 올렸다. 화상으로 흉측한 오른팔이 고스란히 드러났다. 두 쌍의 녹안과 한 쌍의 갈색 눈이 늙은 손끝을 따라 미끄러졌다.

벨루비르하인 2세의 손이 스스로의 머리 위에 앉은 왕관의 양 끝에 맞닿았다. 왕관이 황제의 희게 센 머리 위에서 내려졌다. 황제의 왕관은 한참을 그렇게 존재했다.

알현실의 어둠이 색유리로 아롱아롱 물들었다.

"서부 마리포사들을 몰아내고 평화를 돌려줄 자."

벨루비르하인 2세의 메마른 음성이 이어졌다.

"황제가 될 것이다."

모두의 눈이 그의 입술에 넋을 잃었다. 메아리만 남았다.

귀가 먹먹한 침묵이 묵직이 알현실을 짓눌렀다. 혼몽에서 그들을 일깨운 것은 어디선가부터 울리기 시작한 고운 새소리였다. 고개를 돌린 벨루비르하인 2세는 작게 난 창을 올려 보았다. 흉측한 화상 자국이 노골적으로 드러났다.

어언 여명의 시간이었다. 벨루비르하인 2세는 왕관을 왕좌에 내려 놓은 후 알현실을 나섰다.

끼이익.

황제는 창을 투과한 유령 같은 빛을 따라 복도를 걸었다. 누구도 뒤따라오지 않는 길을 걸었다.


북부의 라르크가 다락을 공격하리라는 것이 알려진 지 얼마 지나지 않아, 두 황자를 따르던 귀족들이 자발적으로 대규모 군사 모집을 시작했다. 그동안 여러 가지 변명으로 상황을 관조하며 제도의 혼란을 괄시하던 귀족들마저 하나둘씩 그들의 병영을 열었다.

# 5장

# 5장

서부의 라곳에시스.

엉망진창으로 엉켜 있던 실뭉당이가 매듭 하나를 풀어내는 것으로 줄줄이 전부 정리가 될 때가 있다. 지금 산맥 동쪽의 상황이 그리 돌아가고 있었다.

더 소상한 소식을 알아 오라 보낸 파발이 돌아온 것은 한창 연병장의 막사에서 돌격과 후퇴의 방식에 대하여 갑론을박이 이어지고 있을 때였다.

지난달, 서부 영주의 군대와의 접전에서 크게 허를 찔려 퇴각할 당시 사상자가 생각보다 많았던 것이 문제다. 마리포사 가문의 강점은 경갑 기사단이었다.

일반 보병이나 중갑병 역시 검은 사자군 못지않게 강하지만 결국 기동력이 승부를 좌우하는 시대다. 오늘의 논제는 적들을 돌파하는 데에 돌격 부대의 선봉이 부상당하거나 사망하기 쉽다는 것이었다.

방패와 창을 쥔 기병으로 하여금 사다리꼴의 기본 포진을 이용하여 사면으로 방어에 치중하느냐, 삼각 꼴로 하여 쓸모없이 소모되는 병력을 축소하느냐, 반달형 포진으로 하여금 선봉을 보호하느냐의 문제의 논의는 지리멸렬하게 이어졌다. 벌써 며칠째 합의점을 도출하지 못한 상황이다.

산맥 동쪽의 소식에 기사들이 잔뜩 곤두서 있던 터라 험한 말도 심심찮게 오갔다.

"단장은 지금 계속 군사들을 낭비하자는 이야기를 하는데, 사다리꼴은 후방에 선 군대가 할 일이 없고, 반달형 포진은 야전에서는 쓸만하겠지만 공격성이 떨어지는 데다 뒤 잡히기가 너무 쉽습니다. 일전 프세에서 불란시나 족과 한 번 싸웠을 때도……."

"경이 주장하는 삼각 꼴, 반 삼각 꼴 역시 마찬가지로 뒤를 잡힌다면 마찬가지다."

"내 말이 그겁니다. 어차피 똑같이 뒤가 잡힐 거라면 더 공격적인 게 낫지 않겠냐고."

"똑같이 뒤 잡히는 것이 위험하다면 덜 위험한 걸 찾는 게 기본이 아닌가."

테네스 경과 에일라의 공방은 쉽게 마무리되지 않았다.

룩서르 경을 비롯해 공격적인 것을 더 선호하는 자들이 테네스 경을 거들었다.

"후방은 기동력이 느린 중갑병들과 방패병들로 충분히 막을 수 있는 일이 아닙니까?"

"애초에 우리는 수성이 아닌 공성 위주이고 수비가 아니라 공격 위주인데, 돌파는 한 점에 집중하는 것이 더 낫다는 걸 단장도 알 테고."

결국 짜증이 난 에일라가 으르렁댔다.

“그걸 몰라 지금 이딴 문제로 이틀 내내 논쟁하는 줄 아나? 한둘의 희생으로 승리한다 해도, 우리는 지금 그 한두 명이 아쉬운 상황이다. 수비형 공격의 포진 형태를 찾는 건 장기적으로……."

말을 하다 말고 에일라가 슬그머니 눈을 움직여 르옌의 눈치를 살폈다.

르옌은 피곤한 눈빛으로 묵묵히 그들의 논쟁을 감상하고 있을 따름이었다. 지난 며칠과 마찬가지로 자리만 차지한 채.

‘멀었군.’

얕은 한숨이 목구멍까지 올라왔다.

이 논쟁은 지휘 기사들의 고질적인 강점이자 약점을 조율하는 과정이다.

마리포사들의 가장 큰 문제는 어미 오리를 졸졸졸 따라다니는 것 같은 새끼 오리 같은 복종심이었다. 대규모 전쟁에서는 아주 효과적이고 모든 군대가 필요로 하는 것이지만 지휘부 기사들까지도 명령만 기다린다는 것은 문제다.

슬며시 의견을 내는 이는 있지만, 자신의 의견을 관철하는 이는 드물었다. 그러다 보니 의견을 자유로이 발언하도록 해도 조율하는 법을 알지 못했다.

세간은 마리포사들을 아주 훈련이 잘된 군대라고 평하고 있지만 르옌이 보기엔 페이작이 이들의 훈련을 아주 잘못시켰다. 잘못시켜도 아주 잘못했다.

한 번은 너무 답답하여 룩서르 경에게 물은 적이 있다.

—너희는 페이작과 언쟁한 적이 없나?

—위스번스 님 빼고는요.

위스번스의 말에 따르면, 르옌이 처음 라곳에시스에서의 기거를 허락받았을 때에도 그 덕을 보았다 하였다.

전체적으로 그들을 통솔해 줄 이를 일야에 잃어버린 데다가 제일 기사단의 단장이라 불리는 에일라는 발로이드의 이름까지 들먹여 우기지…….

그러다 보니 르옌은 자신의 부재 시를 우려하지 않을 수 없었다. 산맥 동쪽의 일들도 정리가 되고 있으므로 큰 전투가 닥쳐올 것이기 때문이었다.

"단장이 그렇게 성을 내면…… 난 할 말 없지만."

테네스 경도 슬그머니 꼬리를 내렸다. 저자까지 저런 태도이니 말 다했다.

지난 며칠 쭉 두고 본 바 이들은 대체적으로 두 부류로 나뉜다.

에일라와 벌트 경처럼 우선 피해를 줄이는 것을 위주로 움직여야 한다 생각하는 이들과, 테네스 경과 룩서르 경처럼 일단 사살을 우선해야 한다 말하는 이들.

룩서르 경은 평소 얌전한 축에 속했었는데, 전투에 한해서만큼은 아주 열정적이라 의외였다. 그래서인지 르옌은 룩서르 경에게 꽤나 호감이 갔다.

"데투아 경, 경은 어떤 생각이냐니까요?"

테네스 경이 홱 화살을 돌렸다. 르옌은 눈길 한 번 주지 않고 지도 위에 반원형으로 두둘두둘 놓인 돌들을 바라보며 날아온 화살을 유유히 쳐 냈다.

"아무 생각 없는데?"

"농담도! 지금 이리저리 우리 평가하고 있는 거 모를까 봐서요! 지금 우리 비웃고 있지요."

"그 정도는 알아차릴 만한 눈치가 있다니 다행이야, 참."

에일라가 자존심이 상한 표정으로 쏘아붙였다.

"테네스 경, 아직 이야기가 끝나지 않았다. 그리고 주군께 그게 무슨 망발이냐?"

"주군은 무슨, 와, 미쳐 돌아 버리겠네?"

르옌이 턱을 괸 채 중얼거렸다.

"에일라는 너무 소극적이고, 테네스 경 너는 쓸데없이 호전적이다. 벌트 경은 그냥 에일라의 의견에 묻어가는 게 습관인 듯하고, 룩서르 경은 경험 부족이 너무 티가 나고, 데른 경은 생각하기 싫어하는 것이 눈에 보이고……."

하나하나의 지적에 기사들은 입이 있어도 할 말이 없었다. 부끄러워 얼굴을 붉히는 이도 있었다.

"지난 주군이 있었을 때는."

누군가 말을 꺼냈다가 입을 다물고 말았다. 페이작은 명령에 토 다는 것을 몹시 짜증스러워 했었다. 또한 그의 머리에서 나오는 것 이상의 것을 제안할 수 있는 이가 없었으므로 그들의 습관은 거의 당연한 것이었다. 그걸 르옌이 알아주길 바라는 것은 우스운 모양새였다.

르옌이 심드렁히 중얼거렸다.

"페이작도 필요할 때에는 제 상관에게 간언과 충고를 서슴지 않았다. 먹히건 먹히지 않건 간에."

가만 그녀를 지켜보던 윗머리가 까지기 시작한 벌트 경이 뒤통수를 긁적였다.

"……거, 아무리 우리가 이리 떠들어도 결국 상황이 되면 단장이 최우선 결정권자이니까 말입니다."

머리를 긁는 그의 손에는 네 번째 손가락이 없었다. 마지막 전투에서 손가락 하나를 잘린 후, 그 잘린 손가락을 라곳에시스 내의 민가에 사는 부인에게 목걸이로 만들어 선물했다더라. 낭만도 저런 낭만이 없다며 떠들어 대는 이들의 이야기를 들은 기억이 난다.

뻔한 말을 해 놓고서도 좋다고 웃는 벌트 경을 얼간이 보듯 흘긴 르옌이 일어섰다. 에일라가 꽁한 눈으로 그녀의 동선을 좇았다.

"내가 옳다 고집하는 게 아니라 의견 조율이 안 되면 대안을 내놓아야지. 그리고 에일라, 지휘관이 결과에 대한 책임을 떠맡는 것을 두려워하면 계속 너처럼 수비에만 치중하게 되는 법이다."

에일라가 항변했다.

"장기적으로 우리는 오랜 싸움을 해야 합니다. 그러니……."

"전쟁은 한두 사람 살리자 하는 짓이 아니다. 하나를 택하지 말고 전체를 택해. 그게 기본이다. 네가 군사 하나하나를 자식처럼 생각해 보호하려는 것은 알겠다만 것도 적당히 해야지. 적들에게 계집이라고 무시당하고 싶으냐."

모욕이라도 당한 사람처럼 얼굴을 일그러뜨린 에일라가 르옌을 노려보았다. 그러건 말건 르옌은 그대로 막사 밖으로 나갔다.

에일라가 르옌을 뒤따라나갔다. 그 바람에 조금 전까지 팽팽하던 분위기는 순식간에 꺼졌다.

"에, 단장 화난 거 아냐?"

열띤 주장을 늘어놓던 테네스 경도 적을 잃고 사기를 꺾었다.


"기사들 앞에서 왜 저를 깎아내리십니까."

에일라는 연병장을 벗어나려는 르옌의 앞을 가로막고 물었다.

"깎아내린 게 아니라 충고인데, 그걸 왜 깎아내린다 말하나? 네가 군사 한 명 한 명에 연연해 몸 사리기에 급급한 것이 눈에 빤히 보인다는 게 비밀도 아니고."

막사 내의 논쟁에서 에일라가 바란 것은 마리포사들의 안전이었다. 그러나 그것은 사람 목숨 하나하나에 연연하여 전쟁을 위태롭게 만들려는 것이 아니라, 필요에 의한 것이라고 스스로 믿고 있었다.

르옌은 갑작스럽게 냉각된 그들의 분위기에 고개를 든 훈련장의 병사들을 의식하고 턱짓했다.

"걷자."

에일라는 충분히 더 나은 지휘관이 될 수 있는 사람이었다. 물론, 아래 기사로서 있을 때에 더 빛을 발하는 성미이기도 했다. 충직한 것과 영민한 것은 사실 커다란 차이가 있다.

충직하기만 한 군사들의 공통점은 매사가 주인의 뜻에만 좌우된다는 것이다. 에일라는 그런 의미에서 충직하기만 한 기사였다. 르옌은 조금쯤 그녀를 달래 줄 필요를 느끼고 부드럽게 말했다.

"네게 조금 더 모질게 군 건, 너희뿐만 아니라 나를 위해서이기도 해."

"……."

"나는 대개 선택에 실패도 후회도 없는 사람이다. 하지만 사람인 이상 나도 실수할 때가 있어. 나처럼 고집 센 이가 잘못된 생각에 빠지게 되면 어느 만치 지독한 파국으로 추락하는지는 겪어 본 자만 알겠지만, 너도 상상쯤은 해 볼 수 있을 거다. 나는 내가 대신 결정할 수 없을 때, 내가 명백한 실수를 분간치 못할 때 너희가 스스로 결정하길 바라. 사실 예전에는 이런 생각도 않았다마는……."

르옌이 드물게 말끝을 흐렸다.

사실 마리포사들이 아니라도 르옌에게는 자칼린이라는 아주 걸리적거리는 반대자가 있다.

매양 뭐라도 하나 할라 치면 육친인 양 들러붙어 '이래서 안 된다, 저래서 안 된다.'를 촉새처럼 떠들어 대는 녀석이다. 르옌과 자칼린

본인의 안위에만 관심이 많아 전체적으로 무용지물인 반대라는 게 흠이다.

에일라가 여전히 와락 구겨진 낯으로 대꾸했다.

"충성을 보이라지 않았습니까."

"너는 내게 충성해서가 아니라 네 지휘의 선택이 틀렸을 때의 책임이 두려운 것뿐이 아니었나?"

미묘하게 표정을 어그러뜨린 에일라가 걸음을 멈추었다. 덩달아 멈춰 선 르옌이 에일라를 돌아보고 섰다.

"비난은 아니다. 너희가 나를 세운 것은 대신 선택하고 책임질 사람이 필요해서였을 터이니까. 하지만 그래도 너희는 선택과 책임을 피할 수 없을 거다. 나를 받아들인 것조차 결국은 너희의 선택이니까. 세상 모든 이들은 선택에 대한 책임을 지게 되어 있어."

"……."

"누구 하나 피할 수 없다. 물론, 내 스스로 너희를 돌본다 하였다. 그동안 커다란 결정과 책임은 내가 도맡을 것이다. 나는 능히 감당할 수 있는 사람이니까. 하지만 내가 없으면, 봐라. 그 꼴이 뭔가. 몇 날 며칠을……."

르옌의 말은 늘 핵심을 찌르는 것이 있었다.

처음 발로이드를 잃고 난 직후 니벨룬, 굼 등의 성채를 점령해 다음 대책을 논의하고 뿔뿔이 흩어졌던 마리포사 가문의 군사들이 돌아오기를 기다리는 동안 지휘부는 거의 와해 직전이었다.

당장 라곳에시스로 떠나야 한다 주장하는 이, 이리 뭉쳐 있는 것이 위험할지도 모른다는 개 같은 소리를 지껄이는 이, 무작정 에일라의 명령만 기다리는 이, 심지어 테네스 경은-그의 성격이 원래 그렇다는 사실을 차치하고- 화가 난다며 에일라의 뺨까지 쳤었다.

그 엉망진창이던 상황이 정리가 된 건 르옌과 자칼린이 합류하고, 에일라가 그녀와 함께 라곳에시스로 돌아가기로 노선을 정한 후부터였다. 당시에는 라르크의 군사들을 경계하기 위해 어쩔 수 없이 내린 결정이었지만, 지금 생각하면 잘한 것이었다.

에일라는 낯이 깎여 나가는 착각을 느꼈다.

"에일라, 너는 네 상관과 부하 중 한 번은 부하를 택하였고, 한 번은 상관을 택하였다."

"……."

"왜 그리했는지, 그런 네가 어떤 심정인지 이해한다고도, 전혀 이해가 가지 않는다고도 말하지는 않을 거다. 하지만 지휘관은 일관적이어야 한다. 말 난 김에 네게 하나 물으마. 다음번에 또다시 그와 같은 문제가 생기면 그때는 상관을 택할 테냐, 군사를 택할 테냐."

저보다 어린 여자의 말에 담긴 무게는 가히 상상도 할 수 없는 것이었다.

에일라는 등 뒤에서 느껴지는 시선에 고개를 돌렸다. 간편한 복장의 기사들이 공터의 가장자리에 옹기종기 모여 전시에 언제든지 사용할 수 있도록 비상 도구함과 무기 걸이를 정리하고 있었다. 자칼린도 그들 사이에 끼어 있었다. 하지만 에일라의 눈길 끝에 서 있는 것은, 망치를 들고 쪼그려 앉아 있던 레이리스였다.

르옌은 에일라와 레이리스 사이의 기묘한 분위기를 알아차리고는 느른히 웃으며 고개를 저었다.

"하긴, 계집으로 태어난 이상 보호에 대한 강박이 있을 수밖에……. 모성이라는 건 타고나는 것이니 그마저 버리라 강요하지는 못하겠구나."

에일라의 심기가 잠깐 사나워졌다. 무어라 반박하려던 찰나였다.

"여기 계셨습니까?"

위스번스가 한 초췌한 병사를 이끌고 빠르게 그들을 향해 다가왔다. 웬만하여는 사색이 되는 법이 없는 자의 낯짝이 대체 왜 저런가 싶었다.

르옌은 문득 그의 손에 쥐인 무언가를 발견하고 서서히 표정을 지웠다.


다짜고짜 르옌과 에일라를 끌고 막사로 되돌아간 위스번스는 단 몇 마디로 분위기를 냉각시켰다. 단순히 논쟁으로 의가 상했을 때와는 차원이 다른 온도였다.

"북부의 카스트로 벤더 윈포드가 다락의 남진을 막았답니다."

라르크가 모르가나를 돕고 있다. 짤막한 보고였다. 말문이 막힌 지휘 기사들이 침묵했다.

위스번스가 그를 뒤따라 들어온 한 병사에게 턱짓했다.

"소상히 설명해라."

초췌한 얼굴의 병사가 보고했다.

"어제 오후 성벽으로 전서구가 날아들었습니다. 그는 외부 파병 유지 상태로 지빠귀 청사 근처에 심어져 있는 자인데……."

'……카스트로 벤더 윈포드?'

어쩐지 귀에 익다 싶어 한참 기억을 더듬던 르옌은 언젠가 자칼린으로부터 들었던 이름이라는 것을 상기했다. 파사드의 스승 된 자라 하였다.

최근 남부인들의 라르크인에 대한 인식은 좋지 않다. 그러나 그보다 더 미움받는 것이 서부 출신인 혹은 마리포사였다. 남북 전쟁은 합의하에 이루어졌고 종전되었으므로 승복할 수 있는 것이지만, 마리포사들의 행위는 명백히 침략이기 때문이다.

"종전 협정에서 그런 것까지 돕기로 한 걸까요?"

'카스트로 벤더 윈포드…….'

작년 가을 무렵부터 제도에 드나드는 북부인들이 늘어났다는 사실은 익히 알려져 있었다. 귀족들 중에는 정치적으로 북부와 교류의 길을 트려는 자들도 속속 눈에 띈다 하였다. 추락하는 남부 황실과 정반대의 방향으로 나래를 펼치기 시작한 북부의 동향을 생각하면 자연스러웠다.

라르크는 단단히 뭉친 두 늑대를 중심으로 부강해지고 있었다. 부강함은 문화의 융성함으로 이어진다. 게다가 남북 전쟁이 두 해 남짓 이어진 동안 자동적으로 교류가 단절되었던 라르크와 모르가나의 상황을 생각하면 남부인들의 움직임은 당연했다.

그러나 북부의 반응까지 당연한 건 아니다. 지금 북부는 거의 매일이 피바람이라 하였다.

"소문에는 북부의 왕이 이미 한 차례 거절하였던 일을, 붉은 늑대의 아들이 관여하였다고 했습니다. 카스트로 벤더 윈포드라는 기사는 이미 갈라부아인가 하는 그곳을 지나 다락들의 영역으로 진군하고 있다고 하였는데 그 때문에 다락 민족들이……."

기사들이 순식간에 한마음이라도 된 듯이 멍하게 입술을 벌렸다.

막사가 걷히며 일꾼과 다를 바 없는 허름한 차림의 자칼린이 들어섰다.

"이게 무슨 소리야?"

연병장에서 기수단들의 잔무를 돕고 있었던 자칼린은 르옌과 에일라를 끌고 가는 위스번스를 발견하고 호기심에 어슬렁어슬렁 찾아온 차였다. 그랬는데, 느닷없이 막사 안에서 북부가 이랬니 저랬니 하는 소리가 들리니 목소리에 날이 서지 않을 수가 없었다.

"윈포드 경이? 뭘 어쨌다고?"

기사들은 자칼린의 물음을 무시하고 성난 목소리를 냈다.

"그게 아니고서야 동족인 다락의 장발 거인을 막아설 이유가 없지."

"확실한 게 맞습니까?"

자칼린의 언성이 조금 짜증스럽게 높아졌다.

"지데라카인은 라르크인과 다른데요. 어디다 가져다 대는 겁니까."

"북부인인 건 같잖아?"

"그러면 살리가르인들과 그쪽이 같습니까?"

남부에 거점을 두고 있지만 살리가르인은 남부의 로토르인과도 조금은 다른 태생의 소수민족들이었다. 그러므로 자칼린의 반박은 타당하게 들렸다. 지휘 기사들은 더는 그에 관해 이야기하지 않았다.

끼기긱. 르옌은 의자를 끌어다 앉았다. 속이 울렁거렸다. 그녀는 곰곰이 생각했다. 북부 상황에 여유가 있다면 남부의 일에 손을 얹어 이득을 취하는 것도 가능하다.

그런데 파사드가 거론된 순간, 정말 궁금해졌다.

작금 황위 계승 문제와 관련이 있는 것인가? 확실히 테른도크 란펠 브류나크의 입지는 지금 대륙적으로 확장되고 있었다. 하지만 테른도크는 남부 황실에 지지를 실어 줄 만한 여력이 있을 턱이 없다.

미친놈이 아니고서야 아국의 피바람 한복판에 앉아서 이웃 나라의 평화나 바라고 앉아 있을 리가 없지 않나.

아니면 다락이 갈라부아를 침략했을까. 그렇다면 다락의 장발 거인이라는 그자가 미친놈이리라. 갈라부아 일대가 북부에서 그나마 살만한 곳이기는 하지만, 갈라부아는 네 개의 유서 깊은 영지가 묶인 연합체였다. 갈라부아의 가장 동쪽에 있는 리언 가문의 반달 지역을 침략한다면 갈라부아에 속해 있는 리언, 윙거, 기욘, 파시스 전부를 동시에 적으로 돌리는 것이다.

다락의 장발 거인이 라르크와 모르가나가 한창 전쟁을 치를 때 끼어든 것이 아니라, 모르가나 군의 패배가 확정되자마자 거병한 걸 보면 그만큼 머리가 모자란 놈은 아닐 것이다.

'……하면 북부의 잔당들이 다락과 손을 잡는 멍청한 짓이라도 한 건가?'

북부의 피바람에 가장 큰 피해를 본 것이 라르크 동부 지역이다. 필연 현 라르크 왕실에 반감을 가진 이들이 동부에 넘쳐 날 것이다. 그런 식으로 사건이 이어져 있을 가능성이 가장 농후해 보였다.

믿지 못하겠다는 표정의 지휘 기사들을 한 번 쭉 돌아본 위스번스가 병사에게 물었다.

"얼마나 신빙성이 있나?"

"하얀 늑대의 거절에 관하여는 모르겠지만…… 제도에서는 8황자가 붉은 늑대에게 찾아가 황실의 위엄을 보이고 붉은 늑대를 회유했다는 말이 사실로 받아들여지는 듯합니다. 아예 백성들 사이에 떠도는 이야기라고……."

누군가 빈정거리듯 툭 뱉어 말했다.

"북부의 브류나크가 이쪽을 죽이지 못해 안달이 난 거 아니겠습니까."

르옌은 거의 무의식에 가까운 속도로 단정했다. 파사드가 그럴 리가 없다. 그랬다가 스스로 당황했다.

서로 주고받은 감정과 신뢰가 어찌 되었건 간에 지금 파사드와 그녀는 한 편이 아니었다. 얼마든지 그는 득이 되는 선택을 할 수 있다. 파사드라면 무언가 이유가 있어 다락의 견제에 나섰을 것이다.

그리 합리화를 하는데도 속이 편치가 않았다. 르옌이 중얼거리듯 말했다.

"단순히 이쪽에 대한 반감만으로 그런 것은 아닐 거야."

기사들은 뭐라 하기 어려운 표정으로 르옌을 돌아보았다.

내내 이상한 표정을 하던 위스번스가 물었다.

"데투아 경, 방금 무슨 말을 하신 겁니까?"

"……."

"그러고 보니 북부 군에 속해서 붉은 늑대의 아들과 함께 싸우셨지요. 그자는 어떤 자입니까?"

멍청하게 서 있던 자칼린이 기묘한 반감에 눈살을 찌푸렸다. 왜 르옌이 가장 잘 알 사람인데? 일단 북부의 명문가는 체사이고, 르옌은 한낱 평민의 신분에 불과하지 않나.

르옌은 최대한의 무덤덤함을 가장해 답했다.

"훌륭한 인사다."

"……그게 전부입니까?"

"그건 나한테 묻는 게 순서 아닙니까, 위스번스 님? 브류나크 공을 더 오래 알고 지낸 건 난데요."

자칼린이 끼어들어 말했으나 위스번스는 그쪽은 거들떠도 보지 않았다.

"……그는 브류나크이니, 우리 마리포사들에게 앙심을 품고 있는 것이 당연하겠지요?"

아니라고는 못할 것이다. 북부인들 중에 마리포사를 호의적으로 보는 이는 단 한 사람도 없을 테니. 그러나 파사드는 제가 여기에 있는 걸 알고도 전부 죽으라 할 위인이 아니었다.

턱을 들어 위스번스를 올려다보던 르옌의 마른 입술이 열렸다.

"……자국이 혼란한 상황에서 단순히 이쪽을 적대해야 한다는 이유로 움직일 만큼 무리를 감당하는 자가 아니다."

"확신합니까?"

"그래. 그자는 무엇이 더 중한지는 알 만큼 명확하며, 신중한 사내다. 나는 그렇게 믿는다. 체사 경도 내 말에는 동의할 것이다."

위스번스는 기묘한 눈빛으로 르옌을 응시하더니 빈정거리듯 말했다.

"그러면 황실과 무언가를 주고받았다는 것이 맞겠습니다. 안 그렇습니까."

그의 어투에 박힌 가시가 거슬렸다. 르옌이 막 무어라 쏘아붙이려던 찰나였다. 위스번스가 다른 기사들을 돌아보며 탁자를 짚었다.

"어찌 되었건 황실과 북부가 손잡았다 전제하는 게 옳겠습니다. 우리는 문제로 돌아가, 앞으로를 생각해야겠지요."

이야기가 진행되는 내내 가만 위스번스를 응시하던 에일라가 어두운 표정을 지었다. 갑작스러운 북부 개입 소식에 얼이 빠져 있던 자칼린은 그날의 회의에서 한 마디도 하지 못했다.

회의는 결국 이렇다 할 결과를 내지 못하고 새벽이 되어 끝났다.

북부의 개입은 그다지 믿기지 않았지만, 그렇다고 무시할 수도 없는 일이었다. 사실일 경우를 가정했을 때, 마리포사들은 발등에 불이 떨어진 것과 다름없었다.

라르크가 모르가나에 실질적인 도움을 주는 것이 아니더라도, 최근 라르크의 입지가 기하급수적으로 팽창하고 있으므로 지금 제국에 반기를 드는 세력들마저 지레 꺾일 가능성이 높았기 때문이다.

때문에 그들은 최악의 상황을 기반으로 논의를 지속했다. 가장 열

띤 논쟁거리가 된 것은 서부 왕국 중 유일한 독립국인 '바인'과의 관계였다.

지난 한 해 마리포사들은 악명을 드높이며 바인과 서부 정벌의 물밑 작업을 해 왔다. 은밀하게 주고받은 연통에서 바인이 마리포사들에게 조금씩 우호적으로 바뀌고 있다는 것을 체감한 바였다. 마리포사들이 제국령들을 짓밟고 올라선 대가였다.

그러니 이제 슬슬 그들을 물 위로 끌어올릴 때가 아니냐는 의견이 가장 다수였다. 그러나 다만 이 시기가 적절한가에 대해서는 누구도 섣불리 답을 내리지 못했다.


방으로 되돌아온 위스번스는 노곤한 목덜미를 매만졌다. 짙은 고동색 눈동자가 서랍장의 가장 위 칸을 노려보았다. 이렇다 할 장식도 문양도 없는 흔해 빠진 싸구려 서랍장이었지만 저 안에 든 것은 사실 지금 대륙에서 가장 가치 있는 물건으로 칠 수 있는 것일 터다.

끼익. 문이 열렸다.

위스번스가 뒤돌아보았다. 에일라였다. 그늘진 에일라의 청록빛 눈동자를 마주 보던 위스번스가 평이하게 물었다.

"차라도 하겠나?"

"됐습니다."

"하면 회의 때 못한 말이라도 있나? 무슨 용무인가?"

에일라가 단도직입 물었다.

"지난번에는 부러 묻지 않았습니다. 북부에서 내려온 자들에 관하여 당신의 우려에 타당함이 있다는 걸 인성했기 때문입니다. 하지만 이제 물어야겠습니다. 북부에서 내려온 사람들이 가져온 서간에 무어라 쓰여 있었습니까."

“보지 않고 태워 버려 모르네.”

“언제까지 이리 거짓말만 하실 겁니까.”

에일라의 음성에 적대감과 비슷한 것이 배이기 시작했다. 하지만 위스번스는 여전히 에일라와 모든 것을 공유할 생각이 없었다. 에일라는 일개 군사에 불과하기 때문이다. 같은 계집 기사라도 르옌과 에일라는 완벽하게 다르다. 분명 지휘자의 자리에 더 걸맞은 성정을 지닌 것은 르옌이었다.

하지만 그 때문에 위스번스는 최근 더더욱 날이 서 있었다. 르옌이 얼마 전부터 그녀를 제외한 마리포사 군 내부의 회의를 종용하기 시작했기 때문이다. ‘자신의 부재 시’를 대비하라는 말이었다.

의심이 많은 위스번스로서는 간과할 수 없는 문제였다.

태생은 뗄 수가 없다. 자신이 앙레디움에서 온 사람이듯이, 르옌 역시 북부에서 온 사람이다. 르옌을 의지하는 이들이 많아질수록 위스번스의 마음속에는 그런 벽이 자라났다.

제게 실망을 감추지 않는 에일라를 덩그러니 세워 둔 채로 위스번스는 생각에 잠겼다.

‘……보복인가?’

그는 남부로 내려온 북부인 셋을 죽였다. 그 이후로 다시 누군가가 내려오지는 않았다. 북부인들이 무차별 피살당했다는 것을 짐작했기 때문인지도 모른다.

서신들도 가로챘다. 에일라에게는 보지 않고 태웠다 말하였으나 꼼꼼히 읽어 한 자도 빼놓지 않고 기억하고 있었다. 그에 동봉되어 있던 존귀한 물건이 서랍에 처박혀 있은 지 수개월이다.

붉은 늑대의 아들이라는 자의 그릇이 얼마나 되는지는 모르겠지만, 그는 르옌이 제안을 거절했다 생각할 것이다. 북부인까지 죽였으니 큰 앙심을 품었는지도 모른다.

마리포사들이 지닌 북부에 대한 편견은 르옌과 자칼린으로 하여금 많이 나아졌으나, 브류나크에 대한 위스번스의 적대감은 이보다 맹렬할 수가 없었다.

"네게도 데투아 경이 북부로 돌아가고 싶다 내색한 적이 없나?"

느닷없는 물음에 에일라의 입술이 굳어졌다. 기가 막혀서였다.

"주군은 가능한 모든 상황에 대처하려 애쓰고 계십니다."

"사람 속은 쉬이 단정해선 안 될 일이다. 상황이 위험해지면 발을 뺄 수도 있는 거란 말이야. 여태까지 우리는 무형의 위협만 지속적으로 느껴 왔을 뿐이고, 실질적으로 위험을 느끼지는 못했어. 서부에서는 우리가 우세하니까. 하지만 만일 상황이 달라지게 되면……."

에일라는 조금 세게 주먹을 쥐었다.

"아닙니다."

"네가 어떻게 그리 확신할 수 있나? 데투아 경은 발로이드 님보다 더 읽기 어려운 사람이다. 에일라 너와 같은 범배들의 사고방식으로는 이해할 수 없는."

"……."

"그리고 아무리 남쪽에서 살고 있다 해도 결국 북부인이라는 것은 우리도 지난 한 해 느끼지 않았나? 네 속이 가장 뭉그러져 있을 것이 아닌가?"

에일라는 그 사실만큼은 부정하지 못했다. 내색하지는 못했지만 지난 한 해 동안 가장 극심한 내적 갈등을 겪어 온 이가 바로 에일라였다.

르옌은 발로이드를 잃은 대가로 얻은 것이다. 그녀가 그만한 가치를 하길 바라는 한편, 그러지 못하기를 바라기도 했다. 르옌이 비범

한 모습을 보일수록, 일찍이 그녀가 발로이드를 선택하였다면 하는 미련만 커졌기 때문이다.

르옌이 간혹 발로이드를 '페이작'이라 다정하게 부를 때면 그 음조 속에서 느껴지는 유대감과 믿음에 도리어 화가 치밀었던 적도 수십 번이었다. 그래도 발로이드의 유지를 따른다는 일념 하나로 그 모든 갈등을 꺾어 베었다. 르옌이 그만한 가치를 한다면 제 속은 썩어 문드러질지언정 마리포사들에게는 도움이 될 것이기 때문이다.

르옌은 그들의 도움 없이도 자연스럽게 군사들 속에 녹아드는 법을 아는 여자였고, 어쩌면 정말로 마리포사의 군사들 중 가장 뛰어난 재주와 지식을 지닌 사람인지 모르기에 귀중한 인재였다.

"내가 왜 속이 상해야 합니까."

"그게 아니라면 엘폰느 경을 그리 박대할 필요도 없었겠지."

"……이미 주군은 충분히 잘하고 계십니다."

그뿐인가. 르옌은 마리포사들을 그 자체로 인정해 주었다. 민간인을 학살하는 문제나 포로를 상대로 한 마리포사군의 범죄 문제에 관하여도 전적으로 마리포사들의 관례를 존중했다.

북부의 귀족 의식과 기사 의식이 뿌리 깊게 박혀 있는 자칼린이 팔짝팔짝 뛰며 '기사라면 이러면 안 된다, 저래서는 안 된다.' 목청 높여 소리칠 때도 르옌은 눈살 한 번 찌푸리는 일 없었다.

하지만 그럼에도 르옌이 여전히 북부인이라는 것이 애석할 뿐이다. 그녀는 죽은 북부인들의 시신을 소산하길 바랐고, 그들에게 해가 될지 모를 북부인들을 옹호하고 싶어 했다.

마리포사들의 잔혹한 침략 행위를 용인하는 것이 옳기 때문이 아니라, 남부에서의 행위이므로 개의치 않겠다 말한 바도 있었다.

하지만 그것이 르옌이 그들을 버리고 도망치리라는 것을 증명하는 건 아니었다. 언제부터 그리 믿게 되었는지는 모른다.

에일라는 힘주어 말했다.

"지휘관으로서 그분은 한결같은 책임을 보여 줄 겁니다. 무엇이 당신을 그런 겁쟁이로 만든 건지는 모르겠지만, 주군과 북부의 체사는 충분히 우리를 위해 헌신하고 있습니다. 그들이 라르크 주둔지에서 맺어 온 수많은 관계들, 우리가 왈가왈부할 일은 아닙니다."

"너는 그리 단순히 생각하고 싶은 거겠지."

"……."

"데투아 경은 분명, 어쩌면, 아니 확실히 우리보다 더 뛰어난 사람이 맞을는지 모른다. 그러니 이만치 우리들 사이에서 버티고 살아남아 군사들의 호의까지 샀겠지."

"대체 그게 왜 문제가……."

"그래서 더 위험한 것이다."

에일라의 낯이 구겨지는 것도 개의치 않고 위스번스는 확신에 찬 어조로 말을 이었다.

"그녀는 말과 행동 그 모든 것으로 사람을 잡아끄는 재주가 있다. 그녀 스스로 그리 말하기도 했지. 우리와 함께하겠다고. 나는 말에 힘이 있다 믿는 사람이다."

"지금 당신의 말, 앞뒤가 안 맞잖습니까."

"하지만 말이 아무 의미 없다는 것을 누구보다 잘 아는 사람이기도 하다. 선동가는 그래서 위험한 것이다. 그럴듯하게 떠드는 이들의 다디단 몇 마디에 한 번 휩쓸리면 그 순간부터 객관적인 시야를 잃게 된다. 너희는 복종하여 따르는 것을 미덕으로 삼고 있으니 내가 무슨 말을 하는지조차 이해하지 못하겠지."

그 말을 끝으로 위스번스는 다시 서랍으로 눈을 돌렸다. 더 말해 봐야 소용이 없다는 사실을 깨달은 에일라가 더 묻지 못하고 돌아나와 병영으로 향했다.


이튿날 지휘부 기사들은 다시 회의장에 소집되었다. 어제보다 훨씬 많은 수였다. 그러나 어제보다 훨씬 조용하였다.

르옌은 평소와 다를 바 없었고, 자칼린의 안색은 어두웠으며, 위스번스는 무표정했다. 에일라는 그들 사이의 기묘한 기류 속에서 조용히 논제를 꺼냈다.

산맥 동쪽이 정리가 된다면 다음은 우리가 될 가능성이 크다.

지난 회의의 연속이라 해도 과언이 아니었다. 그러나 다행스럽게도 그날의 회의는 어떤 형태로든 결론을 내렸다.

산맥 동쪽의 소식을 바인이 어떻게 받아들일지가 관건이나, 시도는 해 봐야 했다. 단순한 모르가나와 마리포사의 내륙 분쟁을 넘어, 또 다른 국가 간 분쟁 국면으로 접어들어야 할 때였다.

바인, 수도 림의 왕성.

다난을 함께 정리하고 바인의 옛 영광을 되찾자. 검은 사자의 무책임함은 눈 뜨고 볼 수 없을 지경이다. 만일 저들이 동쪽에서 넘어올 시에는 바인도 위험해질 것이다. 그런저런 이야기들이 담긴 서신이 섭정 길도프의 손에 들렸다. 마리포사들로부터 온 것이다.

얼마 전 앙레디움의 왕 이오닌이 제대로 검 한 번 잡아 보지 못하고 다시 주저앉았다. 앙레디움에 빌붙으려 했던 황자 중 한 명이 앙레디움의 영토 내에서 죽었다던가 뭐라던가.

서쪽 끝에 있는 바인에도 그 소문이 닿았으니, 당연히 길목에 있는 라곳에시스에도 스쳤을 것이었다. 마리포사들이 조급해하는 것도 능히 이해가 갔다.

'바인의 옛 영광을 되찾자.' 말로는 그럴듯했다. 바인은 한때 이 서부는 물론이거니와 산맥 동쪽의 중부 일대에도 영향력을 끼쳤던 앙레디움 못지않은 대국이었다.

'흐음……'

사실 최근의 상황을 두고 볼 때 가능성은 꽤 커 보였다.

지난 한 해 모르가나는 착실히 쇠락하였다. 서부에 눈길조차 주지 못하고 앞가림에 바쁘다. 황실의 무가치함이 만천하에 드러나자 서부의 영주들은 황실에 탄원서를 보내는 대신 바인과 살리가르로 기대를 옮겨 오고 있었다.

서부의 아래 지역 영주들은 혹여 마리포사가 더 남진하여 저들에게 닿을까 두려워하여 살리가르의 왕 마코시아에 빌어먹는 중이다. 위쪽 지역의 영주들은 반 가까이가 마리포사들에 의해 역사의 끝을 보았고, 나머지 반은 대치 중인 제국령 다난과 바인을 부리나케 드나들며 저희들과 함께 싸워 달라 애걸복걸하고 있다.

물론, 그렇다고 하여 남대륙을 지배하는 황실의 무력을 얕잡는 건 아니었다. 황실 상비군을 이루는 근위대만 이만에 이르고, 각지에 존재하는 검은 사자 군은 제대로 추산조차 되지 않았다. 모르가나가 모든 무력을 동원하면 총 이십만이 넘을 수도 있을 것이라는 낭설도 있었다. 실제로 가능하지는 않을 일이라 그 정도 걱정까지는 않는다마는.

'이 녀석들도 지금 마음이 바쁘군……'

섭정 길도프는 진득한 고민에 빠졌다. 현실적으로 어떤 선택을 하느냐가 향후를 좌우할 것이었다.

서부에서 싹트기 시작한 황실에 대한 배반감은 대단했다. 마리포사들을 통해 서부의 재패가 가능하다는 확신이 있다면 거부할 이유가 없었다. 살리가르가 조금 걸리지만 그들은 제 선에서 능히 해결할 수 있었다.

요수아까지 최근 전에 없던 반항을 시작했으므로, 섭정 길도프는 스스로의 자리를 다지기 위해 어떤 커다란 묘수가 필요하다는 데에까지 생각이 미쳤다.

'가능만 하다면야.'

그러나 그 북부 여자가 못내 마음에 걸린다. 호승심과 경계심을 동시에 불러일으키는 계집이다. 그리고 요수아를 못 쓰게 만든 계집.

지난해, 마리포사들이 처음 림에 다녀간 이후로 요수아는 심심찮게 섭정 길도프의 일에 관심을 두기 시작했다. 왕궁 서재에 처박혀 있기도 했다.

느낌이 좋지 않아 탈리아의 부재 시 요수아의 시중을 드는 시녀를 불러다 알아보니, 라르칼리아 왕조의 역사에 대해 흥미가 생기신 것 같다 하더라. 특히나, 라르칼리아 마지막 여왕의 이야기.

아주 거슬렸다.

길도프는 림이 아닌 웬더라는 바인의 북쪽 지방에서 태어났다. 영주의 아들로 태어난 축복과 웬더 영주의 차남으로 태어난 저주를 동시에 받았다.

라르크는 사생아까지 포용하는 관대한 문화를 지녔다 알려져 있지만, 앙레디움과 모르가나는 장남만을 우대하였다. 저 남쪽의 살리가르는 영토를 제외한 모든 재산을 딸과 아들 가리지 않고 나누어 주는 풍토가 있다. 바인은 그 정도는 아니지만 성별에 대한 차별이 적었다. 다른 남부 나라들처럼 사생아를 인정하지 않는 것 말고는 북부국과 닮은 구석이 많았다.

하지만 웬더의 영주였던 아버지는 젊을 적 모르가나의 중부 영토 내에서 팔 년가량 유학을 하고 온 자였다.

제국에서 어떤 물이 들어 온 건지, 장남을 제외한 모든 자식들을 괄시했다. 바인 내에서도 아주 유명한 악인이었다. 장남인 형이 역병에 죽은 것이 행운이었다.

길도프는 형과 혼인을 하였던 아토라의 딸과 혼인을 했다. 아토라의 땅은 크지는 않았으나 당시 바인을 집권하고 있던 선왕의 영향력 확장의 교두보가 되는 곳이었다.

선왕은 길도프의 어린 딸을 왕비 삼아 주는 대신 아토라와의 교각을 놓아주기를 바랐다. 길도프를 쏙 빼닮아 야망이 넘쳤던 딸아이는 조금의 고민도 없이 왕비가 되겠노라 말했다.

그런데 어느 떠돌이 사술사가 찾아와 괴이한 예언을 했다.

—이 땅 위에 혼돈을 일으킬 꼬리 셋 달린 해어海魚는 필경 어린 암소의 목숨을 먹을 것이다.

꼬리 셋 달린 해어는 바인의 왕가인 타즈멘카야, 소는 웬더의 상징이었다.

사술사나 예언자들의 존재는 저 중남부 지역에 위치해 있는 미갈라, 고가, 테거 민족들과 같은 소수민족들 사이에 떠도는 미신이다. 실제로 그들의 권능을 본 이가 없기 때문이다.

하지만 길도프는 딸을 아주 사랑했다.

살리가르의 마코시아가 지금 왜 저리 난장을 피우는지도 십분 이해할 만큼. 저주 같은 말을 건네고 떠난 떠돌이가 어찌나 괴이하게 인상에 남았던지 혼인시키고 싶은 생각이 사라졌다.

그러나 바인의 왕은 막무가내로 혼인을 감행했다. 어느 정도였느냐 하면, 길도프가 형사취수를 한 것을 빌미 삼아 은근히 압력을 넣어 올 정도였다. 왕은 제가 왕비 삼겠다 했던 그의 딸이 죽은 장남의 딸은 아닌지 따위를 물고 늘어질 낌새까지 보였다.

진흙탕 싸움이 될 것이 자명하였다. 게다가 상대는 유구한 타즈멘카야의 왕가였다. 결국 길도프는 딸의 혼인을 허락하고 아토라의 영주와 왕가의 협상 자리를 만들었다.

그리고 딸아이가 왕비가 된 이듬해였다. 회임을 하였다는 소식이 들렸다.

그리고 또 그 이듬해였다. 딸아이가 죽었다는 소식이 들렸다.

—아버지, 누님께서 왕자를 낳다 돌아가셨다 합니다.

늦둥이로 태어난 마음 약한 어린 아들이 울며 보고했다.

길도프는 생각하지 않을 수 없었다. 애써 무시하려 하였던 꼬리 셋 달린 해어가 암소의 목숨을 먹었다는 그 말을.

그 꼬리 셋 달린 물고기가 바로 요수아였다. 딸의 시신과 갓 태어난 요수아를 처음 안은 날, 제가 무슨 생각을 했던가. 안개 낀 듯 부옇기만 한 기억이다.

그래도 제 딸의 자식이라 애정을 붙여 보려 하였다. 그래, 너도 어미를 잃은 것이니 얼마나 속이 상할까. 사랑하려 했다. 그러나 요수아는 두 살이 될 때까지도 제대로 말마디를 하지 못했다. 세 살에 이르러서야 그나마 다른 아이들을 따라갈 정도로 더딘 아이였다.

제 딸이 아니라 왕의 피를 짙게 타고난 아이. 말간 금발, 반짝이는 황갈색 눈동자를 볼 때마다 알았다. 저 모자란 것을 낳기 위해 내 영민하고 사랑스러웠던 딸이 죽었구나. 저것에 잡아먹혔구나.

당시 선왕은 바인의 영역 확장에 가장 노골적인 관심을 보였던 호전적인 자였는데, 다난과의 분쟁이 가장 격렬했을 때가 그때였다. 문제는 선왕에게 그만한 능력이 따르지 않았다는 것이다.

하얀 고래 돌체의 영주까지 끌어들여 다난과의 국경선에서 전쟁을 치르던 그의 죽음은 놀라운 사건도 아니었다.

왕가의 외척이 되었던 웬더의 길도프는 당시 여러 영주들과 친밀한 관계를 가지고 있었고, 세 살배기 어린 왕자 요수아는 왕위를 이을 수 없었으므로 기회를 잡았다. 왕위를 욕심내서는 아니었다. 제 딸의 아들이 왕위를 이을 때까지, 그 자리를 지키는 것이 할아버지의 몫이라 생각했다. 딸아이를 위해서였다.

그러나 요수아는 보면 볼수록 실망을 금할 수가 없었다. 어떤 일에도 열의가 없었고, 야망도, 배움의 욕망도, 왕족으로서의 긍지도 없었다. 처음에는 교육을 시켜 보려 하였으나 멍청하니 앉아서 시간만 죽이기를 수년이었다.

나이 여덟이 되도록 할 줄 아는 말은 공용어뿐이고, 글씨조차 제대로 쓰지 못해 읽기만 하는 수준이더라. 돌체의 영주 맥베인이 섭정 길도프를 감시하라 보낸 것이 빤한 어린 시종 탈리아를 데리고 연이나 띄우며 뛰어다니는 것이 요수아가 하는 전부였다. 그래서 마음을 바꾸었다.

자신은 머잖아 죽을 것이고 그 후 요수아는 영주들과 귀족들이 제멋대로 지껄이는 말들의 진위를 구분 못 해, 끝내 위대한 바인을 멸망시킬 것이다.

돌체의 영주 맥베인이 가장 위험한 자였다. 그자는 선왕의 먼 혈속 되는 관계였는데, 늘 충성심을 빙자하여 제멋대로 왕에게 말을 올리곤 했다.

돌체라는 도시가 그리 커질 수 있었던 것도 그의 증조부가 왕을 꾀어냈기 때문이었다.

때문에 길도프는 이번 기회를 잘 활용해야 했다. 마리포사들과의 문제는 섭정 치세에 놓인 가장 커다란 갈림길이었다.

'마리포사들과의 연합……'

처음에는 그들이 이만큼이나 버틸 것을 예상하지 않았다. 남부 태자를 살해하여 공식적으로 모르가나 황실의 명예에 먹칠을 한 놈들이었다. 모르가나의 벨루비르하인 2세가 가만히 있을 리가 없다.

그러나 산맥 동쪽이 아수라장이 되는 천운이 마리포사들을 도왔다. 지금 마리포사들은 살아남다 못해 서부 최악의 살인 군대라는 악명을 떨치고 있었다.

바인도 그 덕을 보았다. 이제 누가 저들을 막겠느냐며 바인에 매달리는 서부 제국령의 영주들이 한둘이 아니었다. 바인의 내정 상황을 짐작한 영민한 이들 중 몇은 요수아의 실각을 지지하겠다 넌짓 말하기도 했다.

'흐음……'

모르가나의 토벌군이 들이닥친다 해도 바인이 서부 영주들에게 충성 맹세를 받아내고 마리포사들과 규합한다면 전혀 승산이 없지는 않을 것이다. 한 번에 대규모의 군대를 통과시킬 수 없는 이가 산맥은 그들을 위한 무대를 만들어 주리라.

그러나 저들을 어찌 믿을까. 자국 황태자까지 죽인 놈들인데.

섭정 길도프가 왼편에 서 있던 시종에게 물었다.

"요수아는 아직 뜻을 꺾지 않았나?"

"……폐하께서는 아직."

길도프는 두 달쯤 전 저를 찾아왔던 제국령 영주들 사이에 서 있던 천적을 떠올렸다. 뭐, 이러니저러니 고민을 한다손 쳐도 사실 결정은 두 달 전 내려졌다. 그에 바다 신의 자비가 있을 것이다.

알현실 문이 열리며 또 다른 길도프의 충직한 시종이 다가와 아뢨다.

"각하, 돌체의 영주가 배알을 요청하고 있습니다."

"맥베인이?"

이름만으로도 그를 불쾌하게 하는 또 하나의 천적이 그를 찾아왔다. 하지만 승자는 언제나 자신이 될 것이었다.


길도프는 흰고래의 기세를 감추지 않는 돌체의 영주 맥베인을 깔보듯 내려다보았다. 예상하기는 했으나 이렇게 예상과 딱 떨어지는 반응을 보이면 지루한 법이었다.

"살리가르에 영해를 내주어 멋대로 누비고 다니게 만들겠다니, 이게 대체 무슨 말도 안 되는 소립니까? 돌체의 영해는 분명 바인에 속해 있긴 하지만 내 바다입니다."

길도프가 입술 끝을 당겼다가 나이 든 자의 온화한 표정으로 덮어 가렸다.

"바다 신으로부터 권한을 위임받은 왕의 바다이네. 한시적으로 그들에게 함대전을 치를 바다를 빌려 준다는 게 뭐 그리 큰 문제가 될 일인지 모르겠는데."

"살리가르의 마코시아가 무얼 주겠다 했습니까?"

"자식 잃은 심정을 나 또한 아는 바이네. 마코시아가 시친에 원한을 풀고 싶어 하는 바를 이해했을 뿐이지. 물론 충분한 보상을 받을 거야. 그것은 림과 돌체가 나누어 가질 테니 손해 보는 것은 없을 것이네. 맥베인, 그대는 왜 그리 사적인 것으로 받아들이나?"

길도프가 길게 난 콧수염을 매만지며 불편한 기색을 감추지 않고 말했다.

저 남쪽의 괴뢰국 살리가르는 우의를 중시하는 소수민족들에서 기원되었다 알려져 있다. 그들은 제 일원을 보호하는 것을 늘 최우선 삼았는데, 이번 대 왕인 마코시아는 유독 자식 사랑이 극성이었다.

지금 서부에서 마리포사들이 아무리 날뛰어도 거들떠도 보지 않고 제 자식을 죽인 보복을 하겠다 함대전을 준비하고 있는 걸 봐라. 한심하기 짝이 없다.

"이미 결정되었네."

"타국 전쟁에 영토를 내어 주는 것과 다름이 없습니다."

"남부인이 북부인에게 모독당한 일이네. 남의 전쟁이 아니지."

"언제부터 우리가 살리가르와 그리 친근하였다고."

"동지 의식이 생기는 건 한순간이 아닌가. 외부의 만행이 있다면 더욱 쉬운 일이지."

물론 민족의식 같은 말도 안 되는 헛소리를 떠들기 위해 정의감을 발휘한 건 아니었다. 살리가르와 시친을 전쟁 붙이는 것은 조금 더 광대한 그림을 위해서이다.

라르크는 대외적으로는 위태로운 내부 숙청을 진행 중이었다. 그 과정은 테른도크 란펠 브류나크의 왕권이 얼마나 강력해지는지를 보여 주고 있었다. 라르크는 이미 한 차례 모르가나를 꺾었다.

앞으로 그들이 얼마나 더 강성해질지 모를 일이다.

시친은 그런 라르크에 공개적으로 적대감을 드러내는 중이었다. 라르크의 왕 테른도크가 델 오스작의 여제독인 카헤이아 뵈르게트를 우스갯거리로 만들었다던가 뭐라던가.

그 때문에 카헤이아가 라르크와 전쟁을 하겠다며 육지군 양성에 혈안이 되어 해군들을 죄 해병으로 빼돌리고 있다는 소문은 남부에도 익히 알려진 이야기였다.

만일 살리가르가 시친을 치도록 조력한다면 후일 북부 왕과의 우호에도 나쁘지 않을 것이다.

또, 그런 불확실한 기대감 때문이 아니라도 시친의 남도인 델 오스작에서 대륙 진출을 공공연히 입 밖에 낸다는 풍문도 있었다. 남도 델 오스작은 바인과 가장 가까운 시친의 섬이었다.

함대전으로는 시친을 따를 나라가 없다. 바인은 시친을 막기 위해 해적까지 고용하는 판국인데, 살리가르의 정예 해군이 대신 싸워 저들의 전력을 깎는다면 왜 거절할까? 견제하기에는 지금이 적기였다.

자칫 시친과 바인의 관계가 뒤틀릴 가능성도 있었지만 현실적으로 델 오스작은 이미 수년 전부터 독립적인 행동을 반복하여 서도 뉴가트와 북도 이스자키 올다와 동도 켈레티 올다로부터 빈축을 사고 있었다.

장담컨대, 살리가르가 아니라 제국이 공개적으로 시친에 전쟁이라도 선포할 낌새가 보인다면 시친의 행정부는 십중팔구로 델 오스작의 제독을 갈아 치울 것이다. 지금도 실각 직전이라 하니.

"돌체보다 더 위쪽의 해안 도시인 자림이 아니라 돌체인 이유가 있습니까."

"없네."

"그러면 자림의 영주에게 청하십시오. 나는 거절하겠습니다."

"내 명이 왕명과 같다. 어찌 거역을 할 생각을 하나?"

돌체의 영주 맥베인은 턱까지 치민 욕지거리를 씹어 삼키며 눈을 부라렸다.

돌체의 앞바다에서 시친과 살리가르의 전쟁이 나면 누가 이기건 상관없이 어업과 상선들의 관세로 경제의 일부를 지탱하는 돌체는 타격을 입는다. 돌체 내부에서도 해안 경비대로 들어가는 예산이 더 늘어날 것이다. 그리하면 림의 상황에는 신경조차 쓰지 못하게 된다.

그 정도로 그치면 다행이다. 자칫 도시 수비대를 해안 경비대로 돌리고 돌체의 경비를 오로지 림과 다른 영지들에서 빌려 온 군사에 의존해야 하는 최악의 상황까지 올 수도 있었다.

"……폐하는 어디 계십니까. 이제 폐하께서 성년이시니 폐하의 윤허에만 따르겠습니다."

"폐하께서는 지금 웬더에 가 계시네. 어미의 고향이 마음에 든다며 돌아오지 않으시는군. 탈리아도 잘 지내고 있는 듯하니 너무 염려 말게."

맥베인의 목 안쪽이 욕설로 가득 찼다. 섭정 길도프의 고향인 웬더는 볼 것도 없는 서부 척토 중 하나다. 바다조차 끼고 있지 않은 낙후된 도시였다.

"……폐하와 섭정 각하의 논쟁에 대한 이야기가 있던데, 폐하께서 각하에게 몹시 진노하셨다지요."

"그럴 리가. 늘 말도 안 되는 떼를 쓰는 분이 아닌가. 이번에도 마찬가지였던 것뿐이네. 아직 철이 덜 들어 엉뚱하시지. 대체 언제쯤 정신을 차리시려는지."

요수아가 섭정 길도프에게 반항하기 시작했다는 소문은 작년 여름 즈음부터 뜬소문처럼 퍼지기 시작했다.

세간에서는 그가 정권 환수를 위해 뜻을 펴기 시작했다고도 하였다. 맥베인 역시 탈리아로부터 몇 가지를 전해 들어 희망을 품고 있던 상황이었다. 그런데 요수아가 섭정 길도프와 큰 논쟁 후에 갑자기 림을 떠났다 했다. 요수아는 변덕스러우니 그럴 수도 있었다. 하지만 맥베인이 길도프를 의심하는 것은, 요수아가 사라진 후 탈리아로부터도 연통이 끊겼기 때문이다.

하여 웬더에도 사람을 보내 보았다. 웬더에서 왕실의 마차는 목격되지 않았다 했다.

그동안은 섭정 길도프가 아무리 악랄할지라도 제가 애지중지 아꼈던 딸의 하나뿐인 아들에게 해를 끼치리라 생각지는 않았다. 그러나 이쯤 되니 확신이 사라졌다.

"……웬더는 길도프 님이 더 잘 아시지요. 제가 웬더의 지리를 잘 몰라 그러하니, 폐하께서 어디 계신지 좀 일러 주시겠습니까. 사안이 사안이니만큼 폐하께 직접 명을 듣고 싶습니다. 얼마 전 성년도 되셨으니 충분히 그럴 권한이 되지 않습니까."

길도프는 서늘히 웃었다.

"맥베인, 주어지는 일이나 열심히 하게나."


한참을 닫힌 알현실 문을 노려보던 맥베인은 홱 발끝을 돌렸다. 얇은 망토가 사나운 바람을 일으키며 펄럭였다.

놀라울 정도로 빠르게 움직인 맥베인의 거구가 왕궁 내의 시선들을 피해 도달한 곳은 성의 지하였다. 한 층 반 정도 내려가자 매캐한 살 탄내와 함께 신음과 우는 소리가 들렸다.

지하에 있는 한 낡은 나무 문을 열었다. 묵은 공기가 목 안쪽에 훅 들러붙어 기침이 났다. 음침하게 이끼 낀 돌벽으로 이루어진 방은 잡동사니들이 수북이 쌓인 창고처럼 보였다.

그늘진 곳 어딘가로부터 서늘하게 닿는 살의에 돌체의 영주 맥베인이 말했다.

"나다, 마를로."

문 옆에서 칼을 겨누고 있던 마를로가 흉수를 거두고 벽 안쪽의 가장자리로 걸어갔다.

쌓인 물건 더미 뒤로 피투성이가 된 채 재갈이 물려진 퉁퉁한 남자가 주저앉아 있었다. 섭정 길도프의 시중을 드는 예닐곱 명의 전속 시중인 중 한 명이었다.

얼굴을 거의 알아볼 수 없을 때까지 얻어맞은 퉁퉁한 남자는 맥베인이 들어서자 히이이익 호흡 삼키는 소리를 냈다. 돌체의 영주 맥베인. 얼굴을 보였다는 것은 살아날 길이 없다는 뜻이라는 것을 모를 만치 멍청하지 않았던 탓이다.

"이제 막 마무리하려던 차였습니다."

마를로가 돌체의 영주를 향해 고개를 숙였다.

"흉한 꼴이 될 텐데, 잠시만 나가 계시는 게 어떻겠습니까."

"말하던가?"

"소득은 있었습니다. 일단은 진위 여부를 먼저 가린 후 보고드리려 했습니다마는."

"처리하고 보고해."

마를로는 조금 불편한 눈빛으로 그의 주인을 바라보다가, 그가 살인 장면을 보지 못하도록 자신의 몸으로 시종의 몸을 가리고 그대로 목을 베어 냈다. 피비린내가 비리게 번졌다.

곧 마를로가 피범벅이 된 손을 수건으로 닦아 내며 말했다.

"폐하께서는 림 북부의 검은 탑들 중 하나에 모셔져 있다 합니다. 이자도 구체적인 위치까지는 알지 못했습니다."

맥베인이 사색이 되었다.

림의 북쪽에는 작은 숲에 둘러싸인 검은 탑이라 불리는 수용소가 세 개 있다. 죄인들을 수용하는 곳이란 말이다! 요수아는 일생 그곳에 발 디딜 일도 없어야 할 존귀한 타즈멘카야의 핏줄이었다.

요수아가 성년이 되자마자 벌어진 일이었다.

"그리고 또 한 가지, 이자의 말에 의하면 섭정 각하께서 폐하의 정략을 추진하는 중이라고 합니다. 아직 최측근들에게만 일러 둔 듯한데, 조만간 공포될 것이라 했습니다. 아무래도 요수아 폐하께서 그걸 미리 아시고 지난번 논쟁을 벌이신 듯합니다. 마지막은 사견입니다."

"정략?"

열다섯이 될 때까지 섭정 길도프에게 단 한 번의 반항조차 않았던 요수아였다. 작년부터 뜻을 보이기 시작했다고는 하지만 아주 미세한 것들 정도였다. 그런 요수아가 노골적으로 길도프의 의사를 거역하게 만든 정혼 상대가 누구인가.

길도프나 그의 아들인 테오도르에게 빌붙은 바인 내의 세력이 워낙 많아 도무지 감이 오지 않았다.

"뒷정리 제대로 하고 나와라."

"예."

맥베인은 단숨에 몸을 돌려 낡은 지하 창고를 벗어났다.

제멋대로 날뛰는 분노를 가라앉히기 위해 더욱 빠르게 걸었다. 길도프가 제 막내아들 테오도르를 다음 왕 삼으려 한다는 이야기들은 이미 기정사실이었다.

그리 두지 않을 것이다. 요수아는 이 시대에 남은 바인의 유일한 왕족, 타즈멘카야의 혈통이었다.

마음 같아서는 군사들을 데리고 검은 탑으로 달려가고 싶으나, 탑은 항시 단단한 경비가 선 곳이었다.

이를 어찌하나? 수도 림의 모든 군대는 길도프의 명을 따른다. 제가 지닌 돌체의 이천도 안 되는 군사로 할 수 있는 것이 없었다.

이 문제를 누구와 의논을 해야 하나. 떠오르는 이름들이 몇 있지만 그들마저 섭정에 매수되었을까 선뜻 마음이 동하지 않았다.

숨통을 틔우기 위해 왕성 밖으로 나서던 맥베인이 우뚝 멈추어 섰다. 광폭한 바다처럼 넘실거리던 노기가 삽시간에 고조된 채 얼어붙었다.

낯익은 문양 기가 펄럭펄럭 그의 눈동자에 박혔다.

'……설마.'

바인에서 숨이 붙어 있을 리가 없는 놈들이 말을 타고 성 밖으로 달려 나가고 있었다. 반달형의 활 문양을 한 주홍빛 멘테가 기적처럼 선명했다.

맥베인의 얼굴이 서서히 일그러졌다.

"바인의 섭정이 거절했습니다."

바라지 않았던 결과이지만 예상하지 못한 것도 아니었다. 최근 동부에서 귀족들이 자발적으로 사병을 군집하기 시작했다는 이야기가 들리고 있었다. 바인이 충분히 소식이 빠르다면 이미 돌아가는 정황을 파악했을 것이다.

벨루비르하인 2세는 제위를 무엇으로 아는지, 그동안의 신중함을 버리고 서부 토벌자에게 다음 황위가 이어질 것이라 선언했다 전해졌다. 그 선택은 당면한 사태를 해결하는 부분에서는 분명히 합리적이었다.

제국의 개인주의적인 귀족들이 잇속 챙기며 묶어 두었던 자가의 사병을 아무런 조건 없이 황손들에게 지원하기 시작했으니 황실은 손해 볼 것이 단 하나도 없다. 그리고 서부가 정리가 되는 것과 동시에 계승권 문제도 해결이 될 터.

다만, 그런 만큼 도박이었다. 더 나은 자질의 황손에게 제위를 물려주는 것이 아니라 운이 좋은 놈에게 물려주겠다는 것과 다를 바 없다.

그리고 전쟁이나 전투에 관하여라면 호전적이고 난폭하다 알려진 3황자 가우스가 더 박식하다 하였다.

'어쩌면 그걸 노린 것일지도.'

조르디아 가문은 마리포사가 제적당한 후 다시 중앙 14개 가문이라 일컬어지는 가문들 중 하나였다. 역사는 가장 짧으나, 영향력은 가장 지대하다 알려져 있다. 조르디아 공작이 공개적으로 가장 어린 황손인 8황자 일리아를 지원하고 있다 하였는데, 8황자 일리아는 서부인들에게는 꽤 익숙한 이름이라 한다. 황손 추방이 단행된 후 8황자 일리아가 저 아래쪽의 소수민족 국가인 살리가르에 수년간 의탁해 있었다던가.

8황자 일리아를 지원하는 조르디아 가문이 공공연히 황실의 독재를 비판을 해 왔다는 사실을 생각하면, 3황자 가우스를 다음 황제 삼고 서부까지 정리하려는 계획이라 해도 이상할 것이 없었다.

가만 듣던 테네스 경이 떫은 표정으로 중얼거렸다.

"황실 군이 단체로 벼락이라도 맞거나 포복 전진으로 기어오지 않는 이상은 올해 안에 도달할 거고…… 그때까지 우리가 어찌하느냐가 중요한 듯한데. 이거 어쩝니까?"

마리포사가의 기사들은 크게 긴장해 우왕좌왕했다. 중요한 시기에 바인이 물러설 기미를 보이는 건 분명 좋지 않은 일이었다.

"다시 사신을 보내야 합니까?"

르옌은 곰곰이 고민에 잠겼다. 바인에게 건넨 제안은 양측의 이해 득실을 충분히 고려한 결정이었다.

바인은 영토의 크기는 작지만, 서부 어느 곳보다 유구한 역사와 자긍심을 가지고 있었다. 그들에게는 서부 최대의 항만 돌체도 있고, 내륙 영토를 지키는 일만여가 넘는 자국 방위군이 존재했다.

이미 위쪽 지방은 지난 한 해 동안 거의 초토화시켰으므로 다난만 정리가 되면 바인과 마리포사는 충분히 전서부에 영향력을 행사할 수 있었다.

물론, 필요 면에서는 바인보다 마리포사들이 더 절박한 게 사실이다. 제국의 태자까지 시살한 마당에 무슨 명분인가 싶지만 실제로 마리포사들에게는 명분이 필요했다.

이 일에 바인이라는 독립 왕국이 끼어들면 이는 대라르크전에 이은 대바인전의 양상으로 번져, 국가 간 전쟁이 되므로 체감이 달라질 것이다.

온순한 룩서르 경이 드물게 비꼬았다.

"제국군이 몇십 년 만에 대규모로 산맥을 넘어올 게 뻔한데, 자기네한테 무슨 해코지를 할지 모른다는 생각도 않나 봅니다. 비린내 나는 물고기 놈들!"

룩서르 경이 말하는 것이 진실이었다. 대규모 황실군이 넘어오면 무슨 짓을 할지 모르는 것이 사실이다. 섭정 길도프가 멀리 보는 자라면 피할 수 없는 선택지임을 알 터.

에일라가 착잡하게 말을 받았다.

"저들이 아무리 자존심을 세워도 결국은 작은 나라입니다. 황실을 두려워한다 생각하는 게 이치에 맞습니다."

"근데 여지를 두고 있는 걸 보면……."

다시금 벅적해졌다.

르옌은 섭정 길도프로부터 돌아온 서간을 응시했다. 서간의 요는 '확신이 없으므로, 시기상조라 여겨진다.'라는 거절이었다.

"그러고 보니 요즘 다난과도 꽤 잠잠해졌다지요."

"일 년 내내 싸울 수는 없을 테니까 그건 그렇다 치고……."

"저들이 발을 뺀다면 우리 군은 세 개 사단 이상으로 나뉘어야 합니다. 서부의 영주들을 견제할 군대와 산맥을 넘어올 군대까지……."

"차라리 바인부터 쳐들어가는 게 더 낫지 않겠습니까?"

"바인이 그리 호락호락한 곳이었다면 다난의 외눈깔이 그렇게 벼르지도 않았을 테지."

르옌이 콧잔등을 좁혔다.

'곤란한데.'

바인은 지금 마리포사들이 가질 수 있는 가장 효율적이고 커다란 우군이었다. 확신이 없다는 건 무엇에 확신이 없다는 건가.

저쪽에서 바라는 것이 있는 듯한 느낌을 지울 수 없었다. 면대 면이었다면 파악하기 쉬웠을 터이나 지금 그들은 서신이 한 번 오며 가는 데에 보름이 더 걸리는 거리에 있다.

"나라도 상황이 이런데 제국을 상대로 도박을 하고 싶지는 않을 것 같으니까."

내내 잠자코 듣던 자칼린이 꽤 납득하는 인상을 주어 기사들의 눈총을 받았다.

거절의 글귀를 반복해서 읽고 읽고 읽어 그 필치의 삐침까지 각인될 만큼 읽은 후에야 르옌이 입술을 뗐다.

"라르크마저 모르가나의 조공 무역 체계 속에 있었던 상황에서 유일하게 살아남은 것이 바인과 시친이지. 시친은 쥬비상트 해협이 대륙과 그들 사이의 방벽이 되었다지만, 바인인들은 제국령에 맞붙은 자들이다. 그런 만큼 그들의 긍지가 대단한 것이 당연하고 바인의 섭정도 그럴 것이다. 아니, 그는 오만하지. 너희들 말처럼 토벌군이 마리포사를 토벌하고 그대로 산맥 너머로 되돌아갈 것이라는 확신도 없는 상황이니.”

“그러면 너희를 못 믿어서겠네. 하긴, 나라도 안 믿겠다.”

자칼린의 신랄한 중얼거림에 분위기는 순식간에 가라앉았다. 욱한 표정으로 자칼린을 노려보는 이들이 속속 있었으나, 자칼린은 떳떳했다. 엄밀히 말해 ‘배신’ 하면 ‘마리포사’ 아닌가.

위스번스가 중얼거렸다.

“……지금 신뢰에 관한 이야기를 한다면, 솔직히 이쪽에서는 내놓을 패가 아무것도 없습니다.”

바인은 지금 마리포사들이 가질 수 있는 방패로 최선이었다. 섭정 길도프도 알고 있을 것이다.

한참을 르옌과 자칼린을 번갈아 보던 위스번스가 탁자에 엉덩이를 걸친 자세 그대로 자칼린을 향해 상체를 틀었다.

“솔직히 잘 모르겠습니다. 저렇게 답을 준 걸 보면 전혀 여지가 없는 것도 아닌 듯한데.”

“……음.”

“체사 경은 비록 북부인이지만, 그래도 귀한 가문의 아들이라셨지요. 조언할 것이 없습니까?”

위스번스의 말에 자연스럽게 다른 기사들의 눈도 자칼린에게 개미 떼처럼 모여들었다. 반대편 의자에 짝다리를 올리고 구부정히 턱을 괴고 있던 자칼린이 삐끗 휘청였다.

뭐야, 여태까지는 북부 귀족 출신이라며 개차반 취급을 하더니?

"……신뢰 문제 말입니까? 저한테 물은 겁니까?"

귀족 예우는커녕 귀족들이 배운다는 기본 교육도 못 받았냐고 비꼬더니?

위스번스가 고개를 끄덕였다.

"일단은."

자칼린은 태생의 복으로 명문가의 아들로 태어났으나, 대놓고 가문의 재앙이라는 어머니의 쓴소리까지 들을 만큼 분방하게 자랐다. 여타 귀족들과 같은 방식의 사고방식을 지녔다면 애초에 이 자리에 있지도 못했을 것이다.

하지만 그래도 주워들은 것은 있어서, 자칼린은 조금 우쭐한 기분으로 하나하나 손가락을 꼽았다.

"충성 서약을 공개적으로 하고 봉신이 되거나…… 군사나 재물을 상납해 신의를 보이는 걸로 서로 조율하거나…… 아니면 왕한테 신뢰 보증을 요청하거나…….”

첫 번째 방법은 마리포사들이 납득할 리도 없을 뿐더러, 섭정이 믿지도 않을 것이다.

두 번째는 효용이 없음이 증명된 것이다. 이미 그들은 지난해 네 차례나 꾸준히 각 영지에서 수탈한 물건들을 은밀히 보내어 왔다.

세 번째는 마리포사들에게는 그들을 보증해 줄 왕이 없어 무효였다.

"또, 상호 가문을 합치는 방법에서는 정략혼이 있고, 그게 가장 군더더기 없이 간결한…….”

혼인으로 동맹하는 것은 가장 흔한 일이다.

위스번스가 고개를 돌려 물끄러미 르옌을 바라보았다.

"그렇군요."

말을 멈춘 자칼린이 표정을 구겼다. 찜찜한 촉각이 냉큼 일어섰다.

묻기는 제게 묻더니, 저 눈깔은 왜 르옌에게서 떨어질 줄 모르나?

최근 위스번스가 르옌을 이상하게 보고 있다는 건 알 만한 이들은 아는 사실이었다. 어떤 불길한 예감에 자칼린의 하나 남은 귀가 순식간에 벌겋게 달아올랐다.

"아니, 잠깐만. 방금 뭡니까?"

얕은 한숨을 내쉰 르옌이 말했다.

"뭐든지 해 봐야지. 차라리 그편이 나을지도 모르겠다. 대등해질 수 있는 방안이니까."

조금 전, 위스번스가 발언을 시작하는 순간부터 분위기가 기묘해졌음을 알아차린 이들이 수두룩했다. 내내 회의장 구석에 앉아 있던 테네스 경도 마찬가지였다.

"거, 뭐든지 하겠다는 게 뭔 말인지 모르겠는데요?"

테네스 경을 무시한 르옌이 위스번스를 바라보았다.

"위스번스, 저들에게 확신을 주기 위해 혼인 동맹을 청한다면 어떠할 것 같으냐."

"……확신할 수 없다 하였지만 그것으로 신뢰 문제가 충족이 된다면 가능성은 커지겠지요. 섭정이 어떤 답을 돌려보내느냐에 따라 단순히 말 그대로의 뜻인지, 아니면 발을 빼기 위해 돌려 거절한 것인지도 판가름이 날 테고."

"구두나 서명으로 받아 내는 동맹의 확정보다는 그편이 더 나을 것이다. 그래도 혹시 모르니 바인을 포섭하는 것이 실패한다면 그다음에는 살리가르와 근방의 영주들을 포섭하는 쪽으로 움직여 보자. 살리가르는 거리가 멀고 효용은 바인보다 훨씬 떨어지지만, 만일 우리를 돕는다면 시친과의 전쟁에 군대를 지원하겠다는 미끼 정도는 던져 볼 가치가 있지."

"시도해 볼 법합니다."

"그에 관하여는 네게 일임하겠다."

어? 어? 이게 무슨 소린가? 자칼린은 눈을 끔뻑대며 위스번스와 르옌을 갈마보았다. 두 사람은 마치 다른 세상에 있는 양 주위 분위기에는 조금의 신경도 쓰지 않고 있었다.

"혼인 당사자는 누가 되겠습니까?"

"나와 섭정이다."

자칼린이 히끗 그도 모르게 되물었다.

"뭐?"

"하지만 그들을 믿어도 괜찮겠습니까? 체사 경의 조언 이상으로 더 나은 방편은 모르겠지만 이런 사안은 조심스러워야 하는 것이고…… 자칫 저들이 주도권을 쥐려 한다면 이쪽 군사들이 받아들이지 않을 겁니다."

"뭐라고?"

"그 문제는 차차 정리하자. 바인으로 보낼 자들 중, 눈썰미가 좋은 녀석들 몇을 함께 딸려 보내 근방 상황을 한 번 살피고, 다난 역시 어찌 되어 가고 있는지 소식을 가져와라."

"뭐?"

"바로 준비를 하겠습니다."

"반드시 내가 직접 섭정의 사람이 될 것이라는 것을 언급하라. 예우를 갖추어 우리가 가진 것들 중 쓸 만한 것들을 더해 보내. 그리고 말미에는 노골적이지 않게, 하지만 반드시, 산맥을 넘어온다는 기나긴 모험과 고난을 감행한 원정군이 라곳에시스를 지나 바인에 닿을 것을 우리가 무척 우려한다는 것을 명백히 해라. 한 자 한 자 읊어 주지 않아도 그 정도는 알아서 할 수 있겠지."

"이해했습니다."

간단히 답한 위스번스가 기다렸다는 듯이 자리를 떴다. 자칼린은 제 말이 무시당했다는 것조차도 의식하지 못하고 '뭐? 뭐?'만 뻐끔거리고 있었다.

다른 기사들도 마찬가지였다. 무슨 그런 결정을 저렇게 순식간에 내리고, 기다렸다는 듯 넙죽 명을 시행하겠다 나가 버리나?

에일라가 죽일 듯한 눈으로 위스번스가 나간 방향을 눈으로 좇는 걸 보니, 그녀도 알지 못했던 게 틀림없다. 벅벅 머리를 긁은 테네스 경이 떫은 목소리로 물었다.

"……위스번스 님이랑 미리 짜기라도 했습니까?"

자칼린이 뒤늦게 정신을 차리고 펄쩍거리기 시작했다.

"아니, 아니이이, 잠깐만! 르옌, 잠깐만, 나는 그러라는 말이 아니었…… 나는 제안이 아니었다고. 내가 널……."

내가 널 그딴 놈한테 넘기려고 이 개고생을 한 줄 알아? 그런 엉뚱한 말이 튀어나올 뻔했다.

"자칼린, 장소를 가려라."

르옌의 조언에 자칼린이 말을 잇다 말고 멈칫 주위를 둘러보았다. 조금 전 제안은 분명 타당했고, 이들에게는 필요할지도 모를 일이었다.

혼인 동맹은 흔한 일이었다. 귀족들 사이에서 정략과 전략은 같은 뜻으로 통한다.

'그, 그렇지만…….'

자칼린은 어쩐지 위스번스에게 놀아난 것 같은 기분을 지울 수가 없었다.

"네 입으로 말한 것처럼 가장 효과적인 방안이 될 거다. 괜찮아."

정략이 가장 좋은 방편이라 지껄인 주둥이가 자신의 주둥이었다.

“바인의 섭정을 뭘 어떻게 믿…….”

“이미 북부까지 개입해 남부 황실을 돕고 있는 판국이다. 가려 가며 행동하기에는 여유가 없지.”

북부 개입의 문제는 자칼린이 입이 열 개라도 할 말이 없는 사안이었다.

빳빳하게 눈을 내리던 자칼린은 새파란 힘줄이 돋은 르옌의 손등을 발견하고 입을 다물었다. 탁자를 으스러뜨릴 듯 쥐고 있었다. 목소리가 지나치게 평소와 다를 바 없었던지라, 외려 그 괴리가 더 확 그를 덮쳤다.

에일라가 뒤늦게 물었다.

“……그렇게 되면 어떻게 되는 겁니까?”

“바인의 섭정이 승낙한다면 우리가 소기에 계획했던 데에서 바인과 우리의 관계 변동이 생길 테지만, 그 부분은 내가 섭정과 직접 타결 볼 생각이다. 염려 마라.”

자칼린은 말을 잇지 못하고 입술만 씨근덕거리다가 시쳇말처럼 뭐라 알아듣기 어려운 욕지거리를 씹어뱉으며 자리를 벗어났다. 르옌은 그를 붙잡기는커녕 보이지 않는 사람처럼 다른 기사들을 둘러보며 말했다.

“아직 어찌 될지 확신할 수는 없는 상황이니 차선의 대비도 늘 생각하고 있어야 한다. 서부 영주들의 움직임도 이제부터 시작이 될 거다. 이미 근방에서 우리를 대적할 수 있는 이는 없겠지만, 지난번에 중부 지대의 누이라까지 움직였던 걸 생각하면 안심할 수는 없다. 척후의 간격을 좁히고, 군사 훈련의 강도를 높여라.”

“예. 에…… 아니, 그런데 정말 체사 경 말대로 너무 쉽게 결정한 거 아닙니까?”

아직도 지휘부 기사들 중 몇은 르옌을 통해 발로이드를 떠올리곤 했다. 르옌은 발로이드가 기다렸던 여자다. 발로이드가 숭상하여 바랐던 여자. 그런데…….

조금 전의 분위기를 생각하면 위스번스의 강요를 르옌이 수락한 것처럼 보였다. 기우이겠거니 싶으면서도 원체가 둘 다 속내를 보이지 않는 자들이라.

"거…… 우리더러 바인의 따까리 노릇을 하라는 말입니까? 그리고 거기 섭정이라면 노친네라던데. 징그럽지도 않나."

어쩐지 지금은 테네스 경 역시 자칼린과 크게 다르지 않은 기분이었다. 덩치가 커다란 벌트 경은 답지 않게 의기소침한 어투로 혼잣말했다.

"그놈들이랑 같이 싸우는 것도 괜찮고, 다 괜찮은데 영…….."

"제국을 위해 싸운 것과 바인의 비위를 살짝 맞추는 것, 그다지 차이 없을 일이야. 아직 확실지도 않으니 그 문제로 왈가왈부하는 것은 나중으로 미루자."

르옌은 그렇게 말하고 자리를 떠났다. 그녀의 등 뒤로 테네스 경의 빈정거림이 걸쭉하게 울렸다.

"생선 꼬리랑 사자의 꼬리랑 비교가 됩니까?"

덩그러니 남은 지휘 기사들은 저마다 불편한 기분을 감추려 애썼다. 누군가는 차라리 바인을 치는 것은 어떠한가 다시 의견을 냈다가 곧 포기했다.

기존까지 보고되었던 바인에 대한 정보로 신뢰도를 재점검한 후, 혼인 동맹을 요청하는 사절이 출발했다.

그 후로 백작 저는 뒤숭숭해졌다. 르옌과 자칼린을 아직까지도 크게 믿지 않고 있던 군사들까지 괴이쩍은 기분에 잠겨 숨을 죽였다. 둘 이상 모이기만 하면 바인의 섭정이 어떤 답을 보내올지가 화제가 되었다.

바인과의 혼인 동맹 자체를 내켜 하지 않던 이들도 곧 위스번스에게 설득당하여 조용해졌다. 위스번스는 마치 르옌을 팔아 치우지 못해 안달이 난 것 같다. 자칼린은 그렇게 느꼈다.

자칼린은 지난 이틀간 목에 가시가 박힌 듯한 갑갑함에 잠겨 있었다.

낮이면 방에 처박혀 있고, 밤이 되면 미적미적 검 하나를 들고 나와 저택 뒤편의 공터에서 밤이 새도록 검만 휘둘렀다.

곰곰이 생각할수록 위스번스가 부러 떠밀었다는 느낌을 지울 수가 없었다.

첫날은 마리포사들에게, 둘째 날은 북부에 분노했다. 그래, 제가 무슨 염치가 있어 북부에 분노하느냐마는, 북부가 남부 황실과 손잡은 게 아니냐는 소문만 듣지 않았더라도 이렇게 갑자기 사태가 급변하지는 않았을 것이다.

얼마간 성질이 돋아 검을 휘둘러 대던 자칼린은 그마저도 질렸단 듯 검을 내팽개치고 주저앉았다. 그리고 주머니 안에 대강 쑤셔 넣어 두었던 건조된 잎담배를 질겅질겅 씹었다.

파사드와 테른도크는 대체 지금 북부에서 뭘 하고 있는 걸까.

지난해 라르크에서 많은 이들이 죽었다고 하였다. 라페로바한이 죽은 사건이 가장 충격적이었다. 그 일을 빌미로 동부 윈로스의 잔당 토벌대에 퇴역 기사였던 윈포드 경까지 다시 현직으로 불려 나왔다는 얘기에 정말 큰일이 벌어지긴 하려나 보다 하였다.

그런데 이게 웬 말인가. 남부 황실과 손을 잡다니.

정치판 돌아가는 일은 잘 모른다. 형인 카라제시는 중립 가문인 체사의 아들이라면 그런 부분을 더 섬세히 살펴야 한다 가르쳤지만 자칼린은 그러지 않았다. 포기가 빠른 만큼 제 적성이 아닌 분야에는 조금의 관심도 두지 않았던 것이다.

막말로 차남인데 뭐 어떤가. 차남의 장점은 흥청망청 놀며 살아도 상관이 없다는 것이다.

그런데 이쯤 되니 생각해 보지 않을 수가 없다. 라르크가 다락의 남진을 저지한 것만이 문제가 아니었다.

'……아, 진짜 싫다.'

르옌은 진짜로 북부에 미련이 없나? 정이 떨어질 만도 했지만 꼭 그렇지만은 않을 것이었다. 어쩌면 그저 바람인지도 모르겠다.

맥 빠진 고개를 꺾은 자칼린의 턱을 타고 땀방울이 흘렀다. 스윽 팔뚝으로 훔쳐 냈다. 머릿속이 정리가 되지 않았다. 르옌의 선택이 옳고, 옳지 않고를 떠나서…….

한참을 염소처럼 잎담배를 질겅대던 자칼린이 무릎에 힘을 주고 일어섰다.


르옌은 회랑의 거대한 문을 온 힘을 다해 밀어 열었다. 끼이익. 계집의 비명 같은 소리가 적막을 찢었다. 벌어진 문틈 안으로 타는 횃불이 보였다. 그녀는 회랑 안으로 들어섰다.

어디선가 솔향기가 난다. 재의 냄새 같기도 하였다.

곧게 걸어간 르옌의 발끝은 여섯 개의 계단 위에 놓인 커다란 의자의 목전에 멈추었다. 그녀의 손끝이 그것의 등받이를 매만졌다.

르옌은 고독한 의자에 앉았다. 세상에서 가장 차가운 왕좌라 알려진 북부의 왕좌만큼은 아닐 터이나, 역시나 차가웠다. 그녀의 눈동자가 뜻 없이 회랑의 전면을 마주 보았다. 융단도, 가신도 없는 풍경. 그럼에도 노르테 홀과 닮아 있다.

르옌의 눈꺼풀이 느리게 감겼다.

오늘, 저녁 먹은 것을 내리 다 토해 내고 겨우 잠든 그녀의 밤잠을 쫓은 꿈은 그토록 잔인했다.

붉은 융단이 핏길처럼 이어져 있었다. 뮈아드로의 거대한 백색 궁문까지 이어진 융단이었다. 좌우로 창을 교차하여 높이 들어 올린 기사들이 사열해 있다. 옛날 옛적 그녀가 아꼈던 자들의 얼굴이었다. 하나같이 시체의 눈을 하고 잿빛 드레스를 입은 그녀를 따라 눈을 좌로 우로 움직였다. 알레타르 달테의 혼백 없는 석상들처럼 차가운 시선이었다.

보드라운 핏길 끝에는 벨바롯트가 서 있었다.

—당신의 방패가 되겠습니다.

벨바롯트의 얼굴은 보이지 않았다. 그저 검은 머리칼, 검은 눈동자로 하여금 그리 느꼈을 뿐이다. 그녀는 한참을 그를 바라보았다. 북받치는 반가움으로 그의 이름을 불러보았다.

—파사드.

아니, 벨바롯트의 이름을 불렀다 생각했다.

그리 끔찍한 꿈이었다.

깨고 나니 속이 뒤집어졌다. 잠들기 전 그리 토해 냈는데 또다시 토기가 밀려왔다. 겨우 몸을 추스르고 나니 생각나는 곳이 이곳뿐이었다. 자주 걸음 하는 곳도 아닌데 유독 이 의자의 생각이 났다.

르옌은 등받이에 등을 기댄 채로 눈꺼풀을 내리깔았다. 섭정과의 혼인이 성사될는지, 되지 않을는지도 알 수 없었다. 사실 바라는지, 바라지 않는 것인지도 모르겠다.

결정은 간단했고 주저도 없었다. 하지만 섭정이라는 직함에 벨바롯트를 연상하지 않을 수도 없었다.

벨바롯트의 배반을 알았을 때 발밑 꺼지던 아득함, 왕궁으로 되돌아가던 길에 보았던 폐허 같던 라르크, 제 얼굴도 알지 못하는 자식들을 마주했을 때의 참담함. 울던 남자, 붙잡던 남자.

짙게 남은 꿈의 잔상이 감은 눈 안에서 어른거렸다.

'파사드.'

그리 불렀다.

르옌은 단 한 순간도, 벨바롯트를 파사드라 부른 적이 없었다. 벨바롯트는 늘 벨비였다. 꿈에서조차 벨비였다. 그런데 왜 파사드라 불렀나?

팔걸이에 팔꿈치를 걸친 르옌이 무거운 고개를 기울여 괴었다. 이대로 다시 잠들어 버려도 좋을 만큼 피로했다.

그리 얼마나 앉아 있었나. 끼이익. 문이 열리는 소리가 났다. 걸음 소리가 가까워졌다. 인기척을 감지하는 건 르옌의 본능과도 같은 것이었던지라, 발소리의 주인이 누구인지도 쉬이 간파되었다.

"무얼 하십니까."

위스번스가 계단 아래에서 얼마 떨어지지 않은 기둥에 등을 기대고 섰다. 르옌이 무덤덤히 혼잣말 했다.

"이 의자가 세상에서 가장 차가운 왕좌를 닮았다는 사실을 알고 있나?"

"북부의 왕좌 말입니까."

"그래."

희끗한 새치가 난 위스번스의 눈썹 아래 그늘진 눈동자가 움직여 르옌이 앉은 자리에 시선을 주었다. 여왕처럼 앉아 있는 여자는 노곤함마저 날카로워 보였다.

"……그래서 제가 당신을 끊임없이 의심하는 겁니다."

"그래서?"

"당신은 늘 스스로가 북부인이라 믿고 있지 않습니까."

고개를 든 르옌이 기둥의 그늘에 반절 잠긴 위스번스를 바라보았다.

"불쾌하시다 해도 사실입니다."

"새삼 불쾌하지 않다. 이미 에일라가 이르고 갔으니까."

미간을 좁힌 위스번스가 낮게 중얼거렸다. 하여간 융통성이 없습니다, 이 녀석들은.

르옌은 위스번스에게 개인적인 사감은 느끼지 못했다. 위스번스는 마리포사들 중 몇 없는 쓸 만한 머리였다. 그녀가 바라지 않는 방향으로 의심이 많아서, 결국 성에 차지 못한다는 것이 아쉬울 뿐이다.

그래서 에일라가 위스번스의 불안에 대해 넌짓 일러 주었을 때도 놀라지 않았다. 위스번스가 마리포사들과는 다른 종류의 사람이라는 걸 알고 있었기 때문이다.

하지만 르옌에게는 그의 내면에 싹트는 의혹이라거나, 불신 같은 것들을 신경 쓸 여유가 없었다. 이유도 없었다.

"물리고 싶지 않으십니까?"

"내가 변심할까 밤이 새도록 노고를 다했을 너를 생각하면 그럴 수는 없지. 그것이 가장 적절한 방안이기도 했고……."

르옌은 지난날 잇지 못했던 기억을 다시금 상기했다.

첫 초경이 있던 달을 간신히 숨겨 보낸 왕녀의 이야기다. 왕녀는 그를 숨겼으나, 애석하게도 달거리는 매달 찾아오기에 달거리라 불린다.

두 번째 월경은 감추지 못하였다. 하필이면 예이건 공작 파텐과의 역사학 수업이 있던 날이었다. 수업을 마치고 일어서는 왕녀의 치맛자락에 혈흔이 선명하였다.

눈치 빠르게 알아차린 파텐이 시녀를 불렀고, 시녀들은 그 소식을 왕비에게 전달하였고, 왕비는 그를 왕 돌로메트 3세에게 전하였다. 왕녀가 무어라 변명할 새도 없었다. 돌로메트 3세는 크게 기뻐하며 관습에 따른 연회를 준비하라 명을 내렸다. 소식은 삽시간에 퍼졌다.

그달이 지나기 전 연회가 열리고, 그녀의 피 묻은 드레스 자락이 공개적으로 불에 탔다. 온 라르크가 왕녀가 여자가 되었다 칭송하였다. 아름답고 자애로운 왕녀로 칭송받던 그녀가, 완벽한 북부의 여성으로 인정받은 날이었다.

세상일이란 참 희한하지. 목줄이 채워진 집짐승의 기분으로 그날의 연회에 참석했던 스완은, 바로 그날 그 자리에서 제가 가진 또 다른 무기를 자각했다.

단순히 왕녀를 경배하는 것이 아닌, 여자로서 탐욕하던 자들의 눈빛과 행동 속에서.

후사를 볼 준비가 된 유일한 적통 왕녀. 제 형제들은 갖지 못할 무기였다. 왕녀는 아름다웠고, 혈통은 날 때부터 지고하였으며, 스스로의 가치를 높이는 방법을 잘 알고 있었다. 사내들이 얼마나 욕망에 나약한지도 알고 있었다.

그녀는 점차 제가 가진 몸을 사용하는 데에 익숙해졌다. 때로는 눈웃음 한 번으로, 때로는 입맞춤 한 번으로, 때로는 잠자리 한 번으로 전부 가졌다. 혼인도 마찬가지였다.

인간적으로 벨바롯트를 괜찮은 사내다 여기기는 하였으나 사랑하여 혼인한 것은 아니었다. 탐이 났으니 저를 던져 주고 그를 취하였다. 감정 한 자락 섞이지 않았다.

지금 제가 자처한 상황과도 진배없었다. 바인을 얻기 위해 섭정 길도프를 거머쥐는 것. 스스로를 수단 삼는 것은 자괴할 일이 아니었다. 그런데 솔직히 조금은 꺼려졌다. 저답지 않은 일이었다.

의자의 팔걸이를 매만지던 르옌이 물었다.

"……페이작은 이 의자에 앉았나?"

"아니요. 한 번도 그 의자에 앉아 계신 걸 본 적이 없습니다. 선대가 있을 때는 종종 회랑의 문이 열렸다 하였지만 발로이드 님은 이곳에 자주 걸음 하지 않으셨습니다."

그렇구나. 르옌의 중얼거림이 음산한 공기를 메아리쳤다. 위스번스의 조금 격앙된 음성이 울렸다.

"당신은 돌 같습니다. 굴러다니는 돌."

"……."

"닳는 줄 모르지요. 닳지 않을 거라 생각하지요. 어디로 굴러갈지도 사실 잘 모르겠습니다."

르옌은 반박하지 않았다. 그러나 동의하지도 않았다.

위스번스의 말은 틀렸다. 닳아 버리지 않았다면 지난 결정에 대한 고민을 하고 있지도 않았을 것이었다. 이리 속 불편하지 않았으리라. 그녀는 다시 생각에 잠겼다. 왜 저는 꿈속의 그를 '파사드'라고 불렀을까.

그녀는 늘 스스로 원하는 것이 명백하였다. 이처럼 모호했던 적이 없어서 르옌은 고독한 침묵을 머금고 눈을 감았다. 한참을 서 있던 위스번스는 인사 없이 돌아 나갔다.

걸음 소리가 자작자작 멀어졌다. 어린아이의 발소리처럼.


르옌은 여명의 첫 조각이 회랑에 들기 직전 침실로 되돌아왔다.

아무도 없어야 할 그녀의 침실 안에는 어깨를 늘어뜨린 채 책상 옆에 앉아 턱을 괸 자칼린이 자리를 차지하고 있었다. 한잠도 자지 못해 피로에 짓눌린 얼굴이었다. 그는 그녀가 돌아온 것도 모른 채로 생각에 잠겨 있었다.

살며시 미소 지은 르옌이 소리 죽여 다가가 자칼린의 뒷목을 양팔로 끌어안으며 속삭였다.

"주인 없는 침실에서 무얼 하고 있나?"

자칼린이 화들짝 놀라 고개를 돌렸다.

"야, 씨, 야! 놀랐잖아. 이 새벽에 어디 갔다 온 거야?"

"산책. 너는 예서 뭘 하고 있는데?"

목을 휘감은 르옌의 팔을 떨쳐 내려다 말고 반대로 꽉 움켜쥔 자칼린이 르옌의 얼굴을 들여다보았다.

"너 안색이 왜 이러냐?"

"너도 마찬가지인데?"

팔을 푼 르옌이 뒤돌아가 르옌은 옷을 갈아입기 시작했다.

"너 내가 사내로도 안 보이지! 그러니 그렇게 아무데서나 훌렁훌렁 벗지!"

막 진지해지려던 자칼린이 벌건 얼굴로 떽떽거렸다. 그러건 말건 르옌은 침대 위에 펼쳐 놓았던 침의를 머리 위로 쑥 넣어 걸친 후 북녘을 마주 보고 놓인 소파에 앉았다.

한참을 투덜대다 말고 자칼린이 그녀의 옆자리에 털썩 엉덩이를 붙였다. 그가 불쑥 물었다.

"믿냐?"

르옌은 자연스럽게 대답했다.

"믿어."

"믿냐가 아니고 밉냐고. 밉지 않냐고."

"그들은 잘 하고 있는데 무얼 미워하고 미워하지 않고를 따지나."

"아니, 화 안 나냐고."

"새삼 화가 날 이유가 어디에 있나. 테른도크는 이미 옛적에 내 눈 밖에 난 놈인데. 내가 그를 적대한 순간부터, 그도 나를 적대하리라는 것쯤은 각오했지."

심드렁한 르옌의 대꾸에 자칼린은 왠지 모르게 더 울적해졌다. 이 판국에도 테른도크를 옹호해 주고 싶어지니, 대체 제 애국심은 같대도 아니고 왜 이러나.

"……장난 다 떼고, 계급장 다 떼고 너 나랑 진지하게 얘기 좀 하자."

자칼린의 그늘진 연둣빛 눈동자를 마주 보던 르옌이 희미하게 웃었다.


나란히 소파에 앉은 그들은 정면만을 응시했다. 먼저 대화를 청하기는 했다마는 자칼린은 어디서부터 말을 꺼내야 할지 몰라 연거푸 한숨만 내쉬었다. 기다리다 지치기라도 한 건지 르옌의 머리가 자칼린의 어깨로 기울었다.

자칼린은 르옌의 어깨를 감싸 지탱하며 용기를 내어 물었다.

"형님일까?"

"직접 묻기 전엔 알 도리가 없지."

제 딴에는 긴장해 물었는데, 돌아오는 대답은 싱겁기 짝이 없었다.

"만약에 형님이면……."

"이유가 있겠지."

'이 계집애는 마음이 쥬비상트 해만큼 넓은가? 성녀인가?'

제 기사 인생을 걸고 장담컨대 저 계집애는 분명 성녀는 못 될 게

집이었다. 수틀리면 얼마나 악랄하게 나오는지 이미 지난 몇 년간 봐 오지 않았나.

그렇기 때문에 지금 르옌의 반응은 이해하기가 어려웠다. 북부의 개입이 확실하다는 전제하에, 파사드가 관여하지 않았다고는 말할 수 없을 것이다.

테른도크와 파사드는 지금 한 몸처럼 움직이고 있으니까. 그것만을 이유로 르옌이 바인의 섭정과 혼인을 하겠다는 선택지를 받아들인 것은 아니겠지만, 자칼린은 르옌이 북부로 인해 더 상처받은 건 아닐까 걱정스러웠다.

르옌의 어깨를 만지작거리던 자칼린이 툭 뱉어 물었다.

"……진짜 내가 너 납치해 가면 어떡할래?"

피로에 잠겨 가만히 그에게 기대어 있던 르옌이 낮게 웃음을 터뜨렸다.

"어찌 그 교활한 한센의 핏줄에서 이리 멍청한 녀석이 나왔는지."

"똑똑하니까 이래저래 살길 찾아 머리 굴리는 거지. 너야말로 네 인생 귀하게 여길 줄을 모르고 이리 던졌다 저리 던졌다……."

"누가 귀한 줄 모른대? 나는 세상에서 가장 귀하다. 비록 지금은 말 팔이꾼의 딸이다마는, 옛 체사가 일개 자작가였을 때조차도 나는 가장 높은 라르칼리아였다. 지금은 저 서부의 영주들이 죄 두려워하는 마리포사의 군대도 내 것이고."

이번에는 자칼린이 어이가 없어 웃었다. 농담이 아니기 때문이다.

"네 입으로 그렇게 말하면 안 쪽팔리냐?"

르옌은 웃기만 했다. 어깨를 만지작대던 손에 힘을 빼려던 자칼린은 무심코 손끝에 스치는 르옌의 야윈 등허리에 아랫입술을 당겨 올렸다. 문득 생각난 탓이다.

볼레트 군의관이 그랬다.

르옌은 즐기는 삶을 모르는 여자 같다 하였다. 음식 맛조차도 모르는 사람이라 어디 내놔도 편식으로 죽을 일은 없겠다 농담처럼 말하였다. 그때 당시 대수롭지 않게 넘겼던 자칼린은 '군대 내에 맛이 나는 음식이나 있답니까?' 하고 반박했다가 똑같은 놈 보듯 하는 동정의 눈빛을 사기도 했었다.

내렸던 손을 들어 르옌의 뒤통수를 매만진 자칼린이 뜻 없이 중얼거렸다.

"네 머리, 벌써 이만큼 자랐네."

"한 해 반이나 길렀으니. 이쯤 한 번 더 잘라 줘도 되겠다 싶기는 한데."

"자르긴 뭘 잘라. 아무리 그래도 계집애가 머리를 싹둑싹둑 잘라 그렇게. 길러."

르옌은 북녘을 물들이는 여명의 시간을 바라보았다.

"그러고 보니 전에도 너와 이렇게 앉았던 적이 있지."

이른의 영주성에서였다. 자칼린은 새삼스런 옛 기억에 피식 웃었다.

"어어, 그때 진짜 놀랐었지. 너랑 형님이랑 거사라니. 지금 생각해도 참…… 그랬는데 어쩌다 일이 이따위가 됐냐……? 씨, 팔자가 꼬여도 드럽게 꼬여서."

그해의 모든 일들이 꿈같다.

당시 르옌은 파사드에 대한 그녀의 감정을 집요하게 캐물으려던 자칼린의 호기심을 잘라 낸 바가 있었다. 답하고 싶지도 않았고, 그럴 생각도 없었다.

그런데 왜 갑자기 불쑥 그때 못 다한 말이 목 안에 맺히는지 모를 일이었다.

“내가 그에게 마음이 기울었던 것이 맞다. 그런 게 아니었다면 이 토록 아쉽지도 않았겠지.”

예상치 못한 순간 던져진 예기치 못한 대답이었다. 자칼린이 홱 고개를 돌려 손뼉을 쳤다.

“그럴 줄 알았지!”

제가 맞았다 신이 난 어린애 같은 양태였다. 피식 웃는 르옌의 처 연한 낯빛에 막 무언가 더 장난을 치려던 자칼린이 마음을 바꾸어 물었다.

“그런데 왜 갑자기 그런 말을 하는 건데?”

“글쎄다⋯⋯.”

“⋯⋯왜 좋았는데?”

가슴의 빗장이 덜컹거린다.

조용히 고개를 돌려 기대감 어린 눈빛을 한 자칼린을 바라보았다. 의외로 용기나 각오는 필요치 않았다.

“페이작을 그리 내 손으로 죽이고 나니, 세상이 끝난 것처럼 막막 하더라.”

자칼린의 표정이 서늘히 굳어졌다.

“아니, 분명 그 순간 끝난 게 있을 거다. 이 세상에서 날 알아주었 던, 단 하나라 믿었던 자를 내 손으로 죽였다. 자칼린, 너는 그 기분 을 모를 거다. 한 뼘의 땅조차 남지 않아 나락으로 떨어지는 기분. 손가락 하나 까딱할 수 없어서 나는 그저 주저앉아 있었다. 모르가 나의 황실 근위대 기사 하나가 페이작의 시체 앞을 떠나지 못하는 내게 검을 겨누는 순간까지도 멍청하니.”

그건 자칼린이 알고 있는 르옌답지 않은 일이었다.

“죽고 싶다는 생각을 한 건 아니었다. 내가 죽어야 한다 생각한 것도 아니었다. 다만 그런 생각이 들긴 했던 것도 같아. 이 삶마저 페이작이 내게 돌려준 것이었다. 그가 두 번째 숨을 준 것이다. 그런데 내가 그를 죽였다. 내게 자격이 있나? 이제 내게 무엇이 남았나. 나까지 죽어야 그대로 완성될 삶이라면 거역할 수 없겠다 그리 생각했다.”

“……그게 무슨 상관이야? 걔가 무슨 짓을 했건, 결국 너를 낳아 준 건 네 부모고…….”

“그리 간단하다면 좋을 일이겠지.”

자칼린이 더 위로하기를 포기하고 입술을 다물었다. 르옌은 어느새 밝아 오기 시작하는 저편에 시선을 둔 채, 엷은 미소로 말했다.

“그리 살아 죽어 가고 있는 내게, 그가 왔다.”

“…….”

“나조차도 나를 주체하지 못하여 어찌할 바를 모르는 그 순간에.”

새까만 눈빛에 드리워져 있었다. 안타까워 미치겠다는 듯이 흐려지던 검은 눈. 그 어떤 말도 하지 못하고 저를 내려다보던 사내의 눈동자.

“그는 말 한마디로 나를.”

거기까지 말하던 르옌이 입술을 꾹 다물었다.

어떤 어휘를 골라야 할지 알지 못했다. 구원했다? 그건 아니었다. 도와주었다? 그것도 아니었다.

사실 그는 아무것도 하지 않았다. 그저 이름을 소리 내었을 뿐이었다. 절박한 진심과 안도를 담아서.

—르옌 데투아.

가쁜 호흡 사이로 낮게 울린 목소리가 닿는 순간 살아났다. 살아났다. 그렇게밖에 표현할 수 없는 찰나였다.

파사드는 그렇게 말 한마디로 그녀를 억세게 쥐어 채 이편으로 내동댕이쳤다. 저 살아 있음에 그자가 안도하였다. 그는 굳은 낯으로 가리려 했지만 그녀의 눈엔 너무나도 역력했던 안도와 진심이었다.

타인의 손끝이 닿는 것만으로도 무너졌다. 제 어깨를 쥔 파사드의 온기가 그리 따뜻할 수 없어 눈물이 터졌다. 우스운 것은 그 온기마저 착각이었다는 것이다. 한겨울의 전장을 달려온 두꺼운 장갑 낀 손에 온기가 어디 있으려고.

머리가 시키지도 않은 애원을 터뜨렸다. 갓 태어난 아기의 첫 숨처럼 그리 오열을 쏟았다. 살려 달라는 말밖엔 할 수가 없었다. 그가 있어 살 수 있었다.

그 후 파사드가 그날 일을 거론했을 때는 부러 잊은 체하였으나 영원히 잊지 못할 날이었다. 이 목숨 붙어 있는 한 어제고 오늘이고 그때를 떠올리게 될 것이었다.

"어쨌든 칼란독은 그것만으로도 충분히 하였다. 앞으로 무얼 하든, 어떤 것을 하든 상관없다."

"……."

"분명 조금도 화가 나지 않았다면 거짓말이겠지만, 그는 그 자체로 내게 귀한 사람이야. 그리고 지금 테른도크 란펠과 칼란독이 행하고 있는 건 북부 왕정을 둘러싼 커다란 일이지. 뜻을 이루기 위해 필요하다면 얼마든지 남부 황실과 손잡아도 이해할 수 있다. 이쪽에 피해가 되더라도 내가 받아들여야 할 일이겠지. 그 정도 각오도 않고 사람을 믿는다 말하는 건 위선이다. 책임의 무게란 그런 거다. 적어도 내게는 그래."

왠지 제가 더 울컥하여 자칼린은 졸린 체 눈가를 박박 비볐다.

"그 정도로 생각하고 있으면 지난번에 왜 답신 않았냐?"

"너는?"

"난……."

자칼린도 마음만큼은 한 번쯤 소식을 넣고 싶었다. 가장 큰 충동을 느꼈던 것은 체사 가문에서 그를 제적하지 않고 그들의 변절이 유야무야 흩어졌다는 소식이 들렸을 때였다. 하지만 위스번스가 그때 이렇게 조언하였다.

―마리포사와 내통하고 있다 오해라도 산다면 더 폐가 될 텐데요.

위스번스의 말이 맞다는 생각에 마음을 바꾸었다. 물론, 그보다는 염치가 없어 손이 떨어지지 않았던 이유가 더 크긴 했다.

"아니, 됐다. 너나 나나 피장파장이지. 그보다 야, 파사드 형님 정말 너 때문에 파혼한 거 알지?"

"왜 나 때문이냐? 그가 택한 것을."

분위기를 바꾸는 김에 조금의 감동이나 책임 의식을 느끼길 바란 자칼린만 바보 되는 꼴이었다.

"잘나셨어. 잘났지. 아주 너 혼자 잘났지. 내가 뭐 하러 이 잘난 지지배 옆에 붙어서 따까리 취급이나 받고 있는지 모르겠네."

르옌이 자칼린의 머리칼을 헝클었다. 개 다루는 듯한 손길에 반감이 들어 머리를 젖혀 피했지만 집요하게 따라붙었다. 결국은 자칼린이 반항을 포기했다. 르옌이 징그러운 흉터가 남은 빈 귓가를 어루만졌다.

애틋한 손길이었다.

"자칼린, 너도 내게는 귀한 사람이다. 칼란독만큼이나 귀해."

"오해할 말 마라. 아는 사람 여자 안 건드리고, 임자 있는 여자 안 건드리는 게 내 신조거든?"

"처음 듣는데."

"그야 여자가 씨가 마른 곳에 지금 몇 년째 굴러다니고 있으니 그렇지."

자칼린이 투덜거리며 소파에 등을 파묻었다.

"진짜로 그 늙은이랑 결혼하면 너는 계속 이곳에 남겠지?"

"아마도."

"마지막으로 물어본다. 진짜 생각 잘하고 대답해라."

"응."

"끝까지 가고 싶어?"

하고 싶은 것과 하고 싶지 않은 것, 자칼린의 삶은 저 두 가지로 뚜렷한 경계를 나눌 수 있는지 모른다.

그러나 르옌의 행동 방침은 해내야 할 것과 불필요한 것으로 나뉘어 있었다. 그러므로 주저 없이 대꾸했다.

"그래. 당장 눈앞에 산재한 문제들을 하나하나 헤쳐 나가다 보면, 언젠가는 다른 길도 디뎌 볼 수 있겠지."

개운한 기분은 아니었다. 가슴 어딘가에 작게 싹튼 희망은 질기게도 남아 있었다. 만에 하나, 조금의 기회라도 생겨 모든 것을 깨끗이 매듭짓고 평화로 돌아갈 수 있게 된다면.

자칼린이 르옌의 어깨를 잡아 돌렸다. 얼결에 앉은 채로 몸을 돌려 바짝 마주 본 형세가 되었다. 철이 든 얼굴이라 해야 할지, 자칼린의 연두색 눈동자가 흔들림 없이 그녀를 직시했다.

"북부의 마지막 한 명까지 널 배신해도."

"……."

"형님이 나중에 널 잊어버려도."

"……."

"내가 끝까지 함께 있어 줄게. 같이 끝장을 보자. 그러니까 울 것 같은 얼굴 하지 마라, 좀. 나 우는 여자만 보면 도망가고 싶어진단 말이야. 미치겠네, 진짜.”

자칼린의 손이 르옌의 뺨을 닦아 냈다. 르옌은 그제야 물기 고인 눈가가 무겁다는 걸 깨달았다. 르옌이 눈꺼풀을 닫았다.

무겁다. 감은 눈꺼풀 안으로 결코 오지 않을 것 같은 미래를 그렸다.

붉은 길 끝에 검은 머리의 사내가 서 있는 그림이었다.

바인의 섭정은 혼인 동맹의 제안을 거절하지 않고 받아들였다. 마리포사 가문의 군대와 기사들을 바인에 귀속하는 것은 물론이거니와, 바인 측이 전투에 대한 결정권을 가져가겠다는 조건부였다. 처음부터 거절할 생각이 없었던 것이 아닌가 싶을 만큼 바로 돌아온 승낙에 마리포사들은 조금 분개했다.

즉각 선발대를 꾸린 르옌은 오백여 명의 기사들과 함께 바인으로 향했다. 섭정의 답신에 기뻐하리라 생각했던 위스번스는 외려 더 가라앉은 낯으로 라곳에시스에 남아 있겠다 하였다. 룩서르 경은 근시일 내에 시작될 다난과의 전쟁을 대비하기 위해 군사 준비를 도맡기로 했다. 특별히 하달받은 임무가 없는 나머지는 르옌과 함께 출발했다.

침울한 행렬이었다.


여드레 후, 말을 보채 달린 르옌과 마리포사들은 림의 왕성에 이르렀다.

거만하게 왕좌에 앉은 섭정 길도프가 그들을 맞이했다.

―어서 오시게.

논의는 빠르게 진행되었다. 다난을 협공하는 데에 필요한 군사, 바인과 다난의 국경선의 지형, 일자, 전략, 무엇 하나 빠짐없었다. 솔직히 여전히 섭정 길도프를 믿을 수는 없었지만 그가 다난 점령에 보이는 적극적인 태도는 마리포사들과 뜻이 맞는 부분이었다.

모든 결정을 내리는 데에 '폐하'라는 단어가 예의상으로도 거론되지 않았다는 사실이 못내 불편했으나, 어쩔 수 없는 일이다.

림에 도착한 지 하루하고 반나절 정도가 걸린 후에 협의안이 마무리되었다. 구색만 맞춘 간결한 혼인식은 엿새 후였다. 혼인 동맹을 승낙한 직후부터 바인 측에서 준비를 진행하고 있었으므로 구색뿐이라도 모자라지는 않을 것이라 섭정 길도프는 덧붙였다.

혼인식의 규모는 관심 밖이었으나 혼인식 자체는 중요한 것이다. 대외적으로 바인과 묶여 있음을 보여 주어 바인이 섣불리 발 뺄 수 없는 상황을 조장하기에 아주 적절했다.

그리고 다난과의 첫 전투는 혼인의 피로연이 끝나는 셋째 날 오후, 섭정의 혼인에 대한 소문에 적들이 안심하고 있을 때를 노리자 하였다.

다난의 동태를 가장 가까이서 지켜봐 온 바인 내의 보고문과, 마리포사 가문에서 살펴 온 다난의 상황이 약간의 오차를 두고 일치한다는 것을 확인한 르엔은 즉각 라곳에시스에 전서구를 띄웠다.

마리포사들이 지원하기로 한 군 수는 삼천 정도였다. 그 이상의 지원은 섭정 길도프가 거절하였다.

—이미 오백여 가까이를 림까지 끌고 들어오고서, 오천 가까이의 군을 더 데리고 들어오겠다고? 가당키나 한가.

말미로, 섭정 길도프는 르엔이 참전하지 않을 것을 요구하였다. 계집은 계집답게 앉아 있어야 한다는 말이었다. 그 문제에 있어 르옌은 몹시 강경하게 참전을 주장했으나, 섭정 길도프는 그녀보다 더 강경한 태도로 르옌의 뜻을 꺾었다.

—내 계집이 검을 휘두르고 다니는 꼴을 좌시할 거라 생각하나. 이 이야기를 없던 것으로 하고 싶으냐?

결국 르옌은 군사 작전의 보고만 전해 듣는 것으로 관여하기를 조율했다. 그녀를 호위하기 위해 따라온 기사들의 관리와 다난과의 전투에 요한 대부분의 지휘는 에일라와 자칼린, 그리고 룩서르 경이 이끌고 올 후발군에 합류하기로 한 테네스 경에게 일임했다.

시간은 빠르게 흘러, 혼인식 당일이 다가왔다.

절차만 필요한 예식이라 해도 신부인 이상 그 자리에서 가장 아름다워야 할 것이었다.

르옌은 풍성한 치맛자락을 느릿하게 손끝으로 들추어 보았다. 갑옷이나 훈련복이나 제복 같은 것을 입지 않은 드레스 차림. 진하게 화장을 한 눈매나 붉게 칠한 입술, 오래전에는 이런 드레스도 곧잘 입곤 했는데 어쩐지 조금 낯선 기분이었다.

바인의 신부는 예식 전 사람들의 눈에 띄지 않는 곳에 머물며 몸과 마음을 가다듬는 것이 관례라 하여 불편하게 지낸 지도 어언 엿새였다. 섭정의 재가 소식에 바인의 영주들이 죄 몰려들었다는 소식이 들렸다.

"아토라, 놀제, 웬너, 벨림 그리고 지그란의 영주라는 자의 깃발도 확인했습니다."

"자그란? 처음 들어 보는걸."

“군사를 이백도 지니지 못한 작은 땅이라 합니다.”

“그렇구나.”

에일라는 혼인 동맹이 성사된 이후로 쭉 어두운 얼굴이었다.

르옌은 지금 마리포사들 사이에서 떠도는 여러 이야기들을 들어 알고 있었다. 이번 혼인을 희생이라 여기는 이들도 많았다.

“구색만 맞춘다더니, 의외로 크게 벌리는군.”

나쁘지는 않았다. 어느 정도 떠들썩해야 빠르게 소식이 퍼질 것이고 다난의 영주도 방심할 것이다. 혼인의 피로연이 완성되기도 전에 전쟁이 시작될 테니.

“그리고 룩서르 경은 아슬아슬하게 시기에 맞춰 도착할 것 같습니다. 교지로 이미 내용들을 전달한 후인데, 휴식 없이 바로 개전하게 될 것이 우려됩니다. 하루라도 더 늦춘다면…….”

섭정 길도프는 몹시 독단적인 자였다. 혼인 날짜도, 혼인 방식도, 군사 규모도, 무엇 하나 마리포사들의 의견에 귀 기울이지 않았다. 초반에 기선을 누르기 위함이리라.

“다난만 피해 없이 치워 내면 된다.”

마리포사와 바인이 함께 다난을 점령하는 순간 왕국이 제국령을 침공한 것으로 간주될 것이다. 바인은 공식적으로 제국의 적이 되는 것이다. 발을 깊이 담근 이후에는 섭정 길도프의 눈치를 볼 필요가 없었다.

르옌이 뚫은 지 얼마 되지 않아 여전히 벌건 기가 남은 귓가를 매만졌다. 붉은 귀고리는 섭정 길도프가 직접 골라 주었다는 값비싼 보석이었다.

“그보다…… 반대하는 자는 없던가?”

“말들이 많은 모양입니다만, 신경 쓰일 정도는 아닌 듯합니다.”

"동태를 잘 살펴라. 아직까지 그자를 전적으로 신뢰할 수는 없으니까."

이미 대놓고 혼인 선언까지 하여 지방 영주들을 초청한 마당에 발을 뺄까 싶었지만 신중함이란 마지막까지 중요하다. 고개를 조아리던 에일라는 문득 갈비뼈 언저리에 조금 못 닿는 르옌의 머리칼을 바라보았다.

여전히 다른 남부 여자들에 비하면 짧다. 땋기도 애매하고 묶어서 귀부인처럼 올려 고정시키기도 모자랐다.

"뭐 하고 서 있나."

"치장을 돕겠습니다."

"돕는 손이 거추장스러워 시녀들도 내보냈는데."

"돕겠습니다."

어쩐지 고집스러워 르옌은 두 번 물리지 않고 의자에 앉았다. 에일라의 굳은살투성이의 손끝이 르옌의 머리칼을 쓸어내렸다.

이번 일은 에일라의 가슴에도 묵직이 남을 것이었다. 에일라는 가장 먼저 르옌을 따르마 하였으나, 다른 군사들이 어느 정도 두 북부인에 마음을 연 지금조차도 가슴 한 켠에 도사린 노여움과 싸워야 했다.

위스번스는 그녀가 도망칠까 불안해하였지만, 에일라는 차라리 그녀가 도망쳤더라면 마음이 더 편하였을 터였다. 레이리스를 볼 때마다 발로이드를 죽게 한 그녀를 생각하지 않아도 되었을 테니까.

르옌은 입술을 붉게 바르는 와중에도 우려를 그치지 않았다.

"앞으로 섭정을 구워삶을 때까지 한동안 전선에는 나가지 못하겠지만, 내가 이곳에 머물게 되더라도 자칼린이 도울 거다. 자잘한 것은 너희가 조율하여 결정하고, 큰일이 생긴다면 일러."

에일라는 손을 멈추었다. 오랜 목소리가 맴돈다.

─제 사람을 결코 버리지 않는 여자다.

사실 이 여자는 도망쳐도 될 사람이었다.

"당신은 정말이었습니다."

고개를 돌린 르옌이 등 뒤의 에일라를 올려다보았다. 무표정하게 르옌의 불그스름한 갈색의 눈동자를 마주 보던 에일라가 눈을 내리깔았다.

"정면을 보십시오."

르옌은 고개를 갸우뚱하며 다시 정면을 돌아보았다.

에일라는 일어선 르옌의 구겨진 드레스를 펼쳐 주고, 구두를 다시 한 번 살펴 주고, 지극 정성의 손길을 다했다. 그래도 계집이라고 의외로 손끝이 섬세하였다. 르옌은 전신을 비추는 거울로 에일라를 빤히 바라보았다. 표정은 어둡기만 하였다.

르옌이 한숨을 내쉬었다. 차라리 자칼린처럼 대놓고 게거품을 무는 것이 더 낫지 싶었다.

자칼린은 섭정을 실제로 만나고 나오자마자 말 그대로 기겁했다. '늙었다고만 했지 저렇게 늙었다곤 안했잖아!' 하면서.

"에일라 시니스, 네가 울상 지을 이유 없어. 내가 받아들인 순간부터 책임은 내 몫이다. 그리고 앞으로는 위스번스의 행동이 신경 쓰인다 내게 와서 이를 필요도 없다."

"세상 사람들이 모두 당신처럼 매사를 아무것도 아닌 것처럼 흘려 넘길 줄 아는 건 아닙니다."

예상 밖의 반박에 르옌이 눈을 둥글게 떴다가 이내 접어 웃었다.

"나 역시 마찬가지야. 고집스러운 사람들은 외려 매사를 흘려 넘기지 못해 고집스러운 거지."

"……."

"에일라, 어쭙잖게 나를 동정하지 마라."

"……."

"나는 부하들이 상관을 경외하여 따르는 건, 그 책임을 짊어져 주는 데에 대한 일종의 대가라 생각하는 사람이야. 백성들이 왕을 따르는 이유도 마찬가지고."

"……."

"나는 너희 모두를 신경 쓰고, 너는 네 아랫것들을 책임지고, 아랫것들은 명령을 이행한다. 그러면 군은 돌아간다……. 이번에 내가 택한 것은 그것을 원활하게 하기 위함이지, 그 이상의 어떤 의미도 없다. 그러니 죽상 하지 마라. 이로써 필요를 채울 수 있다면 외려 기뻐할 일이야."

"압니다."

"안다고?"

에일라의 대꾸는 르옌의 말문을 막히게 했다.

"당신은 당신이 필요로 하는 자와 혼인을 할 것이라고 하셨습니다."

르옌은 한참을 침묵으로 에일라를 바라보았다. 누가 그런 말을 했는지 구태여 묻지 않아도 알 수 있었다. 에일라와 르옌의 사이에는 늘 한 사람의 벽이 존재했다.

비스듬 르옌을 외면한 에일라의 뺨의 흉터가 선명했다. 르옌이 툭 뱉어 물었다.

"너는 평생 페이작의 곁에서 검만 잡고 살았나?"

"거의 대부분은 그렇습니다."

"연인은 있나?"

에일라는 문득 죽은 기억을 떠올리고는 시선을 발끝으로 내렸다.

"그러고 보니…… 엘폰느 경을 딸처럼 여긴다고 했던 걸로 기억하는데."

"피는 섞이지 않았습니다."

레이리스의 이름이 거론되는 것만으로도 에일라는 크게 불편해했다. 르옌도 알면서 모른 체 넘겼다. 모를 수가 있을까. 레이리스는 벌트 경 소속의 기사로 적을 옮긴 후에도 에일라의 등만 좇았다. 아마 최근 몇 달 동안 르옌이 아는 한 레이리스와 에일라는 대화 한 마디 않았을 것이다. 그건 에일라로부터 생긴 일방적인 소통의 단절이었다.

복잡다단한 그녀의 표정에서 르옌은 씁쓸한 감상을 읽어 냈다.

"부러 못되게 굴 필요는 없을 텐데."

"……"

"나는 사실 딸자식을 길러 본 적이 없어 모르겠지만…… 내 어머니도 늘 내 혼사를 걱정했지."

"그렇겠지요."

"엘폰느 경이 약해서 실망했나?"

에일라의 미동이 멎었다.

"그도 아니라면, 내가 그녀를 죽이지 않고 살려 보내서 실망했나?"

르옌의 질문은 그렇다, 그렇지 않다 따위의 간결한 말로는 답할 수 없는 복잡한 것이었다. 에일라가 한 걸음 물러섰다. 무겁게 끌리는 걸음 소리가 났다.

대강 묶어 올린 뒷머리를 어루만지며 르옌이 창 저편을 내다보았다. 봄의 하늘이 낮게 드리워져 있었다. 푸르다.

"애먼 계집에게 화살을 돌리지는 마라. 골이 더 깊어지면 나중에는 메우지도 못하니까. 바인과 모르가나의 접전으로 변질되면 그때는 지난 남북 전쟁만큼은 아니라도 큰 전란이 될 거다. 언제 죽을지 모르는 일인걸."

“됐습니다.”

“잃고 나면 어떤 형태로든 후회라는 것은 찾아온다. 그러니 가졌을 때 귀하게 여겨.”

“당신의 소관이 아닙니다.”

미간을 일그러뜨린 에일라가 드물게 강경히 대꾸했다. 르옌은 설핏 웃음으로 답했다.

“잔소리가 싫으면 내색하지 말았어야지.”

다정함이 물씬 밴 목소리였다. 에일라는 언젠가 들었던 발로이드의 목소리를 되감았다. 왜 요 근래 유독 그의 기억이 짙어지는지 모를 일이다.

─나는 너희도 그녀를 사랑했으면 좋겠다. 아니, 어쩔 수 없이 너희도 그리될 테지. 그녀를 만나고 나면 너희도 조금쯤은 나를 이해하게 될 거다. ……에일라, 그녀는 저것과 같은 여자다.

에일라는 창밖을 바라보았다. 청록빛 눈이 파란 하늘에 이르렀다.

‘당신은 언제나 나의 옳음이라.’

발로이드는 늘 옳았다. 에일라는 이제 제 밑바닥까지 내어 준 르옌의 진심을 알게 되었다. 저라는 사람마저 제 사람처럼 대하는 그녀를 인정했다.

그러나 르옌을 사랑할 수는 없을 것이었다. 그리고 증오하지 않을 수도 없을 것이었다.

무르익은 봄, 림 왕성 내의 커다란 홀에서 잔치가 열렸다.

칙칙한 공기가 인파의 열기와 떠들썩함에 떠밀려 갔다. 예식이 마련된 홀 안에는 익숙지 않은 물고기의 비린내가 만연했다. 연회장의 천장에는 거대한 세 개의 꼬리를 지닌 물고기 문양의 천이 늘어져 있었다. 그 옆에 푸른 나비의 마리포사 가문의 천이 작게 자리 잡았다. 크기부터가 확연한 차이였다.

화려한 옷을 더덕더덕 걸치고 유복함을 과시하는 영주들과 섭정 길도프를 모시는 세력들이 모였다. 하나같이 멸시와 기대감이 섞인 표정이다.

드디어 마리포사의 그 계집을 눈으로 보는구나! 기사라 하였으니 키가 사내만 한 건 아닌지, 얼굴이 멀쩡하지 않은 건 아닌지를 떠드는 이도 있었다. 북부인이니 털북숭이 설인처럼 생기지 않았겠느냐 농담을 던지는 이도 있었다. 그들 중에는 아직도 왕궁에 돌아오지 않았다는 왕 요수아의 부재를 헐뜯는 이도 있었다.

그러나 바람잡이들은 단연 '예의 그 잔악무도한' 마리포사를 발치에 무릎 꿇린 섭정 길도프를 찬양하는 일에 혼신의 힘을 다했다.

"신부 드십니다."

약속이나 한 듯 수백 개의 눈동자가 홀의 입구로 향했다.

바다 신의 신부가 든다! 바다 신의 신부가 든다! 잘 차려 입힌 어린 소년들이 그런 전통 노래를 부르며 홀을 가로질러 뛰어갔다.

보랏빛 자수가 놓인 연하늘의 긴 드레스를 입고 나타난 북부 여자를 발견한 이들은 절로 손뼉을 쳤다.

당당히 걸어 들어오는 여자의 서늘한 기세와 북부인 특유의 하얀 피부는 퍽 매력적으로 와 닿을 수밖에 없는 어떤 것이었다. 상석에 앉아 있던 섭정 길도프가 르옌을 향해 흡족한 미소를 지어 보였다.

예식은 철저히 바인의 풍토를 따랐다.

연초를 나누어 피우는 일도 없었으며, 혼인 당사자들이 직접 서약

의 맹세를 외고 서약서를 불에 태우는 의식도 없었다. 그저 섭정의
측근이 서약의 맹세를 읊고 짧게 서로의 뺨에 입맞춤을 한 후, 저 먼
바다에서 잡힌다는 고래 고기를 나누어 먹는 것이 전부였다.

모든 것이 순조로웠다.


예식은 금세 끝이 나고 곧바로 피로연이 이어졌다. 르옌과 길도프
는 나란히 연회 홀 최상석인 긴 식탁 너머에 앉았다. 하객으로 방문한
영주들과 기사들 모두가 순번에 따라 찾아와 축복의 인사를 올렸다.

"좋은 날입니다."

"섭정 각하, 역시나 대단한 결정을 하셨습니다."

대부분의 치하는 섭정 길도프에게 쏟아졌다. 르옌은 시종일관 미
소 지은 채로 홀 안을 찬찬히 훑었다.

섭정 길도프와 나란히 앉은 긴 식탁의 정면으로는 좌우로 길게 놓
인 두 개의 긴 식탁들이 식기와 음식들의 무게를 견뎌 내고 있었다.
우측은 마리포사 측의 자리였고, 좌측은 바인의 하객들이었다.

자칼린의 등이 보였다. 레이리스와 에일라와 테네스 경과 술잔을
나누며 그녀를 등진 채였다. 내내 꼴도 보기 싫다더니 르옌과 섭정
길도프 쪽에는 시선도 주지 않았다.

르옌이 팔걸이에 몸을 기울인 채로 나직이 물었다.

"바인 군의 소집은 이미 마무리가 된 겁니까?"

"뭐, 거의. 그 때문에 림의 도시 수비대도 일부 차출해 내려 보냈
으니."

귀찮은 내색이 역력한 대답이었다. 르옌의 미소는 작위적으로 짙
어졌다. 잠깐 섭정 길도프와 르옌 사이에 흘렀던 어색한 침묵은 몰
려드는 인사들에 떠밀려 흩어졌다.

“북부에서 왔다던데, 호오. 지난 전쟁에도 참전하셨다고?”

“그랬지요.”

“어떠했는지 듣고 싶은데요.”

“양측 모두 치열한 전투였습니다.”

번잡하게 오가는 사람들이 한마디씩 던지는 말에도 르옌은 상냥히 대꾸했다. 스무 명 정도의 말을 받아 주었을 즈음이었다. 잠시 인사가 끊겨 목을 축이던 중이었다.

문득 르옌은 꼼짝도 않고 그들을 노려보는 한 사람이 있다는 걸 알아차렸다.

앞 열에 앉은 것을 보면 지위가 있는 사람일 터였다. 나이는 사십 정도 되었을까? 젊지는 않지만 그렇게 늙지도 않아 보였다. 사내는 르옌과 눈이 마주치자 노골적으로 눈을 부라리며 쥐고 있던 술잔을 들이켰다.

르옌은 섭정 길도프 바로 오른쪽의 빈 의자를 응시했다. 바인에 도착한 후 요수아를 만나지 못했다. 요수아에 대한 이야기를 하는 이도 드물었다. 그나마 흘러다니는 그에 대한 이야기는 요수아의 행동이 왕으로서 적당하지 않다는 그런 흠집 내기가 전부였다.

르옌이 섭정 길도프에게 말했다.

“폐하께서도 축복해 주셨다면 좋았을 텐데요.”

섭정 길도프는 막 대각에 서 있던 사람과 술잔을 나누며 웃다 말고 르옌을 돌아보았다.

“폐하께서 워낙 변덕스러운 분이라 림을 떠나셔서 지금 다른 곳에 계시지.”

“……그렇군요. 인사야 나중에 드리면 되겠지요.”

르옌은 빙긋 웃은 후 다시 눈빛이 사나운 하객을 향해 관심을 돌렸다.

술에 취해 벌건 건지, 화가 나 있는 건지. 평소 생긴 것이 저리 험악한 것이라면 애도를 표해야 할 정도이니, 필경 심기가 사나운 것이 분명했다.

적대 어린 눈빛이 섭정 길도프에게도 똑같이 향하지 않았다면 르옌은 자신이 저 사내로부터 섭정 길도프를 빼앗은 연적쯤 되는가 싶었을 것이다.

슬며시 목을 내밀어 사내의 등에 매인 멘테로 출신을 확인하려 했지만 잘 보이지 않았다.

그때였다. 커다란 북소리가 울리며 홀의 문이 활짝 열렸다. 낯선 복식을 입은 남자가 성큼성큼 홀 한가운데로 걸어 들어왔다.

코끝이 구부러진 까무잡잡한 피부의 낯선 생김을 하고, 소매와 하의가 둘 다 짧은 낯선 복식을 입고 있었다. 사내의 등 뒤로는 태양과 조개가 그려진 문양 기를 높이 세운 기수가 뒤따르고 있었다.

태양과 조개, 르옌도 익히 아는 문양이었다.

'살리가르?'

살리가르는 서부의 남단에 붙어 있는 곳인데 한창 시친과의 전쟁을 준비하고 있다 알려져 있었다. 별안간 길도프가 벌떡 일어나며 큰 소리로 환영했다.

"이거! 우리의 친구께서 오셨군! 잔을 들라!"

하객들은 자연스럽게 홀을 가로지르는 살리가르의 사내를 향해 축배했다. 광대처럼 양팔을 넓게 벌린 살리가르의 사내는 익살스럽게 웃으며 사방에 일일이 목례했다.

사내는 곧 르옌과 섭정 길도프의 앞에 섰다.

"섭정 각하, 이런 미인을 얻으시다니 경하드립니다. 새 안주인께도 인사드리지요. 저는 준니아라 합니다.”

“어서 오게, 한잔하시겠는가?”

“아니오, 우선 얼어붙은 땅에서 내려오신 열정적으로 아름다운 귀부인께 예우를 갖추어도 좋을지.”

스스로를 준니아라 짧게 밝힌 사내의 말투는 굉장히 능글거린다는 느낌을 주었는데, 특유의 억양 탓에 더 거북스러운 느낌이었다. 르옌이 우아하게 손을 내밀자 살리가르의 준니아가 그녀의 손등에 입술을 맞춘 후 품 안에서 작은 상자를 꺼냈다.

“이건 우리 살리가르의 젠부아 섬에서 난 흑진주로 만든 최상품 목걸이입니다. 앙레디움의 진주 장사치들도 울고 가는 것이지요. 경하의 선물로는 약소하지만 아가씨에게 몹시 잘 어울리실 거라 마코시아께서 보내신 것입니다.”

새까만 진주가 알알이 걸려 있는 것을 물끄러미 바라본 르옌은 의례적으로 고마움을 표하고 앉으려 했다. 그러나 살리가르의 준니아는 뜬금없는 요구로 그녀를 멈칫하게 했다.

“각하께서 걸어 주시지요. 지금 걸고 계신 목걸이는 아무런 장식도 없어서 목이 허전하지 않으십니까.”

섭정 길도프는 준니아에 동의하며 르옌에게 말했다.

“이 목걸이가 잘 어울릴 것이다.”

르옌이 가볍게 상체만 틀어 등을 내어 주었다. 길게 뻗은 목덜미를 흡족히 응시하던 섭정 길도프가 르옌이 하고 있던 얇은 목걸이를 툭툭 풀었다.

그때였다.

“얼마나 비천하면 머리카락까지 가져다 파셨답니까? 처녀는 맞는지 확인은 해 보셨답니까, 각하?”

분위기가 한순간 찬물 끼얹은 듯 고요해졌다.

모두의 시선이 뒤도 돌아보지 않고 쩌렁쩌렁 소리치는 돌체의 영주 맥베인에게 향했다. 놀란 다른 귀족들이 맥베인의 팔뚝을 쥐거나 고개를 저어 눈치를 주었다. 그럴수록 맥베인은 부러 큰 소리로 떠들었다.

“내가 뭐 틀린 말 하였나?”

과연, 아까부터 저와 섭정을 노려보던 자였다. 고개를 돌린 르옌은 만면에 미소를 띠고 뚜렷하게 답했다.

“옆에도 눈이 달리신 모양입니다.”

“몸이 취하여도 눈은 말짱하지.”

맥베인이 비로소 몸을 돌리며 받아쳤다. 르옌은 그녀를 얕잡아 비웃는 자들의 시선을 한 번 쭉 둘러본 후 빙그레 웃었다.

“왜 제 머리카락이 짧은 것인지는 듣고 싶지 않으실 터인데.”

“내가 듣고 싶지 않은 것인지, 각하가 듣고 싶지 않은 것인지?”

마리포사를 사로잡았다는 위명을 창녀를 침실로 끌어들인다는 사실로 깎아내리려는 맥베인을 노려보는 섭정 길도프의 눈빛이 매서워졌다.

르옌은 나붓한 미소로 답했다.

“꼭 듣고 싶으십니까?”

“못 들을 건 뭔가?”

“사람 죽일 때 긴 머리는 거추장스러워서.”

정적이 깔렸다.

맥베인은 말문이 막힌 듯 입술을 벌린 채 침묵했고, 하객들은 일시에 인상을 찌푸렸다. 그런 와중에도 고개를 돌려 섭정 길도프를 향해 사근히 웃는 모양새가 마녀와도 다를 것이 없었다.

서로를 마주 본 길도프와 르옌 사이에 이상한 기류가 흐르기 시작했다. 분위기가 걷잡을 수 없이 싸늘해지자 슬슬 잔을 내려놓고 팔짱을 끼는 이들이 늘어났다.

마리포사 가문의 기사들만이 기가 살아났다. 낄낄. 웃음소리도 났다. 분위기가 최악으로 치달았을 때였다. 그때, 요란히 의자 미는 소리와 함께 자칼린이 벌떡 일어섰다.

"아, 당최가! 그건 내가 해야지! 내가 그냥 참으려고 했는데 아무리 생각해도 말이야."

무슨 말인가 의문하기도 전에 자칼린은 성큼성큼 긴 식탁을 돌아 르옌의 등 뒤에 섰다.

"원래 북부에서는 혼인 첫날 미리 하고 있던 이런 물건들은 아버지나 형제가 풀어 주고, 새로운 것은 신랑이 채워 주는 관습이 있습니다. 제가 북부에서 이 녀석 형제처럼 지내며 지금까지 함께하고 있으니, 바인의 풍습에 따른 혼례라고 해도 이 정도는 우리 관습대로 하게 해 주십시오."

가만 듣던 르옌이 자칼린을 향해 어처구니가 없단 듯 웃었다. 적어도 르옌은 들은 바 없는 관습이었다.

그러나 바인의 귀족들은 북부에 대해 아는 것이 그다지 많지 않았으므로 그럴듯하게 들었다. 또, 마리포사들 사이에 섞여 있던 그 유명한 '자칼린 엔도 체사' 자체에 관심을 주기 시작했다. 덕분에 분위기는 한결 누그러들었다.

허락도 없이 신랑 신부의 긴 식탁 뒤로 올라온 자칼린이 못마땅했지만 섭정 길도프는 표정을 풀고 그러라 하였다. 자칼린이 흑진주 목걸이를 들어 조용히 르옌의 목에 둘러 주었다.

"예쁘네."

우스꽝스레 갈라지는 목소리에 자칼린이 헛기침했다. 르옌에게는 조금 이상한 기분이었다.

자, 다들 이제 한 잔 합시다! 자칼린은 그치지 않고 르옌의 잔을 높이 들어 올려 쩌렁쩌렁 소리쳤다. 영광을 위하여! 갑작스러운 축배에 얼결에 잔을 높이 치켜든 하객들이 표정을 풀었다.

"너 성깔 좀 죽여라, 좀."

마지막으로 르옌의 귓가에 귓속말한 자칼린이 깡총거리듯 뛰어 내려갔다. 자리로 돌아간 그는 웬일로 테네스 경과 죽이 맞았는지 손뼉을 가볍게 부딪치며 낄낄거렸다.

'귀여운 녀석.'

포도알처럼 매끄러운 흑진주 목걸이를 대신 두른 르옌의 목덜미는 더더욱 깨끗한 살빛으로 빛났다. 준니아는 살리가르의 왕 마코시아의 안목을 찬양하며 물개처럼 박수쳤다. 그리곤 만족스럽다며 도취에 빠져 되돌아갔다.

르옌이 넌짓 섭정 길도프에게 물었다.

"조금 전, 술이 과하였던 듯한 저자는 누굽니까?"

"돌체의 영주와 그를 따르는 자들이네. 무시해라. 지금 자기들의 이득에만 눈이 멀어 살리가르와의 친교를 반대하는 시위를 하고 있는 것뿐이니."

"왜 살리가르와의 교류에 저 영주가 불만을 표하는 겁니까?"

"계집인 네가 알 필요 없는 일이지."

르옌의 미소가 서서히 굳어졌다. 그러나 르옌은 이 정도에 화를 낼 만큼 얄팍한 인내심의 소유자는 아니었다.

반대쪽 팔걸이에 팔꿈치를 대고 턱을 괸 르옌의 눈동자가 바인의 인사들과 살갑게 어울리는 살리가르의 준니아를 응시했다.

‘……영해의 문제인가?’

시친과 전쟁을 벌일 준비를 하고 있다 하였다. 그리고 시친과 전쟁을 치를 방법은 바다를 통하는 길뿐이다. 그런 식으로 생각하면 이들의 교류가 이상하지는 않았다.

다만, 마리포사들과 함께 서부 정벌을 하기로 결의한 자가 제 영해까지 전쟁터로 만들 생각을 한다는 것이 조금 걸렸다. 얼마나 판을 크게 키우려는지.

‘……반대 시위라.’

돌체의 영주라는 저자에게 흥미가 생겼다.

바인의 돌체라고 한다면 서부 해안 최대 규모의 항구와 항만 시설이 구비된 부유한 도시가 아닌가. 섭정 길도프의 약점이 될 만한 것이나 섭정의 세력에 의해 가려지지 않은 바인 내의 시류 따위를 알수 있는 데에 도움이 될 자였다.

르옌은 그녀를 노려보는 돌체의 영주 맥베인에게 다정하게 미소 지어 주며 잔을 들어 올렸다.

돌체의 영주 맥베인은 섭정 길도프와 마리포사와의 혼인 동맹에 가장 속이 뒤집어진 사람이었다.

제국군이 오고 있니 마니 하는 소문은 둘째 치고, 섭정 길도프의 이름이 이보다 더 위대해질 수 없을 만큼 높아진 탓이다.

서부의 위쪽 지방의 영주들을 도살하듯 잡아 죽여, 악명을 떨친 마리포사들을 피 한 방울 안 흘리고 거머쥐었다. 심지어 나이 육십에 상대가 된 계집은 어찌나 어린지.

손에 잡히는 것은 전부 이용하는 작자라는 걸 진즉 알기야 했지만
저들을 이런 식으로 이용할 줄은 상상도 하지 못하였다.

'내 기필코……'

요수아와 자신의 아들 탈리아가 림에서 보이지 않은 지도 두 달을
채워 간다. 그간 요수아가 보인 변덕이나 분방한 모습 때문이라 할
지라도 왕이 보이지 않는데 찾는 이가 없다는 건 있을 수 없는 일이
었다.

몇몇이 섭정 길도프의 소행을 의심하여 맥베인을 찾아와 뜻을 함
께하리라 결의하기는 했지만, 힘없는 기사나 영주 서넛이 더 붙는다
고 없는 수가 생기는 건 아니었다.

섭정의 치세가 십삼 년에 접어들었다. 이제는 왕 행세조차도 거리
낌이 없다. 삭은 생선의 고약한 비린내가 저들의 몸뚱이에서 나는
불충의 냄새보다 나을 것이다.

"건배!"

광대놀음을 즐기는 살리가르의 준니아가 잔을 치켜들자, 흠뻑 취
한 이들이 껄껄 웃으며 따라 잔을 올렸다.

살리가르의 준니아는 마코시아의 측근 중 한 명이라 하였다. 저자
가 돌체를 전초기지, 보급기지로 만들기 위해 바인과 살리가르를 오
가기 시작한 지도 두 달이 되어 간다. 그리 넉살 좋게 굴면서도 제
근처에는 얼씬도 않는 것이 눈치는 있는 놈이다. 저놈이 근방 다섯
걸음 내로 다가오기만 해도 가만두지 않을 것이었다. 새우처럼 허리
를 거꾸로 꺾어 죽이리라.

맥베인은 건너편의 긴 탁자에 모여 앉아 낄낄대는 마리포사들을
조롱했다.

'멍청한 놈들. 어디에 발 디딘지도 모르고.'

섭정 길도프가 바란 것은 공공연한 과시다. 마리포사들을 무릎 꿇
릴 수 있을 정도의 수완이 있다는 걸 바인의 귀족들에게 보이고, 서
부의 영주들에게 보이는 것. 실제로 이곳에는 서부의 영주도 서넛이
암암리에 참석해 있다 하였다.

맥베인은 적갈색 머리칼의 여자를 부릅뜬 눈으로 노려보았다. 저
여자를 눈으로 본 것은 처음이지만, 귀로 들은 것은 처음이 아니었다.

작년 무렵 저 계집이 요수아와 접촉했다는 걸 알고 있다. 저 여자
가 던지고 간 라르칼리아 왕조의 우화에 탈리아가 몇 달을 불안에
떨었다.

사실 맥베인은 저 여자가 섭정의 옆자리에 앉아 저리 가식적으로
웃고 있지만 않았더라도 조금 더 호의적으로 보았을 것이다. 북부인
이 악명 높은 마리포사들 사이에서 살아남았다는 사실부터 높게 사
고 있었으니까. 그러나 이제는 살살 미소 지으며 제게 잔을 올려 보
이는 것마저 빈정거리는 것처럼 보였다.

성질을 못 이긴 맥베인이 잔을 꿀꺽꿀꺽 비워 낸 후 빈 잔으로 탁
자를 내리쳤다. 나무 잔이 와지끈 소리가 나며 으스러졌다. 그에게
로 시선이 잠깐 쏠렸다가 흩어졌다.

퉁명스런 악기들의 화음 소리와 와글거리는 인파 사이를 헤치고
그의 가장 충직한 심복인 마를로가 다가왔다.

"탑의 경비는 여전합니다."

오늘 같은 날에는 검은 탑의 감시 인력이 좀 줄거나 해이해지지
않았을까 싶었는데, 마를로는 노기에 불을 지피는 소식만 들고 왔을
뿐이다. 속이 초조함으로 꾹 죄여졌다.

얼마 전 맥베인과 몇 명의 추종자들은 검은 탑을 드나들던 시녀를
알아내어 매수하는 데에 성공했다. 요수아와 탈리아의 위치를 찾게

시킨 후 통신병처럼 활용할 생각이었다. 그러나 그 시녀는 며칠 후 죽은 채로 발견되었다. 자살이라 판명이 났다 하는데, 무릎까지밖에 오지 않는 도랑에서 자살하는 이는 없을 것이다.

그 시녀가 죽은 후에는 매수할 만한 이도 찾지 못했다. 맥베인의 은밀한 접근에도 불구하고 다들 겁을 먹어 도망쳤다. 맥베인은 죽은 시녀가 남긴 이야기만 거듭 반추하며 와신상담하고 있었다.

요수아는 잘 지내고 있지만 탈리아는 큰 고역을 치르고 있다고. 직접 요수아에게는 손대지 않는 듯하니 그것 하나만 다행이다. 탈리아를 생각하면 가슴이 싸하게 뛰었다.

마음 같아서는 군사 반기를 일으키고 싶을 정도이다. 그러나 돌체의 모든 군대를 다 동원해도 림을 장악한 섭정과 다른 영주들의 군세에 댈 수가 없다. 그런 와중에 마리포사까지…….

역으로 저놈들을 이용해 볼까도 생각했지만, 마리포사를 어찌 믿나. 술이 잔뜩 들어간 터라 감정이 격해졌다. 맥베인이 생각을 끊어내고 냉정하게 명했다.

"그래, 돌아가 대기하라."

마를로가 떠난 후 맥베인도 마지막 한 잔을 들이붓고 일어나려던 찰나였다. 눈앞에서 쾅 소리가 나며 술이 가득 담긴 잔이 부딪쳐 흘러 넘쳤다. '어, 나는 안 깨지네.' 하고 청년이 중얼거렸다.

조금 전 맥베인이 으스러뜨린 잔의 잔해를 스윽 밀어내는 하얀 손이 보였다. 약간 볕에 그을린 느낌이 있지만 기본적으로 밝은 피부였다.

은근슬쩍 그의 건너편에 앉은 갈색 머리의 녹안을 한 북부인이 턱을 까딱했다.

"아, 실례. 한잔하시겠습니까?"

'자칼린 엔도 체사.'

맥베인이 반사적으로 뒤돌아 마리포사 가문의 일원들이 앉은 탁자를 둘러보았다. 다른 마리포사들은 저들끼리 이야기를 나누고 있거나 가만히 앉아 있었다.

"뭔가."

이자는 북부의 변절자라 알려진 체사의 차남이었다. 북부에서 내려온 계집이 섭정의 곁에 붙어 교태를 부리고 있는 꼴을 한 번, 눈앞의 청년을 한 번 돌아본 맥베인이 무시하고 일어서려 했다.

맥베인의 눈치를 보며 함께 섭정 길도프를 향한 울분을 씹어 삼키던 다른 귀족들도 그를 따라 엉덩이를 뗐다. 자칼린은 능청스레 그들의 발목을 잡았다.

"좀 친하게 지내려는데, 싫습니까? 좋은 친구가 되었으면 좋겠는데."

"지금 뭐라 지껄이는 건가?"

"친구는 많을수록 좋은 거 아닙니까? 우리 형이 인맥이 최고라던데?"

고개를 돌린 돌체의 영주 맥베인은 섭정 길도프의 시선이 제 쪽으로 향하는 것을 깨닫고 조롱했다.

"물정을 잘 모르는 녀석이군. 나와 함께 있는 것을 섭정에게 보여 좋을 일은 없을 게다."

"아, 그래서 친해지려고 온 겁니다. 여기서 저 늙은이 싫어하는 티 팍팍 내는 게 그쪽밖에 없어서."

'이놈이 지금 뭐라 하나?'

자칼린이 진심으로 치가 떨린다는 듯이 이 가는 시늉을 하며 툴툴거렸다.

"나도 저 늙은이 싫지 말입니다. 내가 르옌을 어떻게 여기까지 데려왔는데 냉큼 잡아채 가, 잡아채 가긴. 나이가 있다고 해서 각오는

했었는데, 얼굴 보자마자 기절하는 줄 알았네. 저 길도프라는 자를
보자마자 게거품이 올라오는 걸 다른 녀석들이 겨우 진정시켜 줬다
니까요.”

“허?”

맥베인이 그도 모르게 웃음을 터뜨렸다. 어이가 없는 것 반과 청
년의 생생한 표정 연기가 웃긴 것 반이었다.

“그러고 보니…… 마리포사들에게 저 여자와 네가 함께 의탁했다
지. 그럼 너는 섭정에게 네 여자를 빼앗긴 건가?”

내 여자요? 자칼린은 웩 하는 표정을 지으며 탁자에 팔뚝을 하나
걸치고 고개를 저었다.

건들건들한 꼴이 꼭 부랑배 같았다. 북부 명문가의 아들이라던데
거짓 소문인가 싶을 만큼.

“그건 아니고. 아, 그런데 일단 친구 먹기 전에 솔직히 말하자면
아까 르옌을 그렇게 모욕을 줘서 그쪽도 사알짝 별로였지 말입니다.”

“……”

“저게 머리를 왜 잘랐냐면, 전쟁터에 남아 싸우려고 자른 겁니다.”

그런 옹호를 해 주고 싶어 온 건가. 맥베인은 자칼린의 진지한 눈
빛에 약간의 의구를 느꼈다.

“북부에서는 여자가 전쟁 중간에 서임을 받는 일도 없을 뿐더러,
지난 라르크 군 최고사령관님은 꽤 까탈스러운 분이었어서. 아니,
뭐 지금 생각하면 그렇게 까탈스러운 것도 아니었나.”

“전쟁터에 남고 싶어 했다고? 왜?”

자칼린이 관자놀이를 긁적이며 씨익 웃었다.

자칼린은 맥베인이 르옌과 마리포사들을 공개적으로 깎아내린 것
에 마치 자신이 모욕당한 것처럼 꽁했다. 그러나 르옌은 이자에게서

무얼 본 건지 넌짓 자신을 불러 저자에 대해 알아보라 했다.

자칼린은 테네스 경을 뺀 모든 사람들과 친해질 자신이 있었지만, 친분도 사람 나름이지.

그래도 뭐, 딱 봐도 섭정 길도프와 앙숙인 데다, 권력자인 섭정 길도프를 싫어한다는 걸 숨기지 않을 만큼 멍청해 보여서 우선 물밑 조사부터 시작했다.

술에 만취한 귀족들 몇을 넉살 좋게 찌르니 이야기는 줄줄 나왔다. 돌체와 림은 본디 각별한 관계였는데, 섭정 길도프의 치세 이후로 관계가 파국을 찍었다더라.

르옌을 모욕 주었던 영주 맥베인은 골수 국왕파라고 했다. 뭐, 그놈의 왕은 어딨는지도 모르겠지만 자칼린은 충성스러운 사람이 좋았다. 맥베인은 그런 의미에서 첫인상을 쇄신했다.

"먼저 참전한 남동생을 전역시키고 싶어 했습니다. 저 계집애 오빠가 전쟁에서 죽었는데, 동생이 또 뛰쳐나오고…… 그거 잡으려고 왔다가 겨우 수습해서 돌려보내나 했는데 또 동생…… 뭐, 대충 가족사가 징그럽게 복잡해서라고 해 두죠."

자칼린은 은근슬쩍 말끝을 흐렸다.

"그러면 그대는? 체사 가문은 남부에도 왕왕 이름이 들리는 북부의 유력가라 들었는데."

"그냥 저는 어쩌다 보니. 팔자가 꼬여서."

자칼린이 베실 웃으며 대꾸했다. 자칼린의 솔직 담백한 태도는 맥베인의 호의를 사기 충분했다. 맥베인은 눈빛을 누그러뜨리며 슬며시 떠보았다.

"연인은 아니라고 하지만 나라까지 등지고 올 정도면 범상한 사이는 아닐 테지."

“애 돌보는 기분이라 해야 하나…….”

“여동생?”

“그것보단…… 친구……? 아마요?”

르옌과 자신의 신분을 생각하면 가당찮은 결론이지만 지금 남부에서 자칼린은 귀족 대우는커녕, 르옌의 따까리 취급이나 받는 신세였다. 거기까지 말한 자칼린이 뒤늦게 손을 내밀었다.

“아, 그나저나 인사가 늦었습니다. 자칼린이라 합니다.”

돌체의 영주는 못마땅한 눈빛으로 힐끔 그의 굳은살이 밴 흉투성이의 손을 바라보다가 악수했다.

“맥베인이네.”

섭정 길도프의 시선이 오른뺨에 닿았다. 자칼린과 그의 등 뒤의 마리포사들, 그리고 섭정의 옆에 앉아 우아하게 잔을 돌리는 르옌 데투아를 돌아보는 맥베인의 눈빛이 깊어졌다.


술기운이 거세질수록 대화의 수위도 높아졌다. 소음이 커지는 만큼 목소리도 커졌다.

“아, 고거 예민한 얘긴데 끈질기게도 물으시네!”

“모두가 궁금해하니까. 이참에 호기심을 풀어 준다면 좋겠는데.”

“호기심 하면 제가 또 장난이 아니죠. 체사의 핏줄엔 호기심이 흐른다는 얘기 들어 보셨지요.”

“처음이네만.”

“에이, 방금 들었잖아요.”

기가 막힐 정도로 넉살 좋게 구는 자칼린은 술에 취한 듯 보이지만 눈빛이며 손짓이며 무엇 하나 흐트러지지 않은 채였다.

“흐음, 그래, 뭘 물어보셨더라. 어쩌다 팔자가 이렇게 개같이 꼬였느냐고요? 들어나 보십쇼. 인생이 바닥을 쳤다 싶었는데 또 칠 바닥이 있덥디다? 뭐, 후회하는 건 아니지만요. 아차차, 왜냐고 물어보셨지. 그, 명령 체계의 오류가 생겼다고 해야 하나. 좀 말 못 할 오해가 생겨서 사달이 날 위기에 저 계집애만 냅다 들고 도망쳤는데⋯⋯. 느닷없이 마리포사에 들어 앉아 머리 놀음을 하지를 않나, 저 늙어 힘도 못 쓸 것 같은 노친네한테 시집을 간다질 않나. 아씨, 상상했어. 토 나와. 저건 대체 지 좋다는 세상에서 북부 제일의 영웅을 내버려 두고⋯⋯ 아.”

술김에 내키는 대로 떠들어대던 자칼린이 아차 하며 웃었다. 파사드의 이야기는 하지 않는 것이 좋았을 뻔했다. 맥베인은 하필이면 그 부분에 관심을 보였다.

“북부 제일의 영웅?”

“그냥 말이 그렇단 거고요.”

최근 북부에서 영웅시되는 것은, 지난 전쟁이 끝난 이래로 쭉 한 사람이었다. 맥베인은 눈치 빠르게 화두를 돌려주었다.

“그래서⋯⋯ 저 여자 하나 구하겠다 남부로 내려와 변절자가 되었다는 말인가?”

“뭐, 그렇게 말하니 거창한데, 그냥 어쩌다 보니 그리됐습니다. 사실 몰래 빼돌리려다가 발목이 잡혀서 그냥 에라 모르겠다 하고 라곳에시스까지 흘러 들어온 거라. 처음에는 저 계집애랑 같이 북부로 돌아갈 날이 오려나 했는데, 요즘 하는 꼬락서니를 보니 텄습니다. 내가 뭔 꼴을 보자고 여기 앉아 있는지.”

연거푸 웃고 만 맥베인이 술잔을 꽉 채워 오라고 고함을 쳤다. 눈 돌아가게 바쁜 시종이 달려와 잔을 채우자마자 그 자리에서 단숨에 비워 버렸다.

시종이 또다시 술병을 가지러 달려가는 걸 느른히 턱을 괴고 바라보며 자칼린이 발을 까딱까딱 털었다.

"그나저나 잠깐 방문하신 거면 곧 돌아가시겠습니다? 그쪽의 항구가 그렇게 기가 막힌다던데."

"맞게 들었군. 북부에도 알려져 있나?"

"아니, 그건 아니고 여기 와서 배웠죠. 남부 생활 일 년 차 찍었으니. 와 벌써 한 해네. 진짜 저놈들이랑 있으면서 얼마나 성깔이 더러워지는지……."

"마리포사들이 잔악함으로 유명하지."

"저어기 저 허우대 길쭉한 갈색 머리 놈 있죠. 지금, 어어, 저기 지나가는 여자 치맛자락 쥐고 히죽거리는 놈이요. 저거랑은 아직도 눈만 마주치면 싸웁니다. 시건방지게 평민 출신이 귀족 무서운 것도 모르고 깐죽깐죽……."

"명문가의 기사께서 적응도 일이었겠군 그래."

"아, 그 정도는 아니었습니다. 제가 좀 편하게 굴러먹으면서 살아서요. 우리 어머니가 일찌감치 저를 포기하시면서 하는 말이 이거였는데 들어 보시렵니까?"

맥베인이 고개를 끄덕였다. 자칼린은 겪으면 겪을수록 호감이 가는 남자였다.

"뭔가?"

"자칼린, 너는 우리 가문을 거덜 낼 놈이다. 이 어미의 가장 큰 걱정은 네가 어디다 내놔도 안 죽을 거란 말이야. 내가 낳은 내 자식 죽기를 바라고 싶진 않으니 가문의 이름은 적당히 팔아먹어라."

자칼린이 여자의 목소리를 따라 흉내 내며 떠들자 흘러드는 소리를 엿듣고 있던 귀족들이 자지러져라 웃기 시작했다. 맥베인도 마찬가지였다.

저 청년의 하는 품새가 깨끗하여 변절자라는 편견으로 안 좋게 보았던 것들이 전부 씻겨 나갔다.

단 한 명, 섭정 길도프의 눈빛만 심상찮아지고 있을 뿐이다.

"웃깁니까? 이거 슬픈 얘긴데? 제 어머니가 저더러 죽으랬다니까요."

얼마간 웃던 맥베인이 가슴에 걸리는 사실 하나를 다시 떠올리곤 표정을 지웠다.

자칼린은 멀찍이 앉아 그를 바라보는 섭정 길도프에게 잔을 흔들어 보이고 있었다.

"음? 그렇다고 또 우울한 얼굴 하시면 이야기보따리를 풀어야 할 것 같은데……. 안색이 왜 갑자기 상이라도 당한 것 같답니까. 그나저나, 다른 하객들은 오늘이야말로 바인의 서부 재패 영광이 시작되는 날이다 뭐다 난리더군요. 어린 왕이 있다던데, 그 왕은 왜 안 보입니까? 바인의 섭정이 혼인하는데 왕이 나와서 한마디 축복 정도는 해 줄 줄 알았는데?"

맥베인의 입가가 삽시간에 굳어졌다. 자칼린은 제가 날카로운 질문을 던진 것을 알면서도 부러 정말 몰라서 묻는다는 양 주위를 두르는 시늉을 하며 술잔만 홀짝였다.

"사정이 있지."

서로의 속내에 무언가를 하나씩 숨겨 놓은 채로 하는 대화는 에둘러 자연스러웠다.

"왕이 놀러 나갔다는데. 남부국 왕은 한 번도 만난 적이 없어서요. 우리 폐하는 뭐아드로 밖으로 나가는 일이 손에 꼽으시거든요. 물론 우리는 섭정이 없지만."

자칼린의 말미에 어쩐지 힘이 들어간 듯하였다.

"테른도크 란펠 브류나크에 대해서는 가끔 들리지. 그대들의 왕이
왕위를 계승했을 때가 십대 중반 이후였던가. 잘 모르겠군. 하지만
요수아 폐하는 겨우 세 살 때 왕이 되셨네. 어쩔 수 없지."

"오, 다들 요수아 님이라고 하길래 남부에서는 폐하라고 안 부르
는 줄 알았는데 아니네요."

"무례한 자들이 누군지 좀 알고 싶군."

"그쪽 빼고 전부."

서늘히 눈빛을 주고받던 맥베인은 마시던 술을 그대로 맨바닥에
퉤 뱉어 버렸다.

자칼린은 여유롭게 웃으며 눈이 마주치는 시녀나 시종에게 인사
를 건네기까지 했다.

"딱 봐도 딱. 지고 있죠?"

"충성심이 승패로 따질 수 있는 문제인가?"

맥베인은 내심 마리포사들이 섭정 길도프의 속내를 알아차렸는가
약간의 기대감 어린 생각을 했다. 허심탄회하게 이야기를 해 봐도
좋을 청년이라는 생각이 들었지만 섭정과 베갯머리송사를 나누게
될 계집이 마음에 걸린다.

관심 없는 체 쭈욱 지켜보니, 저 출신 조악한 어린 계집이 범상치
않았다. 제게 인사를 건네는 이들에게 수백 번 해 본 듯한 우아한 예
절을 갖춰 맞이하는 모양새가. 한참을 고민하던 맥베인이 마음을 다
졌다.

"북부인들이 신의를 지키지 않기로 유명하다던데."

"마리포사가 아니라요?"

"테른도크 란펠 브류나크가 델 오스작의 제독의 골만 빼 마시고
헌신짝처럼 내다 버렸다는 건 우리도 익히 알지. 그리고 또 다른 붉

은 늑대는 십여 년 이상 붙잡고 있던 정혼을 전쟁 영웅이 되자마자 파하고 그들 일가까지 파멸시켰다지. 그리고 지금 그대도 내 앞에 앉아 있고."

자칼린은 잠깐 입술을 벌렸다.

'어…….'

저렇게 듣고 보니 참 심각하지 싶었다. 저 역시 한몫하긴 했지만 객관적으로 들으니 참 할 말이 없었다.

"기분 나빠 말게. 신의를 지키지 않는다는 게……."

"나쁘라고 한 말 아닙니까? 그거 이쪽한테는 솔직히 상당한 모욕입니다만."

"……내게는 좋을 수도 있다는 생각이 드는데."

맥베인의 무뚝뚝한 어조에 묘한 기류가 섞였다. 자칼린이 표정 없이 잔을 비우며 눈썹을 살짝 들었다 내렸다.

"우리 잘 맞겠습니다. 저는 충성스러운 사람을 좋아하지 말입니다? 그런 의미에서 조금 전에 하신 말에 아주 흥미가 생기는데."

"섭정을 믿지 말게."

자칼린이 생글생글 웃으며 잔으로 입술을 가리고 중얼거렸다.

"누가……."

믿는다고. 거의 마지막 말은 간신히 낸 혼잣말이었다.

맥베인은 점차 자칼린의 속내를 확신하게 되었다. 섭정 길도프와 알력 다툼이라도 시작할 셈인가 싶어 헛웃음이 났다. 저 계집의 꿈이 크기도 하다. 하지만.

'그 정도라면.'

그 정도라도 어쩌면 서로에게 도움이 될 수도 있을 일이었다.

"자리를 옮기지 않겠나?"

자칼린의 한쪽 눈썹이 슬며시 솟았다. 어깨가 경직되었다. 일종의 학습된 반응이었다.

보통 자칼린에게 자리를 옮기자 말하는 건 카라제시가 그를 두드려 팰 때나 꾸짖기 위함이었다. 상황도 상대도 억양도 달랐지만.

"어디 으슥한 데로 데려가 두드려 패려는 거 아니지요? 갑자기 왕권 모독이다 뭐다……."

끝까지 농담을 그치지 않는 청년은 웃지 않고는 견딜 수가 없었다. 껄껄 웃은 맥베인이 먼저 홀을 빠져나갔다.


섭정 길도프는 거뭇한 때가 낀 손톱으로 화려하게 번뜩이는 두꺼운 청동색의 반지를 빙빙 굴렸다. 매서운 눈동자는 맥베인과 자칼린이라는 북부 청년에게 향한 채였다.

그가 못마땅하게 중얼거렸다.

"……단속을 좀 해야겠군."

"자칼린은 제 통제를 벗어난 녀석이라."

르옌은 제게 돌아오는 서늘한 눈빛에도 아랑곳 않고 술잔을 홀짝였다.

"하지만 주의가 필요한 녀석이라는 건 사실이니, 이야기해 보겠습니다. 각하께서 심기가 불편하시다는데 응당 그리해야지요."

미소도 잊지 않았다.

이튿날 르옌은 신방에서 눈을 떴다.

먼저 자리에서 일어난 그녀와 달리 섭정 길도프는 꽤 늦은 시간까지 연회장에 남아 흥청망청 마셨는데, 늦은 새벽 돌아오자마자 그대로 술에 취해 기절하듯 잠들었다.

내심 별일 없이 지나간 밤에 안도했지만 사실 쓸모없는 일이었다. 초야를 치르는 것이 하루 이틀 정도 늦어진다 해도 섭정 길도프와는 꽤 오랫동안 살을 부대껴야 할 것이다.

이자의 노림수를 파악하는 것이 급선무이므로, 어쩌면 몸 정부터 붙이는 게 좋은 일인지 모른다.

껄쩍지근한 감이 있었다.

섭정 길도프의 고압적인 태도를 제하고는 지나치게 순조롭다. 기실 바인이 마리포사를 받아들인다는 것은 사실 쉬운 일이 아닐 것이다. 맥락을 고려할 때 많은 귀족들의 반발도 있었을 것이다. 그러나 섭정은 다난 하나만 끝나면 서부 정벌이 끝나는 줄 아는 사람처럼 태연하게 굴었다.

“주군.”

에일라의 익숙한 목소리가 신방의 문틈을 새어 들었다. 신방은 본디 방해받지 않아야 하는 공간이다. 문 앞에서 승강이 소리가 나기 시작했다.

“반드시 아뢰어야 할 말이 있다.”

“물러가십시오. 아직 기침하지 않으셨으니.”

보초병들과의 언쟁 소리가 크게 밀려들었다.

르옌은 대충 가운 같은 솔을 걸치고 문을 열었다.

“무슨 일이냐?”

르옌의 정돈되지 않은 차림에 보초병이 당황하며 고개를 돌렸다. 문 앞에는 창백한 얼굴의 에일라가 서 있었다.

본래라면 지금쯤 에일라는 협공 감독을 위한 출발 준비에 바쁠 시간이어야 했다. 지난밤 너도 퍼마셨느냐? 그리 농담을 던지려 했는데 에일라의 표정이 심각하였다. 르옌이 보초병에게 턱짓했다. 보초병은 마지못해 물러섰다.

르옌이 침의 차림 그대로 얇은 외투 하나만 걸친 채 신방을 나왔다.

"가자."

"저, 부인, 하지만 차림이……."

"곧 돌아오마."

보초병이 난리가 나서 그녀를 붙잡으려 했으나 허사였다.

"손 치워."

르옌의 날카로운 한마디에 보초들은 깨갱 물러났다. 더 어쩌지 못하고 고개를 빼꼼히 들이밀어 여전히 세상모르고 코를 고는 섭정 길도프를 한 번 바라보는 것이 할 수 있는 전부였다.


르옌은 무슨 일이 생겼다 온몸으로 말하고 있는 에일라를 따라 걸었다. 기분이 저조해졌다. 지난 피로연에서 마신 술도 한몫했을 것이다. 어디로, 왜, 이른 아침부터. 한마디쯤 물을 법했지만 르옌은 묻지 않았다.

에일라가 그녀를 안내한 곳은 대체 어찌 알았는지 모를 왕궁의 지하로 향하는 계단이었다.

에일라가 시꺼먼 계단을 밝힐 횃불을 집어 들었다. 퀴퀴한 비린내와 구역질 나는 오물 냄새가 풍겼다. 얼마간 내려가자 계단이 끝나는 곳에서 횃불을 들고 서 있는 벌트 경이 보였다. 벌트 경은 심각한 얼굴로 르옌에게 꾸벅 인사한 후 길을 냈다.

왕궁 지하 깊숙한 곳에 이르자 얕은 수로가 깔린 탁 트인 공간이 나왔다. 수십 개의 돌기둥으로 떠받쳐진 곳이다. 그러나 그보다 먼저 눈에 띈 것은 낡은 탁자에 마주 앉아 있는 두 사람이었다.

자칼린과 돌체의 영주 맥베인, 그 두 사람이었다.

르옌이 다가가자 맥베인이 그녀를 뜯어보듯 위아래로 훑더니 인사했다.

"돌체의 영주, 로인의 아들 맥베인이네."

"……이미 섭정에게 이야기는 들었습니다. 르옌 데투아, 더 이상 소개하지는 않아도 되겠지요."

지금 당장 르옌은 대체 왜 에일라며 벌트 경, 자칼린의 낯짝이 저 꼴인지가 알고 싶었다. 세상 무너진 듯이 질려 있지 않은가.

그러나 성급히 굴기에는 상대의 존재감이 꽤 컸다. 맥베인을 응시하던 르옌이 어떤 인기척을 느끼고 고개를 들었다. 낡은 돌기둥들이 주욱 어둠까지 늘어져 있는 그 너머에 사람의 기척이 있었다.

"나와."

의아한 자칼린과 에일라가 어둠 저편을 응시했다. 기둥 뒤의 그림자가 완전히 숨었다. 르옌이 에일라의 허리에 걸려 있던 검을 뽑아들려 하자, 그제야 돌체의 영주 맥베인이 나섰다.

"다른 저의로 불쾌하게 하려는 건 아니었네. 마를로, 나와라."

뭐야, 저거 언제부터 저기 있었어? 자칼린이 놀란 눈을 끔뻑였다.

에일라 역시 검을 두 자루나 차고 있는 괴한의 등장에 경계를 곤추세웠다. 살의를 지운 헌칠한 사내에게서는 살인귀의 냄새가 났다. 돌체의 영주 맥베인의 등 뒤에 와 선 사내가 고개를 꾸벅 숙였다.

르옌이 직설적으로 물었다.

"자칼린, 내가 어제 한 말은 이렇게 작당을 하라는 게 아니었는데?"

자칼린이 천 한 장을 휙 던졌다.

"거, 나한테 툴툴대기 전에 이거부터 봐. 제기랄."

르옌은 제 발치에 떨어진 주황색 천을 주워 들었다. 눈에 익은 문양이 자수 놓여 있었다. 반달처럼 누운 활 문양. 다난의 주홍 기였다.

한참 그 문양을 응시하던 르옌이 눅눅한 이끼 낀 의자를 끌어다 앉았다. 맥베인이 다소 의기양양하게 비웃었다.

"위험한 자를 믿어 모험을 하려 했어, 마리포사들이."

"섭정을 믿어 찾아온 것이 아닌데 오해를 하셨군."

"어디에 발 들였는지 그걸 봐도 닿는 것이 없나?"

"다난과 바인은 오랫동안 적대 관계라 알려져 있고, 당신도 섭정과 꽤 꾸준히 적대 관계를 유지했다 들었는데?"

"협공일이 내일모레 오후라 했던가. 자칫하면 궤멸이 될 텐데 여유로운 체해도 되나?"

르옌이 반 박자의 간격을 두고 되물었다.

"당신이 섭정 이상으로 내게서 신뢰를 얻었다 생각하나?"

"어차피 믿지 않을 거면 왜 계속 내 앞에 앉아 있나? 일어나시지 그래."

짧은 침묵이 흘렀다. 르옌은 힐끔 다난령의 멘테를 흘긴 후 깍지를 끼고 턱을 괴는 시늉을 했다. 태연한 체하는 그녀의 입술가가 살짝 떨렸다.

맥베인이 부연했다.

"아국의 실상을 내 입으로 폭로하자니 내 낯이 갈려 나가는 듯하지만, 섭정을 믿고 애먼 목숨들 바인에서 죄 죽어 나자빠질 것이 자명하니 차라리 내 손을 잡으라는 말일세. 지난밤 체사 경이 내게 그대들이 의외로 의롭다는 것을 일러 주지 않았다면 꺼내지도 않았을 말이지. 솔직히 아직 체사 경도 완벽히 믿을 수는 없네만 고민하고 있을 시간이 없으니."

"……그쪽은 요수아 때문이겠군."

맥베인은 잠깐 말문을 닫았다가 말을 골라 이어 나갔다.

"먼저 내게 접근한 건 그대가 아니었나? 섭정과의 알력 다툼이라도 하려던 게 아니었던가? 애초에 대지도 못할 것이네. 내 조언에 따르는 것이 좋을 걸세."

"……그래서 다난과는 무슨 관계가 있다는 말인지?"

"지금 다난 국경선으로 내려간 것이 웬더의 영주 노릇을 하는 섭정의 막내아들이다. 왜 그곳에 가 있겠나? 섭정 길도프는 그자에게 제왕학까지 가르치고 있는 중인데."

"……"

"남부 태자가 황실 근위대에 둘러싸인 채 살해당했다는 이야기는 이쪽에도 유명하지."

르옌은 천천히 아랫입술을 당겨 물었다. 죽지 않으리라는 확신이 있으니 보냈을 터다. 하지만 그 죽지 않으리라는 확신이라는 건…….

맥베인이 말했다.

"섭정 길도프가 대외적으로 폐하께서 성을 비우셨다 공포한 후, 그분을 유폐하셨다. 폐하께서 섭정에게 뜻을 강경히 표하시고, 아국 왕조의 긍지를 지키려 하셨기 때문에."

"……"

"그대들도 알겠지만 다난은 우리의 오랜 적이었다. 선왕은 다난의 그 오른쪽 눈알이 없는 외눈깔 영주에게 입은 부상이 덧나 죽었지. 당연히 그 피를 이어받은 요수아 폐하께도 다난은 원수와 다를 바 없다. 그런데 섭정이 넉 달쯤 전부터 다난과 내통을 시작했더군. 다난의 딸과 폐하의 정략을 추진하고 있다고."

맥베인은 말을 이으면서도 스스로 기가 차다는 듯 여러 차례 혀를 찼다.

"바인의 왕족이 한낱 제국령의, 그것도 다난의 외눈깔 따위와? 섭정 길도프의 속이 빤하지 않나. 그나마 요수아 폐하를 지지하는 귀족들도 다난 출신의 계집이 왕비 노릇을 하려 든다면 폐하께 등을 돌릴 것이 자명하니."

"……."

"폐하는 거부하셨다고 했다. 섭정 길도프는 폐하께서 승낙하실 때까지 가둬 둘 심산이겠지. 섭정이 정말 너희와 함께 서부 정벌을 하기 위해 이번 혼인 동맹 같은 연극까지 했다 생각하나."

"……."

"이미 너희가 저지른 패악에 겁먹은 서부의 영주들은 알아서 림의 문턱이 닳도록 드나들며 보호를 청하고 있다. 구태여 전쟁을 하거나 제국의 적대를 사지 않더라도 그대들 덕에 바인의 영향력이 커졌지."

자칼린이 신음하는 것과 동시에 에일라의 주먹이 꽉 쥐여졌다.

"하니, 차라리 우리를 도와서……."

맥베인이 말끝을 흐렸다. 르옌은 처음과 다를 바 없이 차분했다. 맥베인은 저 여자가 자신의 말을 아예 듣지 않고 있는 것은 아닌가 의심하였다.

막 다시 입술을 떼려는 순간이었다. 르옌이 씹어뱉듯 말했다.

"미쳤군."

"내게 한 말인가?"

"제국령인 다난과 뒷공작을 하고 있는 그대들을 적대하라고 말하는 건가?"

"우리가 아니라 섭정을…… 그리고 폐하를 위한다면 보답이 있을 거라는……."

"자신의 왕조차 스스로 지키지 못하는 그대 말을 믿고? 그 유명 자자한 서부 최대 항만 돌체를 가지고도 이 상황을 손바닥 안에서 구슬릴 역량이 모자라다 지금 내 앞에서 직고하는 중 아니었나?"

자칼린은 르옌의 예상 밖의 반응에 내심 놀랐다. 길도프의 배반이 있으므로 당연히 맥베인의 뜻에 동하리라 은연중 생각했던 탓이었다.

맥베인 역시 마찬가지였는지 조금 당황한 내색을 했다.

"섭정을 얕잡지 마라. 그는 기회를 놓치지 않는 자다. 너희가 어떻게 눈요기감으로 전락했는지 보면 알겠지."

"……."

"그리고 내가 아무것도 시도하지 않았다 생각하나?"

"결과가 그 짝이면 안 한 것과 다를 바 없지."

냉혈하기만 한 대꾸에 맥베인이 이를 갈며 말했다.

"그 늙은이가 내 바다를 시친과 살리가르의 전쟁터로 만들려 하고 있다. 상황이 그러지 않았더라면 나 역시 이리 외세 개입까지 생각지 않았을 테지. 마리포사, 이대로 섭정에게 다리나 벌려 주며 자비를 구하는 데에 남은 시간을 낭비할 건가? 전 마리포사 백작은 자존심이 드높아 황제 말고는 머리 숙이지도 않는다 하였는데, 이것밖에 안 되다니."

신랄히 쏟아지는 힐난에 르옌이 자칼린을 바라보았다. 자칼린은 믿는 기색이었다. 르옌이 입가를 매만지며 한층 더 낮아진 음성으로 물었다.

"……지금 네가 요구하고자 하는 건 요수아를 위한 군대인가? 하지만 우리가 네게 군을 빌려주어 섭정 길도프를 끌어내린다 해도, 너라고 우리를 배반치 않겠나? 아무리 바인이 제국을 두려워하지 않는다 할지라도 막상 제국군이 서부에 들이닥쳤을 때 너희가 어찌

나올지 알고."

마를로는 여자의 주위로 번져 가는 살벌한 기세에 슬그머니 허리에 손을 가져다 댔다.

맥베인은 그를 알아차리고 긴장을 더했다. 칼 없이도 사람을 죽일 여자다. 본능적으로 그런 직감이 들었다. 눌린 노기가 넘실대는 르옌을 바라보던 맥베인이 말했다.

"가능성이 없는 것과 조금이라도 가망 있는 것, 뭘 선택해야 할지는 자명할 텐데."

뚜욱. 왕궁 지하 가장 낮은 곳으로 물방울 떨어지는 소리가 울렸다.

바짝 굳어 그들의 대화를 경청하던 자칼린이 흠칫 놀라 주위를 돌아보았다. 에일라도 마찬가지로 긴장해 망을 보고 있는 벌트 경에게 한 번 시선을 주었다.

르옌이 자리에서 일어서며 일갈했다.

"……증거라고는 고작 멘테 한 장 내미는 멍청한 자에게 내 군사를 내어 줄 일은 없을 거다. 한심하게 협박하는 모양새 하고는……."

신랄한 모욕에 순식간에 얼굴이 벌겋게 달아오른 맥베인이 낡아 금방이라도 무너질 듯한 탁자를 쾅 내리쳤다.

"누구를 그따위로……! 멈추지 못해!"

자칼린은 다리가 부러져 기우뚱하는 탁자를 피해 일어섰다. 르옌은 어느새 벌트 경을 지나쳐 지상으로 올라가고 있었다. 뒤 한 번 돌아보는 법 없었다.


르옌은 빠른 걸음으로 계단을 올랐다. 자칼린과 에일라가 르옌을 쫓기 위해 두 계단씩 뛰어 올라야 할 정도였다. 여전히 침의 차림인 르옌이 왕궁 복도를 맨발로 돌아다니는 것을 의아한 눈으로 보는 이들이 속속 떠었다.

맥베인의 이야기들을 반추하자 뱃속부터 끓어오르는 노여움에 속이 메스꺼워졌다.

왕을 억류한 것도 상관없었다. 제 아비를 죽인 원수의 딸과 혼인을 하라 강요하는 것도 상관없었다. 그녀가 개의하는 것은 섭정이란 작자들의 배반의 작태와, 또다시 들이닥친 목전의 배반 가능성뿐이었다.

'다난과 바인이 암암리에 손을 잡았다면 그들 동맹의 문제보다 당장의 공격이 더 문제가 될 테고, 차선이라면 중부 영주들과 살리가르…… 아니.'

거기까지 생각한 르옌이 층계참에 우뚝 멈춰 서 낮은 웃음을 흘렸다. 갑자기 멈춘 르옌과 부딪치지 않기 위해 자칼린이 한 칸 아래 멈추었다.

"야, 야……?"

'……이 미친 새끼가.'

르옌이 그녀도 모르게 뱃속 간지러운 웃음을 흘렸다.

섭정 길도프는 이미 살리가르까지 제 손에 넣었다. 지난 피로연에서 그것을 과시하기까지 하지 않았나.

'또 어떤 차선이 있나.'

산맥 동쪽의 황실 군이 예까지 이르는 데에는 그 규모에 따라 약간의 편차는 있겠지만 석 달 안팎으로 보고 있다. 그 안에 바인과 다난과 살리가르 셋을 전부 쳐 내는 것은 고대 노치아 왕국을 휩쓸어 갔다던 그 해일이 와서 저들을 죄 쓸어버리기 전엔 불가능할 것이다.

때문에 사실, 르옌은 진심으로 맥베인의 말이 사실이 아니기를 바랐다. 난간을 짚고 선 에일라가 허연 얼굴로 물었다.

"……이대로 가시는 겁니까? 저자의 이간질일까요."

"야, 어쩌려고? 저 영주, 그렇게 무시해도 돼?"

자칼린은 맥베인의 마지막 반응이 못내 걱정스러웠다.

"주군."

에일라가 세 번째로 르옌을 불렀을 때였다. 르옌이 입술을 열었다.

"자칼린, 너는 영주 맥베인에게 돌아가라."

"어? 뭐?"

"가서 그자의 비위를 맞추고 조금 더 알아봐."

자칼린이 한쪽 눈살을 찌푸렸다. 그럴 거면 왜 그따위로 사람 열받게 만들고 나온 거냐는 물음이 목구멍까지 걸렸다가 삼켜졌다.

"마리포사로서가 아니라 북부 명문가의 기사로서."

어이가 없고 기가 막힌다. 헛웃음이 절로 나왔다.

'아, 진짜 이 지지배.'

익숙해질 법도 한데 여전히 가끔 깜짝깜짝 놀랄 때가 있다. 조금 전 맥베인과의 대담이 그렇게 끝난 것은 신뢰 문제 때문이 아니었다. 이미 주도권 다툼이 시작되고 있었던 것이다.

정말 취향 안 맞는 짓거리라고 생각하면서도 지금 그런 게 필요하다는 것은 받아들여야 했다.

"진짜 귀찮은 거만 골라서 시키네."

자칼린이 단숨에 계단을 돌아 내려갔다. 르옌은 에일라에게도 명을 내렸다.

"에일라, 그리고 너는 웬더의 영주라는 섭정 길도프의 아들과 다난 경계선에 출정해 있는 바인의 군 지휘부에 대해 알아봐라. 돌체에 관하여도."

그날 오후, 저녁의 피로연이 시작되기 직전 에일라가 되돌아왔다.

이른 새벽부터 지금까지 얼마나 쉬지 않고 뛰어다녔는지 에일라의 안색은 거의 죽어 있었다. 난입에 가깝게 들이닥친 에일라를 보고 놀란 왕궁의 시녀들이 힐끔거렸다.

그녀들의 눈에는 갑옷을 입고 서 있는 얼굴에 큰 흉터가 있는 여자가 퍽 낯설기도 했을 것이다.

"이 드레스로 하실 거죠? 부인?"

"저기에 있는 하얀 소매가 달린 걸 가져와."

르옌은 시녀가 가져온 드레스들을 차례차례 몸에 대 본 후, 처음 눈에 들었던 하얀 드레스를 선택했다. 가슴 부근이 도드라지게 패여 하늘색 실로 장식된 옷이었다. 드레스를 고른 이후에는 머리와 화장과 장신구였다.

너스레를 떠는 시녀들을 바라보는 에일라의 표정은 착실히 빠르게 일그러졌다.

얼마 지나지 않아, 머리까지만 손보기를 허락한 르옌이 장신구는 스스로 고르겠다 하고 시녀들을 내보냈다. 문이 꽉 닫힌 것을 확인한 에일라가 즉각 보고했다.

"왕궁 내의 다른 관리들을 통하여 수소문한 결과, 요수아가 보이지 않은 시기에 대한 것과, 최근 다난과의 분위기가 많이 완화되었다는 것이 일단은 진실인 듯합니다. 마지막 전투가 있은 지가 넉 달가량 되었고…… 그 전에는 보름에서 한 달 간격으로 있었던 위협 도발도 없었다 합니다."

"……한동안 잠잠했던 것이 파종기였다는 이유로는 설명이 안 되겠군. 이미 출병해 있다는 군사들은?"

"웬더라는 곳에서 섭정 길도프의 막내아들이라 알려진 자가 사령관으로 임관되어 지금 그곳에 있다 합니다. 림의 병력도 지난 주 천

명가량 더 남하한 게 확인이 되었고 약속대로 기존의 군대와 합하여 오천을 상회하는 듯합니다."

"다난은?"

"아직까지 다난 군사에 대하여는 평소와 같다는 대답밖에 듣지 못했습니다. 그리고 돌체의 영주는 선왕에게 몹시 충직한 자라 유명했습니다. 돌체 영주의 부인이 한때 전 왕비의 시녀였다는 이야기도 있었습니다만 사실무근입니다. 또, 살리가르의 사신이 처음 바인에 든 것은 작년 여름……."

화장은 입술만 붉게 바른 채였다. 에일라가 초조한 음성으로 답을 채근했다.

"협공은 내일모레입니다. 어떻게 해야 하겠습니까."

르옌은 침대에 앉아 허리를 수그렸다. 속이 메스꺼워 미칠 것 같다. 먹은 것도 별로 없건만, 전부 다 토해 내고 싶었다.

선택지는 둘뿐이었다.

첫째는 섭정 길도프의 서부 정벌의 야심과 제국에 고개 숙이지 않는 바인인들의 자긍심을 믿는 것. 둘째는 지근거리에 군사들과 함께 도달해 있을 룩서르 경에게 파발을 보내 군을 되돌리고 라곳에시스로 돌아가는 것이다.

안전한 것은 단연 후자다. 그러나 돌체의 영주 맥베인이 거짓이었을 경우를 생각하면 섣불리 내릴 수 없는 결정이다. 거짓이라는 가정하에, 그를 믿고 도망친다면 마리포사는 생존을 위해 가장 필요한 패를 내팽개치고 더 큰 적을 만드는 셈이 된다.

하지만 맥베인의 말이 사실이라면 미리포사들은 벼랑이었다.

"……주군."

"기다려. 생각 중이니."

르옌의 붉은기 도는 갈색 눈동자에 서늘한 이채가 배었다.

다난과의 전투는 다난의 삼면을 포위하는 포위전으로 계획되었다.

약속의 시간, 바인의 군대가 먼저 첨예하게 대치 중인 국경선을 친다. 그러는 동안 마리포사들은 다난의 영지를 빙 돌아 남쪽 어딘가에 위치해 있다는 저들의 군수물자 마을을 약탈한다. 마리포사들에게 비인도적인 일을 떠맡긴 것이다. 약탈이 시작되면 다난의 군대는 그들의 보급기지를 보호하기 위해 어쩔 수 없이 군사를 나누어 출병할 것이다.

그리고 분산한 다난 군의 일부를 바인의 소규모 기사단이 기습 섬멸전으로 척결한 후, 마리포사가의 기사들과 합류한다. 그토록 간단한 협공이었다.

그러나 이제 반드시 그리될 거라 확신조차 할 수 없는 상황이었다. 바인의 군대는 약조를 지키지 않고 침묵할 수도 있고, 최악의 상황에는 다난 군과 함께 마리포사의 군대를 섬멸할 수도 있다.

르옌의 뒷목이 뻣뻣하게 굳어졌다. 이런 초조를 느껴 본 것이 오랜만이다. 동부에서 몰려올 이들을 생각하니 아득하게 막막했다. '혹 저들 황자들이 내란이라도 일으켜 준다면…….' 하는 생각을 했다가 기가 막혀 스스로를 비난했다. 무슨 요행 따위로 세상이 돌아가길 바라, 이 미친년!

'아니, 아니, 이게 아니다. 이게 아니야.'

정신이 제 것 같지가 않다.

서부 영주들 중 겁이 많아 쓸 만한 자들이 있다. 그들의 자식들을 데려다 라곳에시스에 가두어 인질로 삼는다면, 토벌군이 넘어와도 서쪽의 반발은 어느 정도 통제가 될 것이다. 하지만…….

'다난과 바인은 통제가 안 되겠지.'

살리가르는 기를 쓰고 시친과 전쟁을 하려 드는 중이다. 바인이 바다를 제공하는 상황인데 마리포사들은 그 이상을 제안할 것이 없다.

그들의 가장 큰 장점인 악명과 무력도 시친과의 함대전을 치르려는 살리가르에게는 효용이 없다. 맥베인이 거짓이어야 했다.

"일단은 도망치는 것이 우선인 듯합니다. 돌아가서 위스번스 님과 이야기를 나눠 보면……."

"위스번스라고 없는 수를 낸다던가."

르옌이 날카롭게 에일라의 말허리를 잘랐다.

똑똑똑. 문 두드리는 소리가 났다. 피로연이 곧 시작됩니다, 부인. 이름 모를 시녀가 아뢨다.

피로연의 홀에 이른 르옌은 턱을 꼿꼿이 들고 미소 지었다. 어제보다는 그녀에게 인사를 하는 자들이 많았다. 에일라는 홀 입구에 멈추어 대기에 들어갔다.

긴 식탁의 상석 왼편의 의자에 앉은 르옌은 참석자들을 쭉 살폈다. 어제와 달리 검 없는 자들이 대부분이었다. 마리포사 가문의 기사들 역시 곧 있을 다난과의 전투를 보좌한다는 명목으로 자리를 비웠으며, 바인의 기사들도 첫날의 참석이면 충분하다 하였다.

얼마 지나지 않아 두툼한 옷을 껴입은 섭정 길도프가 그녀의 옆에 앉았다.

한창 연회가 무르익을 무렵이었다. 시녀를 때리는 손버릇 나쁜 이들을 잠자코 바라보던 르옌이 힐끔 그를 곁눈질했다. 피로해 보이는 길도프의 눈은 돌체의 영주 맥베인에 향해 있었다. 맥베인은 어제보다 더 맹렬히 노려보기만 할 뿐이었다.

르옌이 들으란 듯 중얼거렸다.

"사람 다루기가 어려운 법이지요."

"……그렇지. 그대 가문의 기사들은 보이지 않는군? 기어코 죄 내보냈나?"

"참전치 않더라도 완비는 중요하니까요."

얼마간 르옌을 노골적으로 응시하며 술잔만 비워 던지고 깨뜨려 시녀들을 곤혹케 하던 돌체의 영주 맥베인이 자리를 떴다.

멀어지는 건장한 사내의 뒷모습을 바라보던 르옌이 섭정 길도프를 향해 뭉근히 물었다.

"……각하께서는 전투에 직접 나서 보신 적이 있습니까?"

"직접 싸운 적은 없지만, 싸움에 죽어 가는 이들을 본 적은 많지. 젊었을 시절……."

"요수아의 선왕도 전투의 부상으로 죽었다지요."

"그래, 너는 죽은 사람은 많이 봤겠군. 직접 죽인 적도 있나?"

"지난번에도 말한 것처럼 직접 움직이는 편을 더 선호하는지라. 눈 밖에서 벌어지는 전투는 영 불안하여……."

섭정 길도프의 눈매가 조금 다정해졌다.

"내가 봤던 가장 잔인한 시체는 요수아의 부친이었지. 상처가 곪아 그 안에서 구더기가 기어 나오더군. 손도 쓸 수 없이 빠르게 악화가 되었는데, 양귀비도 진통 연초도 통하지 않아 죽기 직전은 늘 술에 취해 있었지. 전쟁은 백성뿐만 아니라 왕도 죽이는 것이라는 걸 그때 체감했지."

자애로운 어조로 시작된 말미는 음산하게 가라앉았다. 섭정 길도프의 손이 르옌의 손목을 슬슬 매만졌다.

르옌의 눈동자가 느릿하게 나이 든 사내의 검버섯 핀 손등을 내려다보았다.

"맥베인이 무어라던가?"

"영주는 각하를 그다지 좋아하지 않으시더군요."

"귀찮은 녀석이야. 포기를 모르지."

섭정 길도프는 기울이고 있던 고개를 세우고 만지작대던 손목을 풀어 놓으며 경고했다.

"지난 밤, 내 분명 경고했을 것이다."

"이미 말씀드렸지만…… 자칼린은 제가 통제할 수 있는 사람이 아닙니다."

"나중에 누가 더 손해를 보는지 보면 알겠지. 뭐, 너희는 고민할 필요도 없기는 하다마는."

"한 배를 탔으니 우리의 손해는 바인의 손해 아닙니까?"

섭정 길도프가 그대로 손을 날렸다. 르옌이 쥐고 있던 술잔이 나동그라지며 텅그렁 소리가 났다. 붉은 포도주가 드레스를 흠뻑 적셨다. 피로연의 참석자들이 일제히 섭정 길도프와 르옌에게로 시선을 옮겼다.

"건방진 계집. 앙레디움의 잡배같이 혀만 살아가지고는……."

르옌은 붉게 얼룩진 흰 드레스에 한 번 시선을 주었다. 흉하게 얼룩진 드레스를 가리기 위해 시녀들은 얇은 외투를 걸쳐 주려 했다. 르옌이 거부하였다.

자리에서 일어난 그녀는 섭정 길도프를 향해 가볍게 무릎을 굽혔다 폈다.

"……실례하지요."

섭정 길도프는 르옌에게 시선조차 주지 않고 조용해진 분위기를 털어 내듯 손을 저었다. 그러자 다시 하나둘 고개를 돌렸다. 르옌은 턱을 치켜든 채로 그들 사이를 걸어 나왔다. 에일라가 빠르게 뒤따랐다.

방으로 돌아온 르옌은 의복 시중을 드는 시녀들이 줄줄이 따라 들어오려는 것을 내보냈다. 에일라가 뒤따라 들어왔다. 침대맡에 선 르옌의 눈은 나브라지듯 널린 형형색색의 드레스에 향해 있었다. 집중하는 건 아니었다.

"늦어도 해가 뜨기 전엔 그들에게 최종 결정을 알려야 합니다."

온몸에서 포도주의 내음이 난다.

르옌의 입가에 서늘한 미소가 떠올랐다. 실수하였다. 가시밭길이라도 외길이라면 걸어야 하지만, 그 말뜻이 사지로 걸어 들어와도 된다는 것은 아니다.

전쟁이 왕도 죽인다 말한 놈이 제 자식을 참전시켰다.

요수아에게 권력을 돌려줄 생각이 없는 놈이니 친자식을 견제해서는 아닐 것이었다. 비등하고 치열한 전투가 아니라, 압도적이고 일방적인 전투가 될 것을 아는 것이다.

"자칼린을 불러와."

림 내부의 병사들의 동태를 살피고 있던 자칼린은 르옌의 피처럼 얼룩진 드레스에 크게 놀랐다가, 그녀가 부상당한 것이 아니란 것을 깨닫고 안도했다.

"돌체의 영주는 어떻게 됐나."

르옌의 물음에 조마조마했던 지난 하루가 주마등처럼 스쳐 지났다.

맥베인은 다혈질적인 면이 적잖았다. 덩치나 인상만 보아도 한 성깔 하게 생겼으니 의외는 아니었다. 그만큼 진정시키는 일이 쉽지 않아 체질에도 안 맞게 아양을 떨어야 했다. '아이고 형님, 왜 이러십니까!' 하며. 그래도 자칼린에게는 호감이 남아 있던 상태였다는 게 다행이었다. 밤이 새도록 술을 퍼마신 보람이 있었다. 속은 쓰리지만.

주위를 휙휙 둘러본 자칼린은 아무도 없다는 것을 확인한 후 낮게 말했다.

"내색은 않으려 해도 절박한 것 같던데. 지금 동부에서 토벌군이 소집되고 있다는 소문이 들리는 판국에 이쪽을 끌어들이고 싶어 할 정도면 말 다 한 거 아니냐? 아마도 음, 그럴 것 같은데."

어떻게 빨리 뭔가 해야지. 아무래도 느낌이 안 좋아. 자칼린이 불안한 듯이 덧붙였다.

하지만 반대로, 그렇기 때문에 르옌에게 맥베인과 섭정 길도프는 같은 무게의 사람인 것이었다.

마리포사들은 제국군을 두려워하지 않고 함께 맞서 줄 서부의 거대 세력을 요하고 있다. 그들을 용병처럼 쓰고 버릴 자는 필요치 않았다. 동맹의 전제는 꾸준히 효용을 주고받을 수 있어야 한다는 것이다.

르옌은 창밖을 내다보았다. 이제 밤이다. 또다시 하루가 지나간다.

그녀의 목적은 처음부터 끝까지 이들을 살리는 것이었다. 라르칼리아들의 싸움에서 가장 커다란 피해를 입은 것은 일시에 황족 시살 가문의 일원이 된 마리포사들이기 때문이다. 페이작을 위해 제 손을 잡은 자들이었다.

자신은 할 수 있을 것이라 생각했다. 그래야 했다.

더 나은 묘안. 모험이 아니라 안정적인 것.

세계는 지금 마리포사들을 병질처럼 치부하여 씨를 말리려 들고 있다. 르옌은 결코 용납할 수 없는 것이었다.

‘퇴로가…….’

시친과 살리가르, 라르크와 모르가나, 바인과 모르가나, 마리포사와 바인. 그 모든 나라들이 복잡하게 뒤엉켜 있는 형세다.

그 모든 세태를 판 위에 두고 보니 암담하기만 했다.

‘만일 가능하다면…….’

기대를 걸었던 바인을 팽해야 하는 건 당연한 일이었다. 다난, 살리가르에는 줄 것이 없다. 그렇다면 무엇이 남나. 하나하나 침착을 가장해 생각을 더듬고 선택지를 지운 끝에 남는 것은 하나뿐이었다.

문제는 그게 도박이라는 것이다.

에일라가 말했다.

“일단 혼인은 물릴 수 있습니다.”

“혼인 따위가 문제가 아니다. 그리고 물린 후가 더 문제가 될 거다.”

현실적인 것을 떠올려 보려 하지만, 하룻밤 만에 저 늙은이를 온전히 구워삶기에는 이쪽이 가진 것이 없어도 너무 없다. 마리포사들은 무력만 지녔을 뿐이다. 이번 싸움에서 그들은 명분조차 지니고 있지 않다.

얼마간 창틀을 짚고 어두운 숲을 노려보던 르옌이 뒤돌아 입술을 뗐다.

“……너희는 내가 어떤 결정을 내린다 해도 따를 거라 했다.”

“애초부터 전부 다 살아남으리라 예상한 것도 아닙니다. 분명 묘안이 있을 터이니…….”

“어디라도?”

에일라가 덤덤함을 가장하여 답했다.

“명하신다면 해산하여 도망치라는 명에도 따릅니다.”

그러나 말하는 에일라도 이미 알고 있을 것이다. 서부와 관련이

있다는 이유만으로도 산맥 동쪽에서는 그들을 배척하는 물결이 일
고 있다. 서부에서도 배척받을 것이다. 그러므로 단순히 마리포사의
군대가 해산하여 떠나는 것만으로는 무엇도 해결할 수 없을 것이었
다. 그들에게는 안정적으로 살아 나갈 땅이 필요했다.

산개하여 각자에게 그들의 생존을 책임지도록 하는 것, 그건 르옌
이 바랐던 이상적인 끝이 아니었다.

"에일라, 테네스 경에게 바인 군과 다난 군의 첫 전투가 시작되면
즉각 회군해 오라 전해. 남쪽 위치에 있을 룩서르 경과 테네스 경에
게 전언이 닿기까지 얼마나 걸리겠나?"

"그냥 도망치게?"

자칼린이 끼어들었다.

"반나절. 지금 출발하여 파발마가 헤매지 않고 당도하면 내일 정
오 무렵에는 그들도 회군 준비를 시작할 수 있을 겁니다."

"후방에 기병을 세우고 방패로 무장시켜라. 뒤를 잡힐지 모르니까."

"야, 맥베인 그자를 포섭하고서……."

"존명. 그렇다면 우리는…… 내일 밤까지는 기다려야겠군요."

"그래. 그들이 회군하였다는 전갈을 보내오면 그때."

"너 내 말 무시할래? 그렇게?"

르옌이 고개를 돌려 자칼린을 직시했다.

"그리고 자칼린."

"……어."

"너는 이제 북부로 돌아가야겠다."

자칼린의 표정이 느리게 굳어졌다가 균열과 함께 일그러졌다.

"뭐라고?"

르옌은 뜻을 꺾지 않고 끝까지 자칼린을 돌려보내리라 하였다. 아

무리 자칼린이 길길이 날뛰어도 눈 하나 깜빡하지 않았다.

자칼린은 에일라가 듣건 말건 상관없이 그간의 심정을 다 쏟아 냈다. 왜 쟤네들 때문에, 왜, 넌, 왜, 대체 왜. 막판에는 제대로 말도 잇지 못하고 욕지거리를 하거나 발을 굴렀다. 에일라의 가슴도 복잡해졌다.

못 들은 체 귀를 닫고 있는 동안에도 불안은 한 걸음씩 더 가까워졌다. 끝나지 않을 듯한 논쟁은 멈추었다. 끝까지 흔들림 없는 르옌의 명령 때문이었다.

"그만 떠들고 맥베인과의 만남을 주선해. 시간 낭비 하지 말고."

분통이 터진다는 표정으로 르옌을 노려보던 자칼린이 성큼성큼 걸어 나갔다.

자칼린을 떠나보내는 것은 그녀로서는 어쩔 수 없는 결단이었다. 가진 것을 십분 활용하여 조금이라도 더 가망 있는 것에 걸어 보려는 심산일 따름이다.

자칼린을 제 싸움에서 죽게 할 생각은 처음부터 없었다. 할 수만 있다면 더 나은 상황에서 더 안전한 방법으로 그를 북부로 돌려보내 주고 싶었지만 상황이 이리되었으니 도리 없음이다. 한데 왜 한 켠이 허한 기분인지 모르겠다.

에일라가 그늘진 눈으로 르옌의 등을 바라보았다.

속으로 갈무리하여 삭이기는 했으나, 에일라 역시 충격이었다. 르옌이 자칼린을 떠나보낸다는 것은 분명, 그 어떤 이유를 붙이든 간에 상황이 심각해질 수 있기 때문이라는 뜻과 같다.

이해는 되었다.

자칼린은 엄밀히 말해 마리포사와 조금의 관련도 없는 북부 귀족이었다. 상황의 합이 꼬여 줄래줄래 르옌을 따라 라곳에시스에 이른 자다. 만에 하나 희생될 필요가 없는 사람이 있다면, 그건 자칼린 엔도 체사였다.

북부인에 대한 미움이나 개인적으로 자칼린을 좋아하지 않는다는 감정적 사실을 차치하고도 그러하다. 그리고 자칼린은 평소 행실은 가볍지만 그래도 존경받을 만한 기사였다.

한데 우스운 건, 르옌의 심정보다는 자칼린의 감정이 더 공감이 간다는 사실이었다. 아무리 르옌이 번드르르하게 말을 했어도 결국 내버리는 것과 다를 바 없었다.

"……제게는 희생은 어쩔 수 없는 것이라 하시더니."

에일라의 혼잣말은 자조처럼 흐렸다.

듣지 못한 건지, 흘려들은 건지, 아니면 그녀의 빈정거림을 생각하는 건지 르옌은 조용하기만 했다. 이제는 불그죽죽한 빛을 띠기 시작한 포도주 얼룩을 내려다보다가 드레스의 끈을 풀었을 뿐이다.

에일라는 참담한 기분으로 그녀를 도왔다. 바닥에 떨어진 얼룩진 흰 드레스. 에일라는 한 번도 입어 본 적이 없는 종류의 옷이었다. 한참을 손바닥 안에 감기는 낯선 감촉을 매만졌다. 부드럽고 아름답다. 여성의 것, 그녀는 누리지 못한 것들이다.

쥐고 있던 하얀 드레스를 의자 등받이에 걸친 에일라가 르옌에게 다가갔다. 르옌은 양피지와 잉크를 찾아 서랍을 뒤적이고 있었다. 에일라가 말라붙은 입술을 힘겹게 뗐다.

"……한 가지 청이 있습니다."

왕궁 내부에서는 피로연이 한창일 시간이다. 주위의 눈을 조금 덜 신경 써도 된다는 것이 이점이다.

자칼린이 주선한 급한 만남에 영주 맥베인은 응했다. 남빛 드레스를 걸쳐 입은 르옌이 까딱 목례로 약식 예의를 차린 후 낡고 이끼 낀 의자에 앉았다. 비싼 드레스가 상하건 상하지 않건 전혀 신경 쓰지 않는 모양새다.

"감히 누굴 오라 가라 하나?"

맥베인이 눈을 부라리며 르옌을 노려보았다. 살기가 등등하였다. 르옌은 적요하고 퀴퀴한 왕궁 지하의 풍경을 다시 한 번 눈에 담았다.

혹시 모를 사태를 대비해 군사들의 무장을 준비시키고 있던 벌트 경과 레이리스도 불려 왔다. 벌트 경은 걱정스러운 표정이었다. 눈치를 보던 벌트 경이 '나 집에 마누라 기다리고 있어서 빨리 준비하러 가야 하는데 말입니다.' 하는 농담으로 은연중 조바심을 드러냈지만 분위기는 더 늘어지기만 했다.

자칼린까지도 오만상을 찌푸린 채로 지저분한 돌기둥에 기대어 침묵 중이었다. 손에는 둘둘 말린 양피지 하나를 쥐고 있었는데, 눈빛만으로 뚫을 기세였다.

침묵만 길어졌다.

레이리스의 회색 눈동자가 슬며시 에일라를 향했다. 상황이 좋지 않다는 건 이미 지휘 기사들도 알음알음 들어 알았다. 그럼에도 불구하고 레이리스는 요 근래 들어 오늘이 가장 기뻤다. 에일라가 그녀를 지목해 벌트 경과 함께 호출했기 때문이다. 에일라가 저를 쓸모 있는 사람으로 여겨 준다는 사실이 기뻤다. 하지만 시간이 지날수록 조금 의아해졌다. 왜 아무도 말을 않는지.

에일라는 아직까지 그들을 세워 놓고 별 명령 없이 섰을 뿐이다. 표정이 많이 좋지 않았다. 야윈 듯도 했다. 레이리스는 에일라가 조금 걱정이 되었다. 그녀는 늘 무리를 한다. 요 근래에도 무리를 한 모양이다. 돕고 싶었다.

이은 레이리스의 시선이 홀연 몇 걸음 떨어지지 않은 곳의 기둥에 기대어 선 자칼린에게 이르렀다. 그의 표정도 평소보다 훨씬 심각하였다. 자칼린이 저런 표정도 지을 줄 알았나, 새삼 놀라웠다. 일전 어느 전투에서 적병에게 변절자니 뭐니 하는 소리를 들어 한 번 크게 분노했을 때보다 더 화가 나 보였다.

맥베인이 먼저 침묵을 깼다.

"먼저 대담을 요청했다는 건, 지난 무례에 대한 사과도 포함되어 있다는 말이겠지."

"……나는 사과를 하러 온 것이 아니니 쓸데없는 사족으로 시간을 낭비하지 않았으면 합니다. 자칼린이 거듭 당신의 다급한 상황을 일러 설득하지 않았다면 이리 마주 보지도 않았을 테니."

맥베인은 도대체 제 나이의 반 토막만 한 계집이 어찌 저리 맹랑한가 싶어 기가 막혔다.

지난번에 그리 모욕을 당한 후 자칼린이 거듭 사과하고 상황을 완충해 주지 않았다면 오늘 르옌을 만나자마자 뺨부터 날렸을 것이다.

솔직히 지금도, 지금 당장 목숨이 경각에 걸린 것은 네놈들이라고 고래고래 소리를 치고 싶었다. 참은 것은 르옌의 어투가 표면상으로나마 존중 어린 투로 바뀌었다는 사실 때문이었다.

르옌이 말했다.

"어쨌든 지난번의 일은 잊지요. 시간이 없으니 요점만 하겠습니다. 당신의 왕 요수아, 그 어린아이에게 정권을 되돌려주기 위해 무엇이라도 감당할 각오가 되어 있는 겁니까?"

"어린아이라니, 감히 폐하께 무슨 그따위 망발을……."

르옌의 음성에 서늘한 짜증이 어렸다.

"쓸데없는 데에 집요히 구는 걸 보면 여유가 있나 보군. 정 내 태도가 거슬린다면 지금이라도 물러라. 나는 당장 섭정에게 가 그대가 내게 했던 말을 토씨 하나 빼놓지 않고 읊어 줄 테니. 내가 너와 합의를 찾지 못하고 이 지하를 벗어나는 순간, 너는 당장에 네 땅으로 도망쳐 네 성문부터 걸어 잠가야 할 거다."

에일라가 검을 뽑아들었다.

캬르릉!

날카로운 쇠 비명이 울렸다. 내내 조용히 관조하던 자칼린도 이번만큼은 조금 놀란 듯 반사적으로 검을 반쯤 뽑았다.

르옌은 어느새 제 뒷목에 닿은 날카로운 쇠붙이의 감촉에 서늘히 눈을 흘겼다.

"나는 지금 공식적으로 섭정의 부인이다. 꼬투리 하나만 잡혀도 네 주인의 목이 날아갈 테니 치워라. 이 자리에서 기사 넷을 전부 죽이고 도망쳐 은폐할 자신이 있다면 멋대로 하던가."

맥베인은 마를로의 검날을 목에 대고도 협박을 그치지 않는 르옌을 다소 얼빠진 눈으로 바라보았다. 저쯤 되면, 허풍이 아니라 정말 겁대가리가 없는 계집이라는 말이다.

맥베인이 제재했다.

"물러나라, 마를로. 합의는 이제 시작이니. 자질구레한 허례허식이나 자존심은 잠깐 내려 두도록 하자. 나도 그리하지."

기다렸던 바였다. 르옌이 즉각 표정을 풀고 어투를 가다듬어 물었다.

"돌체는 얼마나 동원할 수 있습니까."

"……해안 경비대로 차출될 예정인 이들과 용병들까지 더하면 많아 봐야 일천여 명이다. 아직 폐하를 따르는 일을 포기하지 않은 귀족들 몇이 더 있으니 그들의 지원을 받아 사백여 정도는 더 지원할 수도 있다. 하지만 폐하의 정권 환수가 확실해질 때까지 우리는 움직이기 어려울 것이다."

"그따위 패배할 것이 뻔한 판에 우리를 걸 생각 없습니다. 살리가르와 시친의 해전은 기정사실이겠지요?"

시친과 라르크의 관계가 최악이라는 것은 이미 자자히 알려진 사실이다. 맥베인이 눈살을 찡그리며 턱을 까딱여 수긍했다.

"델 오스작의 근황을 어디까지 알고 있습니까?"

"……북부의 왕이 내어 준 타리가 항구도시 근처에 터를 잡고 있다는군. 제독이 거기서 군사 훈련을 하고 있다는 것이야 암암리에 유명한 사실이지."

"작년, 마지막으로 그들의 소식을 들었을 때는 이삼천 남짓이라던데요."

"석 달 전, 그 배는 되었다 보고받았다. 하지만 북부 군대에 비할 만큼은 안 되겠지."

한참을 침묵하던 르옌이 고개를 들어 자칼린을 바라보았다. 르옌이 그에게 준 둘둘 말려 밀랍 봉인된 양피지를 매만지던 자칼린은 르옌과 눈이 마주치자 여간 심란한 게 아니란 듯 홱 고개를 돌렸다.

르옌은 맥베인을 돌아보며 담담히 말했다.

"다시 말하지만 우리는 지금 사람의 머리 하나가 귀한 때입니다. 당신 왕의 복권을 위한 군대를 드릴 수는 없습니다."

"……."

"하지만 우리가 아닌 다른 군대를 드릴 수는 있겠지요."

"다른 외세라니?"

맥베인은 눈을 찌푸렸다.

"이미 외세인 우리를 끌어들일 요량이었다면 그 어떤 외세라도 상관없는 것 아닙니까? 이제 와 우리가 아니면 안 된다고 말하신다면 당신이 우리를 쓰고 버리려 했다는 증명밖에 되지 않을 테니 신중히 답하시는 게 좋을 겁니다."

맥베인은 여자의 기세에 새삼스럽게 다시 놀랐다. 전쟁터를 굴러먹다 온 계집이라더니, 과연.

"그래도 묻지 않을 수 없는 일이다. 다른 외세라면 어디를 말하는 거냐."

"그에 관하여는 찬찬히 이야기를 나누지요. 이쪽의 요구부터 들어주셔야겠습니다. 자칼린 엔도 체사와 자가의 기사 하나를 더 북부로 올려 보낼 배편을 제공하고."

"또 누가……."

"엘폰느 경, 네가 자칼린의 감시 역이다."

"뭐, 재도 가?"

자칼린이 홱 고개를 돌려 레이리스를 바라보았다. 금시초문이었다. 아무래도 저가 나간 후에 에일라와 르옌 사이에 모종의 합의가 있었던 것 같은 분위기다.

에일라의 뒷모습만 바라보며 다음 명령을 기다리던 레이리스의 고개가 느리게 돌았다.

르옌의 말에 맥베인은 못내 불쾌한 기색이었다.

"피차 곤란한 상황이라도 그런 조건을 들어주면서까지 숙이고 들어갈 생각은 없는데 말이야."

"피차 필요하여 요청하는 겁니다. 지체할 시간이 없으니 이곳에서 바로 출발해야 합니다."

어부 영주라 불린다는 맥베인의 뚜렷한 눈빛이 제게 닿은 순간이었다. 레이리스의 귓가를 울리던 두 사람의 목소리가 멀어졌다. 세

걸음 남짓 거리에 선 에일라는 미동조차 없었다.

'……잘못 들은 건가?'

자칼린의 한숨 소리가 유독 크게 파고들었다. 어딘가를. 귀를, 어쩌면 가슴을. 그러는 와중에도 맥베인과 르옌의 이야기는 계속되었다.

"그, 체사와 방금 말한 저 여자의 밀입국을 위한 배편을 제공하란 말인가? 돌아오는 편까지?"

"돌아오는 것은 저들이 알아서 할 터이니 신경 쓰지 않으셔도 됩니다."

자리를 이탈한 레이리스가 주춤주춤 에일라의 곁으로 다가갔다. 에일라는 뒤도 돌아보지 않은 채로 명령했다.

"자리로 돌아가라."

레이리스의 덜덜 떨리는 손이 에일라의 팔을 잡았다. 순간, 사납게 손이 떨어져 나갔다.

철썩 살 찢기는 듯한 소리가 왕궁 지하를 울렸다. 르옌과 맥베인의 대화가 그쳤다. 에일라는 사납게 일갈했다.

"이미 결정되었다. 너는 북부로 올라간다. 이견 달지 마라."

"아, 어, 아……."

크게 입을 벌린 채 어, 억, 엉 하는 가쁜 숨소리만 내던 레이리스는 손을 움직이려다가 에일라가 쳐다도 보지 않는다는 것을 깨닫고 그녀의 팔뚝에 매달렸다. 떨쳐 내려는 에일라의 팔 힘에 이리저리 휘둘리면서도 고개를 연신 저으며 들러붙는 레이리스의 신음이 이내 울음소리처럼 바뀌었다.

"어, 어. 으, 어."

에일라는 매정하게 쐐기를 박았다.

"자칼린 엔도, 네가 책임지고 데리고 가라."

지금 상황이 좋지 않다고 하지만, 꼭 그런 것만은 아니리라는 희망을 품고 있었다. 작년에도 그렇게 잘해 오지 않았나. 때문에 에일라의 저런 태도는 레이리스에게는 개인적인 축객과 다를 바 없는 것이었다. 돌아오는 것조차 기약하지 않는다는 건 이제 아예 눈 밖으로 치워 버리겠다는 게 아닌가.

떠밀려 휘청이다 넘어진 레이리스는 에일라의 다리를 붙잡았다. 레이리스의 목 어딘가에서 흐악, 흑거리는 짐승 소리가 났다.

어안이 벙벙하여 상황을 지켜보던 벌트 경이 미간을 좁히며 처음으로 말했다.

"아니, 실례합니다. 엘폰느 경은 제 소속입니다만 단장, 이렇게 갑자기 통보하시면 어쩝니까?"

"벌트 경, 네게는 미안하지만 주군께서 결정하셨다. 빈자리는 임의로 채워라. 자칼린 엔도 체사가 주군의 임무를 성심성의껏 수행하는지 감시할 자가 필요하니까."

아무리 매달려도 에일라가 저를 거들떠도 보지 않는다는 사실을 깨달은 레이리스가 두 번째로 벌트 경에게 향했다. 제대로 소리도 내지 못하고 어, 억 하는 목 졸린 소리를 내며 깡충깡충 뛰는 모습은 웃기기보다 가슴 미어지는 풍경이었다.

벌트 경은 내심 혀를 찼다. 왜 저와 지난 한 해 거들떠도 안 보던 레이리스를 딱 짚어 불렀나 하였는데.

'단장도 참……'

월권당한 것은 화가 나지만 벌트 경은 에일라를 힐난하지 못했다. 그 역시도 라곳에시스에 마누라와 새끼가 두 마리 있지 않나. 진짜 일이 크게 어려워지려는가 싶어, 제 가족 걱정에 벌트 경의 마음도 무거워졌다.

에일라는 거칠게 레이리스의 머리채를 쥐어 내동댕이치더니 손속을 두지 않고 걷어찼다. 보다 못해 나선 것은 자칼린이었다. 가뜩이나 북쪽으로 내쫓기는 게 기분이 더러워 미치겠는데 지금 대체 뭐하는 짓이냐는 말이다.

"그만, 거, 그만 안 합니까?"

그리 널브러져 얻어맞으면서도 레이리스는 억억대며 에일라의 군화코를 쥐고 긁고 매달렸다.

"수치스럽게 굴지 마라."

아악, 그아악. 짐승이 우는 것 같은 소리가 뚝 끊어졌다. 레이리스는 어깨를 오르내리며 에일라를 노려보았다. 울음소리는 멈추었지만 눈물은 그치지 않았다. 레이리스는 그대로 고꾸라지듯이 지저분한 바닥에 이마를 처박았다. 맥베인은 별안간의 당혹스러운 눈물 사태에 조용히 그 상황이 끝나길 기다렸다.

"너, 일어나."

자칼린이 레이리스를 강제로 부축해 일으켜 세웠다. 그런 그를 한참을 응시하던 에일라가 르옌에게로 몸을 돌렸다.

"몹쓸 꼴 보였습니다. 송구합니다. 저는 그럼 나가서 은밀히 준비시키겠습니다."

"동요하지 말라 해라. 룩서르 경, 테네스 경과 수시로 연락을 주고받아. 테네스 경은 출발했겠지?"

"간략히 설명을 마쳐 보냈습니다. 오늘 새벽 즈음 후발 부대에 합류하면 룩서르 경과 최적의 회군 방식을 찾아 돌아올 겁니다."

"쉴 틈 없다."

"존명."

에일라는 단숨에 몸을 돌려 나갔다. 뒤도 돌아보지 않는 매몰찬 모양새로.

에일라를 따라 나가려던 레이리스가 별안간의 힘에 휙 뒤로 끌려갔다. 언제 다가온 건지, 레이리스의 뒷덜미를 잡아챈 르옌이 사납게 자칼린에게 떠안기듯 밀쳤다.

"정신 못 차리나. 시국이 어느 때라고 네 감정 하나 추스르지 못해. 끝까지 수치스러운 꼴을 보일 테냐."

얼결에 레이리스를 지탱해 세운 자칼린의 연둣빛 눈동자에 노기가 어렸다.

"너 그런 식으로 말하지 마라."

"감쌀 걸 감싸야지. 너희는 부모 대보다 더 모자란 기사라 외국 인사 앞에서 자랑이라도 할 셈이냐."

르옌의 비수 같은 힐난에도 레이리스는 에일라가 나간 방향만 멀거니 바라보고 있을 뿐이었다. 에일라는 마지막까지 뒤도 돌아보지 않았다. 단 한 번도 제 눈을 봐 주지 않았다.

버림받은 자들이 모여 이룬 울타리 안에서, 레이리스는 또다시 버림받았다 느꼈다. 회색 세상을 도려 박은 듯 부연 눈시울에 맺혀 있던 눈물이 뚝 떨어졌다.

자칼린이 잠긴 목소리로 르옌에게 성냈다.

"그래도 적당히 좀 해. 마지막……."

"……."

"……일 수도 있는 일이잖아."

조금의 떨림, 습기, 불안. 르옌은 그 모든 것을 읽어 냈으나 부정했다.

"나는 그리 생각 안 해."

"그렇게 믿고 싶은 거겠지. 너는 맨날 너 하고 싶은 대로만 하니까. 제멋대로.”

“그래도 상관없지 않나. 자칼린, 희망은 인간을 달리게 하니까. 네가 나를 달리게 할 거다.”

자칼린의 연둣빛 눈동자에 짙은 패색이 어렸다.

“그게 싫다고.”

결국 자칼린은 더 르옌을 마주 보지 못하고 레이리스의 손목을 잡고 나섰다. 나가 있자. 레이리스는 넋을 잃고 질질 끌려갔다.

한참을 그들을 지켜보던 맥베인이 턱을 괴며 한쪽 눈썹을 슬며시 추켜올렸다.

“무얼 하려고?”

“배편은 언제 가능하겠습니까.”

“그대가 무슨 수작을 부리려는지 알아야 답을 낼 것이 아닌가?”

“가능성이 없는 것과 조금이라도 가망 있는 것, 뭘 선택해야 할지는 뻔할 텐데요. 가불가의 답부터 내십시오.”

귀에 익은 말이었다. 맥베인은 제가 한 말을 토씨 하나 틀리지 않고 되돌려주는 르옌을 어이가 없단 듯 바라보다 끝내 헛헛하게 웃었다.

“……내가 배편을 제공하지 않는다면?”

“제가 지금 이 자리에서 일어나 섭정의 품에 안겨 조잘거리겠지요.”

르옌은 눈 한 번 깜빡이지 않고 대꾸했다. 협박인데 협박조가 아니라서 맥베인은 저걸 협박으로 받아들여 화를 내야 하는지, 분위기를 풀기 위한 농담으로 받아들여야 하는지 멍청한 고민을 하지 않을 수 없었다.

‘……거참.’

첫인상이 밑바닥이었던 탓인지, 훨씬 겸손해진 투로 담담히 받아치는 여자에게 처음처럼 화가 나지는 않았다. 분명 주제 모르고 건방진 계집임은 사실인데…….

문득 맥베인은 새삼스러운 의심에 잠겼다.

섭정 길도프와 이미 판을 짜놓고 저를 함정에 빠뜨리려는 것은 아닌가? 그랬다가 곧 떨쳐 냈다. 마리포사들을 배신할 자에게 제 목숨 살리자고 빌붙을 만한 계집은 아니라 판단이 되는 탓이다. 단순히 어제 오늘의 조우 때문만은 아니었다. 판단은 자칼린이 첫날 술잔을 나누며 르옌이라는 여자에 대해 해 준 이야기들과 몇 가지 최근의 상황에 근거한다.

"……마를로가 그대들을 가까운 항구로 은밀히 데려가 구해 줄 수 있을 것이다. 하면…… 더 자세히 얘기해 봐라. 뭘 믿고 지금 그리 자신만만한지."

늦은 새벽 신방으로 되돌아간 르옌에게 날아든 것은 매서운 따귀였다.

섭정 길도프는 사람들 앞에서 르옌이 저를 깎아내렸다며 날뛰었다. 섭정의 반지에 할퀴어진 르옌의 뺨에 선명한 상처가 났다. 상처 하나 더 생기는 것쯤은 대수가 아니었다. 르옌은 반항을 보이거나 하는 대신 옅게 미소 지으며 사과했다.

"다음부터는 그러지 않겠습니다."

그러나 길도프는 뼛속까지 계집을 얕잡는 사람이었다. 르옌의 태도가 외려 온순할수록 길도프의 노여움은 점점 더 커졌다. 다행스러운 것은 분노가 더 길어지기 전, 다난과의 국경선에 내려가 있던 사령관으로부터 연통이 이른 것이다.

섭정 길도프는 그의 측근인 듯한 기사의 방문에 언제 화를 냈냐는
듯 표정을 가라앉혔다.

준비가 마무리되었습니다.

간결한 내용의 서간을 건네받은 길도프는 벌겋게 달아오른 르옌
의 뺨을 한 번 흘긴 후 그대로 방을 벗어났다. 긴 밤이었다.

지난 새벽 자칼린은 떠났다. 그에 관한 이야기는 마리포사들에게
도 쉬쉬되었다.

대략적으로 오늘 오후, 룩서르 경에게 합류할 테네스 경이 회군하
였다는 소식을 보내오면 그것이 신호가 될 것이었다. 림에 주둔하고
있는 육백여의 나머지 군사들은 암암리에 준비를 다하고 있었다.

피로연의 마지막 날은 홀에 얼굴만 내밀었다 돌아가는 인사들도
많았다. 오늘 전투가 있을 것이라는 사실을 미리 전해 들어 알고 있
던 자들의 묘하게 침체된 분위기는 시간이 지날수록 점차 긴장으로
부풀었다.

해가 저물어 간다. 땅거미가 드리워질 시간이다. 남쪽에서의 전투
가 곧 시작될 것이다.

섭정 길도프는 얌전히 앉은 르옌을 바라보았다. 르옌의 푸른 뺨에
는 지난 밤 그가 낸 상처가 남아 있었다. 노골적으로 불신하는 표정
에 르옌은 그저 언제나 그렇듯 가장 따뜻하고 믿음 어린 미소를 지

으며 그의 잔에 술을 기울여 줄 따름이었다.

얼마 지나지 않아 돌체의 영주 맥베인이 와서 고했다.

“각하, 나는 이만 돌아가 보리다.”

“조심히 가시게.”

“조심해야겠지요.”

섭정 길도프는 보지도 않고 손을 저었다. 맥베인은 힐끔 르옌의 퍼런 멍이 든 뺨을 흘긴 후 뒤도 돌아보지 않고 나갔다.

그리고 늦은 밤, 사흘간 이어졌던 피로연이 끝났다. 참석자들은 마치 커다란 임무라도 다한 양 만족한 얼굴로 터덜터덜 돌아갔다. 침실에 든 르옌은 드레스를 침의로 갈아입는 대신 섭정이 옷을 벗고 준비하는 동안 베갯머리 아래의 검부터 더듬었다.

차가운 것이 익숙히 손끝에 걸렸다. 생각보다 테네스 경으로부터의 연통이 늦지만 오늘을 넘기지는 않을 것이다. 일이 잘못되지 않는다면.

바깥의 분위기가 스산하게 느껴지는 것은 기분 탓만은 아닐 것이다. 오늘만큼은 횃불 하나조차도 어떤 의미가 있는 것처럼 보였다. 더 초조해졌다.

새벽 안에 림의 성벽을 넘어가야 한다. 이미 마리포사들은 바인에 지나치게 긴 시간을 낭비했다. 어쩌면 이것은 제 탓이었다.

인기척 소리에 르옌이 침대에 앉은 채로 독기를 걷어 내고 웃었다. 섭정 길도프가 수염을 대충 세숫대야의 물로 닦아 낸 후 침대로 다가왔다.

“각하, 이미 시작되었겠군요.”

“뭐, 그렇지.”

르옌은 그의 손이 제 턱에 닿기 직전 무례하지 않게 잡아 내리며 물었다.

"정말로, 제 눈으로 직접 그들이 싸우는 걸 보고 싶은데."

"아직도 그 소리군."

"그저 이 눈으로 보고 싶을 뿐입니다. 함께 가시는 건 어떻겠습니까? 바인의 새 영광의 시작이 될 전투가 아닙니까."

"함께 가는 것이 아니라, 너는 내 허락이 없다면 어디에도 못 간다. 착각 마라. 마리포사들과 있을 적에는 네가 머리 노릇을 했지만, 바인에 든 이상 너는 지느러미만도 못하다."

섭정 길도프는 걸게 비웃었다. 그가 큰 소리로 숨을 뱉을 때마다 생선 비린내가 썩은 듯한 고린내가 났다.

르옌의 붉은 머리칼이 쇄골 아래까지 흔들흔들하는 것을 따라 눈을 움직이던 섭정 길도프가 별안간 르옌을 침대 위로 밀쳤다.

손속에 배려를 두지 않은 폭력을 고스란히 감당한 르옌이 휘청했다.

침대 위로 고꾸라진 르옌은 늙은이의 손길이 달려드는 것을 알아차리고 턱에 힘을 주었다. 길도프의 손가락이 그녀의 허리를 감싸 쥐었다. 르옌은 저 끔찍한 손가락이 제 맨살에 닿는다는 상상만으로도 저자의 손가락을 씹어 뜯고 싶은 충동을 느꼈다.

누군가는 세월의 은혜라 말하는 물컹하게 주름진 손가락이 두툼한 치맛자락 위를 더듬다 나무뿌리처럼 뻑뻑하게 옷 속으로 기어 들어왔다.

종아리를 스치고 허벅지에 이르는 순간 르옌은 그녀도 모르게 주먹을 쥐었다 폈다. 그녀가 제 위로 엎어진 섭정의 가슴팍을 힘주어 밀어 올렸다.

"하지만 새 영광의 시작이 될 전투가 아닙니까. 다난의 멸망을 목전에서 보실 수 있으실 텐데요……?"

르옌의 노기 삭인 속삭임은 낮고 거칠어 섭정 길도프의 행태를 더 부추겼다. 또다시 따귀가 르옌의 옆머리를 후려쳤다. 르옌의 입안이 터졌다.

"한 마디만 더 한다면 재갈을 물려 주마."

터진 입술을 살짝 핥은 르옌은 입술을 다물었다.

구역질 나는 노인의 입술이 턱에 닿았다. 하지만 그녀의 관심은 여전히 저 밖의 전선에 있었다. 아직까지 림에 당도한 전투의 소식은 없었다. 다난의 봉화는 올랐는가. 림에서는 보이지 않는다.

머릿속은 전선에 대한 걱정뿐이었다. 어떻게 되었을까. 왜 테네스 경으로부터 소식이 없나. 적들이 선수를 친 건 아닌가. 사방이 막연한 어둠인 듯했다.

르옌은 노기로 뜨려는 호흡을 참아 눌렀다.

"각하."

길도프가 그녀의 드레스 끈을 풀어내기 위해 강제로 르옌을 뒤엎어 쳤다. 골이 울렸다. 끈 풀리는 소리가 서걱서걱 살 베이는 소리처럼 들렸다. 보이지 않는 손길도 소름이 끼쳤다. 아니, 어쩌면 보이지 않아서 더 소름이 끼쳤다.

길도프는 그녀의 드레스 상의를 그대로 끌어 내렸다. 흉터가 넓게 남은 야윈 등이 고스란히 드러났다. 르옌은 간신히 팔로 상체를 지탱해 버텼다.

길도프가 비웃었다.

"계집 몸뚱이가 이래서야 가치도 없겠군. 기사 놀이를 한다더니만……."

음욕이 절어 붙은 손이 그녀의 흉터투성이 맨등에 닿았다.

르옌이 느릿하게 눈을 감았다.

아무 의미 없는 순간이다. 아무 의미 없는 찰나이다.

살과 살이 닿는 것. 태어났을 때의 정순한 알몸으로 상대를 탐하는 일련의 과정들은 르옌에게는 아무것도 아닌 일이었다. 전쟁과 투쟁 중에는, 하다못해 사소한 언쟁이라 할지라도 때때로 제 살을 내어 주어야 할 때가 있다. 그 대가로 돌려받을 것이 더 크다면 응당 감당해야 할 일이었다.

전생에 여왕이었을 시절 스완은 필요하다면 제 아비조차 유혹할 것을 마음먹었던 여자였다. 지금의 자신을 이룬 것이 그때의 괴물 중 일부라면, 이런 손길 따위는 외려 달게 받아 넘겨야 했다.

……하지만, 정녕 그러한가?

최초의 반문에 흔들리던 시계視界가 멈추었다.

르옌은 이미 지나간 어느 낯선 침실에서의 일을 회고했다. 이런 행위가 아무런 의미도 지니지 않는다면, 그녀는 스스로를 부정하게 될 것이었다. 자기부정이야말로 그녀에게 가장 익숙하지 않은 끔찍한 어떤 것이었다.

바람처럼 스쳐 간 하룻밤이었다.

새까맣던 겨울의 밤, 세상에는 그녀와 그가 있었다. 짙디짙은 검은 머리칼 새에는 차가운 바람 조각이 걸려 있다. 투명하리만치 새까만 눈동자에는 억눌린 열망과 분노와 기갈이 배어 있었다.

르옌은 그의 눈에서 자신을 들여다볼 수 있었다.

하루하루 메말라 가는 가슴을 안고 버석대는 고집스러운 계집 하나. 무엇 하나 스스로 가진 것이 없어 비참하게 고집부리는 것 말고는 할 줄 아는 것이 없는 여자.

선명히 기억한다. 저를 온전히 제 품으로 안아 당겨 결코 놓지 않을 듯하던 손아귀.

알고 있었다. 제방이 고꾸라지듯 파사드가 쥐고 있던 실낱같은 이성이 무너지던 순간, 저 역시 무너졌다.

신뢰를 위해 나신으로 뒤엉켜 전우애를 고양하기 위한 관계가 아니었다. 무언가를 얻기 위해 자기 자신을 대가로 내놓은 관계도 아니었다. 음탕한 욕망을 어찌하지 못해 서성거리다 불꽃같은 충동에 휩쓸린 관계도 아니었다.

제 입술을 짓눌러 숨 한 조각까지 죄 삼켜 버릴 듯한 사내의 손이 벗겨 던진 것은, 살가죽처럼 그녀가 짊어지고 있던 짐이었다. 세월이고 껍질이었다.

핏줄 도드라질 만큼 세게 힘이 들어간 손으로 힘주어 쥐었다 지레 놀라 손을 떼었던 그 사내의 손길은 보호였다. 그녀는 단 한 번도 겪어 본 적 없는 보호.

여왕이었을 적의 그녀는 많은 사람들이 숭상하여 떠받드는 존재였다. 르옌일 적의 그녀 역시 동네 청년들이 질투로 우러르던 존재였다. 그녀는 항상 우위에 있기를 바랐으므로 그것을 불만이라 말하는 것은 아니었다.

다만, 그녀를 아무것도 아니라 말하면서도 그리 특별하단 듯 안아 감싸는 손아귀를 거부할 수가 없었다. 가슴이 터질 듯하고 꼭 그만큼 울음이 날 것 같아 불렀다. 차마 그의 이름을 부르지 못하여 그 없는 정신에도 브류나크를 찾아 헤맸다.

온전히 헐벗어 서로를 무너뜨리던 밤. 그것은 아무것도 아닌 찰나도, 의미 없는 순간도 아니었다.

섭정 길도프의 묵직한 몸뚱이에 짓눌린 르옌의 희게 질린 손등이 침대 위를 더듬거렸다.

강제로 다리를 벌리려 드는 늙은 노인의 정수리를 쥐어 채 내동댕이치고 싶은 욕망이 고개를 들었다. 그녀의 손이 그의 어깨를 밀어

내자 또다시 폭력이 날아들었다. 르옌은 길도프의 주먹에 얻어맞은 옆구리를 감싸며 허리를 둥글게 감았다.

우악스레 저를 잡아당기는 손의 감촉이 다르다는 것이, 그 무게가 다르다는 것이, 아니 그자가 아니라는 것이 이토록 노여울 줄 몰랐다.

별안간 괴물처럼 닥쳐오는 통렬한 깨달음에 제 안의 괴물이 헐뜯었다. 나약한 계집, 멍청한 계집. 르옌은 가시 돋친 이성으로 스스로를 짓이겼다.

창 너머는 여전히 고요하다. 그러나 어두운 풍경 속에 하나, 횃불이 피어올랐다. 둘, 횃불이 피어오른다. 셋, 횃불이 피어오를 것이다.

거의 뒤집어지다시피 한 치맛자락 안을 기어 다니는 손을 잊었다. 상체를 비틀어 돌린 르옌이 늙은 사내의 얼굴을 끌어당겨 더 저돌적으로 입술을 비볐다.

갑작스러운 르옌의 적극적인 태도에 늙은 노인의 입술이 그녀의 귀를 물어 당겼다. 르옌은 섭정 길도프의 침의의 끈을 손끝으로 쥐어 당기며 속삭였다.

"다 벗어 보이지요. 당신도, 나도."

낮게 가빠진 숨으로 소곤거렸다. 먼저 헐렁하게 걸치고 있었던 섭정 길도프의 침의가 넓은 침대 저편으로 널브러졌다. 르옌은 스스로 드레스의 끈을 풀었다. 섭정 길도프는 딱딱한 거북 껍질 같은 눈으로 그녀의 상처투성이 나신이 드러나는 것을 지켜보았다.

드레스 안의 얇은 한 겹의 천만 남았다. 르옌은 그마저도 주저 없이 벗어 던질 것이었다.

그때였다. 급한 발소리가 났다.

르옌의 움직임이 뚝 멎었다. 문 앞에 이른 발소리가 정지했다. 내일 해가 뜨면 오십시오. 보초병의 목소리가 났다. 르옌의 귀가 기울었다. 그녀의 마지막 굴종을 기다리던 길도프가 딱딱하게 명령했다.

"기다리게 마라."

르옌의 눈은 닫힌 문에 있었다. 섭정 길도프가 다가와 시야를 가렸다. 르옌의 등이 침대에 닿았다.

르옌의 눈은 여전히 닫힌 문에 있다. 섭정 길도프의 손이 자연스레 그녀의 종아리를 잡아 벌렸다. 르옌은 그가 제게로 무게를 실어 오는 순간까지도 닫힌 문만 노려보았다.

"각하."

서서히 피어오르기 시작하는 살기를 감추기 위해 섭정 길도프의 목을 휘감아 당겨 안으며 애처로운 목소리로 불렀다. 낡은 사내의 손이 그녀의 다리 안쪽을 더듬거렸다. 아랫입술을 물어 당기며 메슥거리는 속을 참아 누르던 르옌의 턱에 힘이 들어갔다.

그리고 확실하게.

"주군, 회신이 닿았습니다. 마무리를 기다리고 있습니다."

문 앞에서 소리치는 에일라의 목소리가 닿았다.

길도프가 고개를 돌려 닫힌 문 너머를 노려보는 순간, 르옌의 손이 순식간에 배게 아래 숨겨 두었던 푸른 단검을 움켜쥐었다. 이어 매의 발톱처럼 기민한 손아귀로 길도프의 물렁한 목을 움켜쥐어 침대에 메다꽂았다.

숨이 막힌 섭정의 꺽 소리가 목 안에 갇혔다. 아무리 계집이라 할지라도 검을 쥐고 말을 타고 뛰어다니는 여자의 손아귀였다. 늙은 손이 힘이 들어간 여자의 팔목을 할퀴듯 움켜쥐었다.

"이런 놀이는 취향이 아니신가 봅니다, 각하."

한 손으로 길도프의 목을 짓누른 르옌은 검집째로 길도프의 얼굴을 세게 후려쳤다. 머리가 터져도 상관없다는 양 세게 내리쳤다. 텅

소리가 날 정도로 거세게 한 대, 발버둥치는 늙은 노인의 손이 제 목에 닿는 순간 또 한 대, 비명을 지르려는 입이 열리는 순간 쥐고 있던 검집을 그대로 입안에 쑤셔 박았다.

그녀를 밀어내려던 반항은 그제서야 잠잠해졌다. 르옌은 그대로 섭정 길도프의 입안 깊숙이 쑤셔 박아 놓은 검집에서 단검을 뽑아냈다. 그녀의 노여움만큼이나 예리하게 벼려진 날이 눈을 쓸었다.

'주군' 하고 부르는 소리가 들렸다. 르옌이 고개를 돌려 태연하게 대꾸했다.

"곧 나가마."

길도프의 눈이 노기로 떨렸다.

그의 손이 르옌의 어깨며 팔뚝을 세게 후려쳤지만 르옌은 꿈쩍도 않았다. 외려 더욱 세게 길도프의 목을 짓누르며 허리를 동그랗게 기울였다. 그녀가 길도프의 귓가에 소곤거렸다.

"내게 손을 올렸을 때는 너 역시 이리될 수도 있다는 걸 알았어야지……."

떨리는 목울대 안에 갇힌 고함과 비명이 손바닥 안으로 고스란히 느껴졌다. 그리고 얼마 지나지 않아 창밖에서 요란한 소음이 들리기 시작했다.

침실 밖에서 들리는 발소리들도 많아졌다.

발소리의 수를 헤아렸다. 하나, 둘, 셋……. 쇠붙이 소리가 나기 시작했다. 단말의 비명도 짧게 이어졌다.

섭정 길도프가 질식하지 않을 정도로만 힘을 주어 목을 짓누르고 있던 르옌이 긴장으로 허리를 폈다. 마리포사인가, 림의 기사인가.

얼마 지나지 않아 끼익 문이 열리며 에일라가 모습을 드러냈다.

"주군, 문제가 생긴 듯합니다. 빨리 움직이셔야 할 것 같습니다.

곧 알아차린 자들이 몰려올 겁니다, 어서."

문이 열리며 죽은 보초병의 투구가 데구르르 굴러 들어왔다. 에일라의 채근에 르옌이 눈을 내려뜨고 퍼렇게 질려 바동거리는 길도프를 응시했다.

"……길도프, 사흘간 융숭한 대접 잘 받았다."

르옌이 자애롭게 웃으며 단검을 고쳐 쥐었다.

"보답을 해 주마. 너는 감히 나를 능멸한 대가가 무엇인지 온 세상에 알려 주는 위대한 증인이 될 것이다. 다난의 영주가 오른 눈깔이 없다던가."

르옌은 섭정 길도프의 왼 눈꺼풀 안으로 검을 쑤셔 넣고 눈알을 도려냈다. 그아악! 길도프의 몸이 경련하듯 마구 떨렸다. 늙은 팔이 허공을 마구 휘저었다. 르옌은 몸을 젖히는 것만으로 그 충격에 빠진 아우성을 피했다.

선혈이 삽시간에 길도프의 왼 얼굴을 뒤덮었다. 징그럽게 그녀를 향해 부릅뜨인 눈이었다.

르옌이 검을 고이 내려놓고 그대로 물컹한 눈꺼풀 안으로 손가락을 밀어 넣었다. 목이 졸린 채 바둥대던 섭정 길도프의 몸부림이 거셌다.

길도프의 왼 눈알을 그대로 뽑아낸 르옌은 벌겋게 피가 넘쳐흐르는 구멍 대신, 뒤집어 까질 듯 경련하는 남은 그의 오른쪽 눈을 그윽하게 들여다보았다.

르옌이 눈알을 쥔 손에 서서히 힘을 주었다. 주르륵. 질척하게 손에 감기는 소리와 함께 끈적한 것이 핏물에 섞여 흘러내렸다.

"그대들이 백년해로 하면 좋겠어."

르옌이 섭정 길도프의 목을 쥔 손을 놓았다. 기다렸다는 듯이 비명이 터져 나왔다. 불룩 뼈가 솟은 목울대. 그 위로 날카로운 검이 날아들었다.

비명이 멎었다.


르옌은 에일라의 도움을 받아 얇은 가죽 갑옷만 걸친 채 밖으로 나섰다. 중무장할 시간은 없었다.

왕궁의 기사들은 한밤중 궁 밖에서 벌어진 마리포사들의 이동에 일부만 남겨두고 전부 밖으로 나간 후였다. 그 덕분에 르옌과 에일라를 비롯한 삼십여 기의 마리포사 가문의 기사들은 비교적 적은 피를 보며 수월하게 왕궁의 후문에 이를 수 있었다.

신방까지 기사들을 몰고 와 림 내부의 경비병들과 혈투를 벌여 벌써 피 칠갑을 하고 있는 벌트 경이 빠르게 따라오며 말했다.

"북동쪽의 성문이 가로막혔다 합니다. 얼마 빠져나가지 못했습니다."

"아직도 문을 못 열었나?"

"아니요, 돌체의 영주라는 그자가 일러 준 곳에 성문 개폐 장치가 있었습니다. 망가뜨리는 데에는 성공했습니다만, 저들이 수리에 들어가기 전에 군사들로 막아섰다고 보고를……."

림의 시가지 저편에 벌써 불길이 치솟는 곳이 있었다. 먼 곳에서 아스라한 고함이 들리는 듯도 했다. 르옌이 고개를 돌려 물었다.

"얼마나."

"이미 사백이 넘은 걸로 보고되었습니다. 보아 하니 더 모이고 있습니다. 생각보다 훨씬 빠른 움직임입니다."

애초에 배반할 심산이었다면 안심하고 내버려 두지는 않았을 것이었다.

어느 정도 예상은 했다. 르옌은 애써 마음을 다잡았다.

"테네스 경과 룩서르 경은?"

"성 밖에서 합류할 예정입니다. 중간 파발이 전해 오기를 다난과 섭정 길도프의 아들이라는 바인 사령관이 합심하여 뒤를 쫓기 시작했다 합니다."

예정된 배반이라는 걸 알았음에도 가슴 한 켠이 싸하게 가라앉는 기분이었다.

르옌이 후문에 준비되어 있던 말에 올랐다. 그녀는 마지막으로 새까만 어둠을 향해 뻗어 서 있는 거대한 왕궁을 고개를 젖혀 올려다보았다. 펄럭펄럭 깃발이 휘날린다. 아마도 꼬리 셋 달린 물고기의 문양이 그려져 있을 것이었다.

섭정 길도프는 제 손으로 끝냈다. 자칼린은 떠났으며, 다난과 바인은 적이 될 것이고, 동쪽에서는 제국군이 몰려오리라. 르옌은 미련 없이 명령하며 투구를 내려 썼다.

"너희들 몇은 남아 왕궁을 불살라라."

이미 주사위는 던져졌다.


처음에는 무슨 일인지 몰라 우왕좌왕하던 이들도 슬슬 상황을 파악하기 시작했다. 마리포사다! 배반이다! 그리 소리치는 이들이 사방팔방에 넘쳤다. 배반이라는 말에 르옌은 조소했다. 저들과 제가 무얼 나누었다고 배반인가? 그들이 말로써 나눈 것들은 처음부터 끝까지 껍데기였다.

그대로 왕궁 밖으로 빠져나간 르옌과 에일라를 비롯한 지휘부 기사들은 재빠르게 북동쪽 성벽을 향해 달려갔다.

시가지는 순식간에 아수라장이 되어 가고 있었다. 손짓 한 번에 민가의 울타리가 무너지고, 판자 지붕에 불이 붙고, 늘어놓은 빨랫

대가 쓰러졌다. 떨어진 옷감들을 마구 짓밟으며 북소리와 함께 출병한 림의 기사들의 말편자 소리가 벅적하다.

그러는 사이 르옌과 에일라를 비롯한 무리는 부유한 이들이 머무는 민가를 지나쳐, 낡고 허름한 흙집이 자리 잡은 림의 성벽 언저리에 이르렀다.

마리포사 가문의 병사들과 맞부딪친 림의 기사들이 고래고래 고함을 지르는 것이 들렸다. 당장 무기를 거둬라! 그런 멍청한 명령을 하는 놈도 있었다. 민간 피해 없게 해! 섭정 각하께 아뢰라! 돌아가! 돌아가! 장창 기병이다! 왕궁에 불이 났다! 이런 혼잡한 상황에서 누가 누구인지를 분별하느라 기력을 소모하는 건 어리석은 일이다.

르옌은 길목에 선 자들을 닥치는 대로 베어 넘겼다. 그녀의 검이 멈춘 것은 어두운 골목 입구에 서 있는 예닐곱 명의 기사들을 발견했을 때였다.

태양과 조개의 문양이 그려진 멘테를 건 기사들이 한 사내를 보호하듯 둘러싸고 있었다.

한가운데의 사내는 매부리코와 남부 억양이 유독 기억에 남았던 살리가르의 사신이었다. 준니아라는 이름이었던가. 그들은 갑작스럽게 나타난 삼십여 명의 마리포사가의 기사 무리를 발견하고 크게 경직했다.

르옌은 그들마저 베어 넘기려는 기사를 막아 세우고 큰 소리로 말했다.

"섭정 길도프는 죽었다."

"이러언, 이게 웬 난리랍니까."

진심으로 안타깝다는 듯한 음색이 돌아왔다.

"살리가르는 마리포사를 적대하겠나?"

"그럴 리가요. 마코시아님은 마리포사에 관심이 없으십니다."

능청스레 굴리고 노력하는 사내의 목소리는 약간 떨리고 있었다.

"그렇다면 물러나겠군."

르옌과 마리포사들을 향해 창을 겨누고 있던 살리가르의 기사들이 슬그머니 준니아의 눈치를 보았다. 어설프게 웃으며 서 있던 준니아가 고개를 저었다. 물러나라. 이민족의 사투리가 명령했다.

"건투를 빕니다, 마리포사."

친하지도 않은 녀석이 그들의 등 뒤로 우스꽝스러운 축언을 남겼다.


르옌과 에일라를 비롯한 기사들은 치열한 공방이 벌어진 성문의 지근거리에 멈춰 섰다. 예까지 오는 데에 시간이 꽤 지체되었다는 생각에 불안해할 새도 없었다. 적들은 여전히 불어나고 있었다.

르옌과 함께 림으로 들어왔던 마리포사의 수백여 군대는 성문 앞을 가로막고 버티는 바인의 방패부대와 대치 중이었다. 마리포사들이 성문에 집중하는 틈을 노린 바인의 군사들은 왼편, 오른편, 후위 가릴 것 없이 마구잡이로 공격을 가했다.

어디론가 사라졌던 벌트 경이 되돌아와 보고했다. 당연하게도 좋은 소식은 아니었다.

"백 명도 못 나갔다고?"

에일라의 안색이 차츰 희멀겋게 가라앉았다.

"저들을 밀어낼 때까지 일단 안전한 곳으로 가 계시는 게 좋겠습니다."

"이 성벽 안 어디에도 안전한 곳은 없다."

르옌은 침착을 유지하려 애썼다.

일개 영지들과 달리 나라이니 어느 정도의 수비는 당연한 것이었다.

피 냄새가 짙어진다. 뼛골 깊은 노여움이 폐부로 스며들었다. 숨을 쉴 때마다 패배의 색이 짙어지는 것 같았다. 르옌이 고개 돌려 물었다.

"에일라, 다른 성문들은?"

"이미 동쪽 성문은 닫혔습니다."

"북쪽과 남쪽도 확인해라."

"벌트 경, 네 기사들과 함께 살펴보고 와라."

"알겠습니다."

최악의 상황이 닥쳤다.

이제 바인의 배반은 공공연히 알려질 것이다. 최선의 선택이 최악으로 돌변할 수 있다는 것을 간과한 것은 아니다. 하지만 어쩔 수 없다는 말로 합리화할 시간도, 따라 주지 않는 시류의 잔인함을 탓하고 있을 시간은 없었다. 어차피 조금의 피해는 감수하리라 마음먹고 있었으므로, 달려 나가는 수밖에 없었다.

방패 부대에 가로막힌 마리포사들의 후위를 에워싸고 있던 바인의 기사들이 물러났다. 곧이어 수십 개의 창이 날카롭게 박힌 바퀴 달린 거대한 병기가 덜그럭덜그럭 소리를 내며 대로를 가로질러 왔다.

수십 명의 군사들이 밀어야 밀릴 만큼 어마어마한 부피와 무게의 무기였다. 후방 사열 반전! 방패 부대를 돌파하기 위해 밀어붙이던 마리포사의 군대가 다급한 지휘자의 명령에 재빠르게 몸을 돌렸다. 그리고 얼어붙었다.

르옌은 생전 처음 보는 형태의 무기에 턱을 떨었다.

화약이라는 것을 발견했을 때 깨달아야 했던 사실을, 지금서 깨달았다. 그녀가 지닌 전쟁에 관한 거의 대부분의 지식은 낡아 빠진 유물이었다. 세상은 변했다. 제가 오만하였다. 그만큼 적들의 병기는 압도적으로 끔찍한 생김을 하고 있었다.

드르륵 드르륵. 소름끼치게 땅을 구르는 바퀴 소리에 고함마저 묻혔다. 마리포사 가문의 군사들은 저들에게로 다가오는 수십 개의 창날을 바라보며 아연했다.

르옌이 뱃속부터 끓던 노여움을 소리쳤다.

"죽지 마라!"

포효처럼 거대한 파문이 일었다. 주춤했던 마리포사의 군사들이 그녀의 목소리에 하나둘 방패를 더욱 높이 치켜들며 크게 소리 질렀다.

살아라! 죽지 마라!

바인의 기사들이 꼬리 셋 달린 물고기의 멘테를 휘날리며 달려왔다. 르옌과 에일라가 인솔하고 있던 기사단이 일제히 공격 태세로 자세를 바꾸었다. 화살이 날아들기 시작했다.

이랴! 이를 악문 르옌이 세게 말 허리를 후려쳤다. 패배를 받아들이는 법을 배웠지만 지금 이곳에서는 아니었다. 살수는 끊임없이 날아들었다.

괴물처럼 밀려오는 병기에 사기가 크게 꺾인 마리포사 가문의 기사들이 발을 구르며 위협적인 고함으로 맞받아쳤다. 그러나 실체 없는 무기와 실체가 존재하는 무기의 차이는 늘 명확했다.

"저 병기를 막는다."

"주군, 당신은……."

"너는 오십여 명 정도를 우회시켜 병기를 미는 병사들을 먼저 처리해라."

르옌이 뒤따르던 기사 중 하나를 짚어 명했다.

명이 끝나기 무섭게 먼저 내달리는 르옌을 엄호하며 뒤따라 달리는 에일라의 잇새로 신음이 샜다. 에일라는 언제 박힌 건지도 자각하지 못한 화살을 발견하고 그대로 뽑아냈다. 지혈할 새도 없었다.

르엔을 따라 달렸다.

다른 마리포사가의 기사가 급히 차출한 삼십여 명의 기사와 오십여 명의 창병들이 우측을 돌파하여 달렸다. 그러고는 대로의 가장자리를 전력으로 주파하여 병기에 접근했다.

거대 병기를 엄호하던 림의 기사들이 달려들었다.

그들은 계속 싸웠다. 죽이고 죽고, 죽이고 죽는 동안 드르륵 드르륵 울리던 병기의 이동 속도는 점차 늦어졌다.

우측만을 주 공략하여 몇몇의 기사들이 바퀴 하나를 완전히 뜯어내는 데에 성공하자 병기는 쿵 소리와 함께 기우뚱 기울었다.

막 병기의 가장자리를 밀던 병사의 뒷목을 베어 올리며 말 머리를 돌리려던 르엔이 휘청했다. 누군가 쏘아 보낸 화살 하나가 허리에 박혔다. 르엔은 화살을 뽑아내는 대신 그대로 화살대를 꺾어 던졌다.

"데투아 경!"

"주군!"

두 번째 화살이 그녀가 타고 있던 말의 다리에 맞았다. 말이 고꾸라지며 르엔은 구르듯 말 아래로 굴러 떨어졌다. 옆구리에 박혀 있던 화살이 더욱 깊이 파고들었다.

낙마의 충격에 온몸이 으스러진 듯했다. 아직까지도 병기에 매달려 있는 적의 병사를 향해 달려가던 에일라와 기사들이 그녀를 향해 회전했다.

고꾸라져 있던 르엔의 머리 위로 미처 피하지 못한 창 한 자루가 날아들었다. 본능에 가깝게 몸을 돌려 피하는 순간, 또 다른 창끝이 교활하게 그녀의 가슴팍을 따라 딜려왔다.

쩡! 창은 간발의 차로 달려와 막아선 에일라의 검에 의해 막혔다. 에일라는 적의 기사를 그대로 밀어붙였다. 뒷걸음질하던 적의 창병은 말편자에 으스러졌다.

"괜찮으십……."

그때였다.

사형 선고가 떨어졌다.

"성문이 닫힌다!"

누군가 소리쳤다. 아군인지 적군인지도 분간할 수 없었다. 기쁨인지 절망인지도 구분되지 않았다.

에일라도 르옌도, 호위를 위해 전진을 멈추고 르옌을 에워싸고 있던 기사들도, 성문을 돌파하기 위해 안간힘을 쓰던 마리포사 가문의 군인들도 고개를 들어 올려다보았다.

림의 기사들이 기쁨에 차 소리쳤다. 닫아라! 끼기긱 소리가 나며 철창처럼 단단한 철문이 내려오기 시작했다. 개폐 장치의 수리가 끝난 것이다.

막아라!

돌파해라!

어떻게든 문을 닫으려는 바인의 군사들과 어떻게든 빠져나가려는 마리포사들의 열이 엉망진창이 된 것은 당연한 수순이었다.

에일라의 청록빛 눈동자가 크게 떨렸다.

'……갇힌다.'

"빨리 나가! 나가야 한다! 움직여!"

고함 위로 수많은 고함이 덮어 씌워졌다. 섭정 각하께서 돌아가셨다! 마리포사들이 왕궁을 방화했다! 적들의 적의를 올리는 그 일련의 고함들이 머리 위로 떨어졌다.

르옌의 피투성이가 된 입술이 달달 벌어졌다.

'안 된다.'

저 문이 닫히면 이 안의 목숨들은 죽음을 면치 못할 것이다. 그 판단은 비단 르옌의 것만이 아니었다. 얼마간 혼란해진 대열을 넋을 잃고 바라보던 에일라가 르옌의 뒷덜미를 낚아채어 말 위로 끌어올렸다. 그녀가 서 있던 자리에 화살 한 발이 간발의 차로 박혔다.

예고도 없이 가해진 에일라의 악력에 부상당한 허리가 크게 압박당해 정신이 혼미해졌다. 르옌이 정신을 차렸을 때는 이미 에일라의 말안장 앞쪽에 짐짝처럼 얹힌 후였다.

시야가 위아래로 흔들렸다. 세상이 빠르게 스쳐 지난다. 군사들의 겁에 질린 얼굴이, 피로 물든 표정이 바람처럼 눈을 할퀴고 지난다.

온통 붉은 세상. 언젠가 보았던 것과 같은 잿더미가 된 시계.

무기를 버린 에일라는 말 허리에 채워 두었던 방패로 르옌의 몸을 가린 채 성문을 향해 가장 빠르게 주파했다.

르옌의 등허리가 뜨거운 무언가로 젖어 들었다. 피였다. 가까스로 고개를 들어 에일라를 돌아보았다. 방패를 세게 움켜쥔 에일라의 오른 어깨와 왼 팔뚝에 화살이 박혀 있었다. 화살에 맞아 피투성이가 된 다리에서는 여전히 피가 넘쳐흘렀다.

에일라가 정면을 노려보며 낮게 말했다.

"앞만 보십시오."

에일라의 허리 뒤쪽으로 또 다른 화살이 날아들었다. 르옌은 가까스로 에일라가 균형을 잡는 것을 도왔다. 르옌은 고삐를 쥔 에일라의 바들바들 떨리는 손을 덮어 쥐었다. 다른 기사들을 죄 뒤로한 채 가장 빠르게 질주한 에일라는 신음 한 번 흘리지 않고 다시 소리치며 성벽 가까이에 이르러 말 머리를 급회전했다.

반쯤 닫힌 철문을 향해.

"삼각 대열로! 꼭짓점으로 방패 부대를 앞세워라! 반 삼각 대열로 주군이 나갈 길을 열어라!”

그 소란 속에서 에일라의 쉰 고함은 처절하게 울려 퍼졌다. 몇 차례나 고함을 지른 후에야 마리포사의 군사들이 재빠르게 대열을 고쳐 서기 시작했다.

에일라가 혼잣말처럼 뇌까렸다. 그녀의 숨에서 피비린내가 짙게 풍겼다.

“이번에는.”

군사들의 목숨을 하나라도 더 살려야 한다 그리도 테네스 경과 반목했던 것이 에일라였다. 나아질 줄 모르고 대치 상태만 계속되는 성문의 상황을 노려보던 에일라가 쩌렁쩌렁 고함을 내질렀다.

“……주군을 위해, 너희의 목숨을 걸어라!”

짐승의 으르렁거림 같은 음성이 르옌의 귓가에 들러붙었다. 군사들은 에일라의 말에 타고 있는 르옌을 발견하고 발을 구르며 함성을 내지르기 시작했다.

에일라가 말을 탄 채로 병사들의 머리를 몇 번이나 뛰어 넘어 안으로 달려 들어갔다. 마리포사의 군사들 중 몇이 그 말발굽에 채여 죽었다. 르옌은 점차 가빠지는 숨에 힘겹게 말갈기를 쥐어 버렸다.

림의 기사들이 소리쳤다. 저 계집을 잡아라!

방패병들을 향해서는 날카로운 삼각 대열을, 후방에서 달려오는 기사들을 향하여는 반원형 수비 대열을 세운 마리포사의 군사들이 검을 높이 치켜든다.

에일라는 날아드는 살수들을 마구잡이로 몸으로 쳐 내고 방패로 막아 내며 성문에서 가장 가까운 방패병들의 틈새로 파고들었다.

문은 이미 반이 넘게 닫혀, 그들의 머리에 닿을 듯했다.

에일라가 악에 가깝게 고함을 내질렀다.

"열어라! 주군이 나가신다!"

후방에서 벌어지고 있는 살육전을 등진 마리포사의 군사들이 온 힘을 다해 방패 부대를 온몸으로 밀어붙였다. 그들의 등에 맨 푸른 나비의 멘테가 시뻘겋게 물들었다. 피로 얼룩진 병사들 사이, 틈이 벌어졌다.

성벽 안에 갇히기 직전 아슬아슬하게 성벽 밖으로 탈출했던 마리포사의 군사들이 달려왔다. 성벽에서 대기 중이던 림의 궁수들은 기다렸다는 듯이 활을 쏘았다.

에일라가 말을 보챘으나, 온몸이 짓눌릴 듯 뭉친 군사들 사이의 좁은 틈을 빠져나가기란 역부족이었다. 적들의 방패병들이 떠밀려 성문 밖으로 뒷걸음질하는 것을 발견한 에일라가 그대로 말에서 내렸다. 르옌을 끌어 내렸다.

먼 곳에서 각적이 울었다.

부우우우.

부우우우.

부우우우.

세 번, 회군한 군사들이다. 누군가 소리쳤다.

"테네스 경이 옵니다!"

에일라는 군사들을 마구잡이로 뒤로 내동댕이치며 길을 냈다. 르옌은 거의 끌려가다시피 했다. 닫히는 문 앞에 이른 에일라는 저 바깥까지 떠밀려 대치 중인 바인의 군사들과, 그들을 향해 질주해 오는 테네스 경의 군대를 한 번 바라본 후 그대로 르옌을 걷어차듯 굴려 성문 밖으로 내동댕이쳤다.

화살에 짓이겨진 옆구리가 시체에 짓뭉개지며 극심한 고통이 밀려왔다.

"주군의 엄호가 우선이다!"

에일라가 고함을 치자 적들을 밀어내며 함께 성문 밖으로 빠져나온 군사들이 일제히 르옌의 주위를 에워쌌다.

바인의 방패병들은 저 멀리서 달려오는 살기등등한 푸른 갑옷의 군대와 그들의 앞을 가로막은 넝마의 꼴을 한 군대를 희게 질린 얼굴로 갈마보았다. 시체 투성이었다.

르옌이 정신을 차린 것은 끼이이 끼이이 울리던 쇳소리가 육중한 진동과 함께 멈추었을 때였다. 쿠우웅. 땅이 울렸다. 르옌은 가까스로 고개를 들었다.

철창으로 된 녹슨 문이 보였다.

피 냄새인지 쇠 냄새인지 모를 것들이 밀려온다. 수백여 명의 군사들이 손 닿을 듯, 닿지 않는 저 너머에 서 있다. 에일라가 소리쳤다.

"가십시오, 어서!"

'너는 왜 거기에 있나.'

르옌의 입술이 작게 벌어졌다.

"정신 차리십시오."

그리고 얼마 지나지 않아 빠른 말발굽 소리가 들렸다. 성벽 위에서 쏘아 날리는 화살들을 피해, 성문 바로 아래에 도착한 기사단원들은 성문 밖으로 밀려 나온 바인의 방패병들을 학살했다.

르옌의 몸뚱이가 순간 붕 떠올랐다. 그녀를 끌어 올린 것은 먼 길을 쉬지 않고 달려 돌아온 테네스 경이었다. 르옌의 눈은 여전히 녹이 단단히 눌어붙은 철문 너머의 에일라에 있었다.

'너는 왜.'

회군하기 전에 전투가 있었는지 군데군데 피가 묻어 있는 테네스 경의 당혹한 눈동자가 닫힌 철문 안의 군사들을 바라보았다. 침묵은 짧았다.

"구할 수 없습니다, 단장. 적들이 지금 우리 꼬리를 물겠다고 달려 올라오고 있습니다. 한 시간이면 뒤가 잡혀."

에일라가 고개를 끄덕였다.

"테네스 경, 앞으로 내 모든 권한은 네게 일임한다."

르옌이 간신히 입술을 뗐다.

"……너는 왜."

나올 수 있었을 것이다. 분명히, 저를 내보내고 그녀 역시 나올 수 있었을 것이었다.

르옌은 거의 배반감에 가까운 감정에 휩싸였다. 군사들이 지휘자를 잃으면 어찌 되는지 저 계집이 가장 잘 알고 있을 터였다. 벌겋게 일그러지기 시작한 르옌의 낯빛을 바라보던 에일라가 말했다.

"나는, 둘 다 택하겠습니다. 상관과 부하, 둘 다 버리지 않습니다."

이번에는.

'이 미친년.'

르옌이 목구멍까지 치민 힐난을 씹어 삼켰다.

에일라는 등 뒤에서 본격적으로 벌어지기 시작한 학살전을 돌아보았다. 새삼스러울 것도 없는 광경이었다. 늘 그들이 보고 살아온 잔인한 세상이다.

성문이 닫힌 후 혼란해진 마리포사의 군대만 여전히 수백여 명이었다. 다시금 바퀴를 고친 수십 개의 창이 달린 거대한 병기가 성문 앞에 몰린 군사들을 향해 드르륵 드르륵 걸어오고 있었다.

암암한 어둠이 불길에 잠긴다.

에일라는 지난 어느 순간을 떠올렸다.

하얗게 눈이 내리던 날이었다. 그들을 등진 채 내달리던 발로이드의 등, 그리고 망연히 지켜보기만 했던 자신이 있다. 그녀는 그 순간의 자신을 평생 용서하지 못할 것이었다. 은혜 입은 종자가 사지에 선 주인을 버리고 도망쳤음이었다.

늘 후회했던 것이다.

당신을 지키다 함께 죽지 못한 것.

어쩌면 이것은 자신의 의무를 다하지 못하고 도망치는 것일는지 모른다. 하지만 이미 발로이드가 죽은 순간 그들의 정신과 뿌리는 박살이 났으니 싸우고, 싸우다 죽으면 그로도 족하리라.

사실 어느 누구보다도 일찍이 이 검을 내려놓고 싶었던 것도 같다.

에일라는 문득 그런 생각을 했다.

이것으로 속죄가 될까.

'상관없다.'

"남은 건."

발로이드를 버린 대가로 살린 군사들이 이 성벽 안에 갇혀 있다. 하나하나가 목숨만큼 귀중한 자들이다. 에일라가 피투성이 입술을 피투성이 손등으로 훔치며 말했다.

"당신들에게 맡깁니다."

단 한 가지, 레이리스를 보낸 것은 잘한 일이었다는 생각이 들었다.

레이리스는 지난 전쟁 이후 가장 그녀를 아프게 했던 아이였지만 그래도 그녀의 상처투성이 삶에서 가장 잘한 일이었다. 얼굴을 잃고 얻은 것이 아깝지 않을 만큼 사랑하여 강하게 자라 주길 바란 아이였다.

그러니 만족했다. 야멸찬 홍수들 속에서 그 아이의 목소리만이 희망처럼 되감긴다.

—나도, 단장님처럼 예쁜 녹색 눈이었으면 좋았을 텐데.

저보다 맑고 아름다운 회색의 눈동자를 깜빡이며 고운 손으로 손짓했더라. 아무 말도 않았지만 네가 더 어여쁘다. 그런 진심 어린 한마디 해 주지 못한 것이 조금의 후회로 남았다. 가슴으로 낳고, 가슴으로 외면한 아이였다.

만일 끝끝내 해내지 못하여 마리포사들이 전부 죽어도, 그 아이 하나만큼은 살아남을 것이라는 생각에 한 켠으로 안도하는 스스로를 더 이상 경멸하지 않아도 될 것이다.

그 아이로 하여금, 그래도 무언가가 이어질 것이라는 한심한 생각. 그리 보낸 것을 후회하지 않을 수는 없으나 인정하지는 않을 것이었다.

"어떤 결과라도 원망하지 않겠습니다. 다만 당신은 마지막까지 포기하지 않겠다 약조하십시오. 그것으로 당신을 용서하겠습니다."

"……."

"책임지고 모셔가라, 릴 테네스. 인사는 됐다."

테네스 경은 잔뜩 우그러진 얼굴로 에일라를 바라보다가, 그대로 말 머리를 돌렸다.

성벽 저편에서는 막 장전을 마친 궁수들이 빠져나간 마리포사의 군대를 향해 시위를 당기고 있었다. 르옌을 태운 테네스 경이 방패를 머리 위로 올리고 화살들을 피해 사정거리 밖에서 대기 중인 군사들을 향해 달려갔다.

마지막까지 그들의 뒷모습을 바라보던 에일라가 뒤돌았다. 그리고 제 앞에 놓인 현실을 마주 보았다.

고막이 찢어질 듯하다. 피투성이로 방패와 검을 쥔 한 군사가 망연자실하여 그녀를 돌아보았다.

"단장."

우리 이리 죽습니까?

에일라는 잘 움직여지지 않는 팔에 힘을 주며 한 걸음 전장으로 내디뎠다.

그래. 이리 죽는다. 두려우냐?

어두운 밤이었다. 에일라는 두려움과 노여움과 슬픔과 자포자기의 눈으로 제 명령을 기다리는 다른 군사들을 돌아보았다. 날아드는 화살이 그녀의 뺨을 스쳤다. 에일라가 한 걸음 내디뎠다. 으아아아! 아군의 것인지 적군의 것인지 모를 비명이 이어진다.

비명이란 그 자체로 끔찍하여 용기로 가득 찬 군사들마저 겁쟁이로 만든다. 우리가 겁쟁이인 것이 아니다. 세상이 두려운 곳이기 때문이다.

에일라는 비명보다 더 큰 소리로 외쳤다.

"마리포사는 죽음을 두려워하지 않는다!"

죽음을 두려워하지 않는다! 누군가 따라 소리쳤다.

요란한 함성과 횃불 사이로 난자당하는 삶의 비린내가 번졌다. 비늘 비린내 따위와는 비교도 할 수 없을 만치 강렬한 것이었다. 시간이 흐를수록 마리포사의 군사들의 자리로 바인의 꼬리가 셋 달린 물고기의 멘테를 맨 기사들이 채워졌다.

자신을 보호하기 위해 방패를 든 군사를 등 뒤로 밀어내며, 에일라는 다시 한 걸음 뗐다.

"마리포사는, 전우를 제 살처럼 사랑한다."

피로 물든 군화가 피 웅덩이를 박찼다.

"나는……."

영원불변의 주인을 섬긴다.

도트발 잔트 호드 901년 네 번째 달 말,

바인의 '림 성벽 대학살 사건'에서 림의 도시 수비대 백이십여 명 사망. 마리포사 가문의 사상자는 도합 사백여에 육박하였다. 에일라 시니스, 마리포사 기사단의 제일 기사단장 사망. 그 밖의 수많은 푸른 갑옷을 입은 기사들의 시체가 바인의 성벽에 걸렸다.

십삼 년간 바인의 치세를 이어오던 섭정 길도프의 부고로 인해 그 실권은 섭정의 막내아들인 웬더의 영주 테오도르에게 넘어가게 된다.

다난과 바인과 마리포사의 삼파전이라 불린 '림 성벽 대학살 사건'은 파죽지세로 영향력을 키우며 서부를 침략했던 마리포사들의 멸망의 시작이라 기록되어 있다.

남북 전쟁 공식 종전 일 년 후, 도트발 잔트 호드 901년 다섯 번째 달 초.

카헤이아는 전쟁이 끝난 작년도 겨울부터 타리가 항구에 거의 반년 가까이 머물고 있었다.

타리가 항구는 북쪽에는 일라린 공국을, 동쪽으로는 반니아를—그러니까 폴번을— 끼고 남쪽으로 이틀 거리에 윙거 운하가 위치한 해안 도시였다.

기본적으로 농업이 불가능한 자갈과 모래가 깔려 있는 대신 그 위로 그물과 조개껍질들이 널린 지역으로, 오래전부터 시친과 일라린 공국의 상인들이 왕래하여 상업적인 분위기가 은근히 배어 있기도 했다.

몇 해 전 완공된 윙거 운하의 발달로 덩달아 시설도 발달하였다. 수심이 갑자기 깊어지는 바닷가를 따라 설치된 정박지는 배들이 다니기 아주 좋았다.

하지만 전체적으로 항구 대합실과 해안의 상점 거리를 오가는 시친인들과 타리가 토박이 대륙인들의 표정은 어두웠다. 기류는 살얼음판 같았다.

최근 시친과 라르크의 관계가 최악에 이르렀기 때문이다. 그 덕에 타리가 항구를 오가던 일라린 공국 출신의 상인들도 현저히 줄었다.

지난해 가을이 채 지나기도 전, 라르크의 왕이 시친의 남도인 델 오스작의 제독 카헤이아 뵈르게트를 토사구팽 했다. 소식은 빠르게 퍼져, 석 달도 지나지 않아 남대륙 저 끝의 앙레디움인들까지 시친을 비웃을 정도였다. 카헤이아가 겁도 없이 테른도크의 면전에서 온갖 욕지거리를 쏟아 냈다는 낭설도 함께였다.

그 후의 시친은 어떻게 되었느냐?

배반당한 남도 델 오스작의 카헤이아를 제외한 나머지 서도 뉴가트, 북도 이스자키 올다의 두 제독과 동도 켈레티 올다의 행정부는 한 차례 라르크에 유감의 뜻을 드러낸 후 침묵하였다.

그들 중 누군가는 외려 이참에 독선적인 태도를 고수하는 카헤이아를 종신직 제독 위에서 끌어내려야 한다고 탄핵하기도 했다. 지난해 모르가나의 키사 항만에서 벌어진 폭발 사건의 배후로도 델 오스작이 심심찮게 오르내리고 있는 상황에서 북부의 왕 테른도크에게까지 팽 당하였으니, 눈엣가시 취급을 당하는 것이 당연했다.

사실 델 오스작의 고립은 어제오늘 일만은 아니었다. 카헤이아는 이미 오래전부터 많은 구설수의 주인공이었다.

그녀의 역사에 대해 알려진 바는 이러하다.

전 제독 산테라 뵈르게트의 이 남 일녀의 자식 중 둘째로 어릴 때부터 호전적인 성격으로 크게 유명했다. 그녀는 군사 양성 학술원인 이스크라의 수석 졸업생이다. 졸업 직후 델 오스작의 군사 장교로 명적을 올린 후로 꾸준히 군사적인 분야에 치중했다.

그녀의 나이 서른, 델 오스작 내에서 인기가 치솟기 시작하더니 쾌속 질주하여 서른셋에는 델 오스작 군부 청사의 해군 대장이 되었고, 서른넷이 되던 해 산테라 뵈르게트가 건강 문제로 제독 위를 유지하지 못하게 되었을 때 공개적으로 선거에 출마하여 당당히 제 육친을 제치고 제독이 되었다.

당시 세간에서는 그런 걱정을 하는 이도 있었다. 두 세대나 종신 직을 임한 '뵈르게트 가문의 세습'을 경계해야 하는 것 아니냐.

그러나 쓸데없는 걱정이라는 것은 곧 측근들에 의해 밝혀졌다. 카헤이아와 산테라의 관계는 지금 라르크와 시친의 관계만큼이나 최악이었기 때문이다.

그리 제독으로 군림한 카헤이아가 독선적으로 델 오스작을 이끌기 시작한 것은 대략 사오 년쯤 전부터였다.

시친은 해군들을 우대하고 해병들을 천시하는 풍토가 있는 폐쇄적인 군도국이었다. 그런데 어느 날인가부터 카헤이아는 해병들을 양성하는 데에 투자를 시작해 기존 해군 기득권층들을 언짢게 했다. 그뿐이 아니다. 공공연히 이스크라의 교과 과정에 해병대와 대륙 문화 따위를 넣어 배우게 해야 한다거나, 한때 시친 내의 커다란 사회 문제가 되었던 불온 분자 '자슬로 엔버'가 자수하여 자발적으로 교화된다면 사면하겠다는 독선도 내렸다. 그 일은 많은 기득 세력의 반발에 무산되었지만.

그뿐만아니라 얼마 전에는 켈레티 올다 내 장서관 깊숙한 곳에 보관되어 있던 시친의 초기 문헌 하나를 들고 나가더니 대륙의 전쟁에 끼어들기 시작했다. 군도국이 대륙의 전쟁에서 무얼 얻겠다고? 과욕을 부려 라르크와 모르가나 양측에 발을 올렸다가 전쟁이 끝난 직후 한쪽을 걷어차고 한쪽에는 발목이 잘려 돌아온 그녀를 동정하는 기득 세력은 드물었다.

그러나 카헤이아는 군도 내의 정쟁은 안중에도 없는, 질기게 비뚤어진 여자였다. 그녀의 오라비이자 동도 켈레티 올다의 실권을 쥐고 있는 투헤인은 라르크 왕의 배반에 패배를 받아들일 필요가 있다 차분히 말했지만, 그녀는 멈추지 않았다. 범대륙적인 망신은 카헤이아를 더욱 호전적으로 돌변하게 했다.

그녀는 북부와의 전쟁을 위한 군사 양성을 하겠다며 타리가 항구에 새로운 거처를 마련하고, 델 오스작 내부의 해군들마저 해병으로 강제 전직시키기 시작했다.

북부와의 전쟁은 성립될 수 있을 것 같지도 않은 말이지만, 저런 태도만으로도 전 시친의 피해를 야기할 수 있는 위험천만한 행위였다. 델 오스작의 해군 기득 세력과 그 밖의 서도 뉴가트, 북도 이스자키 올다의 제독들은 공공연히 그녀를 탄핵해야 한다 말했다.

고립된 그녀가 아직까지 멀쩡히 제독으로서의 모든 권위를 누리고 있는 것은 형제를 잘 둔 복이다. 산테라 뵈르게트의 장남으로 카헤이아보다 네 살 많은 투헤인은 곧 수명을 다할 듯한 동도 켈레티 올다의 태수 라카라를 대신해 행정부를 장악하고 있었다.

암암리에 떠돌기를, 남해로 내려보낸 수십 척의 배가 모르가나의 키사 항구에서 큰 사고와 함께 불타 버린 건 성질 급한 카헤이아의 짓이지만, 공개적으로 제국이 시친에 책임을 묻지 못하도록 흔적을 지우고 목격자들을 정리하는 등 결정적 증거를 은폐한 건 투헤인이라는 이야기가 있다.

그리고 현재 타리가 항구 남쪽, 델 오스작 재외 공간의 이 층 창가에 선 카헤이아는 성에 낀 창문을 노려보고 있었다.

'흠.'

저 멀리 투헤인이 승선한 동도 켈레티 올다의 배가 들어오고 있었다. 중형의 범선이었다. 달갑지 않았다. 투헤인이 그녀를 찾아와 좋은 소식을 전한 것이 언제가 마지막이었나? 한두 해는 될 것이다.

지난번 투헤인과 카헤이아의 만남은 외삼촌인 해군 원로 중 한 명인 라단 파트라논의 장례에서였다. 라단 파트라논은 카헤이아를 지지해 주는 몇 없는 해군 기득 세력이었는데 그건 그녀에게는 아주 나쁜 소식이었다.

투헤인은 세상을 사는 데에 좋은 소식은 신경 쓸 필요도 없다는 믿음을 실천하는 괴팍하게 이기적인 형제다. 논리는 단순하다. 좋은 것은 이미 좋기 때문에 손해가 없고, 나쁜 것은 더 나빠질 수 있기에 신경을 써야 한다는 것이다.

차르륵. 커튼을 친 카헤이아가 몸을 돌려 길게 넓은 책상 위를 노려보았다.

정리에는 재주가 없어 양피지나 낡은 종이, 천, 펜, 문진 두어 개, 잉크병들 따위가 대중없이 늘어져 있었다. 특별히 어지럽힌 것이 아니라 일상 풍경이었다.

가장 윗면에 놓인 것은 단연 라르크 내에서 불고 있는 숙청의 바람에 대한 보고문이다. 그 밖으로는 모르기나의 동태가 있고, 또 몇 장은 남해와 가까운 곳에 위치해 있는 남부 국가 살리가르에 관한 것도 있다.

양피지들을 주욱 밀어내자 책상 한 켠에 압정으로 고정시켜 둔 넓은 누렇게 낡은 지도의 일부가 드러났다. 카헤이아의 눈은 자신이 선 곳을 향했다.

타리가 항구Port Tariga.

번지지 않는 움푹 패인 검은 글귀를 손끝으로 꾹 누르던 카헤이아의 손길이 이윽고 타리가의 동쪽에 위치한 작은 땅에 멈추었다.

반니아Bannia.

그 위로 그녀가 낸 칼자국이 너덜거렸다.

그들의 지도에는 반니아지만, 라르크인들의 근대 지도에는 폴번이라 등재되어 있는 곳이다. 저 작은 땅 하나 내어 주기 싫어 테른도크는 그녀를 적으로 돌렸다. 갈카마 족이 남하하는 길목에 위치한 자갈 해안 하나를 던져 주며 진실로 유감이란 듯 지껄이던 얼굴을 떠올리고 있자면, 그날 그놈의 목을 조르지 않은 자신이 대견할 지경이었다.

곧 작은 노크 소리와 함께 문 너머에서 보고가 이었다.

"각하, 행정 부처 장관께서 하선하셨다 합니다."

"대륙 공기나 마시면서 기다리라고 해. 있다가 내가 내려갈 테니."

솔직히 꼴도 보기 싫었다. 저 잘났다는 양 어조만 달리 하여 제 아비와 똑같은 말을 지껄이는 놈을 보고 있자면, 그리 화가 날 수가 없다.

대륙으로 진출하겠다는 그녀의 선언에 퀭하게 비웃던 아버지 산테라 뵈르게트가.

—미친년.

산테라는 탁하게 번들대는 눈빛만으로도 온갖 부정적인 감정을 전달할 수 있는 신기한 재주를 가진 자다. 지난해, 테른도크 란펠 브류나크에 배반당하고 크게 그녀의 인기가 추락하기 시작할 때 그는 무어라 했던가?

—차라리 라르크 놈들에게 배를 선물로 주고 그 배를 타고 나오라고 해라. 기도 안 차는 내륙 주전론 따위는 집어치우고.

—할 수 있습니다.

—네 멍청함으로 죽은 이들의 수만큼 쥬비상트 해에 투신해 죽어라. 모르가나 놈들에게 배를 주지 않은 것은 잘하였다마는, 결국 아무것도 얻지 못하고 배도 잃고 군사도 잃은 꼴이니 잘한 것도 아니지. 그냥 뒈져라.

딱히 지지해 주지 않아 실망스럽다거나 한 건 아니었다. 산테라는 그런 아비였다.

델 오스작 내의 지지도를 위하여 제 핏줄에게 아무렇지도 않게 사형을 구형하고 그로도 모자라 집행을 장남에게 떠넘긴 자였다. 그 처형을 인가한 투헤인은 원래 형제애 따위에 연연치 않는 놈이었고 게헨을 합법적으로 빼낼 능력도 없었지만, 산테라는 달랐다.

충분히 그럴 수 있는 자였다.

당시 사로잡힌 자슬로 엔버의 청년 단원들 중 고관 종직자들의 자녀가 게헨뿐이었나? 다른 해군 장교의 자식들은 가족들의 옹호로 하여 기를 써서 끝내 몇 놈 빠져나갔다.

그런데 산테라는 사로잡힌 이의 명단에 쓰인 제 아들의 이름을 돌보듯 흘려 넘겼다. 참다못해 카헤이아가 겨우 태수와 법회소의 법관을 설득하여 조건부의 면죄 거래를 성사시켰지만 그건 게헨이 스스로 거부하였다.

멍청하여 가여운 동생이었다. 두 번째 아들로 태어나 어미의 성을 따른 탓일까. 하나같이 이기적이고 제멋대로인 뵈르게트의 핏줄들과 비교하면 몹시 인간적인 아이였다. 그래도 속 썩여 미안하다고,

자식이라고 죽기 직전까지 산테라의 만수무강을 기원하더라.

그러나 그녀가 만수무강 따위 하게 둘 리가. 카헤이아는 투헤인 못지않게 비뚤어진 데다 다혈질 적인 면까지 있는 공격적인 여자였다. 산테라를 지금의 내장이 다 문드러진 채 팔다리도 움직이지 못하는 반병신으로 만든 것이 그녀와 투헤인이었다.

산테라는 그 사실을 짐작하고 있으나 침묵하고 있다. 그의 자식들을 사랑해서는 아니었다. 군도 내의 형사법 회의에 회부하기엔 증거가 남지 않았기 때문일 뿐이다.

보랏빛으로 말라붙은 입술은 그 꼴이 되어서도 제 자식들을 얕잡았다.

―전대륙을 다 적으로 돌리고서도 대륙, 대륙……. 투헤인 새끼와 쌍으로…… 너희가 상어 새끼인 줄 아느냐? 예전부터 너희를 낳아 기른 걸 후회하고는 있었다만 어찌 하나도 멀쩡한 것이 없는지. 은혜를 모르고. 모자란 연놈들……. 십 년, 백 년을 해 봐라. 네게 북부 귀자로 성벽의 조약돌 하나라도 망가뜨릴 수 있다면 네 앞에 무릎이라도 꿇어 주마.

뭐, 전혀 이해가 가지 않는 건 아니다. 자식 셋 중 하나는 국가적 반역 단체를 위해 군도의 기밀들을 빼돌렸던 이었으며 나머지 둘은 합심해 부친을 살해하려 한 패륜아였으니까. 그러나 수긍하는 것도 아니었다. 저가 자식들을 그 꼴로 낳았으면서 이제 와 누굴 탓한다는 말인지.

산테라는 결과적으로 대륙 문턱을 넘겠다는 카헤이아의 반감과 의지를 더 굳혔을 뿐이다.

해병을 양성하는 과정은 쉽지 않았다. 기사들처럼 말을 타는 훈련에는 말이 필요했는데 시친인들의 주된 탑승용 짐승은 코끼리와 노새 정도가 전부다. 라르크의 말의 성지라 불리우는 발도라는 지역에서 군마용 말들을 사들이려 했으나, 그건 테른도크에 의해 막혔다.

또한 지난 반년이 넘는 시간 동안의 훈련으로도 겨우 형편없는 수준에서 벗어난 정도였다.

델 오스작의 예산을 재편하여 대륙의 용병들을 고용할 생각도 해보았으나, 얼마나 오랜 싸움이 될지 모를 싸움이었다. 용병들을 몇 년이나 유지할 수 있겠느냐는 투헤인의 현실적인 문제 제기에 포기할 수밖에 없었다.

이제 제 나이가 마흔을 바라본다. 십 년 후? 오십이다. 죽을 때까지 최전선을 지휘할 생각이지만 십 년 안에나 가능할까.

한때 카헤이아와 라르크와 함께 싸웠던 해병들은 대륙의 기사들의 저력을 잘 알고 있었다. 섣불리 움직였다가는 그나마도 대륙에 발 디딜 기회마저 송두리째 앗길 것이 자명했다.

책상 위에 팔뚝을 지지대 삼아 기대어 한참 기분을 가라앉히던 카헤이아가 끝내 성미를 못 이기고 팔을 홱 휘둘렀다. 보고서들과 상선 관련의 서류들이 요란한 소리를 내며 쏟아져 떨어졌다.

'쳐 죽일 놈들.'

파사드 칼란독 브류나크, 테른도크 란펠 브류나크. 둘 다 씹어 죽일 브류나크들이다.

한 핏줄을 근간에 둔 놈들이라더니 어찌 하는 짓이 간사하기가 그리 쌍생아 같나? 사실 테른도크보다 더 화가 나는 건 파사드였다.

'그리 명예로운 체, 고결한 체하더니.'

조금 전 책상을 뒤집으며 떨어진 맨질맨질한 흑돌이 절그럭하며 카헤이아의 신경을 끌었다. 별돌이라 불린다고 했다. 그란두르전 마지막 전투, 해병들이 전부 몰살당할 뻔했던 밤에 죽은 어느 장교의 유품이었다. 허리를 숙여 차가운 돌을 집어 든 카헤이아가 그걸 주머니에 넣었다.

투헤인은 제 시간이 세상 모든 사람들의 시간보다 귀한 줄 아는 놈이니 오래 기다리게 하면 성질을 부릴 것이다. 막 흐트러진 목깃을 정리하고 나가려는 찰나였다.

다시 노크 소리가 났다. 각하, 잠깐 실례해야 할 것 같습니다. 그녀의 직속 부하 중 한 명인 히스커스의 목소리였다.

"문 열려 있다."

곧 조용히 안으로 들어와 각 잡힌 거수경례를 붙인 짧은 머리칼의 해병 장교 히스커스가 모습을 드러냈다.

히스커스는 지난 남북 전쟁에서 함께 북부 군사들과 동행하였던 이들 중 한명이었다. 그는 평소와 다름없는 난장판의 풍경에서 애써 시선을 떼고 보고했다.

"한 북부인이 찾아 왔습니다. 반드시 각하를 뵈어야 한다고……."

"꺼지라고 해."

답은 즉각 떨어졌다. 지난 반년이 넘는 시간 동안 북부에서 델 오스작에 취해 온 반응은 거의 항상 협박에 가까운 것이었다. 그러나 평소라면 얌전히 물러갔을 히스커스가 버티고 섰다.

"만나 보셔야 할 것 같습니다. 라르크와는 관계가 없다 주장하며 제독 각하를 뵙겠다 하는데 그 상대가 아무래도…… 꽤 익숙하게 생겼지 뭡니까?"

말끝을 흐린 히스커스는 입술이 튀어나올 만큼 꾹 다문 후 카헤이아의 눈치를 살폈다. 그때 문 밖에서 커다란 목소리가 울렸다.

"언제까지 여기 세워 둘 겁니까?"

카헤이아가 히스커스의 어깨 너머 닫힌 문을 응시했다. 침묵의 의미를 눈치 빠르게 알아차린 히스커스가 밖으로 나갔다. 곧, 남루하여 거지꼴을 면치 못한 장신의 사내가 손목을 결박당한 채 터덜터덜 걸어 들어왔다.

봄이 다 지나갔는데도 후드를 눌러쓰고 있었다. 도적처럼 자란 수염이 보였다.

카헤이아가 사내의 후드 끝을 들추었다 내렸다. 침묵이 흘렀다.

다시 들추어 아예 벗겼다.

처음에는 제 눈이 잘못된 줄 알았다. 분명히 아는 얼굴이다. 잠깐, 이런 괴발개발의 꼴을 한 자를 어디서 봤더라. 연두색 눈동자를 한 갈색 머리의 사내가 카헤이아를 빤히 바라보며 입술을 뗐다.

"내가, 그자가 미치지 않고서야 약조를 지키지 않을 것이라 하지 않았나."

'이 녀석.'

저절로 기함 같은 신음이 목까지 차올랐다. 가까스로 삼켰다. 마지막 그녀의 기억 속에서 저 청년은 멀끔했다. 여린 녹음을 가둔 눈동자가 능글대는 웃음에 가려졌다.

"……라고 전하라던데요?"

자칼린 엔도 체사.

작금 북부의 변절자라 알려진 청년이었다.

투헤인을 만나러 가야 한다는 사실도 새까맣게 잊은 채, 카헤이아는 북부의 변절자 청년과 마주 앉았다.

애써 밝은 표정으로 자칼린은 기억을 더듬어 설명했다. 그러는 동안에도 이게 옳은 일인지에 관하여는 확신치 못했다. 하지만 처음 그 이야기를 들었을 때처럼 개소리다, 핑계다 하며 분노하지는 않았다. 그 역시도 지푸라기라도 잡고 싶은 심정이었기 때문이다.

이미 일이 이렇게 되었으니 하는 데까지 해 봐야 하지 않겠나. 르 옌은 제 실패를 예감하고 있을 테지만 그렇기 때문에 더더욱 포기할 수가 없었다.

처음 르옌이 그에게 되돌아가라 했을 때였다.

─여기까지 와서 지금 나더러 도망치라고! 너 혼자 두고 갈 거였 으면 애초에 남지도 않았을 거라고 했지!

바인 섭정이 다난과 손을 잡고 배반을 했다는 것을 기정사실로 받 아들인 상황, 동쪽에서는 대규모의 군대가 모여들고 있는 상황, 라 르크가 어떻게 더 남부 황실을 조력할지 모르는 상황이었다.

솔직히 올해 안에 마리포사들이 끝장나는 것은 피할 수 없어 보였 다. 하지만 그렇다면 같이 살아 도망칠 생각을 해야지! 처음에는 그 렇게 생각했었다.

─닥치고 들어라. 자칼린 엔도 체사, 네게 임무를 주는 거다. 내가 직접 가서 그 계집과 담판을 짓고 싶다만 사정이 여의치 않으니 널 보내는 거다.

그 계집은 바로 눈앞의 카헤이아 뵈르게트를 뜻하는 것이었다.

─계집이 북부에 품은 앙심이 지대하여 시친의 근간인 해군마저 버리고 내륙군 양성에 미쳐 있다 한 지 꽤 되었다. 필경 그 군 두수 는 모든 바인을 적대하지는 못할지언정, 림을 점거하고 있는 섭정파 군사들을 대적할 만큼은 될 것이다. 우리는 직접적으로 맥베인을 도 와 바인과 싸울 여유가 없다.

솔직히 르옌이 돌았는가 했다. 아무리 핑계를 대서 저를 내쫓아

버리고 싶어 한다 해도 어떻게 테른도크에게 배반당해 라르크에 이를 갈고 있는 카헤이아를 찾아가라 한단 말인가.

─그 여자가 지난 전쟁에서 같이 싸웠다는 이유만으로 이쪽을 도울 거라 생각하는 거냐?

─그럴 리가. 살리가르의 전쟁을 지원하겠다 하는 섭정 길도프는 필경 카헤이아에게도 눈엣가시가 될 거다. 해상전이 벌어지면 결국 그들은 다시 북진 계획을 늦추어야겠지. 테른도크에게 보복하는 것도 차일피일 미뤄질 거다. 제안해라. 너희가 피 흘리지 않고 그 땅을 되찾는 것을 돕겠다고. 마리포사들이 너희를 도와 그 위업을 이루는 데 한손 보태리라고. 그리고 군사 지원에 관하여 물러서려 하거든, 살리가르와 바인의 연합을 망가뜨린다면 델 오스작의 남해에서 해전이 벌어질 일도 없을 것일 테니 이쪽을 돕는 것이 시친을 위한 최고의 선택이라고도 해라.

처음에는 충격이었다.

저 말은 제게 북부를 배반하라는 것과 진배없었기 때문이다. 비록 변절자의 낙인이 찍혀 있다고는 하지만 자칼린은 그래도 긍지 높은 라르크의 기사였다. 펄쩍펄쩍 날뛰었다. 지금 나를 뭘로 보고 그딴 걸 시키냐. 하지만 결국 포기할 수밖에 없었다.

─자칼린, 나는 라르크를 위해 페이작을 등졌다. 너는 그런 나를 지켜봐 왔지 않나. 그러니 나를 믿어라. 라르크와의 전쟁은 나 역시 바라지 않는 일이야.

─……그러면 넌 다시 한 번 시친을 속이자는 말이야?

─아니. 시친은 엔호자 죄브가 약속받았던 서부의 반니아를 돌려받을 자격이 있다. 그냥, 너는 내 말을 전해 주기만 하면 돼. 나를 믿고.

그리 말하며 르옌이 양피지 하나를 건네었다.

밀랍 봉인까지 해서 준 것이지만 쾌속함을 타고 항해하는 동안 자칼린은 호기심을 이기지 못하고 열어 보았다. 솔직히, 많이 소름이 끼쳤다.


스완 세칼리드 라르칼리아<sub></sub>Swan Sekalride Rareukalria.


낯선 서명이었다.

탁. 대체 이걸로 뭘 어쩌란 거지 싶었으나 일단 자칼린은 허리띠에 구겨 끼워 두었던 구겨진 양피지를 탁자 위에 내려놓았다.

카헤이아는 선뜻 그것을 집어 보지 않고 자칼린의 눈만 응시했다.

"……그렇게 된 겁니다. 이쪽 좀 도와주시죠."

"미친 새끼. 서부에서 아직까지 명줄 질기게 버티고 있다는 이야기는 들었는데, 황실이 슬슬 움직이기 시작하니 덜컥 겁이라도 먹은 모양이지?"

"르옌이 서부의 폴번을 돌려주겠답니다."

"미친놈……."

처음의 욕설은 추임새처럼 별 의미 없는 것이었으나, 두 번째 욕설은 진심이었다. 카헤이아는 피식 비웃으며 탁자 위의 양피지를 잡아 펼쳤다.

카헤이아의 눈동자가 서서히 굳어졌다. 자칼린은 대체 저게 무슨 소용이 있는 걸까 여전히 반신반의하며 내심 긴장해 카헤이아의 눈치를 살폈다.

'……이거.'

카헤이아의 입술 끝이 일그러졌다.

눈에 익은 서명이었다. 그럴 수밖에. 테른도크에게 켈레티 올다의 고대 문헌을 보이기 위해 뮈아드로로 향하는 내내 품에 넣고 곱씹었던 문헌의 말미에 남은 서명과 꼭 같았다. 놀라울 정도로 닮은 필치였다.

"……이 위조 서명으로 뭘 어쩌겠다는 거냐?"

"위조 아닌데요."

"이미 이백여 년 전에 죽은 여자의 서명을 따라 쓴 것이 위조가 아니면 뭐냐?"

카헤이아는 사정을 모르니 그렇게밖에 받아들일 수가 없을 것이었다. 자칼린은 이걸 어떻게 설명해야 하나 잠깐 말을 골랐다. 오는 길에 이런저런 할 이야기를 생각했는데 생각처럼 쉽지가 않았다. 그러나 한참이나 서명을 눈에 담던 카헤이아가 먼저 입술을 뗐다.

"……들어나 보지."

"라르크와 문제가 불거진 영토 문제를 대신 매듭지어 주겠다 했습니다. 지난번 모르가나에 들여왔던 것과 같은 함대 여섯 척, 당신들이 데리고 있는 군사들도 잠깐 빌려주……."

"이거에 대해 설명하라고."

카헤이아가 매섭게 말을 끊으며 날인이 남은 양피지를 가리켰다.

자칼린은 조금 긴장했다. 전하라 들은 것이 있긴 하지만 아무리 생각해도 허무맹랑했던 터라, 그냥 미친놈 취급당하지 않을까 싶은 탓이다.

"뭐라고 했냐면…… 미친놈 취급하지 않는다고 약속하십시오. 르엔은 이렇게 말했습니다. 라르크의 마지막 여왕은 엔호자 죄브에게 약조하였다. 너희는 네 가지 조건에 충실하였다. 정복 전쟁 중 엔호자는 라르크의 적을 무찔러 우의를 지켰고, 위대한 유목왕 엔호자의 차남 바카란 코르트를 내어 주었고……."

“뭐?”

카헤이아가 눈썹을 치켜 올린 순간 자칼린은 답지 않게 위축되었다.

제가 생각해도 상황에도 맞지 않는 개소리를 자아내는 것처럼 들렸기 때문이다. 없는 말 지어낸다고 축객하면 어쩐담. 그러나 카헤이아는 외려 기가 막힌다는 듯 턱을 괴더니 되물었다.

“그 이름을 네가 어찌 알고 있나?”

“무슨 이름요?”

“바카란 코르트.”

“르옌이 한 말 그대로 읊어 주는 겁니다. 저는 그게 누군지도 잘 몰라요. 그게 누군데요.”

카헤이아의 미간은 온통 주름으로 뒤덮였다.

‘이놈들이 지금 무슨 수작인가.’

단순히 수작이라기에는 괴이쩍은 구석이 많아도 너무 많았다.

자칼린은 카헤이아의 심각한 분위기에 애써 여유로운 체 덧붙였다. 그나저나 못 본 새 좀 늙으셨네. 그래도 오랜만에 보니 반가운 것 같기도 하고요.

카헤이아의 침묵이 길어질수록 자칼린의 눈이 약간의 기대감으로 가늘어졌다.

“어떻습니까, 나쁘지 않은 제안 같은데?”

“미쳤나? 너희 북부인들을 믿을 것 같나? 그리고 무슨 수로 무력 충돌 없이 라르크를 꺾어.”

“……저야 모르겠지만, 르옌은 할 겁니다.”

“그 계집이 파사드 칼란독 브류나크와 무슨 관계인지 내가 모를 줄 아나.”

북부인이고 뭐고를 다 떠나서 르옌 데투아는 그녀의 머릿속에는 여전히 브류나크의 사람이었다. 정확히는 파사드의 사람.

카헤이아는 소식이 빠른 투헤인을 통해 이미 라르크 내정에 대한 여러 낭설들을 전해 들어 왔다. 지난해부터 북부에 몰아치기 시작한 피바람의 원흉은 파사드의 파혼이었고, 파혼은 그 여자 때문이었다.

대체 그 여자가 왜 전쟁이 다 끝난 후에 남부로 도망친 건지는 모르겠지만 파사드는 그 계집애 하나를 보호하겠다 공국 독립까지 주장했다. 억측이라 말할 수가 없는 것이, 그 계집과 눈앞의 자칼린이 변절한 직후 정신이 나갔던 파사드의 꼴을 본 놈이 한둘이 아니었다.

왕의 측근이라는 에제트라는 그 음습한 자를 그대로 내팽개쳐 뮈아드로로 올려 보내고, 그 여자의 문제로 카라제시와 언성을 높이기도 했다. 저놈에게 저런 난폭한 기세가 있었는가 싶을 만큼 놀라웠다.

당시의 카라제시는 바로 지금 눈앞의 청년 때문에 거의 넋을 찾지 못하고 있었음에도 불구하고 조금의 배려도 없었다.

"르옌은 배신 안 합니다."

여태까지 머뭇머뭇 잇던 어조에 반해 딱 부러진 대답이었다. 북부군에서 남부로 도망친 놈이 뻔뻔도 하다 싶어 삐딱하게 턱을 기울인 카헤이아가 반문했다.

"모르가나의 동부군이 대마리포사 토벌령을 내려 다음 달 중 출병할 것이라던데."

자칼린도 정확히 알지 못하던 사실이었던지라 여유를 빙자하던 낯이 와삭 일그러지고 말았다.

"……벌써 출발했답니까?"

"넌 어디서 오는데?"

"돌체의 항구에서."

"바인을 말하는 거군."

바인이라……. 카헤이아가 말끝을 흐렸다.

바인은 남대륙에서 델 오스작과 가장 가까운 나라다. 시친과 모르가나의 방파제 역할을 하는 곳이기도 했다. 하지만 딱히 그들과 분쟁이 일어난 이력이 드물어 크게 신경 쓰고 있지는 않았다. 그곳의 섭정이라는 자는 무리하게 분쟁을 일으키는 자가 아니었기 때문이다.

"그놈들 동향이 이상하게 조용하다 했더니만, 바인과 살리가르, 흐음……. 살리가르의 그 우스꽝스러운 광대놀음 하는 녀석들이 주제를 모르고."

자칼린은 고민하는 듯한 카헤이아의 기색을 알아차리고 재빠르게 덧붙였다.

"또 뭐라더라. 마리포사들은 대륙에서도 살인자 놈들로 악명 자자하니 어차피 너희가 손해 볼 것 없다는데요. 맞는 말 아닙니까."

"무어라 해도 네놈들을 믿을 일은 없을 거다. 그리고 우리 문제는 네 알 바 아니지. 거절이다. 바다거북 단명했다는 소리 지껄이지 말고 꺼져라."

시친에서는 꽤 심한 축에 속하는 바다거북의 속담까지 곁들일 만큼 카헤이아는 북부인이라면 신물이 났다.

르옌이 유일하게 자신에게 진실을 경고했던 자라는 것까지 잊은 건 아니다. 공과 사가 명백했을 뿐이다. 마리포사들을 서부에서 빼내어 준다 해도 제국의 황제가 남부 태자를 참살하고 도망친 마리포사들을 가만히 둘 리가 없었다. 도망쳐도 쫓을 것이다. 시친은 이미 충분히 모르가나의 눈치를 보고 있었다.

자칼린이 주먹을 꾹 쥐었다. 항구 숙박소에 방을 잡아 가둬 둔 레이리스가 생각이 나자 더 초조해졌다.

강제로 바인을 떠나 자칼린과 함께 타리가 항구에 내린 레이리스는 산 인형이나 다를 바 없었다. 배에 오른 레이리스는 인형처럼 멍하니 앉아만 있었다.

자칼린이 어떻게든 긍정적으로 분위기를 바꾸어 보려 했으나 참혹히 실패했다. 솔직히 레이리스도 이 임무가 말이 되지 않는다고 생각하기 때문일 것이다.

시친을 꾀어내는 임무라는 게 사실 자칼린 본인도 말이 되지 않는다 생각하고 있으니까. 하지만 거절을 들고 돌아가는 것과 조금의 희망이라도 쥐고 돌아가는 것은 다를 것이다.

'어쩌지, 어쩌지……..'

자칼린은 북부인에 대한 불신으로 가득한 카헤이아의 뜻을 꺾을 수 없다는 걸 직감적으로 알아차렸다. 자연히 그의 잔머리는 다른 방향으로 굴러가기 시작했다. 어차피 말도 안 된다고 생각하고 찾아온 것이 맞으니 실망할 것도 없다.

윙거령을 찾아가 볼까 하는 생각이 들었다. 저 동쪽 갈라부아 연합이 본거지이긴 하지만 바로 아래 윙거 운하와 윙거 가문의 또 다른 작은 영지가 있다.

선왕 파이투스 2세의 두 번째 왕비는 윙거 가문과 긴밀한 관계였는데, 처음 운하 건설안이 대두되었을 때 두 번째 왕비의 입지를 고려한 윙거가 선뜻 토목공사를 자발적으로 지원하였다.

비록 두 번째 왕비는 천수를 누리지 못하고 몇 년 후 타계하였으나, 윙거 가문은 발 빼지 않고 지원 약속을 지켰다.

파이투스 2세는 언젠가 운하가 완공되면 그곳을 윙거라 명명하리라 하였다. 그리고 십수 년이 지나 테른도크의 치세에 윙거 운하는 완공되었고, 윙거 가문은 기꺼이 번거로운 관리 책임을 도맡았다.

무엇보다도 현재 윙거가의 주인인 발타르는 카라제시와 각별한 친구였다. 어릴 적에는 파사드와도 종종 함께 어울리곤 했다 하였던가.

뭐, 카라제시는 워낙 각별한 사람이 많아 그만 특별한 건 아니지만 발타르는 성격이 호쾌하고 좋은 사람이다. 무엇보다도 겉보기를 중시하는 자이니 체사가에서 자칼린을 파적하지 않은 이상은 체사의 아들로 예우할 것이었다. 그런 사람이다.

그러나 선뜻 발길이 떨어지지 않는 것은 발타르는 갈라부아의 영지에 머물고 있고, 지금 윙거 운하 근방의 행정 관사에 있을 자는 발타르의 매부이기 때문이다. 자칼린은 먼발치서 그를 한두 번쯤 본 적이 있을 뿐, 이야기를 나누어 본 적도 없었다.

"어떠세요, 누나아?"

"너 지금 그 주둥이로 뭐라 지껄였냐?"

되도 않는 애교에 카헤이아가 칼처럼 쏘아보았다.

'쳇.'

표정을 가다듬은 자칼린은 지푸라기라도 잡는 심정으로 건들건들 말했다.

"아니, 뭐 막말로…… 당신들이 손해 볼 건 없지 않습니까? 어차피 바인이 살리가르에 영해를 빌려주면 살리가르의 함대가 북상해 델 오스작을 칠 텐데. 바인보다는 살리가르가 더 까다로운 적이 되지 않겠습니까. 우리를 도와 빚을 지우면 당신들에게도……."

"한 해 남부에서 살더니 아예 남부인 다 되셨군."

"어차피 당신들 해병, 북부 기사를 뛰어 넘지 못할 겁니다."

그때였다. 문이 열리며 투박한 사내의 짜증이 날아들었다.

"너는 대체 뭘 하고 앉아 있어 나를 기다리게 하는 거냐? 곧 예멘 왕을 만나러 올라가야 해서 시간 없다고 분명히 말했을 텐데."

금발을 단정히 묶어 내리고 시친의 행정 장교들이나 입을 법한 관복 외투를 걸친 투헤인이 줄줄이 군사들을 달고 모습을 드러냈다.

'어라?'

자칼린이 깜짝 놀라 고개를 돌렸다.

투헤인을 따라온 남색 각 잡힌 모자를 쓰고 있던 해군 장교들이 카헤이아를 향해 경례를 올린 후 그대로 돌아 나갔다.

카헤이아가 비꼬았다.

"이 새끼만 보내고 내려가려 했다. 성질머리는."

"지금 네가 그렇게 여유로울 때가 아닐 텐데. 행정부가 어떤 상황인데."

살리가르가 함대전 준비를 하고 있다는 말에 시친의 나머지 두 제독은 아주 맹렬히 카헤이아를 비난하고 있었다. 카헤이아는 대수롭잖다는 듯 대꾸했다.

"네가 뉴가트와 이스자키 올다의 제독 녀석들을 구워삶아 함대 차출을 진행해 보겠다며. 네 무능력을 걱정해야 했나?"

"이번 내륙 방문은 그것보다도 일라린의 왕과의 면담 때문이고…… 아니."

투헤인은 카헤이아와 달리 자칼린을 알아보고도 놀란 표정조차 짓지 않았다.

"……그런데 이건 왜 여기 있어?"

"이거라니요, 사람한테."

자칼린은 예상치 못한 인물의 등장에 떫은 표정으로 중얼거렸다. 자칼린의 거지나 다를 바 없는 몰골을 빤히 관찰하던 투헤인이 툭 뱉어 물었다.

"바인과 모르가나의 제국령 중 하나가 연합해 라곳에시스로 출병했다던데, 그래서 도망쳐 온 건가?"

‘뭐?’

자칼린의 입술이 작게 벌어졌다. 신음조차 나지 않았다. 카헤이아가 허옇게 질린 자칼린의 얼굴을 비웃었다.

“이야, 결국 끝장이 나는군. 파사드의 속이 뒤집어지겠어.”

머릿속이 아득해졌다. 일분일초가 간절하다는 생각밖에 들지 않았다. 자칼린은 벌떡 일어나 달려 나갔다.

최악의 상황에는 윙거에 있는 발타르의 매부가 그를 잡아다 수도로 올려 보낼 것도 예상해야 했지만, 도움을 청할 수 있는 배를 보유한 이는 이제 그뿐이었다.

발로이드가 죽은 이후 어느 누구보다도 분골쇄신하여 마리포사 가문의 군대를 돌보았던 에일라를 잃었다. 다음 서열을 따지자면 룩서르 경이 군사 실권을 잡아야 마땅했으나, 에일라의 직접 지명하에 테네스 경이 군사 실권자가 되었다.

아슬아슬하게 그들의 꼬리를 물기 위해 따라붙는 바인과 다난 군을 피해 몇 날 며칠을 쉬지도 않고 달려 라곳에시스에 도착한 르옌은 거의 숨이 넘어가기 직전이었다.

그녀는 자신이 어떻게 되돌아왔는지, 배반당하고 군사들을 잃고 돌아온 그들을 맞이한 자들의 얼굴이 어땠는지, 무엇도 기억하지 못했다. 곪아 가는 허리 안쪽에 박힌 화살의 잔재를 뜯어내기 위해 군의관이 다섯이나 필요하였다.

세상이 산지옥이었다. 열은 끓고 피가래가 올라와 혼절하듯 잠들었다가도 한새벽에 깨 경련하곤 했다. 주위를 오가는 발소리도 누가 누군지 구분하지 못했다.

기척도 와 닿지 않았다. 제게 닿는 손, 불안한 듯 웅성거리는 목소리, 그 모든 것이 안개처럼 흐렸다.

매일 밤 꾸는 꿈속에서는 붉은 핏길의 끝에 서 있는 한 사내가 보였다. 수많은 죽은 자들이 늘어선 핏길을 무거운 짐을 지고 걸었다. 사내의 앞에 이르기 전 결국 고꾸라졌다. 검은 머리의 사내가 그녀를 바라보았다. 그녀는 이름조차 부를 수 없었다.


르옌이 온전히 사고하기 시작했을 때는 닷새쯤 지난 어느 날이었다. 눈을 떴다. 첫 숨을 들이키는 순간 구역질이 치밀어 올라 몸을 엎드리려 팔을 휘저었다. 침대 아래로 기울어진 그녀가 요란한 소리를 내며 떨어졌다.

그녀의 몸을 일으켜 세워 준 것은 거무죽죽하게 가라앉은 낯빛을 한 위스번스였다.

"제가 잘못 판단했습니다."

이명처럼 제대로 들리지 않았다. 르옌은 구부러진 허리를 타고 올라오는 통증에 이를 악물며 가까스로 다리에 힘을 주어 섰다. 위스번스가 그녀를 다시 침대에 뉘었다. 단 하나의 등불이 비추는 방 안은 은연하게 어두웠다.

맥없이 늘어진 적갈색의 머리칼이 베갯머리 위로 흐트러졌다.

사경에서 되돌아온 르옌은 얼마간 신음하며 눈을 감았다.

"내가."

누구의 잘못인가. 따져 책임을 전가하기에는 많은 것이 늦어 있었다.

과거를 돌아보며 미래를 향해 뒷걸음질로 걸어갈 수는 없는 법이다. 에일라. 그 이름이 등에 업힌다. 손 뻗으면 닿을 거리에 내팽개치고 왔다.

테네스 경에게 분노하여 처음으로 이성을 잃은 모습을 내보였던 것도 기억이 난다. 하등 그럴 필요가 없는 일이었다.

에일라는 가장 페이작을 닮은 기사였다. 성별이 다르고 성정이 다르다 할지라도 보고 있자면 알게 되는 것이다. 그런 자들의 한결같음은 학습된 것이 아니었다.

그리 태어나 그리 살 수밖에 없는 이들이 있다. 저 역시도 마찬가지였다. 애초부터 완전히 제 사람 되지 않을 것이란 것쯤은 알고 있었다. 그런데도…….

"인계는 끝났나?"

르옌이 말라비틀어진 음성을 짜냈다. 위스번스가 머리맡에 떠 두었던 물그릇을 가지고 왔다.

"……마무리되었습니다."

"벌써?"

"라곳에시스에 이르신 지 닷새 되었습니다."

아아, 그 즈음이면 충분히 인수인계가 마무리될 수 있을 시간이다. 르옌은 우울하게 고개를 수그린 위스번스를 눈동자만 움직여 응시했다.

마흔 조금 안 되어 보이던 자가, 이제는 쉰이 훌쩍 넘은 양 푹 늙어 있었다. 라곳에시스에서 늘 몸 비비고 편히 지냈던 녀석이 수염을 꺼끌꺼끌 기른 채다.

무얼 더 말해야 할지 모르겠다는 듯이 머뭇거리는 입술을 바라보던 르옌이 긴 한숨을 내쉬었다.

"그리고…… 체사의 일은 유감입니다."

위스번스의 말에 르옌이 느리게 고개를 돌렸다. 벌트 경이 이야기를 했는가 하였다. 하지만 자칼린을 올려 보낸 것은 해야 할 일이었다.

"괜찮아. 어차피 그는 관계없는 자이니까."

"……."

"왜 그러나? 벌트 경에게서 사정 경위를 들었다면……."

정적이 흘렀다.

위스번스의 표정이 괴이했다.

섬뜩하게 등줄기를 훑는 어떤 예지에 르옌이 입술을 떨었다. 위스번스가 고개를 숙인 채로 흐느꼈다.

르옌은 아무 말도 못한 채 늘어진 제 팔등 위로 떨어지는 남자의 눈물을 바라보았다. 가까스로 손을 들어 얼굴을 덮었다.

왜 이것밖에 되지 않나. 왜 이리 나약해졌나. 왜 이리 멍청해졌나. 왜 나는, 왜 또다시.

❦

지난 한 해 이룬 것들이 그리 많은데 바인의 배신 한 번으로 비상 시국에 접어들었다.

에일라의 죽음 소식에 분개하여 사기를 높이는 듯했던 마리포사의 군대는, 르옌이 정신을 차린 지 이틀째 되던 날 얼어붙었다.

댕— 댕— 댕—

백작저 남쪽의 종이 울렸다.

목 없는 시신 십여 구가 이르렀다. 소 문양의 멘테를 휘날리며 달려온 말 네 마리가 이끄는 수레에 실려 라곳에시스에 도착했다. 마부의 자리는 비어 있었다. 덩그러니 시신만 돌아왔을 뿐이다.

머리 위가 잘려 나간 부패하기 시작한 시신들은 하나같이 피로 물든 푸른 나비의 멘테를 달고 있었다.

핏기 없는 얼굴로 선 르옌의 눈이 상처투성이가 된 여자의 몸뚱이에 이르렀다. 다른 군사들이 여전히 갑옷을 갖춘 반면, 여자의 시신은 아무것도 걸치지 않은 채 썩어 들어가고 있었다. 계집을 보란 듯이 조롱하는 것이다. 윤간을 당했는지, 시간을 당했는지도 모를 일이다. 명예로운 자를 명예롭게 대우하지 않은 것은 저 소 문양의 주인일 것이다.

섭정 길도프는 죽었다. 그렇다면 저 문양은 누구인가. 그의 핏줄일 것이다.

'테오도르.'

돌체의 영주 맥베인이 섭정이 물밑으로 그의 막내아들에게 실권을 이양하리라 말하였다 하였다.

"이 수레를 보낸 놈들, 아직 지근거리에 있을 겁니다. 잡아 죽일 겁니다. 잡아다가 뼈마디 하나하나 다 부러뜨려 죽이겠습니다!"

"함부로 벗어나지 마. 위험해."

"저 자식들이⋯⋯!"

당장에 저 새끼들을 잡아 죽이겠다며 말을 타고 달려가려는 군사들과 그들을 붙잡는 자들, 현실적으로 닥친 위험을 비로소 체감하여 얼어붙은 자들⋯⋯.

그 모든 군사들의 혼란을 제치고 저편에서 걸어온 테네스 경이 천천히 부패의 냄새가 나는 썩어 가는 시신들 사이에 섰다.

그의 눈이 차례차례 얼굴 없는 기사들을 훑었다. 이윽고 여자의 몸뚱이에 이르렀다. 그녀는, 아니 그녀라고 할 수나 있을까 싶지만 어쩔 수 없이 눈에 띄는 시신이었다.

에일라라는 걸 모두가 알고 있다.

머리 없이 썩어 들어가는 시신의 냄새는, 막연히 발로이드가 죽었다고만 전해 들었을 때와는 전혀 다른 체감이었다. 발로이드가 죽은 후, 그들을 이만치 버티게 해 주었던 여자였다. 강한 기사였다.

에일라의 시신은 다른 기사들의 죽음과는 전혀 다른 의미로 마리포사들을 휩쓸었다. 전우를 위해 살고, 한 자락 남은 명예를 위해 간신히 절망을 떨쳐 내던 이들을 산산조각 낸 일이었다.

이슥한 밤을 틈타 누군가는 도망쳤다. 누군가는 울면서 떠나겠다 짐을 챙겼다. 테네스 경은 그들을 내버려 두었다. 에일라로부터 위임받은 군사 권한으로 탈영자들과 겁쟁이들을 벌할 수 있었지만 그러지 못했다.

—바인의 배반 소식을 들은 모양입니다.

마리포사와 바인의 결합 소식에 한층 더 겁먹고 움츠렸던 서부의 영주들이 움직이기 시작했다. 바인 섭정의 아들 테오도르가 다난의 외눈깔 영주와 함께 보복 전쟁을 선포하였다는 소문까지 들렸다.

버티면 산다. 이제는 그리 말할 수 있는 범주를 넘어섰다. 살기 위해 죽으라 말하기에는 삶을 사랑하는 이들이었다. 산맥 동쪽 전역에 괴질처럼 번진 서부인에 대한 배척과 마리포사의 관련자들이 학살당한다는 사실에, 그나마 안전한 울타리에서 사정이 나아지기를 기다리며 버티던 이들은 모두 떠났다. 그 수가 나흘 새에 수백에 이르렀다.

주인 잃은 멘테들이 쌓였다.

누군가를 죽일 적, 저 역시 죽을 수 있다는 각오가 다져지지 않은 자들은 어찌할 수 없는 것이었다. 그런 어수선한 정적 속에서 르옌은 평소와 다름없이 군사들의 배치를 고민하고, 바인에서 보았던 병기의 형태에 대한 기억을 더듬고, 방책을 새로 세울 계획을 짜고, 농성전이 벌어지면 생길 일들을 정리했다.

위스번스는 맥이 풀린 사람처럼 그런 르옌을 바라보기만 할 뿐이었다. 산맥 동쪽의 군대가 언제 공식 출병을 선언하고 서진할지 모를 상황이었다.

죽은 섭정 길도프의 막내 아들인 웬더의 영주 테오도르가 바인 군과 다난 군, 도합 일만여가 넘는 군대를 이끌고 동진한다는 보고가 들어왔다.

서쪽과 동쪽에서 차례차례 당도할 적들의 규모를 고려하면 애초에 자급자족이라는 체제가 불가능한 라곳에시스에서의 농성은 죽음이었다. 하지만 농성밖에 남지 않았다.

—차라리 지난번에 침략했던 볼린으로 가는 건 어떨까요. 볼린의 성벽은 라곳에시스보다 높고 단단합니다. 그곳에서라면…… 아니, 어렵겠군요. 볼린으로 가는 길에 바인과 다난의 연합군과 조우하기라도 하면 큰일이 날 테니.

위스번스의 음성에서는 자포자기의 냄새인지 절망의 냄새인지 모를 것이 배어 있었다.

—……얼마나 버티겠습니까?

—토벌군이 오기 전까지는 버틸 수 있겠지.

—차라리 야전을 택하여 저들을 빨리 쓸어버리는 것이 더 낫지 않겠습니까. 사기는 많이 떨어졌지만.

르옌은 집무실 한 켠에 수북이 쌓인 푸른 나비의 멘테를 돌아보았다. 때가 끼고 낡고 피 얼룩이 남아 있다.

자칼린이 떠난 지 스무 날가량 흐른 듯하다. 전서구 하나 돌아오지 않는다.

어려울 것이고, 불가능했을는지도 모른다. 믿음이란 주장하는 것으로 생기는 것이 아니다. 그렇다면 이제 제게 남은 것이 무엇인가.

바인과 다난의 군대가 이틀거리에 당도했다는 척후의 보고문 한 장, 그리고 동쪽의 토벌대가 공식적으로 출병했다는 전서구의 쪽지 하나뿐.

바인과 다난의 군대가 지근거리에 이르렀다.

근방의 서부 영주들의 깃발도 먼발치 언뜻언뜻 보였다. 이미 마리포사들에 의해 죄 짓밟힌 후인지라 그 수는 있으나 없으나 한 정도였다. 하지만 상징적인 의미는 충분할 것이다. 바인과 다난이 황실을 대변하여 마리포사들에 보복한다는 명분이라면.

바로 지난달까지만 해도 일만여가 넘었던 마리포사의 군대는 한 달 새 죽거나 썰물처럼 빠져나가 일만도 채 남지 않았다. 천여 명이 넘게 도망을 쳤고, 수백여 명이 죽었으며, 그중 몸뚱이만이나마 돌아온 것이 스무 구 남짓이었다.

살아 도망쳐 남은 생을 숨어 살아야 할 그네들의 삶이 안타까운지, 마지막까지 의리를 버리지 못하는 이들이 안타까운지 모를 일이다.

혹시라도 지난해 그들에게 따라 주었던 호재와 같은 행운을 바라는 몽상꾼들도 있다. 아직 실낱처럼 가늘게 남은 희망 하나.

자칼린.

소상한 내용도 모른 채로 막연히 도움을 구할 수 있을 자들이 있다는 희망이 간신히 서로를 붙들었다. 자칼린의 역할은 그것으로 다했다.

나머지는 그저 바람일 뿐이다.

여전히 창백한 안색의 르옌이 서쪽 성곽의 망루에 서 있었다. 바인과 다난의 연합군이 빠른 속도로 지평선을 뒤덮고 있었다. 길도프가 죽으면 그들의 정권 승계 문제가 생길 것을 기대하였지만, 바인은 의외로 체계가 단단한 나라였다. 하기야 그러니 오래도록 모르가나로부터 제 작은 몸을 흠집 내지 않고 지켜 올 수 있었을 것이다.

왕을 괄시하여 내친 자들의 나라. 어쩌면 라르크와 닮아 있다.

어느새 날이 더워지기 시작했다.

남부의 이른 여름이었다. 고개를 젖히면 그저 평온한 하늘이건만 조금만 시선을 내리면 살기로 등등한 적들이 깃발을 휘날리며 옹골차게 서 있다. 소 문양이 그려져 있을 살구색 천과 반달 모양 활이 자수 놓였을 주홍색 천이 동색처럼 흔들린다.

온기를 품은 바람이 불었다. 펄럭펄럭. 깃발이 펄럭이는 소리가 예까지 들리는 듯하다.

발소리가 났다. 뒤돌아보지 않아도 알 수 있었다. 위스번스는 듬성듬성 구릉이 진 적들의 방향을 바라보며 그녀의 곁에 나란히 섰다.

얇은 회색 겉옷을 걸치고 선 위스번스의 옷이 펄럭일 때마다 솔 내음이 났다.

“……동쪽의 적들은 이만여를 훨씬 웃도는 듯하다고 합니다.”

“많이도 들러붙은 모양이지.”

“차기 황제가 될 자를 공개적으로 지지하는 일이니 그렇지 않겠습니까. 어차피 오 할의 확률일 것이고.”

저 앞에 자리를 펼친 적들의 두 배가 더 될 거라는 동부 토벌군은 이리 평이한 투로 이야기할 수 없는 문제였다. 그러나 어쩐지 대수가 아니란 듯 내뱉을 수 있었다. 어쩌면 그간의 모든 불안들이 사실은 정말 대수가 아니었던 건지도 모른다고, 위스번스는 이미 납득했다.

에일라의 시신이 되돌아온 그날 알았다. 안온하게 백작 저에 주저 앉아서 직접 하는 것이라고는 하나도 없이, 그리 살았다. 그러면서 마리포사들을 위한다고 소리쳤다. 부끄러워 목을 매 죽고 싶은 심정이었다.

책임감이라 하였다. 그리 잘 군기가 잡혀 있다 정평이 자자하여, 전우를 위해 언제든지 목숨 내놓을 각오가 있었던 자들도 도망치는 판국이었다. 하지만 르옌은 언제나와 같았다. 처음의 그 약조 그대로 그들의 곁에.

왜 그때는 에일라의 말을 왜 믿지 않았을까. 에일라가 보았던 걸 왜 자신은 보지 못하였나.

위스번스는 이유 없이 눈물이 날 것 같은 기분에 고개를 젖히고 하늘을 올려다보았다. 발로이드의 눈처럼 새파란 하늘이 원망하듯 떨어졌다.

배운 것 없고 지닌 것 없는 마리포사들 사이에서 그나마 똑똑하다 하여 우물 안 개구리처럼 살아 그리도 졸렬하였나 보다.

위스번스가 주먹 쥔 손을 내밀었다. 얼마간 바라보던 르옌이 손바닥을 내밀었다. 그녀의 손 위로 묵직하게 뜨거워 언제부터 쥐고 있었는지 모를 붉은 루비 장식이 박힌 늑대 문양의 반지가 떨어졌다.

르옌은 멍하니 그 무게를 음미했다. 예상치 못한 순간에 나타난, 황당하기까지 한 물건이라 화가 나기 전에 먼저 웃음이 샜다.

"용서해 달라고는 하지 않겠습니다."

르옌은 대답 대신 반지를 들어 눈앞으로 가져갔다.

정교하게 세공된 붉은 루비가 씨앗처럼 박힌, 늑대 무늬가 조탁된 두꺼운 반지. 그녀의 엄지에도 커 보였다. 고풍스럽게 닳은 윤태함까지 더하니 누구라도 브류나크를 떠올릴 물건이었다.

몸을 반만 돌려 한참을 위스번스의 얼굴을 응시하던 르옌이 낮은 자조로 중얼거렸다.

"……일전 바인스트 숲의 그 시체들."

"……."

"……너밖에 모르고 있던 건가?"

"에일라는 눈치챘지만 제가 말하지 말라 하였습니다."

위스번스가 눈을 내리깔며 고해했다. 이것은 정녕, 처음 그에게 건넸던 선언처럼 먼저 떠나지 않겠다 말해 준 여자에 대한 최소한의 경의였다.

"……아니, 되었다. 이제 와 무얼 말하겠나. 이것뿐인가?"

"서신이 동봉되어 있었습니다."

르옌은 잠깐 입술을 벌렸다 다물고 한참을 아무 말 없이 반지를 만지작거렸다. 수치스러운 침묵을 참지 못한 위스번스가 갈라진 목소리로 간신히 물었다.

"서간에 무어라 쓰여 있었는지 묻지 않으십니까."

"물으면 답할 테냐."

"이제 와서 뭘 숨기겠습니까. 브류나크 그자, 당신을 보호해 줄 테니 우리를 버리고 북부로 되돌아오라 하였습니다. 그걸 보고 어찌 가만두겠습니까?"

사실 처음 말을 꺼낼 때까지만 해도 르옌의 성정에 불같이 화를 내리라 생각했다. 하지만 돌아오는 것은 힘 빠진 웃음뿐이라.

"마지막은 가볍게 하고 싶으니 용서하마."

두어 걸음 물러선 위스번스는 문득 뒷걸음질을 멈추고 르옌의 등을 바라보았다.

사내들로 넘쳐 나는 이곳에서 르옌은 분명 나약한 존재였다. 하지만 굽을 줄 모르는 등은 한때의 발로이드를 보는 듯했다. 태양 아래 붉은기가 선연히 살아 숨 쉬는 적갈색의 머리칼이 흔들흔들 바람을 타고 흔들렸다. 죽음을 두려워하지 않는 것이 북부인이라더니.

검은 그늘이 짙게 드리워진 눈을 한 위스번스가 말라붙어 있던 입술을 뗐다.

"데투아 경, 발로이드 님과 합을 댄 적이 있다 들었습니다."

비스듬 고개 돌린 르옌이 부쩍 자란 머리칼이 거슬린단 듯 귀 뒤로 끌어 넘겼다. 그녀는 아름답다. 외모의 아름다움이 아니라, 꺾이지 않는 존재의 아름다움이다.

위스번스는 결코 스스로가 하지 않으리라 믿었던 권유를 의문을 빙자해 소리 냈다.

"발로이드 님이 당신이 죽길 바랐다면 당신은 죽었겠지요. 하지만 당신은 아직까지 살아 있으니…… 발로이드 님은 당신이 죽지 않길 바라셨던 것일까요."

길게 말이 없던 르옌의 입술이 희미하게 호선을 그렸다.

웃음이 살갑고 따뜻하여 위스번스 역시 의미 없이 입가를 당겼다. 한 걸음 더 앞으로, 위태롭게 망루의 난간 앞까지 다가간 르옌이 길게 몸을 펴며 핀잔을 놓았다. 그 모습이 위태로워 가슴이 떨렸다.

"너희는 정말 페이작을 모르는구나."

위스번스가 볼멘 투로 답했다.

"원래 이해 못 할 분이기는 하지만 그나마 저희 주군을 저보다 더 잘 아는 이는 없습니다. 주군께서도 제가 가장 똑똑하다 하셨습니다."

"그래, 네가 백작 부인 소리까지 들었다 하니 그렇겠지. 하지만 여전히 너는 그를 몰라."

"제가 모르는 것은……."

"그가 내가 죽기를 바랐다면, 그건 바로 내가 나를 죽이길 바랐을 때뿐이다."

웃음소리까지 섞인 경쾌한 투였다. 어느 만치 강력한 믿음인지.

위스번스는 이제 조금 저 여자를 이해했다. 르옌의 믿음은 발로이드 그 자체를 향한 것이 아니라, 저 스스로가 지닌 굴복 없는 아름다움에 대한 믿음이었다.

온 세상이 자신을 중심으로 돌아간다 믿는 그녀를, 위스번스는 꺾고 싶지 않았다. 외려 마지막까지 지켜보고 싶었다. 하지만 마음과는 별개로 자꾸만 힘이 빠지려는 다리를 지탱하는 것만으로도 그는 힘이 들었다.

그는 유년기 이후의 모든 일생을 이 라곳에시스의 울타리 안에서만 살아온 어리석은 이였다. 주체할 수 없이 눈물이 나기 시작했다. 자리를 피하기 위해 몸을 돌리려는 순간 르옌의 음성이 그의 뒷덜미를 잡아 세웠다.

"두려워 마라."

울음을 삼킨 위스번스가 뒤돌아보지 않고 말했다.

"고될 것이다. 두려울 것이다. 그리 말하신 것이 당신이 아닙니까."

"겁을 주려고 한 거지."

예상치 못하게 되돌아온 어린아이 같은 농담에 위스번스는 울며 웃고 말았다.

"당신도 후생이라는 것이 있다고 믿습니까?"

"……."

"있다면, 조금쯤은 위로가 될 것도 같습니다."

발로이드가 이상한 소리를 할 때는 참으로 괴팍한 면이 있다 하며 흘리곤 했던 일이다. 비현실적인 일이라며 '다른 데서는 언사를 주의하셔야겠습니다.' 하고 딱딱하게 조언하곤 했다. 그러나 발로이드만큼 이상한 여자가 르옌이었다.

그녀는 그들이 알지 못하는 것을 알았고, 발로이드가 아닌 발로이드를 알았으며, 저 나이 대에는 가질 수 없는 어떤 위대하게 단단한 기질을 품고 있었다. 르옌이 발로이드와 같은 답을 내린다면 조금쯤은 이 두려움이 가시려는가. 그러나 르옌은 작은 실망을 안겨 주었다.

"헛된 꿈꾸지 마라. 삶이란 단 한 번이기에 치열하게 살아 나갈 힘을 얻는 거니까."

르옌은 이미 삶에 대해 나름의 정의를 내렸다.

삶이란 그렇다. 무언가 하나 끝이 났는가 싶으면 또 다른 것들이 태풍처럼 몰아닥치고 몰아닥쳤다. 하나하나 견디다 보면 어느새 삶의 종착에 이른다.

어쩌면 이제는 정말, 한 그루의 월계수가 꺾여 사라질 때인지 모른다. 사실 오래전에 그랬어야 했다는 생각을 하면 자연스러운 것처럼 받아들여졌다.

하지만 여전히 삶을 사랑하기에 하지 못한 것들이 아쉽다. 갖지 못한 것들에 미련이 남는다. 테른도크 란펠 브류나크, 그 작자의 면상을 한 번 보고 그 앞에서 짓이겨 줄 것을 이를 갈며 맹세했는데, 제 한계가 예까지인가.

파사드 그의…… 이 반지가 왜 제 손에 있는지, 그 속내가 빤하여 아쉽다. 리오낙을 돌려줬을 때처럼은 되지 못할 듯한데 이를 어쩌나…… 설핏 웃음이 났다. 그자를 실망시키고 싶지 않다는 바람은, 벨바롯트를 설득하기 위해 분투했던 때와는 조금은 다른 형태의 미련이었다.

자칼린을 보낼 때까지만 하여도 어떤 형태가 되든 이 상황을 빠져 나가리라는 열의에 차 있었거늘, 제 손 떠나 버린 시류 속에서 저 역시 어찌할 바 없이 닳아 버렸는가 하였다.

그러나 '두 번 살아 두 번 다 패배로 끝나다니.' 하는 생각에 쓴물이 올라오는 것도 사실이다. 그런 한편, 첫 번째의 패배와는 달리 홀가분히 받아들여지는 스스로가 갸륵하기도 했다.

그리고 보면 참으로 어리석었다. 왜 그 시절의 자신은 이러지 못하였나. 아마도 그 시절에는 알지 못했던 수많은 것들을 느끼고, 배웠기 때문일 터였다.

르옌이 되물었다.

"너는 후생에 바라는 것이 있어 묻나?"

위스번스는 답하지 않았다. 대신 때마침 성벽의 망루를 향해 계단을 오르던 테네스 경이 끼어들었다.

"나는 다시 태어나거든 나비 그림자도 안 밟으렵니다."

"준비는 끝났나?"

"예. 체사 그놈, 줄행랑을 놓은 게 분명하겠지요. 그래도 꽤 쓸 만한 놈이라 생각했는데."

손차양을 하고 서서 야영지를 차리는 개미 떼 같은 적들을 바라보던 테네스 경이 피식 웃으며 중얼거렸다.

"줄을 잘못 선 이쪽이 미친놈이지. 일 터지기 전에 도망쳤어야 했는데 말입니다."

최근 그나마 좀 진중한 모습을 보일 때가 왕왕 있지만 그는 여전히, 자칼린처럼 유쾌한 사람이다. 르옌이 작게 웃었다.

"이제 와 하는 말이지만 네가 자칼린과 그리 싸우는 게 성질머리가 똑같아 그렇다는 거 아나?"

"미쳤습니까. 그 촉새 같은 놈이랑?"

"피차 똑같은 인종인데 차이라고는 너는 외려 출신에 얽매이지도 않아 더 자유분방한 것뿐이 아닌가? 부정하겠다고?"

"더 좋은 거네요?"

더 악랄하다는 걸세, 테네스 경. 위스번스가 꼴통 보듯 그를 바라보며 중얼중얼 덧붙였다. 아무래도 좋다는 듯 테네스 경은 성벽의 튀어나온 난간에 한 다리를 올리고 기대어 서서 자리를 잡는 적들을 바라보았다.

"뭐, 됐습니다. 그나저나 주군, 뭐, 만약 살아남는다면 말입니다. 나랑 살림이나 차리지 않으시렵니까?"

언제나처럼 경박하기가 자칼린보다 한 수 위였던지라 르옌은 그녀도 모르게 웃고 말았다. 르옌은 부러 오만한 표정을 지으며 팔짱을 꼈다.

"내 사내가 되고 싶다면 나라 하나쯤은 세워 와야 할 거다. 나는 한 번 욕심을 부리기 시작하면 작은 것에는 만족하지 못하는 기질이 있어 말이야."

테네스 경이 기가 막힌다는 듯 오만상을 찡그렸다.

"싫으면 싫다 하시지 너무한 것 아닙니까. 목숨이 경각인데 나라까지 세워야 한답니까? 마지막 선물이다 치고 나랑 한 번 하고 오지 않겠습니까?"

도무지 위스번스는 테네스 경의 저 때를 가리지 않는 경박함을 용납할 수 없어 얼굴이 시뻘게졌다. 르옌이 농담조로 한마디 덧붙여 테네스 경의 입을 막지 않았더라면 위스번스가 큰소리를 냈을 것이었다.

"마지막으로 내게 손댔던 놈의 눈알을 파주었지."

"북부 여자들 얌전하다는 거 죄 거짓부렁이었어. 주군 같은 여자

들만 있는 건 아니겠지만 자유로울 때 국경 한 번 넘어서 계집질 좀
해 보는 건데."

르옌이 고개를 갸우뚱하며 슬쩍 웃었다.

"주군? 웬 바람이냐."

"뭐 어떻습니까. 곧 다 죽게 생겼는데. 뭐라 부르건."

"네가 어련할까."

불쾌한 기색 없이 모든 농을 받아 주는 르옌을 바라보던 테네스
경이 팔짱을 끼고 저 먼 평야를 바라보았다. 한결 진지해진 목소리
였다.

"당신은 이 싸움을 마지막의 마지막까지 지켜볼 의무가 있다 이
말이지."

"거절한다."

"가차 없네, 진짜."

이제는 무언가에 얽매이고 싶지 않았다. '르옌'에게 최초의 언어의
족쇄를 채운 에이반을 떠올렸다.

오늘이 지나고, 내일이 지나고, 모레가 지나, 언젠가 그들이 머무
는 평온의 죽음에 이를 것이었다. 가슴 안쪽으로 뭉클한 것이 차올
랐다.

데투아의 가족들은 괜찮을는지. 제스와 세닐라가 다친 시단의 마
음을 잘 얼러 주기를 바랐다. 그리고 시단이 제스와 세닐라의 피멍
으로 물들었을 가슴을 위로해 주기를 바란다. 남부에 떠돌 제 이름
을 듣지 못했길 바란다. 그들에게는 한 번의 죽음이 상처 입힌 것만
으로도 충분했다.

"하지만 아직 포기는 이르니, 그리 세상 다 산 듯이 말하지 마라.
통솔자가 그 짝이면 군사들에게도 영향을 끼치니까."

"징그럽게 독하다니까."

그리 말하면서 테네스 경이 손을 내밀었다. 르옌은 기꺼이 손등을 내어 주었다. 그녀의 거친 손등에 테네스 경이 꽤 질척한 입맞춤을 했다. 이 자식아. 소리치며 위스번스가 아예 핥으려는 그를 끌어내 내동댕이치지 않았다면 필경 침 범벅이 되었을 것이다.

낄낄 경박하게 웃은 테네스 경은 건들건들 성벽 아래로 내려갔다. 위스번스는 주변을 한 번 주욱 둘러본 후 고개를 조아리며 한 발 물러섰다.

"그럼…… 이제, 저도 무장을 하고 출병 준비를 하러 가겠습니다."

르옌을 비롯해 그들 근방에 서서 히죽이며 이야기를 엿듣던 망루 병들 몇이 고개를 돌려 그를 바라보았다. 위스번스 놀던하면 몸치로 유명한 자가 아닌가.

실제로 라곳에시스의 총괄 업무를 맡으며 훈련조차 않은 지가 수 년일 터였다. 위스번스는 조금 멋쩍은 얼굴로 흠흠 헛기침을 하더니 붉어진 눈시울을 내리깔며 덧붙였다.

"폐가 되지 않게 할 겁니다."

"가만히 있는 게 돕는 것이라는 속설이 있다지. 치마나 차려입고 앉아 있어."

르옌의 농담에 때아닌 웃음소리가 터졌다. 잠깐 미소를 드리우던 위스번스가 낮게 떨리는 목소리로 말했다.

"저는 지금까지 앙레디움인이었습니다."

그는 일생의 거의 대부분을 마리포사들과 함께하였으나, 그들과 같은 자가 되지는 못하였다. 그저 한 가지 바람만을 지니고 살았다.

'새 고향이 된 이곳이 평안하기를.'

위스번스는 스스로의 껍질을 벗겨 내는 심정으로 인정했다.

"하지만 마지막만큼은."

마리포사로서. 그런 뒷말은 필요 없었다.

적들의 동태가 심상찮다는 망루병의 보고가 들었다.

개미 떼처럼 모여 성벽 앞에 포진하기 시작하는 그들이 몰고 오는 것은 공성 병기였다. 시작되려는가 보다. 도망치지 않고 남거나 도망칠 기회를 잃어 남은 자들은 백작 저의 서쪽 연병장에 모여 섰다. 완전 무장을 한 채다.

그리고 르옌은 처음 그들에게 자신의 모든 것을 내보였던 그 단상 위에 섰다.

군사들은 역광 속에 선 그녀를 올려다보았다. 낡은 갑옷 위로 푸른 나비의 멘테를 둘러 덮은 그녀는 지난 패배에도 아랑곳 않고 단단하게 메마른 가지처럼 서 있었다.

햇살이 쏟아지는 무더운 여름이었다.

성벽 너머 자리를 틀기 시작한 적들을 앞둔 그들의 세상은 고요했다. 겁에 질린 공기가 농밀하다.

"너희 조국은 제국인가?"

르옌이 물었다.

"너희는 죽음이 두려우냐?"

메아리치는 듯했다.

"너희를 얕잡은 적들이 우리의 목전에 있다. 너희는 그들이 두려우냐!"

아닙니다! 노성 같은 고함에 군사들이 일제히 커다란 함성으로 받아쳤다. 매섭게 눈매에 힘을 준 르옌이 턱을 당겨 말했다.

"너희가 살아온 남부, 이 땅의 사람들은 알지 못하는 것이 있다. 우리는 죽음을 뛰어넘은 가치를 이룩할 수 있는 위대한 기사들이라는 것이다. 그래, 너희 중 누군가는 내가 북부인이기에 그리 말할 수 있는 것이라 여길 수도 있는 일이다. 때문에 강요는 하지 않을 것이다. 다만 거듭 너희에게 진실을 말할 뿐이다."

"……."

"나는 오랜 시간 너희와 같은 기사들과 함께해 왔다. 오래전의 전쟁에서, 지난 남북 전쟁에서 죽음을 두려워하지 않는 군대와 싸웠다. 비록 한때는 너희가 나의 적이었으나, 이제는 함께 끝까지 멈추지 않을 전우이다. 그곳에서 적이었던 너희를 겪는 동안, 그리고 이곳에서 너희와 함께 먹고 마시며 함께 싸워 오는 동안 나는 확신했다. 너희와 내가 겪었던 위대한 북부의 기사들이 하나의 정신을 기치 삼아 다를 바 없는 위대한 군사들이라는 것이다!"

"……."

"우리는 죽음을 두려워하지 마라 강요당하고, 사후의 평화를 위해 용맹하라 격려받으며, 한 번 마음 정한 바를 위해 목숨을 바치는 것도 불사해야 한다 말한다."

"……."

"북부인들과 마찬가지로, 너희의 선인도 죽음 이상의 가치를 지닌 무언가가 존재한다는 것을 알았음이 자명하다. 너희를 한데 묶었던 절대적인 다섯 개의 강령 역시 페이작 돌레한 라르칼리아, 위대한 북부의 기사로부터 시작되었다는 것을 기억하나!"

아아아! 겁 질린 맹수처럼 번들번들한 눈으로 연단을 올려다보던 군사들이 함성 소리를 냈다. 마치 그리하면 두려운 현실이 사라지기라도 할 거라 믿는 것처럼.

르옌이 검을 치켜 들며 쩌렁쩌렁 소리쳤다.

"네 나라가 너를 버려도 너의 전우는 너를 버리지 않을 것을 믿는 용맹한 자들아. 선인들의 정신을 의심치 마라. 죽음 이상의 가치를 신뢰하라. 세상이 너희를 두고 떠드는 옳고 그름이 너희를 흔들게 두지 마라. 제국이 정의이고 바인이 정의인가? 그렇다면 날 때부터 버림받아 너희 나름의 강령을 마음에 지니고 살아온 너희는 불의인가! 한때 북부가 불의라며 전쟁을 일으켰던 남부는 지금 북부와 손을 잡았고, 한때 다난이 불의라 하며 그들을 경시했던 바인이 다난과 공작을 펼치고 있다!"

"……."

"너희가 삶을 위해 투쟁할 가치가 있음을 의심치 마라. 겪어 보지 못한 죽음에 대한 두려움이 불시에 너희를 습격하여 너희를 나약하게 한다 해도 굴하지 마라! 너희 스스로 심지를 세우지 못하겠다면 나를 좇아라! 나는 항상 너희 앞에 있을 것이다! 나는 죽음 이상의 가치를 그 어느 민족보다도 일찍이 통찰한 위대한 북부 민족의 딸이며, 너희의 정신을 낳은 그 땅의 살과 피를 받은 사람이다! 위대한 왕들을 낳고, 수많은 왕국들의 흥망성쇠를 한 몸에 품었으며, 너희의 '처음'인 페이작 돌레한 라르칼리아를 낳은 땅에서 온 내가 말한다. '마리포사'라는 이름 아래 이 자리에서 하나의 운명을 마주 보기로 결의한 이상, 너와 나는 하나의 땅에서 태어난 형제이며 자매이다!"

모두의 경청 속에서 음성은 점점 더 힘차게 퍼졌다.

"신념의 근간이 어디에서 태어났는지는 중요치 않다. 우리의 정신의 근간은 육신의 근간보다 위대하다. 앙레디움에서 난, 너희가 사랑했던 위스번스 놀던도 가혹한 세계에 저항하기 위해 마리포사로서 검을 들겠다 하였다. 이 싸움의 끝에서 어느 누가 그를 마리포사가 아니었다 말할 수 있나. 전우를 위해 검을 들고 일생을 헌신한 그가 죽음을 두려워하지 않는 병사가 아니었다 누가 말할 것이냐! 용맹한 자가 아니라 누가 말할 것이냐!"

"……."

"너희는 승리의 누아드가가 사랑하는 위대한 강령을 마음에 새겨 고난을 헤쳐 나가는 죽음을 두려워하지 않는 병사들이다. 너희에게는 용맹한 자들의 고향에 이를 자격이 있다! 그리고 누아드가의 사랑을 받는, 죽음을 두려워하지 않는 자들의 고향은 삶의 끝 저편에 있다. 그곳은 낙원이라 불리우는, 모든 명예로운 자들이 이르는 어떤 두려움도 없는 세계. 라르카드단, 그리 불리는 사후의 낙원이다."

제게 향한 눈들이 뜨겁다. 르옌은 그 감정의 온도와 본질을 가늠치 않았다. 모두가 다를 것이다. 믿는 이도, 믿지 않는 이도 있을 것이다. 당연히 모두가 다른 생각을 할 것이다.

중요한 것은 그녀가 이들에게 해 줄 수 있는 것, 그 하나뿐이었다.

"너희가 나와 함께할 각오가 된 자들이라면, 너희 정신의 고향으로."

"……."

"우리 정신의 고향으로!"

후터운 바람이 정적 사이를 날뛰었다. 르옌의 적갈색 머리칼이 대중없이 흩날렸다. 메마른 바람에 말라붙은 입술이 열렸다.

"함께 가자. 너희가 선택한 전장에서 명예로운 최후를 위해 싸워라. 그리하면 너희는 낙원에 이를 것이다."

내가 너희를 인노할 것이나.

르옌은 언젠가 페이작이 제게 씹어뱉었던 그 불경의 진심을 이해했다. 누아드가의 강을 피바다로 만들고, 사지를 끊어내고, 껍질을 벗겨 죽이는 한이 있어도.

　부우우우. 라곳에시스 점령전이 시작되는 소리에 서쪽의 메마른 공기가 떨었다.

　도트발 잔트 호드 901년 다섯 번째 달.
　림 방어전이 벌어진 지 한 달하고도 사흘째 되는 날이었다.
　다난의 외눈박이 영주와 턱이 다부지게 각진 젊은 청년이 적들의 선봉에 섰다.
　르옌은 그들을 바라보며 손을 올렸다. 라곳에시스 점령전이 시작되었다. 초반은 농성전이었다. 토질이 고르지 않은 서부의 울퉁불퉁한 흙바닥을 긁으며 굴러온 거대한 공성 병기가 남서쪽의 성벽을 때렸다. 거대한 돌들이 제 몸을 부수며 부딪쳤다. 역사상 공격받은 일이 드물었던 라곳에시스의 성벽이 흔들거렸다.
　농성은 사흘간 이어졌다.
　닷새째 되던 밤, 가장 방비가 취약한 바인스트 숲이 있는 북쪽의 성벽을 타고 넘어온 적들이 라곳에시스 내의 단둘뿐인 마을을 습격했다. 마리포사 백작 저와 한참 떨어진 곳이었다.
　어둠을 타고 접근한 적들의 발소리가 타닥타닥 모닥불 타는 소리처럼 울렸다.
　칼 소리가 난다. 비명이 들리다 끊긴다.
　종소리가 울린다.
　대앵— 대앵— 대앵—

모두가 잠들었어야 할 밤이 마치 대낮처럼 요란스럽다.

나이 든 한 여자가 무릎을 꿇고 창밖을 응시했다. 활활 타는 불길이 솟아올랐다.

여자는 목에 걸고 있던 잘려 나간 네 번째 손가락을 매만졌다. 바짝 말라붙은 손가락은 흉했지만 그녀가 가지고 있는 남편의 마지막 유해였다. 두 주 전 그녀를 찾아왔던 패주자의 목소리가 귓전을 어른거렸다.

—메니르, 아이들과 함께 도망칠 기회는 지금뿐입니다. 벌트 경께서도 그러기를…….

—당신은 도망치는군요.

—……동부에서도 적들이 올 테고.

—전우들의 시신이 채 흙이 되기도 전에 도망치는군요.

라곳에시스는 외면당한 이들이 모인 울타리였다. 그들은 전우라는 이름으로 서로를 부르고, 서로를 지킬 방패라 전우를 믿었다.

그녀 역시 믿어 선택했다.

깊은 주름이 팬 뺨이 늘어졌다. 집 밖에서 울리는 커다란 고함. 뛰어다니는 발소리. 차분하게 가라앉은 눈으로 몰약의 냄새가 풍기는 손가락에 입술을 맞춘 여자는 고개를 돌려 눈을 부비며 일어난 첫째와 여전히 단꿈에 빠진 둘째 아들을 바라보았다.

"엄마, 밖에 무슨 일 있어요?"

여자는 빙그레 웃었다. 아이들을 생각해 도망칠 수도 있었다. 남편이 죽었다는 소식을 들었던 그날 도망칠 수 있었다. 그녀는 마리포사 가문의 군인도 아니었으며 기사도 아니었다. 하지만.

—여편네, 우리 이쁜 여편네, 사람은 다 죽어. 나도 이렇게 싸움만 하고 싶지는 않지만 말이야, 우리가 황실을 대신해 싸워 주지 않으

면 라콧에시스는 굶어 죽고 말 걸? 무엇보다도 나는 내 자식들에게 도망치는 법을 가르쳐 주고 싶지 않다고. 사내놈들이 배짱을 길러야지. 자식은 부모를 보고 배우는 거랬어. 주군을 보고 배우면 더 좋지만 말이야.

다들 덩치가 크고 사나운 불곰 같은 기사라 말했지만, 집 안에서만큼은 한 사람의 순진한 아기 곰이었다.

─언젠가 이 녀석들도, 이 땅의 다른 전우들을 지켜 줄 기사가 되어야 할 테니까.

마지막까지 희망을 놓지 않았던 남편을 배반할 수 없었다. 도망치지 않았다.

"엄마?"

소년이 창밖에 선 거대한 인영을 발견하고 눈을 크게 떴다.

여자의 머리 위로 검은 그늘이 드리워졌다. 번뜩이는 날을 쥔 자였다. 도망쳐! 누군가가 비명을 질렀다. 경비대에 알려! 뒤늦게야 소리가 들렸다.

소년이 눈을 부라리며 재빠르게 몸을 돌려 방 한구석에 놓여 있던 검을 움켜쥐었다.

쿵, 쿵. 문 부서지는 소리가 났다.

우지끈.

문이 열리며, 짙은 비린내가 풍겼다.

여자는 마지막으로 남편에게 입 맞추었다.

도트발 잔트 호드 901년 다섯 번째 달 말.

한밤중 어둠 속으로 숨어들어 성곽 근처의 마을을 학살한 적들에 분노한 마리포사들이 성문을 열었다. 엿새째 되던 날부터 성벽 앞에서 평야전이 벌어졌다.

수백 기의 창기병들이 일시에 달려 나와 바인과 다난의 저지선 일부를 초토화시켰다. 재빠르게 물러가는 돌격 부대의 후위를 뒤따라온 중장보병들이 엄호하였다.

바인의 새로운 실권자가 된 테오도르가 선봉에 나서 소리쳤다.

—내 부모의 원한을 갚겠다! 비천한 배신자들 중에서도 가장 더러운 계집아, 숨지 말고 나와라!

창기병들 사이에 섰던 적갈색 머리칼의 북부인은 그들의 뒤를 쫓기 위해 달려오는 테오도르를 바라보았다. 창병 부대가 멈추고 방패병들이 그들의 전면을 가로막았다. 창기병들을 헤치고 방패병들의 바로 앞으로 나선 여자가 커다란 활을 들었다. 화살의 시위를 매겼다. 절피를 당겼다.

쏘았다.

선봉에 달리던 테오도르의 군마의 왼 다리에 적중했다. 고꾸라진 말에서 굴러 떨어진 테오도르를 향해 또 한 번 시위를 매겼다. 적들을 향해 달려가던 바인의 기사들이 재빠르게 테오도르를 에워쌌다. 적들의 추격이 멈추었다. 여자와 창기병들은 유유히 대열로 되돌아갔다.

기절했던 테오도르가 깨어난 후 후방에 있던 다난의 외눈 영주와 짧은 공방이 이어졌다. 창피하게 기절 따위를 해서 적들을 잡을 기회를 놓치다니! 뒤편에 앉아서 잘도 떠드십니다. 그런 식이었다. 그들은 합의했다.

—야간에 저들 대열의 옆부터 꺾읍시다. 그리고 적들이 다시 성문

을 열고 안으로 들어갈 때 우리도 뒤따라 들어가면…….

　밤이 찾아왔다.

　위스번스는 왼편 제일 끄트머리의 대열에 있었다. 검을 매만졌다. 막사라고 하기에도 허름한 천막이 머리 위에 늘어져 있었다. 날이 더워 모닥불은 필요치 않았다.

　횃불 몇 개만 조용히 타들어 가고 있다. 마리포사 백작 부인이라는 이름을 내려놓은 지금, 그는 전에 없는 두려움에 사로잡혔다.

　죽음과 삶의 경계. 도망치고 싶었다. 그는 다른 기사들과 달랐다. 몇 날 며칠 이어진 전투 속에서 그 사실을 더욱 자명히 깨달을 뿐이었다. 다른 군사가 적에게 베여 쓰러질 때, 위스번스는 그 보복을 위해 달려가는 대신 다른 군사들 속에 숨어 도망치는 길을 택했다. 제 아버지가 죽었을 때와 마찬가지로. 눈물이 흐른다.

　저 하나쯤은, 나 하나쯤은 도망쳐도 되지 않겠는가. 그런 욕망이 머리를 후려친다. 얼어붙은 팔과 다리는 엄동설한에 내팽개쳐진 것처럼 떨렸다.

　또 하루를 살았으나, 내일은 또 다른 죽음이 그들을 덮칠 것이었다. 그리 하루하루를 버티고 버텨 결국 저들을 밀어낸다 해도 머잖아 산맥 동쪽에서 저들보다 훨씬 많은 적들이 달려올 것이었다.

　넝마가 된 갑옷을 매만져 보았다. 언젠가 발로이드가 했던 조언을 떠올렸다.

　―네가 강한 기사가 되어 전우 모두를 지키지는 못할 터다. 재능이 형편없으니까. 하지만 그래도 눈은 감지 마라. 눈은 너뿐만이 아니라 모든 인간의 약점이다. 투구로도 가릴 수 없고, 눈꺼풀로도 숨길 수 없기 때문이지. 적이 네 코앞에 들이닥쳐도 감지 마라. 죽더라도.

그는 제가 언젠가 이런 꼴이 될 줄 상상했던 걸까?

멀리서 말발굽 소리가 울리기 시작했다. 적들의 동태가 보고되었습니다! 누군가 소리쳤다. 둥. 둥. 둥. 북소리가 울렸다. 간신히 쉬고 있던 기사들이 묵직한 검을 들고 일어선다. 벗지도 못한 갑옷 안에 용변을 본 이들이 움직일 때마다 지린내가 풍겼다. 위스번스가 눈을 감았다.

"위스번스 님, 굼뜨게 앉아 있지 말고 움직이십시오. 아니면 물러나 계시거나."

누군가 얼어붙은 그의 어깨를 밀쳤다. 위스번스는 비틀거리며 일어섰다. 눈꺼풀이 무거워 들 수가 없다.

군사들이 재빠르게 기습에 대비해 방침을 받았던 방어 대열로 수비진을 펴고 자리잡았다. 위스번스도 한 손에는 검을, 한 손에는 방패를 들고 섰다.

얼마 지나지 않아서였다. 적들이 온다! 다난과 바인의 기습 부대가 폭풍처럼 밀려들었다. 커다란 불이 솟아올랐다. 등이 뜨겁다. 타들어 갈 듯하다. 여름을 기다리는 풀벌레 소리도 쥐 죽은 밤은 온통 잔인한 소리로 가득 찬다.

위스번스는 무거운 눈꺼풀을 들어 올렸다.

―이름을 알지 못하더라도, 자신을 죽인 자의 얼굴 정도는 기억해야지.

다난과 바인의 야간 기습은 실패로 돌아갔다.

성벽 앞에 수비진을 펼치고 있던 마리포사 가문의 기사들은 적들의 기습에도 당황치 않고 침착하게 대응하였다. 그 결과 적기 사백여를 살해하는 데에 성공, 삼십여 명을 생포하였다. 그러나 기사들의 초반 침략에 가장 선두 열에서 두꺼운 방책을 형성하고 있던 마리포사 가문 군사들의 피해 역시 적지만은 않았다.

　그날 밤의 전투에서 마리포사 가문의 기사 마흔여덟 명 사망, 군사 백오십 명 사망이 보고되었다. 부상자까지 도합 삼백여였다.
　위스번스 놀던, 오랫동안 마리포사들의 뒤를 봐주었던 앙레디움 출신 한 군사의 전사도 그날 있었다 기록되었다.
　먼 훗날 소식을 들은 앙레디움의 왕 이오닌이 몹시 안타까워하였다 전해진다.

　도트발 잔트 호드 901년 여섯 번째 달 초순.
　해가 뜨면 집결하여, 해가 지면 후퇴하는 과정 속에서 적들의 공성 병기에 성벽의 일부가 완전히 무너져 내렸다.
　간발의 차로 성문 역시 돌파당했다. 벌어진 틈을 막기 위해 갈라진 마리포사 군대의 사이를 파고든 바인과 다난의 연합군이 마구잡이로 라곳에시스 성문 앞으로 밀려들어 왔다. 보름 넘게 이어졌던 아슬아슬한 균형의 농성전이 완전히 끝이 난 것이다.
　“테네스 경! 단장! 허물어진 성벽 앞을 막아 세울 방책이 부족합니다!”
　“말란 경이 이끌고 있던 기사단이 완전히 대열을 잃었습니다. 적들이 밀려오는 기세가 너무 강합니다. 차라리 백작 저로 향하는 길목에 새로운······.”
　테네스 경은 무겁게 늘어지는 팔에 힘을 주어 보았다. 이틀 전의 전투에서 적들이 던진 창을 아슬아슬하게 쳐 내는 과정에서 팔을 다쳤다.

조금 견디면 나을 거라 생각했다. 하지만 아무래도 완전히 근육이 파열된 모양이었다. 더 이상 무리하면 상처가 곪는 건 물론이고 더는 팔을 못 쓸 겁니다. 군의관이 각별히 당부했다.

테네스 경의 갈색 눈동자가 피가 눌어붙은 검을 향했다. 원래 무기를 아끼는 편이 아니었는데도, 그새 이가 많이 나갔지 싶다.

'내가 왜 이러고 있나.'

사실 요 근래 가장 많이 한 생각이었다.

그는 사람들의 것을 빼앗으며 이기적인 삶을 살았던 자였다. 누군가를 지키기 위해 살았다기보다는 내 것 빼앗기지 않는 데에 목적을 두고 살았다.

—넌 쓸데없이 이기적인 척을 한다니까, 테네스.

—너는 쓸데없이 헛다리 오지랖이 넓습니다, 릴 경.

저와 이름이 똑같았던 기사가 그런 식의 넘겨짚은 통찰을 입 밖에 내었을 때도 조롱했다.

처음 라곳에시스에서 눌러앉은 것도 발로이드의 강함에 반하여, 제 출신과 어울리지 않는 '경'이라는 칭호가 마음에 들어서, 마리포사 가문의 군대가 범법에 자유로워서였다.

어느새 그들에게 조금의 책임감을 느끼게 되기는 했지만 제 목숨을 걸 정도는 아니었다. 솔직히 바인에 배반당했을 때 가장 처음으로 도망칠까를 생각했던 것이 그였다.

에일라의 죽음은 슬프기보다 현실을 일깨워 주는 어떤 척도였다.

가장 바지런히 그들을 위해 살았던, 한때 발로이드와 가장 가까웠던 그녀마저 죽었다. 당연히 무너지지 않겠나. 발로이드가 죽은 직후에도 에일라가 아니었으면 뿔뿔이 흩어졌을 군대였다.

이미 죽어 버렸으니 미련을 버리고 에일라가 제게 떠넘긴 책임과 의무도 던져 버리려 했다. 그런데 그러지 못한 건 되돌아온 그녀의 시신이 야비하고 이기적인 그에게도 그만큼 큰 충격이었기 때문이다.

에일라의 덩치는 다른 계집들보다 훨씬 컸고, 그만큼 악력도 강하였다. 생김새 또한 예쁜 계집의 얼굴과는 거리가 먼 흉터투성이였다. 제대로 웃을 줄도 몰라 여자라는 것을 크게 의식한 기억이 드물었다.

그런데 진탕에 굴러다니다 실려 온 것처럼 지저분한 여자의 몸뚱이에 알았다. 단장, 진짜 여자였네. 죽음을 앞두고도 차분하게 그를 바라보며 부탁하던 말이 콰득 가슴에 들러붙었다.

—앞으로 내 모든 권한은 네게 일임한다.

막 말에 오르려는 그에게 하얗게 사색이 된 얼굴을 한 기사가 달려왔다.

"테네스 경, 조른 경의 부대가 지금 돌파당한 성문의 적들을 막기 위해 출병했습니다. 경께서는 데투아 경에게 돌아가서……."

"어차피 성벽이 무너졌다는 얘기가 들리면 알아서 기어 나올 주군을 뭐하러 찾아가나."

테네스 경은 문득 제가 그 여자를 이만치 예상한다는 사실에 헛웃음 지었다. 하지만 정말로, 한 점의 의심도 없었다.

저편에서 난리가 난 것이 분명하다. 검은 연기가 뭉게뭉게 피어오르는 곳이 여러 곳이었다. 왼손을 올려 고삐를 쥐려던 테네스 경이 별안간의 통증에 내색 없이 팔을 내렸다.

그러나 마리포사 가문의 기사들은 오래도록 서로를 지켜봐 온 이들이었다. 눈치 빠르게 알아차리고 물었다.

"……팔은 괜찮으신 겁니까?"

"부대원 녀석들에게 각오해라 전해라. 반수만 추려 내가 조른 경에게 합류할 테니 나머지는 주군을 지키라고."

테네스 경은 달려 나갔다. 달려가는 와중에도 그는 번뇌했다.

씨발, 모르겠다. 왜 내가 내 목숨 버려 가며 싸워야 하는지 여전히 모르겠다. 이곳에 남아 있는 다른 녀석들도 저처럼 혼란할까? 그마저도 모를 일이었다.

테네스 경은 가빠지는 숨을 삭이며 내달렸다. 그의 뒤로 수십 기의 기사들이 따라 달렸다. 문득 테네스 경은 가슴속에 남은 숱한 전우들의 죽음을 떠올려 보았다.

영원히 제게 기억될 이들의 죽음. 영원히 누군가의 가슴에 기억될 죽음.

발로이드, 키에스, 에일라, 론, 데른, 위스번스…… 용기 있는 자들의 죽음. 사내들은 제 이름을 남기고 싶어 하는 욕망이 있는 법이다. 어쩌면 저 역시도 제가 살린 자들이 저를 기억해 주기를 바라는지 모른다. 그들이 여전히 제 가슴속에 남아 있는 것처럼.

릴 테네스를 비롯한 직속 대대, 라곳에시스 성벽 안에서 벌어진 이틀간의 치열한 공방 속에서 전멸.

적들이 성벽을 한 번 허물기 시작하자 사태는 걷잡을 수 없이 조악해지고 잔인해졌다. 치열하게 오가는 공방 속에서 저지선은 차츰

밀려 마리포사 백작 저의 남쪽까지 이르렀다.

르옌은 여러 차례의 전투에 참가하였다가 이틀 전, 동쪽 성벽을 넘어온 또 다른 소식에 백작 저로 되돌아온 후였다.

—동부 토벌군이 한 달 안에 산맥에 닿을 예정입니다.

발로이드의 침실은 암실처럼 어두웠다. 커튼조차 열지 않은 르옌은 천천히 갑옷을 고쳐 입었다.

이제는 누군가 도와주지 않더라도 스스로 하는 데에 익숙해졌다. 갑옷을 다 갖추고 검 한 자루를 찬 후에야 창가로 다가갔다. 살짝 손끝으로 발름하게 커튼을 들추어 창밖을 내다보았다. 여전히 새파란 호수다. 저 앞은 온통 피바다와 시체로 뒤덮였을 터인데도 오만하게 푸르다.

르옌은 차분히 퍽 길어진 머리칼을 올려 묶었다.

문이 열렸다.

"데투아 경, 오늘 정오부터 다시 공습이 시작될 겁니다. 그리고 살아남은 마을 사람들이 전부 무사히 랑스 강을 넘어갔다는 전갈입니다."

조금 숨이 찬 듯 호흡이 흐트러진 룩서르 경이 보고했다. 르옌은 그의 담담한 눈을 가만 들여다보았다.

목숨이 걸린 상황에 반복적으로 노출이 되면 사람은 무너지거나 무뎌진다. 무너진 자는 살해당하고, 무뎌진 자는 살아남는 것이 일반적인 상식이다.

룩서르 경이 후자라는 것은 새삼스러운 다행이었다. 하기야 일생을 싸움으로 살아온 마리포사들이니 쉬이 무너지는 것이 더 이상하다.

"얼마나 더 버틸 것 같은가?"

"이제는."

모르겠습니다. 자신 없는 목소리가 안개처럼 흐려졌다.

테네스 경마저 죽은 후 룩서르 경은 어쩔 수 없이 남은 칠천여 군대의 통솔을 맡고 있었다.

말이야 칠천이지, 부상당해 움직이지 못하는 자들을 제하면 고작 오천 남짓일 것이다. 스스로의 재량이 부족함을 알아 겸손한 자다. 잘만 키운다면 쓸 만할 인재. 그러나 지금은 미래를 꿈꾸기에는 현재만으로도 목이 졸리는 시간이었다.

"백작 저에서 한 시간 거리에 도달해 재정비 중인 바인과 다난의 군대의 선봉에는 테오도르가 선 듯합니다. 서부 쪽 영주들의 군대도 점점……."

르옌은 테오도르의 이름을 뇌까려 보았다.

"테오도르."

익숙하지 않은 발음이다. 하지만 그자를 이루고 있는 본질만큼은 익숙하다. 증오한다. 왕을 괄시한 자, 길도프와 같은 자.

"정오라 하였지. 곧 나가겠다. 사기를 다듬고 침착해라. 아직은 포기하기에는 이르다."

"……존명."

룩서르 경이 흐린 갈색 눈동자를 내리깔며 나갔다. 의심하고 있을 것이다. 의심하겠지. 그럼에도 믿을 것이다. 이제까지 저를 믿고 떠난 이들처럼.

창턱 아래 놓인 놋쇠 동전을 매만지며 르옌이 뇌까렸다.

"바노 오레달락 누아드가…… 뮌 잔리사스 귀레 라르카드단야."

이백여 년 전의 제가 잃었던 수많은 전우들의 이름을 한 번 곱씹어 보았다.

"페이작, 다얀, 카난소, 트라이빈…… 뮌, 잔리사스 귀레 라르카드단야."

그리고 이번에 제가 잃은 수많은 이들의 이름을, 수십 수백의 이름을 기억나는 대로 상기했다.

"……뭔 잔리사스 귀레 라르카드단야."

오래전, 무너지던 그녀를 맹신해 주던 이들은 모두 떠났다. 마지막까지 그녀를 위해 헌신했던 페이작은 제 손으로 맺었다.

페이작이 없는 최초의 전쟁에서 그녀는 다시 패배했다. 하지만 올조르에 이르러 마주한 첫 번째 패배의 순간에 비하면 지금은 어쩐지…….

침실을 벗어난 르옌은 문 앞에서 대기 중이던 기사들에게 정문에 말과 함께 기다려라 명 내렸다. 그러고는 새파란 뱀 비늘처럼 반짝이는 호숫가에 다가가 섰다. 청량한 내음도 없다. 물비린내는 바람에 밴 쇳내에 젖었다. 격렬하게 치미는 어떤 감정으로 가슴이 얕게 오르내렸다.

얼마간 그리 나무처럼 서 있던 르옌은 문득 어떤 사실을 깨달았다. 라곳에시스에 이른 후, 심심찮게 저를 찾았던 지난 시간의 꿈을 꾸지 않은 지 오래되었다.

언제부터였나. 너무 피곤하고 바빠서, 눈앞의 일에 여념이 없어서인지도 모른다. 어쩌면 마리포사들과 생사를 함께하는 것으로 제 죄가 덜어졌다 믿기 때문인지도 모른다. 또 어쩌면…….

르옌은 한 걸음 더 호수로 다가가 섰다. 북관의 머리 위로 그림처럼 흐린 먼 곳의 산등성이와 그보다 높은 곳에 군림한 하늘이 보였다. 페이작도 언젠가 이리 서서 하늘 같은 푸른 눈으로 바라보았을 것이다.

르옌은 목에 걸고 있던 반지를 뜯어낼 듯 쥐었다가, 곧 마음이 바뀐 사람처럼 갑옷의 목 보호대 안으로 밀어 넣었다. 하나쯤은 가지면 어떤가. 마음의 짐 아닌 유일한 한 가지, 내 것 삼으면 뭐 어떤가.

입술을 살짝 물었다 푼 르옌이 허리 한쪽에 차고 있던 푸른 나비가 조탁된 단검을 잡아 들었다.

─이것에 대해 아는 것이 있나.

노기에 찬 사내의 목소리로부터 모든 것이 시작되었다. 라르칼리아가 되돌아온 효시와도 같았다. 그녀의 삶이 또다시 전쟁으로 되돌아온 순간. 남부에서 일어선 라르칼리아가 남부에서 끝이 난다면 그것도 퍽 이상하지는 않은 마무리가 될 터였다.

르옌은 다른 북부인들과는 다른 의미로 죽음을 두려워하지 않았다. 죽음 후에는 잠 같은 무아만이 남을 것임을 확신하기 때문이다. 그러나 어찌하여 발길이 떨어지지 않는 것일까.

아무리 열심히 살아도, 아무리 노력을 해도 삶은 늘 지난번 택하지 못한 길에 미련을 남기는가 보다. 무엇 때문에 그리 맹목적으로 살았는지. 자조를 목 안으로 삼켰다. 르옌이 검집을 이마에 가져다 대며 눈을 감았다.

'페이작'

차가운 감촉이 그녀의 피부로 젖어 들었다.

얼마 후, 결연히 눈을 뜬 르옌이 검을 쥔 손을 놓았다. 풍당. 단단히 거친 손바닥에 감겨 있던 검이 파문을 일으키며 물에 잠겼다. 여운조차 느낄 새 없이 삽시간에 가라앉는다. 뒤돌아선 르옌은 큰 보폭으로 걸음을 내딛었다.

'이 모든 것이 끝났을 때, 나는 나를 용서할 것이다.'


말에 오른 백작 저의 남쪽으로 죽 펼쳐진 적군들을 마주 보고 선 군사들 사이를 헤쳤다. 그녀를 알아본 이들이 동시다발적으로 각각 부대의 임무에 관한 보고를 던져 왔다. 르옌은 하나도 빠짐없이 귀담았다. 무엇 하나 놓치지 않으며 그들을 독려하였다.

르옌은 피투성이가 되어 고약한 냄새를 풍기는 기사들과 나란히 섰다. 이히힝. 말울음 소리마저 긴장이었다. 먼발치에 선 룩서르 경이 쓸쓸한 눈빛으로 그녀를 바라보았다.

누군가는 그녀에게 마지막까지 살아 지켜볼 의무가 있다 했지만, 세상은 그 어떤 것도 정해져 있지 않다.

해는 곧 머리 위로 떠올랐다. 르옌의 눈은 적의 선봉에 서 있는 턱이 각진 장골의 사내를 노려보았다.

"저자가, 바인의 다음 실권자라⋯⋯."

오래전 묵여 두었던 원망과 증오가 불꽃처럼 만개했다. 투구를 고쳐 쓴 르옌은 긴 검을 뽑아 들었다. 스르릉 뽑혀 나온 검이 열렬히 번뜩였다.

그녀가 높이 들었다.

소리쳤다.

달려간다.

'벨바롯트, 나는 자신의 왕을 괄시한 자의 핏줄을 찢어 죽일 것이다.'

가슴이 뛰었다.


저 멀리 꼬리가 여럿 달린 붉은 연이 흔들거렸다.

도트발 잔트 호드 901년 여섯 번째 달 중순.

쉬지 않고 이어진 한 달여의 전투. 이백여 년의 역사를 지닌 백작 저의 목전까지 밀고 들어온 웬더의 영주 테오도르, 북부 출신의 여기사에게 참살당하다.

선봉에 나섰던 테오도르의 사망과 함께 주도권을 잡고 있던 바인과 그들의 명령 체계와 발맞추어 움직이던 다난 군이 흐트러지다.

그날, 백작 저 남쪽에서 벌어진 반나절의 전투는 지난 한 달이 넘는 동안 이어진 그 어느 전투보다도 치열했다 알려졌다. 교전 결과 양측은 서로 피투성이가 되어 늦은 밤에야 군을 물렸다.

라곳에시스 점령전 한 달하고도 아흐레.

바인과 다난의 연합군은 삼천오백여 명의 사상자를 냈으며, 마리포사의 군대 이천삼백여 명의 사상자를 냈다. 정확한 추산은 아니었다.

그리고 이는 산맥 동쪽에서부터 서진하는 황자들의 동부 토벌군이 도착하기 한 달 전의 보고이다.

세상에 대한 자각을 시작했을 때부터 왕이라 불렸다. 요수아에게 있어 '왕'이란 그의 또 다른 이름과도 같았다. 타의에 의해 주어졌으나 온전히 그를 표현하는 하나의 음절.

외조부인 섭정 길도프가 다난의 영주의 딸과 정략하도록 강요하여 그에게 '도구'라는 이름을 새로 붙여 주기 전까지는 그랬다.

─다난과의 혼사는 중요합니다. 여태까지 우리는 다난과 의미 없는 싸움을 계속했지만 이제는 평화를 찾을 때입니다. 요수아, 평화가 얼마나 중한지는 설명하지 않아도 되겠지요.

다난의 영주는 요수아에게 있어서 아버지를 죽인 원수라고 하였다.

요수아는 일찍이 산욕열에 죽었다 알려진 어머니나 서너 살 무렵

덜컥 죽은 아버지에게 어떤 정이 있는 건 아니었다. 하지만 세상은 어떠한 규칙을 강요했다.

자식인 그는 부모의 원수인 그들에게 언제고 보복할 의무가 있다. 시비에 대한 생각에 깊이 빠져드는 학구적인 소년은 아니었지만 본능적으로 무엇이 옳고 그른지에 대해 감정적인 동요를 느낄 정도의 관념은 있었다.

그간 요수아는 섭정인 외조부가 저 대신 일하는 것을 즐긴다는 걸 알기에 부딪치고 싶지 않아 내버려 두었다. 남는 시간에 그는 행복한 일을 할 수 있었고, 외조부도 언젠가 나이가 들면 스스로 물러날 수밖에 없다는 것을 알기 때문이다.

그러나 저가 바라지 않는 혼인을 강요할 수는 없었다. 하기 싫은 것은 하지 말라, 왕은 무엇이든 할 수 있다 가르친 것이 외조부인 길도프였다.

—아무래도 폐하께서는 너무 흥분하셨으니, 잠깐 조용한 곳에서 휴식을 취하실 필요가 있겠습니다.

처음으로 바락바락 대들었다. 내가 왜 그 계집애랑 결혼을 해? 왕은 나인데 왜 할아버지가 왕비를 골라? 그러자 길도프는 요수아를 한참을 노여운 눈으로 노려보았다.

—대체 작년부터 무슨 헛바람이 그리 들었는지……. 성년이라고 다 성인의 대우를 받는 것이 아닙니다.

왕은 감금당했다.

뿐만 아니라 요수아에게 충실하지 못한 시종이었다는 말도 안 되는 이유로 탈리아를 요수아의 방 건너의 철창에 매어 두었다.

겨우 기갈로 인한 죽음만 면하게 한 채로 그리 달을 더 살게 했다. 했었다. 이제는 끝이 났다는 말이다.

발꿈치를 든 요수아는 창살문을 쥐고 다리에 쥐가 나도록 까치발을 하고 섰다.

탈리아, 탈리.

부름이 수백 번 덧없이 흩어졌다. 앙상하게 말라 죽어 널브러진 탈리아의 작은 몸은 빗속을 헤매다 죽은 개처럼 눅눅하고 초라했다. 탈리아. 대답이 없다.

탈리아가 죽었다는 것을 알게 된 것은 그들을 가둬 두고 '정혼의 필요성을 이해하실 때까지는 훈육이 필요하다 하셨습니다.'라고 말했던 섭정 길도프의 시녀장이 그의 방문 앞에서 고래고래 소리를 쳤기 때문이었다. '이것을 죽게 두면 어찌하느냐. 각하께서는 죽이라고는 하지 않으셨다! 그 진노를 어찌 감당할 거냐!' 종이에 손끝이 베인 것처럼 목소리에 가슴이 베여 피가 났다.

충격으로 슬프지는 않았다. 요수아는 탈리아가 뼈밖에 남지 않을 정도로 앙상하게 말라 가는 것을 고작 열 걸음 밖에서 지켜보았으므로. 예감하지 않으려야 예감할 수밖에 없는 말로였다.

탈리아에게 먹을 것을 주라 소리를 치고 떼를 써도 '각하께서는 폐하의 시종에게 적절한 체벌을 해야 한다고 하셨습니다.' 하는 대답만 돌아왔더라.

탈리아에게 먹을 걸 주지 않으면 나도 굶겠다 했지만 이틀도 견디지 못하고 울며 입속에 뼈조차 발리지 않은 생선을 밀어 넣었다. 기갈에 시달려 말 한 마디 제대로 하지도 못하면서도, 탈리아는 건너편 창살 너머에 웅크린 채 소리 죽여 우는 요수아를 위로했다.

―폐하는 우리 왕국의 가장 위대한 분이니까 굶으시면 안 돼요. 어느 때고, 어떤 때고, 꼭 식사는 하셔야 해요.

짠 스프를 마시면서, 짠 생선을 뜯어 먹으면서, 짠 빵을 욱여넣는 동안은 탈리아가 있을 방 너머를 향해 고개조차 돌리지 못했다. 저러다 죽으면 어떡하지. 그런 두려움이 드는 순간까지도 제 배 속의 허기만 채우고 있는 스스로에게 화가 나서 악을 지르며 침대에서 난동을 부리기도 수차례였다.

그럴 때마다 탈리아는 말했다.

—폐하, 폐하는 조금 더 침착하셔야 해요. 폐하께서 어떤 사람인지 스스로 잊지 않으셔야 해요. 제 아버지께서 반드시 우리를 구해 주실 거예요.

좁다란 방이 세상의 전부가 되었다. 온 세상이 두려워졌다. 탈리아의 위로만이 요수아가 기댈 수 있는 전부였다.

—탈리, 내가 혼인, 그냥 하면…….

—스스로 택하신 게 아니라 길도프 님의 강요 때문이라면, 그리고 저 때문이라면, 저는 그냥 죽어 버릴 거예요. 폐하의 길에 누가 되는 시종 따위는 필요 없어요.

왕과 시종이란 신분의 사이에는 결코 맞닿을 수 없는 두껍고 높은 벽이 있지만 요수아와 탈리아는 십 년 가까이를 붙어 지냈다.

세상에 함께 난 쌍둥이처럼 기묘한 유대를 지니지는 못하더라도 부모의 슬하에서 벗어난 두 소년은 서로가 서로를 의지하고, 돌보고 돌봄을 받으며 자랐다.

너는 단순히 시종이 아니었다. 내게는 네가 가장 소중했다. 너와 함께 뛰어 놀던 왕궁은 네가 있어 행복했고, 소소한 언쟁조차 네가 상대라 즐거웠고, 연 놀이를 할 때면 손뼉을 치며 응원하는 네 목소리가 나를 더 신나게 했고, 네가 짜증 날 때조차도…….

사람들이 다 자신을 무시해도 여전히 요수아는 탈리아의 왕이었다. 그 하나만으로도 충분했다. 탈리아가 부르는 '폐하'라는 이름은 사실 '요수아' 그 자체였다.

─폐하의 장애물이 되느니, 저 스스로 죽어 버릴 거라고 했어요. 폐하를 치욕스럽게 한 왕비 전하를 모시라고 하셔도 죽어 버릴 거예요. 폐하는 타즈멘카야의 마지막 왕손입니다. 절대로, 굴하시면 안 됩니다. 폐하, 왕은 굴복하지 않아야 해요. 폐하, 폐하. 제가 여기서 죽어도 폐하는 결코 그리하시면 안 돼요.

그렇게 탈리아가 죽어 가는 걸 지켜봤다. 죽어 가면서도 그는 제 걱정뿐이었다.

요수아는 하루하루 죽음이 한 발자국씩 커다란 보폭으로 탈리아의 앞으로 걸어오는 것을 바라만 보았다.

누군가 그를 찾으러 와줄 거라 생각하며 문 너머를 바라보면 그곳에는 말라 죽어 가는 탈리아가 늘어져 있었다. 누구도 그를 찾으러 오지 않았다.

왜 아무도 왕을 찾으러 오지 않아?

울분과 분노의 눈물은 메마르고, 끝내는 두려움밖에 남지 않았다. 대체 왜 아무도 자신을 도와주지 않을까. 생각했다가 요수아는 저를 도와줄 누구의 이름도 떠올리지 못하고 몸부림치며 울었다.

누군가가 속삭이기 시작했다.

하루, 이틀, 사흘, 나흘…….

속삭임은 시간이 지날수록 커져서, 요수아는 떠올리게 되었다.

지난 봄 그들을 찾아왔던 푸른 나비를 맨 르옌이라는 이름의 예쁜 여자. 겪어 본 적 없는 어머니와 같은 따뜻한 느낌이라 요수아는 그 여자를 꽤 마음에 들어 했었다. 그 여자가 들려주었던 마지막 여왕의 이야기가 현실처럼 머릿속을 맴돌았다.

"붉은 연은 공격…… 검은 연은 퇴각…… 하얀 연은 편지…… 편지? 항복…….”

왜인지 모르게 머릿속을 떠나지 않는 여자의 기억에, 바짝 마른 입술이 의미 없는 소리를 거듭 뇌까렸다. 탈리아의 주검 위를 떠도는 파리처럼 요수아의 눈동자가 흔들거렸다.

—절대로 굴하시면 안 됩니다, 절대로. 약속해요.

요수아는 탈리아 하나면 평생을 외롭지 않을 수 있었다.

다난의 딸이라는 얼굴도 본 적 없는 여자와의 결혼도 사소한 것처럼 느껴질 만큼 탈리아가 더 중요했다. 탈리아의 자부심보다 그에게 탈리아가 있다는 것이 더 중요했다. 하지만 자신 때문에 혼인을 한다 하면 스스로 죽어 버리겠다 말하는 탈리아로부터 탈리아를 지킬 방법은 알지 못했다.

—높이 날아 버티는 연처럼 폐하께서도 우리 바인 하늘 가장 높은 곳에서 어떤 바닷바람에도 떨어지지 않고 우리를 굽어 내려 주셔야 해요. 폐하는 분명 좋은 왕이 되실 테니까. 제 아버지가 그렇게 만들어 주실 거니까.

왕의 명령이다. 문을 열어.

문은 열리지 않았다.

눈물이 죄 씻고 지나간 자리에 오래전부터 그 자리에 박혀 있던 진실이 드러났다.

—좋은 여자를 왕비로 들이시고 오래도록 고귀한 바인을 이어 나가셔야 해요. 우리는 제국에도 굴하지 않는 위대한 핏줄의 보호를 받는다는 것을 긍지로 삼고 있어요. 우리의 긍지를, 저의 자부심을 지켜 주세요. 진짜 왕이 되어 주세요.

용기를 내어 백 번 천 번 무시당한 목소리를 냈다. 너희를 전부 벌줄 거다. 소리쳐도 열리지 않는 문을 향해 애원했다. 당장 할아버지를 불러와. 누구도 귀담아듣지 않는 목소리는 메아리와 함께 사라졌다.

왕이라는 이름은 사실 그 무엇도 아니라는 진실이 코앞에서 그를 들여다보았다.

요수아가 중얼거렸다.

"붉은 연은 공격…… 검은 연은 공격…… 아니, 후퇴? 하얀 연은 항복…… 항복, 연은……."

죽은 탈리아의 몸이 썩어 가는 냄새가 나는 듯했다. 오물 냄새도 났다.

요수아는 지저분한 돌바닥에 옆으로 웅크려 누웠다. 차갑다. 어느새 이 방 밖의 세계가 있다는 것이 믿기지 않았다. 세계를 박탈당했다. 어쩌면 처음부터 외조부는 그를 이곳에서 내보내지 않으려는 것이었는지도 모른다. 그가 죽기를 바라고 있을지도 모른다. 탈리아를 죽이고, 그를 죽이고 충성스러움을 배반해 새 왕조를 열었던 저 북부의 승냥이처럼, 그럴지도 모른다.

요수아는 웅크린 채로 울었다. 눈꼬리를 따라 흘러내린 눈물이 서서히 말라붙었다.

"연은 공격……. 긍지, 왕, 나는 왕, 내가 왕. 연은 공격…… 하얀 연은……."

울다 지쳐 잠든 밤, 꿈을 꾸었다. 아득한 슬픔이 퀴퀴하게 밀려든다. 함께 연 싸움을 하고 숨바꼭질을 하던 시간. 한순간도 왕이었던 적이 없는 그가 가졌던 가장 귀중한 것. 처음부터 끝까지 단 한 순간도 왕의 시종이 아닌 적 없었던 그의 형제가 그를 등지고 달려갔다. 바다를 뒤덮은 물안개 저편으로 아득하게 날아가는 연을 쫓아.

―요수아.

요수아는 그 말을 해 주지 못해 사무쳤다.

나는 왕이 아니라, 너의 친구로 살고 싶었다고.

너는 내 생애 하나뿐인 친구였다고.

섭정 길도프가 마리포사들에게 살해당한 후 엉망진창이 된 림의 주도권을 잡은 것은 그의 막내아들이자 요수아의 외삼촌인 웬더의 영주 테오도르였다. 테오도르는 복수심에 미쳐 림의 수습을 다른 영주들에게 맡긴 후 군사들을 긁어모아 다난의 영주와 함께 라곳에시스 점령전을 위해 떠났다.

그것이 보름쯤 전의 일이다.

때문에 림의 수비대는 갑작스레 해안 도시 돌체를 통과해 왕성과 수도를 점거한 외세에 속절없이 무너졌다. 돌체의 영주가 이끌고 온 수백여 명의 출신 불명의 군인들이 검은 탑을 포위했다.

누군가 알아보았다. 시친? 시친이다. 그리고 그자는 가장 먼저 죽었다.

돌체의 영주가 끌어들인 외세는 섭정 길도프와 손을 잡은 살리가르의 악적惡敵이었다. 일천, 이천, 삼천, 헤아릴 수조차 없는 숫자의 검은 망토로 스스로를 은폐한 시친의 해병들은 기사들의 갑옷 따위 순식간에 꿰어 버리는 쇠뇌와 개조 석궁으로 림의 기사들을 고꾸라뜨렸다.

아아헤이! 낯선 군대의 고함이 우레처럼 림의 공기를 뒤흔들 때마다 림은 원숭이 우리가 된 것처럼 꼭 같은 소리로 가득 찼다. 기사들의 명령 소리조차 처참히 씹어 삼켰다.

이미 후회하기에는 늦었다.

웬더의 영주는 섭정 길도프보다도 못한 놈이었고 더 잔인한 자였다. 어떤 방식으로든 끌어내려야 했다. 외세를 끌어들였다는 죄책감보다도 섭정 가문의 소의 아들들에 대한 증오가 더 컸다.

림의 수비대 전열이 완전히 무너졌다. 맥베인과 시친 군은 검은 탑의 왕명 없이는 열리지 않을 듯 굳게 잠긴 문을 무력으로 뜯어 열었다. 도망치는 림의 군사들의 시체가 넘쳐 났다.

자국민의 시체들이 널브러진 것을 보며 맥베인은 마지막으로 번뇌했다. 이것이 자신의 일생일대의 실수인 것은 아닐지. 뭍으로 나오고 싶어 하는 시친에게 유구한 왕국의 수도를 내어 준 것은 큰 과오가 아닐지. 생각했다.

그러나 여전히 그에게는 그들의 왕인 요수아가 더 중요했다. 타즈멘카야의 마지막 왕손인 요수아를 잃는 건 왕국 그 자체를 잃는 것과 다를 바 없었으므로.

맥베인은 검은 망토로 온몸을 가린 시친인들, 그리고 수십 기의 기사들과 함께 수십 층이 되는 탑을 전부 뒤지기 시작했다. 첫 번째 탑에는 요수아가 없었다. 두 번째 탑에 이르렀다.

―빌어먹을, 너희는 건물을 뭐 이따위로 높게 지어 놔서 이 꼴값을 하게 하나?

까무잡잡한 피부의 금발 여자, 제독이라는 직함을 달고 있는 고관의 계집은 그리 투덜대면서도 앞장서는 데에 주저가 없었다. 으레 높은 위치에 있는 이들은 제 목숨을 아끼기 마련이었다. 안전한 후위에서 지시하는 것이 부끄럽지 않은 이들이 바로 높은 자들이다.

맥베인은 문득 저런 것이 시친의 저력이 아닐까 생각했다. 그들은 두 번째 탑의 상층부에 이르렀다. 이미 습격을 당했다는 소식에 탑 아래로 몸을 던진 시녀도 있고, 넙죽 엎드려 덜덜 떨고 있는 시녀도 있었다. 탑을 지키던 기사들은 하나둘씩 무릎 꿇었다.

맥베인은 내심 탄복했다. 이것이 투쟁을 업으로 삼았던 자들의 힘이었다. 시친이 조금 두려워졌다. 그 역시 유구한 역사를 투쟁해 왔으나, 고작 열두 해째인 '섭정을 향한 투쟁'이었다.

맥베인은 한 나이 든 시녀를 발견했다. 림 왕성에 방문했을 때 섭정의 곁에서 몇 번 본 적 있는 계집이었다. 시녀는 '폐, 폐, 폐하는 위, 위층에…….' 하며 떨리는 목소리로 반복해 더듬거렸다. 그리하면 제 목숨 줄이 길어지리라 믿기라도 하는 듯이.

'이곳이다.'

맥베인은 피투성이가 된 기사들과 까무잡잡한 거구의 낯선 외인들에 겁먹어 실신하기 직전인 시녀의 머리채를 쥐어 내던졌다.

"끌고 가라. 섭정 길도프의 만행에 대해 증언할 수 있는 계집이니."

한 기사가 그 여자를 질질 끌고 내려갔다.

그들은 다시 탑을 올랐다. 그리고 마지막 계단에 이르러 맥베인은 숨을 크게 들이마셨다가 인상을 찌푸렸다. 고약한 썩은 내가 풍겼다. 앞서 걷던 카헤이아가 우뚝 멈춰 섰다. 맥베인도 덩달아 발을 멈추었다.

여제독의 어깨 너머 창살이 달린 공간이 하나, 그리고 창살이 달린 닫힌 문이 하나 보였다.

"저 방을 확인하……."

닫힌 방 너머를 수색하라는 명을 내리려던 맥베인은 말을 멈추었다. 카헤이아는 창살 안에 죽어 방치된 자그마한 소년을 바라보며 쓴 표정을 짓고 있었다. 그녀는 어린아이들의 죽음을 보는 것이 참 싫었다.

"여기 죽어 있는 게 너희의 왕은 아니겠지?"

바인의 왕정 따위야 알 바 아니란 태도를 보여 오던 여자 치고 꽤나 애석하단 투였다. 맥베인의 가슴이 덜컥 내려앉았다.

맥베인의 눈이 비슷한 또래의 어린 소년의 시신에 시선이 닿았다. 다행이다. 요수아의 금발이 아닌, 자신과 닮은 갈색 머리였다.

뛰어 올랐던 가슴은 단 한 걸음에 다시 푹 주저앉았다.

'탈리아.'

오래전 왕의 보필을 위해 슬하에서 떠나보낸 어린아이의 얼굴이었다. 마음 한 켠에서는 언젠가 요수아와 함께 큰 인물이 되어 주길 바란 제 아들이었다.

"……영주님! 폐하를 찾았습니다!"

아주 잠깐 멈추었던 시간이 다시 움직이기 시작했다. 닫혀 있던 문의 걸쇠가 풀리고 문이 열렸다.

넋을 놓고 선 맥베인을 바라보던 카헤이아가 고개를 돌렸다. 문 안의 어둠이 바깥으로 기어 나왔다. 소년은 그곳에 서 있었다.

그는 썩은 내가 진동하는 공기 속에서 아무것도 느끼지 못하는 것처럼 미간 한 번 찌푸리는 법 없이 공허하게 어딘가를 바라보고 있었다. 붉은 연은 공격…… 하얀 연은 편지…….

중얼거리는 모양새가 퍽 정신이 나간 녀석이 아닌가, 카헤이아는 생각했다.

폐하. 맥베인이 비틀거리며 달려 들어갔다. 기사들이 소리쳐 알렸다. 폐하를 찾았다! 폐하께서 무사하시다!

요수아는 느릿하게 고개를 돌려 맥베인과 낯선 얼굴의 괴인들을 응시했다. 놀라울 정도로 차분한 눈동자는 마치 영혼일랑 사라진 껍데기 같았다.

요수아가 상처투성이가 된 발을 뗐다. 질척한 바닥을 한 걸음 내

디딜 때마다 찌걱대는 소리가 났다.

카헤이아는 소문으로 들었던 바인의 멍청한 소년왕이 상상 이상의 분위기를 두르고 있다는 것을 알아차리고 한 걸음 물러나 길을 내주었다.

요수아는 말없이 문 앞에 섰다. 그리고 무엇도 막지 않는 문턱을 한 걸음 넘어갔다. 요수아는 죽어 방치된 탈리아의 앙상한 몸을 한참을 바라보았다.

찢어져 피투성이가 된 입술이 음산하게 열렸다.

"왜 이제 와?"

"폐하, 늦어서 송구합니다. 폐하를 보필하기 위해 제가 이번에 왕국에 크나큰 누를 끼쳤습니다. 부디 폐하께서는 통촉하시어……."

외세를 제멋대로 끌어들여 수도를 점거하게 했으니 그것은 틀림없는 죄였다. 그러나 요수아는 오만한 표범 같은 여자를 한 번 돌아보았을 뿐이었다.

"길도프."

"……."

"어디에 있어?"

카헤이아는 삐딱하게 고개를 기울였다. 소년의 목소리는 죄 갈라져 뜯긴 듯했다.

카헤이아의 눈동자가 감옥을 한 바퀴 돌아보았다. 대륙의 왕 노릇도 할 게 못 되는구나 싶었다. 시친은 세습제가 아니므로 굳이 씨를 말려 죽이거나 그럴듯한 명분으로 유폐할 필요가 없었다. 새로 선출하면 그만이니까.

"폐하, 섭정은 이미 죽고 지금 웬더의 영주 테오도르가 제멋대로 림의 군사들까지 깡그리 몰고 나가서……."

“…….”

“아니, 폐하. 우선 왕궁으로 가셔서 몸 상태부터 돌보시면 차근차근 제가 상황을 설명해 드리겠습니다. 우선 웬더의 영주가 새로 임명했던 자들을 전부 해결을 하고…….”

“여어, 이러고 있을 새 없지 않나?”

카헤이아는 구구절절 설명을 늘어놓으려는 돌체의 영주 맥베인을 향해 까랑까랑한 핀잔을 놓았다. 몇 가지의 안전장치와 약조만을 가지고 남부의 서토에 발 디딘 기분이 영 유쾌하지만은 않은 탓이다.

마리포사 놈들은 이곳에서 여드레 남짓의 거리에 있다 하였다. 이미 농성전이 벌어진 지가 한참이라 하니 대체 어찌 접근을 해야 하나 싶어 고민이 되기는 하지만 일단은.

그런데 창밖으로 시친의 군사들과 림의 군사들 그리고 돌체에서 데리고 온 군사들이 뒤엉켜 있는 것을 한 번 돌아본 맥베인이 말했다.

“지금 마리포사들을 습격하기 위해 다난의 영지도 거의 텅 비어 있다 하니, 우선 우리는 다난으로 방향을 잡지요.”

“애초 계획은 그게 아니었던 걸로 기억하는데? 너와 북부인의 말이 안 맞는 거 아닌가?”

“살리가르와의 단교는 확실히 약속드릴 것이며 시친과의 교역에 관하여도 체사가 약속한 것, 우리도 전부 지킬 수 있습니다.”

이 새끼는 또 뭐라는 거야. 카헤이아가 슬며시 한쪽 눈썹을 찌푸렸다.

“……나 참.”

저놈도 테른도크와 참으로 죽이 잘 맞겠다, 내심 비웃었다. 대륙 놈들은 정말 정이 떨어진다.

그런데 한참을 침묵하던 요수아의 음울한 눈동자가 맥베인에 닿았다.

"왜."

"예? 무얼 하문하신 겁니까, 폐하?"

"네 마음대로야?"

"폐하, 그것이 지금 가장 도움이 되는…….'

요수아의 입매가 서늘하게 일그러졌다.

"결정은 내가 해."

그리고 왕은 일어섰다.

❖ ❖

그로부터 한 달 열흘 후, 황실 근위대 삼천여 명을 포함한 검은 사자의 군대 이만 사천여 명이 이가 산맥을 돌아 서부의 땅에 닿았다.

귀족들이 적게는 일백여 명, 많게는 이삼천여 명 자진하여 제공한 군대는 사기로 충만해 있었다. 그러나 그들을 맞이한 것은 말이 되지 않는 상황이었다.

누군가 신음했다.

"어…….'

황자들의 군대는 다 무너진 라곳에시스의 성벽을 바라보았다. 올려다볼 필요도 없었다. 오는 동안 서부에서 거대한 전란이 일었다는 이야기는 들었지만, 아무리 그래도 이게 말이 되나?

척박한 황토색 바위들을 지나치고 말라 죽은 곡식과 산천초목이 늘어진 전답을 짓밟고 행군하는 동안, 그들은 이미 널리고 널린 시체들만 발견했을 뿐이었다.

마리포사들은 어디로 갔나?

라곳에시스의 중심부, 호수를 끼고 이백여 년이 넘도록 그 자리에서 있었다는 마리포사 백작 저를 마주 보게 되었을 때 결국 군사들을 비롯해 지휘부와 함께 참전한 귀족들은 침묵했다.

가장 먼저 그들을 괴롭게 한 것은 악취였다. 시꺼멓게 타들어 숯덩이가 된 건물의 흔적이 숨통을 때렸다. 시꺼먼 구정물이 차 있는 호수에는 불어 터진 흉물스럽기 그지없는 시체들이 떠다녔다. 재 덮인 핏물로 시꺼먼 대지 곳곳에는 푸른 갑옷을 입은 기사의 시체들이 널브러져 있었다.

마구간의 흔적으로 보이는 동쪽의 어딘가에는 마갑째로 불탄 말 시체들의 뼈만 남았다. 서쪽의 연병장처럼 넓은 공터에는 제제하게 꽂힌 창이 있었고 그 위에 마리포사인 것으로 추측되는 머리들이 하나하나 전시되듯 꽂혀 있었다.

죽은 땅이었다.

너무 잔혹하여 외려 평화롭게까지 보이는 풍경.

'대체 이게 무슨 일이지?'

3황자 가우스는 오는 내내 깎지 못한 수염을 매만지며 당혹한 눈을 했다. 그의 곁으로 말을 몰아 다가온 건 8황자 일리아였다.

"……믿기지가 않는군요."

가우스로서는 그의 말에 동의하고 싶지 않았지만 어쩔 수 없었다. 일리아는 오는 내내 누가 더 빠르게 마리포사 가문의 지휘 기사들을 잡아 죽일지에 대해 논의했던 암묵적인 적임에도 불구하고.

마리포사들과 서부 내의 군대가 부딪쳤다는 소식을 들은 것이 고작 한 달쯤 전이었다. 그들이 출병한 지 얼마 지나지 않아서다. 파발이 닿는 시간까지 계산해도 전란이 인 지 두 달도 되지 않았을 것이 자명했다.

농성전이 시작되었다고 하였는데, 그 불패의 살인 기사 집단이 어떻게 이렇게 단시간 내에 멸망했단 말인가? 그들은 지난 한 해 서부를 죄 잡아먹었다던 자들이다. 최초 보고된 수만 일만 이천여에 이르렀다. 적은 규모도 아니다.

가우스와 일리아 사이에 서서히 의심과 경계가 피어오르기 시작했다. 마리포사보다 서로를 더 큰 적으로 규정하고 동고동락해 온 두 달에 이르는 시간 동안, 낯을 감추고 주고받았던 수많은 계획들이 쓸모없는 것이 되었다.

혹시라도 잔당이 있을지 모를 일이다. 황제가 특별히 그들에게 빌려준 황실 근위대원들이 촘촘히 일리아와 가우스를 호위하기 위해 자리 잡았다.

가우스는 호전적인 자로, 자신을 어린애 취급하는 황실 근위대의 행실이 몹시 불만이었지만 라인하르가 어찌 죽었는지를 생각하면 저들의 보호가 과한 건 아니었다.

"……정말 이상하지 않습니까?"

현실은 눈을 몇 번을 감았다 떠도 그대로였다. 가우스가 쏘아붙였다.

"네가 무슨 수작을 부린 건 아니냐?"

8황자 일리아는 살리가르의 왕 마코시아와 긴밀한 관계를 구축했다 알려져 있었다. 그 막내딸인 솔레이가 저 녀석과 연인 사이라던가. 조르디아 공작이 일리아를 추켜세우면서 하는 말은 대부분 그런 것이었다.

일리아 저하가 황제가 된다면 최근 노골적으로 모르가나의 황실과 감정의 골이 생긴 살리가르와의 관계도 호전될 것이다. 일리아 저하는 북부와도 긴밀한 관계를 가지고 있다.─실제로 그 북부와의 연줄이 조르디아의 인맥이라는 걸 모르는 이가 없건만─ 제국의 위상이 꺾인 지금, 제국은 힘으로 통치하는 것이 아니라 화합과 조화의 질서로 통치해야 한다. 그러기에는 일리아 저하만큼 알맞은 이가 없다. 그런 이야기들.

가우스는 온갖 주변 것들을 다 갖다 붙여 일리아를 꾸며 대는 조르디아 공작을 거의 증오에 가깝게 싫어했다.

일리아가 단정한 음성으로 부정했다.

"저 역시 얼떨떨하긴 마찬가지입니다만."

벨루비르하인 2세는 마리포사를 토벌한 한 사람을 택하여 차기 황제로 삼으리라 하였다. 정말로 이번 토벌전이 계승전의 끝으로 그들을 인도할 줄 알았다.

그런데 마리포사가 이미 박살이 나 있으면 누구의 공이 더 큰 건가?

지난 한 해 귀족들은 갈라졌다 붙었다 배반했다를 반복했고, 서로를 모략하고 밀어내거나 황실의 명을 어기는 일도 심심찮게 벌어졌다. 물에 잉크 탄 듯 흩어지는 충성심은 황실의 독재에 대한 반감으로 명확했기 때문이다.

벨루비르하인 2세의 포고는 그러한 이유 탓에 효과적이고 경제적이며 현명한 방책이었다. 구태여 귀족들에게 보상을 약속하고 군사를 끌어 충당하지 않더라도, 다음 황제의 총애를 위해 자발적으로 군을 내어 줄 이들이 많았기 때문이다.

그런데 정작 토벌을 위해 이 먼 길 준비해 왔더니 아무것도 남은 것이 없었다.

가우스는 제도에서부터 따라온 황실 근위대원 중 가장 그에게 충성심을 드러냈던 한 기사에게 우문했다.

"가넷 경, 마리포사들과 동고동락한 적이 있다 하였지. 지휘 기사들의 얼굴을 식별할 수 있다 했던가."

나이제르 루자 가넷이라는 이름이었다.

처음 그를 가까이 둔 것은 지난 전쟁에 참여해 마리포사들과 함께 동고동락했다는 사실 하나 때문이었다. 그러나 콧대가 높아 황자들도 일개 호위 대상에 불과하단 태도만 고수하는 황실 근위대원들과는 달리 아부할 줄 아는 모양새가 나쁘지 않아 최근에는 꽤 그가 마음에 들었던 차다.

“예, 예…….”

“불타지 않은 시체들 중 마리포사 가문의 식별 가능한 지휘 기사들이 있는지 찾아봐.”

나이제르는 메기처럼 난 수염을 긁적이며 몇몇 기사들과 함께 즉각 움직이기 시작했다. 일리아는 그 역시도 다음 대책을 생각해야 한다는 데에 착안해 말 머리를 돌렸다.

저 멀리 조르디아 공작이 기사들 사이에 둘러싸여 서 있었다. 문득 조르디아 공작이 무슨 수를 쓴 건가 싶은 생각에 멈칫했다. 일리아는 여전히 조르디아 공작이 저를 전적으로 밀어 주는 이유를 믿지 못했다.

평화를 위해서라니.

제도 귀족들의 행태와 제대로 된 영지도 없는 조르디아 공작이 제도 내에서 권력을 다져 온 역사를 생각하면 의심할 수밖에 없는 일이다.

하지만 지금 당장은 가장 큰 그의 세력이기도 했다.

“조르디아 공.”

“일리아 저하.”

기사들이 길을 텄다. 위험천만한 전장까지 먼 길을 따라 나선 조르디아 공작은 누구보다 깊은 근심을 반추하는 기색이었다. 이 길이 막힌 상황을 자세히 파악하려면 근방에 자리를 잡아야 할 터였다.

"우선 여장부터 풀지요."

　모르가나의 황자 군대는 대규모 색출 작업이 진행되는 동안 마리포사 백작 저에서 최대한 먼 곳에 야영지를 차렸다. 그렇게 멀리 자리를 잡아도 이가 산맥을 휘두르고 달려오는 바람이 한 번 크게 불 때마다, 혹은 강바람이 불어올 때마다 역한 냄새가 아주 고문이었다.

　나이제르 루자 가넷을 선두로 하여 갈라진 두 황자의 군대 중 일부는 반나절이 넘도록 알아보지도 못하게 썩은 시체들을 헤집고 다녔다.

　마리포사들의 시체를 알아본 이들이 서너 명 이상이 넘어가자 더 이상 현실을 부정할 수가 없었다.

　위기감에 몰린 가우스가 시신들 중 페넌이나 배너를 달고 있는 자들의 시체를 모두 끌어모으라 고래고래 소리쳤다. 그리고 군사들을 전부 풀어 살아 도망친 마리포사들이 있을지 모르니 그들을 잡으라는 수색령을 내렸다.

　임시로 지어 만든 천막 지붕 아래 서서 햇빛을 피하고 있던 일리아가 얕은 한숨을 내쉬었다. 군사들 사이의 분위기가 이상하다는 건 멀찍이서도 느껴졌다.

　'하기야⋯⋯.'

　조금 전 들어온 간략한 소식을 생각하니 과연 일이 이리되는 것도 이상하지는 않았다. 일리아는 땀을 닦아 내며 그의 곁에 나란히 선

조르디아 공작에게 중얼중얼 말했다.

"우리도 살아 도망친 자들이 있을 테니 그들을 찾아 생포하는 것이 순서겠습니다. ……그 북부인들의 안위가 걸리는군요."

"저하께서는 그 부분에 대하여는 번뇌치 마십시오."

"하지만 공께서도 지금 그 생각 중인 것이 아니셨습니까."

일리아가 허를 찔렀다. 조르디아 공작은 결국 불편한 기분의 이유를 인정해야 했다.

"맞습니다. 하지만 이건 우리 손을 떠난 일이니 어쩔 수 없다는 걸 그자 역시 잘 알 겁니다."

하지만 말하면서도 사실 의문스러웠다.

파사드 칼란독 브류나크, 그자가 남부에 남은 두 북부인에게 혈안이 되어 흰 늑대의 아들 테른도크가 거절한 다락의 견제를 도운 것은 이유가 있다.

그들의 생존을 위해서였다.

—마리포사들의 목숨에는 관심 없습니다. 하지만 그들과 함께 있는 두 북부인의 목숨을 보장한다면 다락 일뿐만 아니라 후일 남부 황실의 안정도 도울 생각입니다. 그 어떤 상황이라도 보장할 수 있습니까.

일리아는 가장 어린 황자다. 그의 명분을 위한 어떠한 업적이 필요했던 시점이었다. 조르디아 공작은 붉은 늑대의 아들 파사드에게 약조하였다.

마리포사의 수괴가 되었다는 북부의 평민과 변절자 체사의 아들의 목숨만큼은 조르디아 공작 본인이 지닌 모든 인맥과 방법을 동원하여 돌려주겠다고. 일리아가 황제가 되는 데에 도움이 된다면 그 정도의 노고쯤이야 수십 번도 감당할 수 있었다. 제국민으로서 부끄러움도 없었다. 필요하다면 손잡는 것이 그들이 살아온 세계의 섭리가 아닌가.

이 모든 것은 남부 황실에 횡행한 독재의 역사를 끝맺기 위함이었다.

'이를 어쩐다…….'

물론, 조르디아 공작의 당혹은 약조를 지키지 못한 데에 대한 죄책감 같은 건 아니었다.

지금 북부를 죄 뒤집어엎은 붉은 늑대의 아들 파사드는 무시할 수 없는 존재였다. 그리고 이성적인 자도 아니다. 이성적인 자라면 남부로 도망친 변절자들의 목숨을 위해 제 군사들을 동족인 북부 민족과 싸움 붙이는 일 따위는 않을 것이었다. 마지막 보았을 적에도 그 차게 날 선 눈은 정녕 언제 터질지 모를 화약을 앞둔 듯 위태로웠다.

—내 목숨이라도 걸어 증명하면 되겠습니까?

—죽은 목숨은 필요 없습니다. 그러나 산목숨이 약속을 지키지 못한다면 대가는 참담할 것입니다.

그런 경고까지 하였다. 남북 전쟁이 있기 전이었다면 고작 북부인이 어찌 남부의 공작인 저를 위협할까 비웃었을 터였다. 그러나 파사드와 북부의 왕 테른도크가 당시 벌이고 있던 그 무자비한 단행들은 분명 그들의 성정을 고스란히 드러내는 야만함이었다.

'……왜 이 시국에 바인과 다난이.'

바인은 오래도록 제국을 적대했던 이들이다. 그 중 바인과 접경한 다난은 드물게 서부에서 전투적인 자들로 유명하다. 그러나 조르디아 공작은 무엇보다도 바인이 마리포사의 섬멸에 앞장섰다는 사실이 지나치게 의외였다.

그곳의 섭정은 이런 큰 전쟁을 감당할 만한 그릇이 아니지 않나. 조르디아 공작이 혼잣말처럼 중얼거렸다.

"……바인과 다난의 연합군이 그리도 대단했다고? 아니, 다난은 어째서 우리가 온다는 이야기를 듣고도 바인에 협력한 거지?"

"그쪽 상황을 알 만한 이가 있는지 찾아보라 사람을 보냈으니 곧 무언가 답이 올 겁니다. 그보다…… 아스바르 백작과 로반티스 후가 조금 전 3황자 가우스 저하를 모시고 사령부 막사로 들어갔습니다만……."

부관은 염려 가득한 투였다.

그럴 수밖에. 이제 닭 쫓던 개가 된 전 모르가나의 귀족 사병들과 황실군은 또다시 망신을 당하게 될 것이다. 모두가 황실을 비웃으리라. 한 해 넘게 산맥 동쪽에서 저들끼리 난장을 피우다가 결국 겨우 명맥만 유지한다던 바인 따위에 선수를 빼앗겨 남부 태자의 죽음에 보복조차 하지 못했다고.

그런데 얼마 지나지 않아 남쪽에서 한 무리의 기사들이 주홍색의 깃발 하나를 펄럭이며 달려왔다.

"파발마가 하나 옵니다."

막 일리아가 주변을 한 번 돌아보겠다며 얼기설기 지어진 야영지 울타리를 지나려던 찰나였다.

지평선 저 끝에서 태양과 조개가 그려진 커다란 깃발을 인 기수가 달려오고 있었다.

펄럭펄럭. 일리아는 멀찍이서도 단숨에 그 깃발을 알아보고 달려 나갔다.


살리가르의 왕 마코시아가 팔천여 군대와 함께 나타났다.

저들의 군대는 멀찍이에 대기 중이라 하였으나, 살리가르가 황실의 명령을 공공연히 무시하여 황실과 완전히 척을 지려는 것이라는 여론이 팽배한 시기였다.

군사들은 일제히 경계 태세에 들어갔다.

그러나 직접 황자들의 배알을 요청한 마코시아는 태연하게 제국인들로 에워싸인 탁자에 앉았다. 턱이 얄상하게 마르고 눈썹이 툭 불거진 날카로운 눈빛의 소유자였다.

둥근 탁자에 함께 둘러앉은 이들은 가우스와 그의 수족 노릇을 하는 로반티스 후와 아스바르 백, 그리고 조르디아 공작 하나만 대동하고 앉은 일리아였다.

그들의 눈은 오직 살리가르의 왕 마코시아에 있었다. 성질 급한 가우스가 물었다.

"설명하시지요. 그러려고 온 거라고 했습니까?"

일리아와 간단히 다정한 눈인사를 나눈 마코시아가 표정을 바꾸어 공손히 설명했다. 일리아를 의식한 공대였다.

"큰 전란이 일었습니다. 서부의 영주들이 바인에 하나둘씩 기울고 있던 상황에서 다난과 바인이 협심하여 마리포사들을 공격했다는 소식을 들은 것이 한 달 되기 전입니다. 그 즉시 부랴부랴 육군을 모아 북진하였으나 제가 왔을 때도 이 상황이었습니다. 상황을 조금 알아본 후 다시 귀국하려 하였는데 황자 저하들이 산맥 부근에 이르셨다는 소문을 듣고 혹시나 하여 기다리고 있었습니다."

시종일관 일리아만 바라보며 이어지는 설명에 가우스가 못내 구역질 난다는 표정을 지었다.

"바인이 왜 이 전쟁에 끼어들었습니까?"

마코시아는 예의 따위는 눈곱만큼도 찾아볼 수 없는 가우스의 어투에 잠깐 미간을 좁혔다가 깔보듯 눈을 돌렸다. 가우스가 성을 내려던 찰나였다.

"마리포사의 계집이 바인의 섭정에게 혼인 동맹을 요청한 후, 혼인 피로연이 끝나기도 전에 섭정의 눈알을 파 죽였다 들었습니다. 일찍이 내가 바인에 보내 두었던 믿을 만한 자가 확인하였으니 사실이라 여기셔도 무방합니다.”

“……혼인 동맹?”

“위장이라 들었습니다. 바인이 다난과 함께 마리포사의 무력을 반감시키려 협잡질을 거하게 한 듯합니다. 몇몇 서부의 영주들도 연루되어 있는 듯했는데 그 이름까지는 정확하게 알지 못합니다.”

마코시아는 바인의 림에 머물며 돌체의 문제를 조율하고 있던 준니아를 통해 전해 들었다. 준니아는 당시 림 공방전에서 운 좋게 살아남은 이였다. 그는 마리포사 가문과 함께 사활을 걸었던 북부 여자에 대해 꽤 호의적인 평을 내렸다.

—우아하고 아름다운 여자였습니다. 퍽 자비롭기도 하더군요. 우리를 죽일 수도 있었는데 살려 주었습니다. 길도프에게는 아까운 북부 여자!

조르디아 공작이 기가 차단 듯 중얼거렸다.

“그간 서부가 가관이었군요.”

“이게 다 황실이 방관한 덕이지.”

마코시아가 예상치 못한 날카로운 태도로 받아쳤다. 조르디아 공작은 서서히 표정을 지우고 입술을 잠깐 물었다가 놓았다.

“……그래서 다난과 바인이 함께 마리포사들을 공격했다는 말입니까?”

“섭정 길도프가 죽은 후 그 막내아들인 웬더의 영주 테오도르가 보복전에 나선 것이 맞네. 하지만 그 역시 전쟁 중에 죽었다더군.”

“북부인들은…… 그들에 대한 소식은 접하셨습니까?”

“이 판국에 북부인이 문젠가?”

가우스가 끼어들었다.

"그러면 이 상황을 가장 잘 알고 있는 건 다난의 영주겠군. 그는 마리포사들을 섬멸한 후 되돌아갔습니까."

조르디아 공작이 서늘한 눈빛을 보냈다.

가우스는 호전적인 데다 멍청하지도 않아 문제다. 저 짧은 순간 마리포사들을 섬멸했다는 다난의 영주부터 제 사람으로 차지하려는 생각을 한 것이 눈에 훤하여 짜증이 났다.

마코시아는 빤히 가우스를 응시하다가 조금 씁쓸하게 또 다른 죽음을 입 밖에 냈다.

"다난의 영주도 죽었습니다. 그리고 조르디아 공의 질문에 답하자면 북부 출신의 기사 하나는 이미 림 방어전에서 마리포사들을 학살한 일이 벌어졌을 때 행방이 묘연해져 살해당한 것으로 추정되고 있고, 나머지 한 명은 분신자살했다 합니다."

정적이 찾아왔다.

분신자살? 가장 처음 든 생각은 역시나 '과연 북부인.' 하는 것이었다. 북부인들 중 매장되는 것을 극도로 싫어하는 이들 중에는 죽기 직전 스스로를 불태우는 자들이 있다는 소문은 예전부터 있었다. 남부인들은 그런 북부인들의 맹목을 야만함이라 빗대며 조롱하기도 했다.

그러나 가우스는 의심을 거두지 못하는 눈빛이었다.

"우리는 예 이를 때까지도 상황이 이리된 걸 전해 듣지 못했는데 말입니다?"

"믿지 못하신다면 믿지 마십시오."

일리아를 대할 때와는 판이하게 다른 투박한 목소리였다.

조르디아 공작은 내심 이걸 좋아해야 할는지 고민했다. 붉은 늑대의 아들 파사드와 한 약속은 황실이나 서부의 세력들로부터의 보호였다. 생포되었을 때는 반드시 북부로 돌려보내 준다는 것을 전제로.

하지만 이미 하나는 바인이라는 다른 왕국에서 죽었으니 논외요, 다른 하나는 더 살아 버티지 않고 자살했으니 이건 그들의 책임이 아니라 빠져나갈 수 있을 것이었다.

'……으음.'

그러나 어쩐지 찜찜했다. 마코시아의 표정이 괴이쩍은 탓이었다. 진솔하다는 느낌이 들지 않았다. 조르디아 공작이 다시 물었다.

"……다난의 영주는 어찌 죽고, 섭정의 아들은 어떻게 죽은 겁니까?"

"나도 자세히는 알지 못하나, 들은 것을 그대로 전하는 건 어렵지 않지. 바인의 테오도르가 전사한 후 바인과 다난의 군사 통솔권이 전부 다난의 외눈 영주에게로 돌아갔었다 하네. 바인의 허수아비 왕 요수아가 후발 참전한 것은 그로부터 얼마 지나지 않아서였네."

"그 꼭두각시 말이지요."

"섭정도 죽고 그 아들도 죽었으니 이제는 바인의 유일한 왕이지."

이미 바인의 내정 상황을 알고 있던 터라 가우스는 그저 코웃음 쳤다.

"그 후에는?"

"그 후 전후 사정이야 어찌 되었는지는 모르겠네만, 갑자기 비등한 수로 함께 싸우던 다난 군이 갑자기 삼천여 명 가까이 회군했다는 소식이 들리더군. 다난 땅이 침략당했다는 것 같다 보고 들었네. 그 직후, 바인과 다난의 군사가 분열했네. 바인의 요수아가 전 섭정의 아들 테오도르가 죽은 후 다난의 외눈 영주가 자연스럽게 가져갔던 연합군의 통솔권을 전부 되돌려 받았다 하였네. 그리고 마무리로 라곳에시스를 쑥대밭으로 만들고 돌아갔다는군."

다난의 영주가 싸우다 전사한 것이 아니라 부당하게 살해당했을지도 모른다는 사실은 구태여 언급하지 않았다. 불필요한 데다 저들 역시 가능성을 열어 두고 생각할 것이기 때문이다.

일리아가 중얼거렸다. 그는 한때 서부를 고향처럼 생각하며 지냈던 적이 있던지라 다른 사람들보다 이 상황이 더 가슴 아팠다.

"소년왕, 그러고 보니 올해가 성년이라지요."

"그 때문에 지금 서부의 상황이 굉장히 괴이해지고 있음은 아셔야 할 겁니다."

마코시아의 마지막 말은 일리아에 향해 있었다. 일리아가 반문했다.

"괴이해지고 있다고 하셨습니까?"

"서쪽으로 보냈던 녀석들이 전해 온 보고에 따르면, 물론 확인되지 않은 낭설도 섞여 있습니다마는, 마지막 전투 끝 무렵에 나타나 상황을 정리하고 군사 통솔 최고 권한자로 나선 그 요수아가, 섭정 길도프의 유지가 제국과의 평화였으므로 그것을 계승하여 다난의 딸을 왕비 삼을 뜻을 선포했습니다."

"……."

"저 소문이 사실이라면 바인 내부에서도 왈가왈부가 있을 터이나, 길도프를 따르던 자들 모두 돌체의 흰고래 맥베인에게 베여 나갈 것이 자명하니."

"……제국령의 영주와 결탁하였다?"

"정확히는 영주를 잃고 혼란한 다난이 바인에 먹히는 형세가 될 것으로 예상하고 있습니다마는."

긴 침묵이 맴돌았다. 마코시아는 이어 설명했다.

"뿐만 아니라 이미 지난 한 해, 서부의 영주들은 바인과 아국 쪽으로 기울었습니다. 본인은 서부에 영향력을 행사하는 데에 관심이 없습니다만, 황손의 군대를 운용하실 때 영주들에게 너무 의지하지 마십시오."

이미 서부에서 황실에 대한 원성이 자자함은 모르는 이가 없었다.

"한데, 두 황자 저하께서 이곳에 동시에 이르신 것은 역시 소문이 사실이라는 말이군요. 이젠 황손들도 말로 보시나 봅니다."

신랄한 비판이었지만 딱히 부정하는 이는 없었다. 이미 가우스는 당최가 어떻게 돌아가는지 모를 서부 상황을 정리하려 애쓰고 있었고, 일리아는 그저 부끄러워하였을 뿐이다.

한참을 곰곰이 생각에 빠져 있던 가우스가 툭 뱉어 물었다.

"한데 살리가르는 황명도 어기고 버티고 있지 않았습니까? 왜 갑자기 마음이 바뀌시어 거병하셨나? 다른 자들이 거병하였다 하니 그 공로가 탐이 나셨나?"

명백히 적대적인 태도였다. 마코시아는 가우스의 적대를 그대로 받아쳤다.

"그래서 폐하께서 우리를 어찌하랍니까?"

"……마코시아 님, 부황께서는 살리가르에는 아직 아무런 언질도 없으셨습니다. 황실은 델라반 형님과 모낙시 왕자 비의 죽음을 몹시 애통해하고 있습니다."

일리아가 그를 달래듯 말했다.

일전 시친의 소행으로 추정되는 폭발 사고에 휘말린 살리가르의 왕자 델라반과 왕자 비 모낙시는 일리아 역시 익히 아는 자들이었다. 때문에 적어도 일리아의 애도는 진심이었다.

"일리아 저하, 여전히 마음 씀씀이가 다정하신 것만큼은 기쁩니다."

가우스는 탁자 위의 분위기가 뭉근해지자 성질이 돋은 사람처럼 벌떡 일어났다. 요란한 소리와 함께 의자가 넘어졌다. 눈치를 보던 아스바르 백작은 북부 계집의 시체라도 찾겠다며 밖으로 나갔고, 로반티스 후는 조용히 가우스의 심기만 살폈다.

가우스가 흥분조로 쏘아붙였다. 아랫사람 대하는 듯한 태도였다.

"이봐, 마코시아. 바인의 병력은 얼마나 되나?"

"……."

"대답 안 해?"

그 난폭한 태도에 조르디아 공작이 어처구니가 없다는 듯 조소했다.

"가우스 저하, 예의는 차리십시오. 그리고 지금 바인이라도 치시겠다는 겁니까?"

"저자는 나를 제대로 예우하지도 하지 않는데 왜 나는 예우를 다해야 하지? 그리고 바인을 치면 안 되나? 어차피 한 번 정벌당해야 할 곳이 아닌가. 이곳까지 와서 빈손으로 돌아가는 것보다는 낫지."

듣다 못한 일리아가 고개를 저으며 반대했다.

"형님, 진정하시지요. 바인은 오래도록 버텨 온 왕국입니다. 그들의 명맥이 그리 쉬이 끊어질 것이었다면 애초에 폐하께서도 바인을 정벌했을 겁니다."

"겁먹었나? 내가 그 소년왕을 잡아 죽여 혼자 공로를 세울까 봐? 그래, 너희는 빠져라. 가자, 로반티스 후."

지금 가우스를 따르는 귀족들의 군사는 어림잡아 일만이 훌쩍 넘을 것이었다. 그러나 오래도록 수성해 온 바인을 아무런 대책도 없이 점령하겠다는 건 말도 되지 않는 일이다. 타즈멘카야 왕가의 역사만 생각해도 무시해선 안 되었다.

그런데 더 강경한 반대는 예상치 못하게도 마코시아로부터 나왔다.

"지양하시는 것이 좋을 겁니다. 서부가 이 꼴이 될 때까지 방치하던 황실이 뒤늦게 나타나 서부의 마리포사를 정리했다 알려진 바인과의 전쟁을 시작한다면, 서부 영주들이 황자 저하의 군을 위해 무어라도 하나 내놓을지 의문이군요. 황실의 외면하에 자그마치 영지 일곱 개가 짓밟혔고, 죽은 영주들이 열둘입니다. 그리고 지금 바인인들은 섭정의 죽음으로 인한 국장으로 잔뜩 예민한 상황입니다.”

“섭정이 죽건 말건 내 알 바 아니지. 그리고 우리가 두 손 놓고 놀고 있었다고 생각하나? 폐하께서 아무 노력도 안 했다 지껄이려는 거라면 조용히 있는 게 신상에 나을 거다.”

“노력을 하였는데 그 꼴인 것이 더 문제인 겁니다. 무능력을 소리쳐 떠드는 것과 다를 바 없습니다.”

가우스의 겁박에도 마코시아는 툭 튀어나온 눈썹을 치켜뜨며 선명히 뚜렷한 눈을 부라렸다.

마지막으로 마코시아는 동부 일에 급급하여 매양 방관만 해 온 황실에 충성할 생각이 없다 덧붙이며 막사 안에 큰 혼란을 일으켰다.

“당신들이 우리를 위해 해 준 것이 무엇입니까? 지금 검을 들고 달려온 것조차도 황제의 말장난에, 제위를 내어 준다 하니 자진하여 달려온 것이 아닙니까? 산맥 동쪽의 저 잘났다 사는 자들과 척박한 토지를 일구며 버틴 우리 사이에 무슨 정이 있고 신의가 있습니까? 황실이 남대륙 수호의 의무를 한낱 글귀 따위로 치부하는 행태가 이로써 낱낱이 드러났음입니다.”

“…….”

“지금도 거대한 이 땅을 감당치 못하고 있는 황실인데 더 영토 확장을 해서 무엇 하시겠습니까? 이미 동부에서는 서부 출신이라는 이유만으로도 무고한 자들이 피해를 보고 있다 하였는데, 황실은 그래서 무얼 하고 있습니까.”

일리아는 분노에 찬 마코시아를 바라보다 그도 모르게 눈을 떨어뜨렸다.

분명 발단은 마리포사였으나, 초기 진압이 가능했을 일을 이만치 키운 것은 힘에 취한 제도의 권위주의자들이었다.

"내 지금 마음과 같아서는 내 자식을 죽인 책임마저 황실에 돌리고 싶지만, 그간의 충의로 조언드리는 겁니다. 물러나십시오."

가우스가 탁자를 뒤집어엎었다. 뿐만 아니라 사납게 고함을 치며 마코시아의 멱살을 잡아채기까지 했다. 일리아가 급히 말려 더 큰 사달은 나지 않았으나 가우스의 살의는 쉬이 가시지 않았다.

"시건방진 놈!"

가우스가 사납게 의자를 걷어차며 나갔다.

'거참…….'

조르디아 공작은 가우스의 뒷모습을 노려보았다. 저런 호전적인 태도는 조르디아 공작이 가장 경계하는 황제의 자질이었다. 저자가 황제가 되면 또 다른 피의 독재가 불어칠 것이라. 그 때문에 일리아가 되어야 했다.

일리아는 선하고 다감하며 정이 많다. 황제의 자질이 아니라 말할 수도 있겠지만 이미 모르가나는 오래도록 난폭하고 강한 자들을 군주 삼았다. 그 때문에 독재 또한 횡행해 온 것이다.

종래에 막사 안에 남은 것은 조르디아 공작과 일리아, 마코시아와 그의 호위뿐이었다.

마코시아는 조금 툭 터놓는 투로 새로이 말문을 열었다.

"제가 잘난 듯 말하였으나, 일리아 저하를 탓하려는 건 아니었습니다. 벨루비르하인 2세가 저지른 일입니다. 그리고 저하께만 한 가지 일러 드리겠습니다. 제가 북진한 것은 기실 마리포사 때문이 아닙니다."

"……하면?"

조르디아 공작이 눈을 크게 떴다.

"시신들 중에 테메르인들이 섞여 있을 것입니다. 거의 대부분이 불탔고 저들이 시신까지 수거해 간 듯하여 저도 몇 구 찾지 못하였습니다만."

부러 가우스가 있는 자리에서는 이야기를 않았으나, 마코시아는 조금 더 소상히 알고 있었다. 마코시아가 직접 군대를 이끌고 출병한 것은 그 '테메르인'들 때문이었다.

"정확한 내정 상황은 모릅니다. 대강 저들이 전투를 시작할 즈음, 시친의 대형 전함 일곱 척이 바인의 돌체에 닿았습니다."

조르디아 공작의 입이 벌어졌다. 대체 이건 또 무슨 소리인가. 시친은 이 일에서 또 어떤 역할이었나.

일이 생각보다 커도 많이 컸다. 만일 저것이 진실이라면 모르가나는 저들의 수습을 위해 시친과 바인을 동시에 적대해야 할 것이고, 이미 황실과 손을 끊겠다 말한 살리가르까지도 도마에 올려야 할 것이다.

"아국은 델 오스작의 대형 함선들이 남하하고 있다는 이야기를 듣고 초속함 척후선으로 감시해 왔습니다. 그들이 돌체의 항구에 정박했다는 전서구를 받자마자 즉각 군을 꾸려 북진한 겁니다. 카헤이아 뵈르게트로 추정되는 여자가 나타났다는 이야기 때문이었지요. 지금 당장은 기실 아무것도 확신할 수가 없습니다만……."

"바인과 시친이 말입니까."

델 오스작의 대형 함대가 닿았다는 보고에 바인이 시친에 침략을 당하는가 하였다. 살리가르가 바인의 바다를 빌려 시친과의 전투를 준비 중이었으므로 그건 꽤 타당한 가정이었다.

그런데 돌체에 그들이 닿은 지 이틀 만에 림에 봉화가 올랐다. 아무리 델 오스작의 여제독이 해병 양성에 열과 성을 쏟아 내륙 전투에 익숙해졌다 해도, 하루 반나절 정도의 거리인 림까지 이틀이 걸리지 않아 도달할 수 있었다면 가능성은 하나였다.

그를 증명하듯 얼마 지나지 않아 바인에서 또 다른 군대가 쏟아져 나왔다.

허수아비 왕 요수아와 맥베인이 앞장선 군대는, 웬더의 영주가 앞세워 출병해 있던 바인의 군 수를 생각하면 불가능한 것이었다. 바인의 군대는 거의 비어 있다시피 한 다난의 국경을 넘어 영주성을 점령하였다. 그 소식에 라곳에시스 점령전에 참여해 있던 다난의 군대가 회군했다.

반신반의하던 그 사실을 확신하게 된 것은, 막 대강의 수습만 끝내고 되돌아가는 바인의 군대를 조우했기 때문이다. 정확히는 마코시아가 찾아간 것이지만.

사실 가능하다면 바인과 시친을 적대해서라도 델 오스작의 여제독을 잡아 죽일 생각이었다. 그러나 마코시아는 꼼짝도 하지 못했다. 두려워서가 아니라 말도 안 되는 숫자 때문이었다. 추산된 바인군은 만 칠천여에 이르러 있었다.

'불가능한 일이다.'

분명 바인의 무력을 죄 추산해도 일만 조금 더 될 것이었다. 그런데 그 긴 전투를 치르고 나서도 저렇다니?

두 배가 넘는 적들과 무작정 싸울 수 없어 물러나야 했다. 경계가 삼엄하여 제대로 확인할 수도 없었다.

—아국과의 우호를 어긴 건가!

멀찍이 군대를 등지고 터덜터덜 나선 바인의 어린 왕 요수아는 서늘히 죽은 선인장의 눈을 하고 있었다.

—내가 언제 너희와 사이좋게 지내겠다 했어, 마코시아?

마코시아의 간결한 설명 속에서 분위기는 팽팽해졌다.

"바인이 시친과 손을 잡았을지 모른다는 가정은 납득할 만하지만…… 왜?"

일리아가 당황하여 중얼거렸다. 마코시아의 목소리는 한층 더 낮고 조용해졌다.

"그들 내부에 그만한 수완을 지닌 누군가 있었겠거니 여기고 있을 뿐입니다. 마리포사들은 애초에 일만이 넘었습니다. 도망친 이들도 꽤나 되는 듯합니다마는, 그래도 일만이라는 수는 결코 작은 것이 아닙니다. 그들이 농성을 포기하고 야전을 벌여 피해를 입었다 해도 말입니다."

"도망친 자들이 많다 하셨습니까?"

"천여 명은 거뜬하게 넘는 것으로 압니다. 오는 길에 탈영한 마리포사들을 수두룩하게 잡아 죽였습니다. 숨은 자들은 더 많겠지요. 애초에 이가 산맥은 저들의 안마당과 같은 곳이니."

"……."

"어쨌든, 조금 더 조사를 해 볼 가치는 있을 겁니다. 만일 일리아 저하의 제위에 마리포사라는 제물이 필요하시다면 가우스 몰래 움직이심이 옳을 듯하여."

일리아가 마지막으로 희망을 담아 물었다.

"고맙습니다. 그런데 혹 두 북부인에 관하여 그들의 생사는 아까 말씀하신 바와 같은 겁니까?"

"바인의 왕 요수아가 직접 내게 해 준 말입니다. 특히나 그 계집 쪽은 섭정 길도프와 혼인 동맹까지 맺었다는 계집이니 살려 둘 리가 있겠습니까."

마코시아의 설명은 일목요연하여 그럴듯하였다. 그러다 문득, 조르디아 공작은 어떤 사실 하나를 깨닫고 지적했다.

"마코시아 님을 모욕하려는 것은 아닙니다만, 시친에 보복하려 말을 지어내시는 것은 아닌지 모르겠습니다."

"어차피 마리포사들의 공식적인 멸망이 선포될 때까지 조사가 이루어질 것이고, 기왕이면 3황자가 아닌 일리아 저하께 이득이 되길 바라는 것일세. 그리고 지금 밖에 모인 자들이 황실을 위해 시친과 싸울 것 같지도 않은데. 아닙니까?"

냉정히 허를 찌르는 반문에 일리아도 조르디아 공작도 씁쓰름한 기색을 띠었다.

"걱정 말게. 조르디아 공, 나는 그대를 싫어하지는 않네. 꽤 열린 사람으로 기억하고 있어. 나는 이미 벨루비르하인 2세에게 그 어떤 희망도 없네. 황실은 시친이 응당의 대가를 치르게 하지 않아도 돼. 내가 직접 할 테니까. 비록 지금 우리에게 바다를 열어 주겠다 했던 섭정이 죽고 요수아의 정권 환수로 인해 당장의 계획이 전부 물거품이 되었지만 방도는 있을 테니."

"……."

"하지만 지금 당장은 바인의 그 어린 소년부터 신경을 써야 하겠지. 시친을 끌어들이고 마리포사들을 복속할 만한 수완이 있다는 사실이 놀라울 지경이라."

마리포사들은 이미 지난 한 해 서부의 위쪽 지방을 전부 초토화시켜 놓았다. 남은 것은 바인이 그것들을 잡아먹는 것이다. 현 상황을 보건대, 다난을 삼키는 것이 시작일 것이었다.

"지금 해 주신 이야기들은 마코시아 님의 따님을 황후로 삼고 싶어 지금 이리 따로 언질을 주시는 것이겠지요.”

침착히 듣던 일리아가 모욕당한 사람처럼 조르디아 공작을 향해 쏘아붙였다.

“그만두십시오. 마코시아 님은 그런 분이 아닙니다.”

마코시아가 쓸쓸히 웃었다.

“진심으로 그건 내가 가장 바라지 않는 것입니다.”

이번에 놀란 것은 일리아였다.

“예? 마코시아 님.”

“실망스러운 황실 종자들 속에 내 귀한 딸아이를 밀어 넣지 않을 겁니다. 지금도 제도에서는 2황녀 시디아가 활개를 치고 있다지요. 일리아 저하는 좋은 분이지요. 알고 있습니다. 그래서 저하께는 송구할 뿐입니다.”

어색하고 쓸쓸한 침묵이 고요히 맴돌았다. 고민스러운 표정을 짓던 조르디아 공작이 말했다.

“……마리포사들이 시친과 결탁했다는 사실을 누가 알고 있습니까?”

“정식으로 보고가 된 것은 하나도 없고, 바인 내의 참변이 있어 섭정 세력이 전부 쓸려 죽었다는 것과 괴한 집단이 끼어들었다는 정도로만 알려져 있네, 조르디아 공. 증좌라 해 봐야 쇠뇌나 개조 석궁 등의 시친의 물건들이 몇 개 발견된 것이 전부이니.”

“이 일은 불문에 부치는 건 어떻겠습니까. 일리아 저하께서도.”

예상치 못한 말에 마코시아가 의아한 표정을 지었다. 일리아 역시 마찬가지였다.

“……이번 진상을 밝히는 것도 번거롭겠지만 밝혀지면 문제가 더 커질 것은 나도 이해하네. 하지만 태자 저하를 시해한 마리포사들의 생존 문제가 아닌가. 그대는 꽤 충성스러운 자라 알았는데.”

“나는 대륙의 평화를 바랍니다. 어차피 시친의 물건들만으로는 증거가 될 수 없습니다. 그들이 무기를 남부에 팔았다 말하면 그만이고, 그들의 시신도 시친 출신의 용병이라 우기면 그만인 일입니다. 우선은 함구한 후 일리아 저하를 도와주지 않으시겠습니까?”

마코시아는 조르디아 공작의 태도가 몹시 마음에 들지 않는다는 표정이었다.

“일리아 저하를 위해 뭐라도 할 수 있다면 하겠네만, 상황이 여의치 않군.”

“들어보십시오. 마코시아 님이 지적한 대로 서부는 우리에게 그다지 이점이 없습니다. 그 사실을 일리아 저하도 잘 알고 계십니다. 일리아 저하를 누구보다 잘 아는 것이 당신이 아닙니까.”

“…….”

“일리아 저하께서 황제가 되신다면 상황은 더 나아지겠지요. 하지만 지금 서부로 넘어온 군들은 반수 이상이 가우스 저하를 따르고 있고, 일이 이리된 상황에서는 다시 지겨운 알력 다툼으로 되돌아가야 하는데……. 저 호전적인 자가 정말 바인과의 전쟁이라도 시작해 버린다 하면 서부는 또다시 전란에 휩싸이게 될 겁니다.”

멀리서 가우스가 고함을 지르는 소리가 들렸다. 힐끔 막사 밖 어딘가를 흘긴 마코시아가 턱을 당겨 앉으며 서늘히 눈을 내리깔았다.

3황자 가우스, 군사들의 반대를 무릅쓰고 일부 귀족들의 군세를 동원하여 일만 오천여의 군대를 이끌고 바인을 침략하려 하였다. 그러나 또다시 서부를 전란으로 빠뜨리려는 3황자를 규탄하는 서부 영주들의 세력이 살

리가르를 필두로 궐기했다. 8황자 일리아의 중재 아래 무력시위는 그치고, 군사 동결 상태에 접어들었다.

서부의 영주들은 황자의 군대에 최소한의 도움조차 주지 않으려 했다. 지지부진하게 서부에 버티려던 3황자 가우스는 두 달 후, 황실로부터 강제 소환령을 받아 서부를 떠나게 된다.

3황자 가우스가 떠난 지 일주일 후 요수아 로르지아 타즈멘카야, 바인의 46대 왕, 오래도록 적이었던 제국령 다난 영주의 딸과 혼인하여 왕비로 삼을 것을 공식 선포하였다.

그리하여 제국령 다난, 온전히 바인에 복속되며 '되돌아온 바인의 영광'의 시대의 첫걸음이 열린다.

그해 겨울, 서부의 영주들을 등에 업은 살리가르의 왕 마코시아, 괴뢰 정부 청사의 완전 폐지를 선언하였다. 폐허가 된 서부를 규합하여 바인을 견제하기 시작하게 된다.

그로 인해 후일 서부는 북쪽에 위치한 바인과 남쪽의 살리가르를 양 축으로 하여 공식적으로 남과 북으로 나뉘게 된다.


그리고 제도 시모어.

마리포사들의 멸망에 의혹을 품은 이들이 수두룩하게 많았다. 외세의 개입, 그들의 생존설 등의 수많은 의문이 제기되었다. 그들이 배를 타고 떠나는 것을 목격한 자가 있다는 낭설도 퍼졌다.

제멋대로 또 다른 왕국 간의 전쟁을 일으키려 했던 3황자 가우스가 벨루비르하인 2세의 방치하에 청문회에 직면하여 세력을 크게 잃다.

마리포사들이 사라진 것과 함께 산맥 동쪽의 사람들이 모든 서부인들을 의심하기 시작하였다. 그들이 지닌 서부인들에 대한 반감과 의심이 이때 정점을 찍는데, 그로 인해 도트발 잔트 호드 열두 번째 달에 이르기 전, 마리포사라 오인받아 무고하게 죽은 자들과 실제로 사살당한 마리포사의 탈영병이 도합 천백여 명에 이르렀다.

그 사태를 두고 볼 수 없었던 황제의 시종인 란니르는, 그 무렵 칙사가 되어 서부의 감찰을 떠났다. 혹시 남아 있을 마리포사들의 잔당들을 색출하는 작업을 진행하고 정확한 진상의 규명을 위해서였다.

서부의 감찰은 석 달에 걸쳐 이루어졌다. 강경하게 치러지는 마리포사 색출 작업으로 인해 또다시 서부 영주들의 불만은 쌓였다.

이듬해, 도트발 잔트 히잔 902년 첫 번째 달, '라곳에시스 점령전'이라 불린 전투가 종료된 지 다섯 달하고 보름째 되던 날 서부 감찰사 란니르는 환궁한다.

그리고 보름 후, 모르가나 황실은 마리포사의 토벌을 공식적으로 종료할 것을 선포하였다.


마리포사 가문 공식 멸망.
변절자의 가문이라는 이름의 끝을 맺는다.


그리고 반 년 후, 대륙 사상 마지막 황제로 역사에 기록된 8황자 일리아, 벨루비르하인 2세의 승인 아래 차기 황태자로 인정되다.

# 닫는 이야기
## (Mariposa Sentada)

# 닫는 이야기

도트발 잔트 호드 901년 열 번째 달 말경.

말을 탄 두 명의 사내가 두꺼운 바인스트 숲의 좁다란 강나루에 내렸다.

눈 쏟아질 듯한 하늘이었다. 강나루를 디디고 선 사내들의 눈동자가 허연 눈 쌓인 헐벗은 풍경에 이르렀다. 어딘지 불안해 보이는 뱃사공은 조심스레 나루터에 배를 묶었다.

이유야 당연하다. 서부의 분위기가 여전히 좋지 않았다. 듣자 하니 아직도 마리포사의 탈영병 색출 작업이 한창이라던가. 마리포사들이 몇이나 살아 도망쳤는지, 몇이나 잡혀 들어갔는지 따위는 알 바 아니지만 초토화된 서부에서는 자칫 조금의 수상쩍은 짓만 해도 재판 없이 사형을 구형받을 수 있었다.

게다가 한창 서부의 영주들이 바인과 살리가르 양쪽에 붙어 꽤나 저들끼리 문제를 일으키고 있다.

어떤 의미에서든 숨죽이는 게 최고인 시국이다. 그런데 저 사내들은 대체 왜 이 황폐해진 곳까지 내려온 건지 모를 일이다.

"에, 이곳이 바인스트 숲입니다. 원래 이렇게 황량하지 않았는데 지난 서부 참변 때 숲이 많이 벌목되어서 이 모양 이 꼴이 되어 버렸지 뭡니까. 제가 엉뚱한 데다 내려 드렸다 하실까 봐 미리 드리는 말씀이지만 저쪽 보시면 표지판도 있습니다."

강기슭에 걸쳐 둔 뱃머리에 밧줄을 고쳐 묶는 뱃사공의 손이 떨렸다. 술 좀 작작 마시라던 부인의 까랑까랑한 목소리가 떠올랐다. 하지만 그는 결코 부인에게 그녀가 옳았다는 말은 하지 않을 터였다.

"대기하도록."

낯선 북부 억양의 목소리에 뱃사공은 침을 꿀꺽 삼켰다.

그가 태우고 온 이는 두 사람이었다. 척 보기에도 귀한 털 코트를 발끝까지 덮고 선 흑발의 남자와 어딘지 날카로운 눈을 한 갈색 머리칼의 남자. 검은 사람과 달리 갈색 사람은 주위를 경계하느라 여념이 없다.

오는 길 들으니 두 사람은 주종 관계였는데 흑발 흑안의 사내는 아마도 상당히 높은 인사일 것이 자명했다. '각하'라고 불렸으니까. 아무리 그가 남부의 못 배운 뱃사공일 뿐이라 할지라도 각하가 지체 높은 이를 칭하는 것임은 안다.

'죄라도 지으셨나?'

두 해 즈음 되었나? 라르크와의 전쟁이 끝난 후로 모르가나와 북부의 관계는 그다지 나쁘지 않았다. 하지만 저자들은 밀입국을 시도한 자들이었다. 그들이 탄 말이 뭍을 딛는 순간까지도 뱃사공은 애국심과 경제 관념 사이에서 고민했다.

"얼마나 걸리실 것 같습니까?"

“이곳에서 라곳에시스까지의 거리가 얼마나 되지?”

갈색 머리칼의 사내가 되레 반문했다.

저들을 싣고 윙거 운하의 남쪽 강기슭에서 출발한 이래 뱃사공은 저들이 질문받는 것을 좋아하지 않는다는 사실을 새삼 깨달았다.

“말 궁둥짝을 세게 때려 달리시면 대충 두 시간이면 성벽이 보이실 겁니다. 그런데 라곳에시스로 가신다굽쇼?”

“그들의 성채까지는?”

뱃사공은 못내 얼떨떨한 표정을 지었다.

“엥, 라곳에시스가 지금 어찌 되었는지 모르십니까? 다 철수했다는 소문이 돌기는 했지만 아직 황실의 군대가 도망친 역도 잔당들을 수색하면서 돌아다닌다던데요……. 그, 마리포사 백작 저까지는 이 물길을 따라 쭉 내려가시면 나올 겁니다. 그리 멀지 않다 들었습니다. 전 한 번도 가 본 적은 없지만 말입니다.”

뱃사공은 강기슭에서 뻗어 갈라져 숲 가장자리로 이어지는 좁다란 물길을 가리켰다.

“늦어도 내일 저녁에는 돌아오겠다.”

“저…….”

아무리 생각해도 라곳에시스는 위험했다.

그곳은 죽은 호수의 땅이다. 만일 저들이 붙잡히기라도 한다면 그들의 밀입국을 도운 제 입장이 난처해질 터였다. 그러나 뱃사공은 갈색 머리의 건장한 사내가 던진 금화를 냉큼 잡아채는 순간 모든 불안을 잊었다. 저들도 제 목숨 위험한 것을 알 터이니 조심하겠지 싶은 것이다. 위험수당이라고 하기에는 뭣하더라도, 일개 평민인 그가 이런 거금을 받을 수 있는 일은 드물었다. 이 돈이면 한 달은 놀고먹어도 될 터다.

흑발 흑안의 사내는 뱃사공의 집요한 시선에 잠깐 뒤돌아보더니, 죄 베여 나가 휑하기 짝이 없는 숲의 작은 물길을 따라 말을 몰아 갔다.

땔감으로 베어 간 것일까. 공성 병기를 만들기 위해 베어 간 것일까. 그들로서는 알 수 없는 일이다.

한때 정글처럼 우거졌던 숲은 마른 황갈색 덩굴과 잡초들만 무성했다.

파사드는 무너진 라곳에시스의 성벽을 지났다. 불타 버린 참호와 골자만 남은 막사 건물들이 속속 눈에 띄었다. 이윽고 죄 무너진 잔해 너머 우중충하게 물든 거대한 호수가 눈에 들었다.

호수는 혼탁한 잿빛이었다. 검은 기름을 띄워 놓은 것 같기도 했다. 물 위를 둥둥 떠다니는 나무 파편과 갖가지 썩어 가는 부유물들이 잔잔한 물결을 일으켰다.

인기척이라곤 하나도 남지 않은 허망한 풍경. 다 타 버린 건축의 둘레로 세워진 목재 탑 위로는 낯선 문양이 수 그려진 깃발들이 펄럭였다.

어디에도 푸른 나비의 깃발은 없었다. 너저분하게 버려진 푸른 갑옷과 투구와 무기들이 잿더미에 덮여 있을 뿐이다.

모르가나를 상대로 한 해 반 가까이를 버텨 내고, 서부 최악의 기사들로 악명을 떨친 이들의 말로였다.

아직 마리포사들의 공식적인 토벌 종료 선언이 떨어지지는 않았다. 모르가나 황실은 마지막 한 명까지 찾아 죽일 기세로 서부와 산맥 동쪽을 수색하고 있는 중이라 하였다. 때문에 조금 더 깊숙한 곳에 디딘 그들의 걸음도 점차 조용해졌다.

"……주군, 혹시 모르니 조심하십시오. 간간이 정찰대가 오간다고 합니다."

혹시나 하는 우려를 지우지 못한 테레어드가 흙바닥 위에 대중없이 내버려진 불탄 깃발을 들어 살피며 말했다.

파사드는 대답 대신 처참하게 재 덮인 호숫가를 따라 느린 걸음을 지속했다. 바로 석 달 전까지만 해도 르옌이 보고 거닐었을지 모를 길이었다.

"주군, 일단 저쪽에서 식사라도 하고 살피시는 것이 어떻겠습니까. 오늘 아무것도 들지 않으셨는데……."

파사드는 듣지 못한 사람처럼 계속 걸었다. 테레어드는 불안한 눈빛으로 뒤따랐다.

이제 다 마무리되었다고 생각했다.

테른도크가 슬슬 그를 경계하기 시작했으니 막바지였다. 사람은 대비하지 않으면 실수를 하기 마련이라, 무던한 노고로 그들이 돌아올 방도를 모색했다. 드디어 이제 그녀의 말처럼 누군가에 얽매이지 않는 제 삶을 살 준비가 되었다 생각했다.

그동안 수십 번, 수백 번 치밀어 오르는 충동을 제 살 깎아 내듯 잘라 내며 인내한 것이 그를 위한 것이다. 이제 로크란드를 분리 독립하기 위한 작업도 막바지에 이르렀는데.

바인의 어린 왕이 마리포사를 궤멸시키고 마리포사의 지휘부 기사들을 효수했다는 소식이 들리기 전까지만 해도, 파사드는 믿지 않았다.

마리포사 기사단은 파사드가 만나 본 이들 중 가장 잘 훈련받은 군대였다. 근근히 명맥만 유지하며 지도에 이름자 남기는 것이 전부였던 나라가 삽시간에 그들을 무찔렀다는 것은, 헛소문일 수밖에 없었다.

헛소문이어야 했다.

"조르디아 공작의 말이 사실이라면, 이곳에서 찾아봐야 소용없을 듯합니다."

찾으러 온 것이 아니었다. 사실 무얼 바라 온 건지 그는 아직 잘 알지 못했다.

조르디아 공작은 파사드에게 마리포사들이 살아 있을 가능성을 제기하였고, 앞으로 모르가나 황실이 그들을 추격하지 않도록 뒷처리를 마무리하겠다 했다. 그러나 파사드는 마리포사들의 생존 따위에는 관심 없었다.

시친의 개입이 의심된다는 첩보에 시친 측에 연통을 넣어 보았으나 돌아온 것은 카헤이아가 얼마나 그를 비웃었는지에 대한 소식뿐이었다.

한창 라르크와 전쟁을 벌이겠다 이를 가는 시친이 마리포사들을 도울 이유가 없으니, 사실 희망 사항에 가까울 것이었다. 자존심이 상하기 이전에, 암담하고 막막하였다.

얼마간 멀거니 호수의 가장자리를 둘러보던 파사드가 코트를 벗었다.

"주군?"

바닥에 내려놓은 코트를 피해 파사드는 수풀 사이의 물가로 한 걸음 들어갔다. 깊지 않은 얕은 수심은 그의 정강이까지 겨우 잠겼다.

허리를 숙여 얕은 호수 바닥을 더듬던 파사드가 이내 차게 언 어떤 물체를 물속에서 꺼내었다.

"주군, 물이 지저분한……."

테레어드는 파사드가 주워 든 물건을 난감한 눈빛으로 바라보았다.

예전 보았을 적과 달리 많이 볼품없어지긴 했으나 분명 아는 물건이다. 단검 한 자루. 덩굴처럼 얽힌 물풀에 휘감긴 단검의 음각에는 진흙이며 모래며 이끼들이 거뭇하게 끼어 있었다.


파사드는 불가에 앉아 창백한 낯으로 푸른 단검을 내려다보았다. 눅눅히 젖은 갈색 가죽 장갑은 그의 곁에서 얼마 떨어지지 않은 곳에 버려진 채였다.

"……일단, 바람을 피할 곳이라도 찾아 들어가는 게 좋겠습니다. 이 근방에 멀쩡한 건물이 있을 것 같지는 않지만 잠깐 둘러보고 오겠습니다."

파사드의 심기를 살피던 테레어드가 조심스레 코트를 여미며 멀어졌다.

파사드는 넋을 놓은 채로 왜 이걸 발견해, 왜 이걸 주워 들었는가 자문했다. 차라리 보지 않았더라면 더 나았을 것이다. 발로이드가 르옌에게 바쳤던, 르옌이 가지고 떠난 유일한 그의 물건이었다. 그것이 이리 처참히 버려져 있는 것을 발견하지 못했다면 조금의 희망쯤은 있었을 터였다.

무엇을 위해 이제껏 그 많은 희생을 감내해야 했나. 어쩌면 살아 있을는지도 모른다는 희망과 함께, 그마저 헛꿈일지 모른다는 두려움이 이미 싹을 틔운 후였다.

파사드는 검을 내려놓았다. 망가진 오른손이 저릿한 통증으로 움찔거렸다. 이끼가 미끈하게 묻어 지저분해진 왼손을 내려다보던 파사드가 주먹을 쥐었다.

남하하는 내내 참아 눌렀던 두려움이 목구멍까지 밀려 올라왔다.

고개를 떨어뜨린 파사드는 제 발치에 떨어진 날을 잃은 단검을 내려다보았다. 버리지 않았던 희망으로 버티던 등이 굽어졌다.

이튿날 동이 틀 무렵, 바인스트 숲의 정박지로 되돌아간 파사드는 롯사와 함께 배에 올랐다. 테레어드도 뒤따라 탔다. 잘 훈련받은 두 마리의 말이 무릎을 굽히고 선미에 기대어 앉으며 배가 출렁거렸다.

헐벗은 숲 한구석에서 모닥불을 피우고 두꺼운 모포를 둘레둘레 덮어 하루를 보낸 사공의 수염엔 흰 먼지가 끼어 있었다.

사공은 그들이 생각보다 빨리, 그리고 변고 없이 돌아온 것에 기뻐하며 뱃전을 묶고 있던 밧줄의 매듭을 풀었다. 이제 그들을 북쪽 강기슭인 도두스에 내려 주기만 하면 그 어느 때보다도 묵직한 돈주머니를 들고 거드름을 피우며 집으로 돌아갈 수 있었다. 벌건 눈으로 베틀을 돌리며 이제나 저제나 돈타령을 해 대던 부인의 잔소리도 한동안은 그칠 것이다.

하지만 사공의 바람은 흑발 흑안 사내의 한마디에 와장창 부서져 버렸다.

"레비어 강기슭으로 가라."

"예? 도두스는 그쪽이 아닌뎁쇼?"

레비어 강기슭은 이곳에서 서쪽으로 이틀 나절은 떠가야 나오는 곳이었다. 뱃사공의 두툼한 입술이 작게 벌어졌다. 우중충한 얼굴로 흑발 사내의 건너편에 앉아 있던 갈색 머리의 사내가 당황스럽단 듯 엉덩이를 들썩였다. 그 바람에 막 출발하려던 배가 한 번 작게 출렁였다.

테레어드가 조심스레 말을 붙였다.

"주군, 그곳은……."

바인의 북쪽 해안가와 가장 가까운 강나루로 알려진 서부의 끝이다.

"저, 저는 원래 도두스에서 바인스트 강나루까지만……."

흑발 흑안의 사내는 등줄기가 오싹할 정도로 새까만 눈빛을 하고 있었다. 얼결에 그와 눈을 마주친 뱃사공은 황급히 눈을 내리깔았다.

저들은 귀해 보이는 검을 지닌 사람들이었다. 까만 머리칼과 대조적인 북부인 특유의 하얀 얼굴을 지닌 귀해 보이는 저자가 무얼 하는 사람인지는 모르겠으나, 그자를 주군이라 부르며 보필하는 갈색 머리는 사람 여럿 죽여 봤을 기사가 확실했다.

"바인으로 간다."

한겨울의 냉기를 품기라도 한 듯, 차갑기만 한 목소리였다.

검은 눈이 무서운 북부인은 작은 가죽 주머니를 열어 또 다른 금덩이 하나를 툭 던졌다. 제 무릎에 떨어진 엄지손가락만 한 금덩이의 묵직한 무게에 뱃사공은 씰룩씰룩 웃었다.

말 두 필과 사람 셋을 싣는 것만으로 꽉 차 버린 배가 안개 앉은 물살을 가르기 시작했다.

배의 끄트머리에 앉아 양 끝이 투박하게 넓적한 노의 가운데를 쥐고 뱃사공은 어깨를 움직였다. 사아아. 얼지 않는 강물이 차게 흐르는 소리, 죽어 가는 잡풀을 두드리는 겨울바람 소리, 그리고 뱃사공의 걸죽한 뱃노래가 물안개를 헤치며 울렸다.


*"가자, 가자, 강과 함께 가자. 부딪치는 강물 소리, 물새 따라 흘러가자. 이 강 끝엔 달 같은 아가씨가 치맛자락을 펄럭이고 있겠구나. 둥지 잃은 물수리 떼 퍼득퍼득 날겠구나. 너희 집은 어디인고, 우리 집은 강*

물이다. 에헤이어, 달 아가씨. 난 돈 없소. 노만 있소. 가자, 가자, 에헤
이어…… . 이 강 끝엔 무어 있나. 늙어 죽을 때까지 흘러가 보자. 달 같
은 아가씨야, 물수리야…… .”

레비어 강기슭은 윙거 해협으로 향하는 강의 하류 근방이다. 강기
슭에 내린 파사드와 테레어드는 뱃사공에게 대기령을 내린 후, 바인
으로 향했다.

본디 바인은 민간인까지 더해 인구가 십삼만이 채 되지 않는 작은
나라였다. 얼마나 작으냐면, 브류나크 령인 로크란드만 하였다. 한
때는 남부의 서쪽을 죄 장악했던 역사가 있었다고들 말하지만 이미
기억하는 이 없는 까마득히 오래전의 이야기다.

남서쪽의 괴뢰국 살리가르와 더불어 가장 큰 항만을 지녔다 알려
진 바인의 림은 국경에서 하루 정도의 위치에 있었다. 어딘가로부터
바다 비린내가 풍겨 왔다. 바인의 경비대와 함께 바인의 성, 림으로
들어가는 내내 테레어드는 바짝 긴장했다.

그들의 여행이 예정보다 길어지고 있었다. 누군가 그들의 행적을
의심할지도 모를 일이었다. 하지만 파사드는 지금 무슨 말을 해도
듣지 않을 상태이니 별 탈 없이 빨리 용건이 마무리되길 바랄 뿐이
었다.

파사드와 테레어드는 바인의 살풍경을 걸었다. 성벽 위에는 그들
의 웅장한 깃발이 일정한 간격으로 게양되어 있었다. 그 사이사이,
꼬챙이처럼 선 푸른 갑옷들이 장식처럼 걸려 있다. 지난 대모르가나
전에서 지독히 인상 깊게 남았던 갑옷의 형태와 색상이었다.

테레어드는 아연했다.

'정말 저들이 마리포사를 꺾었다는 건가.'

전리품처럼 걸어 놓은 것을 보니 의심할 여지가 없었다.

바인의 성, 림의 입구에 선 땅딸막한 사내가 짙은 녹빛 눈동자를 깜빡깜빡하며 빤히 파사드를 바라보았다. 노골적으로 파사드 일행의 생김과 차림을 살피는 모양새가 다소 무례했다.

테레어드는 그들을 둘러싸고 선 바인의 정찰대원들의 험악한 분위기를 돌아보았다. 풍경부터가 이러하니, 저들이 더 문제가 있어 보이는 건 어쩔 수 없었다. 살 썩는 냄새가 짠 내에 섞여 드는 듯했다.

하지만 파사드는 표정 하나 없이 고요한 얼굴이다. 제대로 깎지 못한 수염이 까칠히 돋은 그의 눈빛에서 찾을 수 있는 것이라고는 진득한 고요뿐이다. 이 불편한 공기도, 어쩌면 저 혼자만의 착각인지도 모른다고 테레어드는 잠깐 생각했다.

한참이나 그들을 뜯어보듯 훑던 땅딸막한 사내가 투박한 손을 내밀며 물었다.

"증명은?"

파사드는 코트 안에 감고 있던 멘테를 짓이기듯 힘주어 풀어냈다. 그리곤 사내의 손에 내동댕이치며 말했다.

"너희의 왕 요수아에게 전해라. 북부의 붉은 늑대가 찾아왔다고."

❖ ＊ ❖

파사드와 테레어드는 곧 바인의 갈색 망토를 입은 사내들 사이에 둘러싸여 왕궁 뒤편의 해안가로 안내되었다.

옥빛 바다가 펼쳐진 왕궁 소유의 길고 거대한 해안가에는 수십 개의 거대한 양산이 일정한 간격을 두고 박혀 있었다. 길가를 따라 잎이 뾰족한 나무들도 수십 그루 서 있었다.

얼마간 해안가를 따라 걷던 파사드와 테레어드는 하늘 위에 뜬 긴 꼬리가 달린 연들을 발견했다. 크기가 각기 다르고 모양도 조금씩 다른 연들은 갈색과 녹색과 노란색, 세 개였다. 눈에 보이지도 않을 정도로 가느다란 줄에 매달린 연들은 거친 바닷바람을 맞으며 뱅글뱅글 돌거나 위아래로 오르락내리락했다.

파사드는 바인의 물고기 꼬리가 그려진 갈색 연을 조종하는 체구가 작은 사람에게로 안내되었다.

두꺼운 코트로 온몸을 가리고 머리까지 죄 덮은 뒷모습은 마치 눈사람처럼 하얗게 보였다. 한 자리에서 연줄을 손끝으로 당겼다 풀었다 하는 모습은 열정적이고 신이 난 사람 같았다. 초록색의 연이 줄을 잃고 흐늘흐늘 거리더니 얕은 바다로 떨어졌다. 저 멀찍이서 초록색 연을 조종하던 어린 소년이 첨벙거리며 옥빛의 얼어붙은 바다로 뛰어 들어가 연을 건졌다.

소년이 팔을 좌우로 붕붕 흔들었다.

"폐하! 폐하께서 이기셨습니다!"

파사드는 제 지근거리에서 뒷모습을 보이고 있는 하얀 모피를 응시했다.

이자들이 혼인 동맹이라는 미끼로 하여금 마리포사들의 곤란을 초래했던 자들이라 하였다. 순간 치미는 살의에 그의 손끝에 잠깐 힘이 들어갔다 풀렸다.

곧이어 그를 안내한 젊은 청년이 공손히 아뢨다.

"폐하, 북부의 유일 공작 브류나크입니다."

파사드 자신보다 머리 하나는 더 작았다. 얼굴은 제대로 보이지 않았다. 소년이 연싸움에 집중하고 있었기 때문이다.

소년은 하늘을 노려보며 그의 연 곁으로 다가오는 또 다른 노란 꼬리가 달린 연을 노리는 듯 슬쩍 얼레를 당겼다. 그러자 갈색의 연이 노란 연을 덧게비쳤다. 갈색 연에 눌린 노란 연이 잠깐 내려앉았다가 냉큼 도망쳤다.

"아! 아! 이런다 이거지!"

소년의 신난 중얼거림이 이어졌다.

잠자코 숨을 고르던 파사드는 당최 끝날 줄 모르는 연싸움을 노려보다 성큼성큼 소년의 앞에 섰다. 소년의 위로 향한 눈동자는 그때까지도 연싸움에 매진해 있었다. 파사드가 왼손을 뻗어 소년의 손에 쥐인 얼레를 으스러뜨릴 기세로 움켜쥐었다.

금발에 황갈색 눈동자를 한 천진난만한 인상의 소년왕 요수아의 눈동자가 서서히 파사드에게로 향했다. 눈빛이 교차했다.

입장이 입장인 터라 테레어드는 불안한 기색으로 파사드와 요수아의 뒷모습을 주시했다.

요수아가 얼레질을 멈춘 사이, 노란 연이 달려들어 요수아의 연줄의 끝부분을 끊어냈다. 꼬리가 긴 갈색 연이 느릿느릿 바닷가로 떨어졌다. 노골적으로 인상을 쓰던 요수아는 곧 얼레를 모래사장에 내던졌다.

"너희는 감히 왕이 하는 놀이에 손을 대나?"

요수아의 목소리가 불편함을 드러냈다. 하지만 파사드는 눈 하나 깜빡 않고 자그마한 소년을 노려보기만 할 뿐이었다.

테레어드는 안절부절못했다. 바인의 소년왕이 섣부르게 그들에게 해를 끼치지는 않을 거라 믿지만, 그렇다고 해서 이쪽이 고자세로 나갈 만한 상황은 아니었다.

그러나 한참을 파사드를 노려보던 요수아가 순간 변덕이라도 부리는 건지, 입꼬리를 길쭉하게 당겨 웃었다.

"그래, 브류나크. 네가 파사드 칼란독 브류나크라고? 브류나크가 여긴 웬일이야? 네 얘기는 바인에도 자자해서 한 번쯤 꼭 만나 보고 싶었어. 북부의 영웅이라지?"

파사드는 말없이 소년을 노려보았다. 그러나 요수아는 비뚤비뚤한 치열을 드러내며 천진하게 웃었다. 차가운 바닷바람에 언 뺨이 홍조처럼 붉었다.

사아아. 파도가 미는 소리가 들렸다.


바인의 왕성은 그다지 크지 않았다. 뮈아드로의 반절도 되지 않는 규모였다.

내부 장식은 남부 특유의 수려함과 다채로움을 담고 있었다. 하지만 전체적인 분위기는 음침하고 비렸다.

파사드와 테레어드는 알현실로 안내되었다. 가장 먼저 보인 건 얼굴과 팔에 새파란 멍이 든 어린 여자였다. 왕비의 의자에 앉아 있었다.

그리고 요수아는 삐딱하게 왕좌에 기대어 앉아 파사드를 내려다보았다.

"왕비 전하께도 인사드립니다."

"저, 저, 저…… 예."

수십 년간 싸워 왔던 제국령 영주의 딸을 취했다는 소문은 이미 들어 알았다.

바인이 서부 영주들의 지지를 얻은 것 역시 영주가 죽은 다난의 딸을 왕비로 들여 그들의 안정에 힘써 준 덕이라 하였다. 그러나 정작 왕비인 어린 여자는 모진 폭력에 얼굴의 반 이상이 퍼렇고 보란 멍투성이였다.

테레어드는 꽤 충격을 받았다. 일국의 왕비의 몰골이 저 꼴이라는 건 상상도 할 수 없는 일이었다. 요수아의 아무렇지도 않은 얼굴을 보니 누가 저런 짓을 했는지도 눈에 훤했다.

그러건 말건, 요수아는 꼭 저 밖의 바다를 연상시키는 연옥색 성장에 까만 망토를 두른 채 손을 비볐다.

"모르가나와 손잡았다는 북부인이 왜 여기까지 왔을까?"

천진한 투에는 적의도 호의도 없어 그 의중을 가늠하기가 어려웠다. 웃는데도 그늘이 드리워진 듯하다. 어딘가가 껄끄러웠다.

일생 왕이라고는 일라린 공국의 왕인 예멘과 테른도크밖에 보지 못했던 터라, 그 탓인지도 모른다. 테레어드는 충격을 삭이기 위해 눈을 내렸다.

파사드의 손이 서서히 주먹 쥐어졌다.

"마리포사들의 갑옷이 걸려 있는 것을 보았습니다."

"아아, 오면서 봤구나? 아, 마리포사는 너희 적이기도 했지. 그래서 내가 대신 처리해 준 거에 감사한다고 전하러 왔어? 북부의 왕이 고맙대? 그런데 왜 빈손이야? 먹을 고기나 선물 같은 거, 뭣하면 말이라도 가져오지. 북부의 말고기가 맛있던데. 발도라는 그곳에서 나는 말이 그렇게 튼튼하다지? 아, 물론 튼튼한 말은 질겨서 맛이 없다는 건 나도 알아."

메아리처럼 울리는 요수아의 한 마디 한 마디가 칼처럼 파고들었다. 파사드는 힘겹게 눈꺼풀을 닫았다 들었다.

벨루비르하인 2세뿐만 아니라 지난 많은 왕좌의 주인들이 이 서쪽 끝머리의 땅에는 큰 손길을 뻗치지 않았다. 비효율적이기 때문이다. 하물며 마리포사들의 거점이었던 라곳에시스보다 더 서쪽에 있는,

그야말로 서해의 끝자락에 달린 이 나라야 말할 것도 없는 일이다.

"······시친과 어찌 연을 이었습니까?"

요수아가 잠깐 턱을 괴더니 음산하게 웃었다.

히히, 히히. 시친? 나는 모르는 일인데? 조롱처럼 울리는 목소리에 파사드의 입술이 더 딱딱히 굳었다. 요수아가 쾌활하게 웃으며 팔걸이를 툭툭 때렸다.

고개를 돌린 요수아가 겁에 질린 것이 명백해 보이는 왕비를 향해 생글거리며 말했다.

"나가."

왕비는 기다렸다는 듯이 긴 드레스를 질질 끌고 절뚝이며 도망쳤다. 파사드는 무거운 침묵을 버티고 요수아를 노려보았다.

"살리가르가 멋대로 내 바다를 드나들려 했으니까. 시친이랑 살리가르의 마코시아가 싸우려고 했다는 얘기 못 들었나?"

조르디아 공작이 전했던 것과 같은 말만 되돌아올 뿐이었다. 하지만 여전히 믿기가 어려웠다. 자신조차도 탄복하지 않을 수 없었던 마리포사의 군사들이 아니었나.

벨루비르하인 2세의 대대적인 토벌령이 떨어지고, 그들의 토벌군이 이가 산맥에 닿기도 전이었다. 바인과 마리포사들이 전쟁을 벌였다는 소식이 돌아오기도 전.

북부에 닿은 것은 그들이 전쟁을 시작했다는 소식이 아닌, 저들이 큰 손실 없이 마리포사들을 궤멸했다는 것이었다.

"얼마 전에 찾아왔던 제국인도 그런 눈빛으로 날 봤는데."

"······."

"정말 재수 없었거든?"

"······어떻게 죽었습니까."

"무슨 말이야?"

"르옌 데투아."

요수아는 뜻밖의 이름이 거론된 사실에 희한하다는 듯 파사드를 바라보았다. 파사드의 등 뒤에 선 기사와 파사드를 번갈아 바라보던 요수아가 고개를 갸웃하며 물었다.

"너 르옌이랑 아는 사이야? 아, 아는 사이일 수도 있겠구나. 북부인이니까."

요수아의 입술에서 나오는 자연스러운 호칭에 파사드는 정신을 잃을 것만 같았다. 요수아의 손끝이 어깨에서 흘러내린 망토의 가장자리를 만지작거렸다.

"어떻게 죽었냐고?"

"……."

"음, 르옌, 르옌, 르옌. 예쁜 데다 우아하고 강하기까지 하지. 꽤 길게 여러 번 얘기도 나누었고 말이야. 북부인이라고 했는데 어떻게 남부에서도 다룰 재간이 없다던 마리포사 녀석들을 다루는지도 굉장히 궁금했거든. 르옌이 나한테 가르쳐 준 것도 되게 많아."

"……."

"모르가나가 이를 갈고 있는 게 아니었다면 림에 눌러 살라고 했을 거야! 물론 모르가나가 무서워서 그런 건 아니야."

살기가 드러날까 파사드는 숨조차 의식적으로 골라야 했다.

"지금 날 노려본 거야?"

"질문에 답부터 해라."

순식간에 하대로 바뀌자 요수아는 조금 놀란 표정을 지었다.

'북부인들은 무섭다더니.'

파사드의 냉기로 벼려진 새까만 눈동자를 마주 본 요수아가 입술을 오므리며 손끝에 걸려 있던 망토 자락을 만지작댔다.

파사드가 낮게 깔린 음성으로 또박또박 다시 물었다.

"바인은 지금 뭘 숨기고 있나, 시친과 무얼 거래했나? 왜 대답하지 못하나."

"시, 시끄러워! 무엄하게!"

발끈해 소리치는 요수아의 눈동자가 슬며시 왼편으로 향했다. 심상찮게 흘러나오는 살기에 잠깐 어깨를 움츠린 요수아가 입술을 삐죽대며 말했다.

"……그녀는."

"검을 들고! 갑옷을 입고! 방패는 필요 없었지! 다들 내가 약골이라 생각하는데 나 엄청 세거든. 너 개네가 세운 방책이 얼마나 높은지 본 적 있어? 아 못 봤겠구나. 내가 다 불태웠지. 르엔은 그 위에서 스스로 몸에 불을 질렀어. 너희 북부인들은 죽으면 시체를 태워야 한다고 생각한다며?"

요수아는 파사드를 올려다보던 시선을 내리고 눈동자를 데굴데굴 굴렸다. 망토 자락을 쥔 손끝에 힘이 들어갔다. 파사드는 눈에 거슬리는 소년왕의 습관을 말없이 바라보았다.

"왜 못 믿어? 왕의 말을 의심하지 말라. 그런 거 너희 나라에는 없어? 오면서 마리포사들 갑옷들 봤다며!"

요수아가 벌떡 자리에서 일어나 파사드를 쏘아보았다.

테레어드는 혹시라도 요수아가 기사들을 부르지는 않을까 싶어 바짝 긴장했다. 지금 왕성에 찾아온 북부인은 파사드와 테레어드 둘뿐이었다. 그들의 행적은 아무도 알지 못할 것이다. 이곳에서 문제가 생기기라도 한다면 몹시 곤란하다.

다행스럽게도 요수아는 씩씩거리며 그를 노려보기만 할 뿐이었다.

짧은 적막을 밀어내고 파사드가 단상을 딛으며 한 걸음씩 올랐다. 그의 긴 다리가 왕좌가 놓인 단상의 가장 위의 층계에 닿는 데에는 여섯 걸음도 필요치 않았다.

대기 중이던 바인의 기사들이 재빠르게 창을 겨누었으나, 파사드의 손이 그보다 빨랐다. 요수아의 멱을 그대로 끌어 올린 파사드가 으르렁거렸다.

"요수아 로르지아 타즈멘카야."

"손, 못, 못 치워? 난 왕이……!"

"네가 왕이 아니었다면 내 눈을 똑바로 바라보지도 못했을 것이다. 이제 막 권력을 쥐었다 온 세상이 네 것인 것 같은 착각에 빠진 듯하니 내가 누구인지 직접 일러 주지. 고작 일만의 병력으로 근근이 연명하는 네 나라는 나의 땅보다 작다. 내가 움직일 수 있는 군사는 너의 두 배에 이른다. 수년 전 윙거 운하 작업이 마무리되었다는 소식은 들었겠지. 랑스 강 하류의 강줄기를 두 번 건너면 바로 바인이다. 바인의 성벽을 넘어 반나절이면 네 성이지. 네가 지껄인 말, 그대로 되돌려주지. 북부국과 우호 협정을 맺은 건 바인이 아니라 모르가나다. 만일 내게 거짓을 지껄인다면 후회하게 될 거다."

"……."

"마지막으로 묻겠다. 무슨 작당을 했나."

병사들이 파사드를 밀어내려는 것을 막은 것이 요수아였다. 요수아는 음습하게 가라앉은 눈동자로 히죽 웃으며 말했다.

"……네 사정, 네가 궁금해하는 거, 내 알 바 아니거든."

‘와, 무시무시해라. 역시 북부인들은…….’

요수아는 얼얼한 턱을 매만지며 위협을 가하고 떠나 버린 북부인을 반추했다.

뒤늦게 달려온 군사들이 ‘체포할까요.’ 하고 물었지만 그러지 말라고 했다. 요수아가 아직 여러 가지로 배움의 단계에 있기는 하지만, 북부의 늑대들은 요주의 인물이라 맥베인으로부터 귀 따갑게 들은 탓이다. 그리고 르옌도 북부인이었다.

군사들이 돌아 나간 후, 식사 시간이 되었다는 시녀의 알림이 있었다. 식탁에 앉아 냅킨을 무릎에 올린 요수아는 조금 전까지와는 달리 몹시 침착했다. 다난의 딸인 왕비가 그의 건너편에 앉아 눈을 내리깔고 있었다.

“말해 주고 싶어?”

마리포사들이 어떻게 되었는지. 말미는 웅얼거리는 것과도 비슷했다.

한때는 적이었던 자의 딸이었으나, 이제는 왕비가 된 어린 여자의 고개가 가로저어졌다.

“아, 아, 아니오. 제가 무얼 알겠어요, 폐, 폐하.”

“르옌이 아니었다면 너도 죽여 버렸을 거야.”

이죽이듯 웃었다.

“하지만 르옌의 말이 맞아. 서부를 다 먹고 나면 너도 필요 없으니까 그때까지만.”

왕비의 겁에 질린 눈동자가 식탁 위로 떨어졌다. 살려 주세요. 울

듯이 중얼거렸다. 요수아는 만족스러운 듯 웃었다. 착 가라앉은 눈빛이 음산히 울적했다.

바인 왕성의 일꾼들은 대부분 알고 있었다. 그들의 왕은 더 이상 천진난만하기만 한 것이 아니라는 것을. 이미 요수아와 돌체의 영주 맥베인의 손에 죽은 귀족들이 수두룩했다.

요수아는 조금의 여지도 두지 않고 섭정 길도프의 세력에 붙었던 귀족들을 전부 다 일가 참살했다. 돌체의 영주 맥베인이 소년왕을 조종하여 그간 섭정에게 쌓인 울화를 푼다고 떠드는 이도 있지만, 그 모든 것은 어린 소년의 악심에서 비롯된 것이었다.

요수아는 돌체의 영주 맥베인도 감당하지 못할 잔인한 소년이었다. 요수아가 포도주 잔을 들어 바짝 마른 입술을 축인 후 손을 들었다.

"탈리아."

어린 시종 하나가 조르르 달려왔다.

"폐하, 저는 탈리아라는 이름이 아니라니까요."

"뭐라 부르건 내 마음이라고!"

요수아는 생글생글 웃으며 시종이 건네는 세숫대야의 물에 가볍게 손을 씻었다. '아이 참, 폐하께서도.' 하며 시종은 상냥한 요수아의 미소에 황송한 듯 고개를 조아렸다.

시종이 곧 세숫대야를 왕비에게로 옮겨 갔다. 거듭된 폭력으로 달달 떨리는 왕비의 손을 바라보며 요수아가 말했다.

"탈리, 내일은 돌체로 가자."

"일정을 바꿀까요? 내일 웬더의 새 영주 임관식이 있을 예정이라 보프슨 님이 입궁하신 상태인데."

"그런 것쯤은 어디에서 해도 되잖아? 부인."

대수롭잖게 중얼거리는 요수아의 눈치를 살피던 어린 왕비가 퍼똑 고개를 들었다.

"너는 걸어와야 해. 알았지?"

요수아는 바닥에 닿지 않는 다리를 흔들흔들 거리며 포크를 들었다.

"그러지 않으면 앞으로 일주일간 굶길 거야."

도트발 잔트 히잔 902년 네 번째 달, 로크란드.

로크란드, 누군가는 록란드라 부르기도 하는 그 땅은 북쪽으로는 갈카마들과 맞닿아 있는 라르크 북서부의 끝에 있었다. 그 탓인지 또 다른 겨울이 지나갔는데도 공기는 서늘하기만 했다.

브류나크 왕조가 세워지기 전부터 북부의 늑대가 머물던 땅이기에 경건하다 일컬어지기도 했다. 사흘을 둘러 달려야 그 가장자리만 겨우 살필 수 있으며 수만 명의 영지민들이 척토를 일구고 사는 곳.

최근 로크란드는 라르크 내에서 전에 없이 열렬히 회자되고 있었다. 석 달 즈음 전, 테른도크 란펠 브류나크로부터 온전한 공국으로 인정받았기 때문이다.

브류나크령 로크란드가 공국 로크란드로 자리 잡기까지의 과정은 순식간이었다. 귀족들 중 영민한 자들은 테른도크의 선의가 아닌, 권력의 균형을 위한 조치임을 알고 있었다.

커다란 땅의 완전 독립에 또다시 남부의 에스란드가 한 차례 들썩였다는 소식이 들렸지만 그뿐이었다. 로크란드의 독립과 에스란드의 독립은 궤가 다른 문제이기 때문이다. 로크란드의 독립은 이미 오래전부터 전망되었던 두 늑대의 아들들의 마찰이 온건한 방향으로 해소된 것에 불과했다.

그리고 여전히 파사드는 테른도크의 신하임을 자처하고 있으니, 상징적인 의미와 호칭이 바뀐 것 말고는 크게 달라진 것 같지도 않았다.


로크란드의 성.

짙은 갈색의 흙을 굳혀 만든 벽돌과 만질만질한 화강석으로 지어진 유서 깊은 고성 첨단에는 아무런 무늬도 없는 흰 깃발만 나부꼈다. 붉은 늑대의 브류나크가 온전히 왕실로 규합되며 상징을 잃었다는 사실은 오래도록 로크란드에 살았던 이들에게는 허전한 이야기였다.

한동안 사라졌던 파사드는 뮈아드로에 돌아간 직후, 테른도크로부터 독립을 승인받았다. 그리고 로크란드로 되돌아온 지 두 달이 넘었다. 그런데 어째서인지 파사드는 빈 문양을 그저 내버려 두고 있었다.

깃발이 없으므로 대관식도 없었다. 왕관도 없었다.

공국의 왕이라 하나, 왕이라면 응당 가져야 할 왕좌조차도 한때 브류나크들이 쓰던 낡은 나무 의자에 불과했다. 민무늬의 옐시드 대공작. 그리 부르는 이도 있었다.

축제도 커다란 행사도 없는 기묘한 독립. 라르크인이 아닌 로크란드인이라 불리는 것, 몇몇의 새로운 규칙들이 공포되는 것, 조금 어려운 어휘가 쓰인 헌법이 대자보에 쓰여 광장에 걸리는 것, 라르크와의 경계에 새로운 장벽을 세우기 위한 일꾼들을 모집한다는 것, 그 정도가 그들 삶의 변화였다.

그러므로 백성들은 하나둘 그다지 바뀌지 않은 삶에 쉬이 적응해 나갔다. 앞으로 더 많은 것이 바뀔지 모를 일이나, 그것은 이제 왕이라 불려야 마땅할 파사드의 소관이었다.

“제독 뵈르게트가 이쪽 사람을 축객했다 합니다. 얼마 전에 공식적으로 선전포고가 있었으니 어쩔 수 없는 일이지만……. 그리고 델오스작과 뉴가트, 켈레티 올다, 이스자키 올다 모든 군도에도 따로 사람을 보내 보았으나 이렇다 할 소식은 없었습니다.”

“…….”

“또, 남부의 외교부 청사에 머물고 계신 나크타 님이 은밀히 전하시기를 조만간 다락의 장발거인 바니시와 접선이 있을 거라 하셨습니다. 지난 남침을 가로막은 라르크에 적잖이 앙심을 품고 있을 것이라 판단하신 듯합니다.”

테레어드는 파사드의 눈치를 보기 바쁜 표정으로 조심조심 말을 맺었다. 창가에 서 있던 파사드는 한참 후에야 대답했다.

“……일라린에서는?”

“예멘 왕께서는…….”

“어떻게든 일라린의 예멘 왕에게 시친의 내부 사항을 더 자세히 파악하여 알리라 전해라. 만일 그가 바라는 게 있다면 최대한 이쪽에서 맞출 용의가 있다고.”

테레어드가 더욱 어두운 표정으로 입술을 뗐다.

“하지만 예멘 왕께서는 지금의 북부가 복고하지 않는다면 그 어떤 도움도 주지 않으시겠다고 하지 않으셨습니까. 그 밖의 요구에 관하여 논하고 싶거든 주군께서 직접 찾아오라는 말만 남기셨다 합니다. 아무래도 그쪽은 쇄국할 듯하니 무리일 듯합니다.”

파사드는 미간을 짚었다.

본디 일라린 공국의 예멘 왕은 공가 브류나크와는 긴밀한 사이였다. 예멘 왕의 조카딸이었던 라이시 데버하트 툴레가 바로 파사드의 백부인 바예투스 나로사 브류나크의 부인이었기 때문이다.

비록 바예투스가 일찍 죽어 혼인은 무효가 되었으나 그때의 연으로 파사드는 어린 시절 시친에 이를 적 그의 도움을 많이 받았다.

그랬던 일라린 공국과의 관계가 틀어진 건, 남북 전쟁의 종식 이후 벌어진 북부 통합 과정에서 일라린 공국과 왕래하던 라르크 내의 가문들이 수두룩하게 무너졌기 때문이다.

나이 든 왕 예멘은 그러한 라르크 대통합에 확고함 유감을 표했다.

게다가 파사드마저 내쫓기는 형세로 로크란드의 공국 독립을 인정받아 떠나니, 일라린 공국의 예멘은 테른도크의 야심을 경계하며 그들에 대한 규제가 필요하다 외치고 있었다. 테른도크는 당연히 코웃음도 치지 않았다.

일라린 공국은 시친과도 긴밀하니, 혹 그들이 알고 있는 것이 있지는 않을까 하였지만 아무래도 상황이 여의치 않음이 사실이었다. 그는 조른다고 넘어올 자가 아니었다.

"알겠다. 나가 있어라."

테레어드는 걱정 어린 눈길을 떨어뜨리며 돌아 나갔다.

파사드는 하얀빛의 편마암을 길게 이어 붙여진 정원의 길을 따라 줄지어 들어오는, 반절은 붉고 반절은 하얀 늑대의 깃발들을 내려다봤다.

그들은 테른도크로부터 온 사자였다.

함께 찾아온 이의 낯이 익은 것을 보면 그다지 달갑지 않은 이야기도 함께 찾아온 듯싶었다.


얼마 후, 조르르 앉은 세 명의 귀족들 사이에 앉은 사신은 낭랑히 읊었다.

"폐하께서는 장벽의 완공을 여덟 해로 기한을 두시겠다 하셨습니다. 또한 대공 각하께서는 내달 있을 로지투스 저하의 책봉 회의에 참석하시어 그를 지지해 주심을 명확히 해 주시고…… 헌법 제정의 자유를 보장함은 변함없으나 그에 관하여 폐하께서 가하신 몇 가지의 제한에 따라……."

턱을 괸 파사드는 나른한 바람을 품고 달려온 사신을 열없이 바라보았다.

현재 테른도크는 동부에서 또다시 끈질기게 일어서고 있다는 벵센과 윈로스의 잔당들의 소식을 들은 후로 빠르게 후계자 옹립을 추진하는 중이었다. 설명을 듣다 말고 파사드가 툭 뱉어 물었다.

"아직 동부 반군은 잡히지 않았나?"

사신은 그의 곁에 앉은 세 명의 귀족을 흘끔 흘기며 조용히 답했다.

"아직."

"동부 거상들과 대부호의 가문들은?"

"조사 중이지만 드러난 바는 없습니다. 아국 내의 가능성 있는 가문들을 위주로 살폈으나, 그만한 자금을 댈 수 있는 자는 찾지 못했습니다. 그렇지만 당장 국외에도 그만한 재력을 보유한 자들이 마땅치가 않아서……."

사신은 아주 조심스럽게 말했다. 이런 이야기는 다른 귀족들이 줄줄이 앉은 자리에서 하기에는 예민한 것이었기 때문이다. 하지만 파사드가 크게 개의치 않는 기색이라, 사신은 조금 더 설명을 덧붙였다.

"동부와 가까운 다락이 지금 우리를 벼르고 있기는 하지만 그들은 빈곤하여 그 정도를 감당하지 못할 것이고, 남부 황실을 의심하는 자가 있어 나크타 님께도 은밀히 여쭈었으나 그런 낌새는 없다 합니다. 남부의 민간 거상들과 내통하는 자가 있는지도 알아보는 중입니다."

두어 달 전쯤 시친의 공식적인 선전포고도 있었지만, 몰락한 벵센

과 윈로스와 라페로바한을 필두로 동부에서 또 다른 반역의 움직임
이 감지된 지도 넉 달 즈음 되었다.

테른도크는 도대체 저놈들이 어디서 자금줄을 물었는지 모르겠다
며 성을 냈다. 파사드 역시 동부의 끈질김은 찬사할 만하다고 생각
하는 바였다. 벵센가를 생각하면 속이 불편해지는 감이 있지만 그
정도가 전부였다. 동부 윈로스는 또 어떤가. 그리 짓밟아도 끊임없
이 뭉치고, 뭉쳐 비밀 담합을 펼치는 그들의 끈질김이 어디까지인지
알 수 없을 일이다.

반브류나크 분자들이 사들이는 물자와 무기 등을 보건대 저들에
게 자금을 대주는 이가 존재한다는 것은 확실했던지라, 테른도크의
늑대들은 전대륙 곳곳의 귀족들을 감찰하러 나섰다고 했다.

"그렇군. 돕고는 싶으나, 당장 공사가 다망하여 폐하의 심기를 덜
어 드리지 못하는 것이 유감이군."

"폐하께서도 그 점은 십분 이해하십니다. 이미 충분히 바쁘신 분
이니."

사실 정말 몸이 열 개라도 모자랄 만큼 바쁜 것은 아니었다. 누군
가는 그가 새로이 재정된 공국의 법률의 정비로 인해 바빠서, 누군
가는 나라의 왕으로서 온전히 자리매김하기 전 미처 마무리하지 못
한 일들로 다망하시어 아무것도 하지 않고 있음이라 멋대로 분간했
지만 그는 그저 날로 커지는 공허감을 견디는 데에 제 삶을 탕진하
고 있을 뿐이었다.

지난 가을, 남부에 다녀온 이래로 쭉 이러하였다. 귀로 듣고 머리
가 이해하는 것과 별개로 그다지 열의가 생기지 않았다.

그간 남부 소식을 전해 주는 매개가 되어 주었던 조르디아 공작이
알린 몇 마디가 끝내 희망으로 남아 있지만, 그마저 메마르다 넘쳐

나는 것 같은 극심한 기복으로 그를 괴롭혔다.

"그리고 다음 안건으로…… 폐하께서는 로크란드로 이주하려는 백성들에 관한 것을…….."

파사드는 느릿하게 눈을 돌려 허공을 내려다보았다. 목소리가 절로 한쪽 귀로 새어 나갔다.

"……각하? 대공 각하, 어디 안 좋으십니까?"

한참이나 말없이 앉은 파사드를 목을 빼고 바라보던 사신이 소의 것처럼 호소력 짙은 커다란 눈을 깜빡였다. 파사드는 사신이 종달새처럼 다시 떠들어 대기 전에 턱을 괴고 있던 손을 풀어 저으며 말을 맺었다.

"전부 폐하의 뜻대로 할 것이다."

부드럽게 흘러가지 않는 분위기에 사신을 비롯해 그 뒤로 따라붙었던 귀족들은 눈치를 보기 급급해졌다.

곧 사신은 용무가 끝났다는 듯 먼저 일어서 물러났다. 남은 세 명의 귀족들은 자리를 차지한 채였다. 파사드는 무관심을 감추며 정돈된 음성으로 물었다.

"그대들은 무슨 용건인가? 그쪽은 지난번 임관식에서 봤던 펠럽 백작으로 기억하는데."

그러나 저들이 꺼내는 이야기는 그야말로 그의 박대를 받기 충분한 것들이었다.

"예, 오랜만에 뵙습니다. 폐하의 부름에 수도 왕궁에 들렀다가 이곳 로크란드로 떠날 일행이 있다기에 안부차 각하께 인사 올릴 겸하여 찾아왔습니다. 내려가는 길에 발도에도 들러 새 말들도 몇 필 사가려는 계획입니다. 아, 이쪽은 제 사촌 동생 루테오, 이쪽은 제 조카인 레비타스입니다. 레비타스는 기사적 재량이 뛰어난 데다 오래전부터 대공 각하를 존경하여 한 번쯤 뵙고 싶어 하여……."

파사드의 검은 눈동자가 열다섯 남짓 되어 보이는 어린 소년에게로 향했다. 흔한 갈색 머리칼에 엷은 호박색 눈동자를 한 소년은 파사드의 움직이지 않는 오른손을 빤히 바라보다가 눈이 마주치자 화들짝 놀라며 눈동자를 내리깔았다.

파사드는 그를 향해 짧게 입매를 당겨 웃어 준 후 다시 시선을 거두었다.

펠럽 가문의 혈기 넘치는 백작이 무얼 바라는지는 뻔하였다. 그 정도였다면 좋았을 것이다.

"그리고 루테오는 저를 도와 이런저런 가문의 일들을 대신하고 있습니다. 아무래도 역량이 모자란 탓인지 혼자는 다 감당이 안 되더군요. 그나저나 로크란드에는 두 번째 와 보는데 지난번보다 훨씬 활기가 넘치는 것 같습니다. 새로운 문장은 아직이십니까?"

"불쾌하게 하려는 건 아니다만."

"예, 각하."

"최근 공사가 다망함에 제대로 차 한 잔 나눌 시간이 없군. 용건이 무언가."

에두르느라 여념이 없어 이리저리 눈을 굴려 대던 펠럽 백작은 파사드의 여지없는 말에 잠깐 멈칫했다.

펠럽 백작은 슬며시 파사드의 기분을 살피듯 진한 시선을 보내오다가, 루테오라는 청년 귀족에게 턱짓했다. 그러자 루테오는 약속한 것처럼 품 안에서 둘둘 말린 기다란 초상화 한 점을 꺼내어 들었다.

파사드의 다물린 입술에 자연스럽게 힘이 들어갔다.

"요즘 대공 각하께서 새로이 뜻을 펼치시는 데에 몹시 다망한 것을 왜 저라고 모르겠습니까. 한데 로크란드에는 내정된 안주인이 없으시다 들었습니다. 아무래도 안팎의 일을 도맡아 하시는 것보다는…….”

바스락거리며 초상화를 펼쳐 내미는 루테오를 말없이 노려보던 파사드의 입가가 살짝 비틀렸다. 하루 이틀 일도 아니니 불쾌할 것도 없건만, 허탈감만 더 커졌다.

초상화 안에서 상냥하게 웃고 있는 여자는 북부 여인의 미덕을 고스란히 옮겨 붙인 듯한 순종적인 눈매와 흠결 하나 없는 보얀 피부를 자랑하고 있었다. 말간 초록색 눈동자는 화가의 정성이 가득 들어가 실로 반짝이는 듯 생생했다. 부각된 가슴이나 허리야 더 말할 것도 없었다.

“아름답군.”

“예, 그렇지요? 나이는 이제 열여덟입니다. 조금 늦은 감이 있지만 애지중지 기르는 동안 제 안사람이 단속도 잘 시켰고…… 무엇보다 대공 각하께서도 후사를 보실 때가 되지 않으셨습니까? 영광된 로크란드를 바라는 진심이라 여겨 주십시오.”

그린 지 얼마 되지 않은 것처럼 선명한 색채감이다. 파사드는 화낼 기운조차 없어 손을 내저었다.

“거두게.”

루테오는 힐끔 펠럽 백작을 흘긴 후 재빠르게 초상화를 둘둘 말아 탁자 아래로 내렸다.

펠럽 백작은 지난 넉 달간 그를 찾아와 중매를 서려 했던 다른 다섯 명의 귀족들과 마찬가지로 저 초상화 속의 여자가 얼마나 아름다운지, 얼마나 순종적인지, 얼마나 옐시드의 대공작인 당신을 흠모하는지 따위를 읊었다.

공국을 인정받은 후 그를 찾아온 이들이 하나같이 하는 말이었다.

‘후사를 보실 때가 되지 않으셨습니까?’

그의 나이도 서른셋에 가깝다. 분명 늦은 나이다. 제 나이쯤 되면 자식들이 두셋은 되는 것이 일반적이라는 것을 생각하면 저들의 간언도 사실 틀린 말은 아니었다.

파사드는 언제나처럼 의례적으로 미소 지으며 고개를 끄덕였다.

"듣기 고마운 말이군."

"각하를 흠모하여 아주 상사병에……."

파사드는 그 말마저 흘리며 고개를 돌렸다. 날은 여전히 서늘하나 햇살만큼은 또렷하였다. 반짝인다면 반짝이는 계절이다. 그러나 그럴수록 그의 가슴은 더욱 차가워졌다.

"당장은 여념이 없어 유감이군. 훌륭한 아가씨가 보다 좋은 혼처를 구하기를 기원하겠네. 조심히 돌아가시게."

전 북부를 통틀어 새로 나라까지 세운 전쟁 영웅보다 더 나은 혼처가 있으랴마는, 펠럽 백작은 더 말 붙이지 못하고 머쓱하게 졸개들 무리를 이끌고 물러갔다. 물론 나가기 직전 '혹시라도 생각이 바뀌실지 모르니…….' 말하며 둘둘 만 초상화를 그의 앞에 내려놓는 것은 잊지 않았다.

그들의 걸음 소리가 완전히 멀어지고 난 후에야 파사드는 단단히 잡고 있던 정신을 풀었다. 손바닥을 들어 얼굴을 덮었다. 여전히 떠오른다, 여전히.

—브류나크, 천성이 잔인하지 못한데 잔인한 곳에서 그리 오랜 시간을 버티는 건, 결국 너 스스로에게 잔인한 짓을 하고 있다는 것과 다름이 없다.

파사드는 그녀의 말이 그르지 않다는 것을 알고 있었다. 누군가를 억압하고 핍박하여 같은 피를 타고난 이들을 죄 지르밟고 올라서는 것은 자신의 빈 곳을 채우는 일과는 거리가 멀었다. 그럼에도 그가 모든 것을 감당하고 과격파마저 주춤거릴 만큼 살벌했던 시간을 견뎌 낸 것은, 그래야 했기 때문이다. 그 이유 하나뿐이었다.

전부 다 저버렸다. 나라를 지켜야 할 애국의 사명을 저버렸다. 가문의 주인으로서 일찍이 혼사를 치르고 후계를 봐야 하는 의무도 저버렸다. 그렇게 길 끝에 이르러 브류나크라는 이름으로부터 그녀를 보호할 땅과 권위와 당위를 얻어 냈으나 정작 그녀는 없었다.

죽은 건지, 산 건지도 알지 못했다.

매일 밤 깊은 불면이 그를 방문했다. 그리 매일 밤이 이룬 후 남은 공허에 몸서리치는 나날이었다. 전쟁터에서 늘 그를 따라다니던 악몽이, 이제는 전쟁터 밖까지 따라와 그의 베갯머리에 들러붙었다. 꿈에서 깨면 그는 부러 머릿속에서 치워 두었던 어떤 미래를 떠올렸다.

만일 살아 있더라도 그녀는 자신을 죽인 라르크에, 북부에 다시는 발 디디지 않을는지 모른다. 언젠가 기회가 닿아 돌아온다면. 그리 말하며 떠나갔으나 어쩌면 다시는 돌아오고 싶지 않을는지 모른다.

제 뜻을 알아 달라 과감히 남부로 보낸 공가의 귀물인 늑대의 반지의 행방을 알 수가 없듯이, 그녀 역시…….

우레가 쏟아지던 새벽, 빗줄기에 온몸이 아팠던 그 새벽으로 되돌아갈 수 있다면, 제 목을 내놓고라도 그녀를 움켜쥐었을 터다. 강제로라도 잡아 가두었을 터였다. 차라리 그 원망을 받을 것이었다. 파사드는 자신의 가장 커다란 장점이라 일컬어졌던 인내가 그토록 경멸스러울 수가 없었다.

파사드는 움직이지 않는 오른손을 들어 그대로 탁자를 내리쳤다. 쓸모없는 손이 통각만큼은 선명하여, 그는 한참을 경련하는 오른손을 노려보았다.

테른도크가 대동하고 다니던 로지투스라는 소년의 존재가 알려지기 시작한 건 작년 여름 무렵부터였다. 그러나 그가 공식적으로 왕의 자식이라 확인된 것은 고작 두어 달 전이었다. 실제로는 서자이나 서자라 부를 수가 없는 것은 로지투스라는 소년의 어미가 비셰트 올로랑스이며, 테른도크가 비셰트를 새로운 왕비로 삼겠다 선포했기 때문이다.

그건 옐시드의 대공작이라는 새로운 작위를 얻은 파사드가 완전히 군권을 테른도크에게 위임하고 뮈아드로를 떠난 거의 직후였다.

로지투스라는 이름을 지닌 적발 벽안의 왕손의 탄생이 폭로되자 온 라르크는 떠들썩해졌다. 비셰트를 왕비로, 로지투스를 왕태자로 책봉하겠다는 테른도크의 표명이 있었을 때, 뮈아드로는 거의 아수라장이었다.

가장 큰 문제는 부사취모였으나 테른도크는 전례가 있음을 근거 삼아 비셰트를 그의 두 번째 왕비로 맞이할 것을 강행했다. 미신을 믿는 골수분자들로 인해 초기의 반발은 거셌다.

그러나 테른도크를 지지하는 이들은 라르크의 신흥 귀족들뿐만이 아니었다. 모르가나의 새로운 보위 후보로 거의 자리 잡은 8황자, 로크란드 공국의 왕이 된 옐시드 대공작, 갈라부아 연합의 지지까지. 그 밖의 크고 작은 영향력을 지닌 가문들이 암묵적으로 찬동하였다.

상황이 그렇다 보니 후계자의 문제를 두고 초읽기를 하고 있던 귀족들은 반대도 찬성도 하지 못했다. 테른도크를 열렬히 지지하는 신흥 귀족들의 입김에 로지투스는 차근차근 왕후장상의 씨처럼 포장

되었다.

　백성들도 경악할 만한 일이었으나, 이백 년간 함께 라르크를 지탱해 온 공가 브류나크까지 도려내 버린 지금 테른도크는 북부 유일의 존재였다. 하여 왕태자의 책봉 문제는 유야무야 넘어가는 듯했다.

　그러나 네다섯 달 정도 되었을까. 늘상 라르크의 골칫거리였던 동부가 또다시 테른도크의 심기를 거스르기 시작했다. 숙청과 함께 잊혀졌던 벵센 가문과 긴밀한 자들이 불만을 드러낸 것이다. 그들 중에는 지난 동부 반군 토벌 당시 살아남은 자들도 섞여 있다 하였다.

　"이번에 부사취모를 인정할 수 없다고 벵센의 아들 란번트가 공개 연설을 했다 합니다."

　명분은 부사취모가 부정이라는 것, 그리고 정비였던 미네사의 아들인 두 번째 왕자 빌리안이 아직 살아 있다는 것, 두 가지였다.

　그러나 실어증을 고치지 못한 빌리안에 대한 구설수는 공공연한 것이었던지라, 감히 왕태자 책봉을 주장하지는 못하고 당장 로지투스를 인정할 수 없다는 말만 떠들고 있었다. 모든 관습을 무시하는 브류나크에 더 이상 충성할 수 없다며 선동질을 해 대는 것은 예사였다.

　초기에는 몇 번 저리 떠들다 말겠거니 무시해 넘기려 하였다. 그런데 흐르는 동태가 심상치 않았다. 규모가 생각보다 훨씬 커진 것은 물론이거니와 근방 귀족들을 매수하는 데에까지 자금을 뿌리기 시작한 것이다.

　그들의 반발이 길어질수록 로지투스와 비셰트가 비난의 파도에 휩쓸리는 건 당연지사였다. 벵센 가문과 죽은 왕비 미네사가 재조명되는 시태까지 이르렀다. 골머리를 앓게 하는 일이었다.

　'대체 저놈들이 어떻게?'

이미 작년 즈음 윈포드 경, 카스트로를 통하여 동부의 무력 단체를 박살을 내놓았다. 동부가 도려져 나가는 것을 지켜보며 내로라하는 귀족들은 전부 동부를 버렸다. 그런데 대체 어떻게 저렇게 빠르게 세를 불려 나간단 말인가.

대체 누가 그들을 조력고 있나.

지난해 그리했던 것처럼 무력으로 꺾을 수도 있었다. 테른도크에게는 충분히 그럴 만한 브류나크의 상비군이 있었고, 저들의 노골적인 반브류나크의 설파는 구태여 다른 명분과 구실을 찾지 않아도 될 만큼 불충했다.

하지만 섣불리 무력 진압을 시도하지 못하는 이유가 명백했다. 현 왕권이 일인 체제로 자리 잡은 지 얼마 되지 않았기 때문이다.

전쟁이 끝난 후 벌어진 대규모의 숙청 속에서 귀족들의 서열 고저가 뒤엎어져 반감을 삭이는 이들도 지리멸렬하게 많았다. 뿐만 아니라 오랜 시간 동안 북부의 공국으로 자리 잡고 있던 일라린도 지금 테른도크의 치세를 반대하는 목소리를 외치는 와중이었다. 무엇보다도 얼마 전 파사드가 독립하여 떠난 여파가 생각보다 커서, 강경책이 아닌 회유책으로 그들의 반동을 완화하는 것이 안전했다.

그래서 조금이라도 더 로지투스와 비세트의 발판을 단단히 하기 위해 마련한 자리가 종전 이 주년을 앞두고 개최하기로 한 미네트룽겐이었다. 모르가나를 꺾은 브류나크의 위엄을 상기하게 하고, 귀족들을 다 모아 로지투스를 지지할 자와 그러지 않을 자를 걸러 내는 것이 물밑의 목표다.

그 전까지 동부 잔당들이 와해되었으면 하고 바라는 마음이 컸다. 현실은 아무래도 그리될 것 같지가 않다는 것이 문제지만.

"대체 그놈들이 어디서 그만한 자금을 끌어온 건지, 대체 누구와 붙어먹은 건지 아직 꼬리조차 잡지 못했다는 말이냐?"

"송구합니다."

"문제가 한두 가지가 아니잖아. 왜 이렇게…… 시친까지 거슬리게 구는 마당에, 아아."

테른도크는 지친 얼굴로 책상에 이마를 박았다.

말 그대로였다. 얼마 전에는 시친까지 선전포고를 하여 타리가에서 북부인들을 완전히 몰아냈다. 극단적인 마찰은 벌어지지 않았으며, 사상자도 거의 없다고는 하지만 유야무야 넘길 수는 없었다. 그 미친 여제독이 진짜 대륙과 한 판 해보겠다는 뜻을 보인 사건이었으므로.

쥬비상트 해협에 위치한 윙거 운하와 그 일대를 책임지고 있는 윙거 가의 데릴사위인 반자이트가 이르기를 시친의 군사 수가 기하급수적으로 불어나, 단순히 근방의 영주들로는 감당이 어렵다 하였다. 다행스럽게도 그 후 아직까지 이렇다 할 공격이 없었지만 타리가 항구 하나로 저들이 만족할 리가 없었다.

'요즘 돌아가는 꼴들이 왜 이런가.'

시친에 대해 생각하면 생각할수록 기가 찼다. 시친인들은 내륙에 특화된 군사가 없었다. 그래서 카헤이아 뵈르게트가 해병 양성에 혈안이 되어 있다는 소문이 돌기 시작했을 때도 별일 있겠는가 하였다. 한데 어찌 두 해 만에 감히 라르크를 대적할 생각을 하나? 용병이라도 고용하기 전엔 불가능한 일이다. 그러나 용병은 유지하는 데에 어마어마한 자금이 든다.

가뜩이나 신경 쓰이는 것들이 넘치는 판국에, 시종인 벨자가 종종걸음으로 찾아와 또 다른 우울한 화제를 꺼냈다.

"폐하, 남부에서 마리포사 토벌전이 공식 마무리된 것을 기념 삼아 축제를 열 것이라며 보내온 초청장에 대하여는 어떤 답을 돌려주어야 할는지, 리제예스 총관께서 여쭈셨습니다."

손가락으로 툭툭 관자놀이를 때리던 테른도크의 움직임이 거짓처럼 멎었다.

모르가나는 라르크와 우호적인 관계를 과시하고 싶어 했다. 때문에 마리포사의 토벌로 인한 축제에 초대한다는 건 동질감을 형성하겠다는 뜻과 맥을 통했다.

'오래 못 가겠군.'

지난 두 해가량 황실의 명성이 완전히 곤두박질치고 제국민들 사이의 갈등이 고조되어 시류가 불안정해져 있었다.

황궁 내의 소식으로는, 벨루비르하인 2세의 칩거가 길어지며 현재는 2황녀 시디아와 8황자 일리아를 내세운 조르디아 가문이 노골적으로 득세하고 있다고 했다.

"축제…… 너무 빨리 축배를 드는 건 아닌지 모르겠는데."

"마리포사라는 의혹을 받은 이들은 전부 재판 없이 사형을 구형받았지 않습니까. 으음, 그 과정에서 무고한 피를 흘렸다 황실을 향한 비난이 끝이 없습니다마는, 감찰 조사는 이미 확실히 마무리 되었다고 하니……."

감찰 조사만 수개월이 걸렸다 하였다.

남부 황실도 기가 막혔을 것이다. 그리 대단한 악명을 자랑하던 마리포사들이 두 달도 안 걸려서, 심지어 황실 토벌군이 산맥에 닿기도 전에 바인 왕국과 다난이라는 제국령에 의해 토벌되었다고? 마리포사들이 살아 있을지도 모른다는 의심은 테른도크 역시 하고 있었던지라 그들의 혼란이 충분히 공감되었다.

토벌을 축하하는 범국가적인 축제로 민심을 달래 보려는 그들이 가여우면서도 뒷맛이 썼다. 살리가르와 시친과 바인 그리고 수많은 왕국들이 연루된 사건은 소문만 무성한 채로 결국 스러지는가 보다.

'나 참…….'

마리포사들의 토벌을 축하하는 축연.

파사드를 생각하니 더욱 씁쓸했다.

"아무나 보내라고 해."

테른도크는 무성의한 투로 답했다. 그래도 저는 해 줄 만큼 해 주었다. 파사드의 뒷공작들을 전부 눈감아 주었으니까.

황실과 척을 졌다 공공연히 알려진 조르디아 가문과 제멋대로 거래하고, 동부 토벌군 사령관으로 보낸 카스트로 벤더 윈포드 경에게 임의로 또 다른 임무를 떠맡기고, 갈라부아 연합의 부패를 눈감아 주고……. 지난 소집령을 내렸을 때 남부에 내려가 있었던 것까지 모두.

그랬는데도 이런 결과인 건 그의 탓이 아니었다.

"파사드 녀석, 부려 먹기에도 우울하겠어."

책상에 한쪽 뺨을 누르듯 기대어 있던 테른도크가 중얼거리며 손톱 끝을 퉁겼다.

도트발 잔트 히잔 902년 일곱 번째 달, 뮈아드로.

따스한 여름이 되었다. 황금색의 망토를 두르고 그 위로 반절은 붉고 반절은 하얀 늑대의 멘테를 덮은 테른도크의 연설과 함께 미네트눙겐의 연회가 시삭되었다.

"두 해 반 즈음 전, 우리는 위대한 승리를 얻었고 그것은 모두의 공로이다. 지난 전쟁에서 죽은 수많은 자들의 정신을 기리기 위한 연회는 엄숙해야 할 것이며……. 그대들은 앞으로 또 다른 라르크의 영광을 이어받을 나의 아들, 로지투스 브리타 브류나크에 충성을 맹세하여…….”*

연단의 뒤에 선 파사드는 테른도크가 지난 전쟁을 상기시키며 다시 한 번 그때의 전사자들을 기리는 추모사를 마치고 물러나는 모습을 바라보았다.

연설이 끝나자 갈채가 터져 나왔다. 테른도크는 자신만만한 표정으로 연회 홀 상석의 화려한 의자에 앉았다.

잔뜩 긴장한 로지투스와 붉은 머리의 비세트가 테른도크의 좌우로 앉아 있었다. 슬슬 눈치를 보던 귀족들 중 용기 넘치는 한 신흥 귀족이 다가가 로지투스의 손등에 입술을 맞추며 충성을 맹세하고 테른도크에게도 인사했다. 그러자 서로 눈치를 보던 귀족들이 너 나 할 것 없이 빠르게 다가왔다. 한동안 줄지어 인사를 올리는 행렬이 이어졌다.

파사드도 곧 연단 아래로 내려왔다.

투박하게 울리는 악기 소리가 그들 새새로 스며들었다. 때로는 호탕하게, 때로는 다정하게 손을 내밀어 방문한 인사들의 입맞춤을 받던 테른도크는 연회 홀의 가장자리에 가만 기대어 서 있는 파사드와 눈을 마주치고는 살짝 입가를 당겨 웃어 보였다. 파사드는 짧은 목례로 그의 미소에 답했다. 모두의 관심은 현재 테른도크와 비세트, 그리고 로지투스 브리타라는 이름의 낯선 소년에게 있었다.

“대공 각하.”

하지만 테른도크에게서 분산된 집중이 그에게까지 미치는 데에는 많은 시간이 걸리지 않았다. 연회장 한편에 서 있는 흑발 흑안의 원숙한 사내에게로 사람들이 하나둘 시선을 옮겼다.

비록 왕처럼 화려한 옷을 입고 있지 않더라도, 보석으로 만든 단추와 은으로 장식된 성장이 아닌 질박하고 단조로운 진청색의 성장을 하고 있더라도 숨겨질 수 없는 존재였다. 바로 그야말로 지난 전쟁의 주역이었기 때문이다.

파사드는 제각각의 짙은 향수 냄새를 풍기며 그에게 다가오는 귀족들에게 둘러싸였다. 대부분 막 테른도크에게 안면을 남기고 난 이들이었다. 브류나크가 단일 통합되었다고는 하지만 여전히 그들에게는 파사드 역시 라르크의 존귀한 인사였다.

파사드는 테른도크와 로지투스의 반지 낀 손등에 입 맞추었던 귀족들과 평소와 다름없는 이야기들을 주고받았다. 그러나 그들이 질문을 하면 파사드는 적당히 예의를 차려 답하는 식이었으므로, 대화는 길게 이어지지 않았다.

그들은 넌짓 언제부터 그가 로지투스에 대해 알았는지 묻거나, 부사취모에 대한 의견을 구하며 그를 떠보기도 했다. 그럴 때면 파사드는 응당 그가 해야 하는 답을 돌려주었다. 폐하께서 바라시는 일입니다. 그것이 파사드가 오늘자 미네트룽겐에 참석한 본질적인 이유이기도 했다.

얼마간 한 명을 보내면 두 명이 다가오고, 두 명을 보내면 네 명을 상대해야 하는 번잡한 시간이 이어졌다. 파사드는 홀 한가운데에서 귀족 영윤들이 두셋씩 짝을 지어 춤을 추기 시작할 무렵에야 가장자리로 빠져나갈 수 있었다.

모두가 춤에 정신이 팔려 있으니 말 붙이는 이가 없어 숨통이 조금 트였다. 홀의 가장자리에 비치된 산양 가죽 의자에 앉은 그는 목까지 잠근 단추를 조용히 끌러 낸 후, 연회 홀의 천장을 덮은 색유리가 박힌 창을 올려다보았다.

달의 위치로 가늠하건대 자정이 다가오고 있었다. 자정까지만 더 버티다 돌아갈 심산이었으므로 마음이 조금 편안해졌다. 그런데 얼마 지나지 않아 한 아가씨가 그에게 다가왔다.

"숨어 계신 건가요?"

어깨가 다 드러나는 연노랑 빛의 드레스를 입은, 자그마한 입술이 새끼 새 같은 영애였다.

파사드와 눈이 마주치자 여자는 바람 한 점에도 나부낄 듯 얇은 숄을 슬며시 흔들며 한 손으로 가슴팍을 가리고 궁중의 법도에 한 치의 어긋남도 없는 우아함으로 무릎을 살짝 굽혔다.

적당히 퍼져 떨어지는 드레스에 수놓인 푸른 실 무늬가 바람을 머금고 물결처럼 살짝 부풀었다 가라앉았다. 반듯하게 틀어 올린 적갈색 머리칼은 귀한 보석이 박힌 장신구들로 반짝였다.

"뮈아드로에 오셨다는 이야기는 들었는데, 이리 외진 곳에서 무슨 생각을 그리 깊이 하시나요?"

파사드는 말없이 그녀의 머리칼을 응시했다.

질기게 이어지는 시선에 여자가 머쓱해 하며 제 머리를 더듬거릴 때까지 그는 다른 생각에 잠겨 있었다. 민망할 정도의 긴 침묵에 여자가 머뭇거렸다.

그제야 파사드는 정신을 차리고 조용히 소파에서 일어섰다. 그러고는 그녀의 소매에 감겨 있는 팔찌 장식의 문양을 눈으로 살폈다.

"저…… 각하?"

"아를리타 영애."

아를리타 백작은 테른노그가 새로 임명한 동부 상원의 영주 중 한 명이었다. 승작 당시 일가를 죄 끌고 올라온 아를리타 백의 노력으로 파사드도 저들의 얼굴과 문양을 얼추 익힌 후였다.

자연스럽게 그가 알은 체하자 스물이나 되었을까 싶을 만치 어린 아가씨의 뺨이 금세 상기되었다.

"기억해 주시니 영광입니다. 각하께서는 춤은 안 추시나요?"

파사드는 대답 대신 미소 짓기를 택했다. 의미 없는 웃음을 어찌 받아들인 것인지 백작의 딸은 슬쩍 그가 앉아 있던 소파와 구둣발을 번갈아 가리키며 당돌히 말했다. 저, 발이 아픈데 잠깐 앉아도 될까요? 파사드가 말없이 자리에 앉자 그녀는 그의 곁에 따라 앉았다.

"로지투스 전하는 정말로 폐하를 닮으신 것 같아요. 굉장히 놀랐답니다. 저리 앉아 계신 걸 보니, 나이가 어리신데도 불구하고 역시 기개가 남다르다고 해야 할까요……."

"그렇지요."

"붉은 머리는 비셰트 전하를 닮으신 거겠지요?"

파사드는 경쾌한 단체 안무를 선보이는 귀족 자제들에게 잠깐 시선을 두었다가, 다시 로지투스에게 눈길을 주었다.

춤을 추는 이들을 흥미롭게 바라보던 테른도크가 무언가 말하자 로지투스의 뺨이 어색하게 떨렸다. 적발에 벽안. 어미와 아비에게서 전해 받은 것이 분명한 태생의 유산이리라.

그러나 파사드는 갓 짜낸 물감처럼 선명한 적발 벽안의 소년에게서 기묘한 기시감을 떨쳐 낼 수가 없었다. 그러는 사이에도 작은 여자는 계속 조잘거렸다.

"각하께서는 앞으로 쭉 로크란드에 머무를 계획이신가요? 로크란드는 한 번도 가 보지 못했어요. 어떤 곳인가요?"

"알려진 것과 비슷합니다."

"알려진 거요?"

"이미 영애께서 소문으로 들어 아는 것과."

간간이 다정한 미소를 지어 주는 데에 반해, 어투는 냉정했다. 억지로 말을 이어 붙이려던 아를리타 백작 영애는 이내 체념의 눈빛을 보냈다. 그러나 시선도 돌려주지 않으니 그마저 허사였다.

아를리타 백작 영애는 대화로써 친밀해지는 것을 포기하기라도 한 것처럼 꼿꼿이 펴고 있던 허리를 앞으로 기울이더니, 파사드를 빤히 바라보며 물었다.

"한 가지 여쭈어도 되나요?"

"……."

"마지막이에요. 이것만 여쭙고 물러날게요."

"물으십시오."

"각하께서 요즘 혼처들을 전부 쳐 내고 계신다 들었는데…… 대체 라페로바한 영애는 왜 버리셨어요?"

그런 질문을 대놓고 던지는 이는 이 여자가 처음이었다.

파사드의 표정이 살며시 굳어졌다. 어처구니가 없는 무례였다. 그러다 문득, 파사드는 멀찌감치에서 그녀와 자신을 주시하고 있는 인파의 시선을 감지하고 긴 한숨을 내쉬었다.

그는 예의 차리기를 그만두고 단칼에 말을 맺었다.

"개인적인 일입니다. 그에 관해 왈가왈부하는 이들이 많다는 것은 들었지만 영애까지 걱정하실 일은 아닌 듯합니다."

날 선 그의 대꾸에 손끝을 오므리던 여자는 조용히 일어나 마지막까지 예우를 다해 궁중식 절을 올린 후 저 멀리 몰려 있는 제 또래의 영애들 사이로 종종 걸어갔다.

파사드는 저들이 무어라 떠들지조차도 관심 없었다.

"여전하시네, 전하께서는."

그런데 불쑥 귀에 익은 목소리가 들리는가 싶더니 익숙한 손이 그의 어깨에 얹혔다. 파사드의 눈동자가 상아빛 면장갑을 낀 사내의 손끝으로 미끄러졌다.

파사드의 입가에 가식 없는 웃음이 떠올렸다.

"카라제시, 앉아라."

카라제시가 긴 소파를 돌아 조금 전까지 불청객이 앉아 있던 꼭 같은 자리에 엉덩이를 붙였다. 그는 연회용 성장이 아닌 은색의 제식 예복을 갖춘 채였다. 그의 왼 가슴팍에는 붉은색과 흰색이 섞인 늑대의 자수가 놓여 있었다. 그리고 허리에는 진검이 매여 있었다.

"근무 중인데. 뭐, 잠깐은 괜찮겠지."

카라제시는 현재 파사드가 위임하고 간 군사들을 도맡는 직책에 있었다. 왕실 상비군. 그리 불리는 왕의 직속 군대의 통솔권자다. 행정 보직에 머물고 싶다 했던 그의 소망이 박살이 난 셈이었다. 오늘의 연회에도 그는 방문 귀족이 되지 못하고 연회 홀 안팎의 치안과 경비를 관리하느라 바빴던 차다.

파사드는 카라제시를 바라보았다. 카라제시는 다소 피로해 보이기는 했지만 마지막 보았을 적과 별반 다를 바 없이 온화한 웃음을 짓고 있었다.

두 해하고도 반 년쯤 전, 폭우가 내리던 새벽녘을 기점으로 많은 것들이 바뀌었다. 방식은 달랐지만 카라제시도 그 나름대로 파사드와는 상황을 받아들인 듯했다.

카라제시는 설리석거리는 섬을 풀어 무릎 위로 올린 후 소파에 등을 기댔다.

"나야 그렇다 치지만, 너는 언제까지 그리 살려고."

카라제시가 관조적으로 물었다. 딱히 파사드를 질책하는 것도 동정하는 것 같지도 않은 그런 노곤한 중얼거림.

"얼마 전에 레번타운에서도 네 혼사에 관하여 폐하께 주청을 넣었다던데. 들었나?"

레번타운은 파사드의 모친의 가문이었다. 어머니인 예이벨라가 죽고, 아버지인 칼키스가 죽고, 파사드가 승작한 무렵부터 자연스럽게 왕래가 끊겼던 가문이었다.

원체가 고립된 자들이라 세간에 많이 알려지지는 않았지만 파사드의 공국 독립 소식이 있은 후부터 조금씩 '외가'로서의 권한을 발휘하고 싶어 했다.

하지만 파사드는 그들을 밀어내지도 받아들이지도 않았다. 그런 자들이 수두룩하게 많았기 때문이다. 마리포사들이 멸망했다는 소문이 돌기 시작할 무렵부터 파사드에게 이런저런 혼처를 권하던 테른도크조차도 이제는 포기한 일이었다.

"발타르도 내달 올라올 것 같은데, 그때까지는 이곳에 남아 있는 게 어떠냐?"

"가능하다면."

낙관적인 듯 말하지만 카라제시는 파사드의 성정을 잘 알고 있었다. 미네트룽겐이 끝나고 나면 도망치듯 뮈아드로를 떠나 버릴 친우였다. 가끔 카라제시는 파사드가 왕국의 수도를 원망의 대상처럼 여기는 건 아닌가 싶었다. 테른도크를 대신해서.

카라제시와 파사드는 이제는 온 북부가 잊어버린 두 사람을 기억하는 동지였다. 체사의 차남인 자칼린 엔도와 데투아의 딸 르옌. 한때 세간에 크게 회자되었던 두 사람은 이미 수많은 이들의 가슴속에서 죽은 자들이 되었다. 체사 일가와 파사드만이 여전한 희망을 쥐고 있을 따름이었다.

파사드가 안부를 물었다.

"체사 백께서는 요즘 괜찮으신가?"

"……그냥, 그럭저럭 지내시는 중이시지."

마리포사들이 멸망했다는 소문이 들리고 난 후에도 자칼린이 돌아오지 않자 루가크는 카라제시에게 가문의 모든 일을 맡기고 은거에 들어갔다. 건강하던 그가 병환을 얻은 것도 그로부터 얼마 지나지 않아서였다.

어떤 이들은 애초에 내놓았던 자식이니 잊어버려라, 테른도크의 면책까지 받을 만큼 총애를 받는 가문의 주인께서 왜 그리 심약해지셨나, 되레 혀를 차기도 했다.

"……동부의 자금줄에 대한 건?"

"아직. 얼마나 감쪽같은지 동부 잔당들을 잡아 족쳐도 아는 놈이 없다는군. 그놈들의 머리 노릇을 하고 있는 벵셴의 아들을 잡기 전엔 무리야."

"내전 가능성은?"

"출정하게?"

파사드가 엷게 웃으며 오른손을 들어 보였다.

카라제시는 도무지가 지워질 기색이 없는 파사드의 오른손 흉터를 응시하다가 고개를 돌렸다. 시간이 많이 지났음에도 여전하다.

처음에는 카라제시도 속이 상해 화도 내 보고, 조언도 해 보고, 간청도 했지만 아무것도 먹히지 않는다는 걸 이제는 잘 알았다. 파사드의 고집이 보통 고집인가.

세상 사람들이 파사드가 합리적이고 이성적인 사람이라 말할 때조차도 카라제시는 코웃음 쳐 왔었다. 저놈의 고집을 한 번 겪어 보면 합리니 이성이니 하는 말 따위, 나오지 않을 것이다.

무엇보다도 파사드가 그 여자에게 품은 것은, 사랑이라는 것보다 더 질긴 것이다. 죄책감과 고집과 사랑이 동반되면 그것이 얼마나 지독한 자기 파괴로 이어질 수 있는지, 카라제시는 바로 곁에서 지켜봐 왔다.

마리포사들의 공식 멸망 선언을 듣고도 모른 체, 파사드와 그에 대해 이야기 나눌 시도조차 하지 않은 것도 그러한 연유에 기인한다. 그리고 제 동생을 포기하고 싶지가 않은 마음도 있었다. 입 밖으로 내버리면 정말로 자칼린을 완전히 잃어버린 사실을 스스로 믿게 될까 봐.

"밤을 지새울 것 같은데 너는 언제까지 있으려고?"

"곧 일어나야겠지."

파사드는 전사자들의 가문 기가 주렁주렁 늘어진 연단 뒤편의 벽을 바라보았다. 수십 개의 문양 기들이 업적에 따른 순서대로 늘어져 있다. 그들 중에는 할드로프 가문의 문양 기도 있었다.

파사드가 물었다.

"할드로프 백은 왔나?"

"이번 미네트룽겐에는 오지 않은 듯하지만, 왔더라도……."

카라제시는 씁쓸히 웃었다. 그리 형제처럼 지냈건만 레작과도 교류가 끊긴 지 꽤 되었다.

레작의 친누이인 일리리안의 자작 부인을 찾아가 한 번 만나 보았으나, 일리리안의 자작 부인은 그저 내버려 두라는 말만 하였다. 지난 숙청에 중립을 버린 체사를 비난하며.

얼마간 파사드와 카라제시는 서로 다른 생각에 잠겼다. 그들 사이의 분위기가 워낙 기묘하여, 근처를 서성대던 이들도 발을 돌렸다.

침묵을 깬 것은 화려한 제복을 입은 왕실 상비 군사 때문이었다.

카라제시가 넉살 좋게 웃으며 일어나 중얼거렸다. '이제 일하러 가야 하는 모양이네.' 하고.

"체사 경, 큰일이……."

"무슨 일이냐?"

그런데 소란을 일으키는 병사가 한둘이 아니었다.

별안간 달려온 또 다른 기사가 춤을 추는 이들을 밀치고 연회 홀을 가로질러 테른도크에게 달려갔다. 또 한 명의 병사는 카라제시에게 다가와 귀를 빌렸다.

파사드는 그의 눈치를 보는 병사의 기색을 알아차리고 말없이 자리에서 일어서 홀 밖으로 향했다. 카라제시는 파사드를 붙잡지 못하고 퍼렇게 굳은 안색으로 테른도크에게 향했다.

이미 보고를 들은 테른도크 역시 상당히 구겨진 얼굴이었다. 테른도크가 속삭이듯 명령했다.

"시친의 델 오스작에서 사람이 왔다는군. 뵈르게트와 친근한 것은 그대였지. 가서 그들을 맞이해라."

카라제시의 표정이 크게 굳어졌다. 시친인들이 선전포고를 하고 타리가의 사람들을 몰아낸 것이 바로 얼마 전이었다. 지금 북부 왕실과 시친의 관계는 최악이라 해도 이상하지 않을 시국이었다.


파사드는 어수선해지기 시작한 연회 홀을 빠져나왔다. 나오는 길도 쉽지는 않았다. 한 걸음 걸을 때마다 한 마디씩 말을 붙여 오는 이들에게 인사치레를 하는 것만으로도 시간이 꽤 걸렸다.

간신히 무례하지 않게 사람들을 떨쳐 내고 입구에 선 파사드는 그 앞에 펼쳐진 적적한 여름밤을 응시했다. 연회 홀의 입구는 수십 개의 기둥과 석상이 세워져 있었다. 아래로 십수 개의 하얀 계단들이 이어져 있다. 그리고 남빛의 하늘, 별, 달……

선선한 밤공기로 폐부를 숨어 내며 파사드는 피로한 걸음을 내디뎠다.

"돌아가겠다."

파사드가 홀 앞쪽에서 대기 중이던 마차지기를 불러 명했다. 마차지기가 마부에게 알리기 위해 저편으로 달려갔다. 기다리는 시간은 짧았다. 아직까지 브류나크 공저라 불리는 그의 저택에 기거하는 마부가 곧 사두마차를 끌고 달려왔다.

시종의 손길을 밀어내고 직접 마차의 문을 연 파사드가 한 발, 발받침에 무게를 실었을 때였다.

군악대가 북을 울려 대는 소리가 들렸다. 이어 보다 낮은 직급을 상징하는 이 두 마차가 연회 홀 입구에 멈춰 섰다. 눈에 익지 않은 가문의 멘테를 팔에 감은 한 남자가 내렸다. 늦은 시간에 도착한 다른 인사이겠거니 싶었다.

그러나 막 그들로부터 시선을 떼려던 파사드의 고개가 얼어붙은 고목처럼 굳어졌다. 마차에 오르려던 발은 붙박인 듯 멈추었다. 암암한 밤하늘, 지친 말울음 소리 저편 이 두 마차에서 내린 붉은 드레스를 입은 여자의 구두 소리가 울렸다.

노란 자수로 장식된 소매가 넓은 붉은 드레스 자락을 살짝 쥐고 선 여자는, 꼭 그만큼이나 풍성하고 짙은 적갈색의 머리칼을 늘어뜨리고 있었다.

여자가 사내의 손에 우아하게 손을 얹고 움직일 때마다 머리칼이 흔들거렸다. 정체된 공기 속에서 파사드의 시야도 함께 흔들리는 듯했다.

우아하게 계단을 오르는 여자의 뒷모습을 바라보던 파사드는 어느새 제 몸이 그녀를 향해 있음을 깨달았다. 깨닫기도 전에 몇 걸음이나 움직인 후였다.

"……저, 대공 전하?"

퍼뜩 정신을 차린 파사드는 어처구니없게 뻗어져 있는 손을 내려뜨렸다. 그러는 새 여자는 멀어져 있었다. 꼭 그녀와 닮은 적갈색의 머리칼이 흔들흔들 그의 눈앞을 어른거렸다.

이름 모를 여자의 발뒤축과 손, 어깨 그리고 간간이 그에게까지 닿는 웃음소리를 잠자코 듣던 파사드의 입술이 힘없이 벌어졌다. 다른 얼굴이다. 다른 사람이다.

파사드는 신경질적으로 얼굴을 쓸어 내며 잘 정돈해 올렸던 머리칼을 망가뜨렸다. 까만 머리칼이 가닥가닥 흘러내렸다. 빌어먹을. 그답지 않은 욕지거리가 치밀어 올랐다.

"대공 전하."

순식간에 애써 치워 두었던 기억이 물밀 듯 그를 엄습했다. 작금 파사드가 안고 있는 명예는 그녀의 것과도 같았다.

올조르의 붕괴, 발로이드의 시살……. 가장 커다란 것부터 자잘한 것들까지 그녀가 이룩한 것이었다. 그리고 대가로 그가 그녀에게 돌려준 것은 또 다른 브류나크의 부당한 배반뿐이었다. 그러므로 자신의 등 뒤로 따라다닐 수많은 칭송들이 꺼지지 않는 한은 일생 잊을 수 있을 리 없었다.

단 하나도 돌려주지 못했다. 단 하나도. 제 것 아닌 명예를 안고 사니 무엇인들 열의가 생길 리 없었다.

한참이나 턱에 힘을 주고 여자의 뒷모습을 좇던 파사드는 부러 매몰찬 걸음으로 마차에 올랐다.

"……출발해라."

스스로가 한심하여 구역질이 났다. 그녀와 전혀 다른 여자임을 알고도 눈을 떼지 못하니 정신 나간 놈과 다를 바가 없었다.

붉은 것이라면 절로 눈이 가고 미친 것처럼 뛰는 가슴에 스스로를 주체 못 하는 일이 처음이 아니었던지라 더욱 힘에 부쳤다. 한동안 잊혔던 오른손의 상처가 뼈를 쑤신 듯 아파 왔다. 이를 악문 파사드는 손을 감싸 움켰다.

이리 배반감이 들 수가 있었다. 그 여자에게 배신감을 느낄 수가 있었다. 새삼 놀라웠다.

저를 자신의 것이라 이르고서.

돌아오리라 이르고서.

'……'

아마, 그건 그에게 거짓 없이 솔직했던 그녀가 그에게 했던 유일한 거짓이었는지 모른다.

비정하여 잔인하기가 스스로에게까지 꼭 같았던 그녀는 결국 제게도 그만큼 잔인할 수 있는 이였다.

생각해 보면 당연한 일이었다.

파사드는 브류나크의 공저에 이르렀다. 누군가는 이제 옐시드의 대공령이라 부르기도 하는 곳이다.

테른도크는 왕왕 그를 불러들일 것이라 했던 말을 뒷받침하기 위해 브류나크 공저의 소유권만은 파사드에게 영구 귀속하였다. 애당초 이곳에 머물렀던 기간이 짧으니 별 의미가 없어 파사드도 사양 않고 받아들였다.

때문에 이곳은 라르크를 떠난 그에게 남은 유일한 장소였다. 파사드에게는 수국의 정원과 그 안의 초상화, 남겨 둔 한 자루의 창만큼의 가치였다.

저택 입구에서 내린 파사드는 저택의 입구까지 그를 모셔야 한다던 마부를 떨쳐 내고 걷기를 택했다.

커다랗고 한산한 저택, 브류나크 공저. 한때 제 이름이었으며, 그의 핏속에 흐르는 이름이나 낯설게만 느껴졌다. 기존의 공저 관리인들은 대다수 로크란드로 옮겨 가, 지금 저택을 관리하는 이들은 테른도크의 사람이 거의 대부분이었다.

눈에 익은 이가 드물었다.

사가로 걸어 들어가는 내내 쓸쓸함은 더욱 짙어졌다. 귀한 여름의 선선한 밤바람도 그의 타 버린 가슴을 씻지 못했다.

그를 맞이하기 위해 달려오는 낯선 이들을 돌려보낸 파사드는 한없이 무거운 걸음을 반복해 디뎠다.

로크란드에서 함께 방문한 할만이 그의 표정이 좋지 않음을 우려했지만, 괜찮다 물렸다.

자정을 훌쩍 넘긴 달 기우는 밤이었다. 파사드는 몇 걸음 걷다 좁다란 창 저편의 남쪽을 돌아보고, 몇 걸음 걷다 오늘 만난 붉은 머리칼의 아가씨들을 떠올리고, 몇 걸음 걷다 자조하고, 몇 걸음 걷다…… 그러기만을 반복했다.

고작 삼 층에 있는 제 침실까지 이르는 걸음이 한없이 더뎠다. 텅 빈 복도는 먼지 한 톨 없었으니 폐부는 이미 짙은 안개에 잠긴 듯 갑갑했다.

그런데 얼마간 낯설게 익숙한 침실을 향해 걸어가던 파사드의 발이 벼락 맞은 듯이 굳어졌다.

후드가 달린 얇은 천을 덮고 선 기다란 괴한이 밤을 기울이는 달빛에 그의 발치까지 그림자를 드리우고 있었다. 낯선 이방인은 걸음을 멈춘 그를 빤히 바라보았다. 낯선 사내가 서 있는 곳은 바로 그의 침실 앞이었다.

있을 리 없는 이였다.

미동조차 않는 그를 응시하던 이방인이 작게 웃으며 후드로 덮은 뒷머리를 긁적였다.

자연스레 흘러내리는 후드 아래 숨어 있던 갈색 머리칼이 드러났다. 이리저리 뻗쳐 기른 모양새였다. 청년이 연둣빛 눈동자를 어색하게 접어 웃으며 입술을 뗐다.

"잘 지내셨습니까?"

그러자 죽어 버렸다 생각했던 가슴이.

"오랜만에 뵙습니다. 하하, 다짜고짜 죄송한데 말입니다……?"

주체할 수 없이 뛰기 시작했다.

마지막 보았을 적보다 훨씬 성숙해진 청년이 쾌활하게 물었다.

"수소문해 보니 돌레한의 창, 이곳에 두셨다 들었는데. 당당하게 들어올 수가 없어서 어릴 적에 쓰던 개구멍으로 좀 숨어 들어왔는데…… 경비대에 이르지는 않으실 거죠, 파사드 형님?"

바람이 깊어 꿈을 꾸는가 싶었다.


굳은 낯을 풀지 않는 파사드에게 자칼린은 더듬더듬 설명했다. 아슬아슬했던 순간의 기억들을 되짚는 동안 자칼린의 표정도 서서히 가라앉았다. 물론, 파사드의 구겨진 심기에 댈 바는 아니었다.

때는 자칼린이 타리가 항구에서 뵈르게트 남매를 만났을 무렵. 투헤인이 툭 던진 제국령 다난과 바인의 동시 공격 소식에 급히 윙거로 향하려던 그는 금세 다시 뵈르게트 남매 앞으로 잡혀갔다.

투헤인의 명령이었다. 자칼린을 앞혀 둔 투헤인과 카헤이아는 저들끼리 갑론을박을 하기 시작했다.

─이용하기에 나쁘지 않아. 용병 천 명 고용하는 데에 쓸모없는 돈을 들이는 것보다 함선 몇 척 잠깐 빌려준 대가로 그만한 무력이라면 확실히. 지금 내가 일라린의 예멘 왕을 만나러 가는 것도 북부의 문제고.

─아무리 그래도 제정신이냐? 마리포사는 제국의 적대를 받고 있다고.

─우리의 함선들이 제국 항구에서 그 짝이 나고, 뭣보다도 우리가 북부에 팽 당한 이상 어차피 제국은 언젠가 우리에게 검을 겨눌 거다. 지금이야 저들이 바빠 무시하고 있다손 쳐도.

─만약 제국과 라르크를 동시에 적대하게 된다고 하면 어쩌려고?

─그게 문제지. 그 계집은 무슨 계책이 있는 건가?

투헤인이 자칼린을 향해 물었다.

─모릅니다. 하지만 믿습니다.

정말 밑도 끝도 없는 주장이었던지라, 자칼린은 투헤인이 거절할 것이라 생각했다. 기대도 없었다. 하지만 투헤인은 뜻밖에도 자칼린의 손을 들었다.

─흠. 아니, 굳이 그 계집에게 계획이 없다 하더라도…… 이쯤 하면 갚아 줄 때가 된 것이 사실이고, 지금 북부 왕정의 상황을 생각하면…….

─지금 또 무슨 잔대가리를 굴리려 하나? 나더러는 쓸데없는 일에 끼어들지 마라, 그리 지랄 지랄을 하더니.

─너 혼자 충분히 날뛰고 있는데 나까지 그럴 필요는 없었지 않나. 그리고 네가 했던 말인 것 같은데, 북부의 브류나크가 혈안이 되어 제국과 거래까지 해가며 돌려받으려 한 게 그 계집이라고. 여차하면 그 계집을 인질 삼아 붉은 늑대의 아들에게 제 배신의 대가를 치르게 하는 것도 좋겠지……. 마리포사 정도의 무력이 있다면 용병을 고용하기 위해 쓸데없이 자금을 낭비할 필요도 없고……. 라르크 동부 쪽에 반브류나크들이 모여 있다던가? 그들의 규모부터 파악해봐야겠지만 사정이 잘 맞아떨어지면 이쪽의 계획을 조금 바꾸어도 문제는 없을 거다.

무슨 소리인지 하나도 모르겠다.

당시 북부 내정에 관하여 자세히 알지 못하고 있던 자칼린은 투헤인의 말을 어디부터 어디까지 신뢰해야 할지 알 수 없었다. 그러나 한 가지 확신한 것은 투헤인이 순식간에 꺼내기 시작한 이런저런 방편들이 카헤이아 못지않게 과감하고 큰 청사진을 그리고 있다는 것이었다.

과연 저자가 시친 내부의 여론 조작 및 온갖 비리를 통해 친부의 명예를 추락시키고 카헤이아 뵈르게트를 차기 제독으로 만들었다는 그자구나 싶었다.

─물론, 마리포사들이 이쪽을 배신할 것을 생각하면 선뜻 손잡기는 어렵겠지.

적어도 그 말에 관하여 만큼은 자칼린도 선뜻 무어라 확답할 수가 없었다.

실제로 르옌이 의리가 없는 것은 아니지만 득실에 관련해서는 이미 살리가르를 회유해 시친을 치는 데에 조력하겠다는 방안까지 생각했던 여자였다.

그러나 자칼린은 르옌이 시친에게 갚겠다 한 맹세는 유효하다 믿었다. 르옌은 한 번 스스로가 선언한 것을 번복하지 않는다는 것이 가장 멋지고 가장 옛 같은 여자다.

—내 명예 따위 운운해도 씨알도 안 먹힐 테니, 그렇다면 내 목숨을 담보로 하겠습니다.

—…….

—그래도 믿지 못하시겠다면 붙잡지 마십시오. 이쪽이 시간이 썩어 넘치는 게 아니라서.

—앉아. 이야기 안 끝났다.

—지금 내가 시간이 넘쳐 나서 여기 앉아 있는 것처럼 보입니까?

—아쉬운 건 네 쪽 아니냐?

—진짜 성질 더러운 남매 같으니라고.

묘한 표정으로 침묵하던 투헤인은 자칼린의 비장한 눈빛을 외면하고 카헤이아와 이야기를 나누기 시작했다.

—그 여자가 반니아나 엔호자의 둘째 아들 이름까지 대놓고 거론을 했다고? 그 기록은 우리들 내에서도 쉬쉬 되어 봉해져 있던 건데 그 계집은 대체 어찌 아나? 그리고 저 위조 서명도 그렇고.

—붉은 늑대의 아들이 베갯머리송사라도 지껄였나 보지.

—가능성이 전혀 없지는 않군. 하지만 북부의 브류나크도 그 서간을 본 적은 없을 텐데? 에제트라 했던 그자가 일렀나. 영문을 모르겠군.

—한통속인 놈들을 두고 뭐하러 그런 쓸데없는 고민을 해?

자칼린의 입장에서는 속 뒤집히게 느긋한 남매였다.

그 후로도 즉각 결론이 나온 건 아니었다. 당사자를 앞에 두고 갑론을박을 펼치던 남매의 논쟁은 거의 언쟁에 가까워졌다.

네가 언제부터 그따위 짐작만으로 움직였느냐부터 시작해, 북부인들은 다 뒈져야 한다, 필요하다면 한 발 물러서는 법을 배워라, 지랄하지 마라, 누가 누굴 가르치냐 등등 별의별 구성진 욕지거리가 다 오갔다.

자칼린은 두 남매의 말 한 마디 한 마디에 희망이 잔뜩 부풀었다가 다시 푸시시 꺼지기를 수십 번을 거듭했다. 시간만 낭비하는 셈이라는 판단이 들어 다시 단단히 마음먹고 자리를 박차기 직전, 투헤인의 한마디가 모든 논쟁을 불식시켰다.

—너는 지금 실각당할 위기야, 카헤이아.

처음 자칼린의 귀에는 꽤나 감동적인 걱정이라는 생각이 들었는데, 이어진 뒷말이 가관이었다.

—지금 너 이상으로 내겐 쓸 만한 패가 없다고. 그리고 어차피 실각할 거라면 한 탕 저지르고 끝내. 잘 풀리면 좋은 거고.

—아주 실각당하라 고사를 지내지 그러냐? 이 새끼가 정말 재수가 없으려니까……!

누가 다혈질 아니랄까 봐 카헤이아는 자칼린이 보고 있다는 것도 잊은 사람처럼 투헤인에게 주먹을 날렸다. 자칼린은 나동그라진 투헤인의 이가 빠진 것을 발견하고 얌전히 분위기가 소강되기를 기다렸다.

'어, 어, 어…….'

이 남매 싸움도 범상치가 않았다.

—이는 빠지면 낫지도 않는다고. 한 번만 더 손 올리면.

—어쩔 건데, 이 몸치 새끼가?

—…….

—공사 구분 그따위로 못 할 거면 옷 벗어라!

자칼린은 투헤인이 조금 불쌍해졌다.

어쨌든 그 후로도 그들은 조금 수준 높은 폭력을 곁들인 '대화'를 이어 갔는데, 그 내용은 대강 투헤인이 카헤이아의 실각을 기정사실화하고 벼랑 끝으로 달려가라 부추기는 것이었다. 희한한 건 카헤이아가 그 사실을 알고도 받아들이기 시작했다는 것이다.

권력에 욕심이 많아 제독이 되었나 했는데, 꼭 그런 것만도 아니었던 모양이다.

—오해를 하나 본데, 네가 실각당하면 내가 여태까지 너한테 퍼부은 투자가 전부 무산된다는 뜻이다. 당장 널 대신할 놈이 여의치가 않으니까.

—어? 지난번에 일 틀어지면 레사카로 내 후임을 지목하기로 하지 않았나?

—이스자키 올다에서 그놈을 어떻게든 너와 엮을 모양새라 제했다. 그러게 몸뚱이 제대로 놀리라고 했지. 너랑 붙어먹었던 장교 놈을 차기 선거에 이름 올리게 가만둘 놈들이 아니지.

—들켰냐?

—산테라가 불었던데.

—옘병할 죽일 놈.

—뭐, 아버지가 아니었더라도 머잖아 덜미가 잡혔을 거다. 선거 직전에 폭로당해 제명되는 것보다 일찌감치 저쪽에서 낌새를 흘린 게 다행인 거지. 그래서 배경 깨끗한 놈을 찾는 중인데 여의치 않아. 그러니 당분간 네 실각은 막고 싶고.

한참이나 그를 목석처럼 세워 두고 지들끼리 북 치고 장구 치고 혀에 칼을 달아 비난하더니 결국 카헤이아의 패배로 끝났다. 어차피 바인의 섭정 길도프는 한 번쯤 손봐 줄 생각이었다는 것이다. 살리가르와의 해전을 부추기고 있다는 것을 그들 역시 무시할 수 없었으므로.

"……그렇게 되어서."

거기까지 말한 자칼린은 뜻을 알 수 없는 표정으로 저를 바라보는 파사드를 피해 눈을 내렸다. 긴 설명에도 파사드는 아무 말도 않았다.

"그 후에 델 오스작의 해병들과 함께 남부 소왕국 바인의 돌체로 갔습니다. 그곳에서 돌체의 영주를 도와 수도 림을 점거하고 있던 당시 섭정 세력의 기사들을 전부 항복시키고 왕 요수아를 구해 냈어요. 요수아는 왕권을 환수받았죠. 중간에 바인 그 죽일 놈들이 또 배신을 하려 해서 잠깐 애를 먹기는 했는데 바인의 꼬맹이 왕이 르옌을 꽤 좋아하더라고요. 그래서 바인의 군대와 함께 마리포사들이 다난의 군대까지 다 쓸어 죽일 수 있었습니다. 문제는 바인의 소년왕이 도우러 갔을 때, 이미 마리포사들이 꽤 많이 죽어서 피해가 큰 상황이었는데……."

파사드의 주먹 쥔 손등 위로 푸른 핏줄이 불거졌다.

가장 묻고 싶은 것이 목 안에 걸려 나오지 않았다. 누군가가 그의 목줄기를 움켜쥔 것처럼 욱죄이는 기분이었다. 그런 파사드의 기색을 알아차린 자칼린이 말했다.

"아, 르옌도 살아 있습니다. 걱정 않으셔도 됩니다."

"……."

"더 자세히 설명해 드리고 싶은데 시간이 없어서. 르옌은 지금 발로이드의 창을 기다리고 있습니다. 제가 몰래 형님을 찾아온 것도 일단 그 때문이고요. 무슨 생각인지는 모르겠지만 대강의 일들이 마무리가 되면 르옌이 형님을 찾아갈 거라고 했어요."

"……동부 반란 세력을 돕고 있는 건 그러면 투헤인 뵈르게트인가?"

자칼린은 조금 멋쩍게 웃었다.

"그놈이 수완이 어마어마하던데요. 지금 테른도크 폐하께서 해결하셔야 할 문제가 동부만이 아니에요. 남부 쪽도 그렇고, 일라린 공국의 폐하께서도……. 아, 지금 당장은 어떻게 말을 못 드리겠어요. 진짜, 진짜 진짜 죄송합니다, 형님. 사정이 어쩔 수가 없어서. 폐하께도 죄송하고……."

꿈과 현실의 모호함에 파사드가 고개를 수그렸다. 가슴이 터질 듯이 울려 그야말로 과호흡으로 숨이 넘어갈 듯했다. 곧 문 두드리는 소리가 났다.

"주인어른, 폐하께서 호출하셨습니다. 지금 왕궁 내에 난리가 난 듯하다는데요."

할만의 목소리였다.

자칼린이 바짝 굳어졌다. 아직 체사 가문에도 제 귀환을 알리지 않았다. 공저의 개구멍으로 숨어 들어오기는 했지만 할만이 제 존재를 알면 곤란할 것이었다.

그러나 파사드는 지체없이 대꾸했다. 들어와라. 문을 연 할만이 눈을 휘둥그레 떴다. 할만과 눈이 마주친 자칼린이 어색하게 웃으며 손을 흔들었다.

"흰머리 많이 나셨네요."

할만은 마치 환상의 생물이라도 바라보는 듯한 눈빛으로 자칼린을 응시하다가 그의 인사는 무시하고 물었다.

"주인어른, 저…… 이 거지꼴을 하고 계신 분은 체사의 작은 도련님이 아닙니까?"

"거지꼴이라니…… 힐민 영감님은 나이가 드셔도 여전하셔. 일단 비밀로 좀 해 주십쇼."

할만은 자칼린을 향해 그저 엷게 웃어 줄 뿐이었다. 자칼린도 빙

굿 웃었다. 그는 능숙한 집사답게 더 묻는 법도 없었다.

"왕궁에서 무슨 일이 생겼나?"

"시친인들이 들이닥쳤다고 합니다."

파사드는 놀라는 대신 침묵했다. 지금 그가 느끼는 가장 커다란 감정은 노여움뿐이었다. 눈앞이 어질어질할 정도로 머리로 피가 몰리는 듯했다.

한참 후에야 그가 입술을 뗐다.

"그래서 결국 시친과 함께 왔나."

할만에게 하는 말이 아니었다. 자칼린은 조금 미안한 표정으로 고개를 숙였다.

"죄송합니다. 자세한 건 나중에 르옌을 만나서 들으시는 게 더 좋을 것 같습니다요. 르옌이 오늘, 폐하와 담판을 짓겠다 했습니다."

파사드는 의자에 앉은 채로 이마를 짚고 이를 갈았다.

"알겠다. 할만, 자칼린에게 무기고를 열어 줘라."

자칼린은 생각보다 차가운 파사드의 반응에 조금 놀란 표정을 했다. 할만이 '따라오시지요.'라고 말했다. 자칼린과 할만이 나선 적막한 방에서, 파사드는 한참을 그렇게 앉아 있었다.

분노인지 안도인지 모를 양극의 감정에 온몸이 떨리고 손발에 힘이 빠졌다. 오른손의 상처가 미친 듯이 아려 와 신음이 새어 나왔다.

테른도크는 자신들도 지난 전쟁의 공로자가 아니냐며 들이닥친 시친인들을 매섭게 노려보았다. 대체 무슨 속셈으로 저리 들이닥쳐 친구인 양 웃고 떠드는지 알 수가 없었다.

선전포고까지 한 주제에? 필경 좋은 의도는 아닐 것이었다. 테른도크가 그들에게 반감을 살 만한 일을 하긴 했지만 이렇게 대놓고 나타나 연회 분위기 자체를 망쳐 버리려 하니 짜증이 났다. 게다가 오늘은 파사드와 그가 여전히 굳건한 인연으로 서로를 신뢰하고 있다는 것을 알리고, 로지투스를 반대하는 자들에게 맞설 만한 이들을 걸러 내려 했던 자리였다.

문득 떠올라 파사드를 찾아보았으나 그는 보이지 않았다. 연회가 파하고 나면 따로 로지투스의 책봉 문제를 논의해 볼까 하였는데 그새 돌아갔는가 싶었다.

파사드는 참 어려운 사람이다. 그가 쳐 둔 울타리 안에 들어가는 일이 그다지도 어렵다.

테른도크는 곧 연회장을 가로질러 제게 다가오는 시친의 인사를 돌아보았다. 옷차림이나 몸치장은 어느 정도 예우를 갖추었지만 외양부터가 이질적이었다. 이래저래 북부 귀족들은 그들을 힐끔거리느라 여념이 없었다.

무심코 고개를 돌리던 테른도크는 그의 왼편에 앉아 있는 비셰트에게 물었다.

"표정이 좋지 않군. 자리가 불편한가?"

비셰트는 대답 대신 고개를 저었다. 붉은 머리칼이 굽이굽이 흔들렸다. 다정하게 손을 뻗은 테른도크가 흘러내린 그녀의 머리칼을 귀 뒤로 쓸어 넘겼다. 잠깐 움츠러드는 듯하던 비셰트는 무감동한 눈으로 그를 한 번 돌아본 후 다시 정면을 응시할 뿐이었다.

테른도크의 표정은 서서히 굳어졌다. 그녀 하나만이라도 놓지 않기 위해 갖은 애를 써 보았으나 알고 있었다. 한 번 사그라진 마음이 되돌아올 리 없고, 한 번 산 미움이 쉬이 해갈될 리가 없었다.

비셰트는 시친의 인사들까지 뒤섞여 어수선하기만 한 연회의 풍경을 돌아보았다. 그러고는 한 손으로 가슴팍을 살짝 가리며 일어섰다.

"몸이 좋지 않습니다."

"그런가."

"들어가 보겠습니다."

요청이 아닌 통보에도 테른도크는 구태여 불편한 내색을 하지 않았다. 잡지도 않았다. 다만 불안한 듯이 비셰트와 그를 번갈아 바라보는 로지투스의 시선을 의식하고 살짝 미소 지었을 뿐이다.

"그래, 쉬어야지. 들어가 봐라."

비셰트는 뒤도 돌아보지 않고 긴 드레스의 끝단을 이끌고 연회장 뒤편의 문으로 걸어갔다. 문이 열렸다가 닫히는 소리가 날 때까지 테른도크는 미소를 거두지 않았다. 그녀의 장미 향이 완전히 코끝에서 사라질 때까지.

"저, 저어, 폐하…… 저도…….."

로지투스는 지난번 친자의 공포 이후로 갑작스레 제게 쏟아진 사람들의 관심에 어쩔 줄 모르고 전전긍긍했다. 일생을 숨죽여 살아왔던 아이이니 익숙지 않은 게 당연했다. 하지만 이제 익숙해져야 했다. 저들이 뒤에서 무슨 소리를 하든 간에 스스로 견뎌 내야 했다.

"참아라."

테른도크는 엄격함을 고수하며 여지를 주지 않고 답한 후 한 손으로 턱을 괴었다. 로지투스가 어쩔 줄 모르고 붉은 머리칼을 손가락으로 돌돌 말았다. 그러다 한 귀족과 눈이 마주치자 배시시 웃어 보였다.

얼마 지나지 않아 스스로를 투헤인이라 소개한 시친 인사가 그의 발치에 이르렀다.

"초대는 해 주지 않으셨지만 축객치 않으셔서 감사드립니다. 처음 뵙습니다. 인사드리지요. 투헤인 뵈르게트라 합니다. 이분이 후계자가 되실 분입니까?"

투헤인 뵈르게트.

투헤인이라는 이름의 시친 요직 관료에 대한 이야기는 익히 들은 바 있었다. 사 군도의 행정을 좌지우지하는 동도 켈레티 올다의 행정부 실권을 쥔 자라 하였다. 다혈질의 거침없는 카헤이아와는 반대 성향의 인물이라고.

부드러운 미소를 단 채 로지투스를 바라보는 투헤인의 눈빛은 흔들림이 없었다. 품평하는 듯한 노골적인 눈빛은 테른도크를 불편하게 했다. 하지만 내색 않고 빙그레 웃었다.

"알려진 대로지."

"인물이 좋으십니다. 다만 아직 어리시니 그 때문에 걱정이 많으시겠습니다."

"걱정은 무슨."

"한데 다른 왕자 저하가 한 분 더 계시다 들었는데 말입니다."

투헤인의 말에 상석 주위는 온통 얼어붙었다. 냉기는 점점 퍼져가 어느 순간 연회 홀을 전부 정지시켰다.

최근 라르크에서 가장 예민하게 다뤄지는 문제였다. 전 왕비의 살아 있는 적통, 말더듬이 빌리안 왕자.

테른도크는 표정이 굳어지려는 것을 애써 감추었다. 제 이복형제가 거론되자 로지투스는 주눅이라도 든 것처럼 고개를 숙였다.

"애석하게도 그대가 말하는 내 또 다른 아들은 왕위를 잇기에 적합하지 않으니."

"……그렇습니까. 하지만 북부는 장애에도 관대하다 들었습니다만."

“그래도 선택지가 둘이라면 기왕지사 완전무결한 것이 더 낫지 않겠나?”

“선택지가 둘이라…….”

투혜인은 뜻 모를 미소를 지으며 로지투스를 바라보다가 천천히 테른도크가 있는 단상 위로 올라왔다. 왕실 근위 병사가 급히 다가와 창으로 막아 세웠다.

투혜인은 무뚝뚝한 얼굴로 두 자루의 창으로 가려진 테른도크를 내려다보다가 천천히 손을 내밀었다. 적의가 느껴지지 않았다. 테른도크가 손을 저어 경비병들을 물렸다.

“당신께 전해 드리라는 부탁을 받았습니다.”

“그게 뭔가?”

“보시면 알 것이라 전해 들었을 뿐입니다.”

투혜인의 손에는 작은 쪽지가 한 장 접혀 있었다. 로지투스가 궁금한 것처럼 슬며시 목을 빼고 그의 손바닥을 훔쳐보려 했다. 테른도크는 힐끔 로지투스에게 시선을 준 뒤 말없이 투혜인의 쪽지를 건네받았다.

“부디, 모든 영광 이루시길.”

예의상의 인사치레를 마친 투혜인은 예우조차 갖추지 않고 뒤돌아 멀어졌다.

투혜인과 테른도크 사이의 긴장감이 사라지자 북부의 귀족들은 다시금 연회의 음악 속으로 빠져들었다. 못마땅하게 멋대로 분위기를 망치는 시친의 인사들을 바라보던 테른도크가 쪽지를 펼쳤다. 테른도크의 표정이 서서히 지워졌다.


세상 가장 차가운 왕좌에서.

퍼뜩 고개를 들어 투헤인의 뒷모습을 좇았지만 이미 투헤인은 연회장 입구 멀리로 자리를 옮긴 후였다. 테른도크는 의미 없이 귓전을 흐르는 음악을 무시한 채 턱 끝을 매만지며 한참을 고민했다.

'이게 무슨 뜻이지?'

도무지가 영문을 알 수 없는 수수께끼였다.

멀찍이서 그를 바라보는 투헤인과 눈이 마주쳤다. 기묘한 예감이 뇌리를 스쳤다. 작게 입술을 벌린 채 연회 홀의 저편을 바라보던 테른도크가 스르르 몸을 일으켜 세웠다.

"잠시 자리를 비우지."

어떤 예감이 있었다.

시종들도 뿌리쳤다. 숫제 달리는 걸음으로 연회장을 빠져나온 테른도크는 외투 자락을 펄럭이며 노르테 홀이 있는 왕궁 중앙 건물로 향했다. 찝찝한 기분이 가시지 않았다. 세상에서 가장 차가운 왕좌는 북부의 왕이 앉는 왕좌라는 것이 일반적인 통념이었다.

노르테 홀의 입구는 두 명의 병사가 굳건히 시립해 지키고 있었다. 테른도크가 평소보다 빠른 어투로 물었다.

"누가 찾아오지 않았던가?"

"예. 오늘 오후부터 방문객은 없었습니다, 폐하."

오후부터 연회가 시작되었고 테른도크가 연회 홀에 있으리라는 것은 온 북부의 귀족들이 다 아는 사실이니 당연한 일이었다.

그럼에도 불구하고 테른도크는 괴이한 기분을 떨쳐 낼 수가 없었다. 손안에서 구겨진 쪽지는 분명 범상한 것이 아니었다.

"문을 열어라."

테른도크의 말에 병사들은 다소 의아한 기색으로 거대한 문을 잡아 당겼다. 서서히 갈라지는 노르테 홀을 응시하던 테른도크가 저벅

저벅 안으로 들어섰다. 닫아. 그의 명령에 조용히 문이 닫혔다. 흔들거리던 공기도 다시금 은은하고 차가운 어둠에 갇혀 정체되었다.

홀 안은 고요했다. 수십 개의 기둥이 떠받치고 있는 적막한 왕좌의 땅이었다. 기둥마다 하나씩 걸려 있는 횃불들만 의미 없이 타들어 가고 있었다.

혹시 모를 좌우의 어둠 속을 살폈다. 온전히 홀로 선 왕이 된 후 생긴 그의 버릇이다.

어둠을 가르는 붉은 융단이 이어진 드넓은 홀을 따라 안으로 들어가던 테른도크의 걸음이 서서히 느려졌다. 몇 걸음도 채 걷지 못했다.

그가 멈추었다.

노르테 홀에는 분명 아무도 없어야 했다. 왕이 없는 이곳은 금역이다. 그리고 설사 왕 없는 이곳을 방문했다면 경비들이 이미 알고 있었을 터였다. 그러나 경비는 누구도 들어오지 않았다고 했다.

테른도크는 왼편에 위치한 기둥에 삐딱하게 기대어 팔짱을 끼고 있는 눈에 익은 여자를 발견하고 작게 입술을 벌렸다.

까무잡잡한 피부의 금발 여자가 마지막 보았을 적과 크게 다르지 않은 제복 차림으로 서 있었다. 허리에는 검까지 든 채였다.

시친인이 그를 방문했을 때 카헤이아를 떠올리지 않은 건 아니었지만 그녀를 발견하니 속이 불편해졌다. 카헤이아가 서늘히 그를 노려보았다.

테른도크가 막 무어라 입술을 떼려던 찰나였다. 웬 낯선 여자의 낭랑한 목소리가 텅 빈 홀을 울렸다.

"네가 테른도크 란펠이구나."

테른도크가 고개를 돌렸다. 늘상 그가 앉아 있던 왕좌에 누군가가 앉아 있었다. 그의 벽안이 서서히 살기를 띠었다.

늘씬한 몸 선이 드러나는 검은 드레스에 품이 넓은 소매를 흔들며 웃고 있는 적갈색 머리칼의 여자는 마치 여왕처럼 왕좌에 앉아 그를 굽어보고 있었다. 노르테 홀의 어둠을 머금은 불그스름한 빛을 띤 눈동자였다.

적어도 테른도크는 생전 본 적 없는 이였다. 양어깨 위에 두르고 있던 얇은 숄을 걷어 낸 여자가 비스듬히 왕좌에 등을 기대며 말했다.

"예전에 내 얼굴이 궁금하다 하였던 걸로 기억하는데, 실제로 대면한 소감은 어떠한가?"

테른도크는 그가 올려다보고 있다는 것도 잊은 채 그도 모르게 숨을 멈추었다.

'르옌 데투아.'

긴 적갈색 머리칼을 늘어뜨린 여자의 정체를 단박에 직감했다. 테른도크는 비로소 노르테 홀에 카헤이아와 르옌을 제외하고도 네 명의 시친 군사들이 더 들어와 있다는 것을 알아차렸다.

"대체."

어떻게? 테른도크가 주위를 돌아보며 어처구니가 없단 듯 웃었다. 경비들은 외인들이 들어와 왕좌에 앉을 때까지 무얼 하고 있었단 말인가. 아니, 어떻게 여섯 명이나 노르테 홀에 들어왔는데 아무도 모른단 말인가.

그러던 테른도크는 문득 노르테 홀 뒤편의 비밀 문이 검은 아가리를 드러내고 열려 있다는 것을 알아차렸다.

"왕궁은 변한 것이 별로 없더구나. 요란 떨지 않고 조용히 이야기하기에는 이곳이 적당하지 싶어 멋대로 장소를 정했으니 언짢아 마라."

여자의 목소리에 배인 어떤 기묘한 힘이 테른도크에게 조금의 침착을 가져다주었다.

"네가 지금 그 자리에 앉아 있다는 게 얼마나 큰 무례인지 직접 일러 주어야 하나?"

테른도크는 왕좌로 향하는 계단을 디뎠다. 르옌의 입가엔 짧은 비웃음이 어렸을 뿐이다. 르옌은 이내 긴 드레스 자락을 살짝 쥐고 일어서서 두 계단 아래 선 그를 마주 보았다.

"그래서 다시 한 번 나를 죽여 보겠나?"

바로 지난해 비현실적으로 단기간 내에 토벌당하여 모르가나의 서부에서 자취를 감추었다던 여자였다. 들리는 소문으로는 북부인다운 최후를 맞아 스스로 분신하여 죽었다고 알려져 있었고, 테른도크 역시 그렇지 않을까 생각했었다.

마리포사들이 터무니없이 쉬이 궤멸당한 데에는 의심을 품었지만, 죽음의 직전에서 스스로를 불 지른다는 것은 북부인이 아니면 하기 어려운 발상이었던 탓이다.

'살아 있었다……'

혀끝이 산초山椒 씹은 듯이 아릿하게 마비되었다. 파사드를 그리 만든 여자. 잠깐 적대감이 치밀었다가 곧 헛웃음으로 화했다.

지금서 르옌 데투아에 대한 테른도크의 감정은 파사드의 혼을 빼놓았던 평민이라는 정도다. 실제로 이렇게 마주하게 될 날이 올 거라고는 생각지도 못했던 터라 잠깐 이성이 짓이겨지는 듯했다.

"저 통로는 어떻게 알았나?"

얼핏 벽과 구별이 되지 않는 비밀의 문이었다. 왕궁 내 비밀 통로에 관한 것은 관습적으로 알려진 것이지만 실제로 그 통로를 이용할 줄 아는 이들은 왕족들과 소수의 인사들뿐이다. 누군가 저들과 내통했다는 것이 가장 올바른 추측이 될 것이다.

그러나 통로를 이용하는 방법이나 길 찾기에 관하여는 공식 기록된 바가 없는 데다 같은 브류나크인 파사드조차도 알지 못했다.

르옌은 대답 대신 테른도크의 몸을 뜯어 살피듯 눈을 느릿하게 내렸다가 올렸다.

"나도 한 번쯤 너를 만나 보고 싶었다. 북부의 제일 기사라 스스로를 댔다는 이야기를 듣기는 했지만 골격은 모자람이 없구나."

"내가 누구인지 모르나?"

"너는 내가 누구인지 아나?"

이 여자, 대체 뭔가. 평민이라 하였다. 그러나 말투, 행동, 시선을 움직이는 과정, 그 모든 것이 전혀 위화감이 없었다. 과연 파사드가 괜한 계집에 얽매인 것이 아니라는 것을 조금 납득하게 된 한편, 이 계집을 꺾어 버리겠다는 강한 의지가 일었다.

"경비를 불러 왕권 모독으로 옥에 처박아 주마."

테른도크가 막 몸을 돌리려는 찰나였다.

"그러면 상황이 떠들썩해질 터인데…… 조용히 끝낼 생각이 없다면 그리해라."

"요란 떨지 않을 생각이었다면 얌전히 죽은 듯 살았어야 더 논리에 맞는다 생각지 않나?"

"나도 가끔 이런 내 성질이 피곤하기는 해. 하지만 어쩌겠나? 아직 너와 나는 함께 해야 할 일이 있고……."

"함께?"

테른도크가 기가 막힌다는 듯 르옌을 쏘아보았다. 그러나 르옌은 눈꺼풀 한 번 깜빡이지 않고 나비 같은 몸짓으로 왕좌에 다시 앉았다. 또각또각. 구두 굽 소리가 메아리쳐 울렸다.

르옌이 물었다.

"시친 역시 지난 전쟁의 공로자들인데 어째서 그들을 초대하지 않았나? 이리 냉대한다면 저들이 몹시 서운해지지 않겠어?”

테른도크는 제게 닿는 적대감으로 날카로운 카헤이아의 시선을 알아차렸다. 하지만 시선은 여전히 르옌에게 있었다.

“저들이 내 백성들을 고향 땅에서 몰아냈다는 것이 선전포고와 다를 바 있나. 내가 자비를 베풀어 기거를 허락한 타리가를 침탈한 것과 다름이 없으니 당장 치죄치 않은 것만으로도 저들에게는 충분한 관용을 베푼 것이다.”

“네 것을 지키기 위해 네가 지닌 힘과 권위를 이용하는 것은 당연한 일이겠지. 내 백성이 평온하길 바라고, 내 백성이 나를 우러르기를 바라고…….”

무슨 말을 하려는 건지 알 수 없었다. 이런 잡담이나 나누기 위해 이 자리에 찾아오는 위험을 무릅쓰지는 않았을 것이다.

테른도크의 뇌리로 많은 계산이 스쳤다.

저 계집이 마리포사들과 함께 죽었다 알려진 지가 수개월이다. 게다가 얼마 전에는 수개월의 감찰 끝에 남부에서 공식적으로 마리포사들의 토벌 종료 선언이 이루어졌다. 세상 모든 사람들이 마리포사들이 전멸했다 믿지는 않지만 적어도 그들의 소재를 알고 있는 이는 없었다.

왜 이제 와 나타났나? 숨죽여 살면 모르가나의 눈을 피할 수 있었을 터인데 왜……. 거기까지 생각하던 테른도크가 서늘한 경멸로 입술 끝을 비틀었다. 이 시기이기 때문이었다. 모르가나의 토벌 종료가 있었으며 라르크가 한창 내부의 분란으로 요란한 시기.

“너희가 어디에 숨어 있었는지, 지금 보니 묻지 않아도 짐작이 가는군. 하지만 너희가 무얼 요구하든 나는 응하지 않을 거다.”

“네 결정이지.”

“…….”

“하지만 결과 또한 네 책임이 될 테지. 너는 답을 조금 더 신중히 해야 할 거야.”

르옌은 엷은 미소로 테른도크의 적대적인 눈빛을 흘려보냈다.

“테른도크 란펠, 네가 지금 올라앉은 왕좌는 이렇게 나조차도 쉬이 앉을 수 있는 한낱 물건이다. 왕권의 궁극적인 본질은 보이지 않는 힘이고 균형의 정점에 있는 법이지. 두 해 만에 이 정도로 네 위상을 드높인 것은 대단한 일이라 생각하는 바. 그렇지만 지금의 라르크가 얼마나 견고한가?”

“…….”

“오래도록 왕국의 근간이 되었던 자들을 전부 숙청하였다지? 그 자리에 경험 없는 새 사람들, 기회주의자들을 채워 앉히고 충성 맹세를 하게 한 것만으로 네가 바란 힘이 완성되었다 믿지 마라. 동부는 여전히 너에게 반기를 드는 이들이 도약할 준비를 하고 있고, 서쪽도 글쎄, 그다지 네게 상황이 좋아 보이지는 않는구나. 너희는 이미 오래전 시친까지 적으로 돌렸으며, 일라린은 그대들과 거의 단교에 가까울 만큼 교류를 삼가고 있다지. 칼란독도 아예 공국으로 독립해 떠나지 않았나?”

친근하게 파사드를 거론하는 르옌을 바라보며 테른도크는 말을 잃었다. 르옌은 거듭 이었다.

“기사회생하여 다시 살아난 동부 반군들과 전쟁을 하면서 시친과의 분쟁도 갈앉히려면 고생을 좀 하겠어. 둘 중 한 곳이라도 패배한다면 부사취모라는 짓을 저지르고도 북부 왕권만을 내세워 강압적으로 귀족들을 억압하는 네 입장이…….”

선명하게 파고드는 직감에 테른도크가 씹어뱉었다.

"마리포사들이었군. 델 오스작이 고용한 용병들이."

누군가 뒷목을 으스러뜨릴 듯 붙잡는 기분이었다.

"그렇다면 동부와 벵센에 헛바람을 넣은 것도 너희인가?"

"저들이 굶어 죽지 않고 싸울 수 있을 정도의 도의적인 도움만 준 거란다. 고마워해야 할 일 아닌가? 동부인들도 너의 백성일 텐데. 시친이 너희 백성을 먹여 살리고 있으니 너희는 정말로 이자들에게 감사해야 해."

"하지만 네놈들이 어떻게."

"북부의 동쪽에 줄을 대는 건 투헤인 혼자만으로는 불가능했지."

르옌은 부정하는 대신 나붓하게 웃었다. 테른도크의 주먹이 꾹 쥐어졌다.

그래, 어쩐지 동부 놈들에게 흘러 들어가는 자금이 일개 영지 한두 군데에서 나올 수 있는 액수가 아니다 싶었다. 그렇지만 서부 끄트머리에서 해병 양성만으로도 힘에 부쳐 이러지도 저러지도 못하는 시친인들일 줄은 몰랐다.

하지만 그것보다도 저 계집이 방자하게 암시하는 것은 시친과 마리포사뿐만이 아니라 또 다른 협력자가 있다는 말이었다.

'또 누가 있단 말인가, 또.'

일그러지는 테른도크의 표정을 조롱하는 카헤이아의 웃음소리가 짧게 울렸다. 르옌은 카헤이아와 가볍게 눈을 맞춘 후 빙그레 웃었다.

"시친은 신의를 지키는 자랑스러운 민족이다. 너도 나도 그들에게 그 점은 배워야지 않겠나. 그리고 아직 마리포사들은 '용병'은 아니니 염려 마라. 네 대답 여하에 따라 곧 그리될 수도 있겠지만……."

테른도크가 잇새에 힘을 주고 물었다.

"몇이나?"

"육천."

시친의 해병의 수가 기하급수적으로 불어났다는 보고를 듣기 전, 마지막 추산된 그들 해병이 칠팔천에 이르렀다. 시친 내부에서 천대받던 각 섬의 해병들이 꾸준히 델 오스작으로 소속을 옮겼기 때문이다. 합류한 마리포사들까지 더해 셈하면 일만 삼사천에 이른다는 계산이 된다.

테른도크가 딱딱하게 씹어뱉었다.

"아무리 그래도 고작 시친의 내륙 군사 따위가 아국의 기사들에 댈 수 있을 거라 생각하나."

"마리포사는 라르크 군에 댈 수 있겠지. 그리고 네가 전쟁을 준비하는 동안 서부 옥토들이 있는 영지 한두 개 즈음이야 충분히 정복할 수 있고, 그 후로 농성과 수비전을 시작하면 꽤 오랜 싸움이 될 거다. 하지만 너도 알다시피 시친은 패배해도 크게 잃을 게 없다. 이들에게는 군도라는 바다 너머의 또 다른 땅이 있으니까. 하지만 너는 아니지 않나? 한 번의 패배가 남부 제국을 얼마나 큰 혼란의 수렁으로 밀어 넣었는지를 봐라."

"……카헤이아 뵈르게트는 패배하면 실각될 터인데 그리 당당히 잃을 것이 없다 말하나? 허풍이군."

"카헤이아는 헌신적이고 결의가 굳은 사람이다. 그녀가 그 정도 각오도 하지 않고 라르크에 싸움을 걸겠다 했겠나?"

"……."

"그리 긴장할 필요는 없다. 나는 지금 그 무의미한 싸움을 하지 말자 찾아온 거니까."

낯이 뭉개지는 기분이었다.

마음 같아서는 지금 제 코앞에서 시국을 논하는 저 계집의 머리채를 끌어다 계단 아래로 내동댕이치고 싶을 정도였다.

그러나 섣불리 그리하지 않은 것은 파사드가 마지막까지 마음에 걸린 탓이었다. 온전히 독립해 버린 지금도 파사드는 오는 혼처를 죄 마다하며 저 여자를 잊지 않고 있었다. 지금 로지투스의 왕태자 책봉을 밀어 붙이는 데에는 파사드의 도움이 반드시 필요했다.

시시각각 굳어지는 테른도크의 표정에 르엔이 만족스럽게 웃었다.

"대강 상황 파악이 된 낯짝이니, 내 조건들을 한 번 나열해 봐도 되겠나?"

르엔은 노르테 홀의 적막한 풍경 속에서 팔걸이를 손끝으로 두드리며 서늘히 뱉었다. 고저 없이 이어지는 음성이 어쩐지 위험천만하게 들렸다.

"시친과 약속했던 서부의 반니아를 내어 주는 것이 첫째다. 라르칼리아 왕조의 약조를 브류나크 왕조가 지켜야 한다 고집을 부리지는 않겠다. 그러나 너희는 필경 지난 전쟁에서 시친이 지킨 우의에 보답해야 함이다. 시친이 지난 전쟁에 지원한 군 수는 그다지 많지 않다 해도 그들이 지닌 상징적인 의미는 군사보다 더 지대한 것이었다."

"이미 그 건에 대해서는 확실히 마무리했다."

"그러니 지금 내가 말하잖아. 다시 시작하라고. 내 목소리가 잘 들리지 않나?"

명령? 지금 저 계집이 내게 명령을 하고 있나? 세상에, 마리포사들 따위의 머리 노릇을 했다더니 저가 뭐라도 된다 믿는가. 테른도크가 거칠게 계단을 걸어 올라가 르엔의 목을 잡아 올렸다. 가느다란 여자의 목은 한 손에 잡혔다.

"죽고 싶나."

주위에 서 있던 시친의 장교들과 카헤이아가 놀라 몇 걸음 다가오려는데, 르옌이 눈살을 찡그리며 그들을 막았다. 그 태도에 더 분이 치밀어 올랐다. 이대로 목을 졸라 죽여도 시원찮을 계집이었다.

그러던 테른도크의 새파란 눈동자가 문득 르옌의 잘은 흉터들이 있는 가슴팍, 흰 살결 위로 떨어졌다. 그녀가 걸고 있는 목걸이. 정교한 루비 장식이 되어 있는 두꺼운 반지의 상면에는 늑대의 문양이 새겨져 있었다.

브류나크의 반지.

테른도크의 손에 힘이 풀렸다. 르옌의 입가에 미소가 진해졌다. 테른도크는 그도 모르게 손을 놓고 한 걸음 물러섰다.

"……파사드가 너희와 내통을 했나?"

마리포사들의 멸절 소식에 파사드에게 미안했던 감정이 씻은 듯 사라졌다. 만일 그랬다면 파사드는 선을 넘은 것이다. 목을 매만지며 잔기침을 한 르옌이 느릿하게 고개를 가로저었다. 너무 느려서 부정의 의미처럼 보이지도 않았다.

"그런 건 아니다만…… 배반당했다는 듯한 네 낯색이 꽤나 보기 좋기는 하구나."

"르옌 데투아."

"그리고 한 번은 잡혀 주었다마는 한 번만 더 내 몸에 손대면 테른도크 란펠, 그때는 네 손을 마디마디 부러뜨려 줄 테니 왕답게 굴어라. 고고한 표정으로, 내게 죽음을 선고했을 때처럼 오만하게 들어라. 동요하지 말고 머리로 생각을 해라. 네가 지금 직면한 상황이 무엇인지부터 이해해. 나는 우두머리의 자질조차 없는 놈과 협상을 하고 싶지 않으니까."

"……."

"반니아의 이름이 폴벗이든, 또 다른 내가 모르는 것이든 상관없다. 졸렬하게 이름자로 농간질을 부려 북부 왕권의 명예에 먹칠하지 마라. 저들에게 반니아를 내어 주고 서부의 평화를 유지해라. 서부의 평화가 곧 동부의 평화가 될 거다.”

“…….”

“그리고 마리포사가 제국의 유일 태자였던 라인하르를 죽이는 것으로 지난 남북 전쟁이 북부의 승리로 끝났다는 것은 너 역시 알고 있을 것이다. 마리포사가 라르크의 공적임을 철회하고 그들을 묵인해라.”

“미치지 않고서야 내가 그들을 지지할 성싶은가.”

“공개적으로 네 지지를 바라지는 않으나, 북부에서 우리 스스로 마리포사라는 이름을 대지 않는 것을 대가로 살 곳을 얻는다면 수지가 맞는다는 생각이 드는데. 네게도 그게 더 좋은 일이 될 테니까.”

“…….”

“그리고 체사의 아들, 그는 너의 그 말도 안 되는 부당한 준명으로 인해 처벌을 받게 된 북부의 기사를 지키기 위해 스스로 오명을 뒤집어쓴 것이므로 그의 죄를 사하며.”

“…….”

“앞으로 내가 하려는 일에 관여치 마라.”

테른도크는 말도 안 되는 조건이라는 것들을 하나하나 귀에 담으며 끝내 헛헛하게 웃었다.

“가당하다 생각하나?”

“거절한다면 보름 안에 보다 큰 전투가 시작될 거다. 윙거가와 함께 몇 년이나 공을 들여 운하를 건설했다지.”

“우리가 너희를 두려워할까 보냐.”

“테른도크 란펠, 그대가 잊은 듯한데.”

르옌의 입술이 잠깐 다물렸다가 다시 고고히 열렸다.

"마리포사들은 지금 살아남기 위해서라면 무엇이라도 할 수 있는 녀석들이다. 하나하나가 일당백인 자들이지. 그들의 이름의 가치는 생각보다 크다는 걸 너 역시도 알고 있을 터이다. 허풍 떨지 마라. 나는 그들을 멈출 수도 있지만 멈추지 않을 수도 있다. 조금 더 내게 공손해지는 게 좋을 거야."

"너희가 마리포사의 잔당이라 스스로 이름을 내세우면 남부가 가만히 있을 성싶던가? 남부 황제가 병신인 줄 아나?"

르옌이 기다렸다는 듯이 웃었다.

"그러니 네가 더 현명해져야 하는 게 아니냐?"

"……."

"상호 불가침조약을 맺은 지 세 해도 되지 않아 남부의 검은 사자 군을 북부까지 끌어들여 자국 내 마리포사들과의 전쟁을 허락하는 얼간이 천치 같은 왕이 되기를 택하여도 상관없다. 선택해라. 지금의 위태로운 시국에 마리포사와 시친을 동시에 적으로 돌려 자국 내 영토에 또 다른 피바람을 불어올 것인지, 혹은 관대하게 약조를 지키고 지금까지처럼 평화로운 치세를 이어 나갈 것인지. 만일 네가 하나도 빠짐없이 조건을 수용한다면 시친은 기꺼이 라르크 동부의 정리를 도울 것이고, 이번에 투헤인 뵈르게트에게 협력한 서부 쪽의 명단도 넘겨 주지. 마리포사들은 시친의 용병이 되는 대신에 적당한 곳에 자리 잡아 문제 일으키지 않고 살 것이다. 그에 관하여는 내 보증하지."

"……."

"정 계산이 안 된다면 직접 겪어 보는 수밖에. 나 역시 부당하게 내게 사형을 구형했던 왕에게 지킬 신의 따위 없으니 다음번엔 전쟁터에서 조우하게 되겠구나. 아, 너는 직접 나서지 않던가? 뭐, 상관 없지. 결국 우리는 다시 뮈아드로의 귀자로 성벽을 넘어올 테니.”

르옌은 미소를 지우며 일어섰다.

테른도크가 그도 모르게 반 걸음 물러섰다. 그의 턱 아래에도 닿지 않는 작은 여자였다. 그러나 굽이굽이 떨어진 적갈색의 머리칼은 어쩐지 섬뜩하게 붉어 보였고, 감정 없는 오연한 눈빛은 마치 그의 살갗을 파 누르는 듯했다.

테른도크가 잇새로 스미는 신음을 삭여 말했다.

“한 가지 묻지.”

“기꺼이.”

“시친의 용병이 되는 대신 적당히 자리 잡겠다는 것이.”

간신히 흘리는 소리처럼 음절 음절에 힘이 들어가 있었다. 저 여자의 목에 걸린 반지에 자꾸만 눈이 갔다. 파사드의 것이 분명하다. 모조품이라 여기기엔 지나치게 귀하고 고풍스러운 물건.

파사드가 언제부터 반지를 끼고 다니지 않았더라? 언젠가 깨닫기는 했지만 관심도 없었다. 그러나…….

르옌은 테른도크의 얼굴에 스친 두려움을 읽어 내고 짧게 웃었다. 조롱과 닮은 웃음소리가 짧게 노르테 홀을 메아리쳤다.

“테른도크 란펠, 나를 적대한 건 분명한 너의 실수였다. 하지만 너도 사람이니 실수할 수가 있는 거지. 중요한 건 네가 그 스스로 실수를 인정하고 나은 선택을 할 수 있는 인간인가 하는 것이다.”

르옌이 손을 뻗어 테른도크의 턱을 감싸 당겼다. 얼굴이 가까워지자 테른도크의 뒷목이 빳빳해졌다. 그러나 물러설 수는 없었다.

르옌의 입술이 열렸다.

“내게 칼란독을 빼앗길 게 두려워 그리 옴짝달싹 못 하는 모습이

네 전부가 아니길 바라마. 그렇다면 나는 네게 흐르는 피에 실망을 금치 못할 것 같거든……."

"라르칼리아라 함부로 떠든 것도 용서하려 했으나 네 방만이 지나치니 더 할 말이 없군. 네가 살아 뭐아드로를 나갈 수 있을 성싶던가. 이는 파사드도 막지 못할 것이다."

"라르칼리아라는 이름이 언제부터 죄 그 자체가 되었나?"

"……."

"라르칼리아라는 말이 그리도 배척받아야 하는 것이라면, 이 시대까지 전승되어 살아 숨쉬는 '진짜' 라르칼리아는 어찌하나?"

뜻 모를 말이었다. 테른도크의 턱을 매만지던 르옌이 돌연 그의 예복 목깃을 홱 쥐어 내렸다.

여성의 것이라 생각하기엔 거센 악력에 테른도크의 고개가 기울었다. 그 순간 테른도크의 귓가에 르옌의 입술이 닿았다. 가볍게 입 맞추듯 닿았던 입술이 떨어지며 소리 냈다.

"오만하고 어리석은 후대야. 네게 옛이야기를 하나 해 주마. 네가 그리도 폄하하고 혐오스럽다는 듯 씹어뱉는 라르칼리아에 관한 것이다."

테른도크는 르옌의 손을 떨쳐 내기 위해 힘을 주려다 멈칫했다. 속삭임이 귓전으로 휘감겼다.

"……라르칼리아의 마지막 여왕이 얼마나 악독하고 배덕했는지에 관해 들어 본 적이 있겠지."

"……."

"그 여왕에 대한 구설수는 참 많지. 폭군이니 괴물이니…… 정복에 미친 여자니……. 그럼 이 얘기는 들어 보았나? 여왕은 전장에서 두 번 아이를 가졌다. 그런데 소문에 들리기로 둘 중 하나는 그 당시의 또 다른 라르칼리아와의 아이라더군. 이 얼마나 배덕한 일인지. 제 이복형제와 잠자리를 한 거다. 자식까지 볼 정도였다면 한두 번이 아니었다는 말이겠지. 애초에 괴물이라는 이름이 따라다니는 여왕이니 그런 배덕함의 꼬리표 하나 더 붙어도 이상할 것은 없다마는…… 여왕의 슬하 낳았던 두 아들 중 하나는 브류나크의 아이, 하나는 라르칼리아의 아이라니.”

오한이 척추를 타고 선득하게 흘러내렸다. 테른도크는 그도 모르게 눈에 힘을 주고 입술을 물어 닫았다.

르옌은 가볍게 테른도크의 뺨에 입술을 맞댄 채 소곤거렸다. 뜨거운 속삭임이었다.

“한데, 궁금하지 않으냐. 나는 참 궁금하더라. 첫째가 왕가를 이었고 둘째가 공가를 이었다던데……. 지금의 왕가를 연 것이 벨바롯트 파사드와의 아들인지, 페이작 돌레한의 아들인지…….”

“그딴 헛소리를…….”

“믿고 싶은 대로 믿어도 좋겠지만…… 증거조차 없이 아집으로 부정하는 건 꼴사나워 보일 뿐이지.”

르옌이 떠밀듯 테른도크의 가슴팍을 밀어냈다. 반걸음 물러선 테른도크의 눈동자가 노여움으로 새파랗게 형형했다.

붉은 입술로 호선을 그리던 르옌이 테른도크의 눈을 깊이 들여다보며 탄복했다.

“그토록 푸른 눈은 의외로 귀하여 옛적부터 찬사를 받아 왔지. 선인의 피를 짙게 내려 받은 것을 보니, 운이 좋구나.”

“……뭐?”

“오늘은 이쯤 하지. 네게도 시간이 필요할 테니.”

테른도크가 무슨 반응을 하기도 전에 르옌이 카헤이아에게 턱짓했다. 카헤이아가 공기와 같은 존재감으로 시립해 있던 장교들에게 검지와 중지를 살짝 까닥이자, 장교들이 성큼성큼 노르테 홀의 문을 향해 걷기 시작했다.

테른도크는 그도 모르게 제 팔을 스쳐 흔들리는 여자의 붉은 머리칼을 움켜쥐려 했다. 그러나 르옌은 이미 융단을 따라 몇 계단이나 내려선 후였다.

"멈춰."

테른도크가 노여운 걸음으로 성큼성큼 르옌을 따라 내려갔다.

"멈추라는 말 안 들려!"

그러나 르옌은 뒤도 돌아보지 않고 핏길처럼 이어진 붉은 융을 따라 멀어질 뿐이었다.

테른도크의 고함이 흩어지기도 전이었다. 시친의 장교들이 카헤이아의 명에 따라 문을 열려는 순간, 누가 손대지도 않은 문이 끼이익 열리며 어두운 노르테 홀 안으로 주홍색 불빛이 쏟아져 들어오기 시작했다. 거대한 문이 열렸다.

끼이이익…… 테른도크가 걸음을 멈추었다. 르옌도 몇 걸음 더 걷다가 말고 섰다.

문 저편에서 빼꼼 작은 아이가 머리를 내밀고 안을 훔쳐보았다. 테른도크가 가장 먼저 그를 알아보고 간신히 목 어딘가가 뭉친 듯한 소리를 냈다.

"아."

경비들이 '폐하, 로지투스 저하께서…….' 하고 무어라 변명을 하기 위해 얼굴을 내밀었다가 작게 입술을 벌렸다. 홀로 노르테 홀에 들어갔던 왕이 혼자가 아니었던 탓이다. 그들은 당황해 반대편 경비를 불러 손짓했다. 하지만 테른도크의 관심은 저들이 스스로의 실수에 어떤 변명을 하는지가 아니었다.

"저어, 폐하께서 너무 오랫동안 자리를 비우시기에……."

로지투스는 어두운 노르테 홀 입구에서 얼마 떨어지지 않은 곳에 선 낯선 제복의 사내들과, 오만상을 쓰고 있는 또 다른 시친의 여자, 새까만 드레스를 입고 그를 바라보는 아름다운 여자에 잠깐 넋을 놓았다.

테른도크와 꼭 닮은 벽안이 의아함으로 물들기까지는 오래 걸리지도 않았다.

"어, 폐하. 이자들은……."

퍼뜩 정신을 차린 테른도크가 르옌을 지나쳐 빠르게 로지투스에게 다가갔다.

"로지투스, 여기서 뭘 하고 있는 거냐. 기다리라고 했을 텐데."

르옌은 '로지투스…….' 그 유명 자자한 이름을 반추하였다.

테른도크의 딱딱한 음성에 조금 주눅 든 표정을 하던 로지투스는 슬며시 고개를 빼꼼 기울여 가만 서 있는 르옌과 시친인 무리를 다시 힐끔거렸다.

잘 정리해 내린 붉은 머리칼과 그 새로 형형히 빛나는 벽안이 맑디맑았다. 르옌은 한참을 그 소년을 바라보다가 멈추었던 걸음을 다시 디뎠다. 그러고는 테른도크와 로지투스를 스쳐 지나며 중얼거렸다.

"적발에 벽안이라, 피는 못 속인다더니……."

조롱이 잔향처럼 떠돌았다.


테른도크의 선명한 벽안이 오만하게 왕을 등지고 멀어지는 여자의 뒤축을 따랐다.

"어, 어, 어……?"

노르테 홀의 문앞을 지키고 있던 보초병들은 귀신이 곡할 노릇이었다. 든 적 없는 손님이 나오다니? 테른도크의 일그러진 표정에 경비들은 곧 저들이 큰 잘못을 저질렀음을 직감했다. 허겁지겁 물었다.

"폐하, 저들을 잡을까요?"

그러나 테른도크는 대답하지 않았다. 다만 사선으로 내린 시선 끝, 비세트를 닮은 적발과 저를 닮은 벽안을 한 로지투스를 응시할 뿐이었다.

분명 그의 심기를 거스르기 위해 부러 지어낸 말이 틀림없었다. 하지만 한 번 귀에 박힌 말은 떨어질 줄 몰랐다.

보초들을 무시한 테른도크는 로지투스에게 방으로 돌아가라 명한 후 빠르게 복도를 가로질러 집무실로 들어갔다. 그리고 시친인들의 동태를 살피러 갔었던 그의 충실한 심복들을 불러들였다.

"에제트와 도 로바쥬."

세복한 에제트와 도 로바쥬는 조용히 그의 명령을 기다렸다. 어쩐지 초조했다. 놀아나는 기분만큼이나 크게 찜찜했다. 입술을 가린 채 한참이나 신음 섞인 숨소리를 내쉬던 테른도크가 명했다.

"왕가의 족보와 왕실 도감을 가져와."

복도를 걷는 내내 르옌은 왕궁의 적요한 풍경을 훑었다. 익숙한 북부의 솔 무늬 음각이 박힌 기둥 장식이 추억의 보풀을 일으켰다. 그런 한편 브류나크의 늑대상이 그녀의 좌우로 늘어선 것이 낯설었다.

익숙한 천장의 문양과 아치형 장식. 그러나 복도에 깔린 것은 그녀가 기억하는 상아색이 아닌 남빛의 짙은 융단이었다. 변한 것이 별로 없음에도 많은 것이 변했다는 것을 체감하는 건 단순히 세월의 흐름을 느끼는 것과는 달랐다.

카헤이아의 찝찝하단 투가 르옌의 감상을 멈추었다.

"제대로 확답을 받지 못했는데 이대로 돌아가나?"

"자존심을 지키겠다 남부에 전쟁까지 걸었던 자다. 너무 과도하게 궁지에 몰아서는 될 일도 안 되는 법이지. 기다려 봐라. 아직 시간은 있으니까."

르옌은 담담히 대꾸했다.

카헤이아는 오늘 저녁부터 비밀 통로의 입구를 열었을 때부터 노골적인 의문의 눈빛을 보내고 있었다.

"길은 어찌 그리 잘 아나. 와 본 적이 있나 보지? 나는 세 번째인데도 복잡하기만 한데."

"아무렴."

스무 해가 넘도록 이 왕궁에서 살았던 여자에게는 한때의 안마당과 같은 곳이었다.

"언제 어떻게 와서 무얼 했길래 저런 비밀 통로까지 알고 있나?"

"약조하지 않았나, 아무것도 묻지 않기로. 너희는 그냥 테른도크의 답을 기다려 취할 것을 취해 가는 걸로 족해라."

"너와 저 왕이 작당하지 않았다고 확신할 수가 없는데."

르옌은 의심이 부쩍 늘어난 카헤이아를 향해 작게 웃고 말았다.

"네가 예전에 내게 했던 말을 그대로 돌려주마. 너도 참 스스로를 피곤하게 하는 성정이다. 이유 없는 호의라면 의심해도 좋겠지만 지금은 피차 합이 맞아떨어져 돕는 것이니 의심 말고 받아라."

카헤이아는 턱을 매만지며 르옌과 나란히 걸음의 폭을 맞추었다.

르옌은 처음 보았을 때보다 훨씬 더 당당해져 있었다. 처음에는 영 내키지 않는 마음이었지만 지금 생각하면 꽤 괜찮은 결정이었다. 투헤인의 그 개조차 꼬리를 내릴 것 같은 논리에 설득당했다는 사실이 불쾌한 것은 차치하고.

바인의 소년왕 요수아의 억류를 풀어낸 후, 돌체의 영주 맥베인은 마리포사를 배반하고 다난을 기습할 것을 요구했다.

카헤이아는 마리포사와 남부인을 둘 다 믿지 않았기 때문에 그저 조금 역겹다 싶은 정도의 감상뿐이었다. 후발 함선에 타고 있던 자칼린이 뒤늦게 소식을 듣고 지랄도 그런 지랄이 없는 상지랄을 했지만 맥베인은 꿋꿋하였다.

그러나 요수아라는 허수아비 왕은 꽤나 강단이 있었다. 반쯤 얼이 빠진 사람처럼 이것저것 지시하는 맥베인을 바라보다가, 여지도 없이 명령했다.

—나는 내 군대를 되찾으러 갈 거야.

—폐하, 이번이 기회입니다. 다난을 무너뜨리면…….

맥베인이 굽히지 않고 설득을 시도했다. 그러나 요수아의 한마디에 입을 다물고 말았다.

—너한테 나는 왕이야?

결국 맥베인은 군사의 일부만 떼어 다난으로 보내는 것으로 합의하였다. 바인의 다난 침공이 시작되었다. 라곳에시스 점령전의 출정으로 인해 텅 비어 있던 다난의 영지는 금세 초토화되었다. 그리고 맥베인도 영주 성의 완전 점거를 앞두고 라곳에시스로 군을 돌렸다.

요수아와 합류하기 위해서였다.

—죽었어?

그들이 라곳에시스에 도착했을 때 웬더의 영주인 테오도르는 이미 죽고 바인 군은 다난의 외눈 영주에 의해 통솔되고 있었다. 요수아는 바인의 군권을 다시 돌려받겠다 선언했다. 그러나 다난의 외눈 영주는 몹시 요수아를 얕잡았고, 요수아는 저를 사위 취급하는 다난 의 영주를 응징했다.

바인과 다난의 내분이 시작되었다. 한순간에 영주를 잃은 다난 군 은 기가 막힐 정도로 쉽게 쓰러져 도망치거나 죽었다. 어린아이라 더 잔혹할 수 있다했던가. 맥베인조차도 깜짝 놀랄 정도의 냉정함이 었다.

그리고 카헤이아는 그곳에서 피투성이가 된 르옌을 마주했다.

—여, 오랜만에 아주 꼴이 가관인데.

—지푸라기라도 잡겠다 이곳까지 달려온 걸 보면 네 꼴이라고 좋 아 보이지 않는데.

구면이지만 참 재수 없는 여자였다. 그 꼴이 되고도 남 비웃을 정 신이 있다니.

—르옌!

그러나 요수아는 르옌에게 유달리 친근한 태도를 보였다. 도대체 뭘 어찌 꾀어낸 것인지, 맥베인의 말도 심심찮게 무시하던 요수아가 르옌의 말은 몹시 신뢰했다.

요수아는 르옌의 청탁에 살아남은 마리포사들을 구해 주었다. 중 간에 살리가르의 왕 마코시아가 나타나 일이 꼬이는가 싶었지만 다 행스럽게도 눈에 띄지 않고 바인으로 옮겨 갈 수 있었다.

그리고 뒷마무리는 바인의 군대가 대부분 처리하였다. 시신을 위 장하고 흔적을 지우기 위한 뒤의 작업이 꽤나 치밀하였다. 르옌은 우의에 대한 보답으로 그간 마리포사들이 점령했던 서부의 모든 영 토 권한을 바인에게 넘긴다 하였다. 바인에게 서부를 삼키라며 그들 의 영광을 기원하겠다고.

대신, 언젠가 고향을 그리워하는 마리포사들이 다시 남부로 돌아오고자 한다면 그때 바인이라는 나라의 백성으로 차별 없이 받아 주길 바란다는 표명과 함께였다.

—지금 다난은 영주를 잃고 난장이 벌어진 데다 군사도 반수 가까이 잃었으니 폐하께서 다난의 딸과 혼인하면 그들은 어쩔 수 없이 바인에 굽힐 것입니다. 영향력을 키우십시오.

—싫어. 내가 왜?

—그게 왕입니다. 싫어도 해야 하는 것이 왕입니다. 바란 것을 위해 스스로를 잘라 내는 것이 왕입니다. 왕이란 가끔은 그런 선택을 견뎌 내야 하는 사람입니다. 강요가 아닌 조언이니 귀담아 듣지 않으셔도 상관없지만, 저는 폐하가 백성들의 사랑을 받는 좋은 왕이 되기를 바랍니다. 정 다난의 딸이 싫다시면, 서부에 새 시대를 열고 난 후 그 딸을 죽이든 살리든 마음대로 하십시오. 온전히 왕이 된 당신에게 그 누구도 항거하지 못할 것입니다. 그리함으로써 당신은 굳건해지고, 백성들은 당신을 사랑할 것이고, 위대해지는 겁니다.

—하늘의 연처럼.

—하늘의 연처럼, 모두가 우러르는 왕이 되는 첫 길입니다. 그러나 나는 당신이 한때의 나와 같은 길을 걷지 않기를 바랍니다.

—너와 같은 길?

르옌은 이렇다 할 답을 되돌리지 않았지만, 그때부터 정말로 괴상한 여자지 싶었다.

이런저런 사건을 정리하며 보름가량 돌체에 머문 마리포사들은 시친인들의 배에 올랐다. 남부에 남고 싶다 하는 이들은 바인에 그대로 두었다. 요수아가 돌봐 주마 약조했기에.

북부로 향한 마리포사들은 시친의 남도, 델 오스작 본도에서 멀찍이 떨어진 무인도로 옮겨졌다.

그리고 그들은 반년이 넘는 시간 동안 남제국의 대처와 살리가르의 동태, 라르크의 정세 따위를 주시하며 계획을 세웠다. 투헤인과 르옌은 비상하게 교활하다는 부분에서 죽이 잘 맞았다.

동부로의 길을 트는 데는 일라린 공국의 왕인 예멘의 도움을 크게 받았다. 이미 예멘은 파사드와 테른도크가 갈라진 순간부터 북부의 세력 팽창을 크게 경계하고 있었으므로 암암리에 다리를 놓고 보증해 주었다.

뮈아드로 왕궁의 경비병들이 연회가 한창일 시간에 돌아다니는 외국인들과 낯선 여자를 흘끔 흘겼다.

"투헤인이 기다리는 연회에 가 있어라. 라르크의 인사들과 우호적으로 지내는 것이 너희에게도 장기적으로 좋을 테니까."

"너는?"

르옌은 저 멀리서 걸어오는 두 그림자를 턱짓했다.

자칼린이 새까만 막대 같은 물건을 들고 왕궁 문 앞에 서 있었다. 자칼린의 후위, 얇은 코트와 모자로 전신을 가린 자그마한 체구의 여자는 레이리스였다.

레이리스는 에일라의 죽음에 대한 이야기를 들은 이래로 눈에 띄게 좌절을 숨기지 못했다. 지금 시친인들과 남아 대기 중인 다른 마리포사들이 살아났다는 사실에 착안해 버티는 반면, 레이리스는 점점 우울해지기만 했다.

그들은 용맹하였다. 그들은 너희가 잘 살길 바랐다. 그런 격려는 소용없을 것을 르옌은 잘 알고 있었다.

르옌이 뒤늦게 카헤이아의 물음에 답했다.

"들를 곳이 있어서."

“마음대로 돌아다니기에는 위험하지 않겠나? 조금 전 테른도크의 반응이 심상찮던데.”

“잡으려 했다면 이미 경비들이 우리를 잡아갔겠지.”

자칼린은 무기 소지 불가라며 그를 가로막아 선 경비병들의 교차된 창 너머로 르옌을 향해 소리쳤다. 야! 가져왔다! 근데 못 들어가! 그러다가 너무 큰 소리를 냈다는 걸 깨닫고 슬며시 눈알을 굴렸다.

“저 녀석도 글렀어.”

카헤이아가 미간을 좁히며 중얼거렸다.

르옌과 카헤이아 무리는 왕궁 밖으로 향하는 출구에 이르렀다. 카헤이아가 자칼린이 들고 있는 검은 창을 흘겼다.

‘어쩐지 눈에 익은데.’

르옌이 자칼린에게 손을 내밀었다.

“이리 내라.”

자칼린은 선뜻 건네지 못하고 머뭇거렸다. 시키니 가져오기는 했는데, 르옌의 의도가 짐작이 가지 않았기 때문이다. 자칼린이 가져온 것은 발로이드의 창이었다. 이름조차 없는 이 창의 상징적인 의미를 생각하면 아무래도 껄끄러웠다.

자칼린이 창을 슬쩍 뒤로 숨기며 물었다.

“그보다 뭐하려고?”

“너희 왕과는 대충 이야기를 끝냈으니 무력 투쟁을 하려는 건 아니다. 안심하고 이리 내.”

비로소 자칼린의 표정이 조금 풀렸다.

“헤에, 폐하를 뵀다고? 어떻게 된 거야.”

르옌이 스윽 팔을 뻗어 검은 창을 빼앗아 들었다. 묵직하게 차가운 무게가 손바닥 안으로 감겨들었다.

파사드에게 맡겨 두었던 창이었다. 그를 직접 만났는지 조금 궁금해졌다. 르엔은 물을까 말까 잠깐 고민했다가 고개를 저었다.

"나중에 보자. 레이리스, 너만 나를 따라라."

자칼린이 조로로 달라붙었다.

"어디 가려고? 나는 가면 안 되냐?"

안 돼. 단박에 거절한 르엔이 레이리스를 데리고 왕궁 밖 저편으로 향했다. 자칼린은 뚱한 눈으로 르엔의 뒷모습을 흘겼다. 검은 긴 창을 들고 걷는 르엔의 뒷모습, 잔상은 꽤 오래 남았다.

'나 원…… 무슨 지네 집 안마당도 아니고.'

그런데 문득 옆통수로 떨어지는 눈빛이 따갑다. 고개를 돌려보니 경비병의 눈빛이 심상치가 않았다. 자칼린이 괜히 찔려 고개를 돌리는데 경비병이 더듬더듬 물었다.

"저…… 혹시…… 체사……."

자칼린은 어느새 그를 남겨 둔 채 저쪽 연회가 열리고 있을 궁의 건물로 향하는 카헤이아를 한 번, 르엔이 사라진 방향을 또 한 번 돌아보았다. 아무래도 궁금한 건 르엔이었다.

"아닌데?"

능청스레 답한 자칼린의 걸음은 이미 보이지 않는 르엔이 사라진 방향으로 향했다.

왕궁 경비들이 자칼린임을 확신하고 붙잡으려 들기 전까지는 고향에 돌아온 기쁨으로 자유로웠다.

알레타르 달테, 회색 사원에 두 여자가 나타났다.

무덤지기들은 거침없이 사원의 안으로 걸어 들어오는 여자들을 의아한 눈으로 바라보았다. 선인들의 조각상 사이를 가로질러 다가오는 여자는 몹시 낯선 용모였다. 왕궁에 연회가 있다고 하던데, 그 참석자인가? 새까만 연회용 드레스가 길게 이끌렸다.

그러나 여자의 아름다움이라거나 차가운 표정이라거나 하는 것보다 더 눈길을 끈 것은 여자의 손에 쥐어 있는 것이었다. 장식용 창이 아니라 어딜 보아도 잘 벼려진 살인 무기다. 그 옆의 체구가 엇비슷한 또 다른 여자는 마치 산 시체처럼 음울하여 불길한 느낌을 주는 회색 눈을 하고 있었다.

간혹 기념비적인 날에는 알레타르 달테가 귀족들이나 방문객들에게 열리기도 한다. 무덤지기들은 너무나도 당당하게 들어오는 여자들의 기세에 서로 눈짓을 주고받았다. 하지만 피차 하달받은 준령이 없기는 마찬가지다. 무덤지기들은 멍청하니 여자를 따라 걸었다.

"영애가 누구신지는 모르겠습니다마는 허락을 받고 오셨습니까."

르옌이 걸음을 멈추더니 목에 달고 있던 목걸이를 뜯어내듯 끊어 가장 가까운 곳에 있던 무덤지기의 손에 강제로 쥐여 주었다.

무덤지기들은 둥글게 모여 목걸이에 걸려 있던 낡은 반지를 바라보았다. 토끼처럼 뜬 눈들이 알아보았다. 브류나크의 것이다. 대체 이 여자가 누구길래 브류나크의 반지를 지녔나? 묻기도 저어했다.

르옌은 어느새 사원 가장 안쪽 깊숙한 곳, 거대한 철문 앞에 멈춰 섰다.

"조금 전에 테른도크 란펠 브류나크를 만나고 왔다. 열어라."

테른도크를 만난 것과 이 문이 열리는 것의 상관관계는 없었다. 그러나 여자의 태도가 너무나도 자연스러워 문을 지키던 이들은 무어라 반박하지 못하고 브류나크의 반지를 쥐고 쑥덕이는 무덤지기들을 바라만 보았다.

얼마 지나지 않아 무덤지기들 중 한 명이 조심스레 다가와 섰다. 가장 나이가 든 무덤지기였다. 원숙한 노인의 눈이 적갈색 머리칼을 늘어뜨린 무표정한 여자의 얼굴을 훑듯 살피다가, 고개를 조아려 인정했다. 브류나크의 반지를 지닌 자는, 브류나크와 같기 때문이다.


누구도 따라오지 말라는 오만한 명령까지 내린 르옌은 거대한 무덤 안으로 들어갔다.

무거운 공기가 그들의 어깨 위로 쌓였다. 끼이익. 무거운 문이 다시 닫혔다. 레이리스가 몸서리치듯 어깨를 움츠러뜨렸다.

르옌은 가장 먼저 보이는 먼 반대편 벽의 거대한 벽화를 바라보았다. 낡은 세월을 머금은 월계수와 동풍과 서풍과 남풍과 북풍의 신들이 수십 가지의 동물들과 함께 어우러진 풍경.

쥐고 있던 페이작의 창을 한 번 바라본 르옌이 거침없이 걸어 들어갔다.

제단 위 대중없이 쌓인 수십 개의 왕관과 지팡이들이 휘황하게 번뜩였다. 은은히 타는 횃불 빛이 닿을 때마다 붉게 반짝인다. 르옌은 그 앞에서 한참을 서 있었다. 죽은 제 아비의 것도, 제 조부의 것도 보였다. 그러나 제 것은 없었다. 이상할 일도 아니었지만 새삼 눈으로 확인하니 소태 씹은 듯 입안이 씁쓸했다.

검은 창을 반듯하게 세운 채로 왕관의 무덤을 열없이 내려다보던 르옌이 뒤돌았다. 레이리스는 주춤대며 그녀의 뒤에서 몇 걸음 떨어지지 않은 곳에 멈춰 서 주위를 경계하느라 여념이 없었다.

르옌의 음성이 알레타르 달테를 메아리쳤다.

"아무도 없다."

“…….”

“이 안에는 경비도 보초도 없지. 듣는 귀도 없고, 엿보는 눈도 없으니 염려 마라.”

살짝 쥐고 있던 주먹을 푼 레이리스의 회색 눈동자가 발끝으로 향했다.

그녀는 아직도 왜 르옌이 마리포사들 중 저 하나만 골라 뮈아드로에 대동했는지 알지 못했다. 오는 내내 딱히 무언가 대화를 나누거나 한 것도 아니었다. 애초에 르옌은 레이리스를 특별하게 생각하지도 않았다. 그리고 이곳에는 왜 온 건지.

르옌의 음성이 죽은 자들의 왕관 위를 떠돌았다. 레이리스가 고개를 바로 들어 르옌의 뒷모습을 응시했다.

“여기가 페이작과 나의 시작이다. 서로의 이상을 세운 곳. 가까이서 봐라. 어쩌면 네가 남부인 중 최초로 이렇게 코앞에서 왕관의 무덤을 본 자가 되는지도 모르니.”

이상하게 목과 가슴 사이 어딘가가 뭉친 듯했다. 왕관의 무덤에 가까워질수록 숨 쉬기가 불편한 기분이었다. 레이리스는 꾹 참으며 르옌과 나란히 왕관의 무덤 앞에 섰다.

르옌이 설명했다.

“북부의 왕실은 예로부터 가장 위대한 왕의 유품을 가장 높은 곳에 쌓아 두었지. 아마 남부에서 살았던 너는 아직 이것이 주는 차갑고 비정한 의미를 이해하지 못할는지도 모르겠다마는…… 가장 밑바닥에 있는 왕의 왕관은 누구도 기억해 주지 않지만, 가장 위에 놓인 왕관은 늘 칭송받는다는 단순한 규칙이다. 잘 봐라. 저 위에 있는 왕관, 저것은 버반타그 1세, 건국왕의 왕관이지.”

“…….”

“그리고 저것, 저기 우측 높은 곳에 놓인 것이 자투라가 왕의 왕관이다. 가니아 산의 누아단 교로부터 완벽하게 제정을 분리하여 왕권의 기틀을 잡았던 자이지. 그리고 가장 높은 곳에 있는 저것은.”

르옌은 알지 못하는 형태의 왕관이었다. 어쩌면 그녀 이후에 있었던 브류나크 왕조의 누군가의 것이었을지도, 어쩌면 벨바롯트의 것일지도 몰랐다.

르옌이 입술을 잠깐 당겨 물었다가 다시 말했다.

“어찌 되었건 이 왕관의 무덤의 꼭대기에 있는 것이 이 북부에서 가장 드높은 명예다. 더 위대한 왕이 나타날 때까지 그럴 것이다.”

레이리스의 고개가 기울었다. 기묘한 역사의 무덤 속에 서 있다는 사실에 감격하지 않았다. 저들의 영광을 들으면 들을수록 마리포사들의 현실이 더욱 비참하게 느껴졌을 뿐이다.

북부 왕가의 역사가 유구히 남으리라 한다면 마리포사의 역사는 누구도 들춰 보지 않는 역사의 한 장 속에 박제되리라. 울컥 눈물이 나려 했다.

사는 것이 좋다고 생각했다. 어떻게든 살아남는다면 수치스러움 정도는 견딜 수 있을 것이라고. 하지만 발로이드도, 에일라도, 위스번스도, 그녀가 좋아했던 모든 이들이 죽었다. 이제 마리포사들은 완전한 생존을 위하여 스스로를 마리포사라 부를 수도 없었다.

후대까지 살아 숨 쉬는 이 왕관의 무덤 앞에 이르러 레이리스는 전에 없이 비참하게 저들의 역사의 멸망을 느꼈다. 살아남았으나, 그게 전부였다.

부지불식간에 눈물이 주륵 흘러내렸다. 잠자코 그런 레이리스를 응시하던 르옌이 창을 내밀고 명령했다.

“네 차례다.”

부연 시야를 떨쳐 내며 눈을 세게 감았다 뜬 레이리스의 회색 눈동자에 고귀한 창 한 자루가 가로섰다.

고개를 든 그녀가 르옌을 바라보았다. 눈물이 뚝, 한 방울 더 뺨을 타고 굴렀다. 르옌은 동정도, 힐난의 내색도 없는 차분한 얼굴로 레이리스를 바라볼 뿐이었다.

레이리스의 눈이 다시금 검은 창에 향했다. 마리포사의 시조인 페이작 돌레한 라르칼리아의 창이라 더 잘 알려져 있기는 했지만, 레이리스에게 있어 저 창은 그저 발로이드의 것이었다. 그들을 한데 모아 살폈던, 끝내는 죽어서까지 세상의 힐난을 받는 그들 주군의…….

에일라가 가장 사랑했던, 제 목숨을 구해 주었던, 모두가 존경했던 꺾이지 않는 정신의 상징이었다.

제 주제에 감히 만질 수도 없는 물건이었다. 이것을 왜 제게 넘기는지 알 수 없었다. 레이리스가 막연히 고개를 저었다. 르옌은 강제로 레이리스의 손에 발로이드의 창을 던지듯 놓았다. 창이 바닥에 떨어질까 허둥지둥 손을 뻗어 움켜쥔 레이리스가 르옌을 바라보았다.

"페이작이 염원했던 가장 드높은 명예, 네 손으로 맺어라. 높게 세워라. 그리고 그건."

온전히 너희의 것이 될 것이다. 르옌의 목소리가 메아리쳤다.

'북부에서 가장 높은 곳의 명예.'

레이리스는 몽롱에 가까운 표정으로 번뜩번뜩하는 광휘에 둘러싸인 왕관의 무덤을 돌아보았다. 다시, 또다시, 눈물이 난다. 눈물은 모든 것이 끝난 후에야 의미가 있다 하였음에도.

언젠가 발로이드가 뇌까리던 목소리가 되감겼다. 그와 에일라와 이런저런 이야기를 하는 것을 엿듣다 들켰던 때였다.

'북부로 가실 건가요?'

—가장 높은 명예를 위해서라면.

'가장 높은 명예가 뭔가요?'

발로이드는 그녀를 몹시 귀찮아하는 기색이 역력했지만 그래도 온정이 숨은 투로 답해 주었다.

—북부의 가장 높은 업적을 세운 자들만이 가질 수 있는 것이지.

르옌의 목소리가 레이리스의 등을 떠밀었다.

"너희 마리포사 가문의 역사는 끝이 났다. 하지만 여전히 너희는 살아 있지. 너희가 살아 있는 동안, 너희의 역사가 존재하는 한, 결코 아무것도 아닌 게 되지는 않을 것이다. 그리고 무엇보다도 너희는, 너는 더 나은 세대가 되어야 한다. 보다 먼저 떠난 자들을 위해."

레이리스의 입술이 세게 다물렸다. 턱 아래로 떨어지는 눈물을 멈출 수가 없었다. 그 와중에도 젖은 회색의 눈동자는 눈을 아프도록 찔러 오는, 무덤처럼 쌓인 왕관의 존귀한 빛을 피하지 않고 받았다.

르옌의 말처럼 이것은 남부의 사생아인 그녀는 감히 볼 수도 없고, 손댈 수도 없을 만큼 숭고한 것일 터였다.

'이어 나간다.'

이미 세상에서 마리포사라는 이름은 지워졌다. 변절자의 가문은 끝이 났다고, 세상은 그리 외쳤다. 그 속에서 그들은 새로운 이름으로 살아가야 했다. 그래야만이 살아 나갈 수 있었다.

"내가 너를 데려온 건 네가 에일라를 대신할 그녀의 딸이기 때문이다. 너는 지금 에일라 시니스를 대신해 이 자리에서 페이작의 뜻을 세우는 것이다."

창대를 세게 움켜쥔 레이리스의 눈이 가장 높은 곳의 누구의 것인지 모를 왕관에 향했다. 기울어진 왕관이 번뜩하는 윤을 흘렸다.

가장 높은 곳에 있을 명예라 하였다. 더 나은 세대가 되라 하였다.

내 어미를 실망시키지 말라 하였다. 한 걸음마다 한 움큼의 눈물이 떨어졌다.

제단처럼 놓인 돌을 디디고 올라선 레이리스는 어느새 눈 아래 깔린 금빛의 무덤을 응시했다. 그녀의 발끝에 이름 모를 왕의 왕관이 절그럭 채였다.

레이리스의 두 손이 매끄러운 창을 쥐었다. 발로이드가 언젠가 그러했듯이. 창을 높이 치켜들었다. 내리찍었다. 파편들이 산산이 부서져 나브라겼다.

챙그랑.

소리가 났다.

그녀는 멈추지 않고 다시 한 번 치켜 들었다.

챙.

소리가.

깡…….

메아리쳤다.

으스러지는 역사 위로 새 역사가 세워지는 순간이 무덤을 울렸다.

알레타르 달테를 빠져나가는 레이리스와 르옌의 등 뒤로 큰 소리가 나기 시작했다. 저지른 짓이 있으니 무덤지기들이 난리가 난 건 크게 이상한 일도 아니었다. 하지만 그들의 걸음은 가벼웠다. 뒤돌이보지 않았다.

어떤 대화도 오가지 않았지만 레이리스도 르옌도 그들의 첫발이 새로운 시작이 될 것을 알고 있었다. 여전히 아직 앞둔 것이 많았다.

마리포사들의 정착과 라르크 왕실과의 문제, 그리고 언젠가 그들의 존재를 알아차릴 모르가나에 대항할 방법들. 그러나 더이상 두려움을 논하지 않을 것이다.

얼마간 걸리적거리는 드레스의 옆단을 살짝 들어 계단을 내려가던 르엔이 멈추었다. 레이리스 역시 저편에 선 그림자를 알아보고 멈추었다.

자칼린은 한 사내에게 뒷목을 잡힌 채로 멀찍이서 어쩔 줄 모르고 서 있는 경비병들을 향해 눈알을 굴렸다.

경비병들은 자칼린에게 섣불리 다가가지 못하고 '체사, 체사다.' 중얼거리기만 할 뿐이었다. 자칼린의 옆에 서 있는 험악한 기세의 사내 탓이라는 것까지 추론하는 건 어렵지 않았다.

르엔은 그들을 향해 걸어갔다. 저리 화가 난 낯짝을 보는 것이 얼마 만이더라……. 처음 그를 알았을 때, 그는 늘 그녀를 못마땅하게 여기는 얼굴을 하곤 했다. 크게 화를 내기도 여러 차례였다. 그러나 언젠가부터 그의 마음이 달라지고 눈빛이 달라지고 행동이 달라져, 이제는 보기만 해도 웃음이 지어지는 이였다.

몇 걸음 앞에 멈춰 선 르엔이 엷게 미소를 띠었다. 가슴이 조금은 떨리는 것 같다는 생각을 하면서.

그녀가 평이한 어조로 물었다.

"자칼린, 이자를 예 데려오면 어쩌나. 저 병사들은?"

"야, 너 창은 어디다 버리고."

자칼린을 움켜쥐고 있던 파사드가 떨치듯 자칼린을 홱 밀어냈다. 넘어질까 싶어 팔을 마구 휘저으며 몇 걸음 휘청인 자칼린이 '형님!' 하고 우는 소리를 냈다.

파사드의 비호가 끝이 나자 경비병들이 우르르 몰려들기 시작했다.

자칼린은 한참 도망치다가 다시 입궁한 파사드와 마주치고 그에게 빌붙어 있던 차였다. 빌붙었다기보다도 파사드가 어마어마한 기세로 르옌 데투아 어디갔느냐 윽박을 쳐서, 르옌이 사라진 방향을 따라와 알레타르 달테 앞에 서서 기다리고 있었던 것이지만.

"아, 잠깐만, 나 잡아가지 마! 잠깐!"

경비병들이 '체사, 체사다. 작은 체사 경. 어서 큰 체사 경에게 알리자.' 하고 어수선하게 그를 에워싸고 질질 끌고 갔다.

르옌이 턱짓했다.

"엘폰느 경, 너도 시친인들에게 돌아가 있어라."

르옌의 명령에 고개를 끄덕인 레처리스가 난감한 얼굴로 개처럼 끌려가는 자칼린을 따라 고양이 같은 보폭으로 달렸다. 마지막으로 힐끔 뒤돌아 서로를 가만 바라보기만 하는 르옌과 파사드를 향해 눈길을 준 것이 끝이었다.

얼마간 그들이 멀어지길 기다리던 르옌이 말했다.

"이리 노려보면 무서워서……."

"네가 무서운 게 있던가?"

"오랜만에 만났는데 왜 이리 날이 서셨어."

태연하게 웃어 보이는 르옌을 내려다보는 파사드의 속이 벌컥 뒤집혔다. 그는 가까스로 노기를 억누르며 르옌의 몸 상태를 살폈다. 마지막 헤어졌을 적보다 훨씬 좋은 혈색이었다. 단발에 가깝던 머리칼도 어느새 길게 자라 구불구불 늘어져 있었다. 검은 드레스 아래로 아픈 발을 높여 준 구두코가 보였다. 어깨가 살짝 드러난 검은 드레스 위에 대충 걸친 얇은 숄이 약한 바람에도 흔들거렸다.

마지막 보았을 적이 어땠던가? 짧은 단발에 겨우 비를 가려 줄 지저분한 코트와 가죽의 누린내가 풍기는 갑옷을 입은, 검을 쥐고 말을 탄 채 멀어졌던 여자다.

한 번도 상상해 본 적 없는 르옌의 모습은 지독하게 아름다웠다. 안도가 클수록 분노도 커졌다.

아무 말도 하지 않는 파사드를 빤히 올려다보던 르옌이 어색함을 느끼고 작게 흐음 신음했다. 손끝이 흘러내린 머리칼을 귀 뒤로 넘겨 올렸다.

"칼란독."

제 머리 어딘가가 미쳐 환각에 취한 게 아니라면 실존이었다. 그녀가 정말로 눈앞에 존재했다.

"몇 년 만인데 그리 노려보지 마라. 마음 상한다."

인상을 쓰지 않으면 눈물이 날 것 같아 어쩔 수 없었다. 그렇지 않으면 너와의 재회의 첫 시작이 눈물이거나 고함일 듯해 그러하다.

차마 입술을 떼지 못했다. 그러나 떨리는 파사드의 목울대를 물끄러미 바라보던 르옌은 그를 알아차리기라도 한 것처럼 다정하게 화두를 돌렸다.

"……이제 대공 각하가 되셨다고? 내가 겨우 군을 가져 너를 따라잡나 하였더니, 너는 한 나라의 왕이 되어 버렸구나. 너 때문에 아주 난처할 뻔했어. 투헤인 뷔르게트가 일러 주더군. 네가 8황자와 조르디아 공작과 내 목숨을 두고 가타부타 말이 많았다던데?"

"……."

"나를 그리 못 믿어서는…… 헌데 정말 계속 그리 화만 낼 거야?"

힐난의 투는 아니었다. 파사드가 씹어뱉듯이 그녀를 노려보며 소리 냈다. 가까스로.

"양팔 벌려 너를 환대라도 하길 바랐나."

"응."

"……."

"네가 나를 기다려 준다는 이야기를 들었는데 어찌나 고맙던지…… 덕분에 일이 쉬웠다. 이래저래."

능청스럽게 대구하는 르옌을 바라보던 파사드의 왼 주먹이 세게 쥐여져 떨렸다. 이를 세게 물어 닫았다. 화가 치밀었다. 이 태연한 여자를 어찌하나?

죽은 건지 산 건지도 묘연한 채로 반년이 넘도록 사라져 있었다. 어딘가 살아 있을는지 모른다는 소문이 있었지만, 스스로에 불 질러 죽었다는 소문 또한 있었다. 그동안 오만 속을 다 태우고 느닷없이 뭐아드로에 시친인들과 함께 나타났다. 대체 이 여자를 어찌해야 하나.

르옌은 핏줄이 돋을 만치 힘이 들어간 파사드의 왼손에 잠깐 시선을 주었다가, 어색하게 떨리는 그의 오른손을 향해 손을 내밀었다.

"소문이 사실이었구나. 네 손, 좀 보자."

"내가 네 친구인가?"

파사드가 거칠게 쳐 내며 한 걸음 물러섰다. 하지만 르옌은 아랑곳 않았다.

"겁먹어 도망치지 마라, 칼란독. 나는 도망치는 것을 쫓아다니는 걸 거리끼지 않지만 너는 쫓기는 걸 견딜 만한 자가 아니잖나?"

노여움을 감추기 위한 웃음이 터졌다. 르옌은 다시 손을 뻗어 파사드의 어설프게 벌어진 손바닥의 흉터를 손끝으로 훑었다. 엄지와 검지 사이를 잇는 살 깊숙한 곳에 난 짙은 상처에 르옌이 말했다.

"일선에서 물러나게 되었다더니, 정말 이제 검 잡기 힘들겠구나. 대체가…… 북부의 영웅이라 온 백성의 칭송을 받으면서 호의호식하고 살았을 터인데 얼굴은 왜 그리 상했어, 응?"

"……너 없는 동안 나는, 너를, 아니…… 너는 어찌 사람이."

거의 뚝뚝 끊어지는 투였다. 파사드는 차마 더 잇지 못하고 원손을 들어 얼굴을 덮어 가렸다.

'다시 돌아오기만 해 준다면.' 하고 얼마나 바랐던가. 화내지 않으려 했다. 원래 그런 여자라는 걸 알고 있지 않았나. 제멋대로에, 저하고 싶은 일에 목숨 걸기는 예사요, 남의 속이 썩어 문드러지든 말든 세상 저 혼자 사는 여자다. 그런데 막상 저리 저 혼자 애태웠다는 듯 어제 헤어진 사람 대하는 것처럼 구는 모습을 보자 견딜 수 없이 화가 났다.

르옌이 조금 볼멘소리처럼 투덜거렸다.

"너만 화가 난 줄 아나? 날 못 믿어 남부와 손까지 잡았을 때 내가 어찌나 곤란했는데. 물론, 지금은 네 그 인맥이 좀 필요하겠다마는……."

필요, 이 와중에도 필요를 논한다. 순간 비뚠 노여움이 툭 뱉어졌다.

"나는 처음부터 너를 믿은 적이 없는데, 뭘 보고 너를 믿나."

"이제는 내게 거짓말도 하는구나. 처음에는 리오낙, 두 번째는 브류나크의 반지, 전부 귀중한 것만 내던져 두고…… 아, 반지는 무덤지기에게 주었으니 나중에 돌려받아라. 그리고 세 번째는…… 너라도 내놓을 테냐?"

"농담으로 넘길 생각 마라, 너는 왜 사람의 피를 말리나. 하나같이 위험한 짓에, 네가 조금이라도 나를 개의했다면……!"

기어코 노여운 고함이 터졌다. 무너진 둑처럼 고스란히 쏟아진 분노였다.

알레타르 달테 안을 분주하게 돌아다니며 바깥 동태를 살피던 사제들이 놀라 흠칫 몸을 숨기는 것이 보였다. 르옌은 그리 고래고래 화를 내면서도 제 손을 놓지 않는 파사드의 원손을 말끄러미 내려다보았다.

여기서 웃으면 애 더 화낼 텐데…… 알면서도 왠지 모르게 속이 간지러워 웃음이 날 것 같아 애써 입술을 가렸다.

"대체 그리 제멋대로 굴고도 모자라서 시친과 내통하고 마리포사 들까지 끌고 올라와 내 앞에서 웃을 수가 있나. 너는 타협이라는 걸 모르나. 차라리 도움이라도 한 번 청했다면, 아니 애초에 너는 얼마나 더 이기적일 생각이냐. 너는 대체……!"

파사드의 말이 뚝 끊겼다. 아랑곳 않고 그의 허리를 감싸 안은 팔과 낯선 무게 탓이었다. 르옌은 파사드의 가슴에 뺨을 기댄 채 그의 격동하는 가슴 울림을 음미하듯 느꼈다. 굳어진 파사드의 팔이 어설프게 올라와 그녀의 등을 쥐려다가 멈칫 멀어졌다.

매번 이런 식이다. 매번 알고도 넘어가 결국 제가 이 꼴이 된 것이다. 거의 오기처럼 노기를 쥐고 버티는 파사드의 귓가에 르옌의 편안한 중얼거림이 울렸다.

"……내게 성내는 자가 너뿐이라 그리웠나 보다."

파사드는 이조차도 르옌이 상황을 모면하기 위해 하는 행동이라 생각했지만 그녀는 진심이었다.

전생이야 두말할 것도 없고, 데투아의 딸로 태어난 후에도 마찬가지였다. 부모조차 그녀에게 화내지 못했다. 어른들은 그녀의 앞에서 고집부리지 않고 귀를 기울였고, 청년들은 그녀가 강하다는 것을 알아 울분을 삭이면서 따랐다. 그러나 파사드는 항상 자신의 반대자였다. 결국 제게 꺾여 무너질 것을 알지만 르옌은 저를 어린아이 대하듯 마구 힐난하는 파사드의 질책마저 달았다.

"꾸시람은 잠시 미루고 지금은 나를 좀 안아 봐라."

그 자그마한 유혹에 파사드가 결국 참지 못하고 르옌을 꽈악 당겨 팔안에 가두었다. 으스러뜨릴 듯이 강한 힘이었다. 르옌은 그의 가슴팍에 이마를 비볐다. 힘에 부쳤던 지난 시간들이 그저 흘러갔다.

"너는 앞으로도 내게 화를 내겠지."

"또 제멋대로 할 생각이군."

파사드의 음성에 또다시 노기가 어리기 시작했다는 걸 알아차린 르옌은 목 안으로 웃음을 삼켰다.

"네가 없었으면 난 어찌할 뻔했을까……."

진심이었다.

파사드가 없었다면 테른도크와의 싸움이 조금 더 지저분하고 위험했을 것이었다. 게다가 남부의 사신이 시친의 델 오스작을 찾아와 마리포사와의 연관성을 물었을 때도 간접적이나마 파사드가 관련되어 있었다.

감찰관은 조르디아 공작이라는 어떤 남부 귀족의 입김이 닿은 자였다. 그들은 시친의 발뺌을 눈치챈 듯도 했는데, 마리포사들의 존재를 직감하자마자 그대로 되돌아갔다.

아직 마리포사들이 시친의 섬 안에서 제대로 안착하지 못했던 시기였다. 남부 황실이 그 사실을 알게 되면 필경 문제가 생기리라 생각해 크게 숨죽일 때 그들이 앞장서서 잠잠히 마리포사들의 문제를 덮었다.

투헤인은 놀라울 정도로 정보에 머리가 좋고 간사한 자다. 내륙 귀족들의 움직임을 대강 살피는 것만으로도 속 짚어 내는 것도 빨랐다.

─조르디아와 붉은 늑대의 아들 사이에 모종의 거래가 있는 게 맞았군. 그 정도 인맥이라면 나중에 뒷수습하기에도 좋겠는데…….

르옌은 적이든 아군이든 상관없이 냉정히 평가하는 투헤인의 안목이 꽤나 쓸 만하다 싶어 그를 마음에 들어 했다. 하지만 달리 생각하여 이제 와 저런 놈을 가져 봐야 무얼 하나 싶어 내버려 두었다.

그녀가 다른 생각을 하고 있다는 사실을 귀신같이 읽어 낸 파사드
가 르옌을 밀어 바로 세웠다.

"……무슨 생각으로 지금."

"네 생각 중이었다."

"……."

"다른 녀석 생각도 조금 했지만. 사실 다른 녀석 생각을 조금보다
더 하기는 했는데."

끝까지 저를 두고 농을 치는 르옌은 도저히 이길 수가 없었다. 한
참을 무뚝뚝하게 그녀를 바라보았다. 그러다가 결국 헛헛하게 웃고
말았다.

화내 봐야 소용없다는 이미 알고 있던 사실을 다시 한 번 깨달아
이젠 화조차 나지 않았다. 르옌은 그림처럼 아름다운 미소로 마주
웃을 따름이었다.

파사드는 곧 자조와 닮은 감상을 받아들였다. 저리 웃는데 어찌
더 화를 내나. 아니, 조금 가라앉고 나니 화를 내는 스스로가 너무나
졸렬하고 이중적으로 느껴졌다.

"오늘 연회가 있다던데 거기 있…… 아."

파사드가 그대로 르옌을 당겨 이마에 입술을 맞추었다. 억세지만
정중했다. 파사드다운 입맞춤이었다. 살짝 기운 입술이 그녀의 눈꺼
풀에 닿았다 떨어졌다. 그리고 미소가 걸린 뺨을 부드럽게 누른다.
그의 입술은 이윽고 르옌의 입술 앞에 멈추었다가 떨어졌다.

르옌은 하나도 변한 것이 없다 싶어 웃고 말았다. 이번에는 누가
먼저랄 것이 서로를 세게 끌어안았다. 귀한 것을 어르듯 등을 쓸어
내리는 손에 간간이 힘이 들어갔다 빠졌다. 파사드의 어깨 너머를
올려다보는 르옌의 적갈색 눈동자가 조금 흐려졌다.

허물어지고 싶은 기분을 느꼈다. 다른 삶을 택할 기회가 온다면, 네 곁이었으면 좋겠다. 그런 생각을 했다고 곧 죽어도 하지 못할 말이 목 안에 걸렸다.

새까만 뮈아드로의 밤. 하얗고 노랗게 밝은 별이 총총한 하늘.

르옌은 파사드의 어깨에 얼굴을 비볐다. 언제부터였던가. 저런 새까만 밤빛에 벨바롯트보다 먼저 이자를 떠올리게 된 것이. 마지막까지 저를 등지지 않아 준 사내의 품에 갇히고 나니 어쩔 수 없이 인정해야 했다. 목이 꽉 메도 하고 싶은 말이었다.

"……칼란독, 나."

내색하지 못할 나약함이었다. 아직은 그럴 때가 아님이다. 저 아래서 저를 기다리고 있을 마리포사들이 있고, 테른도크와의 이야기가 남았으며, 남부의 위협도 끝이 아니었다. 그럼에도 다 괜찮을 것만 같다. 이번에는 마지막까지 배반하지 않을 이자의 곁에서.

"……생각보다 더, 네가 그리웠던 모양이야. 정말 그런 모양이야."

꽉 잠긴 소리를 내는 입술을 찾아 헤맨 사내의 입술이 맞닿았다. 누가 보고 있건, 앞으로 그들 앞에 어떤 일이 벌어지건 상관없었다. 벌어진 입술이 집요하게 서로를 물고 물었다. 조금이라도 떨어질라치면 다급히 서로의 입술을 찾아 헤맸다. 간신히 입술이 떨어질 때마다 얕게 울리는 숨소리마저 달았다.

르옌은 받아들였다. 별것 없는 그와 자신의 관계에 구질구질하게 이름을 지어 붙일 필요도 없었다. 그냥 이자가 많이 그리웠다.

그것이면 충분했다.

테른도크는 날이 새도록 왕실의 족보들을 뒤지느라 여념이 없었다. 황망하기 그지없는 의심 탓에 누구에게 대신 시킬 수도 없었다. 충실히 그를 따르는 이름 없는 늑대들에게도 시킬 수 없는 일이었다.

불안으로 손이 떨리고 숨이 가늘어졌다. 족보를 펼치는 데에만 해도 수 시간이 걸렸다. 쓸데없이 라르칼리아의 시초 왕조부터 한 장 한 장을 넘겼다.

「라르칼리아 왕조 개창」

라르크 초대 왕 버반타그 1세:

붉은 머리, 푸른 눈, 칠 척의 장신. 여섯 남매 중 막내 아들로 북부 알도 지역에서 출생하여 일곱 마리의 말을 몰고 뮈아드로의 낮은 제방을 넘어와 터를 잡았다. 호방하고 자비로운 성정으로…….

(……중략……)

라르크 24대 왕 돌로메트 3세:

붉은 머리, 푸른 눈…….

왕비 아이시 도이른 타르키아:

금빛 머리, 푸른 눈…….

라르크 25대 왕 스안 세칼리드 라르칼리아:

붉은 머리, 푸른 눈…….

국서 벨바롯트 파사드 브류나크:

검은 머리, 검은 눈…….

책의 뒷부분이 얇아질수록 그의 속도는 점점 늦어졌다. 그리고 결국 낡은 냄새가 나는 두꺼운 책은 어느 한 페이지에 멈추었다. 테른 도크는 반사적으로 눈을 감았다가 천천히 떴다.

애써 거세게 페이지를 넘겼다. 그리고 새파란 벽안으로 윗면부터 찬찬히 훑었다.

「브류나크 왕조 개창」

라르크 26대 초대 왕 벨바롯트 파사드 브류나크:

검은 머리, 검은 눈…….

라르크 27대 왕 페오그란 타로크 브류나크:

붉은 머리, 푸른 눈…….

왕비 보니테 벤시 예아니아:

검은 머리, 녹색 눈…….

라르크 28대 왕 이골리트 2세 카한 브류나크:

검은 머리, 푸른 눈…….

왕비 조이엔 파사 자파인:

붉은 머리, 금색 눈…….

라르크 29대 왕 페오그란 2세 크록 브류나크:

붉은 머리, 푸른 눈…….

왕비 이오트 위노그 발란티야:

갈색 머리, 갈색 눈…….


'라르크 30대 왕, 갈색 머리, 푸른 눈. 라르크 31대 왕, 붉은 머리, 녹색 눈…….'

낡아 먼지 앉은 양피지가 한 장 한 장 넘어갈 때마다 테른도크의 손등에 핏줄이 불거지고 사라지는 것을 반복했다. 이윽고 그의 벽안이 부왕이었던 파이투스 2세의 장에 이르렀다.


라르크 32대 왕 파이투스 2세:

갈색 머리, 푸른 눈…….


그 옆의 아직까지 비어 있는 '33대 왕 테른도크 란펠 브류나크'의 장에서, 그는 더 이상 손을 움직일 수가 없었다.

다시 앞면을 펼쳐 볼 용기가 나지 않았다. 브류나크 왕조가 들어선 26대 왕 이래로 검은 머리칼이 태어난 것은 딱 한 번, 모왕이 검은 머리를 가졌을 때뿐이었다. 어째서 그러한지는 단 한 번도 의심한 적 없었다.

반절의 피가 라르칼리아에서 기원되므로 당연한 일이라 생각하고 넘겼다. 그러나 달리 생각해 보면 대대로 공가 브류나크에서는 어두운 색을 지닌 이들이 태어나곤 했다.

바예투스가 그러했고, 칼키스가 그러했고, 지금의 파사드가 그러하다.

온몸을 엄습하는 소름에 테른도크가 들고 있던 묵직한 책을 내팽개치듯 탁자 아래로 내던졌다. 쿵! 두꺼운 책이 바닥에 떨어지는 둔 탁한 소리가 울렸다.

테른도크는 식은땀에 흠뻑 젖었다. 날 선선한 계절, 그늘 어린 공무실에 앉아 이토록 땀을 흘려 본 기억이 전무했다. 등줄기가 서늘하고 모골이 송연해 도저히 감당할 수가 없었다.

테른도크는 한참이나 멍하니 바닥에 엎어져 구겨진 두꺼운 책의 겉면을 응시했다. 그가 입술을 뗀 것은, 집무실을 청소하기 위해 시녀가 문을 열었을 때였다. 화들짝 놀라 반사적으로 바닥에 떨어진 책을 집어 접은 테른도크가 시녀를 축객했다.

테른도크는 그림자처럼 벽 한쪽에 서 있는 에제트를 향해 물었다.

"그 여자, 그, 여자, 그 여자 어디 있나."

핏발 선 벽안은 금세라도 핏줄이 터질 듯 형형했다. 평소와 크게 다른 테른도크의 흥분에 에제트가 잠깐 멈칫했다가 갈라진 목소리로 전했다.

"알레타르 달테 앞에서 옐시드 대공 각하와 만나 지금은 왕궁을 빠져나갔습니다. 잡아 두려 했지만 대공 각하께서 강경하시어……."

파사드의 이름이 거론되자 누군가가 그의 신경 줄을 뜯어내는 듯한 기분이 들었다. 이를 악물던 테른도크가 뒤늦게 의아하게 되물었다.

"알레타르 달테?"

선인들의 무덤이자 왕관의 무덤이었다.

파사드와 만났다는 사실은 그렇다 치고, 대체 그 계집이 왕관의 무덤은 왜 찾아갔단 말인가? 좋지 않은 예감이 들었다. 아니, 그 계집에 관하여는 어떤 것도 좋게 생각할 수가 없었다. 파사드와의 내통에 관한 것도 당장의 중요가 아니었다.

도대체 저 여자가 무언지, 알레타르 달테는 왜 찾아 갔는지, 확신에 찬 말로 제게 지껄였던 것은 무엇인지.

미칠 것 같았다.

"거기서 무얼 했다던가."

테른도크는 휘청이며 얇은 코트를 걸치고 문을 열어젖혔다. 에제트가 뒤따르며 말했다.

"내부에서 일어난 일에 대하여는 아직 잘 모릅니다만, 알레타르 달테 내에서 약간의 소란이 일었던 것 같습니다. 아직 무덤지기들의 보고가 닿지는 않았습니다. 명하신다면 알아볼……."

테른도크는 에제트의 말을 무시하고 빠르게 걸어 나갔다.

파사드의 삶에서 이제 르옌은 어떤 형태로든 배제될 수 없는 존재였다. 지금 그가 누리고 있는 것들, 이룬 것들 모두가 그녀의 희생이 포석이 되었기 때문이다. 과하게 극단적으로 말하자면 파사드가 전부 그녀로부터 빼앗은 것이었다.

무엇 하나 그녀에게 돌려준 것이 없었으나 파사드는 이번만큼은 스스로의 욕심을 베어 누르지 않을 수 없었다.

왕궁을 벗어나는 동안 파사드의 왼손은 르옌의 손목을 꽉 쥔 채 놓지 않았다. 르옌을 잡으러 온 뮈아드로의 기사들은 파사드의 흉흉한 기세에 꼬리를 말고 도망쳤다.

"어디 가?"

자칼린이 어찌 되었는지 궁금하였으나, 파사드는 그녀에게 여지를 줄 생각이 없어 보였다.

르옌은 그걸 꽤 재미있다는 듯 지켜보았다. 질질 끌려가는 기분이 그다지 나쁘지 않았다. 성큼성큼 배려 없이 커다란 보폭으로 걷는 파사드의 뒤를 따랐다.

늘 제 걸음에 맞추어 걷던 사람들만 겪어 왔던지라 르옌은 생소하게 그의 뒷모습을 감상했다. 귀가 조금은 붉어진 듯도 하고…… 아닌 듯도 하고…….

그러는 동안 뮈아드로의 왕궁을 벗어나 시가지에 이르렀다. 오래전의 기억 속에만 있던 땅이었다. 조금 둘러보고 싶었다. 그러나 파사드는 그 요구조차 묵살했다.

마차도 말도 부르지 않고 계속 걸었다. 발이 아프다 칭얼거리듯 몇 마디 한 후에야 속도가 조금 느려진 것이 전부였다.

그리 걷고 걸어 도착한 곳은 뮈아드로 내에 위치한 브류나크의 공저였다.

르옌은 공저의 입구 앞에 멀거니 섰다.

조금 당황스러웠다.

"여기는 예이건 공저 아니냐? 어, 조금 달라진 것도 같은데……."

암암한 어둠 속에 반딧불이처럼 노란빛을 반짝이는 공저의 거대한 저택이 서 있었다.

그녀의 기억 속 이 저택은 늘 화사하고 아름다운 담쟁이덩굴과, 겨울 저택에 걸맞는 갈색 지붕을 가지고 있는 따사로운 곳이었다. 눈과 우박을 피할 수 있는 낡고 고풍스러운 차양이 공저 입구에 주욱 늘어서 있었고, 그 앞은 항상 예이건의 식솔들이 번잡하게 돌아다녔다. 생기로 만연하였다. 그들이 몰락하기 전까지는.

르옌은 새삼스런 추억을 상기시키는 저택 앞에서 꼼짝도 못 하는 사람처럼 그리 서 있었다. 예이건 공, 이비, 한센, 리아작, 칼키투스, 대너투르, 타라히아……. 그 모든 기억이 겹쳐지는 순간은, 뮈아드로의 차가운 왕좌에 앉아 테른도크 란펠을 기다리던 그 시간보다도 더 선명하고 짙은 그리움을 일으켜 세웠다.

르옌의 바로 옆에 서 있던 파사드가 천천히 그녀를 돌아보았다.

"예이건?"

되물었던 파사드는 곧 기억해 냈다.

오래전 존재했으나 이제는 역사의 글귀로만 남은 가문이다. 라르칼리아 왕조의 마지막 여왕 즉위 직전에 몰락한 공작 가문, 예이건. 그곳을 새로운 거처 삼은 것은 예이건 가문의 몰락에 크게 슬퍼하였다는 벨바롯트 파사드 브류나크였다.

새삼스럽게 르옌의 특이한 배경을 다시 체감하며, 파사드는 차마 르옌의 표정을 마주 보지 못해 고개를 돌려 설명했다.

"여왕의 사후 벨바롯트 파사드 브류나크가 공가의 새로운 거처로 삼았다."

듣고는 있는 건지, 르옌은 경박하지 않게 두리번두리번 주위를 돌아볼 뿐이었다.

파사드는 르옌의 해석하기 어려운 침묵에 불안을 느꼈다. 이대로 르옌이 지난 시간에 잠기면 그로서는 손쓸 도리가 없을 것이다. 지금이라도 되돌리고 싶은 걸음, 더 나아가야 하는 걸음. 짧은 시간, 극심한 갈등이 찾아왔다. 그러나 결론은 여전히 하나였다.

만일 그리된다 해도 르옌은 돌려받아야 했다. 죄 갚음이라 할 수는 없을 터이나 적어도 그녀에게 돌려주어야 할 것이다. 얼마 지나지 않아 거짓말처럼 르옌의 입가에 미소가 번지기 시작했다.

"아아, 그랬구나. 나 여기 정말 좋아했는데."

그녀는 희미하게 웃으며 한 걸음 한 걸음 안으로 내딛었다. 파사드는 몇 걸음 뒤에서 르옌의 뒷모습을 바라보다가, 성큼성큼 따라잡아 다시 손목을 쥐어 나란히 섰다.

"······조금은 바뀐 듯하지만, 이제야 고향에 돌아온 기분이 나는구나."

과거의 그녀는 이곳을 참 좋아하였다.

어린 시절 아꼈던 지기 이비와 함께 자라나며 숨바꼭질을 하고 밀담을 나누었던 때가 있다. 추운 겨울 눈 쌓인 이곳을 거닐며 쌓은 것은 우애와도 닮은 것이었다.

하지만 은사였던 파텐이 저를 원망하며 죽고, 이비가 죽은 후 한 번도 들어와 보지 못한 곳이다.

르옌은 문득 제게 닿은 파사드의 눈빛에서 그답지 않은 초조함을 읽었다. 오른 손목을 꽉 움켜쥔 파사드의 손이 떨리는 것도 같았다. 아직도 재회의 여운에 잠겨 있는 것은 아닐 터였다.

"그래서······ 왜 이리로 데려온 건데? 난 아직 뵈르게트 남매와 못다한 이야기가 있어 바쁜데."

"따라와."

이자가 왜 이리 강압적인가 싶어 슬그머니 반발심이 들려던 찰나였다.

"주인어른, 어찌 이리 빠르게······."

그들을 발견한 저택 내의 식솔 두엇이 대공저의 정원을 가로질러 다가왔다. 집사나 관리장 즈음 되어 보이는 나이 든 보이는 사내가 저를 가는 눈으로 흘기는 걸 알고 르옌은 그저 파사드가 잡은 제 손을 슬그머니 빼내려 했다.

하지만 파사드는 꿈쩍도 않았다. 빼내려 하면 할수록 놓긴커녕 더 세게 움켜쥐어 멍이라도 드는 건 아닐까 싶을 정도였다.

"용무는 다 끝마치셨습니까? 이 영애는······."

"손님이다."

할만을 비롯한 저택의 식솔들이 흘금 르옌을 살폈다. 할만은 특히나 파사드를 내심 걱정하고 있던 차였다.

갑자기 공저 한복판에 나타난 체사 가문의 개망나니 차남인 자칼린의 등장과, 한참을 노여운 얼굴로 앉아 있다가 화난 얼굴로 저택을 박차고 나갔던 파사드의 기세가 걱정하지 않을 수가 없었다. 조금 과장해 '오늘 누구 하나 죽는가 보다.' 그런 생각이 들 정도였다.

그런데 웬 여자의 손을 쥐고 돌아왔다.

어리둥절한 표정을 짓다 말고 할만과 눈이 마주친 르옌이 빙그레 입가를 당겨 웃으며 눈인사했다. 그리고 그런 여자를 내려다보는 파사드의 표정을 발견한 순간, 할만은 어떤 예감을 느꼈다.

"아……."

다정하고 그윽하고 초조한, 불안함이 가득한 눈빛이다. 당최가 속내 드러내는 법이 없는 제 주인의 눈빛이 저리 노골적인 것은 굉장히 드문 일이었다.

심지어 파사드는 여자의 기분을 살피기에 바빠 보였다. 여자가 손을 슬그머니 빼내려고 했지만 끝까지 쥐고 놓지 않는 모양새가 마치 도망칠까 두려워하기라도 하는 모양새였다.

할만은 낮게 목 안으로 웃음을 삼키고 말았다. 우리 도련님이 많이 긴장하신 모양입니다. 평소라면 그런 농담이라도 던졌을 터이나, 누군지 모를 여성 앞에서 주인을 높여 주는 것이야말로 식솔의 도리일 것이다.

"귀한 손님이시군요. 안으로 뫼시겠습니다."

"정원으로 먼저 가겠다."

"정원이라시면."

"열어라."

할만은 조금 놀랐다. 공저에서 따로 '문을 열' 필요가 있는 정원이라 지칭되는 곳은 한 곳뿐이었다. 할만은 여전히 영문을 모르겠단 듯 동그랗게 뜬 눈을 깜빡이며 파사드를 올려다보는 여자를 바라보다가 순종적으로 답했다.

"예, 이쪽으로 오십시오."

새파란 꽃으로 그득할 유리 온실로 향하는 발걸음이 괜스레 가벼웠다. 할만은 못내 뺨에 걸리는 미소를 지울 수 없었다. 계속 홀로 지내길 고집하는 파사드를 누구보다 안타까워했던 사람이었다.

그는 파사드가 행복하길 바랐다. 자꾸만 외로운 길만 걷기에 걱정이 되어 눈이라도 감겠는가 싶었는데…….

'이제 우리에게도 안주인님이 생기려는가.'

괜한 걱정이었던 모양이다.

르옌은 그리운 저택 안은 구경도 하지 못하고 할만이라는 노집사를 따라 쭉 걷고 있었다.

분위기가 영 기묘하였다. 몇 번이고 웬 정원이냐 묻고 싶었지만 물음을 던질 때마다 손목을 잡은 파사드의 손아귀 힘이 더 세진다는 것만 깨닫고 그만두었다.

얼마 지나지 않아 공저 뒤편에 위치한 투명한 유리벽 앞에 선 르옌은 드리워지는 풍경에 작게 입술을 벌렸다. 바다가 갇혔나 하였다. 원예에 관심이 없었던 그녀는 단 한 순간도 상상해 본 적 없는 그런 건축 구조였다.

손으로 짚어 보자 바깥 공기와는 사뭇 다른 따스함이 느껴졌다. 먼지 한 톨 없이 깨끗했던 유리 벽에 그녀의 손자국이 엷게 남았다.

할만이 자물쇠로 채워진 문을 열었다. 할만을 뒤로한 채 안으로 들어섰다. 그제야 르옌의 손목을 쥐고 있던 파사드의 손에 힘이 풀렸다. 하지만 르옌은 알아차리지 못하고 연신 감탄사만 뱉을 따름이었다.

"……세상에. 너 이런 취미가 있었나?"

딱히 대답을 바란 질문은 아니었다. 증거로 파사드가 아무 대답도 하지 않았으나 의식도 하지 못했다. 가슴속으로 새파란 파도가 봇물처럼 밀려들었다. 물에 잠긴 것처럼 걸음이 느려졌다.

꽃길 사이의 징검다리처럼 알알이 박힌 매끄러운 돌들을 디디다, 르옌은 불편한 구두를 벗어 버렸다. 발이 다칠 거라며 파사드가 못마땅한 표정을 지었으나 들은 체도 않았다.

"오는 내내 네가 너무 빨리 걸어서 발이 아프다."

파사드는 르옌의 흙투성이 발에 시선을 한 번 준 후 한숨을 내쉬며 손을 내밀었다. 무슨 의미인지 가만히 바라보다가 구두를 내어 주었다. 파사드가 건네받아 들었다.

맨발이 된 르옌은 가벼운 걸음으로 살짝 치마를 걷어 올린 채 더 안으로 가뿐히 걸어갔다. 그녀의 검은 드레스 자락이 꽃가지에 걸려 흔들리며 검게 물결쳤다.

얼마간 주위를 둘러보던 르옌이 수국 길 사이에 멈춰 서 허리를 숙였다. 꽃잎을 손끝으로 쓸어 보았다. 푸른 안료가 묻어나지는 않을까 하며 제 손끝을 바라보는 모양새가 소녀 같았다.

"이리 새파란 꽃이 있었구나. 처음 봐. 이 꽃들은 무어라 부르나?"

"수국이다."

수국. 르옌은 낯선 단어를 입안으로 굴려 보았다. 온 세상이 푸른 향기투성이었다.

붉은 구두를 든 파사드가 몇 걸음 앞서 걸었다. 르옌은 말이 없어진 파사드를 망연한 눈으로 좇았다.

분위기가 왜 저런가. 기분 좋게 꽃놀이나 하자는 뜻은 분명 아닌 듯한데 짐작 가는 이유가 없었다. 푸른 꽃들 사이로 걸어가는 까만 뒷통수가 눈동자 위로 압정처럼 박혔다.

르옌은 파사드가 하얀 벽이 세워진 정원 중앙의 낮은 단상에 오르는 것을 바라보았다. 파사드는 그대로 하얀 벽 앞에 섰다. 지독하게 반듯하고 깨끗한 아름다움. 참 잘 어울렸다. 품평하듯 그의 태를 감상했다.

그녀의 시선을 깨닫고 잠깐 불편한 표정을 짓던 파사드가 하얀 단상 옆에 그녀의 붉은 구두를 조심스레 내려놓았다. 그러고는 벽에 걸린 정체 모를 천을 손가락 사이로 감아 당겼다.

르옌은 천을 따라 시선을 미끄러뜨렸다. 천이 걸려 있던 자리엔 어떤 그림이 한 폭 걸려 있었다. 홀린 듯 걸어간 르옌은 낡은 초상화를 마주 보았다.

빛바랜 여자가 덩그러니 꽃밭 속에 앉아 있었다.

벽에 기대어 있던 파사드가 설명했다.

"……초대 브류나크인 벨바롯트 파사드가 직접 그렸다 알려졌다."

말을 잃은 르옌은 멍하니 오래전 잃어버린 자신의 얼굴을 바라보았다. 다른 지평에 선 붉은 머리칼의 여자가 제게 미소 짓는다.

불그스름히 떨어진 긴 머리칼, 자신만만함으로 윤택한 벽안, 매끄러운 호선을 머금은 입술. 그 선 하나하나에서 따뜻한 무언가가 느껴졌다. 이루 설명할 수 없는 기분이었다.

르옌이 중얼거렸다.

"내가 아니구나."

그림 속의 여자를 부정하는 건 아니었다. 제 얼굴이라는 사실을 단숨에 알아차릴 만큼 정교하게 그려진 초상화였다. 그럼에도 저와는 다른 사람이다.

아마도 이것은 벨바롯트가 바랐던 자신일 것일 터였다. 일생의 대부분을 갑옷을 입은 채로 조우했던 부군이었다.

르옌은 고개를 기울였다. 차가운 초상화 위로, 그녀의 뜨거운 이마가 맞닿았다.

해일처럼 밀려든다. 수국이라는 낯선 꽃향기에 눈을 감았다.

벨바롯트.

벨바롯트에 대해 그녀는 아무것도 알지 못했다. 죽음 직전에야 그가 자신을 깊이 사랑했구나 알았다. 죽었다 살아난 후에야 그의 사랑이 깊디깊어 용서를 구하지 않을 수 없다는 것을 깨달았다.

삶의 마지막, 치마폭에 매달려 울던 그때의 시간이 바로 어제의 일처럼 생생했다. 마흔이 된 나이 든 사내가, 단 한 순간도 그녀의 앞에서 무너진 적이 없었던 자가, 그녀의 온 치맛자락을 다 적실 만큼 서럽게 울었다.

그때의 그녀는 우는 사내의 뒷머리를 내려다볼 뿐이었다. 메말랐던 여왕은 동정조차 않았다. 르옌의 붉게 충혈된 눈동자가 문득 액자 옆에 새겨진 흐리게 음각으로 미끄러졌다.


솔 라시나, 노야반트잔.
여왕 폐하, 용서하소서.


아를리가 귀레 솔 모로로트루가 이른사.
명예 없는 늑대가 엎드려 감히 당신을 부릅니다.

게 야토자 솔 기혜 뭔 소반트 오레가막트야 름 소반트
당신을 내어 주고 얻은 평온과 불명예로 얻은 하루하루,

잔트리가 라 타나비 오르트 막가라 솔.
폐하께 드리지 못한 이야기들이 쌓여 그립니다.

예 아시라모 솔, 뭔 히레 이가 노야레한.
사랑하는 당신, 저를 용서치 마소서.

루 솔 파로야
그대 꽃이길 바라였으나

뭔 히레 이가 르온 데.
감히 청할 용기 없던 죄인을.

기혜 아시라모 솔 소반트 오레간 시올 데.
당신을 배반하고 얻은 그네들의 행복을 원망하는 저를.

지난 이백 년간 켜켜이 쌓이고 묵어, 가장 깊은 숨의 바닥에 갇
혔던 웃음이 눈물처럼 터져 나왔다. 이 우둔한 자야. 이 우둔한 자
야……. 르옌의 손끝이 얕게 패인 오래전의 글귀에 닿았다. 부석이
는 먼지가 묻어났다. 쓸어 보았다.

루 솔 파로야
그대 꽃이길 바라였으나…….

르옌의 눈이 제 등 뒤로 펼쳐진 새파란 그리움에 닿았다. 어찌 모를까.

"그렇다면 이 정원, 벨비의 작품인 거구나."

벨바롯트라는 사람의 마음에 대하여는 알지 못하였을지언정, 그라는 사람에 대해서는 누구보다 잘 알았다. 그는 그녀의 스승이었으며, 그녀의 지지자였으며, 그녀를 사랑했던 사람이었다.

파사드는 말없이 초상화를 응시했다.

"벨비가 내게 물었던 적이 있어. 왜 푸른 나비를 나 삼았느냐."

"……."

"그때 나는, 일생 붉은 것만 보고 살았으니 좋아하는 것이야 푸르러도 좋지 않겠느냐. 푸른 꽃은 본 유래가 없으니 푸른 나비 삼은 것뿐이다. 그리 말했다."

대수롭지 않은 체하려 하지만 떨리는 목소리는 숨길 수 없었다. 르옌이 깊이 숨을 고르는 소리에 파사드의 촉각이 곤두섰다. 죽어 없는 제 선조를 연적처럼 질시하는 스스로의 한심함이 수치스럽다. 차마 르옌의 얼굴을 볼 수가 없었다.

르옌의 삶의 가장 큰 축은 공교롭게도 둘 다 이미 죽어 버린 자였다. 발로이드와 벨바롯트. 도저히 그의 힘으로는 어찌할 수 없는 자들이다.

이 여자를 다시금 그녀 스스로 믿는 과거에 내던진 제 선택이 옳은 걸까. 이제 충분하지 않나. 그런 협잡한 마음이 들어 르옌을 정원 밖으로 끌고 나가고 싶었지만, 이 이상 졸렬해지고 싶지 않아 참았다.

한참을 그리 서 있던 르옌이 파사드의 옆얼굴을 똑바로 올려다보며 미소 지었다.

"네가 그자와 다르게 일생을 기다리며 살지 않겠다 했던 말이 무엇이었는지 몰랐는데…… 이제 알겠구나.”

르옌은 파사드가 씹어 내뱉었던 진심의 마지막 본의까지 이해했다. 그와 달리 너를 그리며 내 삶을 탕진하지 않을 것이다. 그리 말하였던가.

한참 그녀의 시선을 무시하고 초상화에만 시선을 두었던 파사드가 입술을 뗐다.

“내가 네게 이걸 보이는 것은…….”

“됐다. 아무 말 마라.”

르옌이 딱 자르자 파사드의 미간이 살짝 좁아졌다.

고개를 돌린 파사드가 이곳에 든 이래 처음으로 르옌의 얼굴을 똑바로 내려다보았다. 살짝 당긴 턱 끝이 떨리는 것이 무언가 하고픈 말이 더 많은 듯했지만 더 하지는 않았다. 파사드는 재미있는 남자였다. 제가 먼저 이곳에 데려와 놓고 얼굴에는 후회가 가득하다.

“이미 지난 일이니.”

그러나 오래전의 얼굴을 마주 본 지금, 그녀는 그 어느 때보다도 명백하게 르옌으로서 살아 있는 지금을 느꼈다.

“괜찮아.”

여전히 지난 시간이 그리울 때가 있다. 여전히 떠나간 이가 그립다. 하지만 그래도 괜찮을 것이다. 그녀는 혼잣말처럼 뇌까렸다. 이미 지난 일이니……. 어쩐지 꼴사납게 눈물이 날 것 같아 르옌은 입술을 더욱 반듯이 다물어 웃었다.

가만 그녀를 응시하던 파사드가 조용히 손을 뻗어 왔다. 그의 왼손이 그녀의 자잘한 흉으로 덮인 거친 손등을 감아쥐었다. 한참을 그리 쥐고 끝끝내 울지 않는 여자를 바라보았다.

돌이킬 수 없는 마음을 품었다. 무엇 하나 내려놓지 못하는 여자에게 어쩌다 이리 얽매였는가 싶지만, 그렇기에 얽매인 것인지 모른다. 존경하지 않을 수 없는 이 여자에게.

반절 몸을 돌려 르옌을 마주 본 파사드가 천천히 한쪽 무릎을 꿇었다. 그는 르옌의 손등에 입술을 맞추었다. 그는 이미 오래전 자신을 내던지기로 각오하였다.

르옌은 제 앞에 무릎 꿇은 파사드의 덤덤한 눈빛을 마주 보았다. 파사드의 검은 눈동자가 올곧게 그녀를 올려다보았다. 사내의 등 뒤로는 새파란 수국이 드리워져 있다.

"나는……."

"……."

"이제 내 남은 생을 전부 너라는 여자를 지키는 데에 다하고 싶다."

르옌의 입가에 낡은 미소가 피어올랐다. 떨어지는 꽃잎처럼 붉은 꽃 한 송이의 기억도 함께 떨어졌다.

—당신의 방패가 되어 드리겠습니다.

답을 기다리는 파사드를 바라보던 르옌이 엷은 미소를 띠며 의뭉떨었다.

"글쎄, 라르크를 지키는 것이 브류나크의 의무라 하지 않았던가?"

파사드의 미간이 단박에 좁아졌다. 살짝 토라진 사내의 무뚝뚝하게 즉각적인 대꾸가 되돌아왔다.

"브류나크가 둘이니 나 홀로 라르크에 헌신할 필요가 없다 말한 건 너였다. 그리고 늑대는 하나면 충분하다."

"하나면 충분하다……. 지금 네 왕이 들으면 경기를 일으키겠구나."

"말을 돌리려는 거라면……."

고개를 돌린 르옌은 마지막으로 오래전의 제 얼굴을 마주 보았다.

그 시절의 그녀는 사람이라기보다는 위정자爲政者였다. 스스로가 범인이길 바란 적이 없었다. 때문에 페이작에게 있어 그녀는 라르크 그 자체였으며, 벨바롯트에게 있어 그녀는 영락榮樂한 라르크의 수호자였다.

붉은 머리칼과 푸른 눈을 가졌던 시절의 그녀는 세상이 제 것인 줄 알았다. 저 바란 것이 만인의 바람이라 믿었던 자였다. 제 능력을 과신하여 마지막을 맞이했던 그 순간까지도 그녀는 여왕이었다.

그리고 제 안에는 아직도 그때의 탐욕을 버리지 못한 긍지 높은 여자가 살아 숨 쉰다. 전 북부를 제 것 삼고도 모자라 남토를 향해 달려갔던 그 시절의 이기적인 여자가 살아 있다. 영원히 그럴 것이다.

하지만 후회 한 점 없던 그 시절의 자신이, 사실은 그것 밖의 삶을 알지 못했던 어리숙한 여자에 불과했는지도 모른다고, 이제는 생각한다.

―이제는 네가 돌려받을 차례가 아닌가.

파사드의 말이 오래도록 가슴 깊이 남은 것은, 제가 알지 못했던 것을 일깨워 준 첫 사람이기 때문일 것이다.

"파사드 칼란독."

지난 시간을 잊을 수 없을 것이다. 사람의 시간이 이룬 역사는 시간이 흐른다 하여 연기처럼 흩어질 수 있는 것이 아닐 터였다. 다만 지나간 것은 지나가 버린 것이라는 사실을 그녀는 이미 오래전부터 알고 있었다.

르옌은 초상화 속의 마지막 여왕에게 작별했다. 이제 너의 시간은 진정 끝이 났음이라고.

"……라르칼리아의 이야기는 끝이 났다."

그녀는 엷은 미소를 띠는 파사드의 얼굴을 눈에 새기고 가슴에 새겼다.

"이제…… 너의 이야기를 들려 주련?"

여느 북부의 늦여름.

푸른 꽃이 피어난 그곳에서, 나비는 날개를 접었다.

엄숙하고 고요하던 사원이 오늘따라 소란했다.

테른도크가 알레타르 달테에 이르렀을 때, 왕좌의 무덤이 있는 홀의 거대한 문은 이미 활짝 열려 있었다. 심장이 요란히 뛰었다. 테른도크는 성큼성큼 문을 향해 걸어갔다.

무덤지기들은 어째서인지 왕의 행차에도 아랑곳 않고 저들끼리의 갑론을박으로 바빴다. 이걸 지금 건드리면…… 아예 제단을 교체해야 하는데…… 이건 역사의 유물입니다. 우리는 이것을…….

테른도크는 문 앞을 가로막은 나이 든 무덤지기들을 거세게 밀치고 안으로 달려 들어갔다. 뒤늦게야 그를 발견한 한 무덤지기가 황망한 얼굴로 달려와 아뢨다. 시야를 가로막았다.

"폐하, 문제가 생겼습니다. 그렇잖아도 지금……."

"그 여자가 왔었나?"

테른도크의 사나운 물음에 무덤지기는 슬며시 눈을 내리깔았다. 고개를 조아리는 무덤지기의 정수리를 향해 테른도크가 전에 없이 노호한 고함을 쳤다.

"누구 멋대로 왕관의 무덤을 열어! 그 계집에게 무슨 자격이 있다고……!"

"그것이……."

그렇잖아도 지금 왕관의 무덤을 둘러싸고 선 무덤지기들은 전부 그 여자들에 대한 이야기를 하고 있었다. 브류나크의 반지가 있었다. 함부로 외인에게 문을 열어 주어선 안 되었다. 별의별 말들이 초조하게 떠돌았다.

제단에 옹기종기 모여 있던 나이 든 무덤지기들이 고개를 돌렸다. 브류나크의 반지를 쥔 무덤지기가 다가왔다. 어린 무덤지기가 뒷걸음질로 물러갔다. 나이 든 무덤지기는 언제나처럼 정중하게, 비굴하지 않은 공손함으로 고개를 조아리며 답했다.

"늑대의 반지를 가지고 계셨습니다, 폐하."

테른도크가 신음했다.

'파사드.'

그 계집이 브류나크라면 누구라도 들어갈 수 있음을 알고 있던가? 아니, 그 전에 이곳은 어찌 알고 찾아온 거지? 아니면 파사드가 미리 일렀나? 대체, 대체, 대체……! 테른도크는 뒷골이 으스러지는 것 같은 충격에 휘청이면서도 꿋꿋이 사람들이 몰려 있는 왕관의 무덤으로 향했다.

차가운 벽 가장자리에 서 있는 선인들의 성상 수십 개가 쫓기듯 큰 보폭으로 걷는 그를 노려보는 듯했다. 식은땀이 그치지 않는다. 테른도크는 겁에 질린 사람처럼 시선을 외면했다.

그리고 열 걸음도 떼기 전, 왕관의 무덤 위로 보이는 낯선 무언가를 발견한 테른도크가 걸음을 멈추었다. 그의 표정이 서서히 지워졌다.

무덤지기들의 머리 위로 우뚝 솟은 새까만 무언가는, 분명 전에는 없던 것이다.

"폐하."

무덤지기들이 스무 걸음 남짓의 거리에 멈춰 선 테른도크를 위해 왕관의 무덤 앞의 길을 텄다.

얼어붙었던 다리가 한 걸음, 한 걸음, 겨우 비틀거리는 것을 면하는 모양새로 걸음을 이었다. 왕관의 무덤 바로 앞에 이르러 테른도

크는 산산조각 난 왕들의 왕관과 굴러다니는 보석들, 파편들을 망연
히 내려다보았다.

　—……그런데 소문에 들리기로 둘 중 하나는 그 당시의 또 다른
라르칼리아와의 아이라더군. 이 얼마나 배덕한 일인지. 제 이복형제
와 잠자리를 한 거다. 자식까지 볼 정도였다면 한두 번이 아니었다
는 말이겠지. 애초에 괴물이라는 이름이 따라다니는 여왕이니 그런
배덕함의 꼬리표 하나 더 붙어도 이상할 것은 없다마는…… 여왕의
슬하 낳았던 두 아들 중 하나는 브류나크의 아이, 하나는 라르칼리
아의 아이라니.

　이를 어찌하면 좋겠습니까? 손댈 수 없습니다. 제단이 쪼개지기라
도 하면…….

　무덤지기들이 떠드는 소리가 웅얼웅얼 울린다.

　테른도크는 제단 위로 발을 올렸다. 감히 선인들의 영역을 디뎠
다. 버스럭, 절그럭. 왕관의 잔해를 밟고 섰다. 놀란 무덤지기들이
테른도크를 말리기 시작했다. 폐하, 안 됩니다. 폐하, 성스러운 제단
입니다. 귀 밖으로 흘러 나간다.

　—한데, 궁금하지 않으냐. 나는 참 궁금하더라. 첫째가 왕가를 이
었고 둘째가 공가를 이었다던데……. 지금의 왕가를 연 것이 벨바롯
트 파사드와의 아들인지, 페이작 돌레한의 아들인지…….

　폐하, 지금 폐하께서는 몹시 커다란 무례를 저지르고 계시는…….
무덤지기들의 근엄한 음성이 멀어진다.

　고개를 든 테른도크의 벽안이 수십 개의 왕관과 지팡이들로 이뤄
진 무덤의 꼭대기를 따라 미끄러졌다. 왕관의 무덤 한가운데 새까만
창이 기둥처럼 서 있었다. 이제껏 본 적 없는 것이다.

　하얀 월계수를 후경으로 세운 윤태하고 매끄러운 검은 창은 어둠

속에서도 뇌호했다. 눈앞이 아득했다. 이것이 무엇인가. 물을 필요
도 없었다. 어떠한 직감이 아귀처럼 달려들었다.

테른도크의 손이 검은 창대를 세게 그러쥐었다. 그러나 단상 바닥
에 단단히 박힌 창은 옴짝달싹도 하지 않았다.

어느 만치 강한 힘으로 내리 찍은 것인지 쩌적, 제단 바닥이 갈라
지는 것 같은 작은 소음만 귓전을 할퀼 뿐이다. 폐하! 무덤지기들이
기절할 듯 소리를 지르며 테른도크를 강제로 끌어 내렸다. 차가운
뱀 껍질처럼 손에 감기는 창을 놓고 힘없이 끌려 내려온 테른도크가
비틀비틀 뒷걸음질했다.

'그럴 리가 없다.'

손바닥이 떨렸다. 조금 전 제가 쥐었던 끔찍한 창대의 감촉이 떨
쳐지지 않았다. 그의 새파란 눈동자가 전에 없는 두려움으로 월계수
를 올려다보았다. 몇 걸음 더 뒷걸음질한 테른도크는 덜덜 떨리는
눈가를 매만졌다.

되감긴다.

─적발에 벽안이라, 피는 못 속인다더니…….

왕의 무릎이 구부러졌다.

알레타르 달테의 무명의 검은 창.

라르크의 멸망이 있을 때까지 라르크 가장 높은 곳에 머물다.

─完─

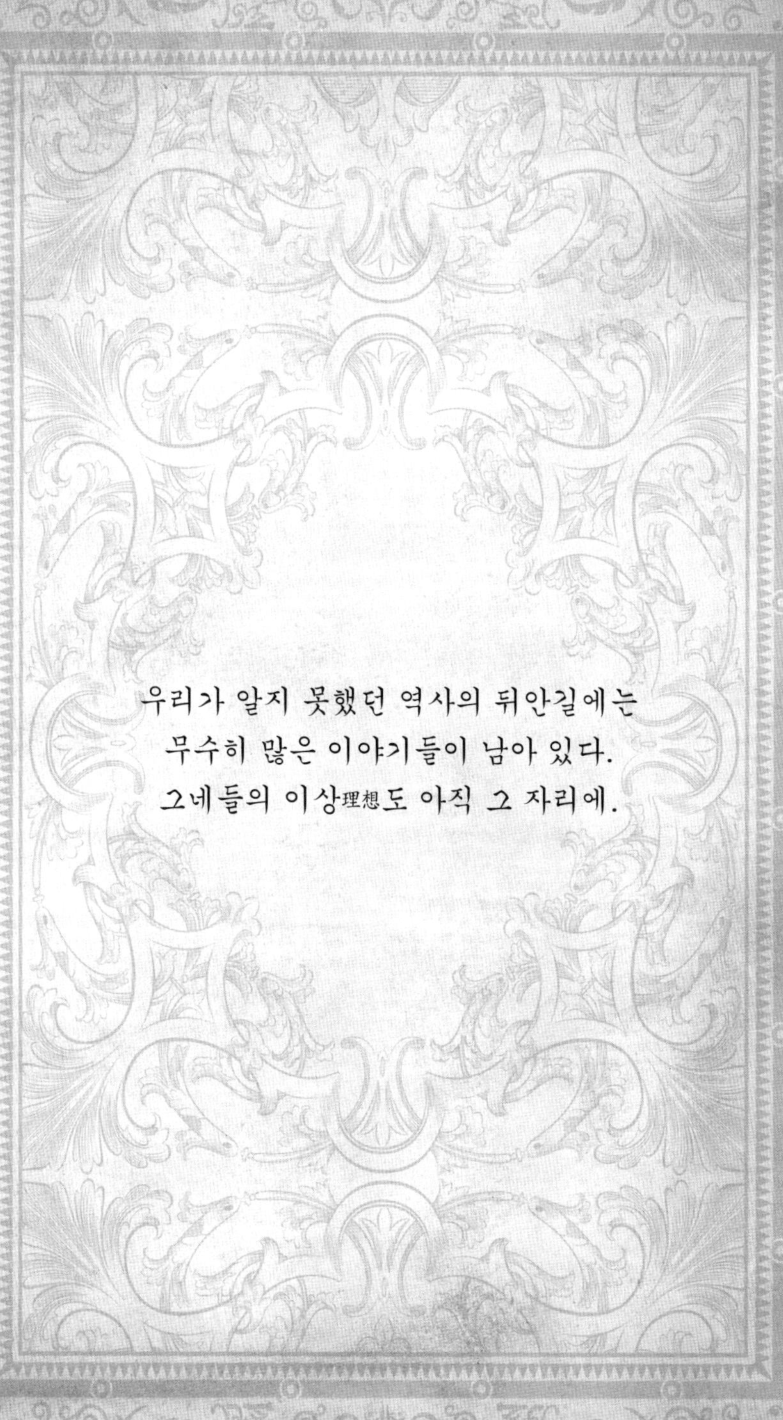
우리가 알지 못했던 역사의 뒤안길에는
무수히 많은 이야기들이 남아 있다.
그네들의 이상理想도 아직 그 자리에.

# 참고 문헌

신은미, 『역사를 바꾼 중세의 명전투들』, 유페이퍼, 2014.

니콜로 마키아벨리(Niccolò Machiavelli), 변용란 역, 『군주론』, 아름다운 날, 2009.

카알 폰 클라우제비츠(Karl von Clausewitz), 류제승 역, 『전쟁론』, 책세상, 1998.

# 작가 후기

드디어 길고 길었던 서사의 끝에 이르렀습니다. 마지막 장까지 지루하지 않게 보셨다면 좋겠네요. 이미 6권부가 상당히 두꺼운 이유로 후기의 서론은 각설합니다.

마리포사는 대략 두 해 반 정도가 걸려서야 마무리가 된 작품입니다. 기간만 놓고 셈했을 때 3년에 걸려 완결을 냈던 또 다른 장편이 하나 있지만, 연재 중단이나 휴재기를 빼면 실질적으로 가장 많은 시간을 잡아먹은 건 이 작품이 되겠네요. 쓰는 동안 즐겁기도 했지만 제 기력을 바닥까지 쪽쪽 빨아 가기도 한 글입니다. 어쩌다 이런 긴 글을 쓰게 되었을까 싶어요.

마리포사를 쓰게 된 계기에 대해 물어보시는 분들이 왕왕 있으신데요. 특별한 이유는 없습니다. 서양풍의 묵직한 시대물을 좋아합니다. 가벼운 로맨스 판타지도 좋지만 당대의 사람들의 갈등과 군상이 잘 드러난 진지한 글은 더 좋습니다. (정치물이나 전쟁물은 정말로 많은 분들이 써 주셨으면 좋겠다고 생각합니다.) 그래서 취향작의 발굴을 위해 발품도 팔아보았는데 의외로 희귀하더라고요. 목이 마른 자가 우물을 파야 한다고, 순전히 제 자기만족을 위해 시작된 글입니다. 구상 당시에는 길어 봐야 4권 정도를 예상했던 작품이었는데, 많은 분량을 쳐 내고도 6권이 된 데다 그걸로도 모자라 7권까지 예약을 하게 될 줄은 꿈에도 몰랐네요.

글을 시작할 때 늘 한두 가지의 중심 주제를 정해 둡니다. 마리포사를 쓰면서 최종적으로 염두했던 건, 흔한 말이지만 현실에서 체감이 어려운 '역사는 되돌아온다.'는 단순한 주제였습니다.

그 수단으로 선택한 것이 마리포사 가문의 탄생과 멸망입니다. 마지막 권에서 분량 문제로 남부 이야기를 상당 부분 잘라 냈는데, 그 때문에 담아내고자 했던 것들이 제대로 전달이 되었는지 잘 모르겠네요.

책으로 묶이지 못한 여백의 이야기들은 독자님들의 판단에 맡기겠습니다.

혹여라도 고증에 관심이 많으신 분들이 계실까 첨언하자면, 저는 전쟁 장르의 글을 좋아하고 그런 상상을 즐기지만, 똑똑한 사람이 못 되는 만큼 거의 대부분의 것이 1부터 99까지가 상상입니다. 전쟁이라는 갈등과 마찰은 우리네의 상상보다는 저열하고 더 잔인하지요.

실제로 고증을 무시할 수밖에 없었던 이유도 있는데, 후기를 쓰는 지금 유독 기억에 남는 것이 두어 가지 정도 있네요. 당시에는 갑옷을 입고 용변을 보는 것도 당연했다는 것, 몇 달 동안 씻지도 못했다는 것 등입니다.

희박한 비율이나마 로맨스를 담고 있는 글에서 차마 그런 현실적인 장면까지 묘사할 엄두는 나지 않아 작중에는 크게 드러내지 않았습니다.

이런저런 현실성을 대입해 보면 마리포사 내의 전쟁은 정말로 상상에 불과한 판타지가 맞습니다. 그러니 미흡한 부분이 더러 있더라도 소설 그 자체로 받아들여 관대하게 보아주시길 바랍니다.


이로써 골자와 주제가 담긴 서사를 6권에서 마무리 지었습니다. 이제는 소소한 이야기들로 채워갈 7권 외전부만 남았네요. 감개가 무량합니다.

언제가 될지는 모르겠지만 독자님들의 머릿속에서 마리포사가 희미하게 잊힐 때 즈음, 각설이처럼 다시 돌아올게요. 블로그에는 가끔 마리포사 관련 조각 글이 게재될 예정입니다.


Thanks to.

출판사 관계자분, 표지 예쁘게 제작해 주신 디자이너님도 감사합니다.

늘 동화 같은 예쁜 이야기로 감동을 주시고 글만큼이나 예쁜 마음씨로 힐링을 해 주셨던 김다현 작가님, 스페인어 문구 도와주신 박소연 작가님 고맙습니다. 그리고 남혜인 작가님! 긍정적인 응원 늘 감사합니다. 주변에 저보다 심한 장편병에 걸려 계신 거의 유일한 작가 분인데요. 작중 헤드리 아르도니스라는 이름을 빌려주기도 하셨습니다. 작가님의 집필 활동도 응원합니다!

그리고 늘 함께 마감이라는 늪에 시달리며 부둥부둥 서로 기력을 북돋아 주는 작가 공방 피어나의 지인 작가님들!

공방 피어나의 귀여움과 깜찍함의 포지션을 맡고 계신, 쓰는 족족 제 취향의 글이 은혜로운 누리 작가님, 마리포사 집필의 막바지에 코나빈스에서 함께 마감 지옥을 견뎌 내며 슬럼프를 이겨 낼 수 있도록 도와주신 박희영 작가님, 한결같은 응원으로 힘을 주셨던 김민선 작가님, 마리포사 굿즈의 거의 모든 디자인을 제공해 주시고 집필과 수정 내내 비정하게 채찍질해 준 어도담 작가님, 취업 이후 바쁜 와중에도 짬짬이 글팟에서 동고동락했던 윤상은 작가님, 한창 슬럼프일 때 좋은 조언 해 주신 이동희 작가님! 모두 감사드립니다.

마지막으로 저에게 병약 체질을 물려주신 부모님! 아프지 마시고요! 세상에서 제일 사랑합니다.

'마리포사'의 이야기에 쉼표를 찍으며, 긴 이야기를 함께해 주신 모든 분들께 감사의 키스를 남깁니다.

쌀쌀해지는 초겨울의 문턱에서, 신여리 드림.

BLACK LABEL CLUB 028

## 마리포사 6

1판 1쇄 발행 2016년 11월 21일
1판 2쇄 발행 2017년 7월 7일

지은이  신여리
펴낸이  신현호
편집부장  김은주
편집  김수민
편집디자인  한방울
영업·관리  김민원 이주형 조인희
물류  이순우 최준혁 김명일

펴낸곳  ㈜디앤씨미디어
출판등록  2002년 5월 1일 제117-90-51792호
주소  서울시 구로구 디지털로 26길 111 JnK디지털타워 503호
대표전화  (02)333-2513 팩스  (02)333-2514
전자우편  dncbooks@naver.com
디앤씨북스 블로그  http://blog.naver.com/dncbooks
디앤씨북스 로맨스 카페 http://cafe.naver.com/dnc2007
블랙 라벨 클럽 트위터 @blacklabel_c


ISBN  979-11-264-3970-6 (04810)
      979-11-264-3647-7 (SET)